山东大学文史哲研究专刊

20世纪50年代山东大学民间文学采风资料汇编

关德栋 等 搜集
关家铮 车振华 整理

下

上海古籍出版社

Ⅱ 歌谣类

长尾巴狼

长尾巴狼,
尾巴长,
娶了媳妇忘了娘。
把他娘背到山坡上,
把他媳妇搁到坑头上。
擀油饼,烧辣汤,
不吃不吃烧上香。
长尾巴狼,
长又长,
娶了媳妇忘了娘,
把他娘放在灶火窝,
把他爹放在满山坡,
把他媳妇放在坑头上。

来了客

来了客,杀公鸡,
公鸡说:"腿又短,脖子长,
杀我不如杀个羊。"
羊就说:"四根腿往前走,
杀我不如杀个狗。"
狗就说:
"看家不离家,杀我又如杀个鸭"。
鸭就说:
"水里飘,水里捞,杀我不如杀个猫"。
猫就说:
"逮住老鼠倒扒皮,杀我不如杀个驴"。
驴就说:"套上磨,呼噜噜,杀我不如杀个猪"。
猪就说:
"吃您的暴糠,喃您的粮,拿起

刀来见阎王。"

吸溜啫嘟到集上,
待吃桃,桃有毛,
待吃杏,杏又酸,
吃个栗子面丹丹。

山老哥

山老哥,尾巴长,
娶了媳妇忘了娘,
把他娘背到庙后头,
把他媳妇背在炕头上。
擀油饼,熬肉汤,
媳妇、媳妇你先尝。
我上庙后背咱娘,
咱娘变成个屎壳郎。
咱娘愿吃大烧饼,
没那闲钱胡买当。
媳妇愿吃大甜梨,
明天就是咱这集。

小白鸡

小白鸡,爬碾台,
黑夜做梦姐姐来。
"姐姐,姐姐,你吃啥?"
"我吃花龙蛋。"
"窗户台上有个老猴子,
咬你妈妈头。"
你别哭,
到二月,做媳妇,
红花轿,绿花边,
"哈咻哈咻"往家窜①。

小叭狗

小叭狗,带铃当,

---

① 哈咻:指声音。

小板凳

小板凳,扒骨碌,
开开楼门看媳妇。
谁来了?
他二姑爷。
挎着啥?
挎着小马虎。
咬人吧?
不咬人!"啊喔!"

小瞎眼①

小瞎眼,拾棉花,
一拾拾个大甜瓜,
爷一口,娘一口,
一口咬下个手指头。
孩儿,孩儿,你别哭,
我给你买个小桃核,

白日拿着玩,
黑夜吓马虎②。

小花盆

小花盆,栽生菜,
两口打架再分开,
你分里,我分外,
分了头枕分铺盖。

小叭狗

小叭狗,带铃铛,
叮啷叮啷到集上。
买菠菜,买白菜,
叮啷叮啷再回来。

---

① 此以下十六首皆为童谣。
② 马虎:记音,即狼。

你姥娘家

你姥娘家,
偷人甜瓜,
叫人逮住,
好没打杀。

小老呱

小老呱①,"噔打噔",
到姥娘家住一冬。
老娘给我擀白饼,
妗子把眼一白瞪。
白瞪白瞪瞎白瞪,
娘的哥哥我的舅,
不能不叫我住个够。

小麻雀

小麻雀,抖抖毛,
我上山上削柳条,
削了柳条编大篮,
编了大篮卖大钱,
卖了大钱籴小米,
籴了小米做稠饭,
大姑子吃,二姑子看②,

龙生龙

龙生龙,凤生凤,
兔子生来要上坡,
老鼠生来会挖洞,
鸭子生来会摆腚。

---

① 老呱:乌鸦。
② 以下缺。

一粒米

初一,十三,二十三,
小两口把大门关。
关上大门来吃饭,
苍蝇衔去一粒米,
一赶赶到天台山。
天台山上有座庙,
小两口进去就祷告。
祷告天,祷告地,
该着倒霉治不得。

鸡蛋皮

鸡蛋皮,飘一飘,
姐姐不跟妹妹高。
妹妹穿那花裤子,
姐姐穿那牛犊子;
妹妹穿那花花袄,
姐姐穿那溜溜少;
妹妹骑那好马,
姐姐骑那树叉巴;
妹妹跐那好板凳,
姐姐跐那墙窟窿。

下雨下雪

下雨下雪,冻死老鳖,
老鳖告状,告到和尚,
和尚念经,念着先生,
先生算卦,算着蛤蟆,
蛤蟆浮水,浮着老鳖,
老鳖打门,打着二人,
二人推车,碰到鼻子上冒血。

小蛤蟆

小蛤蟆,把街坐,
来了车,压死我,
"咽儿呱。"

拉　呱

拉呱,拉呱,
窗户台上种了二亩甜瓜。
瞎子偷,光腚兜,

瘸子撵,哑巴喊。

勺子有头没有眼

勺子有头没有眼,
螃蟹有眼没有头,
什么东西有嘴不说话?
凳子有腿家中坐,
洋钱有头无腿窜九州。

扁豆花

扁豆花,呀呀哟。
才待唱,到了头。

瞎话瞎

瞎话瞎,瞎话瞎,
窗户台上种了二亩瓜。

一结结了十八丫,
大的绿轴大,
小的枕头大。
瞎子瞎子你看看,
聋子聋子你听着,
哑巴哑巴你可喊,
瘸子瘸子你可撵。
光腚孩子来偷瓜,
掀起肚皮来兜瓜,
一兜兜了十八丫,
瞎子看见了,
聋子听见了,
哑巴喊出来了,
瘸子也撵上了。

小狗小狗你看家

小狗,小狗,
你看家,
我上南山去摘花,
一对红花没摘完,
听见小狗汪汪咬。
跑到家里看一看,
东屋搬板凳,
西屋搬杌子。

亲家亲家你坐下，
我和你说说家常话。
你的闺女实在拙，
连瓢米也不会下，
连对鞋底不会纳；
闺女说："娘娘你不用愁。"
左手夹的牡丹花，
右手夹的灵芝草，
灵芝草上一对蛾，
扑哧扑哧过金河。
过去金河是俺家，
铺下棉条打芝麻，
一碗芝麻一碗油，
我和俺妹妹梳头油。
俺妹妹梳那油头明光光，
苍蝇上去站不住，
蚊子上去打跟斗。
俺梳那油头不明光，
妹妹穿着好衣裳，
俺就穿那破叮啢；
妹妹穿着好花鞋，
我就穿着泥□□；
妹妹戴着好坠子，
我就戴着骨坠子、芝麻粒子；
妹妹骑着好马子，
我就骑着刀把子；
妹妹骑着好驴子，
俺就骑着碾□子；
妹妹持那好板凳①，
俺就持那墙窟窿。

矬老婆

说了个矬，实在是矬，
一寸手帕打脚跛，
离了梯子上不了坑，
离了凳子刷不了锅。
倒坐那门台纳鞋底，
掌柜的吃饭放了学，
掌柜的看见心生气，
一耳巴扫她找不着。
吓得她公公捶坑沿，
吓得她婆婆把□□，
大姑子筛，小姑子箩，
还没有找着那矬老婆。
给她娘家一封信，
矬子来了三千多。
矬爷、矬娘头里走，
后跟着她矬嫂矬哥。

---

① 持：坐。

找着矬子还罢了,
找不着矬子再另说。
到晚上去睡觉,
听着那洋火匣里唷啊咔的洋
　咳嗽。
三千矬子都逮住,
还没有炒着牛铁勺。

大汽灯

大汽灯,小汽灯,
花红果,素烧饼。

过腰子①

过腰直,过腰弯,
过腰骑驴看不见天;
过腰不敢仰着睡,
仰着起来像只船;
过腰不敢哈蓬着睡,
哈蓬起来像驴案;
过腰不敢窄棱着睡,
窄棱起来像罗圈;
过腰得了相思病,
不到三天归阴间;
过腰家有棵过腰树,
过腰死了准备给他打口棺。
两个木匠来打材,
弯弯墨斗弯弯线。
四个瓦匠去打坟,
弯弯瓦刀弯弯砖。
三十二人抬架子,
没等过腰上了肩,
四个孝子来送殡,
哭了声地,哭了声天,
哭了声目芽弯又弯。
没有太阳黑了天,
小子在那里睡了觉,
在磨上打了个尖,
弯对弯,圈对圈,
虽不动,腚咕转。

---

① 过腰子:驼背的人。

扁扁叶

扁扁叶,扁扁柴,
晚上做梦姐姐来。
姐姐好吃啥?
好吃压油面。
套上骡子压了遍,
公公一碗,
婆婆一碗,
小姑嫂子两半碗,
案板底下还有半碗。
东屋嫂子来讨火,
给俺嗑了两半碗,
气得婆婆红了脸。
婆婆拿着半头砖,
公公拿着赶牛鞭,
东屋截,西屋撵,
撵得媳妇掉了向。

扁豆花

从小跟着姥姥家,
姥姥给我好饭吃,
妗子给我好粉擦,

二舅给我找了个婆婆家,
一找找到城里大官家,
也有骡子也有马,
也有轿车走娘家。

小白鸡

小白鸡,咯咯哒,
从小跟着姥姥家,
姥姥给俺好饭吃,
妗子给俺好粉擦,
俺大舅给俺找婆家,
找哪里?
找到城里东关家。
也有大车走娘家,
也有小车纺棉花。

小白鸡

小白鸡,跳高架,
一直跳到姥娘家,
姥娘给俺好饭吃,

妗子给俺好粉擦,
大舅给俺找了婆婆家,
一找找到城里大官家,
也有骡子,也有马,
也有大车走娘家,
也有小车纺棉花。
大舅叫俺,
擀单饼,煮瓜瓜蛋,
擀油饼,掐大蒜,
大舅,大舅,咱走吧!

小白鸡

小白鸡,跳高架,
从小跟着姥娘家,
姥娘给俺好饭吃,
妗子给俺好粉擦,
舅舅给俺找了个婆婆家,
找到城里大官家,
也有骡子也有马,
也有大车走娘家。
掏上火,装上烟,
舅舅、舅舅你吃吧。

小白菜

小白菜来楷楷黄啊!
我从三岁没了娘啊!
跟着爹爹度日月啊!
不叫我爹娶后娘啊!
娶了后娘三年整啊!
后娘添了小兄弟啊!
兄弟穿的绫罗缎啊!
我的身上稀胡烂啊!
兄弟花钱明洼水啊!
我要花钱难上难啊!
鸭子呱呱上磨台,
多咎穿双如意的袜子、如意
　的鞋!

熬子山

熬子山,转悠悠,
小孩放牛熬日头,
一熬熬到十月一,
擀大饼,熬鲜鸡,
犒劳犒劳放牛的。

牛羊搭了个四月八

牛羊搭了个四月八,
家家叫人把地拉,
有个短工去上市,
浑身穿着个巧搭扫,
青匹布膀子上搭,
里头夸着个白汗搭。

小　狗

小狗,小狗,你看家,
我到南山去埋瓜,
埋的瓜儿黑又大,
敌人碰见就开花。

小汽车

小汽车,嘟嘟响,
里面盛着共产党,
共产党,打老蒋,
打得老蒋投了降。

呱哒板

呱哒板,不一样,
男女老少搞对象,
你同意,我同意,
咱俩区上去登记,
先看电影后看戏,
头里走,后头跟,
不到三天就结婚。

一口馍馍两口肉

你也扭,我也扭,
一扭扭到十八、九,
俺娘不给我找婆家,
我就跟着工人走。
工人留着大分头,
我就留着飞机头;
工人穿着皮鞋头,
我就穿上回力球。
吃饭来到食堂里,
一口馍馍两口肉。

洪山区

洪山区,长又长,
五谷瓜果遍地长,
地下到处是煤矿,
小电车路组成网。

淄博煤矿堆成山

说淄川,道博山,
淄博煤矿堆成山。
上南还有轻金属,
紧北还有张家店,
上东还有四宝山,
四宝山上出石头。
铁路铺到山跟前,
石头就把车来装,
拉到工厂来化验,
这些石头真是好,
造成飞机飞满天,
工厂汽车一齐飞,

□儿□儿乱叫唤。

老牛角

老牛角,豆豆饭,
俺就唱那胭脂办;
胭脂办上打路斋①,
俺就唱那十五街;
十五街上印花铺,
俺就唱那小寡妇。
小寡妇家一对孩,
也会杂耍也会玩。

童　谣

一②

打锁了,买锁了,
啥锁？黄绫带锁。

---

① 路斋：上供。
② 李鸿明记。

啥打开,叮啷钥匙倒把了开,
上床街,床街有你啥亲亲?
哥哥、嫂嫂、丈人家。
姓啥,姓贯,
贯个莲花俺看看。
几张锣子几张高?
三张锣子三张高。
骑红马,带腰刀,
腰刀快,切白菜,
白菜老,切红袄,
红袄红,切子灵,
子灵紫,切蚂蚁,
蚂蚁麻,
切了切了啗啗高,
气溜拖拉一又遭。

二

屎壳郎,黑翠绿,
有心待和那蝴蝶配,
蝴蝶说:"不配,不配,真不配。"

小白菜[①]

小小的白菜粒粒黄啊!
三岁、两岁没了娘啊!
跟着爸爸好好过啊!
恐怕爸爸成后娘啊!
成了个后娘三年整啊!
添了个弟弟比我强啊!
弟弟穿新我穿旧啊!
弟弟吃肉我喝汤啊!
端起碗来想起娘啊!
娘想我来不知道啊!
我想娘来泪汪汪啊!
爸爸问我哭的什么?
我说碗底烫的伤啊!
桃花开来杏花落啊!
没娘的孩我实难过啊!

卖豆腐

砰砰,卖豆腐,
一卖卖到山后头。

---

① 淄博洪山罗村儿歌。

山后头，一棵果，
两个斑鸠在那里哭。
斑鸠斑鸠你哭的啥，
哭的俺哥哥无媳妇。

杀人刀真正快，
中国发明了原子弹，
原子弹真厉害，
打得日本完了蛋。

打竹板

打竹板，不一样，
男女青年搞对象，
头里走，后头跟，
区政府里打离婚。

呱哒板

呱哒板，四个眼，
中国发明了香烟卷，
香烟卷是很香，
中国发明了匣子枪，
匣子枪打得远，
中国发明了千里眼，
千里眼瞅得高，
中国发明了杀人刀，

急口令

一

从南来了个瘸子，
挑着一挑子茄子，
大路上一个橛子，
绊倒了瘸子，
橛子绊了瘸子，
瘸子摔了茄子。

二

山前一个腿腿粗，
山后一个腿粗腿
二人山上来比腿，
到底还是腿腿粗的腿粗呢？
还是腿粗腿的腿粗？

三

天上一个瓶，
地下一个盆，
瓶子掉下来砸了盆，
盆碰了瓶呢？
还是瓶碰盆？

四

一个大嫂来簸米，
一个家雀来吃米，
一个头一个尾，
两个翅膀两根腿；
两个大嫂来簸米，
两个家雀来吃米，
两个头两个尾，
四个翅膀四根腿；
三个大嫂①，

---

① 以下缺。

急口令

一

一条裤，七根缝，
缝了竖缝，缝横缝。

二

昆仑山上一条籐，
籐条顶上挂铜铃，
风吹籐动铜铃响，
风停籐停铜铃静。

三

一人背着袴，
袴里提个兔，
手里领瓶醋，

向南走了半里路,
掉了裤,跑了兔,
裁着轱辘泼了醋。

绕口令

一

庄南有个半边半场院,
里头有块半边半黑碗,
里头盛着半边半碗豆,
从那边来了半边半斑鸠,
去吃那半边半碗豆,
拿起那半边半砖头,
去打那半边半斑鸠,
打死了那半边半斑鸠,
打碎了那半边半黑碗,
撒了那半边半豌豆,
打碎了那半边半砖头。

二

昨天晚上拍苍蝇,

我左手拿着苍蝇拍,
右手折住苍蝇鬃。
一看天上满天星,
一看地上一个坑,
一看坑里十棵松,
一看松上一个鹰,
一看屋里关着灯,
一看墙上放着钟,
一看钟上挂着钉,
一看钉上挂盏灯。
忽然天上起大风,
刮散了天上的星,
刮平了地上的坑,
刮歪了坑里的松,
刮跑了树上的鹰,
刮灭了屋里的灯,
刮掉了墙上的钟,
刮掉了钟上的钉,
刮灭了钉上的灯。
星散,坑平,树倒,
鹰跑,灯灭,钉掉,钟倒,
稀里哗啦一场空。

下淄川①

高粱到了三吊三,
逼得黄牛下淄川。
下了罐笼黑阴阴,
下窑不能认乡亲。
把头打,老板骂,
早知这样俺不下。

四块石头②

四块石头夹肉蛋,
五根大腿常流汗,
能瞎米和瞎面,
不能瞎煤炭。

大宽道③

走的大宽道,
喝的驴马尿,
吃的草种籽,
黄盆底下去睡觉。

单打不长眼的④

不打勤的,
不打懒的,
单打不长眼的。

---

① 反映矿工在帝国主义及封建把头的压榨欺凌下的痛苦生活。
② 反映煤矿工人。
③ 山东渤海在新中国成立前好苦。
④ 反映了以前日本监工的消极态度。

干不干①

干不干,克路半。

光着腚②

光着腚,摊煎饼,
"扑棱,扑棱"转一天。

一个獾③

说了一回,
南山顶上一个獾,
撅着尾巴往下窜。
从那来了个打柴的,
劈头打它一扁担。
要问打它做什么?
得为它包工留作板④。

十二月里

正月里来正月正,
天锡祥里抬华工,
可恨奸贼刘延寿呀,
在昆仑,扬大声,
哄着众人上北京,
咿呀嗨哟,
图财害命将人坑呀嗨哟。

二月里来是春分,
吕祥松起了不良心,
哄着众人许天地,
干华工上天津,
河路清,又水深,
咿呀嗨哟,

---

① 说明了敌伪时期工人磨洋工。
② 讽刺谋取暴利的人。
③ 反抗剥削者。
④ 工人干半月活,工头只发十天的工资,留下不发的那五天工资,就叫"作板"。

哄着众人起了身呀嗨哟。

三月里来三月三，
众人坐车到济南，
夜晚住在看守所，
众兄弟仔细瞧，
建设满洲看得穿，
咿呀嗨哟，
大众咧嘴哭皇天呀嗨哟。

四月里来四月三，
众人坐车离开济南，
越过了天津车不住呀，
窝窝头，不见盐，
坐马车，不见天，
咿呀嗨哟，
一溜出了山海关呀嗨哟。

五月里来小麦熟，
众人干活在孙乌，
一天三餐高粱米呀，
住席棚，不可言，
思想起来进退难，
咿呀嗨哟，
中了人家的巧机关呀嗨哟。

六月里来热难熬，
觅汗瘟疫来到了，

头晕眼黑站不住呀，
天也转，地也转，
咿呀嗨哟，
一过三天就死了呀嗨哟。

七月里来秋风凉，
工人有病难起床，
可恨把头孙应禄呀，
伙友们，快帮忙，
抬着他，进病房，
咿呀嗨哟，
打发他早回昆仑庄呀嗨哟。

八月十五月光明，
人生就怕病来挟，
有心得想吃服药，
轻轻一身没有钱，
昭和矿上他不管，
咿呀嗨哟，
破席一卷往外掀呀嗨哟。

九月里来九月九，
孙应禄升了小把头，
好似曹操逼官计呀，
王庆顺，泪交流，
曹家晶，赛小猴，
咿呀嗨哟，
打得孙昭明不敢露头呀嗨哟。

十月里来立了冬，
曾家堡，又兴工，
可恨把头孙应禄呀，
叫了声，孙纪东，
不干活，又出工，
咿呀嗨哟，
一脚卷了个倒栽葱呀嗨哟。

十一月里来小阳春，
工人有疥难起身，
爬着吃饭，跪着走呀，
孙应禄，气狠狠，
伙友们，听原因，
咿呀嗨哟，
不干活路来抽你的筋呀嗨哟。

十二个月来整一年，
众人想着回济南，
孙吴上了"特别快"呀，
换班急行在奉天，
葫芦岛上去开山，
咿呀嗨哟，
半夜三更逃出了圈呀嗨哟。

十三月来雪淋淋，
众人安身皇姑屯，
卖衣裳，凑钱文，
凑够了车票，起了身，

咿呀嗨哟，
好难见了庄里的乡亲呀嗨哟。

十二月里

正月里来是新年，
国际总柜在济南，
昆仑立下了出账所呀，
总经理，叫土田，
乐祯民，专了权，
咿呀嗨哟，
装车的苦力犯了难呀嗨哟。

二月里来龙发现，
国际公司开了办，
大小把头开了会呀，
装火车，十吨干，
每天粮食五斤半，
咿呀嗨哟，
思想起来真讨厌呀嗨哟。

三月里来天气晴，
公事房里去点名，
四十八吨完了活呀，
穿衣裳，上正东，

拿着点炭想扔蹦①,
咿呀嗨哟,
看场的拉住不放松呀嗨哟。

四月里来是小满,
大风刮得难睁眼,
五个路上装卡一呀,
两个木驴、三节板,
背篓子,犯了难,
咿呀嗨哟,
不如在家种庄田呀嗨哟。

五月里来麦旦黄,
不装火车去帮忙,
国际公司使压力呀,
员警所快去抓,
三天不来取消他,
咿呀嗨呀,
吓得一家泪如麻呀嗨哟。

六月里来热难熬,
抬炭装车似火烧,
晌午吃了清晨饭呀,
父母盼,妻子瞧,
日落西山该来了,
咿呀嗨哟,
好似罪人出难牢呀嗨哟。

七月里来刮秋风,
国际公司找临时工,
郑二、罗四开开会呀,
临时工六吨干,
每天粮食五斤半,
咿呀嗨哟,
好似上了养老院呀嗨哟。

八月十五月光明,
九班包头郑子成,
好似西岐万仙阵呀,
蝎虎头,狮子眼,
撒毛驴子多威风,
咿呀嗨哟,
姊妹三人婊子刘青呀嗨哟。

九月里来九月九,
警务股看他,领着狗,
隔着远了使枪打呀,
隔着近了撒开狗,
撕了棉袄咬破裤,
咿呀嗨哟,
还是不叫苦力走呀嗨哟。

————————
① 口语。

十月里来立了冬,
差了粮食派歇工,
不管人情叫野鸟呀,
进东门,骂连声,
包头说话不中听,
咿呀嗨哟,
这个时候派歇工呀嗨哟。

十一月里小阳春,
提起装车好伤心,
五痨七伤,害咳嗽,
三等天转了径,
伙友们,听原因,
咿呀嗨哟,
切莫装车上昆仑呀嗨哟。

十二月来整一年,
哪一个装车的挣下了钱,
住了轳轳旱了洼呀,
装了车,抬了碳,
好似牲口拉了碾,
咿呀嗨哟,
老来无儿要了饭呀嗨哟。

十三个月来一年多,

人生莫要装火车,
或是匠艺或买卖呀,
放牛着,抗干戈,
作觅汗站山坡①,
咿呀嗨哟,
干什么也强起装火车呀嗨哟。

机匠歌②

出来太阳照西梢,
太阳出来万丈高。

太阳啊,落到苏州桥,
苏州桥上梧桐树,
树大根深又长得高。

河南一个机匠忙走过,
机匠啊!唉啊哎!
机匠啊!唉啊哎!

织上了鲤鱼跳龙门,
织上对狮子滚绣球,

---

① 觅汗:当地口语,即长工。
② 反映劳动人民的爱情的。讲唱者谈树;记录者唐功武。

唉啊哎！唉哎哟！

大姐下楼低着头，
二姐下楼欢喜喜，
大家按着一张机。

（女）机匠我的哥哥，
　　　机匠我的哥哥，
　　　你称筐来我撒梭。
（男）机匠我的妹妹，
　　　机匠我的妹妹，
　　　这样的活路两人做不的。
（女）机匠我的哥哥，
　　　机匠我的哥哥，
　　　你下河你下河南崖，
　　　为啥不带我？
（男）机匠我的妻，
　　　机匠我的妻。
　　　没有那盘费，
　　　怎么带着你？
（女）机匠我的哥哥，
　　　机匠我的哥哥，
　　　没有啊盘费，
　　　和我奴家说。
（女）打开贵花箱，
　　　打开贵花箱，
　　　拿出银钱整五两。
（男）机匠我的妻，
　　　机匠我的妻，
　　　没有那鞋袜，
　　　怎么带着你？
（女）打开贵花箱，
　　　打开贵花箱，
　　　鞋袜拿出二十双，
　　　你四双，我四双，
　　　爹四双，
　　　三四一又十二双。
（合唱）走一宿，又一宿，
　　　　一宿出来三里地。
（女）走一庄，又一庄，
　　　奴家的绣鞋掉了帮；
　　　走一里，又一里，
　　　奴家的绣鞋掉了底。
（女）机匠我的哥哥，
　　　机匠我的哥哥，
　　　路上没有人，
　　　你可背着我。
（男）机匠我的妻，
　　　机匠我的妻，
　　　路上没有人，
　　　我就背着你。
（女）机匠我的哥哥，
　　　机匠我的哥哥，
　　　路上若有人，
　　　你就放下我。
（男）机匠我的妻，

　　　　机匠我的妻，
　　　　你看着包裹，
　　　　我去雇个驴。
　　（女）紧等你不来，
　　　　慢等你不来，
　　　　等着等着黑了天；
　　　　紧等你不来，
　　　　头上长疖子，
　　　　脖子里出脓，
　　　　好歹死了哎，
　　　　机匠□别神。

新蒸的馍馍，
怎么好回笼；
抛头的闺女，
怎么好回城。

小五更①

月牙儿渐渐高，
照在了杨柳稍，
小佳人坐绣房，

一阵好不烦恼。
（问）你烦恼什么？
思想奴的郎，
死得真冤枉，
日本鬼子拽炸弹，
落在他身上。
（问）这怨谁呢？
也怨奴的错，
不该留他家中坐，
到夜晚孤伶仃，
有话对着谁说。
（问）还有什么人？
上有二公婆，
还有小宝贝所为哪一个。
（问）你怎么不去报仇？
有心去报仇，
脚小不能走，
手拿着郎的相片，
两眼泪交流。
（问）这待怎么样？
我劝众姊妹，
快干起八路军，
打走了日本鬼，
才能得安身。

---

①　反应在旧社会的妇女的苦闷生活及在抗战时期日本鬼子的野性轰炸造成家庭的不幸；痛恨不合理的封建婚姻制度以及妇女怨恨只顾赌钱不顾家的丈夫的。

绣花灯"十二个月"

正月里来正是正,
李二姐在房中叫声春红,
打开奴的描金柜,
取出来五色绒,
闲来无事绣花灯。
列位君子侧耳细听,
花灯上绣众先生:
刘伯温自造修下北京,
能写会算苗光义,
徐茂公有神通,
封神战将姜太公,
诸葛亮草船借过东风。

二月里来春风和,
李二姐在房中打开丝罗,
插下钢针盘绒线呀!
叫春红你听着,
洗手水先别泼。
再把花灯说一说:
花灯那上绣好汉哥。
二武松打虎景阳坡,
龙虎山前李存孝,
赵云大战长坂坡,
薛礼救驾淤泥河,
小马方困城多亏女救我。
三月里①,

十八岁的大姐九岁郎

十八岁的大姐九岁的郎,
晚上抱到炕头上。
说是郎来郎又小,
说是儿来不叫娘,
尿了别的不打紧,
尿了绣鞋疼得慌。

十年抗战②

十年抗战,不如村干,
十年抗战,不如摊贩。

---

① 下缺。
② 反映新中国成立后干部生活好。

恨赌博

天到四点钟，
添锅奴做饭，
五点钟您不起，
连着叫您好几遍；
你在十行难迎头，
跟着"假风干"。
四百五一牌子，
一轮开三吊三，
一吊钱籴黍黍，
两吊钱抽洋烟。
你掷色子看小牌，
输了三吊钱，
你半月十五个灯罩子，
罚了三百钱，
六点到六点，
无有一时间，
使劲了卖命力，
才挣几毛钱，
不够自身用，
何能顾家眷。

恨日本鬼子

可恨当年秦始皇，
遗差徐福下东洋，
至今留下倭奴种，
中国黎民恒遭怏。

修工歌

高楼大厦修好了，
日本鬼子就跑了。
马路修平了，
日本鬼子熊了①。

德国鬼子"十二个月"

正月里来正是正，

---

① 熊：完蛋了。

外国洋人进山东。
进了山东铺铁路,
铺的铁路通南京。

二月里来春风和,
外国鬼子胡凿磨。
洋楼洋房全盖起,
各府各县开矿山。

三月里来三月三,
淄川城东有个大荒山。
大荒地里开炭矿,
作了大筒一二三。

四月里来四月四①……

打兔子

闲来无事到城西,

只见个兔子啃树皮。
从南来了个打枪的,
点了火,掳了机,
"扑通"一枪,打了个死死的。
提溜起来一看,
还是日本鬼子的二兄弟。

嘲笑媚外者的"洋相"

一根文明棍拄着,
两撇胡捻着,
三炮台的烟卷抽着,
四季制服穿着,
五国话的翻译翻着,
六亲不认的眼镜子戴着,
七天一个礼拜盼着,
九九归一咋□着,
实在是一腔饥荒拉着。

---

① 下缺。

逼　退①

二月二那一天，
八路军前来打洪山，
老百姓作了难。
大炮轰，机枪扫，
吓得百姓喊救命，
俺都是些好百姓。
有心跟着走，
真是太危险；
有心不走他宣传，
他说八路来杀俺。
可恨顽八军，
就把那百姓赶，
赶到前方挡炮眼。

十等人②

一等人，包大柜，坐吃清穿；
二等人，当老板，指指点点；
三等人，当把头，满处胡窜；
四等人，打窝子，瞪着两眼好似
　　灯盏。一眼看刨了，人命
　　绞缠。
五等人，当木匠，神仙一般；
六等人，当镢头，未进钻先问
　　上番；
七等人，当筐头，老鼠一般；
八等人，当车夫，忙忙乱乱；
九等人，观码子，骂骂连天；
十等人，拾巴巴，又臭又酸。

散　花③

正月里，什么花，人人爱带；
什么人，手扯手，同下山来。
二月里，什么花，白头先老；
什么人，背书箱，遮满乾坤。

---

①　本文为我军解放洪山，国民党军造谣宣传，赶着百姓撤退，并有的送往前方挡炮眼。
②　坑内。反映劳动人民对旧社会里各阶层人的看法。
③　佛调，人民通过富有季节特征的花草来怀念或记忆起历史上的名人，或故事传说中的人物的。

三月里,什么花,满园红了;
什么人,在桃园,结拜了兄弟。
四月里,什么花,盘龙上架;
什么人,去进瓜,死里逃生。
五月里,什么花,金星落地;
什么人,在磨坊,受过苦情。
六月里,什么花,暄暄穰穰;
什么人,做高酒,醉死刘陵。
七月里,什么花,单根独立;
什么人,执钢鞭,打死奸臣。
八月里,什么花,满坡白了;
什么人,穿白袍,赶鞭征东。
九月里,什么花,满园黄了;
什么人,射金钗,转化了皇姑。
十月里,什么花,严霜打死;
什么人,捎寒衣,哭倒长城。
十一月,什么花,飘飘摇摇,
什么人,去摸鱼,孝敬他娘。
十二月,什么花,佛前高挂;
什么人,上天宫,参拜了玉皇。
十三月,润月年,听我表表倒卷帘,
正宫娘红绣鞋,听我表表反过来。

十二月,盘香花,佛前高挂;
张皂王,上天宫,参拜了玉皇。
十一月,小雪花,飘飘摇摇;
有王小,去摸鱼,孝敬他娘。
十月里,百草花,严霜打死;

孟姜女,捎寒衣,哭倒长城。
九月里,小菊花,满园黄了;
李翠莲,射金钗,转化了皇姑。
八月里,荞麦花,满坡白了;
有薛理,穿白袍,赶鞭往东。
七月里,芝麻花,单根独立;
胡敬德,执钢鞭,打死奸臣。
六月里,黍子花,暄暄穰穰;
有杜康,做高酒,醉死刘伶。
五月里,麦子花,金星落地;
李三娘,在磨坊,受过苦情。
四月里,黄瓜花,盘龙上架;
有刘全,去进瓜,死里逃生。
三月里,桃杏花,满园红了;
有刘备和关、张,在桃园结拜了
　兄弟。
二月里,老公花,白头到老;
孔圣人,背书箱,遮满乾坤。
正月里,迎春花,人人爱带;
祝九红、梁山伯,手扯手,同下
　山来。

地无堰

地无堰,田地垄,

大米干饭和白饼。

三十亩地一群羊

三十亩地一群羊,
不如跟着工人吃食堂。
三十亩地一头牛,
不如跟着工人睡一头。
一工,二干,三商人,
至死不嫁庄稼人。

火车头

火车头,冒黑烟,
一股劲儿直向前,
东西南北搞运输,
工业、农业大发展。
只因来了共产党,
太阳明,太阳亮,
如今光景强又强,
家家吃的好,
人人穿新衣,

东家娶媳妇,
西家盖新房,
只因来了共产党,
天下才有这般好风光。

大伙想一想

大伙想一想,
以前的生活怎么样,
吃糠咽菜吃不上,
思想起来两眼泪汪汪。
自从来了共产党,
领导咱们翻身把福享,
有吃有穿日子好过,
这样的恩情泪汪汪。

一九四七年

一九四七年,
毛主席领咱土地大改革,
穷人把身翻,
实行耕者有其田,

有其田。
土地还了家,
大家笑嘎嘎,
男女去变工,
大家去生产,
家家户户去开山,
大家去开山。

农村生活

大年初一头一天,
过了初二过初三,
正月十五整半月,
春到寒食六十天,
四月里,四月八,
进去大门就是家,
他兄弟不胜他哥哥大,
他嫂子是个娘们家①。

人多心要齐

社会主义是天堂,
合作社是天梯。
方向要走对,
人多要齐心。
步步向上升,
力量大无比。

买些东西好过年,
邻舍百家来拜年,
给小孩留下压岁钱。
正月打春天又短,
互助合作大生产,
农民齐心加油干,
多打粮食做模范,
快步走到社会主义,
幸福生活万万年。

---

① 娘们家:妇女。

家雀子飞到碾台上①

家雀子飞到碾台上,
浑身羽毛没沾奴的身,
却枉了咱二人。
人人都说咱俩好,
咱二人却不是夫妻,
黄河里的水洗不清,
给咱二人留下了这些臭名声。

山高挡不住南来雁,
水深挡不住过河人。
嫂嫂知道不要紧,
娘知道了骂一场,
爹爹知道打一顿,
哥哥知道了打下刀和枪。
咱二人挑白的肚皮通红的伤,
心里疼得慌,
两眼泪汪汪。

弯弯道走遍了,
独木桥也过来了,
什么事我都经着了。

十二个月②

正月里来是灯节,
抗战郎君把家撇,
一场风,一场雪,
不知郎君冷和热。

二月里来草发芽,
抗战郎君不顾家,
家里撇下小奴我,
外头恋着牡丹花。

三月里来三月三,
桃花、李花开满园,
一场风一场寒,
不知郎君在哪边。

四月里来四月八,
奶奶庙上把香插,
人家插香为女儿,
我来插香为丈夫。

---

① 情歌。
② 情歌。

五月里来麦丹黄,
大麦小麦进了场,
自己割,自己扬,
拿起簸箕泪汪汪。

六月里来热闹闹,
小奴家热得慌,
有心找个风凉碾,
怕婶子、大娘说张狂。

七月里来七月七,
天上牛郎共织女,
你在东,我在西,
不知郎君在哪里。

八月里来月光圆,
月饼葡萄敬了天,
婶子、大娘来圆月,
小奴不圆月人不全①。
……
十一月,真寒冷,
河里水成冰,
我给郎君捎寒衣。

十二月,整一年,

抗战郎君把家还,
进去大门问娘好,
掀开帘子问妻好,
妻好我也好,
我好妻也好。

踏　青②

三月是清明,
桃开杏谢杨柳青,
有心掏枝无心戴,
梅兰荒郊去踏青。

有书生,大学攻,
便把女子尊一声,
城里住,乡里住,
对着书生说分明。

有女子,面绯红,
头不抬,眼不睁,
不言不语还家中。

---

① 以下缺九、十两月段落。
② 原文疑有脱。

有书生,走上前,
直要为女子挂排环,
有女子,吃一惊,
耳朵上排环甩掉一封。

躬下腰,探下身,
拾起来排环心欢喜,
你没了排环难回家。

有女子,便开言,
便把学生叫一番,
"给我吧!给我吧!
给了我排环奴回家"。

"给你排环也不难,
给你桩大事你不敢担"。

"天大事情我也敢担。"
"你家去要是更改了,
死你爹来亡你妈!"

有女子,跪流平,
对着老天把誓盟:
"我若有三心并二意,
准被天打五雷轰。"

有书生,转回还,
进书房,念书篇,
手掀书本无心念,
忽然想起那事专。

出三庭,古慌忙,
慌忙到了花园墙,
手抓墙头草,
鹞子翻身过了墙。

手板窗棂往里看,
看见嫂子十指尖尖扣花拢,
那嫂子手拿花拢无心扣,
忽然想起那相公。

五　更

一更里月刚强,
手板窗棂细端详,
独自一人房中坐,
十指尖尖扣鸳鸯。

二更里门上听,
郎君开门笑脸迎,
一把拉在奴怀里,
郎君哥哥叫上几声。

三更里进绣房,
一把拉在奴床上,
手掀红绒被,
一阵闻着胭粉香。

四更里月落西,
两手捂捂热肚皮,
嘴对嘴,腮对腮,
他对为奴那舌尖。

五更里明了天,
鸡叫一声把衣穿,
奴家衣裳是圆袖,
郎君衣裳袖口长,
不要错穿了奴家的衣裳。

送情郎

送郎送到大门外,
问问郎君多咱来?
"早上去,晚上来,
没了日头倒回来!"
"狗臭屁不喜听,
不打三更倒回来?"

送郎送到一门北,
抬头看见二大伯,
素白小扇遮粉面,
不问你大伯不大伯。

送郎送到一门东,
祷告老天刮阵风,
刮风不如下雨好,
下阵普雨好平景。

送郎送到一门西,
抬头看见养鱼池,
金鱼、银鱼都成对,
我和郎君不成双。

送郎送到一门南,
腰里掏出两吊钱,
给你这吊雇驴钱,
给你这吊作盘缠。

送郎送到一桥头,
手扶栏杆看水流,
这水本是长流水,
露水的夫妇不到头。

送郎送到十里坡,
再送十里也不多,
有心送到你家里去,

恐怕你爹娘不依我。

送郎送到一南崖,
腰里掏出红绣鞋,
给你这只你捎了去,
给你这只你捎回来。

送郎送到看不见,
小奴家掉眼泪把家还。

哥哥来了准抬待。

我厚着脸皮上馆子包点菜,
四个盘子两个碗,
菜刀板子一齐响,
"吱吱啦啦"炒出菜。

端了去,谁陪着?
奴家陪你喝,
咱二人到一块,
趁这良辰结了合。

姐儿生来才十八

姐儿生来才十八,
新做的媳妇走娘家,
捎带着把鞋底纳。

我去呆了十天整,
白日黑夜把他想,
我的男家来送麻,
喜得奴家笑盈盈。

爹娘都没在家,
临走叫我把家看,

打茶壶①

这把茶壶里外光,
父子真经脉里藏,
五六捧水满上满,
满了几杯满炷香。
有人说句茶字尾,
留下几句劝人方。
公婆身上多尽孝,
丈夫面前要贤良。
妯娌们行里要和顺,

---

① 李秀兰口述。

大姑、小姑细商量。
邻舍百家大伙好,
街里街坊把名扬。
婶子、大娘来借粮,
惊慌打狗站一旁,
婶子、大娘往外走,
慌忙送在大门上。
谁家这位贤良女,
《五经》到了《四书》上。

鸡子煮下七八个,
你就着巢饼撮。

后晌放学学又晚,
四个碟子一壶酒,
捎带着一个小火锅。

捎带奴陪着,
拉着奴的手,
□着奴的脚,
你看啰嗦不啰嗦。

劝夫上学

姐儿生来赛白鹅,
摊了个丈夫不上学,
白黑里守着我。

你爹就说你不上学,
你娘就说奴挑唆,
好不歹孬煞我。

明日清晨你早上学,
羊肉豆腐炖上一小锅,
你就着馍馍撮。

晌午放学天又热,

十二月翻花

正月里什么花人人待爱?
什么人手扯手同下山来?
二月里什么花白头偕老?
什么人背书箱装满乾坤?
三月里什么花满院红了?
什么人在桃园结拜宾朋?
四月里什么花蟠龙上架?
什么人去进瓜死里逃生?
五月里什么花金星落地?
什么人在磨房受够苦情?
六月里什么花暄暄穰穰?

什么人做高酒醉死刘陵？
七月里什么花钢鞭尽角？
什么人执钢鞭鞭打奸臣？
八月里什么花满坡白了？
什么人穿白袍又去征东？
九月里什么花满坡白了？
什么人射金钗打转皇姑？
十月里什么花严霜打死？
什么人捎寒衣哭到长城？
十一月什么花纷纷落地？
什么人去摸鱼孝敬母亲？
十二月什么花佛前高搁？
什么人在佛前拜诵黄经？
十三月闰月年，
听俺念念倒脚莲；
观音老母红绣鞋，
听俺从头翻过来。

正月里迎春花人人待爱，
祝九红、梁山伯同下山来。
二月里老贡花白头偕老，
孔圣人背书箱装满乾坤。
三月里小桃花满院红了，
关老爷和刘备结拜宾朋。
四月里黄瓜花蟠龙上架，
小刘全去进瓜死里逃生。
五月里麦子花满坡黄了，
李三娘在磨房受够苦情。

六月里黍子花暄暄穰穰，
包杜康做高酒醉死刘陵。
七月里芝麻花钢鞭尽角；
胡敬德执钢鞭鞭打奸臣。
八月里乔麦花满坡白了，
有薛礼穿白袍又去征东。
九月里小菊花满院黄了，
李翠莲射金钗打转皇姑。
十月里百草花严霜打死，
孟姜女捎寒衣哭倒长城。
十一月里小雪花纷纷落地，
有王小去摸鱼孝敬母亲。
十二月里灯草花佛前高搁，
张灶王在佛前参拜了玉皇。

十二月

正月里正月正，
白马银抢小罗成，
十二人就把登州打，
打开登州救秦琼。

二月里来龙抬头，
马超十二坐青州，
磨下钢刀打下剑，

等候曹操报冤仇。

三月里三月三,
关老爷抬头过五关,
过了五关斩六将,
鼓打三通斩蔡阳。

四月里四月八,
地天老母出了家,
出家多带仙丹药,
咱的儿樊梨花。

五月里五端阳,
寸铁钢鞭王彦章,
打遍天下无敌手,
出了个存孝比他强。

六月里热难当,
八仙过海当中央,
中央使着阴阳板,
咬牙切齿骂龙王。

七月里七天愁,
孙膑上阵骑着牛,
打遍天下无敌手,
和那庞涓记下冤和仇。

八月十五月光圆,
薛礼二虎薛丁山,
上山寻找妹妹金莲。

九月里九重阳,
武松打马去过江,
旁人过江过不去,
张飞出马一条枪。

十月里十月一,
正宫娘娘捎寒衣,
我问寒衣哪里捎?
到那北庙神台上。

十一月来大半冬,
孙二娘开店下河东,
半路斩了王小姐,
到了那顾兰芳,
斩了胡秀亭。

十二月整一年,
正宫娘娘泪涟涟,
抱着琵琶双流泪。

十三月成了闰月年,
孙二娘开店十字坡,
人肉包子长街卖,
不怕好汉武二哥。

孟姜女哭长城

一哭长城泪汪汪,
掌起银灯裁衣裳,
未曾下剪铰,
思想又思想,
思想不抵亲眼见,
苦命小姐是孟姜。

二哭长城泪纷纷,
做完寒衣停绣针,
手扳菱花镜,
照照奴的身,
衣裳身可体,
才称二夫心,
低头就是泪,
眼前谁是穿衣人。

三哭长城泪两行,
清水洗手下厨房,
去和这块面,
去擀那碗汤,
待要吃滋味,
还是胡椒姜,
吃出好来倒什么歹,
瞎了奴的这片心肠。

四哭长城泪涟涟,
身穿一身白布衫,
摆下乌云髻,
头戴雪花冠,
打扮起来拜四揖,
泪珠点点湿布衫。

五哭长城泪满腮,
手托寒衣出门来,
到了大街上,
凉风吹满怀,
一脚踏着黄沙地,
一脚踏着冻冻块,
俺离长城十万里,
一步一步哭着来。

六哭长城泪盈盈,
来到万里一长城,
来到长城里,
无人迎,
堆堆黄沙土,
阵阵西北风,
手扳长城高声叫,
叫了十声九不应。

七哭长城泪潸潸,
头上拔下白银簪,
左手画圈圈,

右手焚纸钱,
叫声丈夫你的钱去,
光许你使不许俺贪。

八哭长城泪滔滔,
三件寒衣点火烧,
左刮左又起,
右刮右又飘,
围着奴家转三遭。

九哭长城泪交流,
叫了一声丈夫你不回头①。

十哭长城泪悠悠,
日没昆仑苦命休②。

打花鼓

命苦命苦好命苦,
摊了个丈夫打花鼓,
人家丈夫学买卖,

俺的那丈夫打花鼓。

命薄命薄好命薄,
我没摊着好老婆,
人家的老婆会针线,
俺摊个老婆挽绳头。

你敲鼓来我敲锣,
咱两口打起来唱俊歌,
花鼓都有两个圈,
花鼓都有鞋哒哒。

一枝花绣鞋,
一朵花又开,
樱桃好吃树难栽③。

打花盆

一打花盆一打一,
黄花落到滋泥里;
二打花盆二打二,

---

① 以下缺文。
② 以下缺漏。
③ 疑未完。

杏树开花叶儿密；
三打花盆三打三，
桃树开花叶儿尖；
四打花盆四打四，
黄瓜坐扭一包刺；
五打花盆五打五，
石榴开花过端午；
六打花盆六打六，
扁豆开花两边绣；
七打花盆七打七，
苍子开花无人知；
八打花盆八打八，
荞麦开花一股叉；
九打花盆九打九，
上织莲花下织藕；
十打花盆十打十，
十枝荷花照满池。

北京城里请匠人，
这对匠人向前行，
我把戒指要打成。
一打狮子坐门休，
二打海马两条龙，
三打三花菊花顶，
四打童子拜观音，
五打五龙来戏水，
六打鲤鱼跳龙门，
七打七星拱北斗，
八打上方吕洞宾，
九打九郎头里走，
十打十郎随后跟。
我把戒指来打成，
送给师傅老年尊，
师傅夸我打得好，
赏我二两雪花银。

打戒指①

一钱金，二钱银，
打上个戒指送善人，
南京城里请高手，

---

① 陈桂首口述。

大闺女织手巾

一织手巾织的啥？
上织红绫下织纱，
谁人拿了这手巾去呀，

十人见了九人夸。

二织手巾织二重，
东屋裁了西屋缝，
有人说我女儿拙呀，
手拿钢针挑红龙。

三织手巾织三重，
织上土蜂共蜜蜂，
蜜蜂落在花叶上呀，
手托鲜花见。

四织手巾织得忙，
织上百鸟朝凤凰，
织上燕子来浮水呀，
织上蝴蝶窜松林。

五织手巾织五重，
织上镶边两条龙，
当中织上莲蓬子，
织上娘子坐正东。

六织手巾织得全，
织上镶边两朵莲，
当中织上莲蓬子，
织上荷花倒垂莲。

七织手巾织得稀，

织上牛郎共织女，
一对孩子河边站，
金钗花花两分离。

八织手巾织四方，
织上万郎许孟姜，
万郎打在长城里，
留下孟姜送衣裳。

九织手巾织九重，
织上蛮子上东京，
京东都有罗裙带，
十人见了九人爱。

十织手巾织得好，
织上黄龙一身袍，
老母穿上去上朝。

编蒲扇

一把蒲扇编得好，
上头编上灵芝草。
问问蒲扇哪里去，
善人家里去行好。

二把蒲扇编得强,
编上百鸟朝凤凰。
问问蒲扇哪里去?
善人遮着上天堂。

三把蒲扇编得宽,
编上芍药和牡丹。
问问蒲扇哪里去?
跟着善人去登山。

四把蒲扇编得薄,
上头编上雪白鹅。
问问蒲扇哪里去?
善人家里去访佛。

五把蒲扇编得差,
上头编的牡丹花。
问问蒲扇哪里去?
善人遮着转回家。

老母夸孙孙

伸手拉着火镰匣,
吸袋香烟能解乏,
出门就把儿女来夸。
大儿是高官,
二儿是解元。
媳妇就是那芍药花,
闺女就是那白牡丹。
一对孙孙满街跑,
不修行我还等什么?

一心无二抗战去

今年小奴刚十七,
一心无二抗战去,
爹娘不愿意,
奴在上房生了气。
叫声爹娘都来看,
不管男女都抗战,
抗战不为咱自己,
为了抗战打鬼子。
一天吃了两顿饭,
不是米来就是面,
叫声爹娘家去吧,
打不下鬼子不还家。

小大姐赶集

今年小奴刚十七,
手提包袱去赶集。
(白)小大姐,你提的啥?
   提的鞋和袜子。
(白)你那鞋什么样?
(唱)小圆口,千行底,
   里表三新丝线漆,才是好
   东西。
(白)大姐你卖那鞋多少钱?
(唱)人家卖的两元五,
   同志们买鞋不论价。
(白)大姐你说的杠得好来,
   你有婆家没有?
(白)没有婆家。
(白)大姐你待找个啥样的?
(白)找个抗战的。
(白)我就是个抗战的。
(唱)怕你口实心不实,
   我是找个抗战抗到底,
   一同打鬼子。

大姑娘①

闲来无事上东庄,
看见位女子好大身量。
站着好像一棵白杨树,
坐着就好像一座牌坊。
三间大庭去困觉,
夜晚还嫌卷得慌,
三更天伸了伸腿,
一脚蹬倒屋山墙。
砸着小脚不要紧,
不要砸着奴家绣鞋一双。
姑娘得了一点病,
她许着泰安去烧香。
周村的棉布全用完,
花线用了十多拐筐。
五百皮匠纳鞋底,
五百裁缝做鞋帮,
看看小脚穿上行不行,
挤挤巴巴刚蹬上。
上山踩煞两只虎,
下山踩煞两群羊。

---

① 讲唱人:王先木;记录者:唐功武。

照着大殿使了使礼,
一腚蹶倒了营碑墙。
磕下头来去吃饭,
十担麦子喝了点汤。
踩着山顶去拉屎,
又粗又长八百筐,
踩着山顶去撒尿,
淹了青州、路州,还有东场。
照着山西进了一了点,
山西瓜子喝了老汤。
八百辆大车来拉粪,
一直拉到麦地行,
省下没大块粪地盘,
还耕了五百亩好高粱。

Ⅲ 谜语、谚语、歇后语类

甲、谜　语

一、描写日常事物

(一) 生产工具

有壳没有腿,有碗没有水,劈头锄二下,鼻子哼到嘴。　　（锄）
一眼一尾,四根腿,光挨人打,没打人一回。　　（钻子）
四角四方一块地,搭起台子就唱戏,坏公钓鱼,龙花落地。
　　　　　　　　　　　　　　　　　　　　（轧花机）
二双小脚踏悠悠,不走平地,走沟。　　　　　（耩子）
稀里糊涂,来了特务,听着八路枪响,吓了一咕嗦。（织布机）
你姓木,俺姓铁,你下雹子,俺下雪。　　　　（压棉机）
头戴木帽,腰里扎绳,脚穿铁鞋,走道打圈。　（木匠用的钻）
桃花绿,周公旦,咕咕咕,繁个蛋。　　　　　（弹花机）
小锅小锅,盛菜不多,煮煮腊蜜,长虫钻窝。　　（墨斗）
远看一个牛,近看无有头,一阵狂风刮,珍珠往下流。（风车）
石头对石头,石头底下冒糊粒。　　　　　　　　（磨）
小毛驴,不大高,光吃粮食不上膘。　　　　　（耩子）

姊妹二人一般俊,天天抬着老光棍,冬来清闲事,春来瞎胡混。

(石墩子)①

黑老虎,黑老虎,天天爬在地里啃土。　　　　　　(锄)

土溜溜,溜溜滑,肚子底下一个牙。　　　　　　　(刨)

一个古怪兽,背生一双手,吞了好多人,快快向前走。(电车)

一只大老虎,来往路当中,瞪着一双眼,要是不躲避,碰着就不轻。　　　　　　　　　　　　　　　　　　(汽车)

前面一座庙,走也走不到,脚蹬莲花板,手打莲花落。

(织布机)

古怪古怪,肠子长在肚皮外。　　　　　　　　　(轱辘)

我的马儿真正好,东南西北都能跑,也不喝清水,也不吃青草。

(飞机)

一家姓铁,一家姓木,这边下雹,那边下雪。　　(压棉机)

尖嘴溜猴一身毛,身穿一件薄紫袍,行动好像孙行者,缺少狼牙棒一条。　　　　　　　　　　　　　　　　(织布梭)

铜锤铁把,猜着给你个小马褂。　　　　　　　　　(犁)

腚沟里夹干棒。　　　　　　　　　　　　　　　　(犁)

(二) 农作物

红娘子坐高楼,一刮风,乱点头。　　　　　　　　(枣)

弟兄七八个,围着栏杆坐,剥了白布衫,找他盐大哥。(蒜)

青竹竿,挑凉棚,一年一窝小长虫。　　　　　　　(豆角)

青竹竿,挑篓子,一年一窝黑豆子。　　　　　　　(芝麻)

青竹竿,挑黄盘,又中吃,又中玩。　　　　　　(向日葵)

裤里生,裤里藏,毛一哆哆一扎长。　　　　　　　(玉米)

从小青,到大红,掉下帽子就淌浓。　　　　　　　(柿子)

五月末了六月初,三八佳人糊纸窗,大夫出门无音信,寄来一

---

① 石墩子是用来压场的工具,中间一圆柱形石头,两侧有木架牵引。

信没有字。　　　　　　　　　　　　　（半夏、防风、当归、白芷）
　　紫色树,紫色花,紫色瓶里长芝麻。　　　　　　（茄子）
　　近看一片青,远看溜溜灯,打开溜溜锁,里面尽冻冻。
　　　　　　　　　　　　　　　　　　　　　　　（葡萄）
　　墙头上,一窝狗,见风乱点头。　　　　　　　（狗尾草）
　　红荷包,绿穗头,猜它给你碗绿豆。　　　　　　（萝卜）
　　麻屋子,红帐子,里面盛着个白胖子。　　　　　（花生）
　　红茶壶,绿茶碗,里面盛着米饭。　　　　　　（红辣椒）
　　弟兄七八个,围着骨头山。　　　　　　　　　　（玉米）
　　姊妹二人一个娘,一个死在整三月,一个死在秋风凉。
　　　　　　　　　　　　　　　　　　　　　（榆钱、榆叶）
　　空空树,空空枝,空空树上结粟子。　　　　　（蓖麻子）
　　一个小黑人,四指来高,见了太阳就没了。　（绿豆角子）
　　这棵树不很高,上面挂着杀人刀。　　　　　　（秫楷叶）
　　这棵树矮不矮,上面挂着红绣鞋。　　　　　　　（辣椒）
　　尺半长,半尺多,我上南湖找俺哥,俺哥嫌我有毛衣,俺嫌俺哥毛眼多。　　　　　　　　　　　　　　　（山药、藕）
　　大哥弹弹,二哥捏捏,三哥活叶,四哥长疮,五哥跳在高锥上。
　　　　　　　　　　　　　　　（西瓜、甜瓜、茄子、黄瓜、枣）
　　青杨树,北杨黄,刺猬爬在树顶上。　　　　　　　（葱）
　　空空树,空空棵,空空树上结海棠。　　　　　（蓖麻子）
　　窗户里,窗户门,窗户外一棵,也能吃,也能玩,就是不能腌咸菜。　　　　　　　　　　　　　　　　　　　　（石榴）
　　不是高粱不是麻,身高三尺开黄花,黄花败了结青果,青果老了开白花。　　　　　　　　　　　　　　　　　（棉花）
　　两叶板,盖口庙,里头盛个红老道。　　　　　　（花生）
　　小公鸡,绿尾巴,你猜着,我打它。　　　　　　　（萝卜）
　　空空树,空空棵,刺猬爬到树顶上。　　　　　　（白杨树）

生根不着地,长叶不开花。　　　　　　　　　　　　（豆芽）
高竿挑花碗,猜不着长疤眼。　　　　　　　　　　　（向日葵）
四块瓦,盖个庙,里面盛着个白老道。　　　　　　　（棉花）
兄弟七八个,围着旗杆坐,剥了白背心,找它盐大哥。
　　　　　　　　　　　　　　　　　　　　　　　　（蒜头）
红姑娘,抱黑孩,红姑娘买了,黑孩子掉了。　　　　（花椒）
棘针查,棘针盖,也能吃,也能卖。　　　　　　　　（花椒）
远看松松零零,近看蒺藜插门,一个红小姐,抱着个黑郎君。
　　　　　　　　　　　　　　　　　　　　　　　　（花椒）
长大青,一扑弄,穿着红斗斗,露着黑。　　　　　　（花椒）
红姑娘,抱黑孩,红娘娘笑了,黑孩子掉了。　　　　（花椒）
刀不切的是拣菜,锥子不扎的是眼菜。　　　　　（豆芽、藕）
铜锤铁巴,谁来采访,我给他个小褂。　　　　　　　（梨）
额骨盖上贴膏药。　　　　　　　　　　　　　　　（柿子）
远看清风凛凛,近看竹子插门,会逮的逮个白袍子将,不会逮的黑虎狼种。　　　　　　　　　　　　　　　　　（乌米）①
一个老头不像样,胡子朝上。　　　　　　　　　　（玉米）
空空树,空空瓢,空空树上结铃铛。　　　　　　　（蓖麻）
红木桶,白米饭,埋在地里不回来。　　　　　　　　（荸荠）
这个老汉四指高,一脸麻子罗锅腰。　　　　　　　（花生）
红包袱,包芝麻。　　　　　　　　　　　　　　　（茄子）
麻屋子,红帐子,里面藏着白胖子。　　　　　　　（花生）
青杨柳,百植行,刺猬爬在树顶上。　　　　　　　（大葱）
蜘蛛门蜘蛛裁,里头盛着黄金块,也中吃也中卖。　（栗子）
棘针门,棘针寨,里头盛着黄金块。　　　　　　　（栗子）

---

① 乌米是高粱的一个黑穗病,嫩时可食,形如白梭,老后发黑,味微苦,不可食。

蒺藜插,蒺藜盖,蒺藜下头生鸡蛋。（栗子）
越小越青,生在山东,东西不大,一猜半冬。（绿豆）
越小越圆,生在江南,东西不大,一猜半年。（胡椒）
自南来了个小小子,砸开头顶吃脑子。（核桃）
青是青竹竿,头上顶着花牡丹,俺又不是你家花媳妇,还来相俺两三遍。（黄花菜）
红包袱,包白面,里头盛着石头蛋。（山楂）
从那来了个小黑人,头戴六角小圆笠。（软枣）
一棵草,满山爬,开黄花,结元宝。（南瓜）
小红虫,咯嘣嘣,走石桥,过石缝,到铁山,送了命。
（高粱米）
红荷包,绿穗头,谁猜方,给他一碗绿豆。（红萝卜）
枣儿大,枣儿圆,瓤子中吃皮卖钱①。（茧）

(三) 自然界物

他娘有腿没有尾,他儿有尾没有腿,他儿成大人,还是有腿没有尾。（青蛙）
两头尖尖;重重迭迭;半边黑,半边白;零零碎碎。
（梭星、云、月亮、星）
当天井,一台轿,光拉屎,不尿尿。（鸡）
日行千里不出门,恩爱夫妻不同床,一母所有生不兄弟,不是他娘叫他娘。（京戏演员）
一个黄雀飞高不高,掉下头折断腰。（驴屎蛋）
两头尖尖相貌丑,耳目手脚都没有,整天工作在地下,一到下雨才露头。（蚯蚓）
此物生来两只手,两根尾巴一个头,也会飞来也会走。
（蝼蛄）

---

① 瓤子:内部之物。

肚子大,脑袋小,胸带两把大镰刀。　　　　　　　（螳螂）

上山直勾勾;下山滚提溜;抬头梆子响;洗脸不梳头。

（长虫、刺猬、啄木鸟、猫）

有翅无毛穿树林,家家学生都来寻。　　　　　　（蝉）

房檐对房檐,房檐底下两只船,没有人来拔它,它自乱动弹。

（眼皮）

东墙头,西墙头,两个小罐淌香油。　　　　　　（鼻子）

巧巧木,巧巧木,巧煞的木匠不会做。　　　　　　（棘针）

小时四根脚,大时两根腿,老了三根腿。　　　　　（人）

弯弯棒,弯弯梁,盖起一座瓦房堂,蝎子、蚰蜒进不去,老黄牛在里边大歇凉。　　　　　　　　　　　　　　　（蜗牛）

右一片,左一片,到老不相见。　　　　　　　　（耳朵）

高大门楼低头行;瓦瓦铺场路不平;撞钟偏不响;点灯不明。

（驼背、跛子、聋子、瞎子）

天上一个金翅鸟;地下一个吃不饱;圆里一个煮不烂;河里一根弯弯草。　　　　　　　　　　　　（星、鸡、石头滚、虾）

一个小黑孩,头戴苇笠帽,骨头长在腰中间。　　　（软枣）

晴天胖,阴天瘦,没有骨头没有肉。　　　　　　（旋风）

朱红门,白粉墙,里面住着俏姑娘。　　　　　　（舌头）

空中一面锣,掉下来找不着。　　　　　　　　　（屁）

天有天界;地有地瘤;河有腰带,水有骨头。

（星、墓、桥、冰）

从小老;吃下一个吃不饱;锅里有个煮不烂;河里有个弯弯果。

（老雕、鸡、生菜、虾）

湿土不长干土长,生来根芽朝上。　　　　　　　（墙灰）

稀奇古怪,古怪稀奇,前生背脊,后长肚皮。　　　（小腿）

棋盘大,棋子小,只能看,不能下。　　　　　　（星）

高高山上一色线,千人万人数不尽,猜不着,头上看。（头发）

仙人过桥,飘飘摇摇,泼水不湿,点火不着。　　　　　(影子)
一棵树,五根骨,上面生个白老虎。　　　　　　　　(手腕)
白龙出来喝盐水,盐水成了冻冻。　　　　　　　　(鼻涕)
从南来了个穿黄的,一长长在瓦房里。　　　　　　(蜂子)
从南来了个穿青的,一长长在粪坑里。　　　　　(屎壳郎)
从南来了个蹲的蹲,不卖别的光卖针。　　　　　　(刺猬)
石灰泥墙不透风,里头盛着个大黄杏。　　　　　　(鸡蛋)
高杆子,挑篓子,一年一篙黑狗子。　　　　　　　(乌鸦)
纸糊房,纸糊坑,养活子女倒着放。　　　　　　　(蜜蜂)
小囊小囊,二指高下,反穿皮袄,有胡无牙。　　　　(麻雀)
老汉老汉,撂了瓦罐,瓦罐打了,完了老汉。　　　　(蜗牛)
身子一寸长,鼻子两丈长。　　　　　　　　　　(屎壳郎)
弯弯弓,弯弯弦,这个谜,猜半年。　　　　　　　　(虹)
这条线,不管什么坐不断。　　　　　　　　　　　(路)
一把刀,河里飘。　　　　　　　　　　　　　　　(鱼)
大起园灵枣,小起苏州梨,待吃行头肉,剥了里头皮。
　　　　　　　　　　　　　　　　　　　　　(鸡荷包)
园里无粪长大葱;大车拉粪进北京;松林一里不下雨;干举娃子打冷冷。　　　　(状元、进士、翰林、举人)
大哥红头大汉;二哥跑马射箭;三哥咕咕喁喁;四哥不爱动弹。
　　　　　　　　　　　　　　(臭虫、跳蚤、虱子和虮子)
死里埋活的,活的拖着死的走。　　　　　　　　　(蜗牛)
奇巧奇巧,站着不如坐着高。　　　　　　　　　(狗、猫)
黄姑娘,坐高楼,掉下来,跌破头。　　　　　　　(驴粪)
天晶晶;地瓦罐;牛皮响;铁叫唤。　　　(星、井、鼓、钟)
金金黄黄,无门无窗,里头有个洞,住着一个人,你说他怎么进去的,闷人不闷人?　　　　　　　　　　　　　　　　(茧)
枣大枣园,瓢子中吃,皮子卖钱。　　　　　　　　　(茧)

远远像座楼,近看像绣球,什么木也有,不是铁和木头。

(喜鹊窝)

天上有天眼;地有地窟窿;河里有飘带,水里有骨头。

(星、井、桥、冰)

天长天眼;地长地瘤;水长骨头;河长衣带。

(星、山、冰、桥)

红砖摞红砖,红的底下万万千。 (红石榴)

红砖摞红砖,一摞摞了七八千。 (红石榴)

高家庄,高家店,高家闺女是好看,八月十五才出阁,红红点点都来看。 (石榴)

窗户里,窗户外,窗户外头一棵菜,也中吃,也中卖。

(石榴)

一匹红马往西窜,有人谁能逮住它,封它皇上又封官。

(太阳)

一块砖,四面宽;挑红旗;巨响边;一块麻绳扯上天。

(天、虹、雷、雨)

四角四方一座城,里边盛着毛毛虫。 (猪)

干地是胖,湿地是瘦,也没骨头也没肉。 (旋风)

木盒木盖,里边盛着肉蛋。 (棺材)

那边有个磨,到了那边不敢坐。 (井)

无帮无底无拉场,光盛猪来不盛羊。 (囗盘)

那边来了个哼带哼,披着蓑衣露着腚。 (苍蝇)

青石板,板石青,青石板上长洋钉。 (天星)

一点铁,一点铜,一点木头,一点绳。 (秤)

你说是杆秤,就是一杆秤,一头软来一头硬。 (鞭子)

你说是一支鞭,就是一支鞭,一头窄来一头宽。 (锨)

你说是张锨,就是一张锨,两头一样宽。 (马车)

空空树,包家雀,一头堵着一头飞。 (枪)

这家人家没有门搭,人家孩子出来玩,叭哒给人家摔杀。

(鼻涕)

这张锣,七八千;拉红布,放响鞭;细麻线,挂着天。　(闪、雷、雨)

讲拿讲拿,二指高下,反穿皮袄,尖嘴乌鸦。　　　　(麻雀)

有翅无毛不会飞,我在青山苦痛悲,青山在来我也在,青山不在我吃亏。

(蟋蟀)

一棵树,五股叉,树梢上,结蛤蜊。　　　　　　　　(手指)

从小一顶顶,长大一蒲弄,开黄花,结银钉。　　　　(蒺藜)

一根腿的土里生;两根腿的叫五更;三根腿的佛前站;四根腿的爬楼厅。　　　　　　(萝卜、鸡、香炉、房上的瓦造小狗)

闷人闷人真闷人,尾巴上长粪门。　　　　　　　　(叫叫子)①

姊妹三人一样高,兜兜着膀子胳膊弯。　　　　(抬筐的三根系)

高山上住洪洞县,从小长大无人见,今天来到衙门口,脱下衣服叫人看。

(枣虫子)

没狗大,学狗坐,唱起歌来咯咯叫。　　　　　　　(青蛙)

小拿小拿,二指高下,拿起来放下,放下再拿起。　　(酒杯)

远看一条龙,近看铁丝绳,阴天龙驼龟,晴天龟驼龙。

(人力车)

将着孩子打水。　　　　　　　　　　　　　　　　(牡丹)②

卖油的君子不拿秤。　　　　　　　　　　　　　(芍药花)

九州四海一美人,十四、五岁正青春,二十七、八得了病,三十一、二命归阴。

(月亮)

蓝布条,晒白米,鸡不餐,狗不理。　　　　　　　　(星)

土里生,土里长,长一辈子没有一两。　　　　　　(蚂蚁)

黑黑瘦,黑黑瘦,光长骨头不长肉。　　　　　　　(蚂蚁)

---

① 疑为蝈蝈。

② 谐音"母担"。

青石砂,熟石顶,光打粮食不留种。　　　　　　　（石碾）
上一凳,下一凳,猜不方,长黄病。　　　　　　　（梯子）
哈得哈,哈得哈,披着蓑衣露着角。　　　　　　　（羊）
哼得哼,哼得哼,披着蓑衣露着腚。　　　　　　　（苍蝇）
肚皮大,脑袋小,胸前有堆大镰刀,要问到底是什么,庄稼人的好宝宝。　　　　　　　　　　　　　　　　（螳螂）
两头光光小貌丑,耳目手脚都没有,整日工作在地下头。
　　　　　　　　　　　　　　　　　　　　　　（蚯蚓）
两队白衣兵,把守红城门,有人进城来,把它打碎不留情。
　　　　　　　　　　　　　　　　　　　　　　（牙齿）
远看一个星,近看无正经,上边一个莺哥叫,底下一个媳妇听。
　　　　　　　　　　　　　　　　　　　　　　（叫蝈）
敲金鼓;打金鞭;千根麻线拄着天。　　　　（雷、闪、雨）
千条线,万条线,下到水里看不见。　　　　　　　（雨）
山顶一堆草;草底下一对宝;宝底下一座坑;坑底下开衙门。
　　　　　　　　　　　　　　　　　　　（发、眼、鼻、口）
扁扁瓮缩缩,里边盛着一盅酒。　　　　　　　　（奶）
不耕不耩,长在高岗,万岁都吃①,不中供养②。　　（奶）
扁扁树,窄窄枝,这头摸摸那头飞。　　　　　　　（枪）
□□□,包芝麻,谁猜方,我炸他。　　　　　　（手榴弹）
一只是狗,跑到德州,不吃杂粮,光吃黑豆。　　　（炮）
弯弯一座新色桥,高高挂在半山腰,红黄颜色全都有,一眨眼睛不见了。　　　　　　　　　　　　　　　　　（虹）
两人推车下江南,推着柿子和香元。　　　　　　（屎壳郎）
十个和尚张开口,五个和尚往里钻。　　　　　　（穿袜子）

---

① 万岁:皇上。
② 供养:祭祀。

这户人家,里门朝下,待出来玩玩,咔嚓摔在地下。　　（鼻涕）
这个湾,四面宽,打火鼓,摔花鞭,根根苇子顶着天。　（雨）
白纸包黄浆,送到南院草垛上。　　　　　　　　　（鸡蛋）
这个瓶子窄窄嘴,越吃越有水。　　　　　　　　　　（奶）
溜溜滑,溜溜滑,三棱腚眼两个牙。　　　　　　　　（蝗虫）
嘴儿尖尖一簇毛,跳跳跶跶真英豪,待说南天孙猴子,没有金箍狼牙棒一条。　　　　　　　　　　　　　　　（跳蚤）
弯弯树,弯弯梁,盖着一幢弯弯房,苍蝇蚊子进不去,我在里边好歇凉。　　　　　　　　　　　　　　　　　（蜗牛）
四角四方一座城,里面住着万马营,两个王子争天下,看看谁能赢。　　　　　　　　　　　　　　　　　　（象棋）

（四）日常用物

姊妹二人一般高,酸甜苦辣都知道。　　　　　　　（筷子）
顶大脖子歪,奔过头来亲嘴,一滴心火让心开。　（水烟袋）
四四方方一座城,里头住着过毛衣虫。　　　　　　（猪栏）
小红人,绷绷硬,走石桥,过石缝,到了铁山送了命。
　　　　　　　　　　　　　　　　　　　　　（煎饼鏊子）
一根腿土里生;两根腿叫五更;三根腿佛前坐;四根腿爬楼庭。
　　　　　　　　　　　　　　（萝卜,公鸡,香炉,哈巴狗）
一根布袋,反不过来。　　　　　　　　　　　　　　（井）
小的小,大的大,一家人家不说话,大的坐下不起来,小的站着坐不下。　　　　　　　　　　　　　　　　　　（神像）
东山一头牛,西山一头牛,每天夜里来碰头。　　　（门闩）
四四方方一座城,里面住着些白头兵,不定哪个出来当朝廷。
　　　　　　　　　　　　　　　　　　　　　　　（火柴）
墙这边,墙那边,两媳妇,打秋千。　　　　　　　（耳环）
有嘴不说话,没腿行千里,人家的秘密事情,装在它的肚子里。
　　　　　　　　　　　　　　　　　　　　　　　　（信）

枣似大,枣似小,三间屋子盛不了,开开门,就往外跑。

（油灯）

大屋套小屋,有门无窗户。（蚊帐）

一根线,回来回去踏不断。（门槛）

一个小屋四角四方,轻易不进去,进去出不来。（棺材）

黑妮子,大肚子,猜不着是兔子。（瓶）

奇怪奇怪真奇怪,肠在肚皮外。（辘轳）

黑牛跑到铁山,吃草无数,剥皮万千。（煎饼鏊子）

勾勾鼻子,长在嘴下头。（罐子）

远看是只鞋,近看无鞋带,轻易不进去,进去出不来。

（棺材）

远看是只牛,近看没有头,肚里刮黄风,一直向下流。

（风车）

此物生来半尺长,一头有毛一头光,插进去就冒白浆。

（牙刷）

轻易不上炕,上炕就弄上,弄上怪疼疼,拔出来通红红。

（杀猪刀）

一只绵羊四只角,白天吃不饱,黑夜就撑死。（被子）

黑夜吃不饱,白天就撑死。（火炉子）

尖又尖,亮又亮,眼睛生在屁股上。（针）

水土旱日成了功,身子圆圆肚里空,五虎拿着往上举,摔破了顶门笑一声。（泥娃娃）

一个老汉四指高,咳嗽一声就没了。（鞭炮）

此物生来一扎长,奴家请俺进绣房,一更二更流罢水,光见短来不见长。（蜡烛）

四方头,扁扁嘴,腰里长眼,眼里长腿。（斧子）

一家分二院,二院兄弟多,多的倒比少的少,少的倒比多的多。

（算盘）

一根绳,捆马棚,绳动弹,驴叫唤。　　　　　　　（纺花车）
兄弟二人一样高,五个和尚拉着腰,拉过来和他亲个嘴,酸甜苦辣都知道。　　　　　　　　　　　　　　　（筷子）
不长不短整一扎,按下去尖巴巴,拔起来一拖拉。　（梭）
远看一座坟,近看三个门。　　　　　　　　　　（筐）
远看一只鞋,近看一窝窝。　　　　　　　　　　（灶）
一根木头百根梁,不用砖瓦盖成房。　　　　　　（伞）
当天井一撮土,猜不着长气鼓。　　　　　　　（仓屯）
丁头,丁头,早晨起来扣腔。　　　　　　　　（纽扣）
姊妹二人一般高,腰里扎着青丝套,你在上边等一等,我到阴间走一遭。　　　　　　　　　　　　　　（水槽）
红茶壶,拧拧盖,里面盛着杂合菜。　　　　　　（包子）
小白鸡,溜墙根,见了客人就尿尿。　　　　　　（茶壶）
黑脸大汉,靠墙一站,说明老师,传通语言。　　（黑板）
小囊小囊,二指高下。　　　　　　　　　　　（酒杯）
小小诸葛亮,领兵去打仗,走了一万八千里,还没走出这座城。　　　　　　　　　　　　　　　　（算盘）
空空树,空空林,空空树里抱家雀,这头出,那头飞。（梭）
弯弯树,弯弯棵,弯弯木头打张床,一个锅腰子来睡觉,弯弯对着弯弯上。　　　　　　　　　　　　（驴鞍子）
三页板打口材,里面盛着五个小孩。　　　　　　（鞋）
一个棺材薄又脆,一群美国鬼子里面睡,叫出一个去打仗,擦破头皮变成灰。　　　　　　　　　　　（火柴）
江南一棵麻,五个老将往上爬;木舅来捎信,诸葛就来拿。
　　　　　　　　　　　　　　　　　　　（梳子、篦子）
纸糊身子骨头老,摇摇摆摆逛四街,将要临别菊花开。
　　　　　　　　　　　　　　　　　　　　　（扇子）
此物生来三个口,穷富贫贱人人有,才子缺少这件物,愁度光

阴难出头。　　　　　　　　　　　　　　　　　　（裤子）

三头六耳奔一身，一半畜类一半人，里能听人语，外有两耳不听音。　　　　　　　　　　　　　　　　　　（玩具狮子狗）

一点铁，一点铜，一点木头，一点绳。　　　　　　（秤）

满天星，哗啦船，这个谜，猜半年。　　　　　　　（筛子）

铁兰子，木头橍子，上房上，过日子。　　　　　　（泥板）

这根绳扯满城，脚动弹，龙叫唤。　　　　　　　　（辘轳头）

青石山，青石顶，光打粮食不打种。　　　　　　　（碾）

姊妹三人一般高，扳着脖子拦着腰。　　　　　　　（席筐）

姊妹二人一般俊，小两个嫁了个老光棍。　　　　　（石担）

长长口，圆圆头，口吃了头，头堵了嘴。　　　　　（纽扣）

四角四棱，抬着去种，种上不出，不如不动。　　　（棺材）

奇怪奇怪真奇怪，生下要那帽子戴，三根绳圈起来，越圈越转。
　　　　　　　　　　　　　　　　　　　　　　　（钻子）

石灰墙，石灰缝，里面包着个小黄杏。　　　　　　（鸡蛋）

远看一座山，近看忽甸甸，老婆要汉子，倒贴二百钱。
　　　　　　　　　　　　　　　　　　　　　　　（花轿）

石灰泥墙不透缝，里面盛着黄饺馅。　　　　　　　（鸡蛋）

黄米汤，白米饭，不多不少一瓦缸。　　　　　　　（鸡蛋）

一头毛驴不吃草，只有骨头没有毛，有人骑它它就跑，没有骑的就一旁站好。　　　　　　　　　　　　　　　　（脚踏车）

两只袋袋，不装米和面，每天早上，装十个活东西。（袜子）

破谜破谜，破到李翠，李翠看我，我看李翠。　　　（镜子）

一匹大马，四腿扎上，嘴里吃人，肚里说话。　　　（屋）

木老虎，铁嘴唇，光吃衣裳不吃人。　　　　　　　（柜子）

红里包，纸里裹，南京北京都有我，人说朝廷大，朝廷还得归着我。　　　　　　　　　　　　　　　　　　　　　（香）

从南来了个穿红的，扑通掉到水瓮里。　　　　　　（铜瓢）

看看有节,摸摸无节,两头发冷,中间发热。　　　（黄历）

丈夫出门带家人,留下小奴看守门,君子见了扬长去,就怕小人坏奴身。　　　　　　　　　　　　　　　　（锁）

中心有图,四面有话,飘扬过海,走遍天下。　　（信）

小小一间房,四面没有窗,打开门来看,只见衣裳不见人。
　　　　　　　　　　　　　　　　　　　　（箱子）

小屋一间,庙门朝天,和尚进门,泪送不干。　（尿壶）

你打我不恼,背后有人挑,心里明似镜,照亮路一条。
　　　　　　　　　　　　　　　　　　　　（灯笼）

眼看看你,心想着你,是她不是她。　　　　　（纸牌）

油炸豆腐。　　　　　　　　　　　　　（黄盖、李白）

石头擦石头不算山,大雪飘飘不算寒,雷雨不震不下雨,一天走千里不算远。　　　　　　　　　　　　　　（石磨）

他娘吃过九九酒,他爷吃过圪垯酒,白天呆一头,黑夜呆两头。
　　　　　　　　　　　　　　　　　　　　（扣子）

大屋套小屋,小屋糊窗户,你哭俺不哭,俺在屋里享幸福。
　　　　　　　　　　　　　　　　　　　　（蚊帐）

有风它不动,无风它就动,说起很奇怪,一动就有风。
　　　　　　　　　　　　　　　　　　　　（电扇）

远看高楼大厦,近看是一家人家,出来是仁义礼智,进去是男女混杂。　　　　　　　　　　　　　　　　　（唱戏）

出门肥肥胖胖,进门厚厚长长,靠门靠角眼泪汪汪。
　　　　　　　　　　　　　　　　　　　　（雨伞）

呱咕呱咕,鼻子长在嘴下头。　　　　　　　（罐子）

八个角,两个头,愈枕愈有油。　　　　　　（枕头）

一个东瓜,两头开花。　　　　　　　　　　（枕头）

一个铁犍卧黑山,吃草无数,剥皮万千。　　（鏊子）

一只鸟龟三只角,光吃粮食不喝水。　　　　（鏊子）

墙上走,墙上站,光穿衣服不吃饭。　　　　　　　　（画子）

小白鸡,靠墙根,来个客,要泼水。　　　　　　　　（水壶）

□亮亮,□亮亮,鼻子长在脊梁上。　　　　　　　　（锅盖）

小老汉,小老汉,要吃石头蛋。　　　　　　　　　（电石灯）

丁前丁后丁家湾,丁家湾有个丁员外,丁员外有十个好闺女,五个保玉,五个开方。（开锁）

又圆油,又四方,两个学生念文章。　　　　　　　　（制钱）

此物生来头儿尖,打扮起来似天仙,两朵花儿头上戴,一个耳朵在后边。　　　　　　　　　　　　　　　　　　（大花鞋）

一物不甚大,鼻子比头还大,未曾头里走,鼻子一拖拉。（针）

二、物象的谜

豆戴纱帽两翅搧,一天三时来换水,邻家百舍来问安。

（生豆芽）

四根长腿,两根短腿,四个耳朵,两个眼。　　（瞎子骑驴）

肉锥锥肉缝,越哭越往里送。　　　　　　　　　（喂奶）

薄板对薄板,薄板底下搓麻线。　　　　　　（推粘转）①

大闺女,大白腚,架到床上叫人弄,越弄越有水,越弄越待弄。

（揉豆腐）

一支箭,满屋里串。　　　　　　　　　　　　　（吸烟）

远看一通碑,近来两人推,天上无云彩,雪花向下飞。（拉锯）

三、字谜

三山倒挂,三山相连。　　　　　　　　　　　　　（用）

一个女子不害羞,和个少子并肩游。　　　　　　　（妙）

高字头,李字脚,左边一个陈字反耳朵。　　　　　（郭）

---

① 推粘转：即用麦子磨麦线。

一个闺女不害羞,搂着个小子拔骨碌,上面就亲嘴,下面有脚勾。
（好）
半边锅,炒豆子,炒了仁,蹦了俩。　　　　　　　　（心）
赵字去走月;却在月边坐;河里没有水;心在受中卧。
（小脚可爱）
二土二人两个口,走遍天下家家有。　　　　　　　（墙）
二小二小,头上长草。　　　　　　　　　　　　　（蒜）
一点一横长,梯子顶着梁,大口张着嘴,小口往里藏。（高）
一点一横,锅腰子撅腚,有人来买,给他两点①。　　（于）
一点一横,拉屎撅腚。　　　　　　　　　　　　　（方）
半边锅炒豆子,炒了仁,蹦了俩,一根筷子拨拉着。　（必）
三个小猪来吃食,一个躲在槽子里。　　　　　　　（心）
二山不相来,一口文气冲上天。　　　　　　　　　（叟）
蒋介石损兵折将,白崇禧困在中央,司务长站在两旁,宋子文脱帽投降。　　　　　　　　　　　　　　　　　　（药）
头是空空头,身边一杆弓,不怕贼来抢,就怕东北风。（穷）
一点一横长,两点靠四方,出了西门走,就是早家庄。（谭）
一点一横,两眼一瞪。　　　　　　　　　　　　　（六）
二人土上坐。　　　　　　　　　　　　　　　　　（坐）
了不了,打破头了。　　　　　　　　　　　　　　（丫）
挂羊头,卖狗肉,一点也没有。　　　　　　　　　（美）
内里有人。　　　　　　　　　　　　　　　　　　（肉）
左邻失火,惊动了东门。　　　　　　　　　　　　（烂）
两横一竖,两眼一瞪。　　　　　　　　　　　　　（平）
一发东吴孙权,四川刘备为王,目下青陵聚会,巴士三万过江。
（读）

---

① 锅腰子:驼背。

莺莺小姐去烧香,香头放在香几上,远看一个清秀寺,近看一个老和尚。　　　　　　　　　　　　　　　　　　（秃）

一营三十九个兵,二十一人去出征,八个把守营门口,还有十个在营中。　　　　　　　　　　　　　　　　　　（黄）

斗谷碾米十升尖,连名带姓在里边,谁能猜破这个谜,保他情干做大官。　　　　　　　　　　　　　　（康熙）①

囚人脱难古人有。　　　　　　　　　　　　　　（固）

凤住禾下鸟飞去。　　　　　　　　　　　　　　（秃）

一点一横长,一撇到南洋,木头靠着树,长在石头上。（磨）

一字四十八个头,当中有水水不流。　　　　　　（井）

二人见了哈哈笑。　　　　　　　　　　　　　　（从）

一点一横长,一撇到南洋,上十对下十,月亮对太阳。（庙）

大山重小山。大口套小口。　　　　　　　　（出、回）

一勾一勾又一勾,一点一点又一点,左一撇,右一撇,一撇一撇又一撇。　　　　　　　　　　　　　　　　　　　（参）

日行一里。　　　　　　　　　　　　　　　　　（量）

一家六口口不全。　　　　　　　　　　　　　　（用）

道士腰中两个蛋,和尚底下一条巾,虽然平常两个字,难坏多少读书人。　　　　　　　　　　　　　　　（平、常）

二木不成林,八么不是分,言边主下月,二人土上存。

　　　　　　　　　　　　　　　　　（相、公、请、坐）

一点一横长,一撇到南洋,破田不盛水,田中水汪汪。（康）

四山尖又尖,四口紧相连,日子对日子,十字在中间。（田）

三是三,不把当中填,一笔填成个字,算他是神仙。（斗）

大儿媳妇守寡。　　　　　　　　　　　　（长子死焉）

一枝红杏个个青,阴天下雨满天星,四个姑子八下坐,不言不

---

① 谐音,"粮稀"。

语念真经。　　　　　　　　　　　　　　　　（未之有也）

一对燕子一齐飞,一个瘦来一个胖,一个一日来三次,一个一年来一趟。　　　　　　　　　　　　　　　　　　　　（八）

圣人爷爷前头走,孙子父亲随后走①。

上不在上,下不在下,不是在上,而是在下。　　　　（一）

一点一撇,组组结结,半边砂锅,含着四个小鳖。　　（为）

门儿关得快,把人关在外。　　　　　　　　　　　（们）

头戴一朵花,夫人走娘家,住了一个月,骑马要回家。（腾）

一对夫妻走娘家,头上戴着两朵花,走了一月不到家,骑马快跑到娘家。　　　　　　　　　　　　　　　　　　　（腾）

三人同日去观花,百友原来是一家,禾火二人并肩坐,中九园里一对瓜。　　　　　　　　　　　　　　（春、夏、秋、冬）

多一笔教书,少一笔领兵,非怪文武有别,只因头巾不同。
　　　　　　　　　　　　　　　　　　　　　　（师、帅）

一个字奇大无边,内藏四川四山。　　　　　　　　（田）

一个字八个头,里边有水水不流。　　　　　　　　（井）

一人站立一人卧,二人只在地下坐,小两口犯商量,这个日子怎么过。　　　　　　　　　　　　　　　　　　　　　（俭）

一尺一寸长,天天晒太阳。　　　　　　　　　　　（时）

看是圆,写是方,冬天短,夏天长。　　　　　　　　（日）

一点一横长,二口四方,出去西门外,就是早家庄。　（谭）

两扇门儿齐开,知心人儿进来;敝下别无可敬,鲜鱼一味美哉。
　　　　　　　　　　　　　　　　　　　　　　（闷、鳖）

东门外失火;内里烧死二人。　　　　　　　　　　（烂肉）

---

① 谜底未明。

一上有一牛,立目做心头,西下有一女,女子大风流。

（生意要好）

毛主席领导革命,全国人民一口赞成,人民首都北京,朱总司令四面进攻。（燕）

童老爷的头,李老爷的脚,陈老爷的耳朵反安着。（郭）

乙、谚　语

一、自然现象

有钱难买五月旱,六月连阴吃饱饭。

说冷不冷,不成年景;说热不热,五谷不结。

五月里冷,一棵豆子打一捧。

大雾不过三,过三十八天,不怕初一阴,就怕初二下。

旱了东风不下雨,涝了东风不晴天。

云彩向东,一阵狂风;云彩向南,雨水连连;云彩向西,放牛小子披着蓑衣;云彩向北,一阵乌黑。

东降日头,西降雨;早晨烧,晚响浇①。

六月里南风当日雨。

夏季东南风,不用问先生。

西北上打雷,没有好雨。

天气燥热,一定下雨。

盐打卤,缸打阴②,下雨。

江猪过河③,回来下大雨。

---

① 东降:虹。烧:红。浇:下雨。
② 前盐打卤,缸打阴指潮湿。
③ 猪:云。河:天河。

七阴八不下,九九直哗啦;七阴八不晴,九九放光明。
清晨下雨,当日晴。
春雨贵似油,一犁春雨足。
今日没云节①,明天把工歇。
今中午倒照,明天晒得猫儿叫。
八月十五云遮月,准备来年雪打灯。——丰收预兆。
八月十五云遮月,正月十五雪打灯。——丰收预兆。
六月南风当日雨,好像亲娘搬闺女。
早蛙阴、晚蛙晴,半夜蛙等不到明。
早看西南,晚看西北。
月亮从星,不是下雨,便是刮风。
春雨贵似油,雨水多了就不收。
七月胡桃,八月梨,九月的柿子乱赶集。
旱了收枣,涝了收粟子,不涝不旱收柿子。
端四蚂蚱,端五子蝗。
八月初一阵一阵,旱到来年五月尽。
一九、二九不出手。——言冷。
三九、四九冰上走。
五九、六九顺河看柳。
七九六十三,路上行人把衣单。
八九七十二,犁牛遍地是。
九九八十一,家里做饭坡里吃。
冷在三九,热在中伏。
一百五,燕子来到济南府,大寒食燕子来到咱家里。
春上驴拔蹄——下雨,秋上没处籴——旱。
洪上戴帽,觅汉睡觉。

---

① 云节:傍晚有红霞。

三月十五阴,桑子制练一斤;三月十五晴,桑子挂金瓶。

一鸡、二狗、三猫、四鼠、五马、六羊、七人、八谷、九果、十菜、十一棉花、十二甜瓜、十三芝麻、十四高粱。

西胡山,不出三天下大雨。

枣树上滴水,一定下雨。

重九无雨盼十三,十三无雨冬天干。

初一阴,初二下,初三、初四直哗啦。

大风刮不多时,大雨下不多时。

入伏头,旱伏尾。

逢丁必漏。

五月十三,关老爷磨刀杀牛三。

旱了东风不下雨,涝了下雨无东风。

西北风是开天的钥匙。

冷雨热雪。

云彩向西披蓑衣。

东虹雾露西虹雨,南虹出来换天子,北虹出来卖女儿。

燕子钻天蛇过道,庄稼老汉拔艾蒿。

云彩向南,雨绵绵;云彩向北,一阵乌黑;云彩向东,一阵黄风。

男跌阴,女跌晴,童子跌了放光明。

二、生产技术

深耕细作,粮食打得多。

麦种黄泉,谷露糠,豆子种在地皮上。

麦种黄泉,谷露糠,芝麻撒在地皮上。

金买卖,银买卖,不如种地翻土块。

麦过芒种,谷立秋,豆过惊蛰,使镰钩。

麦盖三层被,小孩抱着馒头睡。

白露早,寒露迟,秋分麦子正宜时。

早起三光,晚起三慌。
早起拾大粪,春上好种田。
待吃面,泥里沾,来年吃饱饭。
勤扫天井,懒赶集,粪肥一定积得起。
白露麦,不用粪。
七夜麦子,八夜谷,半月出来早蜀黍,豆子晚了当日出。
榆钱子落,种谷还不错,早谷不丰收。
老枣树发芽,家家户户种棉花。
四六不收豆。
麦锄四遍面充斗,谷锄八遍糠没有,棉花锄八遍,桃子结成蛋。
三伏有雨好种麦。
谷上仓,麦上场,豆子扛在肩膀上。
杈上有火,锄上有水。
一百五①,麦穗头出了土。
六月六,看谷绣,七月七,割谷吃,八月八,耪谷茬。
黄疸吃饼,黑疸无神——指小麦受害。
立秋花落一半。
庄稼不收空埯。
麦子三不种:晚不种,旱不种,没有工夫不种。
天上掉不下大花饼。
三月光光,四月楼,五月里种金花。——指棉花。
行说立了秋,便把头来揪。——指收棉。
麦收一晌,蚕老一时,麦伤镰吃面,谷伤镰吃糠。
今年槐花,来年梅。
早豆晚豆,单看三十六。
四月里芒种麦在前,五月里芒种麦在后。

---

① 一百五:清明前两天。

十日(秋分后)无晚。
点麦不让宿。
耍笑买卖,谨慎庄家。
秋从东来,麦从西熟。
上蚕植蜀秋①。
麦子不怕草,就怕坷垃咬。
麦怕胎里旱,人怕老来穷。
春地无晚,秋地无早。
早谷晚麦无丰收。
种小麦要改良,宽垄密植多打粮。
六六粉,塞林散,使到地里虫子完。
查苗、补苗浇小麦,定棵剜苗正是对。
春上麦子锄三遍。
种麦不上粪,不如瞎胡混。
小满三日见三黄——麦子黄、蚕茧黄、杏子黄。
割麦子,带着捆,蓖麻一号真喜人。
蚕老一时,麦熟一场,男女动手,麦子进场。
种豆子地要湿,要保险两三宿。
稀谷大穗,来年吃麦。
七寸、八寸埯埯头,三棵两头留。
早点玉米,晚点地瓜。
溜麦茬,种玉米,旋大窝子等着雨。
耩高粱,种早谷,砘上几遍才能锄。
入伏有雨,不用打井。
春耕春种与春耙,筛粪运粪万不差。
种棉花,带芝麻,种上地瓜带西瓜。

---

① 言养蚕、种高粱要早。

刨堰头,点蓖麻,割黍子,摘豆角。
家土强似野粪。
出庄不要空着手,回家不要空着走。
割青草,汇绿肥,烧土积灰肥。
扇担粪篓抬,犁耙绳索买,耩子拾掇好,保证窝工少。
晚睡觉,早起来,天上掉下元宝来。
春不种,秋不收,春种一粒,秋收一碗,春种一片,秋收一石。
好种出好苗,好葫芦出好瓢。
饿死爹娘,留着种粮。
有钱买种,无钱买苗。
千耪万耪,没粪不长。
种地不用问,全靠工夫粪。
没有粪和水,种地瞎倒鬼。
能种当时,不耕两犁。
春天地缺苗,冬天抱着瓢。
锄头倒有三件宝:有水有火能锄草。
寸麦吃丈水。
头伏不麦,末伏小麦。
立夏不种花,种了本利不归家。
人不哄地,地不哄人。
少种地,多上粪,收的粮食打成囤。
三伏无雨难种麦。

三、说明事理

一个人不是人,孤树难成林。
觅汉,觅汉,一年七天。
看坡不如看庄,看庄不如看户,看户不如看人。
做到老,学到老。

一木不成林。
守着勤力没懒汉,守着馋的没攒的。
越吃越馋,越闲越懒。
家有千顷靠山河,不如扁担压着脖。
地是骨头,老婆是铺守。
旧社会有吃着有看着的。
穷没有穷到底,富没有扎下根。
没有勺子拐不着碗。
钱是英雄胆,有钱敢说话。
水涨船高。
打开洪山,没有穷汉。
打开马鞍山,金子、银子绣花园。
不受十人苦,难得一人财。
出去两眼乌黑,取借无门。
明人不用细讲,响鼓不用狠捶。
虎瘦心在,人穷志不穷。
人无头不行,雁无头不飞。
无针难缝线,无米难做饭。
巧嘴鹦哥,说不过潼关去。
隔里不同俗。
有好唱,无好声,唱出来不中听。
唱戏的疯了,看戏的傻了,唱戏的没劲,看戏的胡咕唧。
媒人是杆秤,两头叫得硬。
话勾话,越勾越多。
待人莫要怪,送到大门外。
远怕水,近怕鬼。
下雨光着腚,省得淋衣裳。
秤钩不离秤锤,老汉不离老婆。

种好庄稼是一季子,寻不好媳妇是一辈子。

任凭风浪起,稳坐钓鱼舟。

路遥知马力,日久见人心。

丙、歇后语

老鼠钻过风箱里——两头吃气①。

老鼠拉火镰——倒贴(盗铁)②。

老鼠窝里放爆仗——呲猫③。

老鼠拉木锨——大头在后头④。

老鼠掉进面瓮里——骨碌出来也就白了毛⑤。

老鼠尾巴上的露水——经不起风吹雨打。

老鼠尾巴上长疖子——出脓不多⑥。

屎壳郎飞到炮眼里——找着挨呲⑦。

屎壳郎飞到粘粥里——自装黑豆。

屎壳郎飞送殡——一帮黑(青)⑧。

屎壳郎飞到薄屎里——用劲不少,滚不出个蛋蛋来。

屎壳郎推车子——滚蛋。⑨

屎壳郎戴眼镜——晕头转向。

---

① 说一个人受委屈。
② 说一个人没赚到便宜,反吃了亏。
③ 把事情做坏了。
④ 刚开始虽然不好,最后可是很精彩的。
⑤ 形容做事要敏捷。
⑥ 形容人很吝啬。
⑦ 呲:找难看。
⑧ 全是一样货色。
⑨ 它滚蛋就像推车子一样。

屎壳郎跑到鞭鞘上——光知道腾云驾雾，不知道死在眼前。
屎壳郎打哈欠——一股臭气。
屎壳郎爬到枪口上——找着挨刺。
屎壳郎爬到砚台上——自装块好墨。
屎壳郎爬到文章上——自装识字大君。
屎壳郎害眼病——那付脏样。
屎壳郎并翅——到了份(粪)上了①。
屎壳郎钻进泔水瓮里——自装脓包枣。
屎壳郎飞到猪栏里——臭美。
屎壳郎爬电线杆——自装修理匠。
屎壳郎爬到弹花轮上——找着挨抡②。
屎壳郎搬家——滚蛋。
屎壳郎爬到扫帚上——看它做个啥茧。
屎壳郎趴在铁碗上——自装铆钉。
屎壳郎飞到毛坑里——跳跳。
武大郎玩夜猫子——啥人玩啥鸟③。
武大郎割豆子——没有谱④。
武大郎刨窄蒜——掘开了⑤。
武大郎"短道"——不截人⑥。
武大郎攀杠子——上下不够头。
武大郎背褥套——洋差⑦。

---

① 说一个人做事再坏不过。
② 挨抡：挨打。
③ 夜猫子：猫头鹰。
④ 谱：是豆子成捆以后名称的同音词，即不着边际。
⑤ 掘开了：骂起来了。
⑥ "短道"：在路上抢劫。不截人：武大郎身子矮，挡不住过客。
⑦ 洋差：差役。

日本鬼子看戏——傻了眼。
日本鬼子吃高粱——没有办法。
日本鬼子揣"打火"——倒楣(煤)①。
日本洋鞋——踢不的(底)。
日头西送饭——过了时。
二姑娘坐轿——后打一出。
二大爷娶媳妇——没有老侄子的事。
二大娘吃槐叶——肿脸难看。
二百钱买一个鸡蛋——闲(咸)蛋②。
二月二拜年——胡扑③。
八百钱掉在河里——难摸那一调④。
八月十五求糕——趁早(枣)。
八尺布撕成两下里——死吃(四尺)一块。
八个老婆坐席——净说母话。
十八大姐做小孩鞋——闲里治下忙里用。
十八个大姐下茶馆——花了银钱丢了人。
十里路不换肩——抬死杠⑤。
小鱼跟着大鱼上船——拉掉揭腮⑥。
小两口吃黄瓜——一掰(百)⑦。
小葱拌豆腐——一清二白。

---

① "打火"：是煤、泥的混合物,可作燃料。
② 言咸鸡子较贵,这里骂二流子。
③ 胡扑：乱搞。
④ 言唱歌时找不到调门。
⑤ 喻两个人顶嘴。
⑥ 喻人不要跟着强人做自己力不能支的事。
⑦ 一百：一百元钱。

两口子盖棉条——今辈子不能①。

两口子拜堂——好板了。

两个铜钱打眼镜——睁眼就见钱②。

两盘鏊子摊煎饼——迭不迭③。

两个哑巴做贼——没法说了④。

两个瞎子瞪眼——谁也看不透谁。

腊八日死了觅汉——巧杀了⑤。

床底下放风筝——起不去。

窗台上喂叫叫子——出产不出大牲口来⑥。

毛厕栏的石头——又臭又硬。

毛厕栏里刮旋风——欢了一窝擦腚纸⑦。

梢瓜打驴——断了半截⑧。

地瓜顶门——不抗劲⑨。

骆驼下店——想高门⑩。

长虫扎腰——缠（馋）人。

长虫戴帽店——好出挑小伙子⑪。

长虫看戏——傻眼了。

---

① "今"：是同音词。意思是两个人盖一床棉条，一拉就盖不着了。
② 形容人的爱财。
③ 忙得不可开交。
④ 没有理由分辨了。
⑤ 雇长工的人，到腊八日算一年，这一天长工死了，没有少给他做活。
⑥ 说一个人没有大出息。
⑦ 形容一群人的放荡不羁。
⑧ 梢瓜即脆瓜。
⑨ 即不顶事。
⑩ 即想赚便宜。
⑪ 帽店是帽的一种，这是夸人漂亮的话。

参打母子拉薄屎——腔不好嘴硬①。
参打母子树直溜——显腔眼子②。
亚油葫芦塞到腔里——出进两难。
骑着驴看戏——走着瞧。
公公背着儿媳妇过河——费力不讨好。
不倒翁过河——湿了衣裳丢了人。
瞎老婆害眼——没有扎古③。
瞎子踢毽子——一个不个。
瞎子量宅——四指不摸。
瞎子戴眼镜——自装看见的。
瞎子点灯——白搭一只蜡。
瞎子骑驴——不松缰④。
瞎子拴鼻子——把子攒着⑤。
瞎子吃柿子——往着软和的摸。
瞎子鼻涕——大把攒。
猪八戒拿火纸——自装个识字的⑥。
小孩子拉屎——两□□。
花果山打猎——看猴子。
家雀飞进鹰市里——性命难保。
百尺高杆上挂风箱——光看捞不着啦。
破风箱做了薄皮材——挨了一辈子拉还要装人⑦。

---

① 参打母子：啄木鸟。
② 树直溜：拿大顶。
③ 言没有治法。
④ 形容一个人老是跟着别人后边。
⑤ 说办事有把握。
⑥ 火纸：祭祀时的纸钱。
⑦ 薄皮材：品质劣的棺材。

碌轴上点灯——照常（场）。

扒着眼照镜子——自找难看。

捏着眼皮揩鼻子——使错了劲。

买了个牛来拴着蛋——没有乜样牵（谦）法的①。

月亮天吃柿子——往着软和的摸。

客房里挂狗皮——不像画（话）。

门后头放的的金——等不到天明②。

窗户眼里瞧人——看扁了。

豆腐渣塑神——看乜个态③。

拱腰子爬屋脊——担不着④。

拱腰子上山——钱（前）上紧⑤。

长尾巴狼喝酒——造（枣）谣（肴）⑥。

乌鸦飞在猪腚上——光看见人家黑不知道自己黑。

背搭子点豆子——两头装种⑦。

外甥闺女打弦子——费了她老娘的蜡了⑧。

掩耳盗铃——自哄自。

肉包子打狗——有去的没来的。

一个镜子两下分——一明二白⑨。

---

① 说一个人不应太谦逊。
② 的的金：新年夜里放的烟火。
③ 说人的难看的姿态。
④ 说做事少不了倒霉。
⑤ 拱腰子的人爬山，老是身子朝前倾。
⑥ 长尾巴狼：一种鸟，喜吃枣。
⑦ 背搭子：一种放在肩上的布袋，分两个口。这里是说一个人两方面搬弄是非。
⑧ 形容人做事太慢。
⑨ 说一件事办得很利落。

一毛钱撕成两半——尽成半毛。
当铺里丢出孩子来——拿着人不当人①。
失了火钻到床底下——过一刹是一刹。
滑溜子腌咸菜——一言(盐)难尽②。
徐庶到了曹操家——一计不计。
纸糊的灯笼——经不起风吹雨打。
蛤蟆腚上插鸡毛——像个啥鸟③。
葱白堆在盐巴里——想提拔你,你还嫌(咸)来④。
豆虫尾巴——自觉不离。
大风刮蒺莉——连风带刺。
脚跟上的虱子——永远爬不到头顶上。
年小做梦娶媳妇——心高妄想。
夜猫子爬在神台上——花花扑拉像个啥鸟。
蛤蟆跳在热鏊上——欢乐一时是一时。
大耳朵猪钻到坟后头——装那大耳朵獾。
剃头刀子打挂拉——拉头拉地不行⑤。
剃头刀子掉到井里——拉得不浅⑥。
皮猴吃瓜——撕开。
孙猴子扛锯条——拉天拉地。
孙膑打浆子——糊牛⑦。
猪八戒扒在冰冰上——丑陋不嫌凉。

---

① 说瞧不起人。
② 溜滑子:一种石头。
③ 骂人。
④ 人不知时务。
⑤ 挂拉:动荡、摇摆。
⑥ 割的很深。
⑦ 浆子:浆糊。

过腰子骑驴——看不着天。
吹手下乡——打公事办①。
老虎拉大车——不听套②。
大年五更烧杨叶——光说吉庆话,当不了细粮。
"八斗瓶子"打了肚子——光剩个好嘴③。
上鞋不用锥子——真(针)好。
黄鼠狼串河崖——找鸭子吃。
黄鼠狼拜年——找鸡吃。
黄鼠狼坐月子——一窝子鸡头④。
乱死岗上坐月子——吃他鬼的亏⑤。
茶壶里盛饺子——肚子里有倒不出来。
苍蝇飞进牛眼里——吃累(泪)不少。
万岁皇爷跳了井——劳劳驾吧!
扳着驴腚亲嘴——不知香臭。
带草帽子亲嘴——差得远了。
戴着帽子抓痒痒——木不愣噔⑥。
木哈鱼爬神台——找着挨敲⑦。
狗头上长角——装洋(羊)。
喝了黄连唱唱——苦中作乐。
溜溜锅里煮皮球——煮不烂,可一包气。

---

① 吹手:即民间送丧时的吹鼓手。公事:丧事。
② 说一个人很固执,怎么劝说也不听。
③ 说一个人说话随便。
④ 坐月子:分娩。
⑤ 乱死岗:无主的墓地。
⑥ 即抓得不过瘾。
⑦ 木哈鱼:木鱼。

要饭的牵着猴子——玩心不退①。
土地庙里昂蚊子——熏神②。
扎着麻绳拜天地——从头就错了③。
绑着被单娶媳妇——从头错到底④。
南瓜包子上供——不馋神。
秃子跟着月明走——沾光⑤。
磨道里截驴——逼着走那根道。
斤半锅饼——够呛的⑥。
歪巴子高粱——各自一种⑦。
芦苇里"托坯"——尽是一块土蛋⑧。
割了蒿地显出狼来——水落水出。
羊群里抱出个驴来——数着你大了⑨。
汉子穿着老婆婆鞋——前头窄着。
纸糊的灯笼——心里明。
月明天打灯笼——白搭一只蜡。
屠户叫门——送了肉来了。
土地爷爷打鱼鼓——老板老调。
地瓜母子做梆子——不顶敲⑩。

---

① 乞丐生活很苦,本应寻找生活出路,他却仍然牵着猴子玩。
② 昂蚊子:即以烟火熏蚊子。
③ 丧事时扎着麻绳,而娶媳妇拜天地扎麻绳是错了。
④ 系着白被单像送丧的,不像娶媳妇的。
⑤ 月明:月亮。
⑥ 锅饼:很干的硬面饼,不能吃得太多。呛:吃。
⑦ 说一个人不与众同。
⑧ 托坯:即和泥放进模型,干后建筑用。
⑨ 讽刺出风头的人。
⑩ 地瓜本来很脆,用它做梆子,敲击物件,自然很快就破了。

擀面杖吹喇叭——一气不通。

邻家死了个老鼠——小事。

卖豆腐的买了二亩河滩地——浆里来，水里去①。

带着汉子嫁人家——活头。

老母鸡啄门神——多嘴多舌。

老母鸡吃的蛴螬——自找的②。

老虎扒在磨头上——虎凑磨眼③。

老黄牛拉耩子——稳当着落。

红萝卜秫子糕——趁早（枣）。

包脚布搭在肩膀上——臭排坊④。

拉着碌轴上山——费力不讨好。

青州府的烟袋头——打火。

烟袋去了两头——杆子。

刘备一转——哭来的江山。

剃头的拿锥子——一个师傅一个传授。

半路里出家——没有好道士。

猪腚上插葱——装相（象）。

摔得簸箕满天飞——有舌头无嘴⑤。

死人的头发——鬼毛。

拄着竹杆上天——摘星。

裁缝掉了剪子——光剩吃（尺）⑥。

---

① 河滩地易干被水冲毁。
② 蛴螬：虫子名。
③ 虎凑磨眼：胡乱说话，作事不认真。
④ 臭排坊：穷阔气。
⑤ 簸箕像舌头，但在空中飞，看不见嘴。
⑥ 说一个人很馋。

四两醋——不够一提①。
马尾拴豆腐——提不得。
跛子摔了——不吃狗气。
抱着西瓜往庙里跑——尽给和尚解渴。
姜太公打姜婆婆——将(姜)打将(姜)。
夜猫子进宅——无事不来。
夜猫子扑翅——大小有点事。
窗户眼里瞧人——看扁了。
窗户眼吹喇叭——大名在外。
乌木筷子插藕——黑眼眼。
席子后面打蹦蹦——起不来。
巴狗子咬月明——不知道天高地厚。
云彩上睡觉——心高妄想。
玉皇宫走了一遭——想到天宫去了。
窑门里的砖没烧熟——二红。
要饭的拿杆称——凭的啥②。
乱死岗上唢一响——鬼打刀。
白大开的皮夹子着火——烧贼包③。
吃糕拿螃蟹——手粘不捉角。
闫李庄求雨——损神。
鞋底下擦油——滑下去了。
博山的罐子——四鼻④。

---

① 一提是有一定数量的盛油器。
② 要饭的:乞丐。凭:秤。
③ 白大开:人名。烧贼包:骄傲的意思。
④ 四鼻:四个罐鼻子。

雅兰子戴蒜臼子——头沉①。
扁担插进桥洞里——担不起②。
跑马行船打秋千——净是危险事。
潍县萝卜——差得粗。
擀饼轴子摊煎饼——不吱啦也是乱扑棱。
擀饼轴子弹棉花——没挡头。
半夜五更坐着——不困。
吃饱了往栏里跑——没有别的事③。
光着腚缠脚——利落。
光着腚打铁——一面子热④。
光着腚穿裙子——围得好。
下雨淋了窗台——无缘（檐）。
上树带斧子——到处胡侃（砍）⑤。
高丽国的王子——洋了眼⑥。
披着蓑衣啃旋饼——不看吃的看穿的⑦。
店里的臭虫——吃客。
煎饼鏊上炒豆粒——零碎蹦了。
煎饼鏊子当烙铁——来了大熨（运）了⑧。
新媳妇杆那一翻饼——人生面不熟。

---

① 雅兰子：鸟。
② 说一件事自己不敢承担责任。
③ 只知道吃。
④ 他爱对方，对方却不爱他。
⑤ 满嘴里胡说。
⑥ 治不的。
⑦ 旋饼：硬的饼。
⑧ 说人交了好运。

巴不倒子抗痒痒——自磨膀子①。

巴拉油子爬到蛤拉堆上——净成了骨头山了②。

东方亮下雪——也明了,也白了③。

掉了镜拾了包粉——有得擦没得照。

狗黑和局——熊打头④。

狗黑摘棒子——摘一个掉一个。

狗头上长角——装洋相(象)。

狗熊他奶奶怎么死的——笨死的。

肉包子打狗——有去路没来路。

---

① 巴不倒子:不倒翁。
② 巴拉油子:蜗牛。蛤拉:贝壳。
③ 完全明白了。
④ 赌博用语。

Ⅳ 曲艺类

一、小演唱

小放牛①

人物

牧童：二十岁的青年，简称牧。
村姑：十七、八岁的姑娘，简称姑。
时间： 一九五五年秋初，一日的早晨。
地点： 淄博市淄川区马庄乡康家坞村。
布景： 一棵大树，树下一块很好的大方石，是群众休息的好地方。
（幕起）

姑：（手提花篮上，白）社里的庄稼活太忙，组里特地派我去拾棉花，这里有棵大树，树荫很好，非常凉快，不免我在树下乘凉一会吧。（坐在方石）

牧：（白）今天天气晴和，我不免牵牛上山游玩一会吧。（作牵牛式上场，见村姑树下乘凉，偷偷将村姑的篮子拿掉）

---

① 谈兵役法。

姑：（自言自语地）唉，我的篮子在身后,谁把我的篮子拿走啦?（回头看,见牧童在放牛,向牧童走去,问）你拿我的篮子啦,牧童哥?

牧：（白）没有,没有!

姑：（四下寻找,见篮子在牧童身后,白）牧童哥,篮子在你身后边,不再与我闹玩啦,地中农活很忙,我还要急去拾棉花,快将篮子还我。

牧：（调皮地）不行,我现在有几个问题不明白,要领教你,把问题给我回答上,我就将篮子还你。

姑：（白）好吧,你问我答,咱就唱起来吧。

牧：（唱）
什么人宣布兵役法,兵役法的好处有哪些?哎,唉咳哟。

姑：（唱）
我们政府宣布兵役法,平时养兵少,战时出兵多。

牧：（唱）
什么人才能服现役?服现役的年龄规定怎么样?哎,唉咳哟。

姑：（唱）
青壮年好公民才能服现役,十八至二十才能服现役!哎,唉咳哟。

牧：（唱）
什么人不能服现役?什么样的人儿不要他?哎,唉咳哟。

姑：（唱）
鳏寡孤独不能服兵役,反革命分子不要他。哎,唉咳哟。

牧：（唱）
服现役几年才回还?回来应该怎么办?哎,唉咳哟。

姑：（唱）
陆三空四海五年,回来按条件参加生产。哎,唉咳哟。

牧：（唱）
兵役法何人来拥护?兵役法的好处怎么样?哎,唉咳哟。

姑：（唱）

广大青年来拥护,保卫和平万万年,哎,唉咳哟。

牧:(白)好吧,现在你将问题给我回答上了,可以将篮子还你,你去拾你的棉花,我去放我的牛。

姑:(接篮子,白)现在你问完了我,我且问问你,你对兵役法的认识怎样?兵役法到来你打算怎样办?

牧:(白)宪法一百零三条规定,保卫祖国是中华人民共和国每一个公民的神圣职责,每一个青年都应该依法登记,依法应征,我怎么会不去,我打算并给咱村青年作榜样呢!

姑:(白)你真是毛泽东时代的好青年,是青年学习的好榜样,我现在去拾棉花,你快快去放牛吧!牧童哥,再见,再见!

牧:再见,再见!

(落幕,分手而下)

蒋介石自述

|︰53 56 |-|23 23 5︰||(曲谱)

(幕开)

蒋:(唱)

风吹杨柳梢,月亮渐渐高,蒋介石坐台湾,一阵好心焦,唉嗨哟。

宋美龄:(白)你心焦什么?

蒋:(唱)

心焦我的兵,打仗真稀松,不是被俘虏,就是把枪扔。就是把枪扔,唉嗨哟。

美:(白)你那将官呢?

蒋:(唱)

提起我那将,苦恼在心怀,单等着解放军,把我打垮台。把我打垮台,唉嗨哟。

美: (白) 你不好不打吗?

蒋: (唱)

哪能好不打,对不起干爸爸。弄得我蒋介石,上也上不去,下也下不来,唉嗨哟。

美: (白) 你干爸爸是谁?

蒋: (唱)

提起那个人,打仗真伤心,他就是美国大总统,杜鲁门,杜呀杜鲁门,唉嗨哟。

美: (白) 你不会死吗?

蒋: (唱)

我有心去死,剩下宋美龄,一个人冷清清,过日子怎么行,过日子怎么行,唉嗨哟。

(二人落泪,幕徐徐下)

二、曲艺

薛仁贵从军

一更里,天到黄昏,闲来无事,谈论古人。

江州府道有龙门县,薛礼辞母去投军,母子三人举家泪纷纷,薛礼嘱咐刘迎春:"高堂现放老母在,总要侍奉多加小心。"

二更里,月转东,薛礼辞母回到房中,贤德夫人床沿上坐,薛礼施礼打下了躬："明天要登程，撇下你在家中，母亲面前多加笑容，等到我得官回了路，扬名四海传万冬。"

三更里，半夜天，薛礼嘱咐女大贤："有些好歹你知道，不必恼怒记心间，总要放心宽，休要皱眉间，母亲脸前多加笑脸，哄得咱母亲心中欢喜，省得思想盼儿还。"

四更里，似睡朦胧，做梦来，梦见到了京城，头戴一顶乌纱帽，蟒袍玉带穿在身中，薛礼观分明，打量文武卿，金銮宝殿去见诸公。大拜二十四拜，万岁爷封我一品贵公。

五更里，明了天。薛礼牙床把身翻，心酸来是一个南柯梦。

梳洗已毕到堂前，尊声"母老年，休要盼儿还，为儿要登程下长安。""为儿到了长安地，捎上封书信好将母安。"

迎春起，行事毕，薛礼槽头沿上把马牵，迎春相送在后边。迎春送出三里路，行走来到汾河湾，二人分手得失散，薛礼奔阳关，迎春独自把家还。

（尾）婆媳二人熬日月，苦了整整十二年。十二年，薛礼还家，一步登了天，阖家得团圆。

五更里

一更里黑了天，小奴家在绣房，雨泪不干。为丈夫参了军不把家还，撇下小奴在绣房常挂心间。或来或不来给俺一封信，省得叫奴家常挂心间。

二更里冷清清，小奴家在绣房掌上银灯。为丈夫在外边天天受累，学习文化好，叫奴挂心中。奴坐在"雅床"睡不着觉，翻上搅下睡不宁。小奴家盼丈夫入了心窍，听了听外边打了三更。

三更里半夜天,思想起俺家中这样的困难。思想起白天来还要把活干。俺还得好好学习趁空早上班。

四更里来似睡朦胧,我梦见奴丈夫还了家中,一睁眼坐"雅床"没见面,越寻思,越不"恣",坐到"雅床"上好不冷清。

五更里来明了天,听了听吹哨子叫俺上班。婆母娘来催俺,急急忙忙到眼前;耽误不了奴上坡,奴把活来干。大家欢乐通通"要好的",都说俺有个好丈夫,保卫国家大家都平安。

光棍苦

正月里过春节又是新年,光棍子死了妻两泪不干。思想起恩爱夫妻白头到老,不料想半路里归了阴间。心里老想来不敢言,强打精神站人前。男人无妻家无主,女人无夫塌了天。

二月里刮和风,小光棍暗思想滚下泪横。心里想来不敢做声,衣裳破了没人给俺缝,同样的针线没人给俺做,论正来谁给俺摊煎饼。

三月里清明未到寒食,瞧瞧没有人去上坟的,左手里拿两刀钱粮到了我贤妻的坟前里,烧了钱粮纸两眼泪兮兮,不见我贤妻在哪里?

四月里好长天,家家户户都喂蚕,上年我有贤妻在,采桑采蚕忙上几天。蚕做成了茧,抽出那丝线。单针挑了做鞋穿,"翻"成行"纳"成条,穿到脚上显显手段。

五月里端阳好热天,俺光棍思想起来两泪不干。俺还得上坡把活干,俺家中没人办下饭,千寻思万"叨念",多咱"得帝"①,看起

---

① 得帝:"得帝""得了帝",其意义不明,据我们难测,可能是"交了运"的意思。

来我的命运好似黄连。

六月里入了伏,天长夜短太阳毒。早晨起来把"活计"做,还得上坡把地锄。装上一瓶水锄到那上午,瞧了瞧没有人,坟上泪涟涟。

七月里秋风凉,家家门口晾衣裳。用手打开妙箱柜,撇下了这东西好不凄凉。"毛篮"的衣裳都是缎子表,各式各样的花鞋都有几双。越看心中越难过,自劝自解强打打精神。

八月里是中秋,思想起一阵阵两泪交流。实指望夫妻同老,不料想半路上也不长久。心里想光犯愁,我这样的命世少有。幼年不幸丧妻子,我这光棍"多咱"到头。

九月里来秋风凉,思想起我的命多么"怨惘"。思想起我的全棉衣没人给做,花上钱雇个人人家嫌脏。越寻思不长久,白昼黑夜来"道量",自劝自解往前进步,人到后来早晚就沾光。

十月里来寒风来,光棍想妻泪满腮。上年有我贤妻在,做着袜子挂牵着鞋。至到如今无人伸手,凭着东西,何人做起来。

十一月里雪花飘,人害冷好似钢刀。千寻思万"叨念","多咱得帝",到后来平心算也就好了。

十二月里整一年,提亲的媒人到家边,东庄里有个少寡妇,重新配年少,做佩凤鸾。大家都"得帝"统统要吃穿,夫妻同劳动,大家去生产,两口子商量着过,通通得团圆。

断大烟

毛主席在中原,领导大家学习都平安。有吃有穿大家进步。自打中原"得了地",断送了麻将骨牌和大烟。为什么把麻将骨牌、大烟断？因为黎民花钱遭下罪,应要男女老少吃上瘾,学会了奸懒、馋、猾不动弹,亲戚友人坑过遍,这一天务业折腾过干。若要使东西扔一个净到,后来没有吃和穿,要是一时咽了气,村长闾长都不管,把他抛到荒效外,黄土埋上大半锨,去了只犬,扒了半天,啃了一口,又苦又酸,"早知道他吃大烟,不能用费心劳力,扒上半天,扒到满地里,好似一块粪块一般。种秫秫,长乌米①；种谷子,长枪干②；种地瓜,挑着大的烂。"

假三义

淄川城外有王家庄,住着一位王老汉,既无儿来又无女,只有一个老伴。王老汉六十岁,一命归了天,剩下老伴过活更艰难,天天行乞在乡间。有一天,老太婆在破庙里过夜,梦见三义在面前,刘备、关公、张飞一齐开了言："你们这地方将有大瘟疫,请你替天跑腿来除灾。"老太婆吼道："使不得,我已六十挂零,替天跑腿万不能！"三义说："并不要你到处跑,只要你坐在庙里装下神。我们给你除瘟茶,它治万病都有灵。"老太婆醒来才知道是一场梦,一缸红茶不知几时放到庙中。

第二天王家庄许多人得了病,上吐下泻头发晕,病人纷纷到庙去求神。老太婆装着下神来驱瘟,每人给他一碗茶,喝了立刻见效应。老太婆从此出了名,都认为她是神婆下凡尘。香水贡畜来往不绝,老太婆吃得好来穿得暖,剩下的香火拿去换

---

① 长乌米：一种黑穗病。
② 言不长穗光长干也。

钱文。

王家庄上有个李二疯，天天宰猪来营生，从来不信鬼和神，他开口便把神婆骂，骂她是"装神骗钱的小妖精"。神婆听了心害怕，半夜里向三义献辞呈："这个差使我干不了，杀猪屠骂人太无情。"三义说："你且不要胆战惊，疾病不久到他身。"

有一天李二疯正把神婆骂，忽然间，头发高烧浑身麻，用手一抓便起水泡，痛得他咬牙踢腿又弯腰。他母亲看见吓了一大跳，连忙去把神婆找。神婆给她三碗茶，二碗下肚，一碗往身上擦。喝了茶水止住痛，擦了一撩泡即消。第二天，老母亲准备贡物去敬神，李二疯也要跟着瞧瞧，老母亲嘱咐他一遍又一遍：千万不要太粗暴。李二疯口中答道"是是是"，偷偷地腰里藏了一把杀猪刀。

说得快来走得快，前面到了神婆庙，贡物放在套间里，李二疯趁机躲在房间后，无人见来无人晓。半夜里平地凉风起，白脸、红脸、黑脸三神齐来到，拿起酒壶直往肚里浇，吃起菜来就用五指抓。李二疯本来不知真和假，口说不怕心发慌；现在一看不对头，哪里有神仙不讲理和义？现今是黑脸张飞坐首席，放着酒杯你不用，吃起菜来用五指。罢罢罢，我看你，一定是个狐狸精。

他拔出了明亮亮的刀一把，一个箭步迈上前，大叫一声"我来了，狐狸精快快现原形！"三义吓得离了坐，露出尾巴乱打滚。原来狐狸装三义，布下瘟疫害人民，再叫王老婆装下神，弄得全庄不安宁。李二疯子拿钢刀空中举，狐狸精夹着尾巴求饶命。李二疯寻思一下开言道："小小妖精你听真，只要你不再装神弄鬼害百姓，我就把你放了生。"李二疯怕它再闹鬼，割下耳朵令它无完形。从今后，当地百姓再也不信鬼与神与妖精。

三、快　板

解放淄川城,俘虏蒋匪军①

八路军,是不是让②,
抱地雷,上前线,
见城池,轰炸了,
打得蒋军不照面③。
本地堡,难了看,
一时就俘虏了好几万。
不上阵来不抗战,
你三里五村胡捣蛋。
八路说,八路劝,
送你还家去改变。
会推车,会挑担,
赚了钱来好吃饭。

五二年元旦节大会献礼④

正月里来是新年,
大家选我当评员。
选择我,真为难,
我一不会说二不会谈,
说得好友没有眼。
今天我给各位父老来拜年。
我对大家谈一谈,
志愿军,保和平,
美国鬼自逞能,
有炸弹,有飞艇⑤,
随后跟着原子能。
各位父老别害怕,
纸糊的老虎他能咋?
志愿军,真不让,

---

① 孙敏修。
② 不让:系当地的口语,是称誉的话。
③ 照面:即见面。
④ 孙敏修。
⑤ 飞艇:现在称飞机。

朝鲜地里作了战,
打坦克,打飞艇,
其他武器还不算,
俘虏了鬼子几十万。
美国鬼,看了看,不好办,
板门店上胡捣蛋,
中国人民眼睛亮,
你美国鬼子赛鸡蛋①。
搁不住中国一把抓。

卖了大钱真方便。
日本鬼,他会编,
拿了中国称老三。
八路军这儿生了气,
拿着老三当汉奸,
中不中,尖不尖,
忠不忠,奸不奸,
跟着日本上了天。
中国人咱同心伴,
咱们打得日本不见面。

抗日战争时期作的②

小日本,进中原,
糊里糊涂这几年。
联华票当洋钱③,
他来中国糊弄咱。
修炮楼,挖地盘,
他在中国好挥钱。
中国人,没法办,
投了日本吃饱饭。
偷点焦,摸点炭,

抗战胜利时作④

小日本,真不善,
中国地盘他想占。
挖煤井,造焦炭,
一做做了八年半,
老蒋知道他不打。
八路军他真不让,
掀炮楼,扔炸弹,

---

① 赛:像。
② 孙敏修口述。
③ 联华票:系日伪时代的伪钞。
④ 孙敏修口述。

打得日本不照面。

一步登天

动员大家卖余粮[①]

各位同志听我言,
统购统销谈一谈。
统购统销怎么样,
动员大家卖余粮。
把余粮卖给合作社,
帮助国家积攒钱,
裁上布做衣服,
买下东西好过年。
邻舍别家来拜年,
给小孩留下拜年钱。
正月打春天又短,
互助合作闹生产,
农民齐心加油干,
多打粮食做模范,
快步走到社会主义,
幸福生活万万年。

八路军住山里实在困难,
一无粮草二无钱,
吃不饱,穿不暖,
夜晚出发,难得困眠,
吃苦忍耐,记在心中,
保家卫国不心烦。
现在大家看一看,
毛主席制造了铁筒一般,
也有吃来也有穿,
一年四季换衣衫,
吃不难,穿不难,
复员回家带着钱。
老百姓大家有好处,
人多地少有减免,
老百姓有困难,
上级号召帮助咱,
现在大家入了社,
就是一步登了天。

---

① 孙传经口述。

大家一条心，就是黄土变成金①

出坡又出昆仑山，
累得腿疼腰又酸，
来到山顶松树下，
歇歇喘喘吃袋烟。
我把旱烟吃完了，
咱把歌来唱一番。
四通八达不知道，
好像陈抟睡睡觉，
主席号召惊醒了我，
农民社里去瞧瞧。
老又老来小又小，
有点生活怎样搞，
自从入了合作社，
打的粮食吃不了。
吃得饱来穿得暖，
节余下粮食换成钱，
把钱入了合作社，
开春发展大生产。
大家入社一条心，
就是黄土变成金。
主席领导前头走，
农民团结随后跟。
中国全是一家人，
也有富来也有贫，
毛主席看了不合理，
才把土地全均匀。
爷爷孙子一条心，
栽下树苗扎下根，
小树长大起作用，
儿童长大去当解放军。

合作化——幸福的路②

社员同志要好过，
一定要走合作化；
初步走，有困难，
大家努力加油干。
花椒树，果木圆，
闸住山沟种麦田，
沟沟道道种菜园。
开山荒，种庄田，
多打粮食又增产，
支援国家万万年。

---

① 孙敬修口述。
② 孙敬修的侄口述。

毛主席再给使把劲,
电灯、电话往这顺,
拖拉机往这运,
又长精神,又长劲,
我说这话不太远,
一定就在五九年。

接着再说下一段,
个人思想甭打算,
高级社,一定办,
社会主义要实现。
组织起来力量大,
什么困难不害怕,
也抗涝,也抗旱,
水车井,鸳鸯罐,
拖拉机,水电站,
各庄按上大医院;
放送机,无线电,
人民澡堂电影院;
毛主席,往下传,
人人都想当模范,
当模范受表扬,
人人都说你工作强,
要当模范加油干。
北京城,有休养院,
休养院呆几天,

模范大会去参观,
毛主席这样说:
天下穷人这样多,
中国成了一家人,
为什么有的有,贫的贫,
这样的事不合理,
买卖土地全均匀。

种地的走了运①

老百姓,真困难,
一年二年见不着钱,
半月不见油和盐,
热天愁着没小褂,
冬天愁着身上寒,
有心做个大棉袄,
七凑八凑没有钱。
咱说这话你不信,
反就种地的走了运。
三合粟二合谷,
这个利钱多么粗,
买卖工人都不行,
种土地头一等,

---

① 孙敬修之侄口述。

工人提高农民长，
种大地生活强。
养着猪，喂着羊，
鸡、狗、鹅、鸭排成行，
南瓜、豆角成担摘，
花生、棉花晒满场。
冬天冷了不出门，
北墙前头晒太阳。
种地的想去干点工，
劳动局里他不听，
土改分了丰产地，
暗地进肥不加工。

歌颂 1956 年

叫父老听我言，
我把社会好处谈一谈，
今天不谈别的事，
谈谈 1956 年。
五六年是丰收年，
互助合作大生产；
毛主席指示咱，
全国人民努力干，
提高生产不费难。
我们祖国真伟大，

有矿山，有平原，
工业发展速度快，
农业发展快马要加鞭。
全国都办高级化，
男女老少很喜欢，
高级化，根儿深，
才能彻底□从根。
组织起来力量大，
轰轰烈烈搞生产，
提高技术灭灾害，
庄稼收成高明年。
五五年产量每亩平均二百五，
五六年产量每亩平均五百斤。
工业原料供应足，
工农产品来交换，
全国合作化搞得好，
人人生活有改善。
社会主义真是好，
生产不用锨锄，
完全用的大机器，
幸福生活更美满，
托儿所、电影院，
有食堂、有饭店，
礼堂、学校、医院也都有，
还有俱乐部、图书馆。

新面貌

荒山成了大森林,
道路成阴不见天,
不好地变成花果树,
旱地变成水浇田。

高级社是集体,
要不劳动没得食,
劳动不干活,
什么东西也摸不着。
社会主义大改造,
要不劳动办不到。

毛泽东来领导,
解困难和劳力,
共产党爱人民,
不准饿死一个人,
五保三定要实现。

选队长

叫父老,听我讲,
听我说说当队长。
各个任务记心间,
当队长,意志坚,
热爱劳动最当先,
爱劳动,爱钻研,
开动脑筋没困难;
不急躁,不红脸,
动员别人耐心烦,
站稳立场铁一般。
不醉酒,不骗人,
样样工作抢着干;
不骄傲,不自满,
各种任务跑在前;
工作提早要完成,
个个争取当模范。
组长听了要记住,
队长听了要记全,
社员听了得高兴,
极积劳动争模范,
大家正式选队长,
劳动好事要选咱,
办事公正要合理,
大公无私要占先,
政治纯洁办事好,
历史清白可以干。

劳动有饭吃

旱田地瓜三千五，
水浇地瓜一万斤，
一亩玉米代地蛋，
叫社员快快干，
干上工分好吃饭。
连宣传带开会，
按工分分小麦。
分小麦，吃白面，
到秋后就算算，
粗粮地瓜和地蛋，
连分粮带分钱，
人人生活无困难。
工分多分粮多，
工分少分不多，
二流懒汉不用说，
庄稼汉不劳动，
自己生活无保证。

学文化

自从组织了高级社，
学文化的队伍很发达，
志愿扫盲一百二，
参加学习的二百八。
早晨高级来上课，
晚上文盲学文化。
第五队有个记工班①，
学习的劲头真可夸。
这里有张洪友家父和女，
这里有谁继承夫妻俩？
妇女社员刘日芳，
今年年纪四十八，
不会写刘她偏写，
不会写八偏写八。
有个儿童叫群海，
一笔一划地教他爸。
大家都走合作路，
大家都来学文化，
社会主义早实现，
全体社员笑哈哈。

积　肥②

院土内外打扫净，

---

① 记工：疑技工。
② 1956.3.15。

屋里尘灰扫得好。
鸡窝扒得光又净,
灶炉门子也扫了。
驴骡脚垫皆挖遍,
各家厕所都挖了。
百年不出旧栏圈,
五个就出两千担。
叫父老,你们不要发骄傲,
应当是,再接再厉继续搞。
现如今各队都向俺挑战,
揭起了积肥运动大高潮。
发现的肥源成千万,
全靠大家努力加油干。
我社的每亩用肥起保证,
四千斤土肥只有增加不能少。
各队都学习□□好榜样,
□□模范旗树得高。
从今后不怕它产粮指标不实现,
这就是抓住了增产关键第一条。
说到这里住了吧,
咱以后做出成绩再另描。

**积极参加扫盲学习,
加速社会主义建设**

众大哥和大嫂,
青年姊妹听根苗。
今天不把别的讲,
来把那扫除文盲表一表。
咱今办了高级社,
日子越过越美好。
研究技术产量大,
相信科学收入高。
逐步使用机械化,
耕地不用镢来刨。
这些好处都不错,
没有文化办不了。
农业发展纲要已颁布,
扫除文盲二九条。
这是学习的好机会,
望大家积极掀起那文化学习大
　高潮。
叫同志,听我言,
咱再把学习时间形式谈一谈:
时间完全在业余,
形式也要随生产。
记工班和民校,
识字小组限人数。
亲帮亲,邻帮邻,
包教包学送上门。
只要大家肯努力,
文盲帽子定摘掉。
能看书,能看报,
国家大事都知道。

大家快快来学习,
学上文化真方便。
工分能记账能算,
劳动手册也能看。
大家快快把名报,
参加学习莫迟延。
成一个文武双全的好社员,
把建设祖国的担子来承担,
来承担!

春节文娱活动秧歌舞[①]

自从一九五三年,
国家宣传总路线。
大家共走富裕路,
组织起来搞生产,搞生产。
组织起来搞生产,
参加长年互助组,
一家大小心喜欢。
俺组粮棉长得好,
不缺吃来不缺穿,不缺穿。
不缺吃来不缺穿。
去年办了农业社,
一家生活更美满。
发挥了土地的潜在力,
平均每亩三百三、三百三。
平均每亩三百三,
千百年未有的大喜事,
而今实现在面前。
今年办了高级社,
生产关系大改变,大改变。
生产关系大改变,
块块土地连成了片,
家家穷根刨了全,
男女老少齐欢呼,
打井整地不费难,不费难。
打井整地不费难,
鳏寡孤独无力户,
从此生活保障全。
保吃保穿与保教,
最后保葬有靠山,有靠山。
最后保葬有靠山,
社会主义真正强,
首先归功共产党。
谢谢领袖毛主席,
天大之恩怎能忘,怎能忘!
天大之恩的恩情怎能忘!

---

① 1956.2.7。

积　肥

众社员,请听言,
我们赶快找肥源。
全社玉米三千亩,
没有肥料白瞪眼。
三四队,女共男,
积肥措施摆在前。
虚棚灰,饭屋尘,
扫一盆,又一盆,
拆破炕,拆坏场,
自然肥料找得全。
运到地里抓田苗,
争眼秋后大丰产。
张大哥、李大嫂,
不嫌苦,不辞劳,
戴口罩,圆毡帽,
房屋四角都找到。
□□□□□,
不叫肥来缺乏,
雨水足,粪力广,
结的棒子牛角长。
到那时摊的煎饼,
甜甘甘,香津津,
幸福生活过长春。

① 1956.3.18。

各队社员快快搞,
完成任务要提早。
早日实现工业化,
多打粮食靠得牢。
不怕困难有多少,
完成任务志不摇。
农业增产无它巧,
多施肥,勤锄草,
抓住几个关键不让它逃跑!

植树造林告大家书①

说的是日月如梭快似箭,
过春节不觉到了春分前,
有上级,号召咱,
植树时机莫迟延,
这是建设祖国最重第一项,
农纲要任务这是主要点。
叫父老,和兄嫂,
大家植树赶快搞,
种植利益大无边,
它的好处难说描。
常言说得好:

十年种树起风云，
十年利益靠得靠。
咱祖国，气候好，
万种树木都繁茂。
咱祖国，地辽阔，
山水沟岭有湖坡。
处处新林要参天，
全国绿化要提早。
同志们，快呀快，
快快种树莫等待！
到春来，可爱啊，
杨柳青青在河下，
桃杏满山红，
白的是梨花，
处处森林发嫩芽。
它能阻狂风，
又能挡黄沙，
夏天浓荫起，
火热天不怕，
走道不用戴苇笠，
万树蝉声如奏乐。
它功能免旱象，
树林多处雨水多，
昔日荒山秃濯濯，
变成有绿遮全国。
秋天果树满山谷，
各种果树都成熟，
干鲜种类不一般，

好吃美味难尽数。
运到各城市，
国外有销路。
外国羡慕咱，
逸咱出产富。
冬天白雪飞，
林木雪光辉，
水晶般世界，
奇丽的景色，
真可爱，真可爱！
同志们，快呀快，
植树时间莫等待。
种树不用肥沃田，
种树不用好地界。
常言说得好，
松柏不嫌地脊穷，
杨柳河滩是好地带。
同志们，好好听，
种树利益大无穷。
咱全国每人均植一株树，
六亿多棵靠得住；
一人均植十棵树，
全国六十多亿株。
十年、二十年以后，
长大成森林，
长成了大树。
同志们，你算一算，
一棵均拉五十寸，

共计三万万立方木。
要用它造房屋,
十棵三间盖一座。
咱国人虽众,
咱国人虽多,
人是六亿口,
屋是六亿座。
同志们,你想一想,
房屋是否有闲着?
这个先不谈,
谈一谈它用途广无边。
修工厂,建矿山,
铁道木,电线杆,
器具什物离它难。
一切的一切,
用途伟大非等闲。
全国每人都种树,
每人每年保证种十棵,
十年、二十年,
能长几十万万立方木,
一个立方木价值数十元,
我也没法算,
是值多少人民钱,
几千亿元的惊人数。
种树不算艰难事,
那时候全世界,
咱国家树木的总值,
是天字型大小的头等富。

同志们,快呀快,
快快种树莫等待,
种树时候来到了,
山边水涯栽莫懈。
我这里要挑战,
栽树五十棵,保证都活全。
同志们,快应战,
应战才满我志愿,我志愿。

一片荒凉废墟变成文化圣地

　　记淄川市洪山区罗村庄东莲花庵的经过:罗村庄东莲花庵,旧日遗迹也。常记得庵前后苍松、翠柏、垂杨、碧柳,河水潺潺,风景宜人,春夏日更显得美丽可爱。

　　在国民党统治时期,将此庵作蒙蔽人民的工具,经常的以开光还愿为名,从中谋取暴利,以致使广大人民旷日废时,放弃农业生产走上了贫困的道路。

　　"七七"事变后,该庵经过日寇的摧残与蒋伪的破坏,四周林木砍伐一空,墙壁颓塌,屋宇凋零,瘰落惊心,荒凉触目的,将过去的迷信所变成了一片瓦砾场。解放胜利后,人民政府扩建文化阵地,重建此庵,设立学校,焕然一新,吾所感到国家发展国民经济迅速地成长,治黄治淮的重大施工,可以想象而知矣,今作诗五首庆祝此美气。

一

统治工具蒙愚顽,
焚香礼拜已有年。
每逢四八六九日,
不知花费多少钱。
有求福寿身体好,
有祷疾病盼身安。
可怜旧时老百姓,
困难之中度困难。

二

解放以后政治新,

旧遗恶习全无存。
处处庙宇办学社,
户户儿童得上学。
早晚下坡从此过,
听见唱歌散余音。

三

昔日尼巫居其中,
而今所住是群英。
教员校长革命士,
男女儿童主人翁。
社会发展责任有,
美好远景义务全。
吾虽残朽无些用,
亦当□臂作先声。

四

广大群众热心高,
要求学习似浪潮。
工业建设全迈进,
技术革新共志标。
发明创造挖潜力,

增产节约志气豪。
克服困难齐努力,
共走幸福路一条。

五

古今同叫莲花庵,
景色重新不似前。
南北两阁分左右,
前后房屋配周全。
西靠锦川作环抱,
东靠泉河聚相连。
院下操场广又阔,
球架罗列分两边。

积极参加除四害运动

有一伙人民的公敌,
一兽、一鸟、二虫,
它们逍遥法外,
各显各的技能。
有的钻墙透壁,
偷吃食物无情,
生性特别狡猾,
黯默难寻行踪。
病疫传染雷厉,
确实叫人心惊,
拿它不用费事,
小虎见了欢迎。

工农联欢会上的话①

农具越出越精奇,
七寸、八寸双铧犁。
我等农民来使用,
废除旧器正相宜。
深耕细作有帮助,
加工施肥赖有余。
多谢工人领导咱,
为我农业用心机。

---

① 1953 年元旦。

大增援

天又干,地又旱,
田中小麦不耐烦,
又饥又渴心中恼,
连连骂了几声天:
这样干旱教我如何来生长?
弄得我黑干燥瘦如同韭菜见了盐。
天啊,天啊,你真可恼!
我和你斗争到底,根深扎黄泉!
小麦这里正发恨,
来了那突击队的大增援。
叫声小麦你不用恼,
有我们叫你身体发育全。
造肥教你吃个饱,
浇水教你喝个肚儿圆。
说罢大家各动手,
挑的挑,担的担,
越挑越担越有劲,
妇女队的开了言:
恁也干来俺也干,
同工同酬理当然。
不信咱就教一套,
恁挑十担俺就挑双五担。
不光不落俺的后,
而且品质要保全。
一要快,二要深,
三要浇到麦子根,
四要数量准完成,
五要时间保得准,
其他还有两项事,
安全生产最要紧。
劳动保险身体好,
才能永不受困贫。
公私家具同爱护,
个个要有责任心。
妇女队说罢一席话,
青年队模范小组把话云:
恁的建议真合理,
使俺心中喜万分,
大家共同挖潜力,
提高效力找窍门。
说说笑笑来回干,
一桶一桶浇得匀。
一头午浇完二亩地,
唱着凯歌回家门。
说到这里不说吧,
过午上坡再谈论。

抓紧雨后时机[①]

今天不说长不道短,
说一说天大喜事在眼前。
六月十一这一日,
不紧不慢雨涟涟。
这雨下得真及时,
也下粮食也下钱。
叫父老,听我言,
雨后时机抓关键,
突击夏种莫迟缓,
我们要男女老少齐动手,
家喻户晓下动员。
耩的耩来点的点,
一堆一堆点得全。
查苗补苗要做好,
庄稼不收是空堆,
玉米不让宿,豆子不让响,
早种一两日,多打一成粮。
既得种,就得收,
提高生产率,生活不用忧。
对国家,对社员,
广大利益说不完。
工业建设能加速,
改善社员生活也能提前。

[①] 1956年6月11日,鲁善继作。

Ⅴ 附录——蒲松龄俗曲及杂著①

聊斋补编·幸云曲正德嫖院

开　场

【西江月】一自元朝失政,天生火德临凡。洪武晏驾许多年,传流正德登殿。天下太平无事,朝廷戏耍民间。风流话柄万人传,呀,名为正德嫖院。

　　西江月既毕,待在下把这桩故事略表几句:
　　好玩耍的天子,嫖了个绝妙的娇娃。
　　极贫贱的小子,得了个异样的荣华。
　　兵部堂的公子,遭了个无情的横死。
　　宣武院的婊子,从了个昂邦的良家。
　　你说这正德嫖院,不大之紧,弄出了几件故事,甚是出奇,是那

---

　　① 说明:原文错讹之处不少,明显的错别字和文句不通之处悉依盛伟先生所编《蒲松龄全集》(学林出版社1998年版)校改,文中惯用的文字,虽不合今天的用字规范,但一仍其旧,如"吧"作"罢","哪里"作"那里","和"作"合","她"作"他","什么"作"甚么",等等。

几件呢？

　　朝廷赌博又宿娼，光棍；打柴汉子做新郎，美对。

　　酒保做了干殿下，胡混；赶着姐儿叫娘娘，奇事。

第一回　坐北京正德临朝　夸大同江彬献谄

　　话说只为这件奇事，编了一部【耍孩儿】，虽则传流已久，各人唱的不同。待在下唱来，尊客休嫌污耳。

【耍孩儿】世事儿若循环，如今人不似前，新曲一年一遭换。银纽丝儿才丢下，后来兴起打枣杆，锁南枝半插罗江怨，又兴起正德嫖院，耍孩儿异样的新鲜。

　　自从洪武立世，传流九辈君王，改天年，立帝号：改天年，正德元年；立帝号，是武宗即位。这万岁是按上方觜火猴临凡，光好贪耍。听我道来：

武宗爷正德年，觜火猴来临凡，性情只像个猴儿变。无心料理朝纲事，只想天下去游玩，生来坐不住金銮殿。自即位北京三出，一遭遭四海哄传。

　　这万岁头次出京，到了临清州，收了江彬，现任威南道。这奸党内欺天子，外压群臣，后来被定国公打死。二次出北京，山西嫖院，收了佛动心，带进皇宫，另盖一座黑瓦殿给他居住。三次出北京，扬州游玩，十月打春，谁人不知，那个不晓。头回不说，三回不表，单说二出北京，恐君不信，有【西江月】为证："好耍武宗皇帝，出朝离京散心，路遇周元提成亲，六哥交了好运。万岁山西取乐，朝中苦杀江彬，只为一个佛动心，可惜王龙命尽。"

　　那正德爷非等闲，天生下只好玩，贪花恋酒偏能惯。上殿懒整君王事,诸般技艺都全,万里江山他不恋,万岁爷山西嫖院,有江彬苦楚难言。

话说那万岁自从临清回京,常想天下景致,心中不足。这日早朝登殿。

圣天子下龙床,一枝花侍君王,玉芙蓉打板高声唱。三千粉黛红娘子,步步娇送出朝阳。万岁离了销金帐,前后走宫娥彩女,混江龙驾出朝纲。

诗曰:金殿龙楼早早开,静鞭三下响如雷;
飘飘一簇香烟过,万岁王爷出殿来。

万岁爷设早朝,景阳钟三下敲,静鞭响罢文武到。二十四拜山呼罢,曲背躬身猫伏着腰。圣王传下皇宣诏,问文武班齐不齐,当驾官前来跪倒。

万岁早朝开殿,文武齐集,皇上开金口,露银牙,问道:"文武官齐不齐?"当驾官叩头禀道:"文武列班已齐,都在金阙伺候御驾。"圣主曰:"既是文武班齐,天下宁静不宁静?八方太平不太平?"跪倒了众官,奏我主放心宽,天下丰收民不乱,风调雨顺人安乐,五谷丰登太平年,像尧王重坐金銮殿。普天下太平无事,十三省处处安然。

圣上曰:"朕乃末世之君,怎比的古圣先王?一来是朕的洪福,二来是群臣的造化。有事出班早奏,无事卷帘散朝。"
散去了众官员,万岁爷把旨传,独把江彬宣上殿。江彬忙跪金阙下,双膝跪在品级山,朝参已毕旁边站。万岁爷即开金口,叫爱卿你靠跟前。

文武散朝,独留下江彬,江彬叩头在地,说道:"用臣那边使用?"
万岁爷吐龙言,叫爱卿一事烦,坐在宫中真闷倦。欲待出朝去玩耍,背着群臣离顺天,那里好景我看一看。多者待十朝半月,散散心那早回还。

江彬听说,心中大喜:"我正要图谋天下,这昏君待要出去看景,我哄他向那险要去处,路途驾崩,何愁江山不到手乎!"这奸党才待开口,吃了一大惊,说:"错了!我若说出地方,昏君离朝,万一日子久了,掌印的张皇后甚是伶俐,广有计谋,若犯疑忌,便问那串宫太监,遂说万岁出朝那里去了,知道的就说江彬。知道那水性泼贱,素不喜我,听的江彬二字,越发生气,雪上加霜,那张太监合我不睦,只落的求荣反辱了。"那江彬口内不言,心中暗想,低头不言。圣上曰:"景在何处?据实奏来。"江彬叩头说道:"有景臣不敢说。"圣上曰:"怎么不敢说?"江彬说:"臣若说出地方,万一有奸臣得知,安排下刺客,路途有失,可不是臣的罪么?"圣上曰:"不好说怎么处?"江彬说:"臣有本奏,给皇爷看罢。"圣上曰:"本在那里?"江彬即回府,把本做的停当,遂即转身进朝,叩首丹墀。万岁说:"景在何处?"江彬说:"尽在本上。"万岁接来从头观看。

微臣奏主得知:十三省数山西,大同城里好景致。男人清秀真无比,女人风流更出奇,人才出色多标致。宣武院三千粉黛,一个个压赛仙姬。

万岁看罢,喜之不胜,说道:"江爱卿,你暂回府,明晨早来送朕出京。"江彬回府,万岁回宫。未知后事如何,且看下回分解。

第二回　张惶后谏天子　武宗爷喜扮军装

话说那万岁御驾回宫,国母接至坤宁宫,摆开御宴,君妃对饮。坤宁宫摆御筵,接皇帝共成欢,宫娥彩女两边站。万岁山西去的盛,那里有心共笑谈,美酒到口也难咽,万岁爷把杯放下,叫御妻你听我言。

万岁说："御妻，朕有一句话待说，不知你意下如何？"国母说："朝中有事君臣论，家中有事父子商，似这宫中无人，有说之话，君妻不说还和谁说？"万岁说："正是。寡人上朝，文武奏本，天下宁静，朕欲游玩私行看景。"国母说："不可，万岁与天为子，与民为父，黎民不可一日无主。万岁若要私行，可有三件太挂心的事。"万岁说："那三件？"国母说："万岁离京，朝内虚空，怕有奸臣篡朝，这是一件；或有奸臣下一封反书，勾引胡人困了北京，那万岁有家难奔，有国难投，这是二件；再者路途怕有刺客，真假难辨，恐有不测，这是三件。"皇爷说："御妻多虑了，真天子百灵相助。朕洪福齐天，邪不侵正，怕他怎的！"国母说："你领多少人马？"皇爷说："我若领着人马，扎住行营，那黎民惊慌，都躲着皇帝走，怎么得见好景？我只单人独马自己私行便了。"国母说："万岁你记得那几句俗语么？"皇爷说："哪几句俗语？"国母说："凤不离巢，龙不离海，虎不离山，天子不离金阙。万岁不信，听小妃道来。"

双膝跪叫主公，俗语好你是听：百鸟不尊离巢凤，龙离大海遭虾戏，虎离深山被犬轻。天子离朝人不重，我劝你休要看景，惜江山且在北京。

万岁爷叫御妻，凤离巢百鸟依，虎离深山走平地，龙离大海还有水，君出深宫谁敢欺？私行游玩何妨事，我凭着齐天洪福，到处里有什么差迟。

国母说："你晓得那辈古人么？"万岁说："你不出三宫六院，晓得甚么古人？"国母说："听小妃道来。"

尊万岁听小妃，公子光原姓姬，王僚也是亲兄弟，只因要争王子做，千金聘了老专诸，刀藏鱼腹真奇计。天地间人情难料，好万岁休要执迷。

万岁爷笑言开，口叫御妻休胡猜，放心稳坐何妨碍？天下宁静无兵马，八方太平那里的灾？处处有人把我来拜。放宽心休要多虑，我散散心即早回来。

国母双垂泪,再三苦叮咛,莫要出朝去,恐妨有灾星。天子龙眉竖,御面赤通红,拨出龙泉剑,亮开雪炼锋,拿过金玉箸,一刹两分平,谁人敢挡我,依律定不轻!

有国母跪堂前,非是我把你拦,恐妨失体人轻慢。万岁既然主意定,凭君走上焰摩天,谁敢再把君王谏。有句话叮咛嘱咐,看看景即早回还。

万岁说:"御妻这话早在那里来?朕也不吃酒了。"驾回寝宫,身卧龙床。玉兔东升,龙楼起鼓,只听的更鼓齐忙,皇爷心中缭乱。一更里心里焦,想山西睡不着,大同几时才能到?怎么样的一座宣武院,好歹私行瞧一瞧,人人说好想是妙。看一看果然齐整,住些时嫖上一嫖。

二更里睡不浓,龙楼上鼓咚咚,翻来覆去心不定。纵有龙床睡不浓,恨不能插翅出北京,一心无二去的盛。想山西连梦颠倒,眼前里就是大同。

那万岁翻来覆去,睡卧不安,强到三更,果然梦境遂邪,合眼就到了山西。牵着马进得城来,见人烟凑集,男女清秀,景致无穷。到了宣武院,果然妓女出色,人物标致,压赛仙姬,俊如嫦娥。那万岁心猿意马,难锁难拴,遂共乐一处。

三更里盹睡迷,梦阳台到山西。果然院中好景致,三千姐妹都齐整,一似仙姬下瑶池,温柔典雅多和气。夸不尽妖娆俊美俊多娇,赛个御妻。

众姊妹陪君王,观不尽好风光。龙楼画鼓催三撞,醒来却是南柯梦,倒枕捶床恨夜长,天交四鼓鸡初唱。万岁抖衣忙扒起,惊动了掌印的娘娘。

那万岁强捱了一夜,天交四鼓抖衣扒起。国母说:"天尚未明,万岁那去?"万岁说:"趁着此时,正好出京,天若明了,不好。"国母说:"可知路么?"万岁说:"江彬引路。"国母听说,怀恨在心,已知留不住他,叫宫官看膳来。万岁说:"不用膳,看我那衣服来。"这皇帝家除了穿龙衣,可别穿什么?这万岁是个马上皇帝,最好私行游玩,有江彬做就的行衣:青布衫、黑罩甲、绑腿、鞲鞋、檐边毡帽、皮鞓带、椰瓢、闹龙褡包。宫官将衣服拿来,万岁爷可扎挂起来了。万岁爷巧扎束,穿一身青布衫,龙袍紧盖防人见。腰间穿上皮鞓带,闹龙褡包挂胸前,绑腿鞲鞋穿的贯。戴上了檐毡大帽,打扮的像一个军汉。

万岁爷要起程,趁未明好出京,天子动了闲游兴。白银金钱不算账,赤金豆儿带一升,路上随便零星用。多拿些金银财宝,宣武院好去嫖风。

　万岁爷扎点停当,叫宫官:"你看我像个什么人?"宫官叩头道:"奴婢不敢说。"万岁说:"但说不妨。"宫官说:"赦奴婢不死我才敢说。"皇爷曰:"赦你无罪。"宫官说:"万岁像一个军汉。"万岁说:"我不像个皇帝了?"宫官说:"龙蛇难辨,谁可认的?"万岁大喜:"牵我的马来。"这匹马是外国来的日月骕骦驹,金鞍玉辔,外面使羊皮遮了。遂把马牵到分宫楼下。那国母携手揽腕,送出万岁前到分宫楼。主上曰:"御妻不可远送了。"

有国母跪埃尘,尊万岁要小心,路途凡事加谨慎。醉后休说朝里话,防备刺客有歹人,走漏了消息无头奔。到晚来早早宿下,休要住野店荒村。

　万岁说:"我晓得了,御妻请回宫去罢。"

有国母回了宫,万岁爷便起程,自己把马牢牵定。私出正阳门一座,江彬跪下呼主公,倒把皇爷唬了个挣。万岁爷低言悄语,江爱卿不要高声。

　江彬说:"臣候了多时了。"皇爷曰:"爱卿谨言,有人听见怎了!"江彬说:"万岁请上马走罢。"

万岁爷上了马,鞭子打腿又夹,江彬跟随在步下。一心直上大同府,夹马摇鞭兴致佳,朝里君情全不挂。出城来走了数里,有江彬前来跪下。

话说君臣两个出了北京,走了数里,江彬跪下禀道:"臣不敢远送下去,臣有句话不敢说。"万岁说:"但说不妨。"江彬说:"万岁上山西,那黎民肉眼凡胎,谁认的皇帝?但恐路途阻挡,臣有一个行票给万岁拿着。"万岁自思:果然人离乡贱,物离乡贵。我出了门子,倒不如江彬这小子的体面。"行票在那里?"江彬取出,递与万岁。收拾停当,君臣作别,那万岁爷奔上大路。未知后事如何,且听下回分解。

第三回　使金钱乡人拿响马　拜御驾巡检受天恩

话说江彬回京,皇爷心忙意急,策马加鞭。
万岁爷去私行,驾离朝上大同,文武百官如做梦。一心山西去嫖院,酒店收了东斗星。有荣有苦前生命:时来了卖酒的大(六)哥,苦煞了倒运的王龙。

却说那国母在宫中暗想:江彬哄驾出京,定要图谋江山。逐叫:"张永何在?"那张永龙帝以外叩头,口称:"国母唤奴婢那里使用?"国母说:"我想江彬这厮,定有篡朝的心肠。你领我这道密旨,把江彬拿来,打在刑部监里。万岁一日回来,一日放他出监。违旨者项上一刀!"

张公公心里焦,领密旨出了朝。江彬做梦不知道,指望兴心做皇帝,不想国母识破了,这场大祸从天掉。进府去不由分诉,把江彬即时绑了。

这张永领了密旨,拿了江彬,送进刑部监里,回朝交旨,不在话下。单表的万岁出了北京,一路上景致无穷:草芊芊,柳绵绵,荼梅架,牡丹颜,莺燕啼林外,蜂蝶舞花前,争翠的芍药舞,迎风的海棠翻,荒村无火桃喷火,野店无烟柳含烟,雁飞不到处,人被利名牵。

万岁爷离顺天,心里焦不耐烦,闲花野草无心恋。两程并做一程走,顿断丝缰又加鞭,恨不能插翅飞进宣武院。一路上心忙意急,前来到居庸高关。

万岁来到居庸离口,磕马径过。那把关的拦住道:"长官那里去?"万岁说:"过关。"那人道:"谁不知你过关哩!你家里的门么,你走这等大意!"万岁自思:"这狗头瞎了眼了,真正是俺家里的门,竟不要我走!"遂说道:"你不要我过去,有甚么话说?"那人说:"俺不是私意,俺有朝廷的明文,把守关口,留下税银,才叫你过去。"皇爷说:"我哪里有银子?"那人道:"你没有银子,你是奉差的,该有牌票。"皇爷说:"也没有。"那人大怒道:"你的牌票银子全无,你莫非是个响马?这两日关前短了皇杠,一个也还没有拿着哩。关上要紧,谁敢放你过去!你同我见见俺那官如何?"万岁自思:"江彬曾说路上要紧,我再不信,果然是实。给我那行票,未知他体面如何。既到危急之处,少不得撒一个谎了。""你不知我是江彬督差来的,要上宁西查边,军情要紧,来的慌速,没带牌票。银子到有,迭不的拆封。你放我过去,银子也有。"那人陪笑道:"何不早说!早知道是江老爷的差官,只该远接。"万岁道:"你倒不怕皇帝,倒怕江老爷?"那人道:"怎么不怕皇帝?那皇帝他是在京里,江老爷差官往来常走,得罪了他,就叫俺有死无活。"万岁说:"你讲的有理,我不怕你。"把马催开,上的关来。那万岁自从四更起身,无曾吃饭,肚中饥饿,欲待下马吃饭,那路南里有一个人就叫:"老客,要吃饭来咱家。"万岁听说,下马进店。店家说:"老客待吃甚么?"万岁说:"你有甚么尽数拿来罢。"

干烧井拾一盘,咸果子黑菜篮,盛上一碗温水面。万岁尝尝不美口,少油缺醋又精咸。这样东西吃不惯。店主说:想你是盘费短少,待要吃恐怕没钱。

那万岁听说,羞的面红过耳。

万岁爷面代赧,伸龙爪解开袍,取出金钱桌上料,五个好钱你拿去。王小拾起睁眼瞧,看见金钱唬一跳,浑身战走了三魂号,灵山点卯一遭。

那王小急跑到后房,叫声:"老婆子,大祸临门,可了不的了!"婆子说:"怎么来?"王小说:"每日拿响马拿不着,响马来了咱家里。"婆子道:"你认的么?"王小说:"古怪!进店来吃饭,嫌寒道冷,我造次他几句,他给我五个金钱。这小人家谁敢使?不是短了皇杠,就是打劫了王子,不是响马是甚么?"婆子道:"贼不咬恩人,你将金钱还给他拿去吧。"王小出来说:"老客呀,拿着钱走罢。你亏了撞着我,你犯了法了,你这钱民间没有,是皇家东西。"万岁说:"祖祖辈辈都使的是这钱,没犯一遭法。"他两人争嚷,惊动了街房,都来大叫:"王小,客的钱皮些收着罢,嚷的是甚么,看坏了铺子!"万岁说:"我这钱是人家那钱的祖宗,他还不要哩。"众人说:"钱在那里?"王小用手一指:"桌子上不是?"众人都睁了。

街市人把眼睁,起黄色不像铜,霞光万道宝色重,两条小龙上面戏。众人看见唬一惊,汤着送了残生命。众人说:真是响马,拿了他咱去请功。

那万岁见势不好,牵马就走。众人道:"汉子那里走!这两日关前短了皇杠,正拿不着。你使出这金钱来,莫不是响马?"万岁说:"我怎么就是响马?"众人道:"是与不是你,见见俺那老爷。"众人围绕,万岁之危急之处,不能走脱。城隍、土地着忙,有那巡检张敖,正在那凉床上盹睡,梦中神灵显圣。

有巡检是张敖,凉床上才睡着,城隍土地高声叫。休推睡里合梦里,不是怪来不是妖,北京圣驾前来到。醒来快忙去救主,免的你顶上一刀。

张巡检忽的醒来,吃了一惊,疑惑未定,急听街里来报:"老爷,有了响马了!"张敖说:"怎见的是响马?"众人遂从头至尾说了一遍。

张巡检把头低,口不言心里思,翻来覆去无主意。有心拿他当响马,适才一梦好蹊跷,这桩事儿非轻易,若还是朝廷老子,叫小官溺在磬里。

这张敖同众人来到街前,看那人打扮的像个军汉行持。合该那张敖的时运来,遂大喝一声:"众人休得无礼,只怕是老爷的差官。那响马短了皇杠,他还敢在这里买饭吃?"那万岁被那张巡检一句话提醒了,遂说:"我是江都督的差官。"张敖说:"你就没有牌票?"万岁说:"你是什么人?"张敖说:"我是这居庸关的巡检。"万岁说:"有牌票,你不来,我不给人看。"张敖说:"拿来我看无妨。"

取行票与张敖,一张纸红笔标,上边写着都督票。张敖看罢双膝跪,许多街里都告饶:老爷来时不知道,这些人肉眼凡胎,不认的休要计较。

万岁自思:"他们有眼无珠,怎知道我是皇帝。我有心待给他个利害,恐怕上不了山西了。"说道:"你都是些小人,我不怪你。休说我是差官,就是北京城的御驾降临,你得罪着,大人不见小人过,也都饶了你。"众人叩头,俱各散去。张敖说:"长官到我衙门里吃杯茶何如?"那万岁肚中饥饿,将计就计,跟着他进了衙门,把门封了,让的万岁官厅坐下,瞧了瞧,双膝跪下。

张巡检跪案前,叫万岁将臣怜,肉眼不识君王面。万岁闻言唬一跳,森森的恐怕露机关,登时就容颜变。平白的呼皇道寡,这巡检好像疯癫。

万岁说:"你亏了撞着我,若是那样人,回朝对都督说,那江都督是朝廷的近臣,驾前一本,就说居庸关巡检呼皇道寡,圣上恼了,发下一路人马抄了满门,可不是弄假成真?"张敖叩头说:"莫要哄臣,有神灵惊梦与臣,才知圣驾降临。"万岁说:"真果是实?"巡检说:"不敢撒谎。"万岁道:"你既认的我,不可走漏消息,若漏一字,全家听斩!你若谨慎,待我回来之时,好好带你进朝,封你个坐都的巡检。"张敖听说,叩头谢恩。

张巡检谢龙恩,双膝跪拜至尊,驾临是俺有缘分。小臣见了皇帝面,免我三层地狱门,不受阴司阎君恨。万岁说:你不要胡言乱语,只要你谨慎小心。

张敖说:"臣晓得了。"皇爷说:"有甚么饭,拿来我吃。"张敖慌忙进上膳来。皇爷用膳已毕,即时起身。张敖牵马送下关来,前到密松林边,君臣作别。未知后事如何,且听下回分解。

第四回　武宗爷过关遭渴难　云魔女送水动君心

不说巡检回衙,单说万岁急奔大路行走。

万岁爷奔红尘,风阵阵热难禁,千辛万苦言不尽。马踏河沙如炖烙,小桥流水似锅温,苦煞朕当谁来问?一路上心如烈火,前来到旷野深林。

万岁爷饥餐渴饮,夜住晓行,一路无辞,前来到海岭山下。抬头观看,山势险峻。

万岁爷进了山,睁龙目四下观:有鸟乘凉枝头串,稳稳怪石如虎坐,弯弯枯木似龙蟠,左右都是深沟涧。看不尽山中的野景,巧丹青画不周全。

万岁爷带着全副的撒袋,山路崎岖,木石交杂,不觉的浑身是汗,呼呼的气喘,火烧心肺,无计可奈。

受不尽热熬煎,口又涩舌又干,浑身遍体流香汗。五脏庙里失了火,热焰腾腾烧肺肝,眼前干的黄花乱。万岁爷思水解渴,惊动了玉帝不安。

玉帝正坐,见一股红气升天,便叫:"千里眼、顺风耳,你去打探一遭,看是何人受难,即速报来。"
千里眼顺风耳,看了看是武宗,恢恢害的难扎挣。慌忙回到灵霄殿,前后说知就里情。玉帝就把慈心动,叫一声云魔天女,要你去显显神通。

玉帝说:"他也是辈人王帝主,须周济他才是。云魔女,差你下方去送水一遭。"仙女领旨,出了南天门,急驾祥云照梅岭山来了。云魔女下九天,一条担压香肩,打水三娘重出现。金莲动处腰肢软,担上山坡步步难,摇摇真似杨柳线。武宗爷堪堪渴死,看见水喜动龙颜。

那万岁正然思水解渴,急见那打水女子,心中自思,我正要思水解渴,又不好叫他甚么。勒马站在路旁,总不言语。仙女说:"待我问他一声。行路的君子,你莫非待吃水么?"万岁说:"正是紧用着了。"仙女说:"有水,只是无甚么奉客。下马来,就这筲里吃些吧。"万岁说:"泼妇!这不是戏起我来了么?"那万岁跳下马来,把椰瓢摘下,递与仙女,盛上一瓢来,那万岁一气饮干。这皇帝是个酒色之徒,吃了水不肯走,站在路旁,不转睛的上下前后看起那女子来了。

万岁抬头看,心里暗掂抚:虽是庄家女,却像玉天仙。乌云蟠龙髻,斜插凤头簪;秋波如绿水,两道柳眉弯;一点樱桃口,含笑不开言;袖中笼玉腕,裙底罩金莲。仙姬更无二,女史夺状元。万岁心迷了,难把意马拴,下腰推盛水,伸手捏脚尖。仙女只一躲,骂声村长官。万岁陪笑脸:我是合你玩。
云魔女不耐烦,骂一声村长官,欺心他把律条犯。既读孔孟诗书字,不连周公礼半篇,涎皮涎脸把奴看。不看你是个行路客人,小厮来把你毛捋!

万岁自思:"他不认的我是皇帝;他若知道,跪前跪后,央求我封对他一宫,还不能够。我把那漏八分的话,说与他听听。"
红了脸气昂昂,叫村女休装腔,谁着你来这井边创?分明不是个干净货,看上你眼就拿了糖。谁没见你那妖模样!自估着容颜俏俊,不如俺那扫地的梅香!

仙女说:"好昏君!他连这话都说出来了。谁不知你是皇帝哩?我自有道理。"
云魔女恶狠狠,骂一声贼强人,这等无礼不帮寸!青天白日山沟里,调戏人家良妇人。少死村夫,该打一顿!饶了你流水快走,等人来打断你那懒筋!

万岁说:"不知打手何如,光支架子。"一行说着,不觉的意乱心迷,一阵心慌。
正德爷跑过来,把仙姬搂在怀,慌忙要解罗裙带。三生有幸今朝遇,看上眼了你拿什么歪?人到了着急不怕你怪。云魔女使了个手段,把万岁闪在那尘埃。

那万岁扑了一把,只听的耳旁风响,眼前发花,忽的一跌,倒在尘埃。苏醒半晌,扒将起来,把眼摸了摸,也不见那女子,也没有庄村了,左右都是坍塌了的孤坟。马寻野草,那椰瓢摔在路旁。万岁惊疑:这荒野坡,多是妖精假装人形来戏弄寡人。我若不是皇帝,就被他吃了。那万岁牵马逃走,方才待走,忽听的空中大叫:"武宗休走呀!"
云魔女起在空,在云端骂一声,你今错把心来用。我是上方云魔女,领了敕旨下天宫,梅岭山下把水送。吃了水胡思乱想,你是个混账朝廷!

万岁听说,着忙捻土焚香,望空祷告:"小王有甚德能,敢劳仙女送水?异日回朝,传旨天下,盖下庙宇,塑下金身。"那万岁拜罢,上了龙驹,扑大路前行。仙女上天交旨,不在话下。未知后事如何,且听下回分解。

第五回　私行主投宿问更　打柴儿杀鸡换妻

话说万岁过了梅岭山，山下有个周家庄，庄里曾有个周员外，仗义疏财，极好行善。他的夫人刘氏，生下一个儿子，名唤周元，字宗宝。自从员外故去，家业飘零，终日靠儿子打柴度日。也是天向好人，合该他时来运转。这日天色将晚，周元不见归家，刘夫人放心不下，巴着板门凝睛悬望。恰好万岁来到近前，抬头看见了个老婆婆，便说："夫人，你家有闲房，借宿一晚何如？"那妇人道："俺不是开闲房子的人家，我是幼儿寡居，自己吃的没有，怎留下你？"一言未了，天降大雨。皇爷说："你不留我，如何避的这雨？"妇人道："不嫌我家里寒苦，就请进来罢。"

牵着马进门来，睁龙眼把头抬，屋墙倒塌门窗坏，坑上少席三寸土，炉内无烟又无柴。万岁一见无计奈，乍离了三宫六院，这去处叫人难挨。

万岁看罢，无计可奈。妇人把马拴下，万岁只得在那土坑上就坐。不一时，刘氏提了一壶茶来，说道："长官，你吃一杯茶，暂且解乏。等俺那儿来，买些什么来你吃。"皇爷说："你那儿那里去了？"刘氏说："山上打柴去了。"这也是君臣该会的日子，道犹未了，这周元担着担子，就闯进门来。

放下担往里瞧，见个人甚蹊跷，头上带着个檐毡帽。撒脚不敢回头看，心中只说不好了，要军钱的汉子又来到。扯腿走像个乌鸦闪蛋，回头看以鲤鱼打漂。

这周元喘息未定，正撞着母亲。刘氏道："周元，你来了么？前头有客哩！"周元道："唬煞我！我只当是要军钱的，是那里的客？"刘氏道："是过路的长官，被雨截在咱家里。你去会他一会。"周元来到前头，说道："长官，作揖了。"万岁说："免礼罢。"周元说："天黑了，你走不的了。宿是小事，只是我可给你甚么吃呢？俺逐日打一担柴来,籴一升米,俺母子共用。夜来打的柴火,误了赶集,还没有后晌饭哩!"皇爷说:"随便罢了。"周元说:"还有一担柴钱哩,我去买几个馍馍来吃罢。"皇爷说:"正好。"周元听说,回家拿钱,到了街上买了几个馍馍,见了万岁,说道:"长官,有了馍馍,还没有就菜,我有一个媳妇,杀给你吃罢。"万岁说:"岂我,怎么忍的杀人吃?"周元说:"是媳妇,可还没变过来哩。"皇爷说:"怎么没变过来?"周元说:"是我喂了一个母鸡,下了几个蛋来,抱了一窝小鸡,出息就掳个私囊,寻个媳妇。今日杀给你吃了,可不是杀了媳妇你吃了么?"皇爷说:"你杀了给我吃了,我还你个媳妇不难。"那周元急忙来到后房,从头至尾说了一遍。刘氏把鸡杀了做熟,周元送到前头。万岁用饭已毕,就说:"我乏了,收拾我睡觉罢。"坑上没有芦席,周元拿了个杆草来铺上,那万岁浑衣敧倒。不觉的夜静更深,恰才合眼,急听的那梆铃一派响亮。万岁醒来,顿足捶胸。恐君不信,后有小词为证:

一更里月朦胧,合煞眼睡正浓,梆铃惊醒了南柯梦。没有宫娥来打扇,小屋无风热似笼,扇儿摇摇似千斤重。也是我为君的不正,原不该私出了北京。

二更里月儿高,合煞眼睡不着,跳蚤咬的心焦燥。乍离了龙床鸳鸯枕,土坑上无席铺杆草,半头砖又垫上檐毡帽。这是我为君的不正,寻思起自己错了。

三更里月正圆,在外人好孤单,虫声叫的人心乱。刚才梦在龙床上,佳人倒凤又颠鸾,醒来却在荒村店。也是我为君的不正,原不该出了顺天。

四更里月儿歪,听檐前铁马筛,声声聒的魂不在。白日里奔波还好受,黑夜凄凉好难捱,前生少下孤单债。这是我为君的不正,失主意私出京来。

五更里鸡报晓,星儿稀天明了。周元起来把爷叫:我今要上长街去,不得送你休计较,老客请起登古道。想是你军情紧急,你的事休要误了。

周元自思:"今日给那长官甚么吃？不如我早些叫他走了,我好上山打柴。"周元说:"长官,你起来罢,天明了,你还不走等什么哩？误了我早去打柴。"那万岁起的身来,取了一锭银子,说道:"周元,你拿去当饭钱罢。"周元道:"长官差了,俺不是做买卖的人家,不要银子。"皇爷说:"我自来不好干吃人家的东西,你既不要,我有道理。你这里隔着什么城近？"周元说:"没有城。"皇爷说:"今夜怎么梆铃几乎聒煞人？"周元说:"你不知道,那是后庄里曹老爷家打更。"皇爷说:"那个曹老爷？"周元说:"就是那做三边总督的。"皇爷说:"哦！是曹重么？"周元说:"你风了！曹老爷知道,拿了你去,豁口子加墙板。"皇爷说:"怎么讲？"周元说:"可就打杀了。"

曹老爷还体情,那别爷更不通,县官拿着当奴才用。耳软光听下人的话,真是一个糊涂虫。管家还比主人胜,一个个鹰头鳖耳,酷像是做了朝廷。

皇爷说:"这厮恁么利害！我且问你,他家有多少人口？"周元说:"曹老爷,奶奶,小姑。"皇爷说:"那小姑多大年纪？出嫁么？"周元说:"没哩。"皇爷说:"我把曹小姑来给你做媳妇,何如？"周元说:"不敢,不敢！曹老爷利害,昨日上山打了一担柴来,他说是割了他的山场了,把我拿去吊了一夜,亏了俺娘跪前跪后的,才饶了我。谁敢惹他？"皇爷说:"有我不妨,那是我家支使的小厮。"周元说:"我不信,他是一个大官,倒给你这长官支使？"皇爷说:"我哄你呀,我合他是个朋友。我写个帖子给你,拿去给他,量他八石粮来给你娘们吃,好呀不好？"周元道:"只怕你那帖子不准呀！"皇爷说:"你拿笔砚使使。"周元听说,把笔墨砚纸拿来。万岁自思:我写出给他什么是显灵？万岁脱了那�鞋,把那裹脚裂下一幅来。周元看见,吃了一惊。周元说:"长官,你这裹脚上不是蛇么？"万岁说:"这是故事。"把书写的停当,遂说道:"我若去了,你可送给曹重，他自然看顾你。"周元说："他发作了着呢？"皇爷说："我教你两句话给你，到他门上，你可吆喝着说。你就说：

我有一封书，晓谕曹重知：北京一长官，宿在我家里，吃了一顿饭，用了一只鸡。你家曹金定，相配为我妻。你若不依允，就是造化低；你若从下了，赏你一领大面皮。

万岁爷把话教，小周元唬挣了，三魂七魄出了窍。面上土色瞪着眼，手脚倡狂身子摇。声声只把长官叫，是俺达复生逃起，活活的把俺送了。

周元说："不好不好！你不送了我了么？"皇爷说："有的是我哩。"周元说："怕的有你没我了！"皇爷说："不妨，我有一点薄体面。"周元把书收下，皇爷就要起身。

万岁爷要登程，子母们来送行，周元把马牵牢定。嘱咐那周元休当戏，千金难买书一封，小小体面颇堪用。早早的将书投上，子母们无限峥嵘。

万岁爷催马去了，周元母子商议。刘氏道："我儿你去，他若是朋友，他不打你，替他问安。"那周元果然依着那长官的话，拿着书战战竞竞的来到后庄。站在大门首，便说："门上的替我传传，有老爷的朋友，留得一封书在此，还有许多话要面说的。"那看门的听说是老爷的朋友，不敢怠慢，即忙禀于曹重。曹重说："蹊跷！今夜梦见圣旨到来，这事有些古怪。快把屏门开了。"那周元见开了屏门，慌忙进去，见了曹重，叩了一个扁头。那万岁教他的话，也不敢说，只把书来递与曹重，心里战战竞竞，恐发作起来，那眼不住的（左"目"右"散"）那路径，若有动静，好跑他娘的。只见曹重急忙把书接下，仔细观看。有诗半篇：闻的你家女儿好，提他嫁与周宗宝。若问月老是何人，北京皇帝朝廷老。曹重看罢，将书悬起，倒身下拜。

曹老爷拜圣言，喜坏了小周元。休说长官无体面，一块裹脚喼要紧，见了叩头礼拜参，跪在地下如捣蒜。曹老爷官职不小，倒怕这一个军汉。

曹重拜罢,道:"你给谁下的书?"周元说:"是北京一个长官。"曹重说:"你认的他么?"周元说:"不认的。"曹重说:"那是北京皇帝。"周元说:"错了,早知他是个皇帝,我留他在俺家里,一辈子不怕人。"曹重说:"他封了你官了。我家曹金定与你为妻。"周元说:"不敢,不敢!给我二斗粮食,吃着好打柴罢。"曹重说:"你以后不用打柴了。"吩咐左右:"给他把衣服换了罢。"

还是那旧周元,换新衣另一见,村头穷脑登时变。乍穿着尺头不大紧,身上闷痒似虫钻,煞时拿把的通身汗。新学着作揖唱喏,好一似猢狲钻圈。

周元前厅坐下,那曹重来到后堂,合马夫人商议。夫人道:"我这么一个女儿,就给了周元?"曹重说:"妇人家你晓的什么!违背圣旨,全家该斩!"那妇人听说,即速上了绣楼,将小姐打扮。曹重吩咐抬下香案。

小周元起拜着,看小姐赛嫦娥,头晕似在船上坐。他是天上的神仙女,汤他一汤就造化多,头皮薄敢说将他摸?饿老鸱时来运转,一把儿抓住天鹅。

二人拜完天地回房,曹重差了两个家人,去给刘氏道喜。却说刘氏在家,见他儿子去了多时不回来,心中甚是挂念,说道:"是俺那不会说话的冤家,得罪着那曹老爷家。没影的下了一位客,宿了一夜,吃了一顿饭,见没问他要钱,他就没的揪作揪作,就写了一个帖子给那曹老爷,着他给俺两石粮食吃。我就短了一句话,没吩咐他到那里略问他要要,他不给就回头去。罢了!俺那冤家执着个帖子,合圣旨呀是的,仔管问他要。想是要的发作了,打他呢!我出去看看的。"刘氏正走到那大门边,手挟着那门叫了一声小周元:"这么晚还不来,必定是吃了亏了!"

瓮里米没一升,打一顿来家中,吃着什么去养病?心下踌躇还未定,来了二人跑的凶,倒把刘氏唬了一个挣。多管是打了儿了,拿我去还要找零。

只见二人跑将进来,看见刘氏双膝跪下。刘氏慌忙拉起,说:"大哥们折罪杀我了!"那人道:"奶奶喜事临门!你家里宿的是皇帝,封了你那儿一个官,合俺家小姑娘配了夫妇了。叫俺来报喜,还嘱咐不要走漏了消息。"刘氏听说,又惊又喜,又是着忙。二人去了。刘氏回家,满斗焚香,拜谢天地。

谢天地满斗香,又是喜又是慌,浑身不知是怎么样。我儿模样亦不丑,只是手足太村帮,怕合小姐配不上。叫姑娘还怕不理,做个梦敢着他叫娘。

刘氏拜谢天地已毕,曹老爷差着小厮丫头,把刘夫人抬进府来,母子们享受荣华,不在话下。再说万岁登程,未知后事如何,且听下回分解。

第六回　十字街闲游子弟　孤老院戏嫌君王

话说万岁别了周元,走了多时,来到一道山岭。见了许多的人,拿着锹镢修道。那万岁不知是做甚么的,遂问道:"你这些人修路为何?"众人说:"长官,你不知道么?我说与你听听罢。"
修道的官票是老江,北京城里浪荡皇,听说他要出来撞。三宫六院姣娥女,陪着自在何等强。这个皇帝精混账,只管他闲游耍,那知道百姓遭殃。

万岁说:"你好大胆,敢骂皇帝!"众人道:"隔了这么些路,他那里有驴耳朵怎么样长,他伸过听听就知道是俺骂他?"万岁自思:好没要紧,问了问他,就惹了他骂了这些。我待加罪与他,他乃是乡民无知。自古道:背地里骂皇帝也得骂。这也是我自惹其祸,好没要紧。便笑着问道:"那是上大同去的路径?"众人说:"山下头的去路,到东门还有三十五里。"万岁听说,提辔就走。
万岁爷没打撒,待问他做什么,好好惹了一场骂。下的山来往西走,看见大同城里塔,十里听的人说话。勒住马抬头远望,踌躇着问问不差。

那万岁正走,看见了城池,勒住马问那行路的人:"这是大同府么?"众人说:"正是的。"万岁听说,打马进城来了。
行走着来到了,城墙下好深濠,红莲绿水垂杨罩。心忙不看城外景,闯进城来四下瞧,三街六市人烟闹。果然是男女清秀,一个个异样风标。

万岁进的城来,见男清女秀,人烟凑集,果然好景。按下万岁不表,却说这大同府有两家乡宦,生了两个儿子,唤做张王二舍。先人故后,撇下无限产业,不安分读书,光好结交光棍,狐群狗党,专好吃酒赌博。一日在酒楼上饮酒中间,王舍说:"张大哥,咱在这酒楼上吃酒,好不闷的慌!依着我说,咱上那十字街前,打扫干净,摆下酒桌,或抹骨牌,或打双陆,引的子弟上了咱的当,哄他几两银子,咱好花费花费。"
二子弟下楼来,前来到十字街,排下一桌酒合菜。二人拍手哈哈笑,咱今吃个大开怀,巡杯换盏流星快。他两个轻狂卖弄,行酒令又把枚猜。

按下二人饮酒,再说那万岁来到十字街前,看见张王二舍在那里打双陆,遂下马来,站在旁边观看。那本府城隍恐怕万岁有失,叫大小鬼使快去十字街保护圣驾。不一时,那五花琉璃鬼、青头赤发鬼、没要紧的瞎仗鬼、门后头壁墙鬼、不干好事的促狭鬼,众小鬼们直到街前。那张舍拿着骰子来要一个六,却掷了一个幺①。那

---

① "幺",《蒲松龄全集》(盛伟编,学林出版社1998年版,以下简称《全集》)作"么"。

万岁看馋了，不觉的说出来了个六。大小鬼听的万岁叫六，就翻过来了。张舍遂赢了十两银子。张舍道："这长官帽破衣残，到是极好的口才。分明是个幺，说六就翻过来了。长官休走，等着我给你二钱，你买顿饭吃。"那万岁是一朝人王帝主，眼中可那里有这二钱银子？万岁不答。王舍道："你这个花子，放着路不走，来这里溜和溜的，只溜你顿皮硾，你才息了心！"万岁说："你待打谁？只怕石头钻的鼓子不中打，籴的二升秕芝麻打了没油水。"那张舍满脸陪笑，说道："这个兄弟不知道甚么，得罪了你，万望长官容恕，我管陪情。"万岁被张舍抚恤了几句，也就渐渐的消了怒。王舍道："张大哥，只是便宜了那花子，若是小厮们凑集挑挑嘴，就把他毛来捋一个净！"张舍道："休惹祸。"王舍道："他除非是个皇帝。"张舍拉着王舍上酒楼去了。

万岁爷发玉言，那朋友请回还，捣盐寡酒也没的干。我虽人家不大大，生平赌博不疼钱，一半两银子也看的见。咱不过闲暇无事，我合你玩上一玩。

皇爷说："二位，我合你玩玩。"张舍说："你那里的银子，敢说合俺玩玩？"王舍说："张大哥，这花子不知好歹，叫咱合他赌，咱回去合他赌赌，赢他几两银子添稍。"张舍道："好眼色！披着蓑衣吃麻糁，不看吃的看穿的，浑身衣服不值一个底钞，赢他命么？"王舍道："你没眼色，他那一匹马不值好几十两银子么？"张舍道："也是。"二人回来，望着万岁唱了一个大喏，说道："长官，你待玩玩，俺可玩的大，方才没见一帖是十两？没的长官就玩不起百十两银子么？只怕你输了没甚盘费，每帖三钱何如？"皇爷说："在你，随便。"三人坐下打双陆，两人是一个心，要赚万岁的龙驹。

忙端过骰子盆，双陆马两下分，二人点子总不顺。万岁呼嗄就是嗄，两帖赢了六钱银。张王二舍心不忿，经常时显着你我，把双陆输与别人。

万岁赢了两帖，张舍道："我说你不要他来玩，这不被他赢了?"王舍道:"赌钱避不得输赢,光赢人谁合咱赌?"张舍道:"输给个好人罢了,被这花子赢了,怎么见人?"王舍道:"南京南里沈万三,泊头北里枯树皮,闻的名,树的影,谁不知你我?发一个慈心,着他走了去买酒买饭,济他受用;没有我的品号,他若是动动我这银子,铜子匠不钻眼,生钉这狗头!"张舍道:"长官原来是玩,休动这银子。"

二子弟气狠狠,说长官你不认人。你来大同捎捎信,宣花府里数着俺,俺是大老爷家二代孙,吃酒赌钱打光棍。叫长官把银子留下,动一动这拳头无亲。

万岁说:"没见你打手何如,先说你那不出门子的奸汉吓人。我要说出我那家乡居住,你只是搬了罢。"王舍道:"你在云雾里住来?你说的都是云彩眼里的话。"皇爷说:"人不说不知,你且站住,我说与你听听。"

武宗爷怒生嗔,骂二位太欺心。你去北京问一问,庄上庄官无其数,出名的总管一大群,我是天下头一条好光棍。不是我夸句海口,恼了时抄你的满门。

二人道:"哈!你是皇帝么,能抄人?"万岁说:"虽不是皇帝,却也合那皇帝邻墙。我往常时,上无片瓦盖头,下无寸土立足。那一日撞着正德,他说,你这么一个人,就无栖身之所。跟我来,给你一间屋住。他那皇城西里给了我一间住着。那皇帝他每日抄人,我就学会了。"王舍道:"张大哥,这长官说话有些京腔,风里言风里语的,都说万岁待来看景呀,咱两个福分浅薄,也会不着那皇帝,只怕是出来私行的官员,今日得罪着他,回朝上本,可不抄了咱么?"张舍道:"不是。"王舍道:"不是就是响马,若是得罪着他,咱可休要出门子。时或路上撞着,可成了冤家路窄了,漫凹中夹夹马赶下咱去,飕的一箭,嗖的一声,一刀可就杀了咱了。拿着细丝纹银合他惹仇家呢!"张舍道:"怎么处?"王舍道:"我有道理。"遂秉手当胸叫道:"老客,你不要恼,俺两个相处朋友,不论生熟,好调寡嘴。那六钱银子你拿了去罢。你的双陆掷的高妙,有心待请你到舍下求教一二,天又晚了,来日相会吧。请了,请了!"
二子弟打下躬,叫长官你是听:你的双陆比俺胜。白银赢了六钱整,当与长官来接风,权当写了奉申敬。万岁说有劳二位,陪我到宣武院中。

二人听说,那鼻子里就嗤了:"这花子这么不识抬举,咱混他一混。长官,你待上院里投亲去么?"万岁说:"好剁鲊的戏弄我寡人么!该死狗头!"遂没好气的说道:"没有亲。"王舍道:"没有亲,去做甚么?"万岁说:
住家乡在顺天,我是个穷长官,闲来山西把心散。久闻贵处姐儿好,寻个婊子玩一玩,不知那是宣武院?你二人陪我走走,穷军家自然不干。

王舍道:"除这花子赢了咱的银子,还着咱陪他,我嗤他往孤老院里走走何如?"张舍说:"极妙!"王舍拱手道:
不拢过陪你嫖,叫老客休计较,我今对你说院里的道。俺俩明日携盒酒,竟上院里望一遭,旁人看见才荣耀,都说这长官体面,张王舍都合他相交。

皇帝说:"多蒙厚意。那里是去径?"王舍道:"顺大街往北走,转过隅头向东一座木牌坊,路北里新盖的大门楼,那门楼有匾,匾上有字,字写的明白,那就是宣武院。"万岁听说,心中大喜,急上马去了。未知如何,且听下回分解。

第七回　呆万岁孤老院寻妓　乖六哥玉火巷逢君

话说张王二舍哄的万岁去了,在那街前拍手大笑。

好计谋自家夸,自在的笑哈哈。这两行子没造化,朝廷在前还不识,顺着口子光瞎巴,顶着蒲笠似天那大。古丢丢死还不觉,呲着牙喜的是甚么?

那万岁骑马顺大街前行,转过街口,果然有座木牌坊。路北里瓦门楼上挂着牌匾,那牌上是"养济院"三字。万岁进院的心盛,没往上看,光见了一个院子。万岁下马进去,也没见那些好姐儿,都是些苍头白发。有纺棉花的,有纳鞋底的,有补补丁的,拿虱子的,洗铺衬的。万岁暗骂:江彬砍头的,哄了我来!你说三千名妓,压赛姮娥,就是这个样子了么?那好的还在里头哩,恐怕风吹日炙晒黑了,我进去看看。

进院来细端详,见了些女娥皇,个个都有五十上。口里没牙哆糊着眼,东倒西歪晒太阳,通然不像个人模样。破衣服赤身露体,磣煞我好他那脏娘。

那万岁往里正走,从里头出来了个老汉,说道:"长官,你来院里作么?"皇爷说:"我要来耍耍。"老儿说:"你会耍刀呀,是要枪?耍把戏,弄傀儡,快书,唱道情,你去上那十字街前,耍给人家,挣几百钱,好买嘎吃,你来这里耍,可给你甚么?"皇爷说:"我来看看。"老儿道:"你来看亲么?"皇爷说:"没有。"老儿道:"可有朋友么?"万岁道:"合你这忘八做么么朋友?我对你说,我来找个婊子玩玩。"老儿大怒:"你铺着扁担盖着带子睡来么?你这不识时务的货!耍婊子可没有,不嫌弃,有孤老呢,给你几个耍耍罢。"万岁说:"好哇!我来嫖婊子,不想撞着孤老窝里来了。"万岁道:"你是谁家的孤老?"老儿道:"谁给俺饭吃,就是谁家的孤老。俺吃的是皇帝俸粮。"那万岁听说,才知道是孤老院,羞惭满面,无言可答。低头一计,便说:"我是江老爷的差官,来这孤老院里查查,年老的许他吃粮,年少的赶出院去。"老儿听说,叩头在地,道:"小的不识的是差官的老爷。"皇爷说:"我不怪你。我要进宣武院,坐落那里?"老儿道:"出门向西走,转过隅头向北,那西巷里坐北朝南,景致无穷,士女王孙,子弟佳人,有钱的往那里去乐。"万岁听说,牵马出院,羞愧难当。一时觉的身体困乏,寻思道:我暂且找一店房歇息半日,叫店主送我进院,有何不可。那万岁寻找店房,且说那玉火巷店家李小泉,有个走堂的六哥儿,他是东斗星临凡,合该他的时来运转,这大同城里不知有多少酒肆饭店,万岁爷正眼不理,一骑马竟进了玉火巷来了。

牵着马寻店家,吃酒饭解解乏。走堂的高叫来咱家罢,暖阁楼房高大厦,圈椅方桌好细茶,酒果饭食都减价。北京城官员过往,那一个不来咱家。

那六哥正在店房,忽听的鉴铃响亮,跑到门前,看见万岁,慌忙笼住龙驹,就说:"老客里边下如何?"六哥他:一见皇帝面,和颜悦色添。向前笼住马,话儿比蜜甜,老客咱家住,三生结下缘。不是小饭店,东西尽皆全:肉包蘸着蒜,碗那大食团,雪白稻米饭,火烧是水煎,鸡汁水花面,只要八个钱。若要候朋友,排酒不费难。南菜咱都有,海味件件鲜,烧酒壶又大,黄酒若有甜。双陆合棋子,闷了有丝弦。钱不论好合歹,银子九二三,无钱且上账,过日遂心还。高房又有厦,马棚数十间。万岁心里喜,牵马到里边。六哥栓下马,向前问事端,扫地只一躬:"长官是那边?"皇帝说:"你是问的我,北京蓝旗官,家乡也不远,居住在顺天。自小油滑无能干,江都督手下做差官。今日路过大同府,专到宁夏去查边。"

六哥道:"早知道是江老爷的差官,就该远接,接的迟了,万望恕罪!路远山遥,鞍马劳困,多有辛苦了!"这六哥也是福至心灵,神差鬼使的着他奉承了几句话。那万岁大喜,暗暗的称奖道:"人不在下,马不在小,果然是实。我自离了北京,一路见了多少人,没人问我个辛苦;这小厮不上十五六岁,偏知道我的辛苦。我自来不亏人,问他问是什么姓名,久后回京封他一官半职,也是他问我辛苦一场。"皇爷道:"小伙贵姓?"六哥道:"不敢,愚下姓尹。"万岁道:"城里人家孩子,读二年书就会说愚下。你的尊讳?"六哥说:

"我没有名字,家父养活了我兄弟六个,我是个老生子,排行叫六哥。长官路上困乏了,我烧些水来,你净净面好吃茶呀。"

净面汤一铜盆,献过来花毛巾,细软肥皂多清润。老客一路多辛苦,铺下床儿放放身,休歇休歇眼不困。小六哥乖滑伶俐,万岁爷件件随心。

那万岁吃茶已毕,六哥将楼房扫除干净,拿了一个座来,说道:"老客请坐,我取饭来你用。"

小六哥笑颜生,叫老客你从容,待吃好物我管奉。又有合汁又有面,新出炉的热烧饼,肉包火烧随心用。一路上千辛万苦,拿酒来先吃几盅。

六哥道:"你会吃酒么?"万岁道:"我乃是天下吃酒的祖宗。"六哥道:"你是吃酒的那头,我是卖酒的那头。"万岁道:"你这小厮卖了多少酒?"六哥道:"老客,我说这话你休怪俺,这一年抛撒的那酒,够你吃一辈子的。"皇爷道:"你有甚么好酒?"六哥说:"休问我那好酒,你来雯就没见酒望上写的那对子么?"皇爷道:"你拿来我看看。"六哥把酒望取来,递与万岁。万岁接来观看,上写着:"隔壁三家醉,开坛十里香。酒高大壶,现银不赊,霸王吃酒要现钱,张飞无钱剥下靴。"皇爷说:"这小厮好利害!霸王平分天下,张飞是三国忠臣,要钱罢了,就许你剥靴!待我耍他一耍。"遂说:"你这头句不好,我给你改了,包你生意大快。"六哥道:"你给我改了,挣了钱来孝敬你老人家。"万岁道:"不难,拿笔来。"万岁爷一笔到底,六哥看了看,改的是:"也漫说那酒高壶大",一句是:"清香赛过屠苏"。六哥说:"怎么讲?"万岁道:"这屠苏是古时美酒,你那酒比他还强。"六哥大喜道:"好口才!好口才!"皇爷又题道:"色比葡萄才半熟,插上杨梅同做。"六哥道:"这又是怎么讲?"万岁道:"这两句是说你那酒的颜色好,红通通的,好像那半熟的葡萄加上杨梅一样的嫩。"六哥道:"妙!妙!"皇爷又写道:"行人也不来饮,邻里也不来沽,一年只卖两三壶。"六哥大怒道:"这不坏了么! 休写罢,卖不的还好哩!"万岁说:"你休要烦燥,你看下句:剩下的却好醋。"

六哥儿心里焦,叫老客你把我敲,几般好酒你不知道。我有七十二样酒,见样拿来你瞧瞧。品品不好往当街倒,从今后不开酒店,说声薄把壶贬了。

皇爷道:"你是甚么好酒,说来我听听。"六哥说:

时黄酒合春分,状元红蜜林檎,镇江三白颜色俊。寻常就是白干酒,每瓶只要一钱银。老客不必你多心问,还有那黄菊高酒,每一瓶二钱纹银。

皇爷说:"你拿黄菊来我吃罢,那混账酒我吃他不惯,情愿多给你价钱。"六哥说:"老客既要吃好酒,我去拿的。"跑下楼去,叫掌柜的把原封好酒装上两壶,提到楼上,满斟一杯,递与万岁吃了一口,果然好酒。万岁开怀畅饮,那六哥满面悦色,无不奉承。六哥道:"我卖这几年来,再没见个会吃酒的,你真是天下吃酒的祖宗头。"万岁说:"好酒! 你拿那望布来,我给你另改了你好卖。"六哥说:"吃酒罢,不要改了。"皇爷说:"不妨。"六哥把望布拿了来,万岁提笔在手,上面题西江月一首:"春夏秋冬好酒,清香美味堪夸。开坛十里似莲花,八洞闻香下马①。洞宾留下宝剑,昭君当下琵琶,刘伶爱饮不回家,好酒呀醉倒西江月下。"

万岁爷笑颜开,叫六哥你过来,有了好酒要好菜。卖饭不怕大肚汉,好物齐数都拿来,除了要钱有何碍? 小六哥满心欢喜,这长官仗义疏财。

六哥道:"你待吃菜么?"皇爷说:"寡酒难饮。只怕你店里没有好菜。"六哥说:"只怕你无钱。休说是你,就是北京城圣驾降临,俺排个御筵也挑得来。"皇爷说:"你就拿着家常当比那北京皇帝么? 我从来没见过御筵,你就排一桌罢,我正不待吃那混账东

---

① "洞",《全集》作"月"。

西。"也是他君臣投意,六哥急忙走下楼去,叫了一声:"掌柜的,楼上客吃了足色好酒,又要足顶好菜哩。咱给他吃不给他吃?"李小泉说:"我不管你。那创江湖的调喉舌、弄寡嘴骗子极多,给他吃了,有钱极好;若无钱,他吃了,有扒肚的御史么?待要的漫了,又折了本;待紧了,坏了咱店里的门市。吃与不吃我不管。"六哥说:"狗脂!他若无钱,我认着他。我这一年工价,也该二十两银子,也还管他一顿饭哩!"

小六哥整攒盒,松子榛仁把皮剥,柑橘酥梨排几个;羊肚松伞沙鱼翅,猴头熊掌共燕窝,件件齐整看的过。休说道将这长官款待,那皇帝待吃什么?

六哥整了一桌酒菜,抬上楼来。万岁一见,满心欢喜。安排的甚均匀,端上来香喷喷,盘碗鲜明颜色俊。肥豚笋鸡天花菜,鲥鱼鲅鱼共海参,还有蘑菇和香蕈。万岁爷满心欢喜,缺少个作乐的佳人。

万岁见那酒食美味,任意取乐,但少个佳人陪伴,遂把那六哥唤来,叫他往宣武院去搬婊子。未知六哥去与不去,且听下回分解。

第八回　六哥筵前夸妓女　万岁楼上认干儿

话说那万岁饮酒中间,叫道:"六哥靠前来!"六哥寻思道:"你这京花子无廉耻,哄我近前来甚么话?"说道:"老客,有甚么话说吧。"万岁笑道:"你知有三般景致么?"六哥道:"那三般?"万岁道:"羽州的城墙,大同的教场,宣武院的姑娘。"六哥道:"羽州的城墙听的说,可没曾见;大同的教场也不为景致,只是大就是了,有九顷十一四亩,天下的人马聚集,一年两操;只有宣武院的姑娘,果然艳色出奇。"万岁道:"果然是实? 你给我搬一个来陪我,何如?"六哥道:"你就是猴子扒竹竿,一节一节的来了。进店来住了好房子,吃了好酒,又吃好菜;好酒好菜都吃了,又格外生事,又要个作乐的佳人陪伴。只怕你没钱,你搬婊子,可是要省钱的,是要费钱的?"万岁说:"省钱的不知要几千? 费钱的不知要几万?"六哥道:"省钱的店前有极好的招牌,只是底板沉些。"万岁道:"你实说罢,我是个夯人。"六哥道:"模样极好,就是脚大些。"皇爷道:"你把好的搬一个来玩玩罢。"六哥道:"我先说说你听听。"

宣武院姐儿多,无名的数不着,有名略表十数个:金玉银玉天生俊,爱爱怜怜都差不多,素娥月仙也看的过。这还是寻常的艳色,有两个赛过姮娥。

  万岁道:"甚么名字?"六哥道:"一个是赛观音,一个是佛动心。"万岁道:"怎么样的两个人儿,就敢起这个名字?"六哥道:"这赛观音有说,这佛动心有讲。赛观音是老鸨子寻的,长到十二三,扎挂起来甚是风流。子弟们看了,都说合观音相似的,老鸨子绰着那点口气,就叫做赛观音。"万岁道:"那佛动心呢?"六哥道:"他是扬州人氏,姓刘,父母双亡,从七八岁他姑娘卖他在院中,温柔典雅,体态轻盈。众人夸奖,就说老鸨子你的时运来了,你家二姐,活佛见了也动心,就叫起来了。若见了他时,就像是那二月二的煎饼。"皇爷说:"怎么说?"六哥道:"就摊了呢!"皇爷说:"怎么样的艳色,说来我听听。"

单表起佛动心,满院里他超群,金莲小小刚三寸。弯的是眉儿,怪的是眼,俊的是模样,俏的是心。寻常不肯合人混,这妮子拿糖扭醋,看不上公子王孙。

  皇爷说:"一身难嫖两个,你把那赛观音搬来我嫖嫖罢。"六哥道:"你来的晚了,接下客了。说起那客来,有他坐的去处,还没有你站的去处。"皇爷说:"瞎说! 你说是那里的客?"六哥说:"是王尚书的公子王三爷,名唤王龙。你敢叫他的婊子,他若恼了,送到县里,打你顿板,还给你个作道哩。"皇爷笑道:"只有我打的人,人再治不的我。但只是赛观音既接了他,我不合他争,你搬那佛动心来陪我罢。"六哥说:"六月六的豆腐,陪不的了。"皇爷说:"怎么陪不的了?"六哥道:"那佛动心不接凡人。当初有个暹给他算卦,退丫头先合他说,俺二姐姐极爱奉承,到那里哄他二两银子,咱俩好分。那暹退果然有天无日头的,说他有一宫皇后之命。那瞎刀子扎的哄了银子去了,那皇帝那狗头也不来了,哄着二姐今日等皇帝,明日等皇帝,到如今还守寡哩。"皇爷说:"你这小厮反了么!你敢骂皇帝!"六哥道:"他在北京,他就知道我骂他哩。"皇爷道:"不必多嘴,你快去搬了他来。我不肯空支使你,我给你十来个钱,你做身衣服穿。"六哥说:"休说做衣服,就买几张刚连纸来也不勾糊一身衣服的。"皇爷道:"一个钱还用不了。你不信,我先给你看看。"

万岁爷龙心欢,褡包里取出钱,十个就是二两半。若是搬的二姐到,给你做身红布衫,冷天穿着好铁面。常言道天不支使空人情,管我打发你个喜欢。

那六哥接着金钱,跑下楼来,惧惧挣挣的叫掌柜的拿戥子来使使:"长官叫我去搬佛动心,给了我十个钱,我称称。"小泉道:"几辈子没使钱了,拿着几个钱这么亲?十个钱还要戥子称着使。"六哥道:"你枉做买卖一辈子,老的牙都白了,曾见这钱来么?你看看何如?"掌柜的接过那钱来,看了一看,霞光万道,瑞气千层,吓的半晌无言。

接过来耀眼明,掌柜的唬一惊,这个不是小百姓,不然是个真强盗,宝藏库里剜窟窿,或是短了天朝的贡。若是你的发了,葬送你个小小的残生。

六哥说:"只怕不给我哩,若给我几千,我化成金子,换了银子,可不财主了么?"六哥提着酒,上的楼上,满斟一杯,递与万岁,就深深的唱了一个大而喏,谢了又谢。一霎叫大叔,一霎叫爷爷,喜的前跑踢后跑踢。万岁说:"你爱那钱么?"六哥道:"谁是背财生的!我每日卖酒,也见银子来,也见铜钱来,可没见这金钱。"万岁说:"你既爱我这金钱,我合你认门亲戚罢。等我那小厮们来时,多给你几串,强似你起五更、睡半夜的卖酒。"六哥道:"金钱好使,亲戚难认。不弃嫌,合你拜个兄弟何如?"皇爷说:"折的你慌了!"六哥道:"你待嗄是个皇帝,叫人兄弟就折杀了?"皇爷说:"你若爱我金钱,斟上三杯酒,跪在楼上磕二十四个头,叫我三声干爷,我认你做干儿罢。"六哥道:"羞人答的,看人笑话。"万岁道:"你若不从,难得我这宝贝。"六哥道:"也罢,这楼上没人见,就叫他三声爷,哄他几串金钱,谁待爷长爷短的跌歇着口子常叫他哩。没有金钱出上,我就不叫他;若是有金钱,还叫人祖、叫人宗的哩。"那六哥斟上了三杯酒,跪在楼上,口称:"干爷,我认了你了。"

小六哥斟上酒,跪下去磕个头。也是前生缘法凑,万岁一见心欢喜,叫了一声我儿流,爷们说不的寻常厚。只你用心孝顺我,分给你顷地犋牛。

万岁心中大喜,说道:"好个龙虎山张天师,他算朕当乏嗣,半路里拾了一个干殿下,果如其言。"

万岁爷笑颜开,我的儿你起来,前生有福把我拜。咱门户不在人一下,体面也还撑的来,说声做亲还有人爱。我给你寻个媳妇,治几件霞帔金钗。

万岁道:"六哥儿你耐心,等待我给你做领红布衫。"六哥自思:可出了丑了。俺干爷不是个轿夫,就是个鼓手。遂道:"干爷,你给我做别的罢,我不要红布衫。我晓的干爷你是一名军,你回京着说,六哥儿跟我去看看你干娘去,这么远我待不跟你去一趟哩。到了北京,初一十五的就说,小六哥跟我去点点卯,穿着那红罩甲子。这也是小事。只是如今人合那翠草哇似的,打起你死了着,那右邻左舍说:有小六哥,不是他儿么?俺祖辈有军。这两名军,可就送了我这命了。"皇爷说:"你放心。我这个军好着哩。我家里有两条绳带,捎根来给你扎腰。一条白的,一条黄的,你待要那一条?"六哥道:"年小小的,扎着根黄的带子丑丑的,给我那条白的罢。"皇爷道:"这小子造化不小,把一条白玉带讨在腰里了。"又说道:"我还给你一顶帽,你要不要呢?"六哥道:"什么帽?"皇爷道:"是半边帽。"六哥道:"给我就给我顶囫囵的,那半边帽子怎么戴?"皇爷道:"要一个四趁,戴着那半边帽,穿着那红布衫,扎着那白带子,就支极好的架子。"六哥说:"无功受禄,寝食不安。搬了二姐来,任凭干爷给我什么不迟。"皇爷道:"正是,若搬不了来,跌咱爷们的架子了。"

小六哥卖巧言,叫干爷你放心宽,我今就上宣武院。蜜言甜舌将他请,他若不来将毛捋,见了咱磕头如捣蒜。叫干爷楼上等待,这桩事在我不难。

六哥下了楼,向宣武院去搬佛动心。不知搬了来搬不了来,不知后事如何,且听下回分解。

第九回　说虔婆六哥进院　相嫖客老鸨登楼

话说那六哥下的楼来,李小泉道:"六哥,你在楼上合长官说的是什么?"六哥笑道:"有一句话不好说,我认了长官做了干爷了。"众人拱手道:"大喜了!"六哥道:"少笑俺。干爷着我给他上宣武院搬婊子去。他吃用嘎都算我的,休要慢待了他。"小泉说:"你说的是那里话!你的干爷就是我的朋友,你放心罢。"

六哥儿满面欢,你休要不耐烦,莫要将我胡埋怨。千万只是托着你,茶水酒饭要周全,休把干爷来轻慢。在店中住上几日,吃的饭算我的工钱。

六哥说:"我上宣武院去,店里卖买耽误了工夫,叫伙计们说嗄?把那旧营生做起来。"遂把那瓜子、姣梨拾了一盘,抗将起来,出了店门,一声吆喝,可就卖起来了。

六哥出店把口夸,东西地高南北凹,几亩凹田种蜀秫,几亩高地种棉花,剩下几亩没嗄种,种了许多大西瓜。王孙子弟来找我,买些瓜子闲磕牙。早来提名姓,晚来剩自家。吾乃不是别人,卖瓜子的小六哥又来了。

瓜子盘端起来,宣武院说裙钗,吆喝一声把瓜子卖。院中许多姣娥女,见了骂声小乖乖,点点人儿真作怪。沿门子磨牙斗嘴,谁知他别有安排。

按下小六哥进院。且说那老鸨子见连日没客,闷闷不足,叫了一声丫头道:"玉火巷您尹六叔往常时三朝两日的就送客来,如何这一向绝不来走走?你去找着他说,俺娘请你,你怎么不去玩玩。你若是闲着,把那瓜子、梨儿拿些来院中走走。"丫头听说,出的门来,看见六哥,即回房来道:"妈娘,俺六叔来了。"妈儿听说,走出门来,接着六哥,拜了又拜:"贼天杀的!谁恼着你来,许久不来玩玩!"

老虔婆话儿甜,假捏虚长笑颜。许久不进宣武院,只说那个得罪你,今日来时我心宽。失迎就是好几遍,哆嗦着拜了又拜,假奉承说了些虚言。

六哥道:"你老人家好么?"鸨儿道:"甚么好!跳起来只是生气。"六哥道:"谁气着你来?"鸨儿道:"只小二妮子那奴才就气杀我了!我又不值钱,没人要了;他又不接客,着那瞎子哄着他,每日接皇帝。若依着我,等什么皇帝,趁着年小,接客挣钱我使才好。"六哥道:"正是,还是你见的明。若等不着时,可不耽误了他么?"鸨儿道:"你给我说着使大钱的接了他罢。"六哥说:"我店里就下了一个使大钱的,叫二姐去陪他罢。"鸨儿道:"是那处人?"六哥道：

那个人好怪哉，从北京问了来，一心要会你令爱。浑身扎点不上眼，谁知手里有钱财。那人行事好大待，搬婊子吃酒玩耍，为这个今日才来。

　　鸨儿道："你怎么知道他大待？"六哥道："支使了我一遭，就给了十个钱。"鸨儿道："十个钱就看在眼里？似俺这烟花巷里，十数两银子也曾见过。"六哥道："你空长这么大年纪，吃紧的就没见这钱也是有的。"鸨儿又问道："什么钱？拿来我看看。"六哥取出金钱，递与虔婆。鸨儿一见就慌了心，说："您六叔，他这东西有多少？"六哥道："谁知道他的哩。"

六哥儿叫老妈，你休笑那军家，仗义疏财手段大。鸨儿听说财神到，心里痒痒没处去抓，科上滴下那齐正话。说我去相他一相，我看看甚么的个军家。

　　鸨儿道："我先合你去看看。"六哥道："正是。眼见是实，耳听是虚，我就说的那龙吱吱叫，你也不信。"鸨儿道："你不知俺指着嘎来，吾不过指着这两个孩子过日子。小二姐性子又娇，总然不接皇帝，也要一个班配，我不去看看，惹的他边墙决脸的怎么过？"那鸨儿跟着六哥，同到了酒店，说道："客在那里？"六哥道："在楼上。"鸨儿就待上楼，那六哥没搬了佛动心来，不好上楼，遂高叫道："楼上的客招顾着，佛动心上楼去了。"那万岁在楼上望的眼穿，听的楼下吆喝，把那檐毡帽一推，抬头察看。

睁龙眼仔细瞰①，进来个老妈妈。鬓边白发光光乍，脸上的皱纹无其数，口里当门少两牙，虽然风骚年纪大。万岁爷心中惊异，佛动心没哩是他？

　　皇爷说："六哥儿，我着你去搬佛动心，你怎么叫了一个'鬼见愁'来了？"正说着，那老鸨子上的楼来，看见皇爷穿的平常，就淡

---

　　① 《全集》作"瞧"。

了半截心。走到近前,多梭了两多梭,叫声姐夫,我这里拜呢。那些护驾的大小鬼,见他无礼,一个扯脚,一个按头,那虔婆哎呦了一声,扑咚跪在地下,磕头无数。

众鬼使好促狭,打虔婆满面花,扑咚跪在床儿下。翻身磕头如捣蒜,头上硼了些大疙瘩,鬏髻梳妆俱轮下。楼板儿响成一块,把六哥好不唬杀。

那六哥听的楼板响成一块,说:"不好了!俺干爷打老鸨子哩,我去劝劝。"六哥上的楼来,看见那虔婆磕头,遂说:"干爷,一称金虽是个贱人,有些体面,见了大人,也只是拜,今日给你磕头,是十分尊你,你只顾着他,他磕起来无数。"万岁道:"老鸨子,你起来罢。大热天劳你这一遭,没什么给你,又叫你磕头。"那老鸨子扒起来,戴上鬏髻,自思想:好蹊跷!又没见他一个钱的东西,怎么磕了这一些头?我平日见上人也不过拜他两拜。定了一定,方才问:"长官,你是那里?"万岁说:"我是北京。"妈儿道:"你当的那一营的军?"万岁说:"我当的是十三营里的军。"老鸨子说:"只有九标十二营,那有十三营呢?"万岁道:"是新添的一营。我在京就十三营,我出京,依然是九标十二营了。"

万岁爷笑嘻嘻,叫虔婆你听知,从头对你说详细:十三营我为首,奉差由此到宁西。久闻令爱多标致,你着他陪我一晚,穷军家有分薄仪。

妈子自思:这花子尽是寡嘴,薄厚在那里?遂下楼就走。万岁道:"他没相中我。他若去了,再请二姐就难了。自古道:钱成钱成,无钱不成。老鸨子,你回来,我给你几两银子,你去买件衣服穿罢。"

十两银放在桌,金豆儿取一盒。鸨儿本是个爱钱货,见了银子花了眼,刮打嘴儿笑呵呵,我不收下恐见错。哆嗦着拜了又拜,叫姐夫口似蜜多。

鸨儿说:"乍会初逢,敢蒙姐夫照顾。"万岁说:"照顾不大。这银子是给你的,这豆子是给你那闺女的见面钱。"妈儿道:"我连这孩子的都捎了去罢。"万岁道:"你放心。二姐若来,宿钱另奉。"老虔婆心里乖,不重客只重财,低袖哆嗦拜两拜。我去失陪休心闷,到家就着二姐来,千万要你多担待。小二姐年纪幼小,他自来没见黑白。

皇爷道:"你放心。我虽衣服残,却是个帮寸子弟。"鸨儿接了银子,下楼去了。未知后事如何,且听下回分解。

第十回　佛动心风尘自叹　老鸨儿打骂施威

话说那鸨儿下楼来见六哥。六哥道:"你老人家这一遭可好么?"婆子道:"先苦后甜。我给他磕了顿头,我合他叙了些家常,他说给我分薄礼,只当是给我几个钱,可给了我一锭银子,我掂量着有十来两银子;不足为奇,还给了我一盒金豆。"六哥说:"你认的么?"鸨儿道:"我自来没见,黄登登的,待说是珍珠,又没有眼,谁家有黄珍珠来?不是金豆是什么?"鸨儿照着六哥拜了两拜,道:"您六叔,说不尽亏你看顾俺。"六哥道:"怎么不看顾别人?一来是您娘们挣的,二来也是俺引进一场。"鸨儿道:"不着你,这东西是天上吊下来的,地中跑出来的,科枝上长的,树上结的?"六哥道:"闲话少说,你到家着二姐快来。"鸨儿辞了六哥,出了店房,自己寻思:我收了人家银子,小二妮子那奴才他若不来时,我只得拿出利害来,给他个狠手,死活从他。按下虔婆发恨不题。且说佛动心本姓刘,原是扬州人,一个武官之女。八岁父母双亡,落在姑娘手里。他姑娘贪财,卖他在院里。长到十二三岁,出脱的如花似玉,才有了佛动心之名。一日梦见红光罩体,请了暹遢来算了一卦,说他有娘娘之分。他就一心要接皇帝,总不见客。那老虔婆又着实爱惜他,遂给他十个丫头,伏侍他住在一座南楼上。这佛动心又自己画了一个皇帝影像,悬在帐中,朝朝祷告。等了二年,见皇帝不来,自己又长成了,每日思量这风尘下贱,将来如何结果,不由的心酸落泪。

佛动心自思量,每日家待君王,那君王再不见影儿傍。身子落在火坑里,鸨子怎肯许从良?将来弄一个什么样!闷来时思思念念,不由人一阵恓惶。

这一日,佛动心正然悲叹,忽见喜鹊儿来在檐前喳喳的叫唤了几声。说:"喜鹊,你错叫了!这烟花巷里有什么喜事?"猛抬头见皇爷的御影,说:"我从算卦以后,我就传下御像,烧香念佛,供养了你三年,不见万岁在那里,枉费了殷勤。"

烧上香拜主公,口儿里自咕哝,烧香念佛成合用?买命算卦接皇帝,竹竿种火落场空,也是奴家前生命。佛动心满心好恼,胡瞒怨恨骂先生。

那二姐在南楼上痛哭不题。且说那鸨子进的院来,径到南楼底下一片混骂。骂了一回,叫丫头:"二小妮子那里去了?"二姐南楼听见,说:"不好了!俺妈娘往常时拿着我合掌上明珠哇是的,何等爱我;今日不知吃了谁家的酒了,又不知吃了谁家的引子,连我也找算起来了。我且下楼接他一接去罢。"

佛动心无奈何,下楼来接虔婆,接到楼上让了坐。战战兢兢旁边站,花言巧语似蜜多,百样奉承他不乐。老贱人眉头不展,唬杀了二八蛟娥。

二姐说:"妈娘,你不在后房自在,来南楼何事?"老虔婆抹下脸来说:"我没事就不来!人家那当姐儿的也是当姐儿,春里是春衣,夏里是夏衣;你也是个姐儿,我问你要几两银子使使。"二姐道:"妈娘,你胡突了么?我身边又没有客,可那里的银子?"鸨儿道:"好奴才!你自己说了罢,俺老的,小的小,每日挣给你吃,几时是个了手?"

一称金把脸抹,叫贱人你忒也差,歪头鳖脑的济着咋?吃穿二字你不管，逐日把我巴结煞。世间要你中做嗄？今后晌若不接客，准备着打发你归家！

老鸨儿怒狠狠的骂下楼去了，到后房叫丫头："把那鞭子给我泡上。"丫头听说，惊魂千里，说："咱妈又不知待打谁哩！"少不得把那大盆拐来，打上担水，泡着鞭子。鸨儿道："你去叫小妮子来的。"丫头听说，跑上南楼，叫道："二姐姐，咱妈请你哩。"二姐道："妈娘才来到楼上骂了我一场，几乎鞭子落在身上。"丫头道："二姐姐呀，逐日守着的人，你不知道他性子么？咱妈又好吃杯酒，吃不多，又好醉了。今日不知在那里吃了盅酒，又到后房里睡了一霎，醒了说：'我才把小二妮子骂了一场，吓着那孩子了。快请他来，我给他陪个不是。'我才来请你。"那二妮子明知是待打他，无可奈何下了南楼，跟着丫头来到后房，看见虔婆说："儿才冲撞妈娘，只可怜孩儿流落在他乡。"二姐双膝跪下，老鸨儿用手挽起，说："我的儿，起来罢，我有句话合你说，只怕你不依从。"二姐道："家有千口，主事一人，不依你待依谁？"鸨儿道："你听那先生说等皇帝，那皇帝又不来，可不耽误了你？我合你说：拣那使大钱的，先接一个，挣他几两银子，咱娘们去救急。日后再不着你接客，你可等那皇帝罢。"二姐说："别的罢了，这个叫我难以从命。"妈娘道："你真果不从？我一顿打死了你，只当掉了这几两银子！人是苦虫，不打不成，我怜到你几时！"怒冲冲把二姐采住，可就打起来了。老虔婆怒冲冲，采住了红喜星，每日疼你成何用？一手持住青丝发，鞭子一举不留情，嫩嫩的皮儿难扎挣。小二姐冤声不住，叫亲娘饶我的残生。

那虔婆打了二十多鞭，就不打了，叫丫鬟："给我泡着乜鞭子，歇歇再打。"说道："你穿着衣服支架子么？是你挣的么？叫丫头给我剥了，只剩的赤条条的。"二姐跪在那旁里，见那水盆里泡着那鞭子无数，自说道："老贱人实落落的要打，再打我就捱不的了。自古道：'猛虎入井团团转，为人何不顺时行？'我将好言哄他哄，他若信了,我上南楼上吊寻死,抹头服毒,都在于我。"

小二姐见识高,叫妈娘你听着:我今接客休心燥。今晚若有客来到,就是叫花也留下嫖,无钱难说干欢乐。老鸨子满心欢喜,我的儿这就是了。

那老鸨子听的说接客,走近前来,两手抱住二姐说:"我的儿,我怎么打你这些!"叫丫鬟:"拿衣服来,给你二姐姐穿上,赤条条的什么道理。"二姐穿上衣服,妈儿又道:"拿坐来,站的这孩子慌了。"二姐坐下,妈儿又道:"拿酒来,给你二姐姐压惊。"二姐道:"你就忘了么?我从小酒肉不吃。"妈儿道:"我就忘了。"叫丫头:"把盅子按了,压的你姐姐手疼。"

老虔婆心里欢,叫二姐你听言:酒楼上有个军家汉,仗义疏财手段大,十两银子见面钱,金豆一盒九个半。我的儿你陪他一晚,哄他使些憨钱。

小二姐喜气生,叫妈娘你是听:富贵贫贱前生定,要接皇帝没修下,且顾家中时下穷,挣他几两来费用。咱又无园林桑枣,全凭着和气为生。

妈儿道:"我儿,正是这等。只为咱这日子贫穷,若是那几年,我也挣出钱来了,我也不肯。你快去南楼梳妆,出院去罢。"那二姐守着虔婆,不敢哭;离了他妈,就放声大哭,上南楼去了。千思万想,走又没处走,待要寻死,又不得空。这样苦楚,惟有心知。不知佛动心出院不出院,且听下回分解。

第十一回　二姐被逼怨老鸨　丫头定计哄朝廷

话说二姐哭上南楼,望着扬州叫了声爷娘:"你闪的我好苦呀!"一发寻思一发恨,可就伤感起来了。

第一怨怨爹娘,只顾你早先亡,撇的孩儿没头向。七岁落在姑娘手,卖在烟花去为娼,朝打暮骂无指望。你死在黄泉之下,怎知儿苦处难当!

第二怨怨姑娘,骂泼妇太不良,心如蛇蝎一般样。爹娘死去托了你,图财就把天理伤,老天只在头直上。我合你那辈子冤恨,害的我进退凄惶。

第三怨怨贱人,骂虔婆忒狠心,我死在黄泉把你恨。好人家养的儿合女,打着合人家汉子亲,良心天理顺不顺?眼望着家乡遥远,谁是我六眷亲人?

第四怨怨青天,生下的苦难言,俺也没把天条犯。既在空中为神圣,这样苦人在世间,也该睁眼看一看。若不是前生造孽,现放着剑树刀山。

第五怨怨自家,想前身作事差,今生落在他人下。照照菱花看看影,叫声薄命的小冤家,几时捱够打合骂?到不如悬梁高吊,一条绳命染黄沙!

话说那佛动心在南楼恸哭不题。他那丫头里有两个聪明雅致的,二姐极喜他,因着自家待皇帝,便一声叫道二人名字,一个叫金墩,一个叫玉座。二人上前说:"二姐姐,妈妈请你去说什么来,回来只管哭?"二姐道:"说嘎倒是小事,一顿鞭子几乎打死!"丫头说:"哎哟,为什么就打?"二姐道:"嗔我不去接那军汉就打呢!"丫头道:"好异样!你待不去接,着别人去不的么?"二姐道:"那天杀的冤家,指名字单要我。"丫头道:"咱就去罢,为什么受他那打?那汉子既单要你,还是爱你,他那里有杀场么?"二姐道:"你去的道容易。"丫头说:"不去可怎么着呢?"二姐道:"我情愿吊杀,死在楼上!"丫头说:"姐姐你好嘲!这点小事就上吊,若大似这个着呢,就该怎么着呢?"

有金墩把头摇,叫姐姐你好嘲,那里犯着去上吊?转了快活不算账,还歹他银子一大包,世间嗄似这个妙?若是我三宵两夜,管叫他拿不住瓦刀。

金墩劝勾多时。二姐道:"谁像你那不值钱的货!"二姐骂了金墩几句,依旧柳眉双蹙,杏眼含愁。到是玉座在旁说道:"我有一计。"二姐忙问:"何计?快快说来罢。"

好丫头笑嘻嘻,劝姐姐休撒急①,我有一条绝妙的计。咱两佮同到玉火巷,你可藏的严实实,俺俩上楼把你替。那军家辨什么真假,咱只顾哄他那东西。

二姐听说,满心欢喜,遂笑道:"你真果肯替我?"丫头道:"十八大姐做媳妇,还等不到黑天哩。"二姐又笑了一笑,道:"只怕你替不过。"丫头道:"那汉子不过是闻名,他见了你几回来?他就嫌模样差些,也只是说有名无实,出上他不嫖就是了,咱妈娘知道哩么?穿上衣裳咱去罢。"二姐听说,进了绣房。

擦了眼去梳妆,穿几套好衣裳,蛾眉淡扫姮娥样。朱唇一点樱桃口,十指尖尖玉笋长,真如一朵花初放。妆成了丫环也爱,上合下仔细的端详。

二姐打扮的齐齐正正,下楼去辞老鸨。

佛动心把头低,忍不住泪悢悢,哭哭啼啼下楼去。未曾进房擦了泪,见了虔婆笑嘻嘻,得罪妈娘休生气。为儿的待不接客,咱娘们要吃饭穿衣。

二姐说:"妈娘,我来给你磕头,好去接客。"鸨子道:"好儿,磕什么头!像您大姐姐,我养活他恁么大小,还没给我磕个头,不想你这孩子倒有礼数的。好儿,我不怪你,你去罢。"那二姐出了后房门,仍是一阵心酸。

佛动心低着头,未出门泪交流,叫不应的龙天佑。万丈火坑没有底,今日方才初上头,几时孽债填还勾?骂一声狠心的老鸨,我合

---

① "撒",《全集》作"撤"。

你那世冤仇?

佛动心出院门,小脚儿印香尘,更比月里嫦娥俊。声声佩环叮当响,从容款摆绣罗裙,未曾过去香一阵。笑一笑千金难买,引掉了人的真魂。

二姐出院,有【西江月】一首为证:

莲步轻盈出门,芳尘印去无踪。行来杨柳弄春风,好似花枝摆动。巫山神女出现,仙姬私下天宫,相思撇在路途中,拾得归来害疼。

二姐出了宣武院,往玉火巷来。未知后事如何,且听下回分解。

第十二回　佛动心埋怨小六哥　武宗爷假怒小佳人

话说那佛动心出的院来,不一时来到酒店。六哥道:"辛苦了你! 该着轿子接你去才是,就着你步行了来。"遂请二姐到了房中,让了坐,遂即斟上了一盅茶,说道:"请茶了。"请二姐吃盅茶,定定神解解乏,我且问你一句话:无事不出宣武院,你来小店做什么? 谁敢劳动你的驾? 面带着无限的忧色,莫不是受人戳答?

六哥道:"你无事不出院来,是接客来么?"二姐道:"别人不知道,你也不知道么? 我从几时接客来?"六哥道:"正是呢,你接的是皇帝呀,待接什么客?"二姐道:"我今日出院,不知亏了谁来!"佛动心泪婆娑①,我今日受折磨,不知亏了那一个? 多亏那个精扯淡,害杀人的小哥哥,想来待他也不错。这一番作成看顾,准备着给他念佛。

---

① "泪",《全集》作"怕"。

六哥道:"你这意思说的是我么?"二姐道:"你害的人进退两难,还打那四不知呢!"六哥道:"好奇事!你接客不接客的,累着我那大腿根呢,上我的帐来?"

佛动心气吓吓,小六哥你好促狭,合俺娘说的甚么话?自从你才出门去,狠心妈娘就打杀,一霎几乎作精下!那鞭子雨点相似,险些儿逼杀奴家。

六哥道:"逼甚么?你挣了钱来待我使哩,怨人喇喇的!你还回去不的么?"二姐道:"我不接客,我也不回去。"六哥道:"俺家里既没有皇帝,你就不该来。要帐来呀,可是来探亲来呢,可是看朋友来呢?要帐俺又不该你嗄;探亲呢,俺合你娼家有什么亲?若是看朋友来呢,你也是个丫头家,俺又没合你拜交,只怕你来看相厚的来。你又不接俺,俺又不嫖你,没要紧。既不接客不又去,待怎么样?"二姐笑道:"我不出院罢了,我出院有点事。"

佛动心笑嘻嘻,叫六哥你听知:我安排人儿将我替,哄了别人哄不了你。奴家还要好央及,万万休给俺撒了气。我若是陪你干爹,你就该叫我亲姨。

六哥道:"小捱辣骨头!你央及我,你可就先骂我?我可仔不给你撒汤。"慌的二姐笑了笑说:"罢么①,咱从几时不玩来?你休怪我,我还拜你拜。"六哥说:"你且说,人家给了你见面钱,搬的是你,待着谁替你?"二姐指着丫头道:"他俩。"六哥看了看道:"只怕替不过呀。"二姐道:"你休管俺,他认的谁!"六哥道:"任你的便。"二姐说:"金墩你先去。"金墩道:"六哥给俺报报。"六哥道:"只会卖酒,不会给你捞毛。"金墩扭了扭道:"不给俺报罢!罕斯你三十里、五十里不知道路径,走上义道去了,身量大叫你背着我哩。"

好金墩急忙忙,辞二姐出了房,抖抖精神把楼上。一脚深来一脚浅,心里盘算腿儿慌,上的楼台走了样。一脚儿跌倒地上,好一似

---

① "罢么",《全集》作"罢罢"。

倒了堵高墙。

　　那金墩上去楼台，就走了样，一脚儿跌在地上，急忙扒将起来①，把嘴儿抺了，又施展着上前说话。贪往前走，又没提防，当路一个脚床子，绊了一脚，跌了个三四尺近远。万岁唬了一惊："是什么人，怎么不说话，栖着乜黑影里？是怎么说呢？"那金墩扒起来，抖搂了抖搂那衣裳，拿捏着拜了两拜，说道："是我。"皇爷说："你是谁？"金墩说："你搬的是谁？"皇爷说："搬的是佛动心。"金墩说："我就是那佛动心呢。"

有金墩走向前，叫姐夫咱有缘，妈娘差我来陪伴。幸遇姐夫待玩耍，村卖俏吃先讲钱，称了银子好进院。万岁爷嗤的一笑，这奴才不值个底钱。

　　金墩虽有些模样，那里看到万岁爷眼里，遂笑道："你自己看不见自己，待我夸你夸。"金墩道："你可夸的我好看些②，我见了人好支架子。"

　　佛动心你站下，听着我把你夸：窄窄金莲半尺大，鼻子好似灶突样，两根黄毛一大抓，樱桃小口瓢来大。莫不是东海大水潮，出来的巡海夜叉？

　　金墩又道："哎哟！我属尖并的，你夸摊了我了！"皇爷说："我再夸你一夸罢。"

拆破袄做背褡，大补丁白线巴，粟子布裙彭彭乍，汗巾破了没颜色，紫花布鞋扣上花。纂儿不勾枣核大，满脸上擦着些土粉，好一似发了粉的冬瓜。

　　金墩道："俺就乜么样哩？"万岁笑了一笑，说道："等我再给你数数你孤老罢。"

耍和尚接扛夫，十个钱酒一壶，土炕上褪下半截裤。那腥臊烂臭的

---

①　《全集》无"就走了样，一脚儿跌在地上，急忙扒将起来"。
②　"看"，《全集》作"着"。

邋遢鬼,鸡毛店里那无赖徒,青天白日把蚕娥婪。咋杀人这般模样,还想着要把人房!

那金墩羞愧满面,跑下楼来,叫声姐姐:"替不的了!"二姐问道:"怎么着来?"金墩撅着嘴说道:"那汉子光贬扯人,又是瓢哩,又是桃哩,夜叉哩,东瓜哩!"玉座说:"你好出丑!你就是猪八戒家生的那孩子,弄出那些丑样来了,你看我去。"二姐说:"你可好生着。"玉座平日嘴尖舌巧,快语花言,便说:"不是我夸句海口,调嘴头也照住他了。"二姐说:"千万仔细着!这一遭替不下来,可就没有换头了。"

叫姐姐不要忙,休拿我当寻常,人物还在金墩上。况且生来嘴又巧,话是出马一条枪,姐姐休愁把心放。凭着我弄风卖俏,还着他叫我亲娘。

玉座出了房门,卖弄他那轻狂,就忘了装作那名妓的体统,典雅的行持,改不了那梅香的样子,把两根腿轮打开,欢欢的好似那马耍蹄、骡打槽,兵天嗑地的走上楼来道:"姐夫,我这里拜哩。"皇爷道:"你是什么人?"玉座道:"我可就是那佛动心呢。"皇爷道:"你这佛动心在宣武院里有头号、二号呢?"玉座道:"怎么头号、二号呢?"皇爷道:"方才去了一个,又来了一个。"玉座道:"那是假的,我是真的。"万岁听说,看了看,笑道:"你比那一个的模样还略强点。"

武宗爷笑颜生,你强他一丁丁,炕合席差一迷迷缝。赤淌脸儿半栏脚,若上山沟顶席棚,你的生意比他兴。看起你千般扭捏,这可就不值燥哄。

玉座说:"少消罢,俺相与的都是上人上官的。"万岁嗤了一声说:"着你可晕着我了。

嘴儿大胭脂涂,脸儿黑宫粉糊,怎么上的婊子数?死了老婆的穷光棍,十年没人叫丈夫,方才叫你去缝缝裤。佛动心若是这等,那无名的就不是个人乎?"

那玉座把头扭了两扭,道:"褒贬是买主。待说我好了罢,又恐怕要的宿钱太多了;说不好,糊突着玩玩罢了。"
叫姐夫休胡嘲,我看你无个操,故意才把皮来燥。车轴脖子油光脸,门楼头来鼻子槽,心里倒比那齐正的俏。那知道追欢卖笑,也跟着糊突闻骚。
万岁爷气昂昂,骂一声他脏娘,我今说你休要强。自家装着黄花女,胸前两块乍胖胖,行动带些奴才样。好歪货不流水快走,进前恶心的我慌!
　　玉座听说,怒冲冲的当面就还上了。
有玉座怒冲冲,叫姐夫太不通,好人不知好人敬。鞜鞋说破还没破,布衫说青又不青,毡帽说硬又不硬。你只像宣武院里,俺支使的那个琴童。
　　万岁大怒,骂一声贱人,拿起鞭子就打将下去。
大丫头说话诌①,摆着尾摇着头,皇帝气恼龙眉皱。奴才大胆忒无礼,走的慢了把筋抽,若还回还来打你个勾。万岁爷一声吆喝,好玉座颠下了酒楼。
　　玉座激恼了万岁,撺下了楼来。未知后事如何,且听下回分解。

第十三回　　二姐初承御面欢　　丫头再定金蝉计

　　话说那玉座跑下楼来,唬的面如金纸,低头无言②。

---

① "诌",《全集》作"摆"。
② 原文无此段,依《全集》补。

大丫头扶着嘴,半晌无言头不回,唬的两手无了脉。进门叫声二姐姐,吃不尽你无限亏,几乎成了王邦贵。若不是连颠带跑,险些儿捱顿好捶!

丫头下的楼来,叫声姐姐:"替不的了!"二姐道:"怎么替不了?"丫头道:"若光论嘴头,我也照住他了;只末了一句话,说的他就恼了。"二姐说:"你说什么来?"丫头道:"我说他像咱家支使的小琴童,他就恼了,一顿鞭子就打下我楼来了。"二姐道:"奴才好大胆,你就敢说他那个!亏了他性子好,若打你顿时,死不了也发个昏。"六哥道:"极好!叫您姊妹们来接客的,叫您来骂客的么?您妈娘若知道了,你有死无活!"二姐道:"你弄的这等模样,可叫谁替我?"玉座道:"他原是搬的是你,还得你去罢。"二姐听说,满心好恼。

佛动心痛伤怀,想是我命里该,前生欠下风流债。欲待不上酒楼去,回去拷打怎么挨?受不尽的无情害。想当初是我错了,就死了也不该出来。

我苦命对谁言,有烦恼积心间,我好将谁胡瞒怨?却是奴家前生命,烟花相伴乱人眼,不管老少俺陪伴。到晚来无穷夫主,天明了大不相干。

二姐满眼落泪。丫头说:"姐姐不要哭了,咱还有一计。"二姐道:"什么计?"丫头道:"咱今上楼去,见了姐夫,你只说楼上不是耍的去处,咱进院去玩的罢。哄他到院里摆上酒来,姐姐你就先让酒,只说是洗尘三杯,迎风三杯。俺这十个丫头,每人也敬他三杯。他是个铁人也就管醉了他。打发他睡了,你藏在旁里,俺陪着他睡一宿。到了五更头上,俺早些起来,你可去那床头上坐着。他若醒了找你,你可说我在这里。他说你早起来为何,你说院里规矩,从来是这样子。不愁哄不了他。"二姐说:"奴才不要着那熟话来哄我。我欲不上楼,受不了老鸨子的气,少不了我自己去普白。六哥,你给我报报,我好上楼。"六哥道:"报什么?俺家又没有皇帝,你去罢。"二姐陪笑道:"大人不见小人过,你就合俺一般见识。不接客挣不了钱去,回家妈娘打我,你就看的上?"六哥道:"这话你早在那里来?你等等,我给你报报。"

上楼台走一遭,叫干爹你听着:我说的那人儿亲身到。万岁听说摆摆手,若是假的快开交,休要再来瞎胡闹。适刚才生些好气,我这里正自心焦。

六哥道:"干爹说的是那里的话!有第二个佛动心么?"万岁说:"我儿,方才你没来嗄,满楼上都是佛动心,把我好不混煞!叫我一顿鞭子打下楼去了。别要叫他来了。"六哥道:"这是真的来了。"万岁听说大喜,说:"叫他上楼来罢。"

上小楼拜军家,恰便是一枝花,红娘子一笑千金价。上穿一件红衲袄,绿罗裙上石榴花,红绣鞋窄半蹉大。迎仙容会他一面,好姐姐闭月羞花。

二姐上楼,口称姐夫道:"贱奴来迟,望乞恕罪!"万岁一见,心中大喜,走上前去,把二姐搀起,道:"久仰大名!穷军家无缘,今日方得相会。六哥儿拿坐来。"那万岁上下观看,果然不比寻常。

万岁爷仔细观,亚杨妃赛貂蝉,那影好似赵飞燕。一双杏眼秋波动,两道娥眉新月弯,朱唇红似胭脂瓣。若不是前生福分,那能勾沾他一沾?

万岁爷动龙心,观不尽俏佳人,身材窈窕天生俊。三宫六院人多少,比他风流没半分,也是寡人有缘分。就嫖上一年半载,能使我几布政司金银?

万岁道:"有花无酒不成乐,有酒无花不成欢。如今两般都有,不乐更待何时?"

高楼上摆酒席,一件件都正齐,六哥斟酒双手递。爷看二姐不转眼,二姐害羞把头低,人儿越看越标致。万岁爷爱的极了,使不的叫他声御妻。

那六哥先给万岁斟了个喜杯,就该二姐斟了。二姐斟酒来送过去,就满脸通红,羞愧难当。

小二姐面飞红,没奈何斟上杯,无精无彩把酒送。万岁接酒龙心恼,这个奴才不志诚,陪我陪的没有兴。这妮子心高意大,他眼里也没有孤穷。

万岁道:"奴才一盅酒也不用心斟的。他再斟酒,我自有道理。"那二姐把酒让干,又斟上递于万岁。万岁接那盅子撒了半盅,把二姐衣服沾了①。万岁道:"什么好衣服哩!"二姐道:"不是好衣服,你也拿几件来么?"万岁道:"我家里那梅香做溺布的还嫌这行事哩。"二姐道:"你笑杀我了,说那大话! 你若有,不该穿件好的来支架子么?"万岁道:"我穿着这衣服,你好合我坐的;我穿的那好衣服来,你可合我坐不的了。"二姐听说这话,吃了一惊,方才猛抬粉头,斜转秋波,细细的打量万岁。
耳垂肩貌堂堂,龙眉细凤眼长,好似泥捏的佛陀像。虽然是个军家汉,他的像貌不寻常,岂止远在王龙上。待说是私行的天子,怎没有一骑从王?

二姐看罢,暗暗的笑了笑道:"长官,贱人不敢动问贵姓大名?"万岁道:"这丫头上下打量了我一回,就开口盘问,真是个怪孩子。待我混他一混。"便道:"你问我怎的? 你又不嫁我。我又是个响马,你盘问待拿起来罢!"二姐被万岁泚了几句,就羞的低下了头道:"姐夫好乔性儿! 没里既犯相与,就不问问么?"万岁说:"从头里峭峭巴巴的,又问什么?"二姐便不言语了。略停了停,便道:"咱院里去耍子罢。"
小二姐漫开言,酒楼上就不好玩,请爷就到宣武院。那边楼上极清净,琴棋书画件件全,朝夕伏侍也方便。说的爷一心要去,跳起来携手相搀。

---

① 《全集》此处有"二姐心中不悦,说:'姐夫这么一条汉子,一个盅子也端不住,把人的衣服都沾了!'"

那万岁临行,取出银子一锭,叫六哥:"我的儿,我带的银子不多,暂且收下权当酒饭资,待我那小厮们来时,自有报卜你处。"六哥道:"干爷说的是那里的话!休说吃这一点饭,就吃几年儿也不要钱。"万岁道:"我的儿!你到有孝心。不是你自家的买卖,伙计们多,众口难调。赚了钱就好,若折了本,就说小六哥他干爷吃去了,你怎么担待的起?"六哥说:"小儿就无礼了。"遂把银子收了。二姐叫丫头牵马,即同万岁往院中来了。

有丫头把马牵,小二姐迈金莲,领爷去向宣武院。六哥道干爷进院去玩耍,忙里偷闲我问安,一日一遭把你看。万岁爷满心欢喜,我的儿休负前言。

万岁道:"我一起没出门子,来到这里,人生面不熟的,不认的一个人。你早晚的看看我,我好多玩几天。"六哥便说:"二姐到了院里,好生服事俺干爷,没有银子来我店里取。你若是慢待俺干爷,就是给我的无体面了。"二姐道:"你放心罢,我身边还有第二个人么,我不敬他待敬谁?"六哥道:"正是。"他君妃二人进院。未知后事如何,且听下回分解。

第十四回　守名妓万岁装憨　骂憨达二姐含忿

那万岁别了六哥,心中自思:这丫头怪歹歹的,休着他看破行藏。我只得装作痴癫,瞒他一瞒。不说万岁定计,且说二姐顺着大街而行,有许多子弟听的佛动心接了客,人人来看,个个景仰,观不尽小二姐万种娇娆,百般风流。

夸不尽女裙钗,似仙姬下瑶台,怎么流落在烟火寨?可怜海底珊瑚树,挪来人间贱处栽,口里称奖心里爱。街前人攒攒簇簇,小二姐难把头抬。

那二姐见众人跟着乱看,急自害羞;又见万岁左右不离,说道:"姐夫,你怎么一条汉子,还害怕么?有狼哩?有虎哩?你死活的跟着我,怕人家拉了我去了么?你待在前头就在前头,你待在后头就在后头,不前不后的,你到有些严紧。亏了我没嫁了你;若是嫁了你,到分不了里外哩,你会数着我的脚步走。"万岁道:"这奴才嫌我辱没他,我只是不听他说。"见了一座牌坊,故意说道:"妙呀!这是什么东西?"

万岁爷会装傻,那前头是甚么?这家人家多么大,衣架抬在街上晒,两个巴狗上头扒,军家见了心害怕。叫二姐流水快走,你看他下来咬咱!

那二姐虽然也认出万岁是个贵人,只是众人属目之地,见他光弄那呆像,未免没好气,不待答应他,遂把头一摆。万岁道:"你这是个哑蝉么?我说是个衣架;不是个衣架,就是个秋千架,又无绳子合坐板。"那二姐没好气的说道:"好!他那憨达①!这是一座牌坊。"万岁说:"那上头是什么?"二姐说:"那是故事,叫做狮子滚绣球。"万岁说:"好呀!人说宣武院齐正,果然是实。"二姐道:"谨言!看人家打腿!这不是院里。"万岁道:"不是么?我只当进来铁裹门,都是院里来。"二姐道:"院在前边。"万岁道:"咱进院看景去来。"

万岁爷进院来,睁龙眼把头抬,白眼神庙中间盖。南北两院分左右,穿红着绿女裙钗,石人见了亦心爱。一边是秋千院落,一边是歌管楼台。

那万岁进的院来,观不尽楼台殿阁,无数的美女佳人,万岁心中大喜。

众佳人貌似仙,帘儿下露金莲,时时勾引男儿汉。麝兰熏的人心

---

① "他",《全集》作"把"。

醉,油头粉面站门前,见人一笑秋波转。便就是神仙到此,也忘了洞府名山。

不说万岁看景散心。且说这院里有许多姐儿,正在那里议论佛动心,说一回,笑一回。丫头们来说:"众位姐姐,你看佛动心接了皇帝来了!"这姐儿们听说,一个家开门的,上楼的,扒墙的,纷纷嚷嚷,无其代数。那一个道:"你看这汉子脸上黄干干的。"一个家拍手笑道:"都是二小妮子起的心高了,每日等接皇帝,不想接了恁么个人!"齐声说道:"好皇帝!好皇帝!这皇帝来嫖这一遭,可沾了这宣武院了,后来人里头就玩不的了!"都不想这贱人说的这话,是个先兆。日后万岁回京,火烧南北院,改为困龙宫,人就玩不的了。

宣武院众佳人,都乱诮佛动心,这奴才终朝每日发下恨,不接尚书合阁老,开手接了个大操军,就是银钱也不趁。还不如宝客王龙,使数个小厮家人。

万岁微微冷笑①,便道:"二姐,宣武院里这姐儿们到有些眼色。"二姐道:"什么眼色?"万岁道:"他说我是个皇帝。"二姐说:"他是诮我。我有愿在前,不接平人,等着接皇帝。原是我没有造化,接皇帝接下你了。"万岁自思:"这贱人们你诮佛动心接的不是皇帝,难道就不像个人?怎么说王龙家小厮强起我?虽是背里话,也不该亵渎至尊。这贱人们还有几天草寿,且着他快活几日,等文武们来时,火烧南北两院,抄杀贱人,方能雪我心头之恨!"

万岁爷牢记心,等北京众君臣,来时发发这心头恨。南北两院抄杀了,科子王八抽了筋!笑我不如王龙俊,常言道人是衣服,为君的到不如庶民?

万岁说:"这奴才们笑我,我索信装一装村给他们看看。"把那

---

① "冷笑",《全集》作"听的"。

破衣布衫扯了一个偏袖，一步三摇摇将起来。这万岁穿的鞔鞋是江彬做的，虽然无穿着走路，年岁久了就烂了。那鞋掌子印着那涩道上边嗤的一声，抓下来了半边，走一步刮打一声。姐儿们就笑："小二姐这孤老，虽不是皇帝，像是个弯子弟的朋友。"众人道："怎么见的？"姐儿道："你不见他走着，腿底下还打着板么？"丫头听说，笑成一堆。那万岁见人笑他，一发装起嘲来了，站在埇路上，可就讲起那鞋来了。

实指望出好差，挣俩钱好换鞋，谁想破的溜丢快。这鞋原是报国寺，二百大钱买将来，穿了没有五年外。声声说运气不济，怎么就这样的破财！

　　万岁扬声，二姐羞的极了，低低的叫声："姐夫，咱进院罢。到里头叫丫头们给你锥锥，几丢刮打的叫人笑话。"万岁道："我夜来使了几个皮钱，称了一两好麻，待锥锥鞋来，为了搬你就耽误了，还在那酒楼上呢。去给我取来，我吊着进去罢。"二姐挤了挤眼道："你年纪不大，这么忘事？我才见你使了五钱银子买了两付火烟红扣线带子，你送了我一付，还有一付你吊不的么？"万岁道："支什么架子！麻绳还没有，那里的扣线带子？你把那头绳子解下来，我吊着罢。"二姐没可奈何，把那裙带子解下一根来，递与万岁。万岁接过来，把腿搁在石凳上绑那脚。二姐噐极了，走向前去夺过来，系了个死扣子，说道："丫头，架着您憨达进去罢。"把万岁推进院去。那万岁猛然抬头，见那楼前有一白果树，树上挂着一个鹦哥。万岁一见，哈哈大笑。

万岁爷笑哈哈，那树上是什么？绿毛鸡白日里上了架，通红的一个弯弯嘴，他叫丫头来看茶，花言巧语会说话。小二姐满心好恼，是谁家他这样憨达。

　　万岁道："二姐，真果是百里不同风，俺那里鸡架都靠着屋檐底下，你这里鸡架挂在树上，天还没黑就上了架。"二姐说："那是鹦哥。"万岁道："俺那里鹦哥白白的，你这里鹦哥怎么绿绿的？"二姐道:"那白的朝廷家才有。"万岁道:"俺又不是朝廷,俺家里也有白鹦哥。二姐,你把这鹦哥送给我罢,好合俺那一个配对。"①二姐道:"姐夫临走时愿送。"万岁道:"这一溜三间寝房,那一间是你的?"二姐道:"当中这一间就是贱人的。"君妃二人携手进了寝房。未知后事如何,且听下回分解。

第十五回 弄痴呆武宗作戏 嫌辱没二姐含羞

话说那万岁进的房来,观不尽的琴棋书画。
进房来四下观,琴棋画列两边,罗帏一带香熏遍。牙床锦被鸳鸯枕,红罗软帐挂床边,砖场不响花毡垫。就是那东妆镜架,也典雅不像尘凡。

万岁看罢道:"二姐,你是本处人,可是远方来的呢?"二姐道:"不提起家乡便罢,若提起家乡,无限伤心。"
痛煞我女裙钗,一阵阵痛上心来,前生造下冤孽债。甘心宁做庄家女,贱人原不恋章台。谁肯救出我天罗外?到几时把火坑跳出,南无佛吃了长斋。

万岁道:"这丫头问了问他那家乡,就无休无歇的哭起来了。一来是他不愿风尘;二来见我帽破衣残,怕风月行中姊妹们嗤笑他,他怎么不恼?他既嫌我,我总里装一个嘲呆,辱没辱没他。"万岁看见一张八步床,便说:"这是甚么?"二姐道:"这是八步床。"万岁说:"我看看。"走到近前,把那红罗帐一掀,看见上边悬着御影,深深唱了个大喏,说:"我弥陀佛!这明明是座庙呢,你怎么说是张

---

① 《全集》此处有"瞎话"二字。

床?"二姐道:"是座娘娘庙,你怎么不磕头朝奶奶?"万岁道:"是座爷爷庙。"二姐道:"不是爷爷庙,也不是娘娘庙,那是北京皇帝御影。"皇帝道:"是正德么?这行子好快腿,我昨在京里还见他,怎么又暂跑了这里来了,藏在你这室里?"二姐说:"是他的那御影。"皇帝说:"他那影怎么来在这里?"二姐道:"我夜晚做梦,神灵来警我,说道:'佛动心,你不要接客了,等着接皇帝罢。'天明请了先生来算卦圆梦,他说的与梦中相同。我请丹青手传下御影,供养了三年了。"便叫丫头:"把御影请起来,多烧些金纸银钱,打发他升大去罢。"万岁上前道:"这丫头到有诚敬哩。"遂又满屋里瞰,见那琵琶弦子挂在墙上,就说:"这是一张琵琶,合这一具弦好不齐整!"二姐嗤的声笑了,说道:"放着我的罢,勾我受的了!"万岁说:"这不是琵琶弦子么?"二姐说:"这琵琶该说一面,弦子该说一旦,谁家说一张、一具呢?"万岁说:"我是这么说着。"见一个小丫头从房里拿出一把琥珀如意来,万岁看见,流水排手说:"小奴才好不成人!好不邋遢!"

万岁爷会撒颠,小二姐家不严,这把杓子是中看。滑滴溜的弯弯着把,到给丫头拿着玩,溾了怎么去盛饭?万岁爷装嘲胡混,小二姐心不耐烦。

小二姐气狠狠,叫姐夫你好村,你在那鸽子窝里困?头圆耳大方方脸,看你皮毛也像个人,怎么这样不帮寸?你说了这些俏语,幸亏旁里无人。

万岁道:"我自来没见光景。你嫌我辱没你时,你教些乖给我,早晚给你支架子何如?"那二姐没好气,全不答应。万岁自思:"好奴才!果然嫌我嘲。我找法作索他作索。"抬头看见桌子上一把筝,说:"二姐,那是什么东西呢?"二姐乔声怪气的说:"是筝。"①万岁说:"怎么整置的?"那二姐嗤的一声笑了,说:"姐夫,你两个可

---

① "乔",《全集》作"娇"。

班配：你也是木头，他也是木头。"皇爷说："你试笑话我。我还会嫖来，可不知他中做甚么？"二姐说："你也嫖不出好嫖来，他还强起你，他还中压。"万岁道："压着怎么样？"二姐道："中听。"皇爷道："好呀！待我也压压。"

万岁爷好嗑牙，这物儿甚可夸，我也上去压一压。凑到近前看了看，施转着待往桌上扒。二姐忙问你待咋？一声儿不曾说了，乒的响成了些木查。

二姐忙道："下来下来！了不的了！"皇爷道："你说中压。"二姐道："不是这么压，支起马来秫秸葶扯曲，就许你上去压来么？好只顾你压了，俺娘知道打我怎么处？"皇爷道："你休恼。等着我回了京时，把那天下的好木匠叫了他来，做些还你娘们。若就要，我出上银子买。"二姐没奈何，只得罢了。那万岁又看见床底下有一把夜壶。

万岁爷笑哈哈，佛动心你好邋遢，茶壶放在床座下。没有盖子闭着口，暴上灰尘怎么顿茶？早知道这样脏可待嫖你咋？那万岁故撒风颠，二姐说好个呆瓜。

皇爷说："二姐你好脏！俺那里茶壶放在桌子上，使布蒙着还怕溉了；你这里放着床底下，那客来到家，急敢刷净了茶壶，那客待中去了。"二姐道："这是夜壶。"皇爷道："这是夜壶么？我知道了：您娘子酒量大，白日里客来客去的吃不足兴，到晚上无有宿客了，吃了好睡觉，故叫做夜壶。"二姐道："这是溺壶呀。"

万岁爷笑一声，嘴儿短不相应，卵儿怎么照不正？放着外头不大好，放在里头闷腾腾，不知你是怎么用？佛动心无言可答，只羞的满面通红。

那二姐半晌无言，遂丢了眼色，那丫头把那夜壶藏了。二姐自思道："我看这人相貌出奇，必然不在人下，可怎么这么嘲呆？想是我错看了人么？"二姐反复踌躇，心里有些两可的意思。未知后事如何，且听下回分解。

第十六回　武宗爷门两般宝贝　佛动心惊一套琵琶

话说这老鸨子问道:"丫头,你姐夫进了院不会曾?"丫头道:"来了多时了,在房中坐着哩。"妈儿听说,分付:"南楼上摆上酒桌,把俺姐夫请来楼上。"丫头听说,来到房里说:"二姐姐,俺老妈南楼摆酒,特来有请。"①二姐姐头里走,皇爷后跟,来到南楼。万岁自思:我这龙衮万一被丫头们看见不好,便道:"穷军家只好住那矮屋,见了高楼我就晕了。"二姐说:"听的说有晕轿的,有晕船的,可没有说晕楼的。你既是晕楼,叫丫头架着你罢。"万岁说:"不好,我慢慢的走罢。"遂即两手扭过那后襟来,把两个御腚垂兜的紧紧的,直着两根腿,一步一步捱上楼去。那楼下的丫头们乱笑:"你看这姐夫穷的一条裤子也没有,还来阔哩!"众人道:"你怎知道?"丫头道:"你看他两腿不敢离开。"众人道:"怎么说?"丫头道:"离开腿,他怕解官元宝打开鞘,漏出整腚来了。"众人笑罢,万岁合二姐姐上的楼来。老鸨子欢天喜地,口称:"姐夫,贱人有罪了!我待合孩子去请求,家里无人,我说着孩子去罢,我家排酒给你洗尘。不知您几时就来了,有失迎接。"

正德爷上楼来,老妈儿笑颜开,欢天喜地忙接待。茶才吃罢斟上酒,十个丫头排列开,席前跪下将爷拜。一个个吹弹歌舞,门外头唱将起来。

万岁见丫头们唱的中听,声音嘹亮,故意颠憨。听了一听,放下酒盅道:"那吱吱哑哑是做什么?"二姐说:"是丫头们唱词。"万岁说:"俺家那唱词的都在脸前里唱,你这里另一样规矩么?"二姐道:"俺这贱人家规矩是这等,来房里唱恐怕听了清音去了,姐夫见他的过。"皇爷道:"我不怪他,叫他们进来唱。"二姐道:"叫你们进

---

①　原文无,据《全集》补。

来唱哩。"十个丫头进的房来,两边站下,弹动丝弦唱起来了。众丫头奉主公,箫管笛共银筝。一枝花带着新水令,玉美人相称红衲袄,江儿水上混江龙,步步娇唱出情儿动,雁儿落腔正字巧,沽美酒引吊魂灵。

丫头唱罢,过来讨赏。皇爷说:"他那是做嘎,扒下起来的?"二姐说:"他那是讨赏。"皇爷说:"怎么是讨赏?"二姐说:"他唱词你听了,问你讨赏赐买胭粉搽。"万岁说:"给他甚么?"二姐说:"给他银子,或给他钱。"万岁道:"有那个着不是穷汉了。我可给他嘎?给他把豆子罢。"丫头道:"俺不要,俺有。"皇爷道:"你有甚么豆子呢?"丫头道:"俺有黄豆、黑豆、绿豆、豌豆,还有豇豆。"皇爷道:"你那豆中吃,我这豆子不中吃,只中看。给你把,若是如意就拿了去,不如意在着我的。"

万岁爷笑嘻嘻,褡包里取东西,一把金豆撒在地。丫头一见花了眼,抢的抢来拾的拾,这种豆儿真有趣。佛动心见了也睁眼,甚么人使这东西?

那丫头一个家磕头砜脑的抢拾,崩了一个,滚在二姐面前,二姐虾腰拾起。万岁说:"你好眼皮子薄,赏了丫头的东西,要他何用?"二姐道:"一起没见这般东西,我待看看。"万岁道:"你待看时,等小厮们来时扛两布袋来给你看。"二姐道:"你家里有多少,你说这大话?"皇爷道:"二姐,一处不到一处迷,你到咱家里看看,杂粮囤一般。"二姐道:"我不听你这风话。"皇爷说:"你拿匕琵琶来崩一个我听听。"二姐道:"你好山!这琵琶是弹一曲,弹一套,或是弹四板,那里有崩一个的?"皇爷道:"凭你弹甚么罢。"那丫头拿过琵琶来,递给二姐。二姐自思道:"这长官嘲头嘲脑的听什么琵琶,我有王三姐夫送我一条汗巾,我拿来谝谝,他贪看汗巾,就忘了弹琵琶了。"

佛动心取汗巾,拿出来溅灰尘。从来没见汗巾俊:中间织的鸾交凤,两头童子拜观音,鸡素排草偏相衬。琵琶上一来一往,逞精神谝他那汗巾。

万岁说:"这奴才不弹琵琶,光谝他的汗巾子,望我夸他。我打捻的折折他的架子。"说道:"二姐放着琵琶不弹给我听,弄那臭裹脚头子怎的?不怕溻了手?"二姐道:"你看看是裹脚头么?这是王姐夫从杭州来送我的汗巾,吃了饭好擦嘴。我看你一点手巾也没有,吃了饭着使甚么擦嘴?"皇爷说:"只怕没啥给我吃,若吃的饱饱的,脱下这鞰鞋合这袜子,逗楼下这裹脚来擦擦便是。"二姐说:"好脏!"皇爷道:"脏么?你乜汗巾还跟不上我这裹脚也是有的。你且弹弹琵琶我听罢。"二姐道:"你始终忘不了这琵琶。我还有一把好扇子呢,我再拿出来谝谝。"

小二姐逞精奇,取出扇甚正齐,扇面都是真金砌。上面画着湘妃影,顶上写着道子题,王右军写的行书字。这才是真正古董,拿出去百两也值。

万岁道:"这奴才又谝他的扇子呢。我夸他一夸。"遂道:"二姐一把好扇,我也有一把好扇。你拿过来我看看,我也给你看看。"二姐道:"不看罢,热手拿黄了。今日天黑了,明日给你看两遭罢。你能搦起这扇子了么?你只搦那八根柴、小油红,暑伏天使两钱买把粗蒲扇忽打罢!"皇爷道:"我不看你那扇子,且弹琵琶我听罢。"二姐道:"你没忘了这琵琶,少不得要弹弹了。"

小二姐心里焦,抱琵琶懒待调,少头没尾弹一套。不忧不喜不诚敬,把这长官哄醉了,丫头陪他去睡觉。好歹的留他一宿,到明日打发他开交。

那二姐胡弹了一套。万岁道:"这奴才像个会弹的,他不待弹给我听,我自有道理。"那万岁穿的那绑腿鞰鞋沉重,那楼板声音又响亮,故意扑咚扑咚的使那脚踏。二姐说:"放着琵琶不听,你跺嗄哩?"万岁道:"我给你打着板哩。"二姐道:"你打的是什么板?"万岁道:"我打的不是板,你弹的也没有点。"

万岁爷笑嘻嘻,你不该把人欺。人物虽丑心里趣,琴棋六艺谁不晓？花里胡哨也记的，才来进院当子弟。你弹的少头无尾，拿着俺当了痴愚。

　　二姐自思："这长官初进院来，自有些憨像，这一回我看他像精细了。是的，我把琵琶弹一套好的，他听过来，就是俏里装村；若听不过来，就是村里装俏了。"

小二姐把弦调，这长官像不嘲，只怕还是村里俏。怀抱琵琶别改调，满江红捎带着月儿高，倾心吐胆弹一套。武宗爷微微冷笑，这琵琶传授不很高。

　　二姐听说，把琵琶放下道："我只道你怎么样知音来呢，谁想你是胡猜。你说传授不高，这宣武院里三千姐儿，就没有弹过我的。你说这大话，你会弹么？"万岁道："我只是没开兴哩。若是待弹，脚指头也弹的中听。"二姐道："见你的口来，没见你的手。好汉子当面就弹。"二姐自思："他会接就会弹，不会接就不会弹。"二姐递了个怀中抱日月。万岁道："好贱人！真果拿着我当憨瓜。"使了个顺手牵羊，接过琵琶，且拦住不弹说："这贱人夸他的汗巾子，我也有条汗巾，拿出来谝谝罢。"

龙袍里取汗巾，拿出来爱煞人，乾坤少有这汗巾俊：当中二龙把珠戏，九曜星宫两下分，二十八宿谨相趁。上带着香茶龙盒，羊脂玉碾就的穿心。

　　万岁将汗巾一展，照的楼上赤旭旭的，祥光出现。二姐抬头看见，打了一罕：这长官说话风张风势的，他的东西到有些古怪，花花厘厘的是什么？便问："姐夫，你拿的是什么？"皇爷说："是我擦嘴的点洗汗巾。"①二姐道："是那里来的，这样齐正？"万岁道："远着哩！是日南交趾国进奉来的。"二姐道："是给你的么？"皇爷说："是给朝廷的。"二姐道："给朝廷你怎么拿着呢？"皇爷道："我对你说罢。你看我在外边没有体面，我在家里也像个人。这朝廷的爱

---

① "洗"，《全集》作"浇"。

臣是江彬，我合他垂发相交，俺两个极厚。夜晚间俺两个吃起酒来，他就拿出来谝。我说：'江彬，你这汗巾是那里的？'他说：'是他国进来的，给万岁，万岁使残了就赐了我一条。'我说：'江彬，皇家的东西，你拿着犯法，你送给我罢。'他就两手奉献。朝里皇帝有一条，朝外我也有一条。除了俺俩，别人再没有这汗巾子。"二姐听说，深深的拜了两拜说："贱人买命筹卦，该接皇帝。也是我福分浅薄，接不着大驾；仗赖姐夫的洪福，给我那圣上的汗巾子看看，死也甘心！"万岁道："你看不的。"二姐说："我就夺。"跳了一跳，贪慌勾那汗巾，把桌子上酒壶拐倒。二姐只羞的面红过耳，叫丫头拿渥布来。皇爷道："不用，随便的使使罢。"万岁把那汗巾窝攒起来，照桌面上一抹。二姐道："姐夫好不成人！这样东西就拿着渥了桌子！"皇爷道："这行子不拂桌子，要他何用？"二姐说："干给我我也不要了。"那万岁撵着那汗巾，迎风一抖搜，只闪的香风一阵，那上头半点酒珠也无，异样的新鲜。二姐见了，胸膛上长起草来了，就慌了心，说道："姐夫给我看看罢。"万岁道："我自是不给你看。"二姐把嘴一撅，道："不给俺看罢，俺也不要了。你还弹你那琵琶吧。"万岁道："这奴才见了我这汗巾就慌的乜样，我再拿出那扇子来谝谝。"万岁从那扇束里取出扇子来了。

取扇子在手中，满楼上耀眼明，宝贝原是西番贡。仙人画就锤金面，巧工雕成象牙柄，才然一举香风动。拿出来霞光万道，闪一闪瑞气千层。

　　万岁拿出那把扇子一摇，满楼上清香宜人。二姐看了諕了一惊：这长官的东西件件出奇。他拿的这把扇子也看的过，你那个棋榴我可没见。这万岁扇子上是一斜月明珠扇坠，二姐那里晓的。二姐道："好正齐的扇呀！借过来我扇扇。"皇爷道："手热荡青了。今日天黑了，明日扇四遭罢。什么好扇子哩，不过是八根柴、小油红，暑伏天使两三钱买的蒲扇，怎么好给你扇？"二姐道："姐夫，你偏记的俺这里合你出对子哩。俺说荡黄了，你就说荡青了；俺说扇两遭,你就说扇四遭。你是八宝罗汉之体,你就合俺这贱人一般见识?有酒装给你吃,当面就回席。俺也不看扇子了,还弹琵琶我听罢。"皇爷道:"你是个什么人,我就弹给你听?"二姐道:"孤老婊子玩耍罢,谁着你弹给我听!"皇爷道:"这话有理。"

万岁爷龙心欢,抱琵琶定了弦,先弹一套昭君怨,鸿门设筵方丢下,然后绪上九里山。二姐听罢心忙乱,看长官风势势,谁想有这样丝弦。

　　万岁弹了一套,二姐吃了一惊:这长官何曾嘲来!遂不觉的把椅子往前一拉,来亲近万岁。万岁道:"这奴才眼里有了我了,我也撤撤。"把椅子往一边一扯。二姐娇娇地道:"姐夫,俺眼里有了你了,你就眼里没了俺!"皇爷道:"眼里有俺,不过知道俺这腰里还有几两银子。您娘们待算给我的。"二姐道:"俺不过是个女孩家,俺会放响马,扯溜子,倒抱头算计你?不过是爱你那好丝弦。"皇爷道:"好什么!不过是胡乱拨几点子,合狗跑门那是的。"二姐道:"又来了!我且问你:你这弦子教的教不的?"皇爷道:"教不的,我怎么学来的?"

小二姐满心欢,叫姐夫你听言:你居家搬来宣武院,闷来咱在一处玩,跟着姐夫学清弹,三千姊妹管你饭。你只是情吃情穿,比当军用的自然。

　　万岁道:"多蒙盛意。只是俺这家人口太多,吃穿你就难管了。况且不是苹婆,不是李子的,住在院里甚是不雅。"二姐道:"这可怎么处?"二姐低头寻思。未知后生出甚计策来,且听下回分解。

第十七回　弄轻薄狂言戏主　观相貌俊眼知君

　　话说二姐见万岁不肯来院居住,故意踌躇了一回,问道:"姐夫,你家有同床没有?"万岁故意笑了一笑,说道:"佛动心,你说的是那里的话!朝廷家有龙床,大人家有八步床、顶子床,小人家有脚床,监里有框床,食店铺有活落床,棉花铺有压车床,没见人家有铜床。"二姐道:"我问的是你家里动了荤了没有?"万岁道:"咱家是小人家么?跳起来吃葱吃蒜的,杀猪宰羊的也断不了。"二姐说:"我问的是大婚?"万岁把眼一瞪说:"杀猪宰羊还不是大荤?仔等是杀个人吃么?"二姐道:"我问你娶了妻小了没?"皇爷说:"我是个夯人,不说是娶了老婆了没,我知道什么是大婚、小婚。你问的是老婆么?有七八十个还多哩。"二姐说:"你又风上来了。说二妾一妻三奴婢,谁家就有七八十个呢?"皇爷说:"我是哄你。若有这么些人口,我家里籴升籴斗的给他什么吃?"二姐道:"妙呀!你那起初霎你说金豆子就合那杂粮囤那是的,被我一句话诈出家当来了。你何不娶一个有生色的?"皇爷道:"我有那一个念头,只是搜寻不着好的。"

二姐道我的哥,你既说没娶婆,我给你当家也不错。今日既然接了你,我索性跟你去张罗,省的又接第二个。你休愁烟花拙懒惰,情管俺转不下吆喝。

  皇爷道:"你妈娘不知要多少银子?"二姐道:"只要三千银子。"皇爷道:"吃不尽没有的亏。"二姐道:"待嫁我自有道理。我还有几两私房银子,给俺妈娘罢。"皇爷道:"我就有银娶了你去,只是我家里人口多,给你甚么吃?"这二姐见万岁百样的推托,就撒起娇来了,说:"你放心过日子,我自有法治。"

佛动心发狂颠,拿着爷作戏玩。把我娶出宣武院,驼到北京顺天府,房子赁上五七间,凭着模样把钱转。不要你籴升籴斗,管教你情吃情穿。

  皇爷冷笑了一声,说道:"别的生意还好做,这般买卖难做。"二姐不识进退,又嘤嘤笑道:"好处多着哩,做一遭就惯了么!"万岁听说,龙颜大怒。

万岁爷气冲冲,骂奴才养汉精,放你娘的狗屁铳!捶的桌子乒乓响,身子跳起眼圆睁,倒把二姐唬了一个挣。忙跪倒说咱两戏耍,没人处什么正经。

二姐见皇爷恼了,只唬的骨软筋麻,走到近前双膝跪下,口称:"姐夫,贱人不识轻重,无心说出,追悔莫及!"万岁始终是爱他,见娇滴滴一声哀怜,早把怒气消入爪哇国去了。向前用手扯起来说:"你是妓女,我不济是个嫖客,你不该骂我。"二人坐下,那二姐闷闷不足。万岁道:"二姐,你照旧玩耍。你要待学丝弦,我愿教你。"二姐听说,才满心欢喜,遂满斟一杯递与万岁。万岁道:"我不吃了。天色已晚,咱睡觉去罢。"二姐笑道:"你不吃就是怪我了。"佛动心弄姣柔,若爱奴饮这瓯,无心小失丢开后。万岁本情不待吃,又怕心上人儿羞,伸开御手忙忙受。接过来不曾落案,一骨碌咽下咽喉。

万岁饮干,那佛动心还待让他。万岁便叫:"丫头,绰去残席,安排寝帐,收拾睡觉罢。"

众丫头急慌忙,铺下了象牙床,红绸乱拂绉金帐。安下一对鸳鸯枕,熏笼里面又添香,般般事儿皆停当。万岁说二姐睡罢,到明朝再耍不妨。

佛动心也不言语,暗暗的思量:"今晚原是哄他,这个计策已是行不的了。"这二姐坐在灯下踌躇不定。万岁看了看那两个丫头,只管丢他那眼色,敦敦的看他二姐姐。万岁起的身来,说道:"您又不说长,不说短,是弄甚么鬼儿算计我么?丫头们快去罢,我待关门哩。"把丫头们赶下楼去,烹的一声关了楼门,便说:"二姐咱,睡了罢。"二姐羞答答的说:"请长官先睡,奴便来也。"这万岁急自待脱衣裳,怕漏了行藏,笑道:"二姐,想是你害羞,我吹黑灯罢。"扑的一声,把灯吹煞,然后解衣上床。

万岁爷解了衣,叫一声我的妻,过来罢弄什么势。二姐无奈把罗裙解,说从来没曾出门子,酸甜还不知是什么味。万岁爷点头会意,佛动心咬定了牙根。

二人交欢已毕。二姐道："我每日里等皇帝,皇帝到没等着,却等着你了,这也是前世注定的。我看你虽然不是个皇帝,久后定然有大好处。"皇爷说:"二姐,你错相了,穷军家有什么好处?"二姐道:"不然,人眼漫俗,我却有个小斤称。你若是合不着我的意思,今晚上高低还费些事儿;如今还待什么哩,我这身子已是属了你了。你若肯要我,就穷我也受的,身价你不要愁;若是不肯娶我,合该命尽,死无大灾,就是妈娘杀了我,我可也断不肯迎新送旧了。"皇爷说:"二姐放心,我定然娶你就是了;万一娶不成,我也一定是教会你那琵琶。"二姐半晌无言,笑着说道:"真真是我的命尽了!"万岁惊问:"这话怎么说呢?"

佛动心泪如麻,你有心爱奴家,奴家也愿把你嫁。原是实心爱嫁你,嫁你原不用琵琶,既是从良要他咋?你分明不娶我的样式,到如今还说甚么!

万岁道:"这妮子到有眼力。"疾忙抱过粉颈,搂定纤腰道:"二姐休恼,我方才是试试你的心。既然这等,我军家自有制度。我虽穷可也不用你那私房。小厮们来时,或者还带些钱来,三千两银子也还难不住我。"二姐说:"你休哄我呀。"万岁说:"我原是金口玉言,不会撒谎。"二人说的投机,各各欢喜,交股而眠。

才睡下二鼓敲,纱窗外月正高,红罗帐里明明照。万岁爷才把鼾睡打,一条红蛇甚蹊跷,口鼻耳眼都钻到。二姐见金龙出现,只唬的魂飞魄散!

万岁沉沉睡去,那真龙出现,把二姐唬的气也不敢喘,搐在被窝里,暗想:"人都说真天子定有龙蛇钻窍,只怕这长官是个皇帝!"这二姐心中踌躇,忽然万岁翻身醒来,问道:"你还没睡着哩么?"二姐道:"还没呢。"遂将那樱桃小口儿靠在万岁耳边道:"贱人不敢动问,你实说你是甚么人?"万岁说:"好奇呀!叫长官叫了一日了,怎么又问?"二姐说:"我看你不像个军家。"万岁笑说:"这又奇了!你说像个甚么人呢？"二姐道："贱人不敢说，你像个皇帝。"万岁笑道："可是你说我的话，你疯了么？我且问你怎么见的？"

佛动心将爷夸，你装呆做甚么？看你不在人以下。常言贵命真天子，往往七窍出龙蛇，你就合着这句话。适刚才花龙上面，险些儿将奴唬杀！

万岁听说有蛇，故意吒惊道："好营生，好营生！唬煞我！想是这楼上有蛇，到明日咱搬了罢。"二姐道："不是，这是贵人的真体，将来必然大贵。"万岁道："胡说！做着个穷汉，贵从何来？"二姐道："这到不在哩。"

叫军爷你听咱，刘志远也是穷家，景儿的作的勾天那大。我痴心每日等皇帝，等了个人儿异样杀，将来由了那先生的卦。奴便就打水挨磨，似三娘受苦不差。

二姐说了一会，各各睡去。万岁忽然睁眼，天已太明。那二姐一宿不曾睡觉，困乏极了，睡得好酣美！万岁恐怕露了马脚，轻轻的起来，扎挂停当。那二姐方才翻身，枕边不见万岁，慌忙扒起来。万岁已将楼门开放，丫头们丝丝闹闹，端洗脸水的，拿毛巾的，替二姐梳妆的，不一时梳洗停当。

纱窗外月儿高，才刚刚梳洗了，扶头热酒忙拿到。酒儿最爱穿杯饮，琵琶喜从怀里教，楼中一片弦声闹。这一番君妃欢乐，勾引出作死的冲霄。

这是佛动心初出茅庐第一功。未知后事如何，且听下回分解。

第十八回　婢送帖宝客欺心　鬼弄人二姐得意

话说这兵部尚书，有个儿子名王龙，包着佛动心的姐姐赛观音,住在北楼,隔着南楼不甚远。这一日王龙在北楼上正坐,忽然一阵南风,只听的丝弦盈耳。

王冲霄在醉乡,这声音在那厢? 一阵一阵声响亮。院里丝弦我都听过,高煞的腔调也只寻常,听来那是这般样。不知是那里子弟,一句句唱出了京腔。

　　王龙道:"大姐,你听听南楼丝弦甚是出奇。"大姐道:"老王,你抬人抬在天上,灭人灭在地下。你可是隔壁听音,你说是谁弹? 乜是我二妹子跟我学了两套,每日等皇帝,那皇帝也不来了,多管是闷极了,合丫头们弹。"王龙说:"瞎话! 这丝弦不同。南北二京的丝弦我也见过,我也能弹。这丝弦在我以上,不在我以下。"说的大姐心里恍惚,巴把楼门听了听,果然美耳。便问丫环。

赛观音问丫环,南楼上是谁玩? 丫头从头说一遍:二姐昨日接了客,帽子破来衣又残,那人是个军家汉。那王龙听说不信,这事儿古怪刁钻。

　　丫头说了一遍,王龙道:"瞎话! 他还不接我,怎么肯接那军家?"大姐道:"依着我,这奴才接个叫花子,我才自然;他若是接个乡宦人家公子,我也不笑他。这个京花子有什么希罕哉!"王龙道:"我把酒来顿的热热的,另整菜属,请那长官来唱着吃盅如何?"大姐说:"叫他来吧,得请他呢! 他就担的个请字!"①王龙道:"我为的不是那长官,我为的是那佛动心。我给那长官体面,佛动心也有体面。"大姐道:"这奴才不宜抬举。"王龙道:"怎么就不宜抬举!"遂叫家丁王兴拿个帖子来。王兴拿过来一个十二折金柬来。王龙颠了颠道:"他担不的使这金柬。"嗤的声把那十一折扯下,将一个单帖铺在桌上,写道:"通家侍教生王龙拜。"

写拜柬是王龙,举霜笔胡弄穷,这遭送了残生命! 大限到了合该死,太岁头上去点灯,死在眼前如做梦。王冲霄欺心抖胆,南楼上

---

① 《全集》作:"叫他来吧,得请他! 你呢,他就担的个请字?"

去请朝廷。

　　王龙把拜柬写的停当,叫丫头:"把这帖下在南楼上,给你二姐夫,你说北楼王姐夫有请。"丫头道:"俺二姐夫不来着呢?"王龙道:"休说我给他请柬,我就叫他,他也不敢不来。"丫头道:"不是他不来,俺二姐夫穿的衣服褴褛不堪。"王龙说:"是了,他二姐夫是个穷汉么?你着他来,我不嫌他衣破。人生十指尚有短长,富贵还有高低,也齐不的,天下有几个跟上我的?丫头,你对那长官说:'俺大姐夫请你哩。你若去时,陡然富贵就是陡然富贵,常常富贵就是常常富贵。'"丫头问道:"怎么是陡然富贵?"王龙道:"他若来时,唱给我听了,答应的我欢喜,赏他一桌酒,合你二姐姐吃喝,临走再赏他二百钱,可不是陡然富贵么?"丫头又问道:"常常富贵呢?"王龙道:"若中支使,留着他当个门下,做个家丁,扎挂他给他丝绸穿着,强似他当军,可不是常常富贵么?"丫头道:"俺不说。俺到那里说了,看你不给他,显的俺说瞎话。"王龙道:"我在你奴才们身上撒谎诓他么?若是他答应的欢喜,岂止绸缎,人皮袄子我也做的起。"丫头道:"俺到那里就照样说哩。"王龙道:"张口为愿,怎肯撒谎呢。"

　　有王龙差丫环,你快去把帖传,那里的子弟我看一看。丫头听说往下跑,上的南楼站一边,王姐夫请去会一面。到那里用心奉承,管教你换了衣衫。

　　丫头上的楼来,把请帖给了二姐夫道:"王姐夫有请。"二姐道:"多拜上罢,你二姐夫远路困乏,不赴席罢。"万岁听的道,遂说:"二姐,他来人请,咱不去怎么说?恐怕咱回不起席么?"二姐道:"这是北楼上王姐夫请你。"皇爷说:"有柬么?"丫头说:"有。"皇爷说:"拿来我看。"丫头把柬帖递于万岁,见是一个单红帖,有核桃大字。万岁一见,心中大有不忿:"好一个割头的奴才,我连一个全帖也担不起了,给我这一个单帖子!"丫头见万岁犹豫不定,恐怕不去,遂说道:"姐夫,你去有好处。俺大姐夫许着给你做身人皮袄子。"万岁道:"怎么说做人皮袄子?"那丫头把王龙的话从头至尾说了一遍。皇爷道:"好呀! 又赏我钱,又给我酒吃,又给我做人皮袄子,找上门来的买卖,我还不去做等待甚么?"万岁翻过那帖子来记了一笔:某年某月某日,王龙亲许人皮袄子一张。那王龙未曾见皇爷,先立了一张死文书给万岁拿着,大梦不觉。皇帝道:"二姐,咱赴席去罢。"

小二姐听的说,拉住了万岁爷,暗把手儿捏了捏。那个行子眼目大,动不动的称他爷,逢人惯把架子扯。像是你这个模样,到那里着他嗤撇。

　　万岁道:"二姐你放心,到那里见了王家那小厮,他情管给我磕头。"二姐说:"你又发疯哩! 他贵压当朝,财帛甚重,志大胸高,吃酒中间磕你顿拳头!"皇爷道:"你放心,咱去罢。"

万岁爷要下楼,佛动心不敢留,只得随在身儿后。手里捏着两把汗,口虽不言心里愁,这回丑儿可丢个勾! 那万岁洋洋不睬,一步步花落水流。

　　这万岁下的楼来,早慌了那些大小鬼使,恐怕王龙礼貌不周,一阵神风先到了北楼,把王龙围住。那王龙打了一个支使子,根根毛竖着,说道:"大姐,不好了! 这长官有森人毛,未曾请他来,我这心里战兢兢的。"大姐说:"这两日酒多食少,只怕是劳碌的。"王龙道:"不是,我今夜做了一个梦极不好。睡到三更时分,只听的耳边风响,天地齐转,我睡的那寝楼倒了一间。"大姐说:"是也不算好,这梦中何足为凭?"大姐正然圆梦,丫头来报:"那长官来了。"王龙道:"大姐,他来怎么处? 我下楼接他接的。"大姐道:"那就跌了你那尚书公子的架子。等他上的楼来,合你作个揖着,你只还个半金,就勾了他的了。"一言未了,万岁爷可就上楼来了。

万岁爷上楼来,王龙见洋不睬,长官失迎休见怪。久闻大名不曾会,作下揖去头懒抬,鬼使按倒将爷拜。王冲霄昏迷了半晌,楼板上扒不起来。

万岁上的楼来,王龙大辣辣的道:"久仰大名,作揖了!"万岁装了个不识事务的,把檐毡帽一按,上席坐下。王龙又说:"作揖。"鬼使走上去,按着头的,拧着腿的,轮了个跟头,如鸡啄碎米,点了个无其代数。王龙晕了一阵,自家也不知是什么意思。二姐在旁喜的目瞪痴迷,自思这事出奇,就是老王晕风发了罢,怎么朝着他仔管磕头? 这长官定然不是寻常人。不表二姐暗暗称奇。那大姐心高胆大,全不思量,气冲冲的就说:"老王,你发窝子风哩么?"跑到近前,扯着王龙那胳膊道:"你起来罢。打折了他牛腿了么? 你拜他做啥?"也是那神鬼拨乱,那王龙起了一起,乓的一声,一头硼在大姐的嘴上,只硼的牙齿凌落,满口流血。

小大姐害牙疼,心里焦骂王龙,我到扯你你到挣。或是您爹是您祖,仔怕是您亲祖宗,见了磕头这么盛。小大姐满心好恼,这一回胡突了王龙①。

王龙悞悞挣挣的扒了个甚时,才扒起来,张着口没嘎说。老鸨子说:"王姐夫,我说你家去罢,你再不听,你这晕风不发的利害了么?"王龙道:"正是,前日发的还好,今日晕头晕脑的,发的眼都花了。我看长官合那皇帝呀是的。"皇爷说:"这一阵风发的才是。"二姐道:"王姐夫给你磕了这么些头,你只管支架子。"二姐欢天喜地,大姐一阵好恼。

羞煞了小大姐,佛动心把嘴撇,姐夫前身造下的孽。常时见人不唱喏,今日磕头这么些,喜的二姐没休歇。赛观音惶恐不尽,佛动心说了又说。

那佛动心极会戏弄王龙,说:"老王爷是个官。"王龙说:"是北京兵部尚书,就代中入阁哩。"二姐道:"俺大爷是进士。"王龙道:"是进士,江西提学。"二姐道:"俺二爷也是官。"王龙道:"是二甲进士,宁夏巡按。"二姐道:"你父子俱是大官,见了人不作揖么?"

---

① "突",《全集》作"哭"。

王龙道："怎么不作揖？"二姐道："你既见了二姐夫，怎么就磕头呢？"王龙道："多嘴多舌的小杀才！我怎么给他磕头？我这两日有晕风，今早晨又吃了两盅酒，长官来他是个客，我不接他么？那瓜子皮擦了我一个跟头，怎么是磕头？我不合你驳嘴，看椅子来我坐下。"

有王龙要坐下，大小鬼锥子扎，屁股害疼坐不下。起来欠去心不定，一把椅子左右拉。皇爷道王龙坐下罢。真天子放了赦，那小鬼才不扎他。

王龙拉过椅子来，才待坐下，那鬼使锥子往上一扎。王龙道："不好了！有了毒虫了！"大姐道："你失张答怪，什么毒虫？你起来我坐。"这大姐轻举粉臀，尖伸妙腚，略坐了一坐，果然刺疼难忍。两个就不敢坐的了。王龙他只说是他痔疮发了，又自思量道："我堂堂一个公子，今日这屁股也不助兴，趾着是他的小厮这里伺候他么？我走着合他说话好折器。"王龙一行走着道："长官，你是北京，你在哪一块处住？你贵姓什么名字？不是抖胆问你，你早晚惹下事时，叫家父好给你说个情。"万岁也不入耳，说："王官，你合那游营似的影支支的，你在桌上坐下罢。"王龙得了金口玉言，拉过椅子来，坐下试了试不疼，方才坐下。王龙见皇爷大大的，又叫他王官，心里就大不自在，说："长官，咱两个叙叙好相与。"万岁道："咱萍水相逢，有什么亲戚？"大姐便说："王姐夫，你就称他长官，他就称你王三爷。"万岁说："我虽当个穷军，那江彬合我有点亲戚，我也只叫他名字，生平不会叫人爷。你叫我长官，我叫你王官，都是一个官儿，有什么不好？"王龙见说叫江彬的名字，也就不责备了，叫大姐快给我排酒。万岁道王龙待排酒，我故事他故事，说："王官，你待排酒么？说你的姓来，我过日好回席。"王龙不答。皇爷说："王官贵姓什么？怎么不答应？"王龙道："长官，你戏我哩！叫我王官，又问贵姓，敢仔我姓王。"万岁道："混账！我就没见王官就是姓王。我到是长官，我就姓长么？"王龙道："我实是姓王。"万岁道："真果？"①王龙道："这姓有假的么？"万岁道："只怕你爹爹问不到,你休计较。"王龙道："长官你诌了,你合我玩不起呀。你敢说你嫖的是姊妹,我嫖的是姐姐,咱是连姻,就该玩笑；这不是官亲,玩不的呀！"万岁道："玩玩不差。"那赛观音心中不悦,道："好京花子！俺请你来吃酒的,许你要俺来么？我给王姐夫报报仇。"东西排下两桌,万岁在左边,王龙在右边。大姐斟上盅酒,分明待给王龙,他就故事万岁说道："二姐夫,酒到了。"万岁大喜,说道："好姐儿！有眼色！"那万岁起坐伸手去接,大姐道："谁待给你哩！"二姐看不上,说道："俺又没曾来赶的酒吃,你原是请俺来的,你不该跟俺眼底无人。你斟酒待给大姐夫,就给大姐夫；给二姐夫,就给二姐夫；你分明待给大姐夫,可怎么故事二姐夫？"小大姐微微冷笑。

佛动心你瞎星星,接了个营里兵,你就拿着当真果的敬。一日孤老甚么帐？汤他一汤你就疼,从头里只管逞灵圣。叫二姐休要弄像,我要使煞你咕哝。

大姐回头合王龙说："小二妮子既然这等,咱索性气煞他。"王龙说："依你怎样？"大姐迭着两指,说出一个法来。未知后事如何,且听下回分解。

第十九回　天子爱妃齐夺翠　姐儿嫖客共含羞

话说王龙问大姐的法儿,大姐说："他是个军家,只会跑马射箭,他知道什么。吃酒中间,你就说哑酒难吃,咱行个令。他若不会行,输了,咱可取笑。"那王龙听的这话,就等不的,一盅酒干了,

---

① "真果",《全集》作"果真"。

叫赛观音拿过令盅来,说:"咱行上一个令罢。"
有王龙叫长官,开怀饮玩一玩,从来哑酒吃不惯。输家吃酒赢家唱,拆白道字要一般,打乖夺翠各人占。违令者罚酒三杯,饮酒处决不虚言。

二姐听的行令,着忙道:"姐夫,他待行令,你会不会?你会就合他行;你若不会,丢一个眼色,我给你点着。"万岁道:"二姐你放心,休道是行令,就是诸样事,我不在人以下。"行说着,王龙就拿个骰小盆来,道:"长官,咱行个令,谁可做令官呢?也罢,咱点骰为证,掷着谁,谁就是令官。"万岁道:"赢什么呢?"依着王龙是赢酒,大姐说:"休合他赢酒,输了着他就肯吃。合他赢银子。那长官不知带了几两银子来阆院,给他一个刮根齐查,赢他一个磬净,叫他院也嫖不的,人也为不的。"王龙说:"此计太妙!"说道:"长官,咱输了的罚银子二十两,吃酒三杯。"万岁道:"赛观音输了呢?也是二两?谁出?"王龙说:"我出。"万岁道:"佛动心输了,我出。"王龙拿过骰子来,掷了个九点,该是在手。王龙道:"妙呀!"说:"长官,我待行个正经令么,怕你说不上来。行个俗俗的令罢,要两头一样。"万岁道:"请先。"王龙遂说道:"两头一样是个砖,一去不来灶突里烟。里烟,休烟,我打伙搬砖,垒灶窝添柴烟。"

皇爷接令就行道:

"两头一样是块地,一去不来是个屁,个屁,夜夜出来看景致,一个景致没看了,惹的王龙龟声噪气。"王龙道:"京花子没道理!行令罢,许你骂我来么?"大姐道:"我给你报一报仇罢。"遂说道:

"两头一样是盘耙,一去一来是句话。画道儿长官带着皮帽子。"二姐接令行道:"两头一样是张弓,一去一来是阵风,风来了,雨来了,王龙背了鼓来了。"

皇爷秉手道:"恭喜了!"王龙道:"什么喜?"万岁道:"封了你一个忘八头,还不喜么?"

万岁爷笑一声,王冲霄面通红,长官扫了俺的兴。砌里答撒的精光棍,油嘴滑舌会嫖风,不想这花子能行令。王冲霄心中起火,只一口干令盅。

万岁道:"还行不行?"王龙道:"怎么不行!"拿起骰子来,掷了万岁的一个令官。大姐说:"这楼上极邪,惯好输令官。咱今遭赢回来。"万岁道:"我要一个天上飞禽是什么,地下走兽是什么,路旁古人是谁,那古人拿的是什么,三什么两什么,打死那什么,我来的慌些,没看见是公什么,母什么。"王龙道:"你是令官,你先说来罢。"万岁遂口说道:

"天上飞禽是只鸮,地下走兽是只虎,路旁古人是汉高祖。使着开山斧,三斧两斧劈死那只虎。那一时我走的慌些,没看见是公虎是母虎。"王龙接令道:"天上飞禽是老鸦,地下走兽是匹马。"万岁道:"输了!上字不合下字的音。"王龙说:"怎么算输了?万岁说:"就不算。路傍古人呢?"王龙说:"罢了,没了古人了。强龙不压地头蛇,我合这狗头赖吧。"遂说道:"路傍古人是俺达。"万岁说:"可输了!俺达怎么就是古人?"王龙说:"俺达七八十了,做到尚书,眼前就人阁了,还算不的古人么?"鸮儿道:"王姐夫,你从几时这么赖来?王老爷百年之后,改朝换代,才称的古人。"王龙道:"用你来管闲事么!"遂又说道:"是俺达,俺达拿着三股叉,三叉两叉叉死那匹马。那一时我来的慌些,没看是公马还是母马。"二姐遂说道:"天上飞禽是凤凰,地上走兽是绵羊,路旁古人是楚霸王。拿着混铁枪,三枪两枪刺死那绵羊。那一时我来的慌些,没看是公羊是母羊。"万岁说:"大姐说吧。"大姐说:"天上飞禽是只牛,……"万岁道:"住了,这牛有翅么? 他会飞么?"王龙道:"长官不要赖吧! 你没见那山水牛么? 他也是会飞的。"万岁道:"就算山水牛。地下走兽呢?"大姐道:"可没了走兽呢。"王龙把大姐瞪了一眼。大姐道:"可闷煞我了! 只怕我是走兽,我又有两根腿①。

---

① "有",《全集》作"只"。

也罢,合他赖吧。"遂说:"地下走兽是个粉头,路旁古人是刘武周。刘武周拿着个大杵头,三杵头两杵头杵死那粉头。那一时我来的慌些,没看是公粉头还是母粉头。"

老鸨子道:"小大妮子,你待死么? 怎么越大越糟囤了! 这粉头还有公母么? 大姐夫称上银子吧。"王龙无计奈何,称上了四十两银子。

万岁爷笑赫赫,叫鸨子斟大杯,二姐喜的如酒醉。粉头也有公合母,耕地的牛儿都会飞,堪合王龙是一对。万岁道:这长脐粉头,王冲霄扎他大亏。

万岁合二姐拍手大笑。大姐羞的满面通红,无言可答,遂干了令盅。心中不服,便道:"遭遭是别人行令,着俺输了①。我也行个令,要有翅无毛,后带四句诗,上下不叶音的输。"万岁道:"请先。"大姐道:"我占一个蚊子。"二姐道:"我占一个蜂子。"王龙待说我占一个苍蝇,还没说出口来,交别一口说:"我占一个蜣螂。"万岁道:"我占一个苍蝇。"王龙道:"我待占一个苍蝇来,未曾张口就错了,倒被长官占了去了。我这蜣螂也不弱的。"万岁道:"大姐请先吧。"大姐说:"我做蚊子实实强,贵贱皮肉我先尝。吃的肚子大大的,花枝底下去乘凉。"二姐接令行道:"我做蜂子实实强,百般花蕊我先尝。吃的肚子饱饱的,蜂窝里头去乘凉。"皇爷接令说道:"我做苍蝇实实强,朝廷御筵我先尝,珍馐百味吃个饱,天华板上去乘凉。"王龙说:"这京花子他占的不奇,说的到好。我这蜣螂怎好出口?"万岁道:"王官怎不行令?"王龙道:"我另占如何?"万岁道:"酒令大如军令,使不的另占。"王龙前思后想,没计奈何,遂说道:"我做蜣螂实实强,……"王龙自思:不好,蜣螂就该吃屎了。代不说,可又怕输了。遂又说道:"……诸般屎尖我先尝。吃的肚儿大大的,拱着个弹儿做干粮。"鸨儿大笑道:"王大姐夫你好脏! 一盅

---

① 《全集》作:"糟糟! 是别人行令着,俺输了。"

酒什么大要紧,就吃起屎来了?拿过银子来吃酒罢。"

老鸨子这一声,羞犯了王老冲,二姐笑的眼没缝。万般东西都不吃,单单拣着吃大恭,从来没见这蹊跷性。叫丫环斟水与他,漱漱口好掇令盅。

  王龙着二姐笑的羞愧难当,把眼瞪了几瞪,几番要发作,又寻思是自己说的,又怕人说他,怄头搭脑不言语。万岁道:"王官休恼,我行个令给你散散心罢。"王龙道:"什么令?"万岁道:"名为急口令,天下一百单八府,各一府一个字,说爷是什么,娘是什么,后生下什么,伸什么手,取什么壶,斟什么酒,张什么口,吃什么酒,什么酒干。上字不合下字音,算输。"王龙说:"长官请占。"万岁道:"我占个龙庆府。"王龙乖觉,便点个好名色的说:"我占座归德府。"大姐说:"我占庐州府。"二姐道:"我占凤阳府。"万岁道:"我是令官,我就先行罢。我占的龙庆府,俺爷是公龙,俺娘是母龙,后来生下我这小龙。伸龙手,取龙壶,斟龙酒,张龙口,吃龙酒,龙酒干。"王龙道:"是这么说么?我另占一府何如?"万岁道:"违令者罚!"王龙思想一回,难于开口,只管不说。万岁道:"我替你说。你占的是归德府,您爷是公龟,你娘是母龟,后来生下你这小龟。伸龟手,取龟壶,斟龟酒,张龟口,吃龟酒,龟酒干。"二姐接令说道:"我占的是凤阳府。俺爷是公凤,俺娘是母凤,后来生下我这小凤。伸凤手,取凤壶,斟凤酒,张口吃,凤酒,凤酒干。"大姐又像王龙,面红过耳,不则一声。二姐笑道:"大姐姐,我替你说了罢。你占的是驴州府,您爷是公驴,您娘是母驴,后来生下你这小驴。伸驴手,取驴壶,张驴口,吃驴酒,驴酒干。"

  万岁大笑,那王龙气充两肋,无法可施。酒也不吃了,话也不待说。万岁立起身来说:"王官,今日盛扰;我已是醉了,咱不吃罢。"王龙说:"听见你丝弦甚妙,还不曾领教,怎么就说去呢?"万岁道:"改日再玩罢。"遂同二姐下了北楼。未知后事如何,且听下回分解。

第二十回　二姐含羞吹玉笛　武宗假意卖龙驹

　　话说二姐见万岁口头伶俐,全无一点鄙琐处,心中大喜。当下回到南楼,说笑了一回。吃了晚饭,天已黑了,丫头来点上银灯,各人散去。二姐把楼门关了,道:"长官,你先睡,我待吹灯哩。"二姐把灯一口吹煞,万岁将龙衣脱下,用青衫浮皮一裹,合一个包袱相似,紧放在身子里头,方才睡下。二姐一来熟了,二来心里欢喜,也就解衣上床来了。

佛动心今夜中,有八分爱武宗。疮口不敢说没连缝,虽然路儿还生涩,也是痒里带着疼,不似昨日难挣扎。他二人玩耍了半夜,一觉儿直到天明。

　　一宿睡景提过。二姐见天已明,早起梳妆。万岁说:"我还要睡,休着人来混嚷我。"万岁又睡了片时,见二姐独坐窗前,照那镜儿。万岁道:"你下楼去看看我那马,不知一夜喂他来没?"万岁把二姐调下楼去,方才起来,扎挂停当,梳洗完备。又弹了一回琵琶,下了一回棋,吃了早饭。万岁道:"咱两个闷腾腾的,不如还上王龙那里混去。"二姐道:"昨日他请咱,咱去就罢了;方才扰了他,怎好自己又去?"万岁道:"有个指头。"二姐说:"什么指头?"万岁道:"我正愁着那马没人喂养,不如卖给他罢。"二姐说:"你来到院里就卖了马,也不好看像。"万岁道:"这不过是暂且着他替我喂着,何妨呢!"二姐道:"卖给人还要的吗?"万岁道:"你不要愁,我用着他了,自然两手奉献。"商议已定,下的南楼,这话不表。再说王龙在北楼上与大姐定计,要赢万岁。

王冲霄在楼中,寻方儿把气争。大姐便说有法令,军家钱财看的见,赌场里合他显显能,务要赢的他掉了腚。腚沟里夹上称杆,管叫他一溜崩星。

　　二人正自商议,万岁合二姐到了。王龙拱了拱说:"我待着丫头去请,来的正好。"万岁道:"夜来取扰,今日无事可也不来,有一件事要求玉成。"王龙道:"什么事?"万岁道:"若说来休要笑耻。"

叫王龙休笑话,无银子仗甚么?一匹良马卖了罢。两头见日走千里,不用鞭子腿不夹,三百两银子减半价。宣武院把马卖了,当子弟玩耍玩耍。

大姐说道:"老王,你常说那骡子不是你的,是老爷的看骡,你待买匹马。你买了他这马罢。"王龙道:"我就忘了哩!长官,你只管吃酒,你那马我管照顾你的。"便分付人去北院取马。不一时把龙驹牵到。王龙走下楼看了一看,真正好马。说道:"我去试试。"王冲霄造化低,一心里把马骑,金鞍玉辔牢拴系。院内跑了两三趟,喜煞王龙作死贼,称上三百冰花钿。几盘棋把他赢了,管叫他蛋打雀飞。

王龙只夸马好:"甚么马就像一条龙,只听的耳边风响,平地驾云。这马值一千两银子,买了他的罢。遂给他银子。再赢了他的,马也是我的,银子也成了我的,银马尽到我手中了。"王龙算计定了,楼上来叫道:"长官,我才试了试你那马,说走一千是谎着了,极七八日也走不上一千。好歹买了来,给小厮们骑罢。休说有这马,就给你五百两银子,结个朋友也不差。"大姐拉一边说:"老王,大牲口要个文约才是。京花子甚么正经!卖几两银子花费了,回了北京,见了他的主子,问道:'你那马呢?'他昧了良心说:'到了山西,遇着王龙,依强欺弱,白问我要了去了。'他那主子若是个性好的人,写一个火票来问你要了去;若是傲上的人,驾上一本,就说尚书的公子短了差官的马了,可不连老爷的官伤着了么?拿着银子买不自在哩么?不如问他要张文约,那怕他告御状上本章,咱放着证见。"

赛观音把心欺,弄巧语害正德。王龙耳软无主意,随邪听了贱人语,王龙吃了大姐亏,后来剥皮无人替。王冲霄被他调转,一心里查考真实。①

　　王龙听了大姐这话,坐下说:"长官,咱吃了这半日酒了,我就没问你贵姓?"万岁自思:"这厮问我贵姓,我又不好说我姓朱。也罢,我混他一混。"这万岁拿起一双箸来,向桌子一指。王龙道:"长官惯好弄鬼,问他贵姓不说,光指桌子,你这个虎我就打不开。乜桌子上这两壶,长官,贵姓胡么?"万岁不答,只点头。王龙道:"妙呀!我就是个老神仙,会猜,我就猜着你姓胡了。尊讳呢?"万岁把檐毡帽一拉搭,伏桌子上打盹。王龙说:"你这又是一个虎。寻寻思思的,没里他是'胡寻思'?这又不像个人名,只怕是'胡想'。我莽莽他罢。长官,尊讳是'想'?万岁又点头。王龙道:"又打破这个虎了。你的字呢?"万岁道:"字是君思。"王龙道:"你的号呢?"万岁道:"问的我这么亲切,待告着我不成?待我再混他一混。"拿起那箸来,往南指了一指,又往北指了一指。王龙说:"这又是一个虎。三个虎打开了两个了。这花子多是楼上起号,只怕是'胡南楼';他又往北指,只怕是'北楼'。是了,长官大号想是胡双楼么?万岁道:"然。"王龙道:"双楼,你卖这马给我,是大牲口,要一个文约方是。"万岁道:"不难,②拿笔砚来我写。"王龙笑道:"长官,你也识字么?"万岁道:"刚写出我的名字来。"王龙道:"写出来就是了。"

立文约胡君思,北京城一小旗,我是头一个吃粮的。因为无钱卖了马,宝客王龙买了骑,三百银两上了契。上写着外无欠少,下随着一并交支。

　　那万岁立了文约,王龙拍手大笑。

有王龙笑重重,叫大姐你是听:三百两银子帮他个净。叫他穷的无处去,收他门下做家丁,早晚带着好听用。若着他写帖上账,那

---

① "实",《全集》作"主"。
② "不难",《全集》作"不然"。

小厮也倒聪明。

且说王龙道："大姐，咱把他那银子帮他个罄净，着他有家难奔，有国难投。你可圆成着，你就说王姐夫虽是乡宦家公子，他可极良善，长官你又没有银子了，怎么回家？你给他做个管家不好么？哄的他上了套着，那时在我。我叫他给我牵马坠镫，奉客唱词；又写一笔好字，早晚给我上账写写名帖不好么？话是这样说罢，咱可有什么方法赢他那银子？"大姐道："这到是小事。这花街柳巷里总是填不满的坑，我待着他今日净，就今日净；待着他明日净，就明日净。有什么难处？虽是这么说，姐夫，你可留恋着他才好。"王龙道："怎么留恋他呢？"大姐道："你或是合他打双陆，或是合他抹骨牌，或是下象棋，诸般的都合他试试。你再赢他的，霎时间就着他净了，值什么呢！"王龙遂即收了买马的文契，兑了马价银子，二人铺谋定计，要赢万岁。未知后事如何，且听下回分解。

第二十一回　王冲霄赌博输钱　武宗爷脱衣洗澡

话说大姐合王龙定计要赢万岁，遂丢了个眼色，那丫头将气球拿过来。万岁道："我装憨给他瞧瞧。"说："乜个东西，丫头你拿了去罢，我才吃了饭。"丫头抿着嘴笑，放在桌上。万岁道："二姐，他既有诚敬之心，咱就饶他，拿刀来切开我尝尝。"

万岁爷会装憨，叫王龙你听言：南北二京我曾串，诸般光景见多少，这个棋榴甚稀罕。什么东西下的蛋？叫丫头拿刀切开，我尝尝是酸是甜。

那王龙鼓掌大笑道："庄家不识木梨，好一个香瓜！"万岁自思："作死的王龙，真果拿着我当个憨瓜。说："王官，这东西我曾玩过,一名叫行头,也叫气球。我也略会几脚。"大姐说:"老王,你长官分明是拾罗查子说话,一行不知道,一霎就知道了。"王龙道:"正是呢。"说道:"长官,给你么,可不许你切开吃了。"万岁道:"不肯切开,咱可怎么踢呢?"王龙道:"要踢故事,一脚踢不着,罚银十两。"万岁说:"不妨,我还有二百两银子哩;那马又卖了三百两,我还踢几脚。你过来,我和你踢踢罢。"

万岁爷笑哈哈,叫王官你听着:休笑军家不识货。王龙踢在半空里,皇爷使母鸡倒蹉窝,脚脚踢的似天花落。王冲霄暗暗喝彩,打一罕好他贼哥。

王龙见踢不过万岁,道:"长官,这气球不是抬举人的东西,跳跳答答的不好看相。我合你下棋罢。"丫头抬下桌子,又端上棋盘。万岁道:"一盘多少?"王龙道:"一盘一百两罢。"万岁道:"不多不多。"

排下了一盘棋,王冲霄仔细思,万岁只当闲游戏。宝客王龙朝不住,常往手里去夺车,一盘回了勾二十递。皇爷说:你真是受罪,你原来不是下棋。

万家赢了一盘。大姐道:"咱赢了一盘么?"王龙道:"今日运气不济,把银子赢给了别人了。"大姐道:"还合他下么?"王龙道:"输了一盘就怕了他么?"两个又下不多时,那王龙被万岁杀的如风卷残云,霜打败叶,又输了一盘。

有王龙自思量:这长官手段强,棋子又在这之上。连输两盘没的说,只怨运气不顺当。走来走去无头向,便说道:下棋不胜,打双陆闹上一场。

那王龙输了两盘棋,说道:"长官,不合你下了。"万岁道:"不下了,拿银子来罢。"王龙道:"这两日食少事烦,棋神不附体,合你打双陆罢。你再赢了我,我总里称给你;我若赢了你,咱就准了。"万岁道:"一帖多少?"王龙道:"一帖六十两罢。"万岁道:"不多。"王龙道:"错了。早知道他这等仗义,就该一帖一千两银子,不勾连他那青布衫剥给我。"叫丫头："拿双陆来。"

双陆盘端过来,将马儿排列开。有句贱言休见怪:一帖白银六十两,输了当时兑过来,或输或赢不许赖。那万岁赢了数帖,极的他眼里插柴。

王龙道："不合你赌了,我又输了勾三四帖了。"万岁说："多着哩。"王龙道："这一霎我就输了多少!"老鸨子道："王姐夫往日像个君子,今日像个小人。赌钱是丈夫,赌乖不赌赖。我算着正输了十二帖。"王龙道："要这贱婆儿来管闲事!任我输几帖,我仔不和你赌呢。"万岁说："不赌了,拿银子来。"王龙说："给你。"万岁说："拿算盘子来打打。"万岁架着算盘,王龙喝着,共该一千五百五十两。万岁说："兑了罢。"王龙说："就兑。"二姐笑着说："姐夫赢,该我架天平。"那大姐还给王龙支架子,叫丫头："你休动姐夫那箱子里的银子,零碎的就勾了。"那丫头拿出来一布袋子,统了一大堆。二姐将天平架起,瞧了瞧说："早哩,早哩。"王龙道："蹊跷!我这银子虫打了,怎么有堆堆没分两?"丫头再拿成锭的大元宝来,又大小搬出来了十数多个。王龙道："勾了么?"二姐敲了敲,还差点。万岁道："差点子待怎么?饶了他罢。"那法码丢的紧了,只一跳,忽的一声,把银子撒在那楼板上,白花花的一大堆。

将银子倒面前,叫二姐你听言:几两银子看的见,些须微礼休嫌少,权且当作胭粉钱,零碎垫手也方便。等着那小厮来到,自然还送你那宿钱。

大姐道："老王,你眼瞎么?看不见你听听罢。我陪了你这一二年,你给了我几遭脂粉钱?头一遭给了我二钱,第二遭给了我三钱。我说姐夫没吃肉么,腥了嘴哩,你就记在心里,到了第三遭给了我五钱。你三遭共给了我一两银子。你看人家怎么大一堆银子,尽做了脂粉钱。你枉是尚书家的公子,玷辱了子弟!"那王龙输了这些银子,心疼着,又被大姐骂了几句,怎么不恼!满心里火起。有王龙心里焦,这长官我猜不着。银钱只当粪土撩,千两银子买脂粉,好似牛上拔根毛,声声还说小厮到。头一遭赏银千两,送宿钱不知多少。

大姐道:"老王,你到明日早起来,休出前门走,打后门走罢。"王龙道:"怎么说呢?"大姐道:"看人家裂破你那嘴了!敢说道那王三爷,每日价妆人,请了那长官来唱给他听来,倒给他磕了顿头,还赢了他一大堆银子去了,可不嚣煞了么?"说的王龙默默无言。大姐又道:"你抖抖精神,咱再合他玩耍玩耍,不死不活的是做嗄呀?"王龙道:"不坑了,输坏了银子。"便向万岁道:"长官,我原来领教你,你倒赢了我这些银子,把翠都着你夺了去了。我吃着酒,你唱一个我听听罢。"万岁道:"我从来不唱给人听。"王龙道:"你不唱,弹弹罢。我自不干着你弹,还给你身绸子衣服。"万岁道:"可是呀,你许可给我那人皮袄子,只怕这件衣服你做着难。"王龙道:"岂有此理!"万岁果然弹了一套。王龙连声喝彩说:"好丝弦!好丝弦!"万岁道:"只怕你到舍不的那衣服。"王龙道:"大丈夫一言既出,驷马难追,我就不好反悔。"万岁道:"多谢了。"王龙又灌了几盅酒,千思万想,没处出气;又见佛动心在旁洋洋得意,便道:"我别的弄不过他,或者我这身上穿的这衣服,他拿不出来。待我小小的形容他形容,也着他嚣嚣。便说道:"酒后发热了。丫头拿个浴盆来,我合二姐夫待洗澡哩。"万岁道:"这厮可恶!又待合我比衣服。"正说着,丫头抬了水来。王龙赏了五钱银子,遂即脱了衣服。大姐拿了衣服抖搜了抖搜,说:"您看大姐夫好齐正衣服!"王龙道:"咱是穷的么?昨日新打开了一箱,一匹尺头做的。"二姐道:"王姐夫,你这一顶网子还是金圈子哩!"大姐道:"妹妹,你那孤老有王姐夫这一顶网子么?"那二姐心中不悦,说道:"什么网子?是混账网子,杂毛网子!"大姐见他这等,一发将王龙的衣服,脱一件,说一件。说还未了,便叫丫头:"怎么不抬二姐夫的水来?他待脱下那青布衫来支支架子哩。"一言未尽,两个丫头把水抬来。万岁本不能洗,怕走漏了消息,被他突的心头火起,便说:"我也要洗洗。"

万岁爷要脱衣,佛动心着了急。你的衣服不出奇,蛮子浑身是绸缎,你只一身粗布衣,休着他打了你的趣。告姐夫等上等,回南楼洗澡不迟。

皇爷说:"我也就着洗洗罢。"

众丫头抬水至,万岁爷方脱衣。齐来跪下讨赏赐,分明是把王龙压,金豆撒下各人拾。二姐欢喜大姐气,众丫头战战兢兢,除皇家谁有这东西?

丫头得了金豆,百样的奉承。将一个托盘,承着四个肥皂,头上顶着来献。万岁待脱下来,恐怕人见了就知道他是皇帝,就连那青布衫一齐脱下,窝钻了窝钻,递与二姐。二姐看见了一个龙爪,就待展开,万岁流水挤眼,二姐方才会意,包了包携在怀中。青布衫先脱了,藏起那衮龙袍。里边衬衣有两套,不是绸来不是缎,件件都是极蹊跷。汗衫全用珍珠造,穿着他夏天凉快,还打上冬里热燥。

万岁脱了衣服,王龙合大姐也暗暗的打罕,只估不出是个什么人来。

好衣裳件件精,赛观音唬一惊。王龙也把脑儿挣,心里猜他是响马,思来思去不分明。惟有二姐明似镜,自思量陪他两宿,不知他就是朝廷。

二姐拿起万岁那网子来说:"大姐姐,你看这网子上是二龙戏珠。"大姐道:"乜是二鳖瞅蛋罢了!"

万岁爷怒上心,骂奴才贼贱人,怎么当面骂了朕?说我操军我不恼,二鳖瞅蛋好难禁!几时解了心头恨,等王龙剥皮的时节,碎刀子割这贱人!

那万岁气上心头,满面通红。二姐将身子影着万岁,说道:"姐夫穿上衣服,咱回南楼去罢。"万岁听说,出了浴盆,遂同二姐起行。王龙合大姐送下北楼来。未知后事如何,且听下回分解。

第二十二回　佛动心拜主求欢　王冲霄输钱迁怒

话说万岁离了北楼,南楼去了。王龙道:"大姐,不想那军家的衣服,件件出奇,再估不出他是个什么人来。"大姐说:"必然是个响马,在那里短了皇杠。不如拿起他来,送到当官,比这狗头!"王龙道:"他那口里常说合那江彬有处,若是真果,可不坏了?"按下二人议论不题,且说二姐合万岁回到南楼,满心欢喜。
佛动心闭了楼,焚上香把主酬,三年志愿今朝就。翻身便把皇爷拜,有点小失休记仇。万岁拉着罗衫袖,说二姐行此大礼,我问你是什么缘由?

万岁道:"二姐,你嘲杀了!我在北京串过戏班,临来时无甚么可穿,我就开了戏箱,偷拿出来了几件,不过是哄那王龙。那件蟒袍是那戏子们穿着装皇帝的,百姓们穿了犯法。我怕他茄着我,我才着你藏了,怎么你也信了么?"
佛动心笑颜开,我每日也疑猜,谁想你把俺做勺巴待。今日若还再信了,可就真真是老呆,眼里也没珠儿在。就向爷祷头千万,也不要这样蠢才。

万岁说:"你这妮子,就合一个鬼灵精那是的。我只为一时赌气,就着你参透了机关。我今日也不必背你了。"正说着,丫头叫道:"姐姐开门,拿了酒饭了。"二姐听说,把门开了,秉起烛来,摆下酒饭,叫丫头:"你们困乏了,各人休息去罢。"丫头听说,各归房去。二姐把门闭了,双膝跪下,口称:"万岁用膳。"万岁道:"你说吃饭罢,休说用膳,看走漏了消息,着王龙知道了。"二姐道:"晓的了。"二人用了酒饭,二姐收拾床铺,与万岁寐寝。
佛动心喜盈盈,比昨日大不同,千式万样把朝廷奉。二姐忘了呼万岁,万岁也迭不的叫梓童。天子庶民无品从,也不是金卯玉笋,要了要万古传名。

一宿晚景提过。君妃早起,梳洗已毕,万岁穿上衣服,正待吃早饭,北楼已着丫头来请。万岁说:"备着酒饭,咱上北楼罢。"二人同丫头下了南楼,竟到北楼。王龙欢天喜地的接出来。万岁道:"连日取扰,我今日也备了一盅水酒,携来同乐。"王龙道:"通家何必费事?"二人上楼,拉开桌椅,排下酒席,吃过三巡。王龙道:"咱不是这么闷吃,还该我找个法儿玩玩。"万岁道:"小弟家风流都使尽了,可玩什么?"大姐道:"你俩投投壶罢。"王龙说:"正是,我就忘了。我就合你投壶。"万岁道:"随意随意。"王龙道:"我着你赢怕了,我烧香祷告祷告,赢你一遭,我也免嚣。"万岁道:"你就许点什么何妨呢?"丫头抬过香案来,王龙就焚香祷告。

王冲宵跪案前,众神灵保佑咱,待合长官投回壶。诸般景儿都弄过,遭遭罚酒又输钱。这回仗托神灵面,保佑着王龙赢了,杀几个猪羊祭天。

大姐说:"我着你可脏杀我了,①怎么祷告天地,许猪许羊的?"万岁道:"我也祷告祷告。"他也不磕头,把手望上一举,说道:

上告玉皇老友前,下祝阎罗崔府官,城隍土地在两边站。要着王龙赢了我,立时贬你上云南,休要拿着当寻常看。你我军家赢了,杀几只癞象祭天。

大姐说:"花子又上来风了!你是嗄人家,杀起象来了?"万岁说:"我有好亲戚借出来了。"王龙道:"不合你弄那寡嘴。你过来,咱投壶罢。"这王龙自幼在学,不好读书,惯好投壶。拿起那箭来颠了一颠,使了一个"苏秦背剑",咯噔一声,投在壶里。王龙喜得抓耳挠腮。万岁道:"这投壶罢平平常常,拿起支箭来撩到里头,人人都会,有甚么奇处?你看我投个故事。"那万岁拿过支箭来,照东墙上一摔,舞了几个花,一投,插在壶里。王龙大惊道:"是什么故

---

① "脏",《全集》作"桩"。

事?"万岁说:"这是'珍珠倒卷帘'。"王龙说:"从来没见。你再投一个故事我看看。"万岁取过箭来,捻得滴滴溜的转,往上一撩落下来,又插在壶里。王龙道:"这是什么故事?"万岁道:"这是'野鹌鹑寻窝'。"王龙道:"做这个你有个手法,我又不合你弄这个。咱抹骨牌罢。"

有王龙恼心怀,一心里抹骨牌。空中像有神灵在,天地人和偏向主,青黄杂牌推过来,王龙输了没的赖。王蛮子抹了又抹,那骨牌有些怪哉。

  抹了一回骨牌,王龙又输了,只低着头,长吁短叹的。大姐道:"还有一件极不出奇的营生,你倒弄的好,你合长官耍耍如何?"王龙道:"这二日输净了,我想不起是什么来了。你说是什么?"大姐道:"是跌六气。"王龙道:"妙呀!就是这等。"这万岁虽是个光棍皇帝,这一件他却没学。便说:"这个不会。"王龙听的说不会,越发缠起来,说:"这个不过是拿着六个钱撩下去,以慢多的为赢,有什么难处?"万岁也极好胜的,看看不会就是一件短处,便说:"咱试试。可赌嗄呢?"王龙道:"一柱一百两银子,就来不许试。"真正聪明不过帝王,拿起钱来就象样子。

万岁爷架头钱,像有鬼等着翻,一跌就是六个慢。王龙输后没阳气,拿起头钱就战战,用上心来跌了个断。扢搭的把头钱摔了,一声里骂地骂天。

  王龙输极了,一行称着银子,一行骂那头钱。二姐在旁边笑道:"你着俺大姐姐再给你寻个方法,那银子今遭还输不犯哩。"王龙嫌烦,又听的二姐诮他,心头火起,便说:"小科子!你领了您那孤老来,都把我银子赢了去,我也不肯干休!"二姐羞的满面通红,半晌不语。万岁跳起来,大骂:"好贼!你输极了罢?谁给你出气哩么?"老鸨儿听见,也评王龙的不是。王龙不忿,又合老鸨儿吵起来了。万岁使性子走下北楼去了。未知后事如何,且听下回分解。

第二十三回　嫌娇娥大姐定计　比根基万岁生嗔

话说万岁自从合王龙恼了,待了好几日不曾上门。忽然一日,王龙又着丫头来请。万岁不去,鸨儿自己又来,说道:"二姐夫,你真果怪他哩吗?他输极了,什么正经!宰相肚里撑开船,你休合他一般见识。不过那公子脾性,疼他那银子,就弄出那丑态来了。这二日甚是懊悔的,合什么呀是的。"

赌博的不害羞,为了钱就打破头,银子输了一千六。赌场里根基没凭准,行说着好话把脸丢,转一转儿还依旧。就有些面红面赤,又不是宿世冤仇。

鸨儿说:"适才见姐夫不去,他讪的了不得,着小大姐假我来替他请罪。他既这等,二姐夫,你还是去呀,有仇哩么?况且昨日是小二姐不看势头,惹的他骂了一句,又没伤着姐夫。"万岁的性儿也是好动不好静的,极好合人打混,又被鸨儿百般相劝,也就没了气了。两个人又跟着妈儿往北楼来。王龙出来迎着,先给万岁谢罪,说:"我昨日实着你赢极了,我就心焦了几句,休要放在心里。"又向二姐笑了笑,道:"二姐,你休怪我,我着你消极了,就胡突心眼了,这二日好不懊悔煞!"

有王龙笑呵呵,叫二姐休怪我,昨日实是我的错。就该脱下那小鞋底,照着嘴儿只管多(扌多),打煞怨的那一个?但得你心中不恼我,我就念南无弥陀。

那大姐也来,二姐长,二姐短,花甜蜜语的,说那好话儿。二姐也就笑了。王龙道:"快排酒来。"略不停时,将酒席摆的齐齐整整的。

斟上酒弯弯腰,谢了罪又告饶,弄了多少虚旋套。长官既来我心喜,或是使碗又使瓢,咱把酒量鳔一鳔。万岁爷连饮了十碗,不济了王家那冲霄。

万岁爷吃了十数碗,王龙不能招架,说:"咱还找个法儿。"大姐说:"罢呀!昨日不是找法来!"王龙道:"长官,咱今日可玩的安相相的,也休要赌钱了,咱下棋赢酒罢。"丫头将棋盘端过来,安下棋子,二人便下。

棋子儿在面前,万岁爷信手按,着着下的天花乱。王龙恐怕还输了,手儿好似打巡栏,条条路儿踌躇遍。万岁道够屁棋子,一着儿下了半年。

下棋中间,大姐道:"二妹妹,他两个下棋还早哩,我有个琵琶谱儿,烦你给我改正改正。"大姐约着二姐下楼来了。
赛观音笑盈腮,请妹子下楼台,那知他把心儿坏。合他到了香房里,琵琶谱儿丢在怀,殷勤就把二姐拜。相烦你耐心坐坐,我上楼看看再来。

这王龙输了一盘,方教安下棋子,大姐便回来了。王龙道:"大姐,你合长官下着,我告一告便。"原来是这王龙合赛观音定下的局。一来每日王龙爱想二姐,不能到手;二来见万岁戮乖夺翠,没法治他,也要撮弄点先头;三来见佛动心得意的受不的,要触住这个口。遂合大姐计议定了,诓他在没人处,就干起那"张飞掏鹁鸪"的那事情来了。科想那当婊子的,他也没有不依的。当下王龙下的楼来,到了房里,见二姐独抱琵琶,在那里暗对谱儿。王龙一步蓦进,二姐放下琵琶,起身就走。王龙当门截住,说道:"我来敬陪不是,你怎么就待走呢?"
王冲霄蓦进门,叫一声佛动心,你三爷实实爱你俊。若还随了我心意,一遭许你十两银。搬过头来把嘴儿印。佛动心莺声怪叫,咭叮当扯断了罗裙。

那佛动心被王龙抱住,只急的柳眉倒竖,粉面通红,一声怪叫。王龙死活不放。按下不提。且说万岁正合赛观音下棋,一个丫头跑上楼来说:"大姐夫合二姐姐打仗哩!"万岁听说,龙颜陡变,虎步如梭,转下楼来。

万岁爷下楼来,只听的闹核核,见王龙正在那里行无赖。看见万岁才撒了手,二姐头松怀又开,丫头扶出门儿外。万岁爷重重大怒,骂王龙作死的奴才!

万岁大骂。王龙上前陪笑说:"不过是婊子,是你的自家老婆么,就这样生气?"妈儿道:"你哄着我给你请了客来,你可弄下这个茧,怨的二姐夫恼了么?你休做声罢。"

万岁爷怒如雷,骂王龙作死贼!因何不合你尊堂睡?天生就的剥皮货,死在眼前尚不知,只顾弄你那花花势!我看你脏模脏样,汤一汤沾我那人儿。

王龙那公子性,素常降人是惯了的,谁敢说一个失字。被万岁骂了几句,只气的三尸神暴跳,两眼圆睁,便道:"气杀我也!你不过是马前小卒,合我在一堆坐着,就是抬奉你了,还说我玷辱了你的婊子!你自家估量估量,我那点不如你?我就合你比比根基。"万岁道:"我那根基可不济。"王龙道:"不消说,你那祖宗关了银碗使了,挣了你这一名臭军,你什么根基!"

我父亲在北京,生三子有大名:大哥曾把皇榜中,二哥宁夏做巡按,只我王龙没得成。看我读书不中用,才着我江湖奔走,习会了买卖经营。

王龙道:"这就是我的根基。你可说来,撒谎支架子不是丈夫。"万岁自思:"砍头的货,我也表表你听罢。"

万岁爷怒冲冲,骂王龙小畜生,我还比你有根茎。祖宗虽然卖豆腐,积下无限大阴功,山东泗水人人敬。后搬在北京城里,第一家天下闻名。

王龙道:"我说不说罢,你自己已是供出你的脏根基来了。卖豆腐的后代,就勾了人的了,还说人沾了他哩。近来不是在江湖上把性子忖了,先打你一个匾包,送到官府,统上两布袋银子,还着你有死无活!"万岁道:"你有多少银子,就说能着人死呢?"

王冲霄发大言,你听我说银钱。我那财贮你没见,堆金积玉敌国富,江湖河海有常船,银钱不知有几千万。不是我夸句海口,我跟你万个长官。

万岁说:"你就这么大财主么?"王龙道:"不济么?天下数一数二的!"万岁说:"可吓煞我了!我也不消把我那家当合你比,我说说我那小厮的家当你听听罢。"

万岁爷气昂昂,叫王龙休逞强,你有多大小家当?空是兵部尚书子,银钱能有几百房?不如我一个小厮管的帐。把你那银钱尽数拿来,河内常船,南京铺子,地土宅子,老婆孩子,尽情的算了,敌不上我一个庄子的杂粮。

王龙说:"尽着你乜花子嘴,满口胡叨,谁信呀?我且问你:你这么些粮食,你有多少庄子呢?"

万岁爷鼻子里嗤,叫王龙你听知:我的庄子十三处。管庄的小厮多威武,个个门前竖大旗,炮响三声谁不惧?吹鼓手掌罢大号,小小厮给大小厮作揖。

王龙道:"你那小厮是个官么?"万岁道:"不是官么?像你这东西也生出来了。"王龙大叫道:"好囚军!气死我也!"老鸨子见他两个斗起口来,说道:"二姐夫合大姐夫消了气罢。大姐夫他年少的人,已是做出来了,还待治的哩么?二姐夫请回南楼去罢。"万岁气忿忿的离了北楼,一行走,一行骂道:"我不剥你皮,我不算手段!"万岁合王龙恼了。到了次日,老鸨子备了一席酒菜,给他两个和劝,自己来请。万岁坚执不去。老鸨儿道:"二姐夫,你性子就这么乔。年小的人们,每日价可答头在一堆子,甚么正经!"万岁道:"你对王龙说,着他剥下皮来给我,我才去哩。"鸨儿见请他不动,也就去了。待了两三日,万岁正合佛心在南楼上下棋,忽然王龙着个丫头送了一封信来,万岁折开一看,上写道:

多拜上老长官:俺不过玩了玩,你就拿着当象马蛋。搂了搂腰儿做个嘴,不曾汤着那故事尖,纵不然也少不了边沿。你怎也认真,可笑我只当狗皮缘边。

万岁爷看罢，说："好欺心的狗贼！待我回他个帖儿。"

写就了书一封，回复那小畜生，待中死矣还挣甚么命！我说不要你那皮袄罢，谁知你乔性再不听，定要脱下将我送。若还是真正好汉，剥皮时休要喊疼。

万岁自从写了回书，两楼上不犯来往。万岁这里弹，他那里就唱；万岁这里睡了，他那里锣鼓喧天起来。万岁好生痛恨。未知后事如何，且听下回分解。

第二十四回　穷秀才南楼谒见　都蔑片御笔亲封

话说这大同城有个饱学秀才，姓胡，极会相面。家里穷的垄地没有，他自家说将来有百万之富。人都笑他，给他起了一个混名叫胡百万。又看自家命里该当没有官星，因此丢了书本子，光弄那杂八戏，吹弹歌舞，件件都会。朋友们因他在行，常请他去吃酒帮嫖，承欢取乐。

胡百万会帮闲，又会吹又会弹，况且又相极好的面。这手里抓来那手里撩，家无片瓦和根橼，没个板查称百万。人都说这秀才薄命，他手里拿不住个纸钱。

这胡百万别的还只寻常，只有吹笛弹筝，大同府里就数他第一。那宣武院里常请他去教弹，院里的婊子没有一个不合他熟。那佛动心每日等那皇帝，人人都笑；他独不然，见一遭就夸奖一遭。这胡秀才，着几位朋友请去吃酒闹玩，数日不曾归家。回家第二日，到了院里，听的说佛动心接了个军家，心里就老大惊疑，便到一称金家打听。妈儿让他坐下吃茶。

胡百万便开言：在城外贪着玩，几日没到宣武院。听的二姐接了客,烦你给我传一传,我合长官见一面。老鸨子忙叫丫头,快与他通报一番。

且说那万岁正合佛动心闷坐,丫头上楼说道:"下边有胡百万待来拜姐夫哩。"万岁道:"他是个什么人?"二姐道:"他是个秀才,极会吹弹,我曾跟他学筝来。"万岁自合王龙恼了,就是小六哥三两日来看看,又不住下,及自没人散心,听得胡百万才在行,心中大喜,便道:"叫他进来。"丫头即忙下楼,道:"姐夫有请。"秀才闻请,就上楼来了。

胡百万进楼房,将万岁细端详,翻身拜倒南楼上。万岁才待拱一拱,见他跪倒费思量,只说还是帮闲的样。万岁爷连声请起,胡百万悚惧恐惶。

胡百万趴将起来,站在一边。万岁道:"请坐。"胡百万说:"不敢。"让了二回,方才坐下。万岁道:"我合你一个朋友家初见面,怎么这样谦恭?这到着我心里不安。"那丫头见他磕头,也都笑他。胡百万也不肯当面说破。

胡百万坐在旁,丫头们笑他脏,给人磕头是那里的帐?百万明知是天子,却又不肯撒了汤。说爷是个王侯相,望后日风云得志,看一眼莫要相忘。

万岁道:"我果然封了王侯,你的终身都在于我;只怕你那学业无准,可也罢了。"

万岁爷笑颜生,叫秀才你是听:只怕你那嘴儿不灵应。若还过日封王侯,凡事都与你尽情,些小富贵也保的定。但只是封侯何日,你给我说个分明。

胡百万道:"学生学问浅薄,这个日子可就定不出来。"万岁道:"也罢,我听的说你吹弹的极好,有琵琶在此,你弹一套我听听罢。"

胡百万抱琵琶,切四象按九牙,弹了一套客窗话。万岁听罢微微笑,便叫二姐你听咱,这弹合你相上下。一半点像内府传授,但只是节奏还差。"

胡百万道:"军爷真正知音。小生这琵琶从一个御乐的亲戚学来,原无有其传,怎么入的爷的尊耳。"万岁道:"你的武艺那一件精呢?"胡百万说:"都不精。"二姐道:"他的筝好。"万岁便道:"拿筝来。"

胡百万接银筝,一回重一回轻,两手不住忙忙弄。起初的好似檐前雨,次后又如百鸟鸣。皇爷听罢龙颜动,说二姐你学嗄来,十行里只附了三行。

胡百万抓罢,万岁大喜道:"这筝就是御院里也没有。"

胡百万惯帮嫖,帮衬语极会叨,奉承的万岁心欢乐。回头便把二姐叫,没有别人你休罢,把那新学的琵琶领了教。佛动心一回弹罢,百万说我也会了。

二姐跟着万岁弹出来,委是中听。胡百万不住的喝彩。弹完了,胡百万说:"我也会了。"万岁不信,就叫他再弹。

胡百万真蹊跷,听一遍不曾学,就照着样子弹一套。旁人听着齐喝彩,真正不差半分毫。万岁听毕微微笑,这琵琶还差点死手,从今后休对他弹了。

胡百万遂磕了一个头,起来说:"什么死手?军爷说了罢。"万岁鼓掌大笑道:"不对你说。"胡百万说:"我再吹吹那笛给军爷听听,咱交易了罢。"万岁道:"你先吹吹我看,换过了换不过呢?"

胡百万真会玩,将笛儿吹一番,悲切好似离群雁。二姐没嗄可当板,头上拔下凤头簪。万岁敲着连声赞,说这笛委实太妙,得二姐唱一个昆山。

万岁道:"这笛真妙。二姐,你唱上一个和他一和。"

佛动心唱起来,可人意开人怀,教人魂散九霄外。百万玉笛忙和起,听不出是两声来。万岁听罢龙心爱,将酒杯一口饮尽,说一个妙哉妙哉!

万岁说:"佛动心唱的第一,胡百万吹的第一。劳动了您俩了,咱吃酒罢。我行个令儿,要破一个谜,猜不着的罚。"胡百万道:"请爷先说,好做个样子。"万岁道:"地下没有天上有,人人没有一人有。"二姐说:"是龙。"万岁道:"二姐猜方了。"胡百万罚一盅。二姐又道:"地下也有,天上也有,人也有。里头的不见外头的见。"万岁道:"是云。"胡百万道:"人那里的云?"万岁说:"云布、云锦、云履,穿着里头便看不见,穿着外头便见了。"胡百万说:"是呀,我却说什么?"有金墩在旁里斟酒,胡百万道:"你替我寻思寻思。"万岁道:"不许替。"金墩嘻嘻的只顾笑。万岁道:"你若是有么,你就说,算你的。"金墩道:"人不知他知,他不觉我觉。"万岁道:"这是什么东西?"胡百万说:"这个我可猜方了,这是他那肚子里私孩子。"万岁大笑道:"我输了,罚一盅。你可说么?"胡百万道:"我也有了。人不知他知,他不觉我觉。"万岁道:"该罚!人说了的,你怎么又说?"胡百万道:"这个不和他一样。"万岁道:"你说是嗄?"胡百万道:"是我这裤子里破烂流丢的,惟止家下给我胡做时他才知道。"万岁大笑道:"胡百万,你有百万之名,可怎么还没有条囫囵裤子?"胡百万道:"这是人消我,起了一个绰号。"万岁道:"我管给你成就了这个名字。"

万岁爷笑呵呵,胡百万你听着:放心有我也不错。果然由有了封侯的话,百十万银子值什么,情管着你自在过。胡百万慌忙跪下,磕的头比那碎米还多。

  胡百万磕头谢恩。万岁道:"你休要忒认真了,我的王侯万一封不成,可不搭了你那些头么?"胡百万道:"搭不了。"
武宗爷心里欢,不由的开笑言,叫了一声胡百万。我若得了王侯位,给你本儿去转钱,盐商茶客从你的便。你若是做上几载,运来时百万何难?

  胡百万道:"小生命薄,本儿大了担不的,给我一个别的头向罢。"万岁道:"有一个头向你极会做的。"胡百万道:"什么头向呢?"万岁道:"给你一个都篾片头,你可愿意做么?"

万岁爷开金言,叫秀才其耐烦,将来封你个都蒇片。帮闲嫖客属你管,打那姐儿忘八课税钱,这个营生你干不干?丫头们嗤嗤的怪笑,胡百万喜地欢天。

胡百万道:"这个头向就强的别的。但只是口说无凭,求爷批一个帖儿做个凭信。"便拿了一幅柬帖来,递在万岁面前。万岁此时有些醉意,乘着醉兴大写道:"钦差巡视两京各院等处地方,都理嫖务,兼管天下帮闲都蒇片。"胡百万拿在手里,磕头谢恩。万岁自从进院,不曾开兴吃酒,今日不觉大醉。胡百万见爷醉了,便要告辞。万岁道:"夜已深,你合那丫头在楼下睡了,明日再玩。"万岁爷醉沉沉,叫秀才夜已深,你且合那丫头们困。明日起来再玩耍,省的差人把你寻,休要去的无音信。胡百万连声答应,爷自睡不要担心。

胡百万答应一声,下楼去了。未知后事如何,且听下回分解。

第二十五回　游妓院万岁观花　吹玉笛美人献技

话说那万岁醉了,睡到天明,便说:"二姐,夜来胡百万进来就磕头,只怕他认出我来了。"二姐道:"也是有的。他相的极好的面。人都笑我等皇帝,他独不笑我。"万岁道:"着人去叫他来,咱再合他玩耍,我可盘问盘问他。"二姐便叫丫头去请他。丫头说:"今夜里任凭怎么留,他不住下,自己打着个灯笼,飞跑就去了。"万岁爷笑一声,叫丫头你是听:想是他嫌你不干净。他家住在什么巷,隔着这里几里程?若是不远你蹭一蹭。果然他宿在家里,拉他来休要放松。

丫头道:"我去找他去。"略不停时,丫头回来道:"他夜来不曾归家。"二姐说:"有了。"

佛动心想一周,半夜里何处留?有个去处他去的溜。东院里有个好姐姐,名字叫做百花羞,秀才惟只同他厚。情管是在他那里,不消去别处搜求。

丫头说:"我就忘了呢,就是就是。"慌忙去了。

有丫头到东厢,胡百万才下床,脸儿洗的没停当。骂了一声天杀的,着俺像找白待郎,你可弄那自在像。穿搭上流水去罢,这早晚只顾磨仓。

胡百万穿衣裳,骂一声小淫娼,上头扑脸的什么样?我这问您二姐姐,文书着他给一张,我可合你算算账。那丫头连推带打,一阵风拉上楼房。

万岁道:"你干的好事!我着你休去,你怎么就逃了?"胡百万道:"他们又不留我,怎么可强插白赖的死塞呢?"丫头说:"好嚼舌根子的!我没说你休去罢?"万岁道:"这自然是你的不是。你竟扬长去了,又不怕人担罣;我封你一个大大的官,你又不早来谢恩。罚你给丫头作个揖罢。"胡百万道:"我宁只给佛动心磕个头罢,这揖可难作。"万岁说:"你为什么半夜里逃走了呢?作揖还拣主么?"胡百万道:"不是拣主,他们都担不的,看折煞他了。"

丫头们笑哈哈,胡百万你忒也夸,自家作着自家大。你说作揖就担不的,你跪下试试看怎么?秀才说话就忒么乍。百万说你留点情意,再留我定是住下。

万岁道:"着了急了,饶了你罢。我且问你:你会相面,你相着我现如今是个甚么人?若说着,赏银二百两。"

胡百万笑哈哈,俺有眼也有心,你说俺就忒么夯。头上戴着檐毡帽,腰束皮鞓带一根根,自然长官何消问。这两日运气极好,又插上这二百两白银。

万岁说:"你可相差了,就没有装做军家的?"胡百万道:

"拿银子去罢。"万岁道:"相不着怎么还敢要银子么?"胡百万道:"请军爷自家说是个什么人,我就不要了。"万岁道:"我现是个京官。"胡百万道:"若是个京官,我情愿挖下眼来搓了。"万岁道:"我实对你说罢,我是个皇帝。"胡百万问二姐道:"真果么?我不信,我不信!谁家皇帝出来嫖院来?还肯说我是皇帝?拿银子来罢。"

万岁爷笑哈哈,我本想盘问他,谁想倒着他盘问下。就给你银子二百两,休要拿着当土合砂,做条裤子好支架。你领我他院中看看,那有名的都是谁家。

万岁道:"二百两银子这是小事,我可不是为你相的那胡突面。听说院中有三千姊妹,你就认的两千七八。那名妓多少,你领我去都看看。"胡百万道:"这自然是都蒇片的职掌,怎敢推辞。"万岁大喜,即时吃了酒饭,一同下楼。胡百万道:"二姐没本事走不去罢。"万岁道:"也罢,你在家叫人排下酒席,回来好玩耍。"

转街巷曲弯弯,皇帝后秀才前,领着万岁沿门串。出色名妓八十个,武艺精通件件全,拣着门儿从头看。看了勾五十余家,爷才信自古才难。

二人走了五十余家,有住下吃盅茶的,有略坐坐就走了的,有合胡百万骂几句的。都知二姐接的那军家,也都不甚尊敬,却都为胡百万的面子上,没有不让坐坐的。万岁肚里饥了,却又困乏,见一般妓女都不上眼,兴致也没上来了。转过墙角,又到了一家,见那房舍甚是清雅,有一个姐儿迎将出来。

万岁爷细端详,打扮的淡素装,年纪只在廿上。虽然不似二姐美,风流却也不寻常,行持没有那惫赖样。见了爷拜了两拜,将二人请进香房。

到了房里,胡百万道:"这就是南楼那位爷。"那姐儿慌忙跪倒,磕了几个头儿,便道:"不知爷来,有失迎接,贱人万死!"

万岁爷好疑猜,这个人好怪哉,怎么听说就将我拜?人人拿着不当事,忽然跑出个敬的来,万岁便有几分爱。要赏他白银百两,口不言心里铺排。

二人茶罢,美人便吩咐丫头速备酒席。万岁道:"穷军汉又没有赏银,那里就肯取扰的理。胡百万,咱走了罢。"美人那里肯放。那美人开笑言,叫声爷休弃嫌,好容易见的爷金面。虽然没嗄给爷吃,略把腿儿少蜷蜷,遽然去了不好看。胡百万你若领了客去,我合你断了往还!

胡百万道:"这是他一点诚心,咱就扰他罢。"万岁便忻然坐下。略不停时,酒肴甚是齐正。
武宗爷闷气消,问一声女多娇,初逢不知是什么号?今日闲玩来到此,没曾带着银子包,回时送个薄仪到。美人说增光万幸,若说这赏赐何消。

胡百万道:"他名字叫百花羞。"万岁道:"哦!那百花羞就是你么?"百花羞道:"就是贱人。"胡百万道:"听的谁道来?"万岁道:"今早晨找不着你,佛动心说,有个百花羞同他甚厚,必然是在那里,因此知道这个名字。"又点点头道:"你眼色不差,果是个妙人儿,雅致温柔,不同寻常。"百花羞道:"蒙爷过奖,折煞贱人!"万岁道:"胡百万的可人没有不会吹弹的。"那百花羞见爷问他,便去房里拿出支玉笛,一攒牙笙来,雕刻的异样精妙。笑了笑,将那笙递于胡百万。
一吹笛一吹笙,合起来好中听,哀哀吹了两三弄。知音天子上边坐,好好连夸四五声,想那教笛时特把心来用。细听他一字一句,合百万一气相同。

万岁大喜道:"凭二人这样相厚,又是极好的一对。依我说,百花羞,你嫁了他罢。"二人听说,一齐下来,两手扑地,给爷磕了顿头。
武宗爷笑哈哈,你磕头为甚么?我不过是闲常话。几十两银子还容易,出百两以外就难拿,妈儿不知要多少价。点点头说也罢也罢,且从容济着我刷刮。

百花羞道:"军爷这片好心,贱人离了火炕,给爷念佛。"万岁道:"你嫁不嫁,今后且不必提他。您二人且合我去南楼上玩耍玩耍,过日的事在我。"百花羞带了丫头,一同出门往南门来了。

百花羞到楼门,看见了佛动心,跪下才把姐姐问。你若是到了安身处,也念念火炕受罪人,休忘了从小一处混。佛动心大惊失色,忙回礼跪到埃尘。

二姐忙把百花羞请起来,道:"姐姐忽然行此大礼,这是为何?"百花羞道:"是应该的。"

想妹妹挂心怀,怕爷嗔不敢来,谁想到将奴错爱。忽然到了俺家里,没点什么清处来,又许提出火坑外。这都是妹妹的体面,磕头来也应该。

说话二姐道:"他说的俱听不的。姐姐既有从良的心肠,也是容易事。我还有几两私房银子,那妈妈娘任拘要多少银子,我管助成。"

万岁爷笑一声,佛动心你瞎支棱,开口就调你那银钱重。我问亲戚借一借,定然据他那火坑,临时还有小陪送。我送他黄金万两,两口儿快活一生。

胡百万合百花羞又磕头谢了恩。佛动心道:"你光叨大话,我看你合不煞口来着待说什么!"万岁道:"你休管我。快拿酒来,咱四人痛快玩玩。"四人方才坐下,有一个丫头拿上一个帖子来。"万岁问:"是做什么的?"丫头道:"是北楼上王姐夫请胡相公的。"胡百万道:"你对他说罢,我不能去。"

万岁道胡秀才,那王龙有钱财,你若不去着他怪。百万笑说不妨事,他死的头向待中来,他就恼些也没害。他来时曾会他一面,看不上那嘴脸歪腮。

胡百万道:"他也活不的几日了,得罪他些也不差。"万岁道:

"你那里见的呢?只像你给我相的那面,那王侯在那里哩?"胡百万道:"若合我相的面似的,他就坏了。"万岁道:"闲言休题,咱且吃酒罢。"

两对儿并坐下,饮数巡兴致高,各人显出各人的妙。一个琵琶一个笛,一个打板一个箫,满楼不住喧天闹。四个人欢欢喜喜,只吃的谯鼓三敲。

万岁听见打三更,说道:"咱不耍罢。您二人明晨早来。"胡百万合百花羞忙答应,下楼去了。未知后事如何,且听下回分解。

第二十六回　胡百万帮嫖惹祸　张天师保主留丹

话说万岁吃酒吃了半夜,到了天明起的身来,便问:"胡百万两口子来了不曾?"丫头道:"还没呢。""快去教他来的。"丫头去不多时,回来说话:"来不的了。"万岁道:"怎么来不了的呢?"

丫头道胡秀才,他今早已是来,刚刚到了门儿外。王宅家人把他请,说了声不去就上来,揣衣服裂的条条坏。万岁爷未曾听罢,骂一声欺心的奴才。

丫头道:"百花羞给他买衣服去了。买了来就过来哩。"万岁道:"快给他送三十两银子去,着他拣着那好绸缎,多叫几个裁缝,流水快做出来,扎挂的一揿新,可来见我。"

慌的那佛动心,拿出了一包银,差人去把秀才问。裁缝叫了好几个,一宿做的一揿新,走来更比常时俊。两口儿早到楼上,齐声说谢爷的天恩。

万岁道:"你相与着这没体面的军家,又给你做不下主来;你不如去奉承奉承他,就不怪你了。"胡百万道:"我不去,也不是怕爷嗔。"

穷虽穷志气刚,任凭他怎么降,心儿合他是两样。叫我几回我不去,无非就是嫌他脏,模样叫人看不上。我只将冷眼观蟹,看横行能有几场。

万岁道:"快拿酒来,我给胡百万压惊。"

万岁爷斟一盅,我给你压压惊,休为烦恼就没了兴。百味珍馐忙拿过,四人依然闹楼中,今朝更比昨朝胜。不说他君臣取乐,恼犯了宝客王龙。

且说那王龙辱了胡百万一场,方才心下少可;又听的说待了一日一夜,就上下一搀新了,依旧南楼作乐,暗暗的鼓那肚子,要害南楼一党。

王冲霄闷腾腾,听南楼弹唱声,气的正宿睡不定。难道尚书大公子,不如一个腌脏兵?我定然合他弄一弄。昼夜的越思越恼,找法儿要害朝廷。

且说张天师正然诵皇经,偶然一阵狂风,大同的城隍参见。天师道:"有何事情?"城隍道:"万岁只身私行大同宣武院取乐,有王龙要害万岁,一个文武不曾带来。今日玉皇圣诞,大小诸神都去庆贺,无人保驾,如何是好?"天师道:"也罢,我就下山保驾一遭。"分付城隍去了,遂即出了门来。这天师古时有一阵祥云,只为他误入斗牛宫,偷看了仙女,遂摘了他的祥云,只给了他一阵黑风。遂画一个十字,两脚踏住,念动咒语,吹口法气,一阵黑风从地旋起,不多时来到大同。天师收了神术,两脚踏立尘埃。遂自思道:"万岁我曾去朝过几次,他认的我,我也不好见他。现今胡百万是招财童子临凡,他日近君王,不免托了他罢。"

张天师上大街,要访那胡秀才。到了胡家大门外,打起卦板装算卦,百万忽然走出来。天师一见说声怪,这一位天颜日近,怕目下有些奇灾。

胡百万大惊失色道:"先生你也会相面么?"天师道:"也略通。"百万道:"我相我往前交了好运,你怎么就说我有灾难呢?"天师道:"你学业还浅,你听我讲来。"

虽相法你也通,但未必如我精,不测的祸福你不能定。纵有人间危难事,我袖占一课果分明,立时断就生前命。胡百万听说大喜,把天师让到家中。

胡百万合天师到了一座密室中,作了个揖,让上了堂,遂求断吉凶。天师起了一课,断曰:

这一卦运实强,现如今侍君王,君王眼前遭磨障。文武不曾带一个,惟你朝夕常在旁,若有差池上谁的帐? 那时节阖家大小,少不的一命无常!

天师道罢,胡百万只唬的面如土色,慌忙跪下,只说:"仙长救命!"

天师道这无妨,只小心要提防,祸福只在头直上。就是珍馐合美味,拿来但要你先尝,纵有失错不妨帐。我送你一丸丹药,也是能起死良方。

天师便囊中取出一丸药来,递与胡百万,道:"你近中有一道鬼门关,却也无妨。把这药丸交与你那得托的拿着,你若有什么差池,这药丸就能救你。"天师吩咐已毕,出门去了。

胡百万暗低头,一边想一边愁,机关心里安排就。忙忙去到宣武院,药丸交与百花羞,从头说了前合后。他二人商议已定,一双双来到南楼。

万岁道:"您两个去做甚么的来?"胡百万道:"爷睡着了,俺各人家去料理料理,谁知得了一件奇事。"万岁道:"什么奇事?"胡百万道:"遇见一个算命的先生,他给我算了一卦。"万岁道:"算的如何?"

见一个算卦人,他算我近至尊,至尊如今交着泼杂难。着我顿顿先尝饭,朝夕休要放宽心,大小事儿加谨慎。若还是一脚错了,准备着灭了满门。

二姐听罢大惊。万岁冷笑道:"这先生光叨瞎话。你每日就合我在一堆儿,我又不是皇帝,你怕怎的!"二姐道:"是皇帝不是皇帝的,出上就依他说。以后饮食都着胡百万过了目,方许进用;如是胡百万不在这里,我自检点。"万岁点头应允。

胡百万已封官,从今后再加衔,兼管御厨的都箴片。二姐不教他别处去,着他两口住楼前,事事都打他眼中看。只为着给廷朝管膳,险些儿给阎王帮闲。

这一日,万岁待吃酒,丫头下楼拿了一瓶酒来,放在胡百万面前。胡百万道:"代我斟上一盅尝尝。"

胡百万把酒尝,吃一口喷鼻香,引的喉咙里馋虫上。仰仰头儿只一灌,十二重楼一阵凉。煞时大害从天降,满肚子里好似刀刮,叫一声气绝而亡。

万岁合佛动心见胡百万死了,大惊失色,双双落泪。百花羞道:"不妨不妨,前日那算卦的早知有今日之难,给了一粒丹药,想必灵验。"即时叫丫头把口拗开,把药丸放在口内,灌上了一口清水。只听的咕噜咕噜响了几声,药已下去了。

拗开口灌下丸,顿饭时手动弹,忽然略把眼睛转。哎哟一声翻过去,一口鲜血吐床前,万岁吓的浑身战。这酒是从哪里来的?快与我问个根源。

丫头唬的战战竞竞,跪在地下说道:"这是自家的酒,两楼上吃的都是,并无两样。"万岁爷心下明白了,道:"起来去罢,不干你事。从今以后,两楼上人役不许往来。"

万岁爷早得知,骂王龙作死贼,暗暗定下绝户计。若不亏了胡百万,一楼大小死无疑。一回思量一回气,戏犯妃子还容是小可,这桩事值得剥皮!

万岁叫人用心服事胡百万,待了一宿就好了。君臣夫妻依旧南楼作乐。未知万岁何日回京,且听下回分解。

第二十七回　定国公衙内吓奸　张太监井边认马

　　话说那在朝文武见万岁久不登殿,个个疑惑;又听的小人乱传皇帝出京私行。文武与定国公议论,常常上本。国母着忙,叫那太监张永:"你这两日问的江彬口词如何?"张永叩头道:"那贼全无口词。"国母大怒道:"领我密旨,同文华殿毛纪,三日追不出他的口词,你各人项上一刀。"张太监着忙。

张太监着了忙,领密旨离朝纲,战战竞竞魂飘荡。见了莱州毛阁老,诉了一遍唬的慌,毛纪愁锁眉头上。刑部监把江彬提出,他不招就立下法场。

　　毛纪、张永同到法司里,即差人向刑部监提出江彬。毛阁老一见,大骂道:"卖国的奸贼!今日不招,我是不合你干休了!"

毛阁老气昂昂,骂奸贼太不良,好似三国曹丞相。王莽苏宪今何在?力比董卓、石敬瑭,心似赵高无两样。专想着篡朝夺位,我着你目下遭殃!

　　张太监大怒道:"人是苦虫,不打不成!善便怎么肯招?给我夹起来!"

张公公恼心怀,把江彬夹起来,拢了一拢无计奈。江彬每日为官宦,这样刑罚怎么捱?忽然寻法胡厮赖,在堂下声声叫苦,张太监你其实不该。

　　江彬道:"张永,我保的是皇帝,你保的不是皇帝么?当初万岁出朝之时,你我同送出城去,怎么光夹我?"张永大叫道:"好奸贼!仇口咬着我么?"

张太监咬碎牙,气忿忿怒转加,谋害主公犯罪大。老天不遂奸臣意,仇口咬我为什么?我就合你对了罢。危难处一声来报,千岁爷进了官衙。

　　江彬不招,张永正在危难之际,从人来报:"千岁到了。"毛纪、张永接出门来。定国公问道:"追的口词何如呢?"张永从头至尾说了一遍,定国公勃然大怒。

定国公怒冲冲,把铜锤举在空,顶梁穴上蹭一蹭。不说万岁在那里,一锤把你丧残生,浑家大小杀个净!有江彬哭声不绝,叫千岁待我招承。

江彬说:"千岁息怒,臣愿招来。"定国公怒道:"快忙说来,万岁在那里?"江彬说:"万岁说私行看景,临行曾对臣道,休要泄漏天机,非是小臣之过。倘或说出,朝中若有奸臣,万岁途中有失,臣怎么当的起?千岁同合朝文武押着微臣找主,找回来,饶臣不死;找不回来,情愿伏罪。"定国公说:"暂且饶你不死。"毛阁老便传众文武俱齐集卢沟桥下。张永道:"先往那一省去?"江彬道:"山西大同府。"众文武听说,大家急奔红尘。

众文武离顺天,前过了居庸关,一路无停忙似箭。饥餐渴饮来的快,过一座山又一山,那日来到宣府店。江彬道休要前走,密松林且把身安。

那江彬常串边塞,走的极熟,向张公公道:"倘或黎民得罪主公,他若知信,万岁有失,那时怎了!前边有个密松林,不如暂且住下,你我进城访主一遭。"张永道:"这话有理。"众文武在林中隐藏,张永、江彬二人进城来了。

他二人进大同,心里想叫主公,你在那里贪欢庆?串街过巷找一遍,不见万岁影合踪,怎不叫人心酸痛!他两个走投无路,惊动了监察神灵。

那万岁该当回京,诸神拨乱着。王龙叫丫头:"我买的那马,今日饮了么?"丫头道:"还没饮哩。"王龙道:"渴着我那马,把你打一千!快给我去饮饮的。"丫头听说,不敢怠慢,泪恓恓的牵马出院来了。

二梅香泪盈盈,那世里少阴功,今生折磨咱的性。不是打来就是骂,奴才只当叫乳名,满心冤屈合谁诉?不如咱寻个无常,早死了另去脱生。

丫头牵马哭出院来。张永、江彬转过头看见龙驹。江彬道："有了我的命了！那不是万岁的坐马？"张永听说，猛然抬头，急走了几步，扯住那马。那马常合张永作伴，见了张永，唲唲的大叫，点头磕脑，只是不会说话。张永道："丫头，这马是谁的？"丫头道："是王三爷的。"张永道："你王三爷自家的呀，还是他买的呢？"丫头道："是买的长官的。"张永道："那长官现在那里？"丫头道："在院里。"张永道："这马是我的，被人拐出来了。那长官是个拐马的，我正是来找他哩。"物见主必定取，张永牵着马往门外去了。那丫头只急的抓耳挠腮，捶胸顿足。

二梅香泪满腮，想是咱命里该，从天降下灾合害。今日井边失了马，到家拷打怎么捱？寻思一回没计奈。只为那王龙该死，带累了两个裙钗。

二梅香投井而死。张永、江彬牵着马来到林中，见了众人，诉说一遍。此时王尚书也在行营，众人秉手说道："王老先生恭喜！你家三公子与万岁作伴，又买了万岁的龙驹！"王尚书听说，只唬的魂飞天外，魄散九霄。

王尚书唬一惊，骂王龙小畜生，养活着他成何用！人家养儿防备老，不想他是个闯祸精，可把他达达送了命！实指望找主有赏，到不想不得回京。

便叫左右拿绳锁来，将王尚书绑了。毛阁老遂暗传号令，进了大同城。未知后事如何，且听下回分解。

第二十八回　大姐绳缚王冲霄　万岁火烧宣武院

话说众文武进了大同，封了四门，扯起黄旗为号。各官知道，齐来参见。那外官见了几遭皇帝？来到黄旗下跪张永，口称万岁。张永笑道："你是甚么人？"各官叩头道："俺是大同道、府、州、县、总兵等官。"张永道："万岁来宣武院三个月了，你们还不晓的。快去点兵，把守城池，不要走了王龙。回朝上本，保你等没事。"众官领命去了。毛阁老传令，快换朝服，手执牙笏，各按品从，各人俱要十分小心。众文武齐声答应。不一时，总兵点齐人马，把宣武院团团围住。

张公公把令传，刀出鞘弓上弦，霎时围住了宣武院。南楼权当金銮殿，文武百官把主参，礼拜已毕两边站。万岁爷楼上正耍，众文武谁敢高言。

众文武行罢大礼，分班站立。万岁正合胡百万下棋，丫头急忙传报导："不好了！有许多兵马，将院围了！大些穿红的汉子，都在下边哩。"老鸨子也慌成一团，话都说不出来了。万岁说："休害怕，这是我那小厮们来了。"不一时，江彬上楼，双膝跪下，口称万岁："臣护驾来迟，赦臣不死！"万岁大喜，说道："爱卿，我待玩二日，你就来了。"江彬道："合朝文武俱在楼下伺候大驾。"万岁即出楼来。文武见主，拜倒在地。万岁道："卿家远劳，免礼罢。"文武听说，分班站立。那王龙正在北楼，合赛观音取乐追欢，忽听得一片喧哗，忙叫丫头去看。不一时，丫头回来，跑的只吁吁的喘，面都无人色了，说："了不的了！南楼上那长官是个皇帝！"丫头还未说完，王龙从那床上就张将下来了。

跌一个仰不踏，起不来就地趴，王龙此时才不乍。叫声大姐怎么处？我不如装个小忘八，跳墙头去了罢。赛观音玉容陡变，全不念枕上冤家。

大姐自思："我平日得罪那皇帝也不少，不如栓住王龙，送于万岁，将功折罪。"便叫丫头们："快上楼拿住王龙，咱去领赏。"十余人一齐下手，不一时将王龙绑起来了。

赛观音叫呱呱，我自家为自家，姐夫你就怪点罢。王龙大骂狠心姐,每日把我当亲达,一朝失势变了卦。赛观音不言不语,把王龙交给皇家。

　　大姐将王龙拴至南楼,接见了万岁,跪下道:"王龙待跑,被贼人栓来见驾。望乞万岁将功折罪。"王龙见了万岁,只是叩头:"臣有眼无珠,万死万死!"万岁道:"王官,我不怪你。你许下的我那白表红里的那人皮袄子,可给了我罢。"王龙唬的瘫倒在地。江彬道:"你得罪着万岁了,待要人皮哩。"万岁传令:"叫锦衣武士、带刀指挥上来,将王龙拿去剥皮草揎,消朕之大恨。"
有王龙颤巍巍,骂大姐吃你的亏,千刀万割的贼奸辈!得罪朝廷都是你,临危还要献谄媚,临死咬的牙根碎。可怜是三声炮响,将皮袄一并全追。

　　把王龙剥皮草揎,抬到楼前,立站不倒,面不改色。万岁道:"王官,你死了也称财神。"忽的声面前阴风一阵,左转三遭,右转三遭,谢恩已罢,归天不提。大姐跪下,口称:"万岁赦贱人不死,万岁赦贱人不死!"万岁道:"你是个妙人儿,又亏你帮衬,今日又来献功。"叫江彬:"有北京捎来的那驴儿,牵来给大姐骑了去罢。"大姐道:"万岁饶了贱人去了罢。"江彬喝道:"好贼泼贱人!你得罪万岁了,给你木驴骑着哩!"
剥去了大姐衣,碎锣响破鼓槌,人人要看狼心肺。百样装的假面目,千人靠的臭囊皮,争时剐的个粉粉碎。一霎时油头粉面,只剩了白骨一堆。

　　话说王龙剥了皮,封了财神,木驴剐了赛观音,万岁方息了心头火。那大同大小官员,都来朝参道:"臣不知万岁驾临,有欺君之罪,俱该万死!"皇上道:"你们都是有功的,每人加三级回衙理事。只把那张、王二舍拿来重责四十,发往云南充军,满门家眷遂出为丐。"众官叩头谢恩,领旨去了,各回衙门不提。万岁道:"张永何在?"张永跪下道:"奴婢伺候。"万岁道:"你领旨意向玉火巷李小泉店内,把我那干儿宣来,不要惊唬着他。"张永领旨去了。话说那王尚书身带绳锁，自来投见，眼泪汪汪，伏在地下请罪。万岁道："王爱卿，你是个好官，赤心为国，并无私曲。王龙罪犯天条，本当处死，与你无干。"叫锦衣卫把绳锁给他去了。王尚书去了绳锁，换上官衣，同文武前来谢罪方毕。张永就将六哥宣到南楼下边儿，见了万岁，双膝跪下，口称万岁："臣不识圣驾，言语不周，本当处死。"万岁道："我儿休要害怕。我赐你金牌一面，掌管天下酒税。八个花帽锦衣、两个撩衣太监侍奉你。"六哥叩头谢恩。

小六哥是东斗星，他修的福不轻，是他老爷有积幸。万岁一见龙心喜，我儿靠前听我封，天下酒税命你用。满了官回朝缴旨，加封你上官司卿。

小六哥时道中，带着帽披着红，鼓乐齐响往外送。花帽锦衣有八个，撩衣太监跟二名，一时声势掀天动。往常时提壶卖酒，平地里春雷一声。

万岁道："胡百万保朕有功，更比不的别人。你能做个甚么官呢？"胡百万道："臣已受封了。但臣命薄，一个州县也称不的；又玩耍惯了，不愿做官。"万岁道："也罢，即赐你黄金三万两，一则酬你的功劳，一则给百花羞作赔送。"二人同叩头谢恩。

都蒇片是胡生，有御笔亲标名，钦差嫖院人人敬。子弟帮客齐上税，天下的忘八纳进奉，十三省嫖子把钱挣。眼看着青堂瓦舍，胡百万天下闻名。

胡百万自此以后，拿着万岁御笔诰命，着天下的州县给他纳税，一年就有十余万两，这是后话不表。万岁道："朕初进院时，有许多贱人贬斥朕身，羞辱不堪。朕有愿在前，等文武来时，火烧南北两院，抄杀贱人，方消朕之大恨。"传旨："先开刀杀尽贱人，然后发火。"

佛动心转过来，哭盈盈泪满腮，倒身便把皇爷拜。贱奴幼在妈娘子，挠头亦足不成才，多亏妈娘奷心待。看贱奴一宵恩义，饶了他血染长街。

万岁道:"可没有撒谎的皇帝。"说:"也罢,叫这两院生灵快忙逃命,闪下一所空房子烧了罢。"张永吆喝道:"万岁放了大赦了,叫这南北两院科子忘八快忙逃命,待举火哩。"

万岁爷为了情,忘八们得了生,鸨儿婊子齐逃命。忙忙好似丧家犬,雨打蜈蚣乱烘烘,漏网鱼鳖心不定。万岁道快给我举火,霎时间烈焰腾空。

怎见的那火势呢?

风搅火火搅风,起愁云锁碧空,刮刮砸砸火星迸。真君独占南方位,怒恼来时霹雳鸣。灰片片火烘烘,黑烟直射斗牛宫。砖合瓦乒乓乱响,宣武院一片通红。

宣武院起了火,前后院一齐灼,狂风飕飕旋天刮。只为皇爷心欢喜,谁想临行大揭锅。二姐乱把金莲跺,只因着万岁玩耍,宣武院成了荒坡。

二姐跪下,尊道:"万岁,这院子烧的这么清净,妈娘何处安身?"万岁道:"你倒是个好人,知恩不记仇。"叫江彬:"你晓谕那大同知县知道,等朕回京,这虔婆给他一所房子,按月点粮,叫他管用罢。"二姐、鸨子一齐谢恩。万岁吩咐张永,待奉刘妃后行,"文武保朕回京。"文武听说,各分班列队,排开御驾,炮响三声,鼓角齐鸣,大同合属官员亲送大驾回京。张永跟随刘妃进京,到了宫里,先去参见张娘娘,磕头礼拜。娘娘道:"好一个俊俏人儿!"即忙一把拉起,说道:"我赐你铁布裙子一条,以后免你行礼。"列位们听着:这裙子有铁打的么? 不是这等讲说,只是见娘娘不跪不磕头,就合穿着铁布裙子一样。你看佛动心一个婊子,一朝时来运至,享的何等荣华? 有一首"清江引"赞张惶后贤德,感叹那刘妃的造化:

张后贤良天下少,看见二姐到,一把忙拉起,称奖人儿妙,赐铁布裙子伴君王只到老。

【西江月】正德一回嫖院,布衣穿起绫罗。王龙横死是如何? 只为装腔取乐。虽然红颜薄命,铁裙原是传讹。聊斋爱惜女娇娥,留在房中取乐。

(学本,民国二十八年,岁次己卯,桃月六日,
八世孙蒲英棠续抄)

聊斋外编·学究自嘲

淄川县正东路　蒲松龄著

四民士农工商,独有学究堪嗟,凭着三寸不烂舌,但讲诗云子曰,举动一步三摇,满口之乎者也。谁说万般下品,这高些不过五斗腰折。

这首诗但讲那三家村中冬烘先生的景况。人但知为师之乐,不知为师之苦;人但知为师者尊,不知为师者贱。自行束修,只少了佣工一纸;其徒数十,好像一出《奈何天》。二三东主,却是一些八不凑,大势可伤,亦属可笑。

诗曰:

暑往寒来春复秋①,悠悠白了少年头。
半饥半饱清闲客,无锁无枷自在囚。
课少父兄嫌懒惰②,功多子弟结冤仇。
有时随我平生愿,早把五湖泛轻舟。

【迭断桥】正月灯节过,正月灯节过,新岁东家来接我,蚂蜡驴驼着癫呆货。心内揣摩,心内揣摩,今年新主更如何?问来人,说是也不错。号书上学,号书上学,学生前来把头磕。东主拱拱手,一齐让了座。大家把酒哈,大家把酒哈,东主性情难揣摩,宽与严,不知那着错。

上了学,一大后,东主全不把影凑,俱是济饭不济人,那管先生够不够。都说俺这东家好,谁想是块拧筋肉。

---

① 《全集》"春"作"冬"。
② 《全集》"父兄"作"东家"。

二月仲春来,二月仲春来,先生馆中好闷哉！闲散心欲把朋友拜。心内徘徊,心内徘徊,恐怕东主说不该,口问心,一定门儿外。大势难猜,大势难猜,谁想东主倒开怀,说走走这个也不碍。喜气盈腮,喜气盈腮,不多一时转回来,有管乎怎敢多停待。

去的快,来得早,喜欢坏了东家老。这个师傅想是好,轻易不肯出学门,工夫一定做不少。明天咱就出豆腐,管这一日的一个饱。

三月清明到,三月清明到,先生馆中暗计较,黄边钱想得两三吊。心乐陶陶,心乐陶陶,打算粮米又治烧,早叮咛务必都凑到。神思徒劳,神思徒劳,海底明月实难捞,顾体面怎能开口要？满腹心焦,满腹心焦,东家说是款款着,无奈何只附干陪笑。

清明节,雨纷纷,老先生,归故村。来到家中添一闷,只望腰缠十万贯,谁想竟是无半文。倚着黄槐穿黄袄,谁想给了个嘴钻唇。今日当了衫,明日又当裙。

四月夏天来,四月夏天来,长天老日好难挨,过一日如同三秋迈。馆谷渐衰,馆谷渐衰,早饭东南晌午歪,粗麦饼卷着曲曲菜。吃的是长斋,吃的是长斋,忘想丢在九霄外,南无弥陀佛从今受了戒。鱼肉谁买,鱼肉谁买？也无葱韭共蒜台,老师傅休把那馋癖害。

日合月,实是长,这年景,又饥荒,先生且休胡指望。杏花村不远,市脯不堪尝。东邻家杀猪,西邻家宰羊,酒肉不到口,日日却闻香。

五月是端阳,五月是端阳,先生运转是财乡,黄边钱果然得一炕。更自恐惶,更自恐惶,节礼更送一大筐,枣儿粽想必不上账。喜坏他师娘,喜坏她师娘,东家多情怎么当？嘱来人十倍多拜上：情谊难忘,情谊难忘,用心教他小儿郎,读的好也是你名望。

到而今,世道反,重财利,敬衣衫,师傅绰号叫"穷酸",谁想也有这一番。沽上一壶酒,买上一个咸鸭蛋,俺也做做自在仙。

六月火炎天,六月火炎天,好似长老学坐禅,小沙弥常把唐僧伴。

真乃腌臜,真乃腌臜,八戒、行者走近前,猢猴堂敢比古刹院。说法登坛,说法登坛,赤脚头陀把臂袒,挥青蝇一把苏州扇。困来欲眠,困来欲眠,执经请业到床前,打精神与他讲经卷。

暑伏天,实难当,离不的,猢狲堂,黄口乳臭熏函丈,山猫野兽多古怪,破喉咙哑嗓千万腔。受了磨难不成佛,西天笑煞唐三藏。
七月有七夕,七月有七夕,织女本是牛郎妻,他二人还有团圆日。旅馆孤寂,旅馆孤寂,白面书生正惨凄。算今生大半是鳏居,红颜娇妻,红颜娇妻,有夫守寡他怎知?到不如田舍农夫常相聚。离恨谁知,离恨谁知?双鲤难传尺素书,买张纸写不尽相思意。

人生乐,在家庭,做师傅,岂无情?只因八字前生定,红颜有夫常守寡,书生有妻伴孤灯,黄卷有女美如玉,看来总是一场空。
八月是中秋,八月是中秋,先生书斋暗添愁,金风冷渐渐侵窗牖。谁赠衾裯,谁赠衾裯?绵单相绪不自由,睡不着,独自听残漏。鸿雁过南楼,鸿雁过南楼,哀哀切切触心头,叫一声不觉的眉头皱。密云不收,密云不收,细雨檐前滴滴流,在外人正是凄凉候。

最伤怀,八月天,白露冷,秋风寒。日落何必听猿唤,暮雨蛩鸣夜长残。孤灯犹自恋衣单,从我陈蔡者,谁有绨袍怜?
九月是重阳,九月是重阳,松菊虽存三径荒,归去来满心添惆怅。寂寂空房,寂寂空房,学生散去剩老张,盼灯火等的月儿上。三秋更长,三秋更长,有梦不成夜未央,听鸡叫不觉东方亮。满地卤霜,满地卤霜,不用打点就升堂,案楚囚还是审的那张状。

早早起,升公案,无的说,无的干,只得从头混一遍。好似观灯节,五鬼来闹判,故事式尽倒不少,就是缺少旁人看。
十月北风寒,十月北风寒,有炉无火炭难添,睡宿冷被窝,早起不敢恋。真乃清廉,真乃清廉,室如悬冰炉无烟,对诸儿常把牙打战。天气回圈,天气回圈,那去五月六月天,冷合热俺可都尝遍。滋味难言,滋味难言,那个苦来那个甜?久于济诚然心不愿。

师傅狂,徒弟蹭,莫无初,鲜有终,十个八个是这病。早晨无有火,晚上无有灯,念破你那口,总是无人听。

十一月飘雪花,十一月飘雪花,徐孺还在陈蕃榻,八面风吹人难招架。各人回家,各人回家,生徒数十剩俩仨,到晚来谁共知心话。只得任他,只得任他,追往咎来待怎么?好歹挨两天,大伙散了罢。败柳残花,败柳残花,既是官满休排衙,大装腔未必他不骂。

从今日,把气赌,再不想,做师傅。老农老圃皆可务,人既莫予重,就该回故都。如此而不返,民斯为下乎!

十二月将近年,十二月将近年,不久就是二十三,这场工做的满了限。再盼明年,再盼明年,又想新馆接旧馆,不教书可也无的干。工满价完,工满价完,东家不少半文钱,到此间可也无的恋。喜地欢天,喜地欢天,师徒从此两无干,出学门大家分手散。

叹日月,快如箭,不觉的,又一年,从今你我各一天,东主再把师傅请,先生再把头项钻。一拱哈哈笑,这话然不然?

诗曰:

墨染衣衫黑,风吹胡子黄。

但有一线路,不作孩子王。

（民国二十八年,岁次己卯,辛未月丙子日,十世孙炜章手撰）

附：

除日祭穷神文

穷神，穷神，我与你何亲，兴腾腾的门儿你不去寻，遍把我门儿进？难道说，这是你的衙门，居住不动身？你就是世袭在此，也该到别处权权印；我就是你帖身的家丁、护驾的将军，也该放假宽限宽限施恩。你为何步步把我跟，时时不离身，鳔粘胶合，却像个缠热了的情人？穷神，自从你进我的门，我受尽无限窘，万事不如意，百事不趁心，朋友不上门，居住闹事无人问。我纵有通天手段，满腹经纶，腰里无钱难撑棍。你着我包内无丝毫，你着我囊中无半文，你着我断困绝粮，衣服都当尽，你着我客来难留饭，不觉的遍体生津，人情往往耽误，假装不知不闻。明知借帐是苦海，无奈何，上门打户去求人；开口五分行息，说什么奉旨三分，到限期立时要完，不依欠下半文。无奈何，忍气吞声，背地里恨。自沉吟：我想那前辈古人也受贫，你看那乞食的郑元和，休妻的朱买臣，住破窑的吕蒙正，锥刺股的苏秦。我只有他前半程的遭际，那有他后半截的时运？可恨我终身酸丁，皆被你穷神混！难道说，你奉玉帝的敕旨，佛爷的牒文，排下了穷神阵把我困？若不然，那膏粱子弟，富贵儿孙，你怎么不敢去近？财神与我何仇？与你足下有何亲？恁二位易地皆然，我全不信。今日一年尽，明朝是新春，化纸钱，烧金银，奠酒浆，把香焚。

穷神答文

东君,东君,你不必怨别人,贫是你自己找,穷是你自己寻;既好吃,又好饮,衣服要趁心,奢费不谨慎,还来怨别人。喜的是仗义疏财,好的是扶弱济贫,腰内有一文,要撑十文棍。就给你点金银,你也不能任,就给你个金狮子、玉麒麟,屙钱的母猪,也不够你胡打混。东君,你听我云,我有个免穷歌为你训:也不是五经四书,也不是大家古文,只要学勤苦,只要学鄙吝,只要学一毛不拔,只要学利己损人,只要学行乖弄巧,只要学奸诈虚文,只要学伤天害理,只要学瞒昧良心。放利怎免怨,为富定不仁;处事不顾脸,那管人议论;饿死休吃饭,黄土变成金;客来休久坐,假讬有事因,吊虎离山计,给他个不粘身。人情只用一张纸,不可轻费钱半文。"顿首拜"多写不妨,休要用"谨具奉申"。人来你不往,诓骗礼一分。贺馆温居休随伙,赴席陪客当头阵,东君,要知道请人赴席总是倔。若有来借贷的穷人,休等他开口,先说自己窘,给他个无想头,再不敢上门。又用小秤大斗,管什么背地良心。说誓只当家常话,空中何能有灵神?阎王休嫌鬼瘦,雁上拔毛一根。如此十年,就成个财神。黄的是金,白的是银,青铜大吊打成捆;盖高楼,修大门,治田园,长子孙。那时节,我把穷字去了,做一个福禄星君,你转过脸来把我亲,还恐怕离了你的门,宰猪羊,买果品,设供献,把香焚,立一座庙堂,叫我做正尊。东君,我有句要紧话儿听我云:那时节,百事不足虑,万事不求人,只怕那大火来烧,强盗进门。那其间,焦头烂额无人问,叫苦连天央四邻,只落的合庄快乐,一个个喜的都打滚!

(山大中文系实习队第六组,缮。
一九五六年七月廿七日·蒲家庄)

聊斋外编·禳妒咒曲

第一回 开　　场

　　丑笑上【西江月】诸般事有法可治,惟有一样难堪:画帘以里绣床边,使不得威灵势焰。任凭你公子王侯,动不动怒气冲天;他若到了绣房前,哦,汉子就矮了一半!
　　家家房中有个人一堆,戴着鬏髻穿着裙祸根,作介仰起巴掌照着脸瓜得,内问云是你打他么?丑哭云那里,是他打我。作介我只雄纠纠的闯进门扑忔,内问云这是怎么?丑笑说扑忔一声,我就跪倒了。内问云你就怎么怕老婆么?丑云列位休笑,天下那一个是不怕老婆的呢?你说先父是怎么死的来?敝庄南有个八家庄。这八家子到有九家子怕老婆的,被降极了,大家约了一到怕老婆会。都不敢做会头。有一个人就提着先父的名字说:"北庄里王喘气,听说他极大胆,何不去请他?"都说:"极好,极好!"大家一齐登门,把先父请去,说了来意。先父当年还是条汉子,慨然做了会头。这一日。吃着酒,就说下若有一个遭难,大家一齐上前。谁想那众娘子们,已是都知道了,各人拿着棒捶,来约合家母一齐跑去。这里大家正吃着酒,看见女兵到了慌极了,都爬墙颠了;惟有先父坐在上席,稳然不动。内云好呀!还是令尊是条汉子!丑哭云好狗么!到了近前看了看,王喘气已是不喘气了!内云咳!令尊是这么死了么?丑云你当是咋着来呀?我昨日在街上听见人唱一个"山坡羊",甚是伤感。我唱唱给众位们听听。

【山坡羊】不怕天不怕地,单单怕那秋胡戏。性子发了要杀人,进的屋门没了气。尽他作精尽他治,放不出个狗臭屁。休笑汉子全不济,这里使不得钱合势。

你就是个王侯、阁老,常言道水长船高,到这里也用不的。
杀了人放了火,十万银子包里裹,一直送到抚院堂,情官即时开了锁;惟独这娘子起了火,没处藏没处躲,这个衙门罢了我。

若是拿出良心细细想来,就怕他些可也罢了。
想他当初把我嫁,一朵鲜花才摘下。口里一口糯米牙,头上一头好头发;脸儿好像芙子苗,金莲不勾半揸大。白绫裙绿绸裥,传的影上的画,出的门支的架,扎挂起来爱杀人,好像一尊活菩萨。你说该怕不该怕?

搭上生男养女,又看他受苦遭难。
本等是家好人家,千头百穗难招架。没有冬没有夏,做啥来没做啥。闭着房门纺棉花,抽的抽拉的拉。小的小大的大,都从他肚里养活下,叫叫唤唤把气啕,他就心焦把我骂。你说该怕不该怕?

况且是丈人丈母用心用意,其情难感。
俺那小舅子来这里耍,骑着骡子牵着马,驴驼担担一大些。本等是真不是假,南瓜皮子一大筐,炊帚笤帚三五把。枣麸蒸成窝窝头,嫩鸡鲜鱼剁成鲊,丈人给了个银子锞,丈母偷着给了俩。俺可不似没良心,吃了费了还说啥。只是为了还是穷,这行子就该打。

依起那没足的心肠,就得二百个达达把你填还。
我就最怕没有本①,有了本钱要弄鬼。学着赌博指望赢,输了待捞没了本,心里痒痒没去抓,跑前跑后抉着嘴。不知是谁撒了汤,恼的娘子滴下水,进的房门采住毛,打了一百小鞋底。虽然打我我不愿,原是自家没有理。

---

① "本",《全集》作"捆"。

俺过的他的日子,他管教俺成人,不敢不从容老婆,实在不敢接嘴①。

东庄有个李小楼,寻了个婆子门楼头,粗唇大口窝挖眼,做鞋还得二尺绸。看他人物丑的丑,他到跟个俊的憨,要打就打骂就骂,汉子总像有了仇。他汉子顺他的道受他的教,可笑可笑真可笑!丈人过的着实焦,等着女婿去尽孝,送了粮食送衣服,黄边还有一大吊。这样汉子还要怪,冤枉冤屈那里告?

怕老婆的虽然不少,像这样的怕法,就叫的过黄天。

我就从来爆仗性,受不的气儿顾不的命。到家见了那个人,吆喝一声挣了腔。浑身打战似筛糠,不知这是那里的病?老婆说有森人毛,不知长在那个孔?到几时拔了他那毛,塞了他那孔,仔怕我就胆子硬②。

天地之间,蚕儿可以老了,墙儿可以倒了,饥困可以饱了,昂脏可以扫了,汗病可以好了,贼来可以跑了,惹的人恼了可照嘴挑了③。惟有这着骨疔疮,几时是个了手哩?

昨日煞嗔我不端尿盆子,又嫌我裂了书本子,吃了二百巴门子,还打了一顿蹅棍子。若不着俺三婶子,几乎领了双分子。

俺这诚心祷告:玉皇爷爷,灶王爷爷,月王爷爷,太阳爷爷,头上顶的房爷爷,屋里铺的床爷爷,三根腿的炉神香爷爷,毛厮里的脏爷爷,天地神灵保佑俺,打骂不推,俺发下洪誓大愿。虽有巴掌不能扬,从今汉子不受降,俺就许下杀乜羊。待要攮俺折了锥,待要扎俺折了针,俺就许下杀乜鸡。鞭子手软不能摔,烂了

---

① 《全集》"不敢不从容老婆,实在不敢接嘴"二句作:"还说俺怕婆子,没得还该不怕么?"
② 《全集》"不知长在那个孔?到几时拔了他那毛,塞了他那孔"作"这话是真不是空。到多咱拔了他那毛,治了我的病"。
③ 《全集》无"汗病可以好了,贼来可以跑了,惹的人恼了可照嘴挑了"。

棒槌打了拐,我就许下朝南海。纸也整锞也整,腊日穿单不寒冷。娘娘如有灵,一步一拜到山顶。

听的人说"怕老婆的不少饭吃",这个话儿只怕是胡言。一般俺也腆着脸,一般俺也瞪着眼。脚儿跟他三四双,浑身不曾少一点。发恨招着掘他娘,到了近前没了胆。说怕老婆有饭吃,这话也是瞎打闪。俺也怕了十来年,至到而今没乜板。咱且从容往后看,只怕将来怕也茧。

果然要从此兴家,俺自家怕事不算,还嘱咐他子子孙孙,休要失了家传。

【皂罗袍】怕婆子休要取笑,十个人九个绰号①。谁家饭碗不厮敲?反来常道是不祥兆。蛾眉一竖,胆战魂消,阁老尚书也要上他的道。

内云养汉老婆板四邻,谁家那正经人怕老婆来?丑云嗤!我道你就不怕呢?那一日俺王大娘就没打你呀?内云我罢是那上人上物么?丑云你就不是上人,算不的上物么?若是算不的,待我说一件典故你听听:当初明朝有一个戚老爷,名是继光②,是个挂印的总兵。他生的身长八尺,腰阔膀宽,就有百万贼兵,他一马当先,就杀他个片甲不回。你看他这是什么汉子!岂不知到了家里,那汉子就合你我一样。那奶奶说跪着,他还不敢站着,降的至极至极的。他手下那些参将,副将,游击,千、把总,都替他不平。大家都来商议说:"老爷领着百万兵马,怎么怕一个妇人?咱不如反了罢!"戚老爷说:"怎么反呢?"众人说:"请老爷顶盔贯甲,亮出刀来,声声叫杀,住宅里竞跑,大家给你呐喊助威,愁他不服么?"戚老爷听罢大喜,即时披挂整齐,明盔亮甲,拿着一口刀耀眼争光,就在厅前大喊了一声杀,也走进宅门,又喊了一声杀呀,那声就矮上来

---

① "绰号",《全集》作"操淖"。
② 《全集》作"当初明朝有一位戚继光戚老爷"。

了;进了家门子,又矮了些;进了房门,只剩了游游一口气儿,那喉咙眼里插话着杀呀杀呀。那奶奶正在床上睡觉,睁开眼说:"杀什么?"戚老爷丢下刀,一跋落跪下,捏起那嗓根头子来,哏哏了一声说:"我杀乜鸡你吃。"这不是上人么?

戚将军忽然反叛,一声声叫杀连天。进去家门气不全,到房中不觉声音变。莺声一口,跪到床前。那软弱书生越发看的见。

内云上这没根子瞎话,我就不听。丑云说起来你不信,现如今有一个哩。你看,那不是怕老婆的他达来了?

第二回 双　　戏

高公、高母上　年岁周花甲,鬓边白发生。堂前一幼男,俊秀又聪明①。

自家姓高名猷,字仲鸿,在临江府峡江县为官,家中有万金产业。我合夫人周氏,都是六十余岁。五十上生了一子,叫小长命。自从读书,起了个名字叫高蕃。可喜他聪明俊秀,今年方才十岁,已成了文章了。

【耍孩儿】也是咱命里该,五十上生个小婴孩,如今将尽十岁外。我儿生的模样好,伶俐聪明会弄乖,出去门人人看见爱。我和你年残日暮,摩弄着略散心怀。

夫人说四五十上才生了他大姐姐,已是没了指望,还亏了临了得了他,不然怎了!

---

① "堂前一幼男,俊秀又聪明"两句,《全集》作"有子万事足,无妾一身轻"。

十来胎不存留,看今生已罢休,不想还生下这块肉。已是生了瘟合疹,又不瞎眼不秃头,心满意足今生勾。但得他长命百岁,不指望富贵千秋。

仲鸿说天已晌午了,也该放学了,怎么到如今不来？夫人说他来到家,光合那赁房的樊家的小妮子江城去打瓦,必定又是玩住。待我去看看。并下。小生扮长命上,贴旦扮樊江城上,相遇介,樊江城说你放了学了么？长命说放了。江城说来来,我正待合你翻交哩。两个坐下翻起来了。

【跌落金钱】咱且坐下翻个交,看我翻你老牛槽。长命呀,我这一翻翻的妙。高妮子休夸翻手高,看我翻你细狗腰。江城呀,找不着头还着你心里噪。樊小厮休要瞎胡叨,当初你曾跟我学。长命呀,学会了就弄那花花哨。高我才翻了个单绵条,你仔一翻乱了交。江城呀,我说你还不懂窍。

江城说你才学会了,就数你那嘴。这一回你打交,我先翻,翻错了打十瓜子。长命说就是这等。你犯到我手里,我使上些唾沫打你。江城说你翻错了,我着四指面条子打你。

高咱可赌不的嘴里叨,老实休要翻错了。姐姐呀,翻错了只怕唬一跳。樊我说你没翻错了,我伺候下四指老面条。哥哥呀,有本领不要泪珠掉。高犯着我手我也着实掉,姐姐呀,量着肚子好吃药。樊放着还不流水挑,认公认母只顾瞧。哥哥呀,闷杀人叫我心里焦。

长命大笑说妙,妙！你可翻差了,这可说不的了。来,来,吐指头,拉胳膊,江城说打不的,是你从头教的我。周夫人笑说我就一猜一个着。长命,你不吃了饭上学,是什么样？长命说江城输了瓜子,不叫我打呢。夫人说我儿来罢,着他该着你的罢。将着正走,高公又到。周夫人说果然是那话,正在那里争瓜子呢。

【耍孩儿】我就说我会猜,贪玩耍真潮孩,着我找到二门外。争那瓜子闹该该,一行叫着不待来,两个还要胡厮赖。若不是我找的紧趁,他也就忘了书斋。

仲鸿说哈哈！这孩子不上学里去了么？连饭都忘了吃。

我的儿你听知,高拱手深作揖,往前休弄那孩巴子势。放学来家吃了饭,不要移东又转西,一直竟上书房去。若还是去的晚了,你看恁师傅不依。

过来过来,你吃饭上学去罢,看晚了转下打来了。

小儿小女去翻交,还要相争把气淘。

可笑痴儿只贪耍,不知书舍有荆条。

第三回 迁 居

樊公上云 虚度人间五十秋,短袍破烂又丢流;街头个个称师傅,实实人间去放牛。

自家姓樊名才,字子正,每年以教书为业。赁了高仲鸿家一口屋,不觉住了四年。主人倒极盛德。明年的馆在北门里头,隔着这里太远,不免将家业搬去。

【耍孩儿】教书教了三十年,卷着席头沿地搬,几乎住遍了峡江县。惟有这里住几年,主客相交算有缘。明年又弄的不方便,领打着老婆孩子,北门里又要重迁。

樊婆上嫁的穷傻子①,飘零五十春;搬来又搬去,南北似流民。自家徐氏便是。老头子说在北门里头赁了一口房子,今日要搬上,可收拾收拾便了。

半领席一片毡,一个坛休忘了笔合砚。一桌破柜扫扫土,绵花车子落了弦。常言破家值万贯,你看看破鞋破袜,乱烘烘堆满床边。

---

① "穷傻子",《全集》作"穷酸丁"。

樊子正说我外边雇了一个挑脚的,拾掇上一担着他挑着,下剩的咱自己拿着便了。
箱子里满满当当,破家伙流流的一筐,匙箸碗勺拾搭上。包起你那为人的蓝绢袄,我还有撒脚鞋一双。溺鳖儿可还没处放。你从容收拾妥当,待我去辞别街房。
　　我去别别街房,辞辞仲鸿。你合江城收拾下饭,待我回来吃罢。高公上樊子正今日要搬家,或者他还来作别。他到是好人,怎么他就无个定所?
樊子正实是穷,今日西明日东,为人虽好中何用?在这住了三四载,我待他不与客户同,临别必定得相送。他或者收拾妥当,必定还到我家中。
　　叫人来,你看您樊大爷来,即刻报我知道。答应是,樊公上老仲是个盛德人,见了相爱又相亲,欠下房价全不问。遇着冬年寒节,请我闲谈酒满斟,好处一言真难尽。临起身登门奉拜,谢谢他大德湛恩。
　　这看见门上一人,看见我他就进去了,想是他去报他主人。呀!那不是高大哥已出来了?待俺速走一步。高公上,一行走着便说今日必是迁了?子正说敬来叩别。
连年来作残跳(践非)常,孩儿入阁又穿房,跳圈儿垂破红纱帐。使破锄头砍坏了斧,不肯叫我去赔偿,借的粮食不上账。敬登门叩头谢拜,这恩情生死难忘!
　　握手到了堂中,即便作揖叩谢!高公说这是那话?请坐请坐。
老头子睃不上那少年,说句话雾罩云山,时腔真有十可厌。喜你老诚又忠厚,表里真实无诈言,以后难得长相见。我为人村粗直率,有小错单望海涵。
　　子正说这是夸言了!小弟还有几件家伙不曾收拾,就此告别。高公说那有此礼!小弟还有一杯薄酒奉饯。子正说心领了罢。不能取扰,足见情高。高仲鸿那里肯依,说不过一顿粗饭。子正没奈何,又坐下了。仲鸿便叫快拿酒来！酒到,仲鸿说我亲递一杯。子正说不劳不劳。

【黄莺儿】一杯酒奉坐前,听小弟告一言：以后难得长相见。暂且留连,暂且盘桓,酒毕还有家常饭。莫推谦,酒薄情厚,请告一杯干。

子正说忒也多情了！

老兄情太高,扰过了几千遭,不曾杯水将恩报。又饮香醪,又享佳肴,临别又领兄台教。不劳消,相隔不远,何必在今朝？

已是领过情了,别了罢。仲鸿拉住说岂有此理！即将饭到。子正说忒也过扰了。

一别路途遥,蒙相别情义高,不领也被旁人笑。留也是虚邀,饭也是免罢,你我惟有心相照。请饱叨,省的老嫂,重复费烹调。

子正说已是醉饱了,就此告别。仲鸿说老兄既忙,小弟也不敢久留。拉手送介

芥蒂无分毫,俺两人道义交,往来尽脱虚圈套。心恋恋难抛,恨重重难消,临行还有言相告：若有闲,相访莫辞劳。

子正说是是,请了。高公下,子正抬头看介呀！天已晌午了。其势不能他去,俺且回家再处。急急走也

【香柳娘】客何曾谢完,客何曾谢完,抬头看天,一客拜到晌午转。急等着要搬,急等着要搬,心火又生烟,诸事还不办。老婆儿望穿,老婆儿望穿,定说老汉一去不回还。

进门介,徐氏说你灶死我也！怎么一去不还了？子正说一言难尽。

蒙仲鸿苦留,蒙仲鸿苦留,难把身抽,三杯已是饭时候。才刚刚罢休,才刚刚罢休,好似鱼脱钩,两脚忙忙走。跑的来汗流,跑的来汗流,不暇再别两邻朋旧。

徐氏说已是收拾停当了,快去叫那脚夫来罢。子正叫脚夫那里？脚夫说等候已久矣。交行李介老婆子,你挎着这筐子;江城,你拿着

这小篮儿;我抗着这板凳儿去罢。
将房门放开,将房门放开,地满尘埃,该把房屋深深拜。看梁柱庭阶,看梁柱庭阶,炕沿锅台,住你三年外。今别你去来,今别你去来,脚夫等候,不得迟挨。

走下,江城哭说俺跟不上呢!子正说你娘俩慢慢走,我去前边等候。
叫江城女孩,叫江城女孩,步步走来在后边,谁相待?俺慢慢行来,俺慢慢行来,啼哭点点泪满腮,看被人惊怪。又过巷穿街,又过巷穿街,衣布裳盖,罗裙尘埃。

子正同脚夫歇介,徐氏说江城,那不是你爹在那里等咱哩?我儿快走些。走介,脚夫要走,江城哭了说俺还待歇歇呢。子正说咱就再坐坐。
俺无可奈何,俺无可奈何,孩儿幼弱,哭啼啼真难过。只得且磨陀,只得且磨陀,共向街头坐,行人渐渐多。难把他拉拖,难把他拉拖,只管倒磨,你是待怎么?

又歇了歇说咱可走罢。江城摇头说俺不!子正说这妮子什么正经!我还先走罢。下。徐氏说我儿,咱也慢慢的走着。
【皂罗袍】盼家门叫人焦灼,女孩儿生把气淘,十来多岁还撒娇。路途半里何时到?转弯抹角,又过小桥,馆面两行,一派人烟闹。

江城又不走介,徐氏说哎哟!小歪拉骨!你可淘杀我了!
淘杀人天生孽障,撅着嘴坐在路旁,不言不语泪汪汪。说走就把声来放,什么冤屈,皇天爷娘?坐到黄昏,终须怎么样?

子正说脚夫打发去了。娘儿两个如何还不到?不免迎他去。呀!还在那檐下坐着哩。到了近前①,说坐会子不去么?徐氏说正在这里弄鬼哩。子正说过来,我背着你罢。江城说将将着罢。子正说就依着你,在俺这肩膀上站着罢。江城听说,急忙上在肩膀以上

---

① 《全集》无"到了近前"。

这身子几乎一转,到被他淘杀爷娘,丫头还把小孩装。脚儿踩在肩膀上,叫声妮子,要立柱壮。一个筋斗,只怕跌的残生丧!

徐氏说原来赁在此处,到也幽静。

诗曰:半世曾无安乐窝,书斋迁处住房挪。

旧年邻舍才相识,又去南城二里多。

第四回 入 泮

高公、高母上说小长命跟三叔去考,已是廿余日。听说他考完了好几日了,怎么不见回来? 夫人说他三叔是个好秀才,又老成,自会教导那孩子或者不差。

【耍孩儿】我那儿心志高,十三岁望进学,跟他叔叔去进场。到这考了好几日,人家童生都来了,全不见我儿郎到。虽没有千里万里,也隔着水远山遥。

高季领长命同家人上说长命进了场玩耍了几日,教我哥嫂担心。忙忙进来,告与兄知。

我侄儿会做文章,但他意太显狂。考前不依他闲游荡,考后方才领他去,看了亭台看池塘,连朝便惹倚门望。进门来先参哥嫂,叔侄俩竟到高堂。

家人忙报三叔合哥哥来了! 仲鸿说好呀! 高季进门说小弟与哥嫂拜揖了。仲鸿说辛苦了! 拿坐来与你三叔坐下。长命说给爹娘磕头。夫人说我儿,坐下歇歇罢。仲鸿说怎么来到如今? 高季说小长命待要耍耍,出了场溜的几日,所以来迟。仲鸿说文章如何?

三兄弟你听着:孩子不敢望进学,叫他学着认认号。咱既不曾求情面,咱又不能去下操,文章也未必能做的妙。进了学千万侥幸,进不了也就罢了。

高季说文章到通。点名时宗师见他小,问他年纪,仔怕有些指望。但只是学道是要钱的。

【银纽丝】使银钱也把好缺也么挑,当日文章未必高。甚操淬,敲门砖把进士唠。再做十年官,满眼尽蓬蒿,破题儿也忘了怎么造。酒色养的那脾胃娇,那厌气时文也不待瞧。我的天,学道瞎,真是瞎学道。

学棚里原是傀儡也么场,撮猴子全然在后堂。最可伤,瞎子钻研看文章。雇着名下士,眼瞎又心荒,本宗师觉着有名望。若遇着那混账行,肉吃着腥气屎吃着香,我的天,丧良心,真把良心丧。

宗师的主意甚精也么明,只要实压着戳上星。求人情,好将来时动私情。不如包打上二百好冰凌,上公堂照着劈脸衡,要进童生是童生,要进几名是几名。我的天,灵应真,可是真灵应!

怨不的是宗师大戥也么称,他下的本钱也不轻。好营生,至少也有本利丰。既然做生意,只望交易成,下上本谁不望利钱重?大县进学十五名,其实三停只一停。我的天,侥幸难,真是难侥幸!

仲鸿说进学这样难,就不必指望。他孩子又小,不进也罢了。高季说进也只在三五名,没有就没有了。仲鸿说怎么说呢?高季说以下都是钱了。

但看学道笑颜也么开,喜的原不是求真才。心暗猜,必定是大包封进来。只求成色正,不嫌文字歪,把天理丢在九霄外。那管老童苦死捱,到老胡须白满腮。我的天,坏良心,真把良心坏!

仲鸿说童生有多大年纪的?高季说咱这邻县,有一个刘太和,今年六十五岁了。一伙童生见他进考,便都戏他说:刘大爷,你好做诗,何不做一首?刘太和说:甚么题?众人说:就指着你自家罢。刘太和顺口念道:从那来了个春风鼓,童生考到六十五。没钱奉上大宗师,熬成天下童生祖。仲鸿大笑说这也可笑!

童生考到白头也么翁,盘缠也得数万铜。到学宫,八十衣巾告不中。咱家小长命,不到着实通,不肯教他塞人家空。岁岁宗师一样同,没人出来秉秉公。我的天,摇动心,都把心摇动!

报子上云报报报,俺先知道,打了个门子,挂上了号。买报花银四两,指望赚他几吊①。

高大爷家相公进了,这就是个肥主子。摊着他也是造化。来此已是高家门首了,门上的大哥传一声:高蕃进了第四名,俺来报喜哩。家人慌忙来报哥哥进了第四名,报子讨赏哩。仲鸿说呀!奇哉!他果进了,可喜可喜!
如今世道爱钱也么神,无钱难得跳龙门。这头巾,颠颠约值二百银。孩子忒也小,安排到来春,科考时才蹬那粮食囤。谁想全不费分文,不料进了第四名。我的天,好运交,这才交好运!

叫人来,赏报子三两银子红一匹。家人答应是。长命我儿,你去歇歇,好上府复试。三弟,你还送他一遭。高季说是,不必挂虑。

诗曰:人说宗师太不通,不爱文章只爱铜。

说长道短凭他去,只管咱不骂文宗。

第五回 择 偶

媒婆上云全凭口舌作本,不用买卖耕耘;舌上打下谷豆,牙里长出金银;衣服穿戴俱有,只消两片薄唇。他心若爱富贵,就夸他那骡马成群;他心里若爱俊俏,就画个活现的美人;就是那嫦娥不嫁,也说他个爱落红尘。东庄找我女愿嫁,西庄找我男结婚。女儿虽然多

---

① 《全集》作:"报子上云报报报,俺先到,打了一个肩,崩了一宿道。买报使了四两银,指望还赚七八吊,还赚七八吊。"

丑陋,说成一个美昭君。就扯谎也无恶意,不过为成就婚姻。过了门两家不好,出上俺再不上门。有人问我来历,我乃女中苏秦。

自家不是别人,东庄里王古董便是。城南李知府看见那小高长命聪明俊秀,要给他做个丈人,托我做媒,许下给我裂半匹裹脚。俺去走走,设或成了,挣他这宗布来,裂了裹脚,只怕还剩下一对鞋里子也是有的。挣赏还看运气如何,成亲也是在姻缘的。下,高公、高母上

【要孩儿】小孩子十二三,戴方巾穿蓝衫,模样扎挂的极中看。资质聪明人物好,做亲也要个美姻缘,后日也省的孩子怨。一来要门当户对,二来要美貌人贤。

仲鸿说咱高长命十二三了,也该给他定个丈人家。近来提亲的到不少,只是合不着我的意思。夫人说咱真么一个好孩子,须索找一个好媳妇才好。仲鸿说正是呢。

家里穷也不妨,第一门户要相当,女儿要个好模样。人物不好不成对,没有根基也昂脏,两般儿俱要配的上。这个事虽然在你,也合他本人商量。

媒婆上

【调寄呀呀油】做媒人,做媒人,吃了东西还赏银。凭着这两片唇,挣下了米一囤。做媒人,做媒人,怕的是弄假不成真。两亲家变了脸,才薅的头毛儿尽。

来此已是高家门首,待俺进去。相见介给大爷奶奶磕头。夫人说王古董,你从那里来?王婆说我无事不来,是为小哥哥亲事来的。有极大的一家人家,又是极好的个美人儿。仲鸿说是谁家?王婆说远在临江,近在峡江。

李知府,李知府,楼房俱是磨砖铺。寻常的财主家,治不起他一件物。有个闺女,有个闺女,模样手足一件无差。要合咱家结门亲,就给相公做媳妇。

仲鸿说道极好么!他人家大,我仰攀不起他,我只找那穷汉人

家肩膀齐的。王婆说哎哟！大爷,你人家小哩么？
好姻缘,好姻缘,他那嫁妆件件全。昨日霎那李奶奶,还拾掇出来给我看。他合咱,他合咱,门当户对不容嫌。天生一对俊人儿,绝好的似鸳鸯伴。

那李爷体面也好。
到上台,到上台,轿马一到门儿开。司道军门都请酒,请酒的迟了怕他怪。手段不赖,手段不赖,宫里人情能求出来。那阁老合尚书,都合他有一拜。

仲鸿说我是个乡瓜子,不敢攀那大头子。王婆说大爷,你真不合他做亲么？仲鸿说你看我家业贫寒,如何做的？古人有云：亲戚亲,齐亲戚,不齐更不相宜。王婆说我去罢。仲鸿说你吃了饭去。王婆说罢呀,挦塑匠扎春牛,忙着那忙哩。请了。
运气低,运气低,返回就到日头西。一门亲事说不成,走的俺这腿儿细。再休题,再休题,撞着这高家这谬东西。费了脚步没赚钱,又瞎淘了多少气。

诗曰：一心忙似箭,两足走如飞。下

夫人说他才说的那李家也罢了,你怎么不应允呢？仲鸿说你不知道那知府是那李二蹿,少年不干好事,曾在赵亲家当管家,因他不服实,撵了他；又偷了人家那牛,着人家告着他；就颠到北京,投了吏部尚书钱宅里。从此丢起诈威了,二三年间就大富了,买了个官。咱虽没有乡宦,这样富贵,我不会看在眼里。
我害羼,我害羼,从来只合那贫贱交。虽然他那线索灵,我断不敢领他的教。咱虽穷了,咱虽穷了,门户虽穷品格高。也该略把性子存,休要惹的旁人笑。

末扮陈举人上云自家陈昌侯,也是丙子科中过乡榜,合高仲鸿的侄儿是同年,因此相处的极好。前日王翰林有个女儿,托我作媒,想是一说没有不成的。
翰林王,翰林王,自从去年开了坊。高宅合他有老亲戚,用不着我说名望。竟登堂,竟当堂,两家门户又相当。这也是个顺水船,只用俺去走一趟。

家人说禀爷,已到高宅门首了。陈举人说待俺下马进去。仲鸿正合夫人说话,门上来报说陈举人进来了。夫人说你去瞧瞧。仲鸿出去迎接进门,作了揖。陈爷说该给老伯叩头。仲鸿说岂敢岂敢!又作揖才坐下,仲鸿说年兄久不下顾了。陈爷说向来不曾问安,有罪有罪!今日来有话告禀。

【罗江怨】在春坊大号洪君,合尊宅上辈有亲,四十里隔着也相近。有小姐不曾许人,他意思要作婚姻,行辈不差情理顺。小年兄已到黉门,十三四年正青春,现如今还又不曾聘,依我看绝妙无伦。俺如今专候台钧,他那里但等着晚年生的信。

仲鸿说这到极好。烦兄弟坐坐,待我去同贱荆计议。出了后门,正撞着夫人,夫人说方才陈昌侯的言语,我已是听见了。这个主到极妥当。仲鸿说却不知他女儿何如?夫人说这不消问别人,前年小长命往他姐夫家去,就曾到他家里,见那孩子来。他若说好,也就罢了。叫丫头上书房里请你哥哥来的。丫头答应一声,不一时,把相公请到,说爷有何吩咐?

仲鸿唱陈昌侯为你作伐,王翰林官宦人家,论起来尽可成婚嫁。他门第虽然不差,他女儿未知怎么,因此心上还悬挂。那孩儿你曾见他,模样儿佳与不佳,请来问你一句话。丑合俊听不的他胡吧,好合歹全在你自家,老子娘也替你定不的价。

你可说说好呀是不好?公子低头不做声。夫人说不好么?又不做声。又问不好么?也不做声。夫人说做与不做只听你一句话,怎么不做声?公子才说不好。夫人说怎么不好呢?丑么?公子说不丑。夫人说这就奇了!不丑怎么不好呢?公子两手揸量着说那脚勾真么长。夫人笑说好嘲孩子!模样好就罢,要那脚做什么?仲鸿说既然这等,我可怎么回复他呢?哦哦!有了。出来见了陈举人说可笑可笑!可笑是婆婆妈妈,凡事儿絮絮答答。他给小儿常算卦,那瞎厮一溜胡吧,说小些到还不差,媳妇不要一般大。王翰林门第清华,还不待找什么人家?奈夫人听那瞎厮的话,从头里斗口磨牙。妇人们愚性儿难拿,汗珠儿教人通身下!

陈举人说老伯母既然不爱也罢了,小生行了罢。仲鸿说那有此理!不曾吃饭那有走的理呢?陈举人说若是饥饿了,自然取扰,岂有作客之理?且是家里还有个小约,不得耽误。仲鸿说不肯住,我不敢强留。请了。

【清江引】这两日提亲的不少,才去了又来到。门户若相当,人物又不妙,好事儿就真么不凑巧!

仲鸿回来说夫人,这事情怎么不凑巧!前日他姐夫张石庵来说,何家庄有个何道礼家,有十三四的女儿,极待合咱做亲。不就打听打听,若是人物好看,就合他做了。公子在旁笑了笑说不好。仲鸿说怎么不好?公子说那脸上一些黑雀子。夫人说你见么么?你听的谁说?公子不言语。夫人说为何不言?公子才说那一日俺姐夫合爹说这一宗亲事来,正月十五日他出来我瞧他。夫人说谁想这等用意!你只说他是小,你看隔着十来里路,他又先打听了来了哩。老头子你只说他小,他什么不知道!隔着十来里又跑插到,他自家看了一看也到好。

    诗曰:丑俊皆是命里该,推不能去挽不来;
       暗里赤绳早系定,空劳人力费安排。

第六回 邂 逅

长命上云 相如乐事在当垆,室有佳人意象殊。宁可房中常独守,丑妻恶妾不如无。

小生年长一十五岁,事事都极如意;怎么婚姻就是难成,不由人心中纳闷。待俺出得门去,消散一回便了。

【耍孩儿】念人生在世间,一对夫妻百岁欢,得美人方才遂了平生愿。如花插在银瓶里,朝夕闻香如梦间,绣枕还是第二件。不得个美人作伴,都也是枉生世间。

待俺穿过大街,打小巷而去。江城领小丫环从前方而来,长命说呀!那边来了一个女子,好不齐整!是谁家女儿娇,衣裳摆动暗香飘,远看着已是浑身俏。风流教我心情乱,脚步使人魂暗消,画中人也不过这么妙。待小生从容走去,细看他眉眼风标。

走的近了,你看我,我看你介,长命说呀!这分明是江城。怎么五年不见,就长的这样的齐正了!江城说这不是小长命么!越发好看了。但不好问他一声。公子见他眼中留情,便撒下汗巾而去。

【送断桥】斜眼偷瞧,斜眼偷瞧,风流一点在眉梢。见俺似有情,低下头儿微微笑。魂儿上九霄,魂儿上九霄,撒下汗巾他又走去了。有心前去拿,不知他要不要。

小丫环把汗巾拾去,送与江城说这是那相公吊的,被我拾了来了。江城接过,藏在袖中,又把自己的汗巾拿出来说那公子不是别人,是高大爷家小长命,你赶上送给他去罢。丫环送去说相公,你吊了汗巾了。公子接来,看了看说我那多情的姐姐,他给我换了。便说谢你家姐姐,我拿到家思念他罢。丫环、江城二人走去。公子拿着汗巾细细端相介

想这汗巾,想这汗巾,纤手拿着擦朱唇。一片麝兰香,还有个胭脂印。我那多情人,我那多情人,看着你那汗巾亲又亲。想你那情儿好,爱你那模样俊。

俺也无心游玩,不免回家去罢。

闷闷归家,闷闷归家,想他想的眼儿花。待要丢放开,转眼儿放不下。定了丈人家,定了丈人家,他爱我来我爱他。只愁爷娘前,怎么说这句话?

不觉的来到门前,待俺再寻思。江城心里有了我,我心里也有他;我给樊子正当个女婿,或者他也肯可。只是这个话怎么好说出口来?低头一想说罢呀,爷娘跟前也害不的羞耻,我就实说了罢。思量万千,思量万千,心中虽有口难言。斗斗胆待怎说,先自家容颜变。来到堂前,来到堂前,低了头儿只一钻。舍上这不害羞的脸,实落诉一遍。

　　公子进门,母亲便说你上哪里去来?前年在咱家里做饭的老张婆子他说,有个闺女极齐整,找你来合你商议商议,再找不着你。公子说俺不合他做。夫人恼了说你还没问问是谁家,你就不愿,从此可不给你找老婆了!你待等着做驸马呀?你可等着罢了!
说话忒差,说话忒差,想是要等着做驸马。教人好心焦,待把畜生骂。没问是谁家,没问是谁家,怎么就说不合他?我就猜不方,心里是待咋?

　　夫人说你说说是什么意思?公子说江城极好!夫人大笑这就奇了!叫丫环请你爷爷来罢。
好不蹊跷,好不蹊跷,家家你都把头摇。只待向叫化子,去把爹爹叫。好呆好嘲,好呆好嘲,多少好主都辞了。若是就了他,看人笑的牙儿吊!

　　高公上,夫人说你来你来,你问问这嘲行子,他每日嫌这家子,嫌那家子的,他是待咋?仲鸿说你怎么样?公子低着头不做声。便向夫人他是待咋?夫人说若说出来,你才笑倒了哩。
这个嘲畜生,这个嘲畜生,说来说去都不成①,谁想他心里待要樊子正。女儿江城,女儿江城,衣裳好似邋遢僧。不知怎么好,咋就把心来动。

　　仲鸿笑了笑说奇哉奇哉!你真果要他么?他也不做声。
我那嘲心肝,我那心肝,他无片瓦与根椽。领打着老婆孩,搬遍了

---

① "说来说去",《全集》作"拣来拣去"。

峡江县。论那老樊,论那老樊,为人还在德行间。但没个屋子顶,怎么成体面?

夫人说嘲孩子!有的是好主,何必是合他做呢?天已晌午转了,你吃饭去罢。公子说我不吃。搽泪出门去了,夫人说你看饭也不吃了,哭出去了。这可怎么处呢?

诗曰:却了南家却北家,俺家生出小嘲达。

眼中只有江城好,笑到东邻西舍家。

第七回 订　　婚

长命拄杖上云 腰为相思瘦,带围长一指。若不得江城,此期惟一死。

自从见了江城,觉着这三魂出窍,好一似身在半空。那不体情的爷娘,又嫌他贫贱。这两日酒饭不能下咽,难道说就死了罢!【还乡韵】好难害的想思病,也不是痒痒也不是疼,这口说不出那里的症。情可是大家情,怎么这想思叫俺自家哼哼?那茶不知是嘎味,那饭也不知素腥①。颠颠倒倒,睡里也是江城,梦里也是江城。江城呀,我为你送了残生命!

起来不能行立,还是睡罢。高公、高母二人商议说你看小长命,三四日不曾吃饭,已是病倒了!夫人说咱好生看他一看。这孩子着实病,你看他眉眼儿不睁。就床头叫了一声小长命,昨日吆喝你两句,也不过嫌你那气性,笑你那呆情。休愁那亲事难成,情管找一个极俊的媳妇,还强其江城,还强其江城。你好了,任拘

----

① 《全集》作"那饭也是腥"。

是嗄由你的性。

你吃口汤儿罢。公子说不吃。仲鸿说这可怎么处？上那里去请个大夫来给他看看。公母二人出来了。公子叫住丫头说春香，你对您爷说，休请大夫，我这病不是吃药能治的。待要病好，必得是说成了江城。春香出来，夫人便问叫你做什么来？春香说着爷爷休请大夫，待要病好，还是江城。公母两个说怎么生下这样痴儿！

只见小长命病体这样，不知那魂灵儿飞向何方，嘲冤家你说这是那里的帐？像是那樊江城做的魇殃，魂儿勾去，那大夫也是无方。那江城虽然不丑，却也是寻常。只怕五六年不见，长成了好模样。若不然，怎么痴心帖在他身上？

你说这可怎么处？仲鸿说想是江城他必然在那里见他来，两个见了话也是有的。女大十八变，那江城未必不变的标致了。依我说，那樊子正虽穷，也不是个无赖。你找个什么头绪去相相那江城，若是标致，就做亲也罢了。况且是他自家主的，后日也怨不的爷娘。

我想那樊子正不好处，就是一个穷，除了穷别没有什么病。穿上件好衣服，还是个文雅书生。况且他为人甚好，心术又极正经。你找法相相那江城，若还是标致，也玷辱不了门庭。也玷辱不了门庭。贤不贤，那可是各人的命。

夫人说有了。今日是元帝老爷的圣诞，那庙中烧香的甚多，隔着他家就不远了。我假托烧香，就一直到他家里，有何不可？仲鸿说妙极妙极！就是这等吧。立刻就叫轿子来，夫人上轿出门介

【倒扳桨】我为江城去降香，到那推说看他娘。听说他家没多屋，不过赁了两间房。两间房，没处藏，必定江城也在房。也在房，细端详，我看怎么样的个窈窕娘。

立刻叫轿来，夫人坐上轿出门而去。

轿马只到大街前，转过一弯又一弯，不远看见元帝庙门前。士女闹如山，士女闹如山，卷起帘下轿，进门瞻圣颜。

夫人下轿,到了庙里说待俺拈香叩头。
拈香已毕跪尘埃,祝神降福又消灾。有个郎儿身抱病,叫他明日起床来。婚姻谐,百年琴瑟永无灾。

夫人慌了神,急忙出了庙门,上轿去了说我到樊家看看。
庙外急忙又起身,为儿百计许访婚。借问此行何处去?要拜樊家徐夫人,要拜樊家徐夫人。那里寻?转过高墙第一门。

家人说来到樊大爷家了。夫人说待俺下轿进去。
进的门来四下里观,道路清幽气象闲。四壁独成一院落,面南也有房三间,面南也有房三间。无嚣喧,闭门雅静似深山。

徐夫人从屋里出来说呀,是大嫂呢,你怎么胡迷了,来到这里。拜了两拜,彼此相让,来到屋坐下①。徐夫人只是怕溅了你的衣裳!
深宅大院享荣华,怎么胡迷到俺家。大嫂请进屋里坐,我叫江城去炖茶。去炖茶,喜气加,别后离情正似麻。

两个正说话之间,江城从屋里出来,笑嘻嘻的来到跟前说大娘好么?夫人说好!江城长的这样的齐正,怪不的我那儿就动了心。
江城容貌美如花,城北城南谁似他?拂拂苗脸儿真可爱,瘦小金莲活菩萨,真叫男儿要爱杀②。
拉过手来看了看,便说江城出产的这样的标致,有了婆婆家没有?徐夫人说我三个女儿嫁了两个了,独有他尚未成亲。夫人说极好!我合你结了亲罢。徐夫人说大嫂,又说笑话哩!夫人说并无虚言。咱二人一边说话。二人把手,到屋里便就坐下了。
你家楼台甚齐美③,俺家空地也无锥。自家估量着配不上,地下那敢望天飞?望天飞,咱是谁?莫要笑俺穷似贼。

---

① 《全集》作:"你怎么胡迷来,来就来。这里拜了两拜,彼此问了安。"

② 《全集》作:"红拂拂的脸儿真可爱,瘦小小的金莲只半揸,真叫男儿要爱煞。"

③ 《全集》作"你家楼舍垛成堆"。

夫人说我不是相戏。他老兄弟们极好,孩子们又极班配,有何不可呢?你若不信,我今日就定下了罢。便上头上拔下一对金凤钗,插在江城头上。

今日只为降香来,不曾带的礼合财。亲家若还不相信,先插一对金凤钗。莫疑猜,当面成亲不用媒。

着人拿了红毡来,咱就拜亲家罢。二人交拜一回。

家人铺下大红毡,二人交拜在堂前。大拜八拜婚姻定,江城低头笑妍妍。笑妍妍,不好言,小小心头暗喜欢。

二人拜罢,徐夫人说江城过来,给您娘叩头。江城果然羞惭惭的来叩头。夫人拉着说我儿免礼罢。

亲子辞了两三番,合该合你是姻缘。我儿越看越发俊,也是儿郎备的全。若不然,那有造化把你摊。我回还,名香整纸谢龙天。

东说西说不相当,一等等了这么长。合该孩子造化好,等个女婿似潘郎。不寻常,从今一步到天堂。到天堂,姓名香,大谢龙天宰猪羊。

夫人起来说我去罢。徐夫人拉住说你再坐坐。着您这媳妇子炖酒来给你吃的哩。夫人说不必。徐夫人说哎哟!这成了亲家,不必谦套。他爷在邻墙教书,知道大嫂来了,他去元帝庙买啥来你吃了可去。夫人说休忙,快着对他说,休要花钱,我不能住下。起来要走,徐夫人拉着手说咱就定娶亲的日子去罢。

女儿都是大身量,不必因循过时光。大道原该正九月,年除日交节大吉昌,两缸薄酒一牵羊。一牵羊,备衣裳,两家不用再商量。

一毫财礼我不输,诸般但听你分咐。我的日子你知道,大小装奁一点无。一点无,把头梳,做媳妇,他相熟,体谅俺家这姑姑。

夫人说我那里一切全备,不用亲家费心,请了罢。

高公上怎么老婆子天已如今知道不来,是好是歹,好闷人也!

【皂罗袍】老婆子往定婚嫁,日将转不见还家。是凶是吉好难拿,番转叫人放不下。婚姻若就,孩儿病瘥,大事妥然,免我心牵挂。

家人来报奶奶来了。仲鸿起来说好了好了！相见说那事如何？夫人说恭喜孩儿,亲可已成了。

那江城仙人下降,眼儿秀眉儿弯长,脸儿娇嫩似雪霜,腰肢窈窕嫦娥样。胭脂不搽,粗布衣裳,千金儿小姐那里跟的上！

仲鸿说可喜可喜！你合他说了么？

他那里着实谦让,俺这里没管短长,便将金钗一对,即时插在他头上。彼此交拜,欢喜非常,年前娶来,省的孩儿望。

叫春香你去对您哥哥说,可如了他的意,着他欢喜欢喜。春香说奶奶还没来,他已着人打听了来了,极欢喜,方才吃了两碗饭。仲鸿说可笑也！他既这等,就丑也成,何况是好呢！

这是他百年姻眷,这可与你我无干。用了多少机关,算来真是闲奢谈。未知媳妇贤不贤,造化前生,不由人儿算。

人才可喜算无双,怪道孩儿梦不忘。

他日若还不大妙,难将长短怨爷娘。

第八回　花　　烛

长命上 织女含情久,牵牛欲渡河；人生得意事,莫如小登科。

我高蕃为着江城想了一场大病,因着定了亲,才觉精神健旺。看了迎亲的日期是十二月三十日。这几个月以来,度日如年,也捱到了。

【耍孩儿】光阴速似箭穿,近来好似换了天,半年就张三年半。虽然江城见的少,模样烂熟在心间,神情眉眼皆活现。只怕那踪迹笑口,一霎时过去几番。

最难捱这几年,过一刻似一年,无时不把佳期盼。还没断了相思苦,忽然又想到合卺欢,千班万样心头乱。虽然喜眠食不稳,好容易捱到年残。

呼道却早擂鼓也,却早撞钟也!

谯楼上鼓已敲,熬的麦子黄了稍,看看已是良辰到。穿上皂靴整整袍,扎上大带整整腰,一煞时穿戴多荣耀。俺自己不好前去,单等着爹娘来报。

高公、高母说谯楼初鼓,辰时已到,长命儿可去迎亲了。轿马齐备不成? 从人合应齐备多时,快忙上轿。长命说给爹娘叩头。拜毕,夫人说我儿,天不早了,你上轿去罢。

【西调】众唱堂上翻身才拜罢,坐上轿一片喧哗。呀! 听那喇叭嘻嘻哈哈,那唢呐低低答答,一片人声吱吱呀呀,门前花炮乒乒乓乓,十对家丁两边排打,一行人马齐济溜喇蹋,锣儿哐哐,鼓儿乒乓。八对纱灯,两对大锣,两乘花轿,百匹大马,旗伞高照半朝銮驾,搭上四个小厮,四名管家。浑身都是好披挂,满街上人等个个都夸。呀! 三三两两,说是谁家,规模体统,这样大法? 嚷嚷闹闹,喊喊插插,走走站站,指指道道,虽是城里,也是香瓜,小小民户,知道什么? 多少妇女前来看,伸头搞脑乱说巴。看他那荣华,都说道不知谁是他丈人家。呀! 邻近知道说是樊家,一个听的撇嘴呲牙,一口屋没有,赁了间房教书教学,过的日子揭巴,这些人去,怎么打发? 不说那赏钱,馍馍也是难拿。都说是他家女儿,料想不见怎么。有的说道:这话都差。那高家公母,不是勺巴,听说江城,一貌如花,雪白的脸儿,昏黑的头发,一点朱唇,一口银牙,腰儿一捏,脚儿半揸,穿上一件好衣服,真是一尊活菩萨。令人可爱也。

家人禀道头行到了门首了。

马儿缓行轿儿慢,一霎时已到门前,火把照满峡江县。那人众多,一片声喧,叫他一行行摆列在两边,但见那大轿呼呼搧搧,吹鼓手大号连天,乱纷纷惹的多少人来看。

家人说来到了。公子下轿,樊子正出来接着,公子拜了就了坐。子正说教家一无所有,蒙尊公亲家劳心费神,感谢无极!酒到了请酒。
心里想来口里念,那里费的那事儿口也难言。呀!几对银花,几对金簪,两对铜掠,两对排鬘,箍上珍珠,豆大滚圆,宝石珊瑚,价值百千,丝绸十匹,彩缎百端,花裙小袄,罗褂纱衫,枕顶百福,耀眼光鲜,象牙梳拢,件件周全,穷人家治起那一件,浑家大小都喜欢。呀!还有那酒两缸,羊一牵,鸡笼鹅笼,叫叫唤唤,大架抬盒,呼呼扇扇,我说恁丈母快出来看。老婆说道:哎哟黄天!这都是什么东西,古怪刁钻。邻家孩子,往里乱搬,不知多少物件儿,三间屋摆满了两间。邻家百舍,挤擦到堂前。这一个瞧瞧,那一个掀掀,看见物儿,个个哄传,老婆孩子,擦背磨肩,你猜是在水,我猜是在山。拿在屋里,少了半盘,不知是生吃,不知该油煎?藏在屋里没敢动,收拾到如今待中干。尊宅甚么人家,梦也不敢高攀,梦也不敢高攀!呀!又搭上姐夫极妙,仪表非凡,天生伶俐,一目十篇,文章又好,连中三元,小女造化,成了姻缘,就做奶奶,不出三年,茅庵草舍,亲家不嫌。咳!我做学匠,也是可怜,学生十个,束修八千,饭要吃,衣要穿,买柴籴米,打油称盐,世间人情,甚是艰难,赤条条的个人儿,并无一点装奁,一回想来一身汗!

公子起来说已是醉饱了,请岳母叩头。徐夫人上,公子拜毕。江城上,徐夫人说我儿,从今往恁家里去了,等我嘱咐你几句。

几句话我儿存念,奉公婆孝顺当先,做媳妇这就是头一件。清晨早早去问安,只可谨慎,休得要贪眠,那里是大人家,不疼吃合穿,不用你拾筐剜菜只要你贤。听我说做下媳妇来,省的娘挂念。

叫介打轿来。公子、江城上了轿,子正已礼送别。

公子唱那一日把他撞,心儿乱魂儿飞扬,模样儿至到而今不能忘。手拿着汗巾每日想,那画上的人儿一班捞着同床,俺可把俊脸儿细细端详,也揸揸腰儿多细,小脚多长。今夜晚一笔勾却那想思账。

江城唱我拿着汗巾儿想,他拿着我的也思量,就知道他合我一样。

那一时爱他就胡迷了心肠,把一件擦嘴的东西就换给了情郎。到家才懊悔,没人处处慌。幸亏成了对儿,皆是月女配双,若是不然,那件东西那里放?

家人报导行到了门前了。

【皂罗袍】喜孜孜夫妻来到,将进门锣鼓齐敲,行人摆了勾二里遥。齐臻臻坐着两乘轿,穿街过巷,下下高高,才入了门庭,先待自己笑。

家人吆喝落轿!江城搭上盖头,合公子都下轿而来。两个夫人出来倒毡。

公子唱下轿来家人乱宣,黄道鞋步步生莲,忙随俏步到红毡,盖头红趁着轿影颤。乐器吹打到庭前,只见那撒帐先生胡厮念。

丑破巾服先生上,伸伸腰说哎呀!已是过了门,好景好景!吃了几盅,一觉睡去。待俺撒帐。撒帐东,天丁力士辟蚕丛,春风一度桃花落,从此鸿沟有路通。撒帐南,抱头双双入画帘,凿井穿渠皆大吉,明年此时生双男。二人拜了天地,又拜父母。先生瞧见说呀!好一个俊人儿!搐回头又撒帐。撒帐西,天丁力士辟蚕丛。众人吆喝这混账先生念的不成溜了!先生说你看这心上那里去了!该打这嘴!撒帐北,天生一对好夫妻。众人又吆喝说这个货物醉了,着他去罢!先生忙说我别绫了嘴了。撒帐西,天生一对好夫妻,巫襄夜夜阳台会,临睡常闻妙小尼。急改口道报晓鸡。小□鳔,小□……自打嘴说这心往里那里去了?有了法了,我闭眼不看便了。闭眼介撒帐北,夫妇和好两相得,从此夜夜无空房,偕老双双到一百。撒帐上,百年偕老永无样,小登科后大登科,坐听禹门三级浪。正念着,一脚跌倒,大声说浪浪!家人都笑了,仲鸿说捏出去。众人捏脖子下。仲鸿说我家造化,娶了个好媳妇。

真可称郎才女貌,一双儿凤友鸾交。前生配就怎能逃?到也不惹的旁人笑。大男俊秀,小妇丰标,双双齐正,教我这心欢乐。

夫人唱可喜是媳妇俊俏,似仙子降落云霄,亏我孩儿当赏鉴高。佳儿美妇双年少,百年鱼水,似漆如胶,念今宵合卺,好去同欢笑。

来人!扶恁大嫂去坐炉帐,便送美酒佳肴叫他夫妇同饮。公子、江城并下。

喜两口身端一样,玉人儿造就成双。佳人窈窕细腰长,合我儿正配的上。夫妇合好,百年风光,你我今生完了儿女账。

第九回 迁 性①

却说长命夫妻二人同拜花烛,入了洞房,合宅奴婢家丁齐来给高公高母磕头,俱道恭喜!高公道不必如此,每人赏钱两吊。

【迭断桥】高公带笑颜,高公带笑颜,走上前去拉住衣衫。一点小薄礼,赏您钱两串。喜气又盈腮,喜气又盈腮,合宅奴婢闹该该。一日无暇时,忙的心神乱。

大家忙了一日,贺喜客各自散去。高公命厨下整理合婚酒菜一桌。

一更黑暗暗,一更黑暗暗,掌上明烛又把茶端,金漆小桌儿,安在一当面。洞房花烛明,洞房花烛明,邻居老幼看合卺。今夜佳期会,双双喜相同。

婶子共大娘,婶子共大娘,怀抱儿童走进房,开口劝新人,放怀饮酒浆。逢喜盈筋,逢喜盈筋,不必错度好时光。一对并头莲,好似双鸳鸯。

二更鼓儿敲,二更鼓儿敲,只见明月上花梢。新人放心怀,饮杯全家乐。大家笑嘻嘻,大家笑嘻嘻,婶婶擎杯劝侄媳。满饮一杯酒,日后福寿齐。

---

① 《全集》作"闺戏"。

东临五嫂又来劝酒。

三更月正南,三更月正南,五嫂擎杯带笑言。新人我弟妹,快快把杯来干。弟妹你听言,弟妹你听言,养的儿来中状元。喜酒你不饮,捐去了人情面。

四更月转西,四更月转西,五嫂欠身叫兄弟。合婚酒儿美,双双吃个齐。众人把话提,众人把话提,好似对鸳鸯配就的。二人换杯饮,才是对好夫妻。

五更鸡报晓,五更鸡报晓,邻居老幼尽都去了。公婆进房来,催促着快睡觉。二人情意投,二人情意投,连衣怀抱卧,醉在了床头。疑梦阳台景,沾却了罗裙绦。

夫妻二人连衣而卧,不觉日上三竿。二人起的身来,梳洗已毕,拜罢了公婆。高公、高母见一对美人儿,喜的心满意足,便说完全了咱的终身事了。自此以后,小俩口日日恋爱,夜夜交欢,真是一对好夫妻。

那里徐夫人将江城叫去,长命已就上了学,不觉半月有余。徐氏嘱咐江城道不必久忙,快归你家度日去罢!即便将江城送去。见了公婆问安,礼毕,入了自己的房门,不见丈夫,心中只是想,他又不好出口相问。即便唤春香何在?丫头答应唤奴婢有何吩咐?江城说我那双鞋儿尚未做完,给我拿针线盒来,刺绣花鞋,暂为解我心中之闷罢。

【耍孩儿】看日色斜向东南,久等踌躇去问安,整日家不待见公婆面。闺阁清闲无个事,想起双鞋儿未绣完,纤手便拈针合线。鞋底刚刚上罢,闷昏昏眼涩眉酸。

打了一个哈欠说好疲倦人也!待俺睡下。长命上云呀!你看手里拿着绣鞋就睡着了。不敢惊动他,待俺轻轻的将他鞋儿偷去,看他觉与不觉。偷介他既不觉,俺就藏了他的,俺就也睡罢。

连衣服竟登床,放倒身面朝墙,从来不敢把气儿放。便把绣鞋拿在手,一指挑来细端相,一针针细看花儿样。那鞋儿还没看勾,不觉的一梦黄粱。

手拿绣鞋,不觉睡去。江城醒云鞋儿那去了?他从几时睡在这里?

必然是他偷去了,待俺瞧瞧。看见笑说果然,果然!我且捻个纸捻儿通通他鼻孔。长命打喷介,江城笑着从手中夺下了绣鞋,劈脸打了两下,说偷鞋底,官家来拿你哩!

不觉的睡沉沉,忽然间鼻痒痒钻心,待打喷嚏何能禁?尖细鞋儿花一朵,青红绣线一针针,细密花须没看尽。倒被他劈头两下,打的我疼到而今。

长命说我来找你,你睡着了,我就没敢惊动。你若是通你通呵,你待中恼了哩!江城说可怎么着呢,俺通你就罢了。

叫一声小江城,真像个鬼灵精,把人作祟的睡不定。你可提防着从今后,得个空子照样行,可要识玩休使性。你看着你再睡去,也叫你嚏喷连声。

江城说哎哟!你还不敢!公子说你有两本大明律么?你从小光好赖人,那一年番交,你该我那瓜子也该还我了。

小江城小江城,你输了瓜子还要争,从小就有偏心病。六年的瓜子还没账,至少也该本利平,你可说说情礼正?咱今日清清账目,光任那嘴说无凭。

江城说我给你胳膊,你还不敢打哩!公子说你过来咱试试。江城没好气,露出胳膊来一舒说给你!公子拿过来轻轻的打了一下,江城恼了,劈脸一掌

贼强人太乍煞,俺今日到恁家,难说济你揉搓罢?从头只顾称君圣,这个那个瞎抯麻,怎么把俺打一下?你打我我也还你,我主意不受你掐把!

公子摸了摸那疼处说你恼了么?江城说谁恼了谁不恼了哩?公子说我说你不识玩,如何哩?

俺不过汤一汤,也不曾把你伤,瓜子也是轻轻的放。两个指头打了你,你就劈脸一把掌,嫌你恁也没人样!不说自己没脸,打了人还说短长。

江城说是谁先打谁来?公子笑着说罢么,是我先打你来。你当初

曾说要四指面条子打我,怎么加上一个指头呢?还打着脸上呢?本利都勾了,你还气啥哩?我再给你作个揖就罢了。江城才有了笑容。

小长命你听知:戏耍也须要投机,偷鞋有点小情意。让你打时是一礼,怎么爽然就托实?一时叫我心里气。当初说四指面条,可原就不是唠你。

公子说娘子既不恼我了,咱一章掀过去,从新处好,我合你下棋。江城说赢什么?公子说我再不敢赢瓜子了,咱赢弹罢。不好不好,弹你也不依打,咱赢钱罢。

【跌落金钱】拂拂灰尘放下盘,四下里将棋子安。江城说呀!咱可就把高底见。还让奴家一着先,不敢占腹只争边。长命呀,你这意思极不善。辘轳却打到明年,你虽没眼到相连。江城呀,这一着就把你行来断。满盘只在这一迷间,他的话儿难对言。长命呀!这一个子儿俺不算。

江城说不依你下这个。公子又只是安上说在我,你怎么不依呢?江城红了脸说我只是不依。公子说就让你。又下了几着,数了数一五,一十,十五,……江城你赖了一块棋,还输廿着,你支过钱来罢。江城说再一盘着罢。

长命长命你过来,侥幸一盘就卖乖。长命呀,我合你两盘分胜败。长命唱公平休得要拿歪,我赢的你吊了红珠鞋。江城呀,咱可赌赢不赌赖。江城唱屎棋屎棋不成才,一着跪到在尘埃。长命呀,你看我杀你这一块!长命唱不用踌躇不用猜,我这个子儿妙哉又妙哉!江城唱一递把你全勾坏。

江城看了看,把棋推了推说我心绪不佳,不下了。公子说好赖好赖!既不下了,拿钱来。江城说没钱呢!公子说小家子!江城恼了说你既嫌我小家子,就不该合俺做亲。

【耍孩儿】小杂种太欺心,开开口诮撒人,有两钱就撑他娘的棍!岂不知俺是小家子,怎么合俺做了亲?我只待掘他娘一阵。既嫌俺般配不上,愿退婚我就起身。

公子说你骂啥哩?江城说我骂了还骂,怎么着我了?

长命唱骂了姐又骂娘,好眉好眼不贤良,我也没气合你禋。有心待要照着他,又不知待闹几十场,终朝须是常打仗。只得好心忍耐,低着头上了书房。

诗曰:生来不幸遭狮吼,不免身为陈季常。下

江城说贼强人躲了去了,你就再休上门了!骂一声小囚根,说出话来气杀人,骂了几句还不恣。以后惹恼了我的性,我只是狠掘他那亲,着他睁眼把我认。到晚上把门关了,我看他那里安身!

诗曰:枉惹奴家气满怀,强人休进绣房来。晚间早把门关上,不叫亲娘不开门。

【迭断桥】美如仙,美如仙,忽然就把脸皮翻。听着他俏莺声,只像是霹雷电。好不难堪,好不难堪,叫人胆战又心寒。夜来似阴城,好比森罗殿。

天色已晚,只得行去,听他处。行介呀!怎么角门关着?敲门便叫春香!不知在那里,怎么没人答应?

把门敲,把门敲,欠身就把吊儿摇。不见有人来,忙把春香叫。好蹊跷,好蹊跷,新月刚刚上柳梢,方才长上灯,难说就睡了觉?

公子说哎哟!并无人答应。哦!是个什么意思,不叫小生进门了!这便怎么处?书房里并无有烟火,又无铺盖,这冬天岂不冻死人也!

无处投奔,无处投奔,大骂江城狠心人,怎么全无有半点夫妻分?不好叫娘亲,不好叫娘亲,或者一夜死不了人。只得去盖毡,骨碌到五更尽。

哎呀!江城江城,你好狠心!只得回上书房,受罪一夜,明日再讨分晓。

诗曰:夜夜床头锦被开,爷娘还恐冷难捱。

今宵若是娘知道,只恐双双泪下来。下

第十回 退　　婚

公子上,长叹介咳!我好苦也!只爱他模样俊俏,谁知人面兽心。昨晚闭了房门,着我在书房,合衣冷睡一夜,不曾合眼,这两日哄发的才略好了,今清晨又受了一场好气。骂别的也还到好受,这爷娘岂可以常骂的呢?他已不是个人了,我岂是个人乎?

【银纽丝】可怜天生命苦也么哥,娶了个夜叉做老婆,没奈何终朝每日吵呵呵。提心又吊胆,还要得罪着,那里还有那夫妻乐。一句话儿不敢多,恼了还给个大揭锅。我的天,难过人,他叫人难过!

咳!天给他这么一个模样,怎么就给他这么一个性情?天给我这么一个人物,怎么就给我这么一个老婆?跺着脚说真好恨人也!

小子生来命运也么乖,怎么娶了个祸根来?女裙钗走来好似画阁开,模样既然好,性子再不歪,岂不越发着人爱?谁知人面兽心怀,受罪也是俺自家该!我的天,没奈人,真正人没奈!

受了无穷的苦楚,还亏了爷娘不知。可怜那可怜!

诗曰:一腔酸水实难受,还恐爹娘入耳闻。下

高公、高母上云娶了这个媳妇,全不孝顺;但得他夫妻合好,也还罢了,又听的他每日吵闹,做公婆的也只得推装症巴。如今越发的吵骂,咱那儿也不是条汉子了!

老头终日闷央也么央,娶了个媳妇甚不良。日子长,合他只隔一堵墙,终日掘坟顶,一场又一场,隔壁儿教人听不上。他自作自受还应当,怎么为苦到爷娘?我的天,忍让难,叫人难忍让。

夫人说你只听的他骂,你还不知道他那故事哩。终日谁敢把气也么抽,瞧着没人暗泪流。忒也诌,阖家老幼似有仇。今日你合我,都已白了头,六十多只生这一块肉,钻在冰房没处投,只剩丝丝游气留。我的天,后绝了,几乎绝了后!

仲鸿哭了,跺着脚说这怎么了!春香,你书房里请您哥哥来的。公子到说爹娘有何盼咐?太公说您媳妇合你好么?公子说也好呢。太公笑了笑说好么?就是你这口气还喘呢!
看了看我儿泪洒也么洒,你苦在心里更不提。你受的冤情我尽知。书房终夜冷,睡也是连衣,只落了一口游游气。你自作自受不为奇,从未见这泼东西。我的天,处治难,叫人难处治。

夫人说你没见咱那儿子,忒也不成个汉子了!
为个人谁没有夫合也么妻,把爷娘骂破嘴唇皮。把头低,苦在心里只自知。年纪也不小,身量一样齐,怎么全没汉子气?你就辩辩是合非,他也没拿着打牙槌。我的天,受罪多,也是多受罪。

江城上,背后听介:
终日家起来吵呵也么呵,骂的话儿口难学。十样多,叫人愁死不望活。他若再掘你,一样就照着,他有什么降人药?你就是个脓包哥,尽他怎么去揉搓。我的天,货不成,原来不成货!

江城闯进来,怒冲冲的说我说你教您那儿处治了我,待怎么处治就怎么处治罢!割了头碗那大的一个疤。我掘他妈的,要死就死,要活就活。

【闹五更】我说你满家心儿就不平,挑唆儿家夫妇去相争。老头儿在这说,俺在这里听,又待将奴宰割烹,又待将一家大小拧成绳,惟独这外户子没个疼。老婆儿你在这里骂,俺在这里听。奴家就敢应成,奴家就敢照承,把头拧吊再脱生!老婆儿你在屋门里咯咯囔囔,破上我江城!
满家的老少俱是瞎眼丁,看不见终日气的我肚子痛。长命儿你在里边听,我在外边听,你待自家怎生?要把奴家怎生?有的是我,逃了不成！合家子都在一堆儿喊喊插插，看看我江城！

夫人说江城，你就听的，该怎么着呢？
俺家里儿郎没点汉子气，济着你吵骂自宿到天明。媳妇儿你在那里掘，俺在这里听，骂达也是一升，骂娘也是一升。这个光景，怎是人行？媳妇儿你来到骂骂吵吵，你待怎生？

江城怒冲冲的将夫人推倒，又拉着太公的衣裳说你不说说你那老祸害呀！太公也倒了，公子忙将爹娘扶起说江城，你反了么！江城奔出去说我不活了！便去上吊。老婆子小妮子都去劝他。公子说这样的媳妇子要他怎的！不如写休书一纸，着他归于娘门，免的全家受气。遂写到樊家的女儿嫁在高氏门，只为他大骂公婆太欺心。他又不能改，俺又不能嗔。情愿合他断亲，情愿合他退婚，并无反悔，落笔为真。媳妇儿任凭丈人家，早早晚晚另嫁别人。

公子写定，叫家人来分咐说你把休书拿着，把恁大嫂送到他娘家去。他那里若不收，你丢下便走。答应是。江城说既休了我，我就去，且不在您家受些臭气。下，高公说那里伤了天理，遭这样事情！可怜可怜！

【清江引】这个媳妇天下少，来把公婆闹。除了打人还去上吊，祸临头还亏的休的早。这个老婆怎么了？吵的那头也吊！早知道这个胎，干给也不要，我情愿打光棍直到老。

诗曰：高公泼妇离家门凶气除，高母耳根清净眼丁无。公子送您姐姐归家去，自有人来叫姐夫。

第十一回　私　会

长命上说自从江城去后，不觉一年有余，省担多少惊恐，省受多少的恶气;但只是闺中冷落,好闷人也! 知心的朋友惟有王子雅,闷时只去访他,叙几句闲话。今日饭后无事,不免去走走。

【耍孩儿】这泼妇心太焦,什么性儿这样乔? 这般凶恶谁能料? 原因爱他爱成怕,一家受气口难学。不丈夫真是儿不孝。今日虽孤单冷落,到落得自在逍遥。

王子雅好风标,又诚实又饱学,做诗写字皆精妙。议论使人闻见广,说笑使人闷怀消。我心惟有他知道。我合他棋酒快乐,俺二人文字相交。

来此已是他家门首,呀! 如何门儿紧闭? 待俺敲门。

挪拳头把门敲,举手又把声儿摇,高声就把书童叫。左写遣意惟书卷,右写迎春但柳条,对联细着笔迹妙。立多时停身瞻望,呀的声柴门忽然开了。

王子雅上,叫鱼童。答应有。你看看什么人叫门。走来把门开放呀! 原来是高大叔,极好极好! 俺二叔正待着我去请。公子说里边有客么? 书童说没有。说罢,去报与主人说是高大叔来了。王子雅即时迎出,拱了一拱说妙哉,妙哉! 方才待差小价去奉请,来的正好。

杏花卸柳如烟,因人春气奈何天,连日相思不相见。要屈贵脚踏贱地,写字几行墨未干,刚才封罢离书案。草草具一杯薄酒,为贤弟稍破愁颜。

公子说多谢盛情! 别有客么? 子雅说没有客。适才表兄陈美卿到,又有街西头吴丽华适才赐拜,并留在此。便叫陈大哥,丽华,客已到了。陈携吴妓同上,大家见礼一毕,子雅说拿茶来。茶到

别兄台已数天,终日昏昏只愿眠,弟兄恨不长相见。闷时信步来相访,怪道白日把门关,原来静对芙蓉面。可喜有美人在座,今日里解闷成欢。

子雅说拿酒来。家人说酒到了,子雅说丽华送酒。

不成酒不成肴,托两人文字交,借着饮酒领尊教。三杯能拨愁云散,一醉可将闷气消,人世难逢开口笑。劝贤弟愁眉展放,我为你

暂乐春宵。

子雅说酒已过三巡,丽华合你高大叔豁一拳。作猜拳介高贤弟输了。斟上酒,同饮一杯,丽华唱一个。丽华便唱

【迭断桥】正月一年新,正月一年新,银灯火烛夜夜春。寂寞锦屏人,憔悴煞谁相问?半掩绣房门,别君愁绪乱纷纷。红袖儿掩朱唇,漫漫将牙儿印。

子雅说豁拳以两个为率。丽华又唱

二月是花朝,二月是花朝,溪梅开过子生条。独自傍妆台,懒把菱花照。相思病难招,相思病难招,香泪点点依枕交,只将更点儿,细数到金鸡叫。

公子说绝妙清音!先说过输了的也要唱。子雅说可要都陪一杯。又合陈美卿豁拳,丽华输了,子雅说妙妙,都斟酒。丽华又唱

三月清明天,三月清明天,人家依树系秋千。惟奴少心情,高卧在深深院。愁闷恹恹,愁闷恹恹,只见杨柳暮春寒。不见冤家来,斜依着门儿盼。

四月夏初头,四月夏初头,风约黄坡小麦秋。乍穿上素罗衣,越觉着腰肢瘦。卧看牵牛,卧看牵牛,未必天仙不解愁。情迁天河隔,怎么把孤单受?

子雅说我合陈大哥豁一拳。妙哉妙哉!陈大哥输了,丽华唱罢

五月是端阳,五月是端阳,困人天气日初长。终日闷恹恹,只倒在牙床上。懒待去梳妆,懒待去梳妆,半是思郎半恨郎。渐渐的热难熬,怎么把归期望?

六月熏炎风,六月熏炎风,映日荷花别样红。身上素罗衣,像有千斤重!大热又似笼,大热又似笼,无限鸣蝉绕树空。独宿着甚清凉,只觉着身边空。

子正说咱不必豁拳了,咱击鼓传花。叫鱼童,你去庭门折一枝花来的。答应是。又禀花到。子雅说你去打鼓,花先从我起。作传花介,鼓声住,花在公子手,子雅说贤弟输了,吃酒。丽华接着往前唱罢。

七月到秋间,七月到秋间,桐叶无声下井栏。忽听秋声愁,觉着容颜变。最苦是孤单,最苦是孤单,庭院深深人倚栏。瘦的一捻腰,怎禁的虫声乱。

八月白露寒,八月白露寒,新月娟娟愁魂生。总有团圆日,可怜奴孤另。冷冷又清清,冷冷清清,一时一夜难为情。过一个好良宵,犯一回想思病。

九月雁行斜,九月雁行斜,遣愁独自插黄花。晚来对银灯,只将薄情骂。盼想冤家,盼想冤家,每依南斗望京华。手拿绣鞋儿,也是占鬼卦。

十月似小春,十月似小春,夜寒暖玉倩谁温?独自对孤灯,辜负了晚妆俊!捱到已黄昏,捱到已黄昏,少年离别枉断魂。一手托香腮,只坐到三更尽。

又传到了子雅,公子说一般的也输了主人翁了。子雅说十二月将到,自然该到主人手。丽华快快唱起来。

十一月隆冬,十一月隆冬,一雪飘成柳絮风。空将锦被重熏,奴与何人共?独坐听漏声,更放兰缸子焰红。床上暖吁吁,只觉身冰冻。

腊月冬已残,腊月冬已残,开轩惟见雪满山。暖帐麝兰熏,只少个美人伴。离别又一年,离别又一年,光阴如梭岁月还。辜负好时节,千金那里换?

公子说旨酒虽佳,小弟却不能饮了,就此告别了。子雅说住一晚,就借重丽华奉陪。公子说怕父母担心。子雅说既这等,小弟也不敢强留了。作握手送介

【呀呀油】出房来,出房来,手扯手儿过庭阶。既然说到父母忧,强留便是不相爱。出房来,出房来,看看西方日影歪。叮咛改日另相邀,殷勤送出门儿外。

公子说天色已晚,到家日暮。疾走下,樊子正上,长吁说从来养女的不气长,今日才知道这话有理。不幸生下这不孝的女儿,被人家

休断出来！屡次央亲友去哀告高仲鸿，无奈那仲鸿坚执不允，这如何是好！

央仲鸿，央仲鸿，仲鸿坚执不相应。养这不肖女儿，好叫人心酸痛！太不通，太不通，做着媳妇骂公公。应不过自家的心，怎么合邻家碰？

　　公子上说那不是俺丈人那个老狗头来了？待俺稍下路去罢。急走了几步，樊子正手打凉棚说呀！那分明是高姐夫，待俺追赶他去。大叫说那是高姐夫么？公子站住，樊子正上前搭手拉住

高姐夫，高姐夫，公婿相别一年余。养的女儿不成才，不知是个什么物！得罪公姑，得罪公姑，近来自家悔当初。望姐夫将他来恕，到底是好夫妇。

　　一言难尽，生下这样妮子，教尊公合令堂生气，我总然不成个人了。他今也知道懊悔。没什么说，我只是谢罪为主，还望姐夫海涵。

一年多，一年多，也叫老夫没奈何。大不是在江城，总然是我的过。我只跪着跪着，哀告尊公合亲家婆。把小女再收回，磕响头一个个。

　　寒舍不远，请姐夫先降。公子说天色晚了，明日着罢。樊子正说隔着一箭多，也岂肯放姐夫走了呢？请！公子只得跟他去也。

到家中，到家中，姐夫只饮我两三盅。若还是天黑了，老汉还相送。喜气逢，喜气逢，一年了冤气积满胸。对姐夫诉诉冤，出出那心酸痛。

　　走不多时，已到了家门了，请进去。

到家中，到家中，门里还是乱蒿蓬。你丈母昨夜晚，做了个极好的梦。喜重重，喜重重，辞别年余又相逢。隔墙是卖酒家，不愁这杯水奉。

　　老婆子快来，高姐夫来了！徐氏听的，忙到说呀！姐夫从那里来？请坐。公子朝上拜了，徐氏说我还该谢罪。二人礼毕，徐氏说你爷两坐着，我去端茶来。

情意高,情意高,小婿已是醉饱了。再休要去沽酒,费了钱合钞。天已晚了,天已晚了,说两句话便开交。等到过日来,再领丈人的教。

  一个小妮子端出茶来,徐氏说吃茶罢!

一年多,一年多,终日愁死不望活。俺只待寻了死,不待把日子过!高大哥,高大哥,双双一对好公婆。那一个小冤家,可真正不成货。

  自家女儿不长进,瞒怨的亲家合姐夫么?借重姐夫合亲家说说,江城也没有再嫁之理。

没奈何,没奈何,终日起来闹活活。日日劝江城,只使的舌尖破。望小哥,望小哥,收他回去奉公婆。俺也断不可,再嫁第二个。

  公子说天晚了,我行了罢。丈人、丈母一边一个拉住说那有此礼!筛着酒哩。公子说我已醉极了,不能再饮了。子正说虽然不饮,天已昏黑了,不能放姐夫行的了。叫江城来。江城来至近前说官人好么?江城低头落泪,公子看见,也低头抹泪。子正说姐夫既不饮酒,叫小妮端着灯,送他俩口儿去东房里睡罢。公子、江城并下

  一年来,一年来,夫妇恩爱两分开。见了他模样儿,不由人心中爱。俊娇才,俊娇才,忽然见俺泪下来。他亦是回了头,还没把良心坏。

  子正说可喜可喜!女婿既宿咱家,夫妻重复和好。明日见了高仲鸿,自有话说。

  诗曰:夫妻相看意暗伤,百年恩爱不曾忘。

    今宵留寄咱家宿,到得天明别有商。

第十二回 复 合

  樊子正上说昨日女婿寄宿我家,天明要合他作个商议,不料天未

明早早去了,也罢。向来托亲友去央仲鸿,仲鸿只推他令郎;今日还有什么推托?待俺竟到他家,看他有何话说。作行介

【耍孩儿】养女的不气长,在家成了着骨疮,教人怎么把眉头放?日日托人去哀告,亲家只推他令郎,这事不知该怎么样?他今日没的推脱,俺不如竟到高堂。

　　高公上云自从儿家妇休去,亲事尚未妥当。向来见孩子忧闷无聊,处处放荡,也还不忍的说他。夜来又在王子雅家寄宿不归。而王子雅是个风流之士,宿在他家,只怕也没有好处。只是速给他成亲便了。

从媳妇辞了房,着孩儿闷央央,行去带出愁模样。不知文章读几遍,不知五经念几行,终朝只去闲游荡。早给他亲事另娶,也省的忧虑爹娘。

　　子正上说来此已是高家门首。门上的管家,烦你传报一声。门上即刻来报樊爷来在门首。高公说他来了两次,我不曾见他。你只说我有病便了。门上答应是。回头待走,见子正自家进来了,仲鸿只得出房迎接。子正进门跪下,痛哭不起,仲鸿也跪下这是怎么说呢?子正唱

告亲家你知闻①,我的女不成人,千万不是难说尽②!小儿有罪坐家长,惟有跪下到地尘,任凭亲家骂一顿。但望你收他回来,我只是结草衔恩。

不由人泪纷纷,小弟从今不是人,人品家风都丧尽。幸喜本人知懊悔,今日才敢亲到门,若不信叫他来亲口问。但求把前愆恕过,还教他从此自新。

　　高公说亲家起来,从容细讲。子正说亲家不放赦书,小弟就跪到明年。高公说世间没有不了允之事,你起来再作商议。子正才起来了

论令爱貌无双,人物风流百事强,娶媳妇还待求什么样?不求他贤

---

① "知闻",《全集》作"知音"。
② "千万不是难说尽",《全集》作"罪儿万剐不能尽"。

良合孝顺,但望安分不生殃,这等就满了老天账。俺只求平安无事,奈何他悍恶非常。

子正说再不安分,小弟一面全管。
到今日把名扬,无论令爱不贤良,到底改不了从前的样。况且人家娶媳妇,但望百岁大吉昌,谁家望折鸳鸯帐?原是那小儿不爱,我不能替他主张。

儿大不由爷,他自己不愿意,小弟也无如之何了。子正说倒是令郎没什么意思。高公说怎么见的?子正说在舍下住了一宿,合小女极其合好。高公说喜哉喜哉①!他几时霎宿尊宅来呢?
三月里初三天,在王家酒半酣,过寒舍夫妇得相见。两人问到寒暄罢,惟有相逢泪眼看,到教小弟心怜念。若还得金口放赦,那公子定无他言。

高公说哦!他哄我在子雅家宿,这事我全然不知。若是这等,我不是替儿嫌妇了么?他既相爱,做爷娘的何苦与媳妇为仇呢?便从亲家就是了。子正起来,又跪一跪说再谢谢!高公拉住。子正说小弟告别。高公送出
从前话一笔勾,媳妇纵然不回头,好歹只有他夫妇受。有心待往锅里跳,焦了身子吊了头,到底烧不着爷娘肉。他既然自己心爱,何苦替古人担忧。

拱了拱说请了。高公送子正回来,夫人说樊子正来做什么来?高公说可笑可笑!咱那儿背着咱,去和他丈人家相处,咱不成了老扯淡了么?
那一日三月三,他在王家饮酒酣,还不归家来,去把丈人看。夫妇相见齐下泪,又在房中一夜眠,你我真是老扯淡。从今后把他丢了,折摄煞休要可怜。

春香,请您大哥来的。公子上呀!那事决撒了也!那一日酒后

---

① 《全集》作"高公大惊说"。

见了江城,便把旧情叙,又哭哭啼啼,教人怎么不心软!适才樊子正来,必然说破机关,爹娘呼唤,必然要受气了!

【劈破玉】在书房忽听的爹娘呼唤,叫一声不由人胆战心寒,思一思想一想浑身是汗。若是常像那一夜,情愿合他再团圆。不知是怎么样的吩咐,未曾去,先红红这不害羞的脸。

　　进来门,高公说不肖的畜生!你还得受罪呵!没人禁止你,你怎么背着我上您丈人家去?公子说爹娘在上,听儿告禀。那一日大醉了爹娘挂念,适遇着樊子正苦死歪缠。不得已到他家已经半醉,忘了在那里睡,五更酒醒悔难言。天未明早早的来见爷娘,待说实情又不敢。

　　高公说畜生!你自作自受,可也怨不的爷娘!门上来报樊大爷合大嫂来了。夫人即去,高公起来说畜生起来!子正领着江城进来说快来给您公公谢谢罢!果然江城朝上磕头今日里望亲家千千万万,小妮子不成人罪大弥天,多亏好公婆佛面相看。若是下回还不改,任凭打死在这边。那时节狼拖狗拉,俺两口泪也不来滴一眼。

　　子正说快往后宅给您婆婆磕头。江城下,子正说小弟告别。高公说还有借重亲家处。

　　小畜生他自己没有汉仗,把不是都掀在别人身上,我以后断不能替他认账。趁着亲家还没走,分开他两口在别厢。借重你做个明辅,从今后各支锅把饭嗓。

　　我不能替他认过,好合歹着他自受。分给他几石粮,一个使女,着他两口度日。长合短,小弟也不敢与闻。叫春香,你合老王您俩就跟去服侍。答应是。又叫长命,你听着。从今后不怕你不通人性,别开门另支锅各度日生,或是好或是歹你听天由命。若是相好我欢喜,若有差迟我并不听。你那里就死在眼前,却也是自作自受休来禀。

　　子正说实不能留,明日定来取扰。高公说休要担心。子正说岂敢岂敢！请了。

诗曰：花谢重开月正圆，但求儿女各相安。
　　　　闺房再有参差起，他日相逢见面难。

第十三回　挞　公

高公、高母上云自己生儿女，方识父母恩。但有一口气，无日不忧心！

自从媳妇重来，三月有余，并不见旧病发作，夫妇合睦，可喜可喜！

【耍孩儿】夫和妻三月有零，两口和睦不相争，这番真成家门幸。庆儿郎聪明，媳妇美和顺，不闻吵骂声，还有什么忧心病？多亏了祖宗积善，临老来闲气不生。

夫人说这也还未定何如。向来孩儿甚是欢喜，这两日看他有个愁容；从夜来见他袄领解开，那脖子上有两道缕楚，我也没敢问他。想是不大好了！

【银纽丝】愁咱那孩儿泪汪也么汪。向来欢喜不寻常，细端想，今日这容颜改了腔。饭也不多吃，行动闷央央，看他像有个愁模样。你我只有这儿郎，软弱禁不的怎么降！我的天呀！咳！惆怅人，真叫人惆怅！

丑扮王婆上云可笑可笑真可笑！买了个草驴不识道；一朝骑着看闺女，扑搭跌的腰儿吊。早知道这样不成才，怎么肯使钱合钞？休说使了二百钱，就是干送也不要。哈哈！俺家小哥哥，真正是近视老婆拾蒜瓣，自家捣了眼了。其初在那巷里撞见江城，就如十月里柿子不揽，就烘上来了。那江城又扭作了两眼儿，渔妈妈的皮狐子,变了个江米人,就是个引汉子的老妖精,弄的俺小哥哥一相思几乎害杀!后来娶了那江城来,到成了祸根,为不着一点事儿,就喳的声,又是长,又是短,想是嫩嫩的手打着脸上也不大疼么?我只听的瓜的一声,可也老大响哩!俺家小哥哥是那卖饭的折了本,也就挣不的了。老头子才替他一刀两断,割了那块癣,待了一年多,好不清净净的。谁想小哥哥自在不惯,替板的长了一脓疮,没人打着就痒痒,好没声的溜到他丈人家里;着那樊老儿定了个美人计,着那江城扎挂的合那妖精一般出来见他,那有不动心的?又搭上江城眼里又吊下瓜子来,妖滴滴的声儿问官人好么,只这一声儿,小哥哥那魂灵儿就像腌坏了的螃蟹,久不吃,连脐子都沙了。着俺爷爷知道,就气了个闷饱。又把江城收回,待了两个月,两口子说说笑笑,甚是欢喜!谁想渐渐的那旧病发了,这两日萝卜窖子被了盗——掘开了。昨日又攥了一顿把,亏了在那背脚处;若是差一点,可不是就脸上开了山果铺了么?小哥哥还嘱咐说,王妈妈你可休合人说。作笑介嗤!我没人处不说。绵匠不见了线包子,我看着也背不的。不要慌,耍把戏的开了箱,只怕还弄出故事来哩我。正愁着老头子问我,我没啥答应哩。连日不曾问安,趁闲去那边蹭蹭。

【呀呀油】小哥哥,小哥哥,根根毛儿都竖着。只当是美人图,原来是夜叉坐!小哥哥,小哥哥,自寻蚰蜒钻耳朵。既不听老人言,还怨的那一个?

小哥哥,小哥哥,进的门来战哆嗦。分明是追魂台,怎么是夫妻乐?

小哥哥,小哥哥,自家找的不快活。原是他命里该,也是他当初错。

  王妈妈进来,夫人说老王这两日不曾过来。老王说终日做饭,总不得个空。这二日没见爷爷合奶奶,着春香烧着火,我才来了。夫人说您哥哥合嫂嫂和睦么?老王低头说和……和睦呀。夫人说和睦就是合睦,怎么揭揭不成溜了?想是不好么?

在上听,在上听,起初说笑甚有情。这两日不大好,像犯了从前的病。咯气撩生,咯气撩生,俺家终日闹烘烘。或者是偶然间,将来未必定。

现如今家里正骂哩。谁家盆碗不相敲,或者将来还好。夫人听说就哭了

【银纽丝】死活娶了个泼奴也么才,闺房终日闹该该,我方才冤仇割断两分开。人给你推出去,你自家拉进来,到如今去将何人怪?我儿瘦的似麻秸,千般的折摄日日也么捱。我的天呀,咳!无奈人,真着人无奈!

老王说奶奶不要哀伤,往后也未必常常如此,待二日再看。正说着,只见公子歪戴着方巾,喘吁吁的跑来,藏着在仲鸿身后,高公忙问怎么来?怎么来?但见江城随后怒冲冲的,执着一棍子赶来房中。夫人忙问怎么说?怎么说?江城并不答言,便来仲鸿身后,抓住公子痛打一顿,把公公错打了一下。仲鸿说打死我也!叫唤起来,江城才去了。公子搽眼,高公合夫人都哭着说苍天呀!

叫一声苍天好伤也么悲,夫妻相对泪双垂。把心捶,我生作了什么亏?不曾杀了人,不曾害了谁,怎叫老来苦受罪?向来不听的闹成堆,我儿都吃了昧心亏。我的天呀,咳!碎人心,倒把人心碎!

高公说我没说不好么?仔是要呢!分开你原是图个清静,怎么又跑来连累我受罪呢?

骂一声潮儿照脸也么啐,明知道后日要吃亏,死乌龟,待开院门引入贼。打是极该打,捶是极该捶,可怎么带着人受罪?分开图免是合非,还捱一棍才解了围?我的天呀,咳!连累人,着的人连累!

叫人来!答应有。你去请您樊大爷来的。答应是。子正上女儿江城叫人忧心之极!回了三个多月,并不见有个差,想是化恶为善了。可喜可喜!呀!那是高宅家人,来做什么?家人进前,子正便问高爷好么?答应好。你来有什么事?俺爷爷叫小的来请樊大爷。子正说什么事?答应不知。说请樊大爷速去。子正上马便行

【呀呀油】奔了来,奔了来,教人心里乱疑猜。只怕小江城,在那里踢弄坏。奔了来,奔了来,扬鞭打马过南街。马蹄儿快如飞,霎时来到门儿外。

子正下的马,来到了宅里,高公起来说亲家坐下,我请亲家来,求奉劝令爱。子正跺脚说呀!他又作下什么恶事?高公说你听我道来。

【房四娘】老夫妇适刚才,正喜他夫妇得初谐,方且一言未落地,从空中吊下祸事来。哩喇嘟落。

子正点头嗯嗯,怎么来?
你女婿不成才,慌忙跑进面前来。我合贱荆才放门,令爱凶凶跑进来,哩喇嘟落。

子正说怎么样呢?
怒冲冲走进来,抓住小儿大棍揣。老夫不曾躲得过,一棍捅来脖子歪。哩喇嘟落。

子正说哎!反了,反了!
今日里亲家来,良言好劝女裙钗。天幸若还能改过,依就还傍到妆台。哩喇嘟落。

子正长吁了一口气,说总是小弟伤了天理,积下这个东西来。我就去宅里劝他。

【耍孩儿】请姐夫你休怕,他犯着你手着实排。打杀也么不说一句话,今日看来真畜类,知道那羞耻是什么。这样东西要他煞,就该碎尸万段,还看那狼卸尾巴。

江城上,说贼囚根子忽然要拌嘴,见我拿起棍来,他便跑去他达达那边做他的护身佛儿。孰不知,我怕公公么?早被我打气了一顿,出了这口恶气。但只见错打了公公三下,也罢了!罢了!谁着他生这样儿来?子正到。江城说爹爹来做什么来?子正说我看你气死我也!

便开言叫江城,做的事太不通,连累老子没德行。看你不秃又不瞎,好像一个鬼灵精,怎么全不通人性。传出去人人耻笑,真叫我难见亲朋!

江城说爹爹,做了贼了么?养了汉了么?该你啥事?
骂江城好畜生,说的那话不中听,看你气杀我樊子正!你说你改何曾改,从新又添上打公公,泼法更比前番胜。你着那天雷打死,只怕我打碎天灵。

江城说我作的我受,或者不打你,管什么闲事呢?
怒狠狠骂一声,苦口良言全不听,说的越发逞灵圣。我又不曾伤天理,怎么把你禽兽生?终来为你送了命!你若不遭横死,抠了我一双眼睛。

自己打脸说哎哟!气死我也!忽的声跌倒在地,不省人事,江城转身说你死就死的。下。公子合老王扶起,捶了捶,叫春香,快拿水来。抠开口灌了两口,吐出了一口痰来,哗哼说气死我也!高公忙上说子正,这样怎么处?春香说还魂过来了。高公说好,好!快着人使小床抬去。下人答应。将子正扶上床去。高公进前说亲家不必这等。既劝不醒,我叫他夫妻各居,也省的你我生气了。

劝亲家自将养,不必合他论短长,从此你把心来放。纵然儿女前生足,有你二老还不妨,一口气来怎么样?这倒是区区小事,几乎有生死存亡。

高公说你家去罢。子正点头。从人把子正抬着走,高公说叫人先上家报知。答应是。从行介

【棹歌】老头子年纪已高,儿女生把气淘。几乎送了老性命,翻转只为娇娇。气来心似火烧,顷刻命赴阴曹。幸得还魂归去,淘杀人了娇娇。

徐氏上说好了么?好了么?怎么着来?众人抬子正哎哎!言不的,我合你远走高飞便了。哗哼!扶走下

　　诗曰:孩儿可恨太不通,此去几乎一命终。
　　　　惟有远逃为上策,合家只上大江东。

第十四回　招　妓

公子上　不敢西来不敢东,低头受气几时终?
　　　　冤魂初下阎罗殿,觉得青天分外空。
　　自从丈人去后,爹娘叫我独居,今已一月有余,倒觉松缓的紧。但有一件不好,对人难言。白日还好过,黑夜真难捱!
【鸳鸯锦】一更新月才照上窗棂,又下窗棂,孤单的人儿那愁苗渐生。进门来冷冷清清,没人做声,坐了起来只是闷。端过银灯,点起银灯,手儿懒抬,眼也是懒睁。孤雁声促织鸣只在身边叫,好不难听。也么咳,也么咳,咳也么哟,只在耳边叫,好不难听!
二更里月儿又歪,倦眼难开上床来。无精打采,手伸去却拳来,没处安排。覆去翻来人一个,摸不着绣鞋,荡不着金钗,枕头滚遍仰不着香腮。鼓儿鸣锣儿筛,睡不着好不难捱。也么咳,咳也么咳,睡又不能睡,死活的好难捱!
三更里鼓连声,想起他那模样,只到天庭。笑盈盈,俊生生,赛过那莺莺。想是俺今生没造化,迸了交情,不是不爱,冤也难明。眼朦胧梦初成,梦见冤家前来,喜了我一个棱挣。也么咳,也么咳,咳也么哟,才到床上梦又醒,恼了一个棱挣。
四更睡醒想冤家,心痒难抓,心痒难抓。想他那腰儿一捏,脚儿半揸。俊是他,美是他,俏的是他,怎么转眼没情,又像是仇家,又像是仇家?怎么样着才是好,好难打发。虽是他性儿差,想起他那模样儿,也么咳,也么咳,咳也么哟,浑身肉麻,想起那手脚,浑身肉麻!
五更敲罢不曾眠,没个缝儿钻,现放着美人只在半天。我他两处,两下孤单。若还跳墙见他,未必不喜欢,未必不喜欢。怕的是恼了那性儿,果子甜吃酸。思一番,想一番,也么咳,也么咳,咳也么哟,你回了心罢么,我就许下朝泰山。
　　夜间想来,呆呆的孤眠,好不闷哉! 这书房隔着内宅甚远,俺俏俏的寻个人儿,晚来早去,有谁知觉?叫小厮,你上东街去叫老婆子来。书童答应是。

好好的鸳鸯分两边,这苦难言,这恨难言,就是他心里也未必自然。风片片,雨连连,一夜似一年。俺使黄金买个笑,打打这馋涎,解解这愁烦。到晚间床儿上,有个金莲,腰儿软,口儿甜,也么咳,也么咳,咳也么哟,就不如我那冤家,强似这孤单。

　　李婆上说自家妓婆便是。没有南北陇,也无东西行,只凭着唇舌度日。俺也不肯伤天害理,只是撮合人家的好事。他有爱汉子的,或是想老婆的呀,俺老身一到,就是天上织女,俺也念诵他思凡。是怎么这半年来,好像到了女人国里,卖春药的全不发市。书童说呀!俺大叔着我来请你。李婆笑说哈哈!他叫我做什么?书童说不知道,但听叫你去呢。

【刮地风】不上机来不拿针,只将唇舌骗黄金。全凭孙衍张仪口,说的嫦娥动了心,人那哎哟动了心。

　　李婆说不知叫我做啥?

　　他那娘子好发威,终朝常似躲强贼。今日忽然来找我,不能替他捱棒捶,人那哎哟捱棒捶!

　　　没哩是传我去劝他那娘子么?

从来口念说风流,那过板活儿不曾诌。我就不敢支这个架,能说的江城回了头,人那哎哟回了头。

　　书童说你怎么两只小脚儿,啄打啄打的闷杀人!过来,我驾着你去罢。抬着飞跑,李婆叫说到了门首,看绊倒了。一言未尽,扑的声倒了,哎哟着说跌杀我!这贼囚根子!墩破这不便处了!书童扶起来,见了公子说大哥,叫我有何吩咐?公子笑着说你给我找个人儿。李婆说大哥说笑话哩。公子说这是实言。李婆咬着指头,扎着长声说噫!夏里的皮袄不收拾。公子说怎么说?李婆说只怕掉了毛,俺大嫂利害,不是顽,不是顽!公子说你悄悄的。李婆说不好不好!酒坛里淌出糟来。公子说又是怎么说?李婆说鼓了袋子就坏了!

前日打的没处逃,你还要想第二遭!只怕一朝发觉了,打你那俊脸,捋了我的毛!人那哎哟我的毛。

老鼠窝里种南瓜——守着个吃人的东西,还作大叶。公子说这里隔内宅远,夜里来,夜里去,什么相干!这是五钱银子,先给你酬劳。李婆说没哩我就拿着罢呀,我就破上这老性命试试。

我这是心里贪,舍上性命去挣钱。只要大家密密做,那主知道不是玩!人那哎哟不是玩。

你待要谁呢?不就着吴丽华来罢。公子说不好。我见他来,唱的也罢了,就是不大白生,半揽子脚。你还是找那半掩门子。李婆说你几时要呢?公子说今晚。李婆说这就难了。天已黑了,是什么东西,一把就抓过来?今晚且着丽华来,你且解解闷,我从容再给你寻个好的。公子说就是这等。你可瞧着街上没了人送他来。李婆说是。公子下。李婆说妙,妙!俺又得了财了。待俺到丽华家,看看他有客没有呢。

正喜欢正喜欢,平白里挣他银五钱。他既痒痒图快乐,俺且喜他那大黄边,人那哎哟大黄边。

呀,天已起了更了。远远看见丽华家门里出来了一个人儿,不知是谁。丽华上,李婆来到近前说哎哟!原来是丽华姐姐。你待那里去?丽华说前日王少爷约我今晚去陪客。李婆说好呀,培了的芋头不踏,差这一脚就摸了。我正是来找你,有个主儿想你哩。丽华说谁?李婆说高少爷。丽华说喊喊,我会他来,极好的个人儿。可只是陪他,我就失了信了。李婆说虽然爱钱也爱俊。咱流水去罢,我还待家里待我那老相厚的哩。

又是美来又是香,双双一对好鸳鸯。快活时节念了我,喳哼一声李大娘,人那哎哟李大娘。

丽华说你疯了么?

李大娘来李大娘,奴家丑陋亏了你来帮。等我相处人多了,让你一个老夹钢,人那哎哟老夹钢。

公子上说书童,你外边看看,丽华待中来了。相见说来了么?李婆说来了。公子说妙,妙!恐怕他不在家。李婆说差着一步,几乎就颠了!丽华说给大爷磕头。公子说免了罢。从那一日听了一回曲,到如今还想你。只是这偷生子儿可领不的你的教了。李婆说你俩都得如意,待我去罢。

诗曰:深深庭院夜黄昏,高点银灯深闭门。

不敢公然听度曲,暗并枕上叙寒温。

第十五回　装　妓

江城上云　嫁作南城荡子妻,深闺风雨冷凄凄。

人生岂好生闲气?只为男儿不服低。

自从夫妻合气之后,公婆把他儿郎唤去,着俺夫妇分院而居,这也罢了。近听的他夜夜合老婆同睡,这样光棍到容易打了。不知虚实,待俺再询。

【耍孩儿】打了仗开了交,省在一处把气呵,怎么做局把我罩?俺在这里常守寡,你在那里度春宵,这个公道不公道?俺这里访真情由,给他个点点瞧。

如今寻思起来,这个事也是有的。昨日到了门外,撞见老李婆子那模样儿,毛稍稍的,像有些虚乍的光景,又有惊恐之色,必然他是引诱,且从容瞧他。

李婆子真是贼,抓搭身子好像飞,具该问他个凌迟罪。好人说的他上了道,节妇也说的他解了裙,不走草叫他蜇了对。若是他往来引诱,我着他鬃毛乱飞。

李婆上云　不害惊怕与勤劳,难得人钱到我腰。

但弄机关许要妙,才能保守鬓边毛。

前日大相公去玉笋山上烧香,见那陶家媳妇小娇娇,爱他一双俏脚儿,只是央我合他说。不知费了多少唇舌,多少脚步,才说的招了道儿。虽然大相公我也使他两吊钱,可也是担的利害不小。昨日从书房出来,顶头撞着江城,出豆腐的点不成脑,几乎就坏了作。还亏他不曾细问,若是细问起来,可是卖豆腐的破了布袋子,怎么说,你就过不的了! 大相公嘱咐密着些,可是捂着耳朵放爆仗,使了钱卖了些出作。待俺去报他的喜。来此已是他的门首,且瞧瞧,这二日眼跳,造化低不要再撞着他。伸伸头,搔搔脑,往里一溜,公子说你来了么? 那事何如? 李婆说恭喜恭喜!

【西调】我为你心牵挂,我为你磨碎了牙。昨日冒雨,到了他家,旁里没人①,俺俩睡在一榻。听了窗外雨儿越发大,我就从此去趁量于他。问他男子,恋酒贪花,年年海角,日日天涯,孤单独守,家又贫乏,纺织二事,自己挣扎,说到这里,泪下如麻。我说休恼,这也有法,独守空房,也是呆瓜,你也找块肥肉,何苦喜这清茶? 他就恼了脸儿,把我嘴打。你这婆子,说的什么! 呀! 我就大笑,嘻嘻哈哈,一当是玩,二当是耍。嫂子休怪,这是实话,你看那风儿细细,雨儿刷刷,四壁寒蛩,吱吱呀呀,何处砧声,敲敲搭搭,不把人闷杀! 若有个人儿,忽忽搭搭,他又爱俺,俺又爱他,夜去明来,谁知谁觉? 我那少年,也曾做过,不是这口说瞎话。他半晌无言,往我那头乱爬。我说公子风流俊雅,脸儿雪白,把人爱杀,若是一见,浑身肉麻,况他门户,又是大家,几两银子,值的什么? 若是合他相处,你就不纺棉花。着我说的滚热,他就心痒难抓。我就问他几时去,他就答应今黑夜。玉笋山上的花鞋来到手,可待怎么着谢我老人家? 难道说这就干休罢?

---

① 《全集》在此后有"俺俩闲吧,吧了半日,不敢勾他,勾搭不上,怕他发渣。天色将晚我归家,他又留我,我就住下"。

公子说亏承亏承！等他来了，我谢你二两银子罢了。李婆说我去罢，这个去处久留不的。公子说你可小心着些。李婆说我知道。伸出头来又搐回去，自言心疑，且等等。江城上说等了二日，怎么李婆并不曾来呢？是了，我在这里，见我就溜了。我掩杀这门儿，把这门缝里瞧着他罢。李婆子看了看没人，又是一溜，江城开门便叫李婆子，倒回来！你来做啥来呢？李婆哆哆说我，我没，没做啥。江城说这老奴才不知捣的什么鬼儿！怎么不说！实实招来，免的扯毛！李婆说我实说就是了。

既见了娘子面，不敢不一一实言。大公子只光叫我去胡干，看上了陶家小娇儿，降着我给他把情传。许了他二两银子，约会在今夜晚。我也穷极了，图了他俩钱。饶了我罢，到家我就烧香念。

　　江城说你既说了实话，其情可恕。李婆就待想走，江城说你休去了，我还用你哩。

到如今人人说我好吵，人人说我好打，人人说我好骂。我对你诉诉我自家，比比那人家，也说说那冤家。你看他作的那精儿，弄的那鬼儿，做的那事儿，人人眼里看不下。终日把人家活活的恼杀，活活的淘杀，活活的气杀！一家人好说是我打啥子，说是我骂啥子，也不问问争着什么，因着什么。看他作的那鬼儿，怎么不该骂他，怎么不该掘他！怎么不该抠他！你看看真么吵着，真么闹着，真么打着还不怕！

　　李婆子说天黑了，我去罢。江城说借重你头里去到他屋里，你说小娇娇来了。他害器，着我吹杀灯哩，你先把灯吹灭。你可去罢。果然李婆头里，江城在后头，到了书房，李婆进去。公子说他来了么？李婆说他害器，着我吹杀灯哩。一口将灯吹灭，回头走了。江城随后进去，公子摸着说我那娇娇，想杀我也！且坐坐，等我摸索摸索。

玉笋山前把你把轿儿下，那一时见了几乎爱杀！你那金莲不勾半揸大。那一日你穿的松黄绉纱，桃红鞋儿圈着一朵金花。呀！你这腰儿还是勾一揸掐，这脚儿比前越发小。休害羞，你发出娇声说句话。

想了你半年才捞着,若不见面,岂不辜负一番情肠?我点起灯来。果然点起灯来,一照諕了一跌,把灯吊在地下。江城说这可见了你那如意的人儿了,怎么不看?公子跪下说我再不敢了!江城说你不敢不敢,怎么来了呢?

【虾蟆曲】哄我自家日日受孤单,你可给人家夜夜做心肝。强人呀,仔说我不好,只说我不贤。不看你那般,只看这般,没人打骂,你就上天!强人呀,你那床上吱吱呀呀,好不喜欢!

只说你合我两下不成双,谁知你这里夜夜有亲娘。强人呀,做的什么事,弄的什么腔,你该裂个净光,你该剌个净光,打了不算还送监仓!强人呀,你在房儿里娇娇呀呀,倒不凄凉?

过来,跟我去,不许你在没人处胡做!

我只是要你合我在那里过罢,我可又不曾叫你下油锅。强人呀,俺慢去受罪,你慢去快活,今日弄出这个,明日弄出那个,这样可恨,气杀阎罗!强人呀,俺也叫人家哥哥呀哥哥,你心下如何?

诗曰:几座楼台几间房,那边房子最凄凉。
　　　与人共上床头卧,也把凄凉教你尝。

第十六回　夸　　妒

樊满城上云　南山顶上一湾水,一个被窝四条腿;再添上两条他不依,从来只许每人每。为什么咯气又称胜?只因着汉子好弄鬼。汉子原就不该怜,当把锡壶把他毁。一点事儿不合心,脱下半片花鞋打他那嘴!我非别人,就是江城的姐姐樊满城是也。看着模样不大精致,俺这心里还俏其人。自从嫁了葛家那王八头,任匀家里有几个汉子①,他也不敢咋着俺。他若是牙缝崩不字,即便使锥子乱锥,岂有不怕之理②!那江城枉担着降汉子的虚名,我还嫌他不会降哩。要着他怕有个法子,才是会降。都像那汉子有个不是,拿着那长声哎哟,气杀我!捞着那不中用处也是一棒槌;捞着那中用处,也是棒槌。捞着那不见人的去处,也嘶他一口;捞着那见人的去处,也嘶一口。酒店里开了市,即时就挑出望布来了。这就是降么?人说江城降汉子,江城也自家说,我能降汗子。嗤!哕杀我罢了!昨日听的二姐夫作下了一点精儿,着江城家里生气,我去看看的。下,江城上说两好并一好,相处才到老;世间惟男儿,最不宜量好。你看贼强人,才没人管着,任勾什么事儿都作估出来了。昨日我拧着耳朵拿了来,着他在我这床前打了个铺,慢慢的合他好说,不好骂着也便。

【劈破玉】拧着耳朵只拍在牙床一下,就着他打了个铺近着奴家。想起他那可恨处醒来就骂。近来一发不成个腔,把人活气杀!气也不喘,像个呆瓜。我才待换鞋,他已倒下;合他说句话,他偏就打呵;给他点笑脸,他也不觉。在人跟前,嘻嘻哈哈;到俺跟前,恢头搭喇。跪在床前,战战呵呵,似上杀场,就着刀剐。看这样儿,还能怎么?就是相好,也是一霎,全然一点不中用,真正是个侃忘八!到而今想起他那身上,没有一点不该打。

樊满城上云进来高宅门儿,这南边一院是江城在此,待俺进去。江城看见说姐姐呀,来了,极好极好!我这两月正自纳闷。满城说我听的说你家里生气,故来看看。江城说可是气杀人!请坐,我从头对你诉诉。

大姐姐你听我诉上一诉,俺那个光弄鬼不成个丈夫。说起来也不是妹妹吃醋,他搬了吴丽华院里,又说着看陶家那媳妇。若是那有

---

① "任",《全集》作"枉"。
② 《全集》作:"小孩子卖长生果,吃不了还叫他兜着走哩!"

气性的人儿,姐姐呀,就着他气的长气鼓。

满城说他二姨夫都这么作法么?还是你那管法不济?你说你是怎么降?江城说也没有定法。
终日家对脸儿,寻常是骂。我合他可没有一定的办法,恼了脸也顾不的什么啥,若是迭不的攥拳,劈脸就是耳巴。或者是脸上抓,身上掐,腿上扭,腔上砸,捧槌槌,巴棍打。打开了那管是什么,浑身上下批丢捕搭。那一日拿起一根劈柴,把我这右手上指头伤了俩。

满城笑着说你不会打呀!江城说你是怎么降?满城笑说我那降法,你可学不的了。
我起初到葛家,约有半年,那忘八意思里就施展。我这里采住毛,就剜他那眼弹。寻思这行子忒也诈,不宜量合他慢慢的缠。劈脸带腮,就是一拳,一交倒在地下仰面朝天。没有那好啥使,就使半头砖,爬爬就待跑,着实一砖打倒。揣了一百多下,睡了半年。像那高大官人忒也嫩,不禁揎,若是手里没分寸,忽然一下就命染黄泉,这才犯了凌迟之罪儿。

江城说您那个货儿,你那么打他,可怎么我听的说他还合你极好呢?满城说俺不说,妙术不传六耳。江城说姐姐,对俺说了罢。满城说罢么!也没有别人,可只是说了,你也未别能学。

第十七回　分　　情①

却说江城对姐姐说如能传法与我,情愿授教。看其法儿如何?满

---

① 《全集》作"中伤"。

城说若着我降汉子,岂有不成之理?

【方四娘】叫妹妹你听言,我的方法将你传。方法虽灵在人做,唎溜唎落,人人心肠不一般,不一般。

满城说听我说那降汗子的法儿。

早早起来跪床前,奴家翻身斜眼观。大喊一声泼口骂,唎溜唎落,怎么不把尿盆端?

江城说原来这样的家法,还是怎么着来呢哩!

扣上怀扎上腰,拿过那裹脚包包这脚。一双鞋儿忙拿过,唎溜唎落,叫声娘子快穿着,快穿着。

江城说姐姐还有什么事儿呢?

用饭时立桌前,盘碗吃物放上一边。一样不全泼口骂,唎溜唎落,举手照头用力搊,用力搊。

姐姐如此,这不太俗了么?到晚怎么来呢?

日头落黑了天,着他伸被又铺毡。奴家安眠他下跪,唎溜唎落,一跪跪到三更天。

江城说一日无闲,如何捱的?满城说若比俺那忘八头如此,每日还得打好几回哩!

【银纽丝】叫声妹妹你听也么知,这样事儿你做不起。好歹的枉做泼妇,降汉子名儿传出去。虚虚是实实,在人前难以把话提,诈的汉子没了治。叫他上东偏上西,我的天,处治难,着你难处治。

满城说天已晚了,我去罢。江城说话有未了,岂可走乎?满城说若能如是,此法可得矣。江城说姐姐用了饭去罢。满城说我不饿。告辞而去。自此两家常有往来。就是那高大公子上葛家去,他媳妇也不嗔。惟有媳妇带怒时,就怕起来了。

细细的思量苦哀也么哉,终朝每日死活的捱。似坐监一时难招棒槌来。走又走不了,颠又没处颠,挪步儿就说胡歪揣,柳眉带些杀气来。我的天,愁坏心,真把心愁坏。

葛天民笑上云峡山有个呆瓜,呆瓜家有个夜叉,夜叉若是开了赌打，我还打他俩仨。争奈见了他，浑身肉麻。自家葛天民，是那樊满城的汉子，绰号槌被石。我问人怎么是槌被石？哦，说是老婆棒槌常常挂打的。哈哈！这个号儿响的紧，如今人人都知道我是槌被石，把葛天民这个名儿竟呜呼了。这怕老婆的合县里无其大数，就选着我做了行头。那官娘子着出来要棒槌，着我赔钱。如今好了，这行头有个替的意思，俺那小姨子嫁了高家那小长命，他还比我赛哩。往后再有差使，我就顶上他。他人家大，就要金子银子的，他还答应的起。听说他昨日痒痒了，吃了横亏，我待去瞧他瞧。嗯！那江城利害的紧，罢，罢，看招了害来了。公子上呀！我那贴户儿来了。请坐，请坐，有什么贵干？公子说敬来奉望。

【耍孩儿】连日来热难当，不敢出门汗似浆，今日清凉把你望。约有一月不相见，尊范肥泽更异常，腰带粗大容颜胖。槌被石揎磨光滑，你看他浑身皆光。

葛天民说我正寻思把这行头替给你罢，你还有赔垫的。公子说不必这般，将我重重的帮你便是了。天民说真么？行头儿还有人来使顶力，不给你，不给你！这合县里怕老婆的，仔说一个人帮我一个钱，只怕比那十分钱粮还多，我不就富了么？公子说还有个喜信对你说：官府昨日说，宅里白黑的事体烦多，着你打那粉头家的课税钱。你当着两个头，钱不便宜么？天民说我的才短，宁自我还当着我的，让你这个缺罢。

小长命说话差，把个肥缺却让咱，姐夫方才答应下。一来是你模样好，二来尊宅是大家，立下个根基好迎纳。强似那宗师下道，把四等大抹大叉。

公子说你这就怕学道哩？天民说怎么说？

槌被石不要愁，不因挂号一笔勾，学道要给你点儿受。卖了秀才还嫌少，要把行头课税抽，你可提防着割你的肉！自然有贪脏学道，搜寻这忘八流头。

天民说到如今空磨舌头,咱还吃杯酒。拿酒来。酒到,满城悄悄的来窗外听他。天民说他三姨我仔见了他一次,一眼看见,几乎把我晕杀!昨夜梦见他,可是晕的我更了不的了。
那江城眉儿弯,点点一双小金莲,笑一笑就把人魂引断。昨宵梦里梦见他,还叫一声俏心肝,我只待央你把媳妇换。你若是许了交易,我添上两吊皮钱。
　　咱换了罢。公子说嗤!干给也不要就是了。
两道眉三指宽,反反眼儿似灯盖,一口牙好像蒜八瓣。还该削削额髅盖,还该斫斫那小金莲,着丈人把他又变一变。你给我我就跪了,还给你两吊高钱。
　　天民说混账物诮啥哩?谁说的你不俊来?不俊着就怕的那!公子说这到未必,我怕俊;一般也有丑的还怕的,这不奇么?
似仙女下瑶台,着他打下还是该,原是心里把他爱。就有模样丑似鬼,一揸长的大花鞋,汉子比我怕的赛。却不知他是为啥,这才是奇哉怪哉!
　　满城听到这里,战哈哈的说好贼欺心的忘八!我到怜惜他,他可这么诮撒人,说的俺就不像个人了!气杀我了!急仔江城每日待打他,我就替他效效劳罢。拿起棒槌,喊了一声,招头就打。公子跑出来,那槌把公子一棒槌打倒,打了四五十下子,从里头出来了个老婆子,才抱着说勾了他姨夫的了,饶了他罢!
骂一声小囚根,浅嘴薄舌诮撒人!天下就是你狗脸俊!进门流水款待你,倒被你褒贬到如今,恨煞人可该打一顿。若不是旁人解劝,定把他削皮抽筋!
　　满城说便宜他,便宜他!那老婆子给他勒上头,歪呀歪呀的出来门说哎哟!好打!好打!打的腰也折,腿也不能走,王子平家不远,暂宿一夜再处。
　　诗曰:行步艰难带血痕,腰中酸麻腿弯疼。
　　　　如今才识江城好,巴掌留心棍有情。

第十八回　殴　　姊

公子上云呀！五更三点了,身上略略的轻些了。咳！俺吃的这场横亏,那里说起！活该合樊家前世有仇,妹妹打了,姐姐又捶。一夜不能翻身,临明略觉轻些。趁王子平不曾起来,待俺开门而去,看天明了街上人看见,不成个胎状。

【哭黄天】哩溜子喇,喇溜子哩,好没声的访亲戚。访亲戚,造化低,坐下吃了他三杯酒,到着俺替了槌被石。我的哥哥哟！咳咳！我的黄天哥哥哟！

没处走,没处行,一条路儿让分明。谁知有个夜叉坐,险些儿一命送残生。我的哥哥哟,咳咳！我的黄天哥哥哟！

锅着腰,勒着头,只有丝丝气儿抽。还怕江城问一句,无言答对更堪羞。我的哥哥哟！咳咳！我的黄天哥哥哟！

一行走着一行打算,设或进门,江城问我一声,无言答对。待要唠他,亲戚门上没有撒不了的气;待说实话,他合满城最好,我得罪他姐姐,未必不恼了脸还要塞揸。这可怎么处？罢,不如实说了,其罪可轻。来到自己的家门,呀！刚才开了门,待俺进去。这个模样,若是爹娘看见,必要吓杀。俺先去回了江城的话,洗洗脸再作定处。

【房四娘】头难抬腰难伸,模样不好见双亲。就是爹娘到今日,不知我访葛天民。见江城说原因,一一从头细说陈。我又不曾得罪他,凭我那娘子咋处分。进房门四下里撒,揭开竹帘看见他。他若见俺这个样,未必不重新再损揸。

江城上,卧介呀！娘子还没曾起来么？江城翻身说春香,你去那边问问您大叔,夜来那去了？公子说小生在此。江城说你往那里死去来？带了这么个样儿来！公子抹眼介

告娘子得知闻：夜来饭后闷昏昏,寻思一回没处去,街头去访葛天民。江城说怎么着来呢？饭未上酒才斟,俺俩巡了两三巡,被他二姨

跳将出,一顿几乎打断筋!

江城说你不知又作下什么精儿了,难道说好好的就打你么?
槌被石不害羞,着我替他那行头,诮我没点汉子气,打着不敢把气抽。江城说你说什么来呢?
我说道你休嗔,我怕原是望着亲,人家老婆丑似鬼,汉子怕的不像人。江城说他又怎么着来?
他二姨喝的声,拿着棒槌似流星,浑身打了个无其数,腰折头破骨零零。

江城一骨碌爬起来,穿上衣裳,扎了腰说真果?公子说怎敢撒谎。江城说真可气死我也!谁家的汉子着他打!春香,拿棒槌来,我去合他讲讲,着实欺人!公子说着人备上马。江城说怎么等的!公子说春香不能济事,着老王跟了去罢。满城上,笑道高家那忘八可恨,也吃了我一顿好打!江城知道了,必来感激找我。江城奔上
疾如马快如风,怒时金莲不觉疼,来到葛家门儿上,几步跑到正堂中。

满城说呀!妹妹来的好早!江城并不答话,上去一棒槌打倒。满城说这是怎么说?江城只是打,打着才数量。
蹊跷事谁得闻,不论疏来不论亲,谁家汉子劳你打,这不说来笑杀人!骂一声泼贱人,我合高蕃也不亲,各人家汉子各人打,怎么隔墙探过了身?又打介也使我得知闻,我不出气你再理论,咋就不问谁是主,拿着当自家抗腿的人?打自家打别人,不管人家嗔不嗔,一个汉子不勾打,拿着棒槌打四邻。这个事真是邪,打了人家汉子一大些,纵然受了老婆气,可生个儿来不叫俺爹?你打他打破头,浑身上下血交流,我也拿你这降人物,试试你这狗骨髓!

捞头就打。老王说大嫂罢呀,淌出血来了!夺下棒槌,推江城下。家人探着满城大哭,扎着倒勾自家说着小三妮子打杀我了!葛天民上云哈哈!好奇!昨日高四于虽然可恨,不过也是玩,被俺那没脸的东西打把了一顿,我可怎么见他?我正待偷着去给他谢罪,江城就来报

仇。妹妹打姐姐,也不是别人,什么好货哩!着他打的罢,我且到高四于那里,速去以便早来。公子勒头上云怎么江城不见回来?不免去叫人打听打听。葛天民上,公子说呀!二姐夫从何而来?天民说我敬来谢罪。公子说没见贱荆么?天民说正在那里报仇哩。

蒙贵脚到寒门,我是主来你是宾,姐夫姐夫休见怪,那个东西不是人。我自然来跪着,兄弟们好的时节多,怎么全不放赊账,就着江城去打俺婆?

公子说你不知我不作主么?江城上说呀!怎么客房里有人说话?老王说原是葛姨夫。江城说他来做啥来?待俺听听。作听介,天民说莫怪莫怪!我合妹夫相戏,殊不知我疼他什么。

要我这肉剥我这皮,不敢回手也是实,借重江城教诲他,还该谢谢他三姨。才相戏休认真,咱从几时羞动人,我可不是口头话,打死疼着我那脚后跟。

江城闯入说好没良心的忘八!自家的老婆着人家打了,还在无人处庆幸,怎么是人!拿那棒槌来!老王说丢去了。江城说气杀我也!正使着拿去了。来查着门,我去取的。跑下,公子战战下,葛天民一头撞倒老王,鞋帽都吊,夺门跑出,站下说好了,出了门了。喘吁吁的说只怕来赶。又跑一时,喘起来,只得站下。

诗曰:吊了尊巾吊了鞋,吁吁喘喘过长街。
　　　又穿小巷两三道,还怕江城赶了来。

第十九回　毒　　友

王子雅同弟王子平家人携酒说俺兄弟二人,合高四于孩童相交,合他最厚。听说他在葛家吃了大亏,不免去望他一望便了。

【耍孩儿】樊满城不是人,棒槌常打葛天民,怎么又权他妹妹的印?看着时势不大好,就该撒腿早起身,因什么还等他打一顿?这件事逢人说起,笑倒了东舍西邻。下

　　周仲美家人抬盒上俺周仲美是高四于的表兄。听说表弟着他二姨打的是甚苦,不免到那里去看看。呀!那是表妹夫张石庵。石庵上,仲美拱手说妹夫必是待看高大弟去么?石庵说正是。仲美说咱就同行。石庵说夜来才知道。

捱了打两三朝,我是夜来才知道。他姐姐夜来睡不着,不知他能起不能起,又不知头儿消不消?天没明起来把我叫,起来没等我吃饭,打发我立刻开交。

　　仲美说这是表妹那兄弟关情处。来到他的门首,请。石庵说叙长幼吧。正让着,子雅、子平二人到,仲美说二位是客,不用再让。并入,公子勒头上呀!众客人云集了。众云抱屈了!公子说少笑。大家作揖,让了坐,仲美说三位且坐,小弟合张贤弟到宅里问安。子雅说怎么到了就赐打呢?公子说说来可笑。

樊满城黑如炭苗,半尺金莲嘴似瓢,估着不知怎么妙。槌被石待合我换老婆,我说他不值个破枣,干给跪着也不要。不提防从里跳出,一棒槌带腚连腰!

　　子平兄弟大笑,说道也瞒怨不的了。仲美、石庵出,石庵说恭喜!子雅说什么喜?石庵说到了宅里,才听的说那弟妇已是报了仇了。

为丈夫打他二姨,浑身打了勾百棒槌,治人的法还去把他治。每日说他不明白,这样快事谁能知?真乃有个豪杰气!你看他单刀直入,一霎时得胜班师。

　　王子雅大笑说快哉快哉!拿大杯来,咱每人满饮一杯。

立时去转时来,兴兵全不用疑猜,贤人做事真爽快。听说四于被打了,深恨汉子不成才,胸中闷气结成块。忽听得这段佳话,伸了腰把这破瓮蹬开。

　　石庵说小长命子,他大妗子这样疼你,就打你几下子也该不怨。

我且问你：听说江城不合你睡觉，近来好了么？公子说混账材料！你问问他不合我睡，你待送你嫂子来合我睡哩么？

张大哥无日生，纵着老婆养满村，石庵吃醋心不忿。他令兄出去随人情，半夜去听他嫂子的门，二捣鬼还撑什么棍？弄张致递上呈子，差巡捕给他拿人。

仲美笑说高兄弟学的油嘴滑舌的，为什么转下棒槌？江城听的吵笑，便说一伙人喧嚷，我听他一听。作听介，石庵说小长命，我问你：昨日这打，比着江城谁轻谁重？仲美说必定自家还有点情。石庵说江城我极爱他，就打着也自在。

眼澄澄眉弯弯，朱唇一笑更娇然，俏步真如花影颤。若是前生没有福，难得他手来身上安，闷痒处得求他打一遍。不防那尖尖花鞋，真挏这嘴上唇边。

公子说这个东西不是人！王大哥、王二哥，咱说咱的，不必听这杂毛物。仲美说我有一件疑惑处，弟妇那么降你，可不知道到了好处，也称呼你什么呢？公子说好混账！周二嫂称呼你什么？仲美说自天子以至于庶人，一是皆以两个字称呼为本，你还不知，必然是没称呼你。石庵说好铺囊货！

周二嫂人物也精，必定叫的你甚中听，周二哥像是也回敬。夫妇从来无定准，打就打来称就称，到了床头使不的性。怎么就三年捱打，挣出亲亲的一声？

江城听了多时说这两个忘八好可恶！什么法儿治他？只顾寻思，周仲美说我醉了，这一霎渴，叫人去宅里要碗凉豆汤来吃。家人便叫周二叔待吃豆汤哩！江城笑说有了！春香，你看那巴豆还有两个藏着，拿来加在这豆汤里给他。江城笑说妙哉！我且放倒一个。下。家人端豆汤上，仲美接来，石庵争饮，公子又叫再盛来！子雅道我也吃口。吃了两口说豆汤不什么好吃，有点什么味。石庵说这一霎肚子不大快活呢，我告一告便。起来出去了。仲美说我像也是如此。急急跑出去了。子雅说奇哉！我肚里也响起来了，不免也去走走。下。石庵回来,坐下不多时说不好,不好!跑出来说不能远行,就在这近处罢。蹲下便泻。仲美回来,忽然又走。子雅又回来,石庵也回来,一行又走。仲美正坐着,又说不好!往外跑着说这肚里像有了物了,蹲下又泻。石庵又跑着说不好,不好!跑出去相对孤堆着哇哼。子雅说我也还不调贴。也去孤堆着一处,少时子雅起来说哎呀!亏了我还轻些。

好奇哉好怪哉!忽然腹内似沉雷,三人同病真奇怪。你去我来无停止,酒饭全然吐出来,必然受了那豆汤的害。可怜那石庵仲美,只泻的眼吊鼻歪。

家人端汤上这是宅里送出绿豆汤来,给王二叔吃。子雅说甚好。接过来吃了说奇哉!果然好了些。石庵、仲美捧着肚子哇哼回来说哎哟!就死也去给俺要盆绿豆汤来,给俺解解。家人答应去了,不多时回来说宅里说熬着哩。春香笑出来说大婶子说,问问周二叔合大姑夫,还敢那不敢?石庵哇哼着说哦哦!吃了他的亏了。你说他再不敢了。他出来,我光着跛胳盖跪着他。春香待走,石庵哇哼着说哎呀!你回来,我问问,那药是别人加的,是您大婶子自己加的?若是他自己加的,死了还不懊悔。春香笑着去了,家人端绿豆汤上。仲美说又怕加上了。石庵哇哼着说经了美人手,我先吃了死了罢!二人吃了说呀!果然止了。子雅说愚兄弟先行了罢。石庵说咱同行。公子说宿了罢。石庵摇头说不是玩,不是玩,拿根拄杖来柱着罢。果然拿了三根来,每人拄一根说请了。

诗曰:子雅刮肚搜肠眼也枯,子平几乎三命尽呜呼。仲美哇哼从今朋友应相戒,石庵哇哼莫访南城高四于。并下

第二十回 男　　装

公子上说前日江城用巴豆得罪了亲友,那周、张二人还不屈他,

但连累了王子雅,着实惭愧,又不曾敢出门谢罪。那县前有个茶馆,红梅甚盛,又蒙他请我去赏,心中越发讨愧的紧!

【耍孩儿】他携酒到俺家,巴豆汤连累他,汗珠儿叫人通身下。约有半年不相见,反蒙他请去赏梅花,此行还得告一告假。这心里踌躇不定,我可待托个什么?

久不出门,着实的纳闷。当时那朋友们还来访我,自从王子雅中毒之后,半年来并没有一个登门,想是恶名传外了。今日之约,必得去才好。若说吃酒,他必不放我,我可待托个什么事故呢?思介
半年来愁闷杀,有人说请痒难抓,勃勃兴致安不下。出门的假儿实难告,反复思量说什么?这个谎要说的题目大。若说的完全有理,唠着他见信方佳。

有了,俺就说文社里请我去看课哩。江城上,公子笑说适才众朋友写了字来,大家会课,请我去看文章。江城说去去就来。公子说是。下。江城背云又不知弄的什么鬼儿!子子雅合二三朋友上云天已午时了,高四于待好来了。

【罗江怨】春气早,春风又吹来,梅花娇红乱开,千枝万朵门儿外。这馆中柳榭花台,桌椅光并少尘埃,一杯酒叫人心中快。茶儿好酒儿乱筛,满座人闹闹垓垓,茶博士奔走忙成块。午将转日色渐歪,诸客到一客未来,没上席大家殷勤待。

公子上云来此已是王家茶馆,待俺进去。呀!这馆中客甚多,各席已满,却不知王子雅在何处。茶博士转说王二叔在后边哩。走上几步说又是一层院落,好不幽雅!这各处却也不少梅花,果然盛的紧!一步步转过回廊,庭院开清雅异常,上栏干尽是梅花放,乱纷纷满院清香。看杨柳垂下池塘,拨琵琶何处高声唱?酒席儿各处高张,吃酒的逐队成行,醉乡人渐有了风颠样。这里瞧瞧那里张张,作望介同事人却在何方?王子雅出来翘首望。

子雅说四于,这里来,大家等候久矣。馆中都不为礼罢。公子说

小弟合兄台还该为礼,年前得罪,又蒙盛情。子雅说怎么又套呢?让了坐,斟上酒,公子说小弟实实有愧!

蒙亲友同到我斋,那一日得罪兄台,回头已是半年外。每日家想在胸怀,总未能叩拜庭阶,到而今俱有心肠在。总然是小弟不才,绝了交也是应该,幸蒙兄台不深怪。今儿早又把人差,约了弟来看梅花开,治肴治酒还相待。见了字着实徘徊,俺一是有心不来,若不来辜负了老兄爱。

子雅说这都是些套言,不必再提。这闷酒难吃,新来个名妓,名字兰芳,模样绝好,我已约下她了。叫人请她来。公子说叫妓我便行矣。子雅说我不是相戏,你不过恐怕犯法,那家里眼也没有这么长。正说着,兰芳到,拱了拱,让他坐下,公子起背说好个标致人!怎么行户中还有这样美人!

好一个标致人,一件件典雅无伦,难得处就是一个韵。也不在画黛乌云,也不在杏眼朱唇,教人说不出是那里俊。嫌粉儿白的挣新,嫌胭脂红的太深,一半点倒合江城近。一见面着人消魂,心上痒何处抓闷,没探守就落了迷魂阵。

公子坐下,子雅说这一位是高大爷,是世家名士。兰芳笑了笑说看人物就知是才子。高大爷贵庚好像十七八岁?公子说今年二十一岁了。兰芳说大奴一岁。两个彼此端相,子雅说兰芳上来,陪高大爷且坐,省的远了看着不便。果然两个坐在一堆。

他二人接坐挨肩,彼此都喜喜欢欢,时时笑语垂情盼。这一个暗蹴金莲,那一个笑上眉尖,两个都把心绪乱。哑迷儿暗会心间,眉眼儿把情传,做手势背不的旁人看。合坐人吃酒猜拳,他两个意惹情牵,势乎势乎也顾不的把王法犯。

子雅说佳人才子,极好的一对夫妻,您两个违法犯了嫁娶罢。兰芳说高大爷何等人物,俺梦也不敢高攀!子雅说我管撮合。兰芳说多谢王二爷,若不着你的心么?子雅说好奇呀!赌个咒誓不成么?低下头暗沉吟,高公子是个才人,好处不止模样俊。若是你合俺成亲,俺情愿做个文君,就是卖酒也不恨。可只是他似天人,俺今流落风尘,怎么望合他成秦晋?可怜俺生在人群,逐日家去旧迎新,今辈子已是无好运。

　　子雅说吃了饭,咱起去看看梅花,着他摆下围碟,咱可痛饮一回。并下。江城上说我说他是撒谎,才到了婆婆那里,说起来才知道他去县前吃酒。在我看来,还不止光吃酒。春香过来,天已将黑,我合你女扮男装,咱也去看看梅花。果然两个装点了出了门,江城说你看多大雯,天已黑了。

【跌落金钱】城头新月已娟娟,黑夜茫茫春气寒,春香呀,满街多少行人乱。靴里塞上半斤棉,脚儿沉沉腿也酸,春香呀,街不平又怕脚儿绊。我看你奔不觉难,我只待一跌倒墙边,春香呀,你看我一霎儿通身汗。过了牌坊过栅栏,门楼高高像县前,春香呀,你问问那是王家店?

　　春香说问他怎的!我知道前边就是他。这门限儿甚高,从容蓦去,看绊倒了。江城撩衣进去说不知那梅花在那边?春香说往里还有一层哩。江城走了去说你看这梅花照着灯光,越发好看。听说你大叔在此吃酒,怎么不见他?春香说那尽西边那插瓶遮着一席,才见王家那管家在那里摆果碟儿,必然就是了。江城说我乏了,就在这尽东边这一席上坐坐歇歇。茶博士说爷是吃酒吃茶?江城说茶罢。子雅说斟上酒。兰芳,你可唱个曲儿。公子说丽华唱的那迭断桥甚好,你会么?兰芳说此小技耳。

【迭断桥】春色溶溶,春色溶溶,杏花消息雨声中。黄莺儿枝上啼,惊醒了团圆梦。暖雨和风,暖雨和风,此宵难得一樽同①。独坐闷恹恹,只将裙带儿弄。
夏热难当,夏热难当,明珠劈黄小荷香。细腰儿瘦伶仃,只觉着没处放。夜晚汗如浆,夜晚汗如浆,小阁风清枕簟凉。孤另另一个人,懒进那轻纱帐。

---

　　① "樽",《全集》作"伴"。

秋夜凄凉，秋夜凄凉，知时蟋蟀解亲床。砧声合雁声，都叫人听不上。铁马儿叮当，铁马儿叮当，风雨萧萧夜打窗。若一年两个秋，便把贱生丧！

冬雪霏霏，冬雪霏霏，江头吹落豆秸灰。此时夜如年，温不暖红绫被。独守孤帏，独守孤帏，病起乌云正作堆。也合那欢乐人，照样添一岁。

　　公子说唱的比丽华更悲。夜已深了，我行罢。子雅说你看东席那一位少年在那里独饮，那样高兴，咱因什么散了？兰芳拿起公子手来，指头上写一字。公子起背说他在我手上写了个"宿"字，好多情人也！他那里知道我这心里！

【刮地风】彼此相看都有情，口难语两心明。欲待不留难割舍，住下还愁祸不轻，人那哎哟祸不轻！

起来坐下又沉吟，左右思量难杀人。只为佳人一个字，魂儿已不在当身，人那哎哟在当身！

　　子雅说咱且吃酒。江城说春香，你支了茶钱，咱行了罢。下，子雅说那美少年走矣。江城出来说春香，去对您大叔说，俺主人请你说话。我先归家，你合他随后就来。答应是。

娘子差我请主人，就从门外反回身。只怕说个主人请，听这一声转了筋，人那哎哟转了筋！

　　春香进去，子雅说你看那美少年的管家照着咱来，什么意思？春香来到近前说俺主人请高大叔去说话。公子认了认，急忙起来，把手里酒杯吊在地下，往外就跑，子雅拉着说那美少年是谁？公子挣了，跑出来赶上，战战成块。江城说你看你那文章可也不好么？叫开门，到了宅中，跪下说这是我的不是！江城说我可也不依你出去这院落，也不依你进这屋门，你就在这门外孤堆着，思想你那美人。下。公子走来走去说天还没打一更，春夜这样寒冷，一宿怎么捱的！这好苦也！

一更里独自立庭前，人声寂静更凄然。走去走来无人问，深夜还愁长似年，人那哎哟长似年！

呀！已交二更了！

二更里心绪更难堪，心头冤苦对谁言？趁着宿酒还未醒，带醉醺醺容易眠，人那哎哟容易眠。

趁着酒还没醒，俺且睡睡。只怕依着这门，还有些暖气。便蹲下低头，两手抱膝作睡声，醒介好冷呀！浑身打战，两脚如冰，再起来走罢。呀！却早已三鼓了！

三更鼓声半夜天，忽然酒醒一身寒。四肢冰冷人将死，死在中庭谁可怜？人那哎哟谁可怜？

走了一回，两脚少热，只是这身上冰冷，得去门边孤堆下略略的避风，蹲下说又打四更了。

四更天冷不堪言，搞头蹲在画帘前。坐下唇嘴着双膝，臀腿酸麻斜正难，人那哎哟斜正难！

哎！苦也苦也！好了！敲了五更了！

五更鸡叫闹喧喧，一刻难捱最可怜。看看东方已放亮，太阳好似鳔胶粘，人那哎哟鳔胶粘。

好了！天已明了！春香开了门，公子进去绣房，江城卧在床上说今夜梦见兰芳来么？公子打拱说不曾。江城说你去取那笔砚书箱，移在西房里，从今把门锁了，送饭你吃。公子说是。果然取了书来，江城才起来，公子问说我进去罢？江城说还等什么！公子进去，江城将门锁了。

诗曰：堂上炼磨如戒僧，一朝松手去如绳。
　　　恨他日日眠花柳，教你从今闷气蒸。

第二十一回　观　　剧

江城上云可恨男儿游荡，只想出去胡行。自从锁门之后，将近一月有零。起初还听他长吁短叹,这两日吟哦起来了。既不误了他读书,又省他出去放荡,岂不妙哉!

【耍孩儿】恨男儿太不通,时时妄想在心中,松松手就去瞎胡弄。锁在他房里一月久,没可思想才咕哝,抱书本才有了闲空。这个策公私两得,也不怕婆婆公公。下

要猴子人领老婆上实不能拈轻作重,老婆孩饿断腰筋。教给那猴子学作人,要一耍为众爷们解闷。处处鸣锣玩耍,走遍了城市乡村。无君子不养义人,费的那钱财有尽。众人挤看介,猴人说谁与俺做个牌官?多是众爷的情,少是小人的运气。拿着个绳周围走了。江城跑上说春香,抗着凳子,外边锣响,咱去看看。跑出去说放下凳子,待我上去。猴人说来来来,就要来,一翻筋斗上天台。猴作筋斗介再来连十个始为乖,再来再来,把个跟头再打开。人人说你打的好,赏你一双大花鞋。猴开箱带鬼脸穿衣裳,装李三娘上。

【皂罗袍】刘志远一生放荡,去投军撇开三娘。哥嫂叫他上磨房,一推一个东放亮。天色明了,奔走慌忙,担筲打水,方把磨棍放。

众人指指画画,不看猴子,都看江城。高公上,仰面见江城说呀!儿妇在此。反面疾走。猴装目连母上。

目连母良心丧尽,堕下孽去见阎王。刀山剑树受灾殃,地狱才把人磨障。目连到狱,去救亲娘,用手一指,方把门开放。

猴装昭君,众看江城,作挤眼弄鼻介

王昭君眉清目秀,模样儿异样风流。窈窕风韵百花羞,朝廷怒杀毛延寿。自背琵琶,两泪交流,独向荒庭,去把孤单受。

猴打跟头,并猴人下,众人下,江城亦下,高公、高母上说咱那儿被儿妇囚禁,虽是酷虐,也是他自己取的。况且古人读书就有这等的,到还罢了。适才见他在外边看耍猴子,多少人指画,是什么道理!可不羞死人也!

【还乡韵】想一想来通身汗,小小媳妇竖在人前,不知够多少眼睛把他看!指指画画都是些少年,喊喊嚓嚓又带着闲言。俺如今愁

有千般。也是前世里不好,留下的孽冤孽冤,羞杀人啥脸还把亲朋见。

夫人也哭了说若有个主儿,还可以休给他;他老子知道他劝不过来,不知移在那去了,撇下这大害给咱。
孽障也是天生就,前世的冤家才来报仇。可不知何年何日填还够!好眉好眼全不知羞,他漫不觉可叫人怎么抬头!骂一声樊子正那老贼囚,偷着躲了,一点信儿不留不留。可是怎么撇下这祸害着别人受!

老两口抱头大哭说哎呀!苦哉!苦哉!

诗曰:高公丑事脏名日日多,夫人不知究竟更如何?
　　　高公但求速死黄泉下,夫人永闭双眼不见他! 哭下

第二十二回　夺　　门

高公、高母上说昨日三弟来说,学道里调牌已到,该放出高蕃来去赶考。那媳妇不依他早去。今早晨甚燥,老孙婆子你再去对您大嫂说,宗师下了道了,着他出来罢。

【耍孩儿】锁了门没处逃,听的书声日日高,我也不怨媳妇教。隔着府远无真信,久久延迟怕误了,有人说宗师下了道。早放他安排行李,也走的自然逍遥。

老孙来了,怎么着来?老孙说大嫂说早上府里就作精,待三日方才开锁。高公说或者待三日也不妨。高季奔上说如何呢?高公说三弟怎么这样慌张?高季说事急矣!怎么处?这不是王子雅的字?高公细细的看字。
学师来已三朝,学中朋友尽开交,宗师初二下了道。遣了个人儿去

说信,不敢托别人把信捎,教他星夜忙投到。贵叔侄忙忙奔走,休误了初四下学。

这学道着实贪,打捞童生托学官,高低讲价惟书办。讲书定要人人到,一处抽到几支签,误了讲定价三十串。万一的运气不好,抽着了后悔难堪。

　　高公说怎么了?向夫人说你自家去说说。夫人下,江城上说这二日只是叫我放出他来,惯着他悠游放荡,不成个人品。我定然不放他,把角门关了,免的胡缠。夫人上,叩门说春香,春香!不答应,又叫江城,江城!我自己来了。全没答应,夫人回来了

　　到那里叫了百声,叫春香又叫那江城,站多时并没个人答应。叫着他全然不入耳,说着他那里还没听。他从几时通人性?细踌躇无法可治,空教人愁闷加增。

　　高季说天已日西了,几时到府?着人快去备马,待我跐着梯子爬过墙去,把门开了。嫂嫂领着壮健妇人,堵着江城;我和哥哥扭了锁,夺他出门便了。速行不必再思。果然抗着梯子登上,高季开门,一群人拥入,江城从屋里出来,见了高季说三叔不必管俺家里闲账。高季和高公去扭了锁,江城背云来的这样凶恶,我若挡他,必定不妙,不如做个人情罢。便问这是怎么?夫人说你主意竟要着他抹了秀才么?江城笑说怎么就抹了?两个说着,高季领着公子跑出,已开了门走去了,夫人也去了,江城说看着那里,定然考个四等!下。高季说快牵马来!二人慌忙下。高母说愁杀人,怎么到的了!

到府里路正长,看看西方落太阳,明日怎么赶的上?没有月明天已暗,道途深夜黑忙忙,教人难把心儿放。这都是今生孽报,说不的受苦遭殃!

　　高公说我看势不能到。不如凑上三十两银子,差人早早送去。叫老孙,你去看看王宁睡了没睡了?叫他起来。老孙去了,王宁披上衣裳说叫小的有何吩咐?高公说你三爷和您大叔必要误了下道,你外边赊上三十两银子,随后送去。答应是。下,高公、高母上云有难同

胞急,出门慈母忧。并下,高季、公子慌忙上说好了! 好了! 天明上来了。

【呀呀油】走终宵,走终宵,天阴不辨路低高。看东方明上来,略略的看见道。鞭常摇,鞭常摇,如隔云山万里遥。恨不能插翅飞,临江府一霎到。

急急奔,急急奔,往来多少路行人。心儿里甚胆悬,一路子逢人问。过一村,过一村,问着宗师未动身。打听的不大同①,全没有真实信。

那远远的是王次山来了。王大哥,宗师下了学了么? 王次山说学道下的极早,我来时出了道了。

快开交,快开交,及赶到城听下学。天就有小傍响,真有些不大妙。快开交,快开交,侥幸他学中未散了。俺就着跑上堂,便跪下哀哀告。

远远的看见城上谯楼了,看这马儿不快走,又往下撒溺。

见谯楼,见谯楼,浑身火急汗珠流。如今还未进城,天已是饭时候。到关头,到关头,来往行人更密稠。不敢放马儿跑,跑开了难收救。

咱已进了城门了,得个相识的问问,看宗师还在学里不好么? 那是王子平来了。子平说贵叔侄忒也悠忽了,宗师已是回了道了。咱县里抽了六个,就四于没到。高季跺脚说这待怎么处? 这待怎么处? 子平说咱到敝寓住下,再作计较。

好营生,好营生,夜来将黑起身行。整跑了一宿多,好像是挣了命。昼夜不停,昼夜不停,差一脚儿进不的城。受了苦枉徒劳,把一个秀才衡。

子平说来到敝寓了。请进请进。子雅也来了,说请坐。贵叔侄这样大胆,怎么如今才到? 高季说俺不是大胆致的,却是小胆致的。子雅说宗师回了道,已是挂出牌来,不到的即降。

---

① "听",《全集》作"对"。

说什么,说什么,降青就是要待蛤。便破上四十千,休要讲别的话。也不差,也不差,论起四于文字佳。但是他降了个青,便不给打好卦。

　　如今就是破钱,你不使钱,就是好文章他也没有上等给你。高季说来的仓猝,盘费甚少。子雅说他已是挂出,就待三日亦可。高季说待我写字差人。

低下头,低下头,动笔就把家书修。早些儿告诉家兄,他家里好展凑。把他求,把他求,卷上青字一笔勾。今岁勒止一考,怕等儿定不就。

　　写完说高立,你回去说,您大爷降了青了,得凑三十两银子来收拾。速去快来! 答应是。王宁上说天已黑下来了,不知寓在那边。呀! 高立来了。高立说妙妙! 我正待去,你来的正好。便回来进去说家里着王宁来了。高季说你来怎的? 王宁说爷爷怕不妥当,着小的送了几两银子来了。

掌上灯,掌上灯,爷爷唤我到房中。吩咐我凑了银,急急往这里送。夜朦胧,也朦胧,走了五十日出红。这是银子三十两,教三爷随便用。

　　高季说好了! 高立拿的那字烧了罢。明日托人送进去,着他不降便了。

　　诗曰:学道人言是美差,好官好市丈招财。
　　　　若从门外丢将去,真自床头买出来。

第二十三回　秋　　捷

　　高公、高母上说儿子上府中应试,考了个一等。怕他来家受气,我就教他在省中读书。三场已毕,他三叔说他有个指望,便留在那里观榜。今日是八月将尽,该有个消息,仔怕他没有造化。

【耍孩儿】老爷爷做刑厅,咱爷爷御史在南京,隔一代就是一番盛。到我又隔了一辈子,高蕃生的也聪明,只怕咱没封君命。你看一家遭际,怎么望平地飞腾!

报子上说报报报,佳音到,中举十三名,赏钱一百吊。来此已是高宅门首。高爷中了十三名举人,门上的传与老爷知道。门上人疾忙跑进里头说爷爷,奶奶,千万之喜!少爷中了十三名,报子在门首哩。高公说好呀!如此谢天谢地!叫人来赏报子廿四两银子,红缎二匹。答应是。

金榜上把名标,我儿平步上青霄,乱哄哄报马门前闹。常时文章还平等,今日才学分外高,也亏娘子无情教。若任他东西放荡,怎能勾长进分毫?

家人乱纷纷都来磕头,高公说虽然误了读书,花了白银三十两,我也不怨那媳妇子。您这妇人都去给少奶奶磕头报喜。答应是。江城上云

【玉娥郎】人家夫妻共床眠,两相怜,知心话儿枕边言。俺家六七年,日日受孤单,想是没结下喜欢缘。相好只待两三天,就要终日闹喧喧,两下都难堪,纵然在一堆也不甜①。自从离了俺,花边又柳边,想那里放风筝好自然。

家人、妇女上说给奶奶磕头,大哥中了!江城笑说呀!他中了么?您太爷也该不怨我折掇他那儿子了。济着他放风挣,怎么能中了呢?众人下

爹娘生下一个男,口里衔,任他南北去风颠。书本全不掀,老婆任意搬,对旁人还要说我不贤。自从舍给他屋三间,把门关,只在四堵间,没处去跳圈,没奈何才把书本翻。八月三场完,侥幸第十三,

---

① "也不甜",《全集》作"也甜"。

想是风魔了张解元。

他虽然可恨,着人奶奶长奶奶短的,我也欢喜,不免去到公婆那里。下。高公、高母上说咱那儿中了,若是江城欢喜,必然来到这边;若不来,就是怪人了。

【满词】听说丈夫折桂还,必然喜地又欢天;若不喜欢,若不喜欢,真是终身不解冤。若不然,还望他合好到百年。

夫人说好好!那不是江城来了?江城到说今日大喜,给爹娘磕头。夫人笑说我儿,这不好么?如今中了举了,你往后必须给他点体面。江城说他大了,俺就不大了?

【玉娥郎】像爹娘把他娇,任逍遥,荒疏难把考官唠。爹若不害羞,早玩晚又嫖,这时节娘也要把气喃。他又轻狂把俺诮。怎不焦,又不是相交,光把瞎话叨,惹闲气都是他自己招。弄鬼把气敲,阁老也难逃,常言道水儿长船也高。

夫人说他来家,我要劝他。

【满词】两人终日闹喧喧,不似人间并头莲。媳妇若贤,媳妇若贤,男子的话儿容易言。他回还,劝他回头到不难。

家人禀报说庄里人都来道喜,请太爷去陪陪客。高公下,夫人背说你看江城还是不改的话,罢罢,且自由他。下。江城转身说你看公婆还是向他儿子。

诗曰:皮里出来皮里亲,道来媳妇是他人。

　　　不知夫婿虽荣贵,还是当年旧杵砧。

第二十四回　挞　　厨

厨子上说一身好似油褡,逐日家冒火生烟。六月暑伏最难堪,汗珠淌到脚面。俺只是混条马条，一搭儿且去清闲。好歹抓打上两三盘，那管他揸与不揸。自家姓吴名恒，号是良心，高宅厨子是也。哈哈！俺在高宅吃了他两个觅汉的工粮，其实俺可不肯给他做半个觅汗的活路。适才胡挠乱挑的做的两个盘子两碗菜，已是完了一天的大事，且找个人去巴巴瞎话。呀！那是秦伙计来了。秦大哥，这旁里没有别人，你说咱这做厨子的有五个字儿。秦厨说那五个字？吴恒说诏、懒、尖、奸、贪。怎么说呢？遇着那利害主人家，一碗菜儿做不好，就打屁股；或遇着那富贵人家，一碗菜做好了，就赏他几百钱，粮食几斗。你说这个他就要咱那老婆，要咱那女孩儿，咱也要扎挂了去奉献，何况是几碗东西，还不用心哩么？这就是诏呢。

【黄莺儿】一年八石粮，上了工细端相，主人家试试怎么样？一碗不香使巴棍就降，打的裤儿提不上。这才害怕，刀板慌忙，恨不能把老婆孩剁上用葱姜！

秦厨说好混账物！待扎挂你扎挂罢，待扯拉上人咋？怎么懒呢？吴恒说这懒还消说么？即如就一碗豆腐，若是切成叶着油煎了，蘸上个蒜碟儿，或是切成细馅包包儿，敢子他就吃了。这个休说。咱还要省下那香油拿了家去，方且是谁奈烦翻翻弄弄的，剁剁打打的？秦厨说你是怎么做？吴恒说俺无论几顿饭，只是锅子里泚上瓢水，抓上把盐，把豆腐切把切把，扑冷就热，端上就不管了，俺就合人家闲话的了，这不省便么？本等该费点事，就是十八的大姐铰了头。秦厨说怎么说呢？吴恒说就是不待嫁呢。这不是懒么？主人家若不嫌，把良心放一边，工粮十七八石。那鸭蛋是铁丸，那豆腐是没盐，菜儿竟不着香油拌，一天大事霎时就完。好自然，落下物料，转了得清闲。

秦厨说怎么尖呢？吴恒说这尖还罢了。譬如两个厨子打发主人，省事的着人做，费事的咱做；不是么就是挣赏的人就去，干倒包的咱去。这不是镑地镑出来了个砗骨碌么？秦厨说怎么说呢？吴恒说锄着咱这死眼子了。咱可就把梨子连皮吃，不啃这也是差少处。

冒火又冲烟，这生意实是难，有了出产心情愿。主人家若偏把俺欠，着人转钱，独俺没钱转。再来有事，躲在后边不近前。吵红了天，若有两个，就尖对尖。

  秦厨说怎么奸呢？吴恒说客房里有了客，给了东西着咱去做，咱可不要傻着头就做，先伸头儿去瞧瞧那客，看是咋样的个客，若是打伞坐轿，或是穿绫罗缎匹，这必是主人家敬的了，咱可就买了肝肺来不上碗。秦厨说怎么呢？吴恒说用心。若是那客戴着顶破帽子，穿着身破袍子，咱可就小腊梅的裹脚。秦厨说怎么说？吴恒说有块块就是了。看起这个来，也就自家昧不了的良心，养汗老婆不养儿，奸捣的没了种了！

好他贼奸达，自头顶到脚下，没有一点不奸诈。他若是衣不堪，跨驴似蚂蚱，俺就不把齿来挂。菜蔬任意做，材料随便加。着主家砸腿敲腚，另把一包拿。

  秦厨说怎么贪呢？吴恒说就是我罢，每日领着主人家工食月粮，也仅够费的。给俺老婆做的通红的袄，娇绿的棉裤，扎挂的合那花过鹁鸪一样，人人看着齐正。昨日待去烧香没有鞋，我卖了一斤香油，给他截了尺半三梭布，又给他一斤姜，半斤胡椒，换了一付扣丝带子。你说这都不是主人家挣的？也就该知足，不知怎么说，见了主人家的东西，拿一点儿，又待拿一点。临了看看我拿的那个，比着主人家那个还略猛点，心里才自在。那一日俺家里杀了一只鸡待亲家，才煮出来，我没犯寻思，就把那胸脯揎下来，包了包掖在腰里。俺婆子看见，便问："你待怎么？"我才眈混了眈混说："你看我呀，好当还是主人的来。"这不是贪么？

厨子最脏贪，肉块儿披腰间，胸脯腿儿都油遍。羊落了半边，鱼落了中间，书房鸡也把胸脯揎。好伤天，杀佛吃血，心里怎么安？

  咱这把戏，玩耍起来又待哭又是待笑，我索性再从头数量数量。

【哭笑山坡羊】终日家顶着一个黑灰鞑儿,瞪着两个泪眼儿,守着一块肉板儿,拿着两个油盏儿,浑身上下没有干净的一点儿。哭你不信身上这油,巴剔下来还够一担。

俺可有件好处。

俺也不拾拾那车鞯儿,也不挑挑那筐担儿,也不担那饭罐儿,也不挎那菜蓝儿,也不曾楔楔那锄垫儿。笑俺可也轻轻的每日吃饭儿。俺遇着那糊突官儿,厨房只一间儿,又是热杀人的天儿,打上呕杀人的烟儿,那汗成了湾儿,又没人倒倒班儿。哭忙起来就是热杀那里去躲闪!

黑了点上灯儿,使夜船看看风儿,谯楼上还有个更儿,帘子上还有个钉儿,粮食有个升儿,秤上有个星儿,何况是眼里放着钉儿,怎么不听听声儿?笑该用心不该用心,俺自有个成算宗儿。

秦厨说那该用心的什么呢?

轰轰烈烈的乡官儿,出门打着伞扇儿,王家有个十万儿,身上穿着油缎儿,大儿到了抚院儿,小儿到了知县儿,望他给点体面儿,弄的不成酒饭儿,主人家砸这腕儿。哭这可才费切心思,眼也不敢瞬。

那不用心是什么人呢?

头上带着印素儿,身上穿着粗布儿,腚上穿着破裤儿,骑着毛驴没点马褥儿,老辈里亲戚,穷的不成个样物儿,或是主人家治下的花户儿,或是书房里教书的师傅儿,又打上公婆不喜的媳妇儿,这算什么客数儿!笑这可就生硬腥脏,取俺的尊便去做。

那用心的怎么样的呢?

海参切成四瓣儿,鲍鱼切成薄片儿,皮鲊切成细线儿,鲤鱼成个正面儿,葱丝切成碎段儿,花椒研成细面儿,包子剁了细馅儿,蒸合压了饼沿儿,稀烂的猪头还带蒜瓣儿。哭使碎了俺这心儿,还怕说一声不好看儿!

那不上心的怎么样呢?

成抟的菜蒸一抓儿,豆腐带水一洼儿,连皮的萝卜一捏儿,挺硬的鸡蛋俩仁儿,间或用个葱花儿,并不见个油花儿。今日是个做法儿,十年五年并没第二个做法儿。笑省天下的大事,那管他嫌与不嫌!

昨日霎嫌那猪头肉没点好块儿,鸡肉攥了不够几块儿,又说煮烂了海带儿,又说蒸生了烧卖儿,少油没盐的凉菜儿。拿鞋子打俺那膝盖儿,棒槌敲俺这骨怪儿,拳头打俺这脑袋儿。哭是当着这一行生意,说不的你那命苦了!

　　虽然打了。

俺可旋了一块肉胡儿,转了一个鸡脯儿,偷了两对鸽雏儿,香油称了一伏儿,清酒落了几壶儿,炭块这够一炉儿。笑拿到家里,老婆孩子大家好揸。

　　说那菜里没油。

俺一碗青菜一钱儿,一碗豆腐一钱儿,一碗汤油一钱儿,四个菜碟也合着一钱儿。担惊受怕的一年儿,刚才积攒了一罐儿。

　　依你说,一碗一钱,十碗才是一两,怎么能攒成块呢?吴恒说说起来伤惨!哭俺不是半截儿,插上了个鹅眼儿。

俺这几年治了几亩田儿,买了一个园儿,有了几吊钱儿,小厮叫小全儿,妮子叫蛮儿。笑实言一家四口,俺可不用打油称盐儿。

　　你看我呀,贪叨瞎话,打发书房里的那鸡蛋,从清晨在那锅里,虽然化了,那锅子疑熬红了,得去看看。下,江城上说谁想做奶奶有许多的好处,且不说别的,常时那厨子一日打发两顿饭,少油没盐,上顿也是那个,下顿也是那个;这月以来一日三顿,就还不是一样?如今思想起来,那厨子常时忒也拿我不当人,甚是可恶!就该揭了他那皮才好!老王,你去叫吴恒那奴才来的。

【耍孩儿】那厨子太欺心,该剥皮又抽筋!没他诡诈的忒也甚。因着公婆不向我,他就拿我不当人,如今想来真可恨!叫他来一千鞭子,打他个挣命发昏!

吴恒上,老王下说奶奶叫你哩。吴恒说妙哉! 近来我打发的奶奶甚是用心,必然待赏我点什么,快去快去。见了江城说吴恒来了。江城说你去外边叫个管家来的。吴恒说奶奶待赏小的啥,着小的出去向他要的罢。江城说等着赏你一千鞭子! 吴恒说小的不知是什么不是?

骂一声贼奴才,贼头贼脑真杀才! 做厨子全把良心坏。就看今来这样款,才知道你常时忒也乖,你该杀已是三年外。要把你贼头割下,把贼心刨得出来!

老王说叫了人来了。江城说拿鞭子来,打吴恒这奴才! 家人禀道奶奶,是连衣打,是解衣呢? 江城说解衣打! 吴恒说奶奶,我解衣甚冤①。江城说管什么冤不冤,解衣打二百。家人说二百了。江城说再打! 又说四百了。江城说拿棍来,再打四百,着实的打。又打了二百棍,家人说吴恒没了气了! 江城说再打一百拉出去! 打毕,江城分付家人把吴恒拉起扶去。吴恒哱哼说亏我推佯死,少捱了一百棍。这一场大亏从那里说来! 下。高公、高母上说听的咱那媳妇解了衣打那厨子,这是个什么说处! 且是他打发的不好是待怎的? 如何重打这个人儿? 哎! 天那天那!

媳妇才二十三,到了这样不值钱,光腚滚来怎么看? 说是为打发的好,这个难以对人言,这件事传遍了峡江县。愁我儿来家受气,想起来心似刀剜!

哭了回,就睡着了。太太说我也甚乏,也睡睡罢。睡梦罗汉上云吾乃金身罗汉是也。忽见高仲鸿夫妇愁气冲天,待俺惊他。高仲鸿,高仲鸿,我劝您夫妇不要空愁。那江城原是那净业和尚养的个长生鼠儿,你儿子前生是个秀才,到他寺里,只当是个寻常鼠儿,一杖打死,所以今生来报冤仇。你只每日念佛一千声,自然消除冤孽。记着记着! 我去也。下,高公惊醒呀! 好奇! 好奇! 夫人也醒了,高公

---

① "我解衣甚冤",《全集》作"解衣不冠冕"。

说我才得了一个怪梦。

才梦见罗汉来,教俺暂把愁闷开,他说是前生冤孽债。江城原是个长生鼠,我儿原是一秀才,堂下把他残生害。他劝俺念佛千遍,自然就降福消灾。

太太说奇哉!我也是梦见如此。高公说这又奇了。

我方才入梦中,怎么你梦也相同?这梦不比寻常梦。分明罗汉来惊我,还该顶礼拜虚空,念佛休说不中用。就从此勤宣宝号,消却那孽慞千重。

南无阿弥陀佛!

诗曰:不击金钟法难学,佛念千遍祸殃消。
　　　到得悍妇回头日,还向如来挂锦袍。

聊斋外编·富贵神仙曲

开场　楔子

【鹧鸪天】区区小愿欲求天：近绕居村百顷田；膝下儿孙多似玉；堂中妻妾美如仙；朝朝饮酒暮烹鲜；耳目聪明齿牙坚；皓齿清歌细腰舞，糊突混过百余年。

【山坡羊】笑世人求仙求佛，这念头忒也谬妄。一个俗俗的人儿，怎么把青天去上？就是那鹤壮如驴，他能驮我到仙乡，也怕那里神仙太多，到后来也没处安放。奉劝世人，不必慌张。依我这意思清廉本分，那老天爷也不说我贪脏。愿得那小蓦蓦山儿似的一堆元宝；又辞不了有一两个儿孙拜相，解闷开怀；些须得几个美人朝夕歌舞；百岁外浑身上下，任拘啥，都壮健如常。但只是古人富贵，都要受点风霜；我要漫荒拉草，享那下半世的风光，或是佛来或是仙，摸摸这头皮不能担。忽然要到极乐园，只怕座不的那几品莲。我要腾云学吕祖，天爷必定笑我憨；若是那不富不贵老彭祖，天爷就肯了我也不心甘。自家是贬损了又贬损，这才是开口告人难。我说一个样子给天爷看，足见我那志向甚清廉。老天若是还不肯，何厚何薄这例可援。这人原是一才子，他下半世的富贵尽可观。每日奔波条处里撞，一举成名四海传。舞儿歌女美如玉，金银财宝积如山；一捧儿孙多富贵，美妾成群妻又贤；千顷田园无薄土，十层楼阁接青天；大小浑身锦绣裹，车马盈门满道传。十八洞神仙来上寿，福星寿老落尘寰；天官也赐千般福，人世永成百岁欢。夫妻才上七十外，又见曾孙中三元；吃了仙酒老来少，模样只像三十前。口里东西须索自家吃，脚上的绣鞋要着人替穿。一件衣服值百两，一碗东西值万钱。朝朝歌舞朝朝乐，夜夜元宵夜夜年。三更吃的醺醺醉，美人扶到牙床边。快活如同在天上，荣华不似在人间。自家的官诰四五次，儿孙的封赠十数番。每日黎明不曾起，门外成群来问安；遇着拜年或上寿，紫袍锦带攒成攒。天官赐了他那生铁券，千年万辈作高官。郭子仪富了三两世，那似这等福寿全？若是像他这下半世，就不长生也自然。但这风光须早受，至多迟到二十三；只望富贵从天降，把那前半截的风光一笔删。这个志向也容易足，小小的荣华也不算贪。不艰难也省天爷事，受荣华也没费了天爷的钱。以此望空常祷告，想必天爷也不作难。

【劈破玉】祷告罢老天爷开口就问。那福神一路表直奏天门，说这人最清廉又极本分。天爷笑了笑，分付那手下人，你把那用不着的玉带，丢给他一大捆。

【清江引】老天爷见我这志向小，蟒袍儿往下撂。暂且捞在手，再从容问他要；还求个更长生不老。

第一回　张生逃难

　　莫费心思做状呈，宁将冷落恼亲朋。
　　不惟用意伤天理，犹恐将来祸患生。
　　话说北直永平府有个秀才，姓张名逵，字鸿渐，年方一十八岁，就成了一府的名士。

【耍孩儿】张鸿渐实是能，前十八享大名，人人知他名合姓。诗词歌赋般般好，书画琴棋件件精，文章更比欧苏胜。看他那生平志气,要一步直到天庭。

且是他为人,义气仁慈,好救人的急难,又好买物放生。
貌堂堂一少年,不好诈不爱钱,痴心好急朋友难。心慈又好买生放,活了生灵万万千,亏他家里多方便。只因他为人仗义,都望他辈辈做官。

这一年,那卢龙县俭年,知县姓马,异常的贪酷,作弄的财尽人穷,一个个叫哭连天。
打强盗小板撩,逼钱粮大板叨①,无钱还把夹棍套。一群衙役为猛虎,家里过的吃他敲,打官司算是财神到。合县人愁生怕死,如遭着贼打火烧。

那钱粮是加三火耗,要十分数七月全完。有个范秀才,完了七八数,便上堂告宽。
端端帽整整衫,望公堂朝上参,开口就把父师念:衣服典尽牛驴卖,未到秋成麦已完,钱粮目下实难办。老父师开恩格外,望迟迟打下秋田②。

老马听罢大怒,说:"奴才,你就敢违了老爷的令么?"一行骂着,就丢下六支签子来了。
骂一声狗生员,欠钱粮不速完,一人就要霸住堰!把个狗脸冲冲怒,一行骂着就丢下签。皂隶就往地下按,把秀才四十大板,一霎时命染黄泉。

不说范秀才即时打死。且说那合学秀才,甚是不平,便撒下了帖子,动起公愤来了。
恨老贼太酷贪,一无法二无天,不请学师大板揎,从此我辈遭涂炭。大家都向院里告,呈词可要做周全,都说必得张鸿渐。共登门殷殷恳恳,乞求他名列前边。

---

① "逼",《全集》作"打"。
② "田",《全集》作"天"。

阖学里那些人,一来求他的刀笔,二来借他的名望,登门着实的哀恳。张鸿渐是个义气人,也就受不的央及,拉拉扎扎的,待要合他去。

一为他为人公,二为他文字通,三为他声名重。起初答应不慷慨,禁不的众人齐念诵,少年不觉豪心动。意思里犹犹豫豫,要合他患难相同。

且说张鸿渐的妇人方氏,极伶俐。听的这话,便着人把丈夫请来家中,劝解他。

用良言劝相公,秀才们做事松,得胜都把花枪弄①。如今只论钱和势,衙门不合你辩青红。况你孤单无伯仲,若还是万一不好,那时节受苦谁疼?

张生听此话,如梦初醒,便出来推托事故,立辞了众人。

张秀才不承当,凭众人怎么央,全然不把边儿傍。我有伯母前年老,至今灵柩还在堂,不久要看日子葬。要我做呈词状稿,这自然不用商量。

众人没奈何,等他做了呈子,拿去院里、司都递了。

众秀才递了呈,告衙役二十名,院里批准要赃证。合县人民齐痛快,满堂衙役吃一惊,老马听说也挣了腔。央烦了知府老李,送上了一万冰凌。

院里差人来,把那衙役拿的屁滚尿流,审了一招。虽无夹板,却着实的怒骂。老马忙托知府送进去了一万银子。复审的时节,就不是那个样了。

大老爷怒冲冲,骂破头把军充,夹打要你从实供。头一审时度了脸;二审之时大不同,就知他的消息动;三回审问倒了原告,一伙儿流徙辽东。

---

① "用良言劝相公,秀才们做事松,得胜都把花枪弄",《全集》作:"秀才们做事松,得了胜都居功,人人会把花枪弄。"

一群秀才问了诬告,打板问罪,革顶充军。又问呈子是谁做的,才召出来,是张遴做的。

见那呈词做的神,便追究那个人,拿来都把罪来问。众人招出来是张鸿渐,差了快手邓天军。亏了朋友走了信,张秀才听了这话,头顶上走了三魂!

　　那张鸿渐是个做汉子的人,少年气盛,勉强还要出来承当。方娘子流泪开言。

方娘子哭啼啼,叫官人你听知:这一回一跌六个字,明知火坑往里跳,世间那有这样痴! 票子无来还好治,不如你从此拿腿,只说你游学山西。

　　张鸿渐听他说的有理,家里只有三两银子,掖在腰里,就与娘子作别。

要作别泪纷纷,不忍的两下分,愁你在家没投奔。如今既把冤仇结,老马横行不是人,怕他要捉妻儿问。我只该在家受死,最不该连累闺门。

　　娘子说:"有他二舅可以照管,你又无有口供,料想没有什么大差。但只是你盘费短少。"

在家贫不算贫,路上贫贫杀人,他乡难求饭一顿。我有紫金钗一对,或者还值几两银,拿着救你穷途困。你只管脱身远走,也不必挂念家门。

　　张官人接了金钗,越发心酸。备上那驴要走,又叮咛了几句话儿。又回头叫夫人:我如今要起身,千般万样言难尽。咱的保儿刚三岁,你我只有这条根。不敢望他能上进,但得他成人长大,好守那祖宗墓坟。

　　娘子说:"只管去罢,不必挂念。我有几句言语,说与官人听。"

又少友又无亲,千乡万里一个人,你在途中须谨慎。纵然丈夫犯了罪,告官也不至灭了门,那怕就去当官问。我看着保儿的福分,未必不枯木逢春。

娘子嘱咐了几句，送出门。那天交二鼓，心里久已待哭，又怕官人担心，忍了又忍；回过头来，那眼泪方才吊下来，直哭到房中，一夜不曾合眼。

转回头泪如麻，又愁我，又愁他，叫人怎不把心挂！家中未知凶合吉，破上一死无大差，低头就把画儿画。寻思个颠颠倒倒，不觉的明透窗纱。

天明了，着人去请他二哥。且说方二相公名兴，字仲起，也是个饱学秀才，一请就来了。

方娘子泪涟涟，将原情诉一番，哥哥唬了一身汗。老马得胜越发诈，比前加倍更酷贪，秀才越发无体面。这可才无法可治，你可就准备着做监。

不说兄妹二人商议忧愁，却说院票一到，老马立刻拿人。

差出了虎一群，雄赳赳跑到门，齐声怪气把张遘问。仲起出来忙答应，说他山西去探亲，如今半载无音信。那衙役歪头别脑，待上那家里翻人。

方二相公冷笑一声，说：“公差们待要翻，请翻。”原来方二相公也不是个善查，那差人也就不敢进去。

方仲起便开言：待要翻只管翻，我就陪你翻一遍。把那差人拉着手，到了前边合后边，并没有那张鸿渐。仲起说翻翻极好，您回去好禀县官。

差人没翻出来，便走了回复那县官。老马大怒说：“给我拿他那家属来回话！”差人随急又跑回来，比前番越发利害了。

上门来大发威，怒冲冲恶似贼，二郎几乎把牙咬碎。央他迟迟还不肯，回来叫声我妹妹，这也没有砍头罪。咱出上合他就去，到当官再辨是非。

方娘子没奈何，抱着孩子，骑着他二哥那驴，方二相公后边跟着，就到了当堂，却无跪下。老马说：“你就是那张遘的妻室么？”答应：“是。”老马说：“他如今犯了罪了。”

马知县怒气发,你把人藏在家,难到这就干休罢?奴才犯了弥天罪,见了老爷不跪下,胆儿真勾天那大!我奉了军门宪票,也不是私将人拿。

娘子说:"我从来不会跪人。况且是那呈子做不做的,这无凭据,我有何罪?"
做呈词未必然,被仇人把他攀,风闻料想定不的案。丈夫就犯杀人罪,也与老婆不相干。难道你就不是个秀才变?待要头一刀割下,跪不惯胡突赃官。

老马见他四六句字带着骂,气极了,却也无法可把他治。便分咐寄监。娘子听说,越发骂起来了。
方娘子骂县官:拿人容易放人难,做贼也要个真赃犯。影响事情没招对,就把妻子送在监,你真不是个人儿变。譬如你砍头问罪,也将你老婆牵连。

老马坐在堂上,气的没大头,没小头的。方二相公上堂告一告宽,着实告禀:
满口凭妹子差,张鸿渐没回家,妹子全不会说话。年小无知真可恨,信口说的是什么,真该把这奴才骂!望老师把他宽恕,把人犯送到官衙。

方二相公虽说的极好,那老马原是个恶秀才,要拿方氏来辱没那张鸿渐,不想被他骂了一场,如何肯依!便摇头不允。方二相公见他正是恶极,便又开言。
方仲起又开言:望开恩免寄监,归家大小烧香念。父师不过恶生员,却不是生员是春元,暂且留点薄体面。不过到明年八月,老父师何争这一年。

老马冷笑说:"等你中了再讲。"二相公说:"那时节轿马人夫去送,不费你的事么?"老马大怒说:"你就中了,怎么着本县?"二相公说:"走,我已做下小名字了。"
叫妹妹放心宽,就破上长坐监,你说我去求情面。看我定着老贼头,轿马人夫送门前①。央你出来还不算,不叫他大家全死,我把这双眼齐剜!

方二相公领着妹子,一行走一行骂,老马听见也就怨的退了堂。二相公把妹子送到监里,回家差来个老婆子进去服事他。有分教:三军尽赐秦王酒,留得老皮裹伏波。

且听下回分解。

第二回　旅店染病②

按下方娘子受罪不提。且说那张逵半夜逃出,忙忙奔走起来了。

【银纽丝】三更里出门月色也么乌,萧条行李一鞭孤。奔长途,高低乱窜眼模糊,那辨南合北,东西只任驴,昏惨惨摸不着正经路。驴呀驴休迷胡,迎着增福避掠福。我的天咳,何处投,还不知投何处?

走了一回,天就明了,看了看是平子街,离家有六十里了。眼望家乡痛伤也么怀,妻离子散命当该,苦哀哉!半夜三更逃出来,终夜忙忙走,来到平子街,回头已是天涯外。人驴困乏都难捱。忽见路旁酒店开,我的天咳,卖高酒,谁把高酒卖?

张官人下了驴,进店沽了一壶酒来吃着,又喂了喂那驴才又走。

---

① "看我定着老贼头,轿马人夫送门前",《全集》作:"耐着心烦坐着等,定叫他使轿送你到门前。"

② 《全集》作"第三回　中途逢仙",内容包括了《全集》的第二回和第三回。

千里奔走第一也么天,怕有追兵在后边。昼夜颠,真是骑驴三不闲。骑着腿也夹,赶着又加鞭,疾忙走好似离弦箭。晌午打了一回尖,登程只到日西悬。我的天咳,荒店宿,只得宿荒店。

头一日走了有二百,第二天走了一百五,第三日那驴就不能干了。

第三日恹缠路途也么中,一里就如万山重。夕阳红,恨不能插翅就腾空。心里虽然急,不得不从容。这驴儿死活的打不动,好似行船断了蓬,出门赶到顶头风。我的天咳,作弄人,又将人作弄!

张官人自己没了本事,走了三日,又捱了三四十里,遇着下雨就不走了,待了两三个月才到了河南。运气低,又病了。

昏沉沉好似发晕也么风,一身总像坐船中。眼朦胧,手脚好似伎热笼蒸,浑身不自在,昼夜光哇哼,明了天病势越发重。一日只捱饭一盅,无人问是那里疼。我的天咳,痛伤情,真是情伤痛!

捱了三日,那病越发重了。店主便来商议请医官,张官人点了点头。不一时,先生就来了。

那医官来到了问一也么声,就着床头把脉儿评。问的明,写的方子甚不通:上头用当归,下边用勾藤,不知他当了什么病?眼前亲人无一丁,死活交给那医生。我的天咳,命由人,可是人由命!

吃下药去,刨燥了一宿。亏了他心里明白,对店主说:"这药我不用吃了,可也没了钱。还有两件首饰,拿去卖来好打发他。"伸手取出金钗,不觉得泪流满面。

双手取出金钗也么来,不觉一阵痛伤怀。泪满腮,临别你把花匣开,愁我没盘费,赠我紫金钗。那知病里将他卖!家中抱着小婴孩,不知你昼夜怎么捱?我的天咳,无奈人,可是人无奈!

张官人吊了两眼泪,才把金钗交于主人。不多时,换了八两银子来。把那药钱并杂项钱,称去了二两二钱。

闷恹恹只把眼儿也么合,身儿好似在油锅。无奈何,白黑昏迷在被窝。水米不沾牙,待了一月多,闷昏昏只在床头卧。离乡已是受折磨，又叫我在外染病屙。我的天咳，祸弥天，真是弥天祸！

张官人病了五十天，鼻子也歪了。店主恐怕他死了，商议着给他买口材。张官人迷迷糊糊的，也就不觉了。

终日昏昏眼不也么开，魂灵直到望乡台。苦哀哉，早晚刨窝往外抬。上看眼睛塌，下看鼻子歪，似这等难保人还在。看是一口气不来，死在床头没口材。我的天咳，摆划难，真是难摆划！

又待了二日，掌灯的时节，店主家来试了试，他那身上汗浸浸的；又待了一时，只见大汗直流。店主也没敢动他。

浑身凉汗似瓢也么浇，到了三更热便消。好蹊跷，一阵清凉到四梢。像是一个梦，忽然才醒了。天将明大睡一觉。翻过身来撒一泡。肚里饥饿好难熬！我的天咳，叫主人，便把主人叫。

出了汗，到了五更里，觉着饥困，就叫店主。店主慌忙来问，对他说："待想吃啥？"主人就送了饭来了。

两个月水米不曾也么沾，忽然想着异样甜，美甘甘，盛来吃尽又重添。口里还待吃，心里不敢贪，小碗里吃了两碗半。人儿死去又重还，几乎一命染黄泉！我的天咳，见何人，可有何人见？

官人从此好了。一日吃了四五顿，待了六七日，拄着棍子起来了。谁想这祸不单行，那个驴又被贼人偷去了。官人不由的伤感起来了。

自从奔走了也么家，只有咱俩并无仨。叹杀咱，想起当初痛撒撒，溜溜跑一夜，我困你也乏，不吃草倒在槽儿下。谁知想别在天涯，我到还活不见他。我的天咳，挂牵人，那叫人牵挂！

官人也没啥说，叹息了良久。待了会子找不着驴，店主就待赔他，官人再是不肯。

官人便说我从也么来，生平全不会歪揣。命里该，合当如此生不的乖。大病不曾死，该当又破财，被贼偷岂肯将你赖？烧汤烧水挂心怀。若把好心都丢开，我的天咳，坏心术，真把心术坏！

店家见不叫他赔驴，就感德不尽，加倍的服事他。

欢喜的主人笑啥也么哈,殷勤服事更倍加。无处抓,供奉只得用香花,杀难又赶饼,筛酒又烧茶①。吃不好就把当槽骂。设或呈子到官衙,不愁捱打又倾家。我的天咳,招架难,真是难招架!

　　服事了有二十来天,张官人就壮实了,算起前日饭账与料等,只该二两五钱银子。店主分文不要,官人不肯。
官人便说相好也么交,住了不是两三朝。病难熬,服事主人情意高,清晨把饭做,夜晚把汤烧,一泡尿也得架着溺。阎王殿前走一遭,侥幸阴间把命逃。我的天咳,酬报难,真是难酬报!

　　官人再三给,他才收了一两。到了家,又添上了一两给官人送行。官人不肯收,店主给他雇上乘驴,拥撮他走了。
主人家临别泪满也也腮,这等好心找不出来。小秀才,度量宽宏又不歪。阖家祝赞他,少病又无灾,趁年少早把乌纱带。相公既然不爱财,雇程驴儿表心怀。我的天咳,感戴难,叫人难感戴!

　　不说主人感戴,且说官人出门,原没有定向,走到何处是个尽头?忽然想起凤翔府有个秀才,三年前从京里下来,短了盘费,在我家里住了三日,送了他银子二两,他有说话,我有事南行,便去访他。何不一往呢?
官人动了访友也么心,要上凤翔投故人。暗沉吟,如今举目又无亲,现今兜肚里,剩了四两银,净了包谁给饭一顿?急忙忙往前奔,走了一程病临身。我的天咳,倒运真,可是真倒运!

　　官人还不壮实,走了一百多路,又使着了,晚上也没吃饭,又病起来了。
一百多路病又也么缠,浑身疼痛苦难言。主人奸,不似前边店主贤。孤身一个人,住着屋一间,三日头就要往外撵,死熬日子不肯搬。幸亏十日病早痊。我的天咳,大汗出,可也出大汗!

　　这个店主甚是可恶,心心念念的,待往外撵。幸亏了十天上出

---

① "筛酒又烧茶",《全集》作"烧水又烹茶"。

了汗,才又找了一个店家,养了半月,病方好了。
这一回走路遭了也么殃,慢慢行来不敢慌。路又长,难堪病起受风霜。晚眠又早起,信马只游缰。一日不过三十上,一路行来到凤翔,剩了吊钱在被囊。我的天咳,望朋友,单把朋友望。

到了凤翔,那盘费就不多了。找了座店住下,并问着王秀才在那里。待了十来天,才知道他在王庄屋住,离城三十里。
雇来轿子上南么么乡,腰间只剩一空囊。到王庄,眼看一步就登堂。未知厚与薄,宿下慢慢商,饭合酒大约不上账。不知千里久分张,访友难得不空忙?我的天咳,指望难,可也难指望。

不一时到了王庄,都说他进京去了。官人听说,唬了一惊。无奈何,只得到他门上。
官人一直到门也么庭,敲着挂儿叫一声,不答应,只在门前侧耳听。叫了许多时,出来位小学生,才对他一一通名姓。孩子把他爹爹称,说他设教在北京。我的天咳,动愁心,直把愁心动!

问了问,果然在京。无奈何,出来打发了轿子钱,剩了不勾二百,就老大的着忙。正是:山穷水尽疑无路,柳暗花明又一村。

第三回　旷野逢仙

且说那朋友既不在家,天又不早了,官人便寻思背着行李,找个店主当衣裳。
背着行李好心也么慌,肚中饥饿甚难当。走慌忙,急急找个店合坊,还有钱二百,当下且无妨,打算着要把衣裳当。又思典卖不久长,将来饿死在他乡。我的天咳,磨障人,可将人磨障!
张官人从来不曾走路,又背着行李,又是饿了,一步挪不的四指;走了十来里,那太阳就待落,就越发着急了。

官人独自在荒也么坡,一行寻思泪如梭。好难过,两腿酸困被囊磨;浑身热汗淌,寸步也难挪。放行李且在路旁坐。还有铜钱二百多,投店暂宿一顿活。我的天咳,捱饿难,真是难捱饿!

张官人歇了歇又走,那天就黑上来了。忽见南边有个庄村,心中大喜:待我暂去宿一晚,明日再讲罢。

看见个小庄在眼也么前,漫荒拉草到庄边。仔细观,有个门楼面向南,出来个老婆子,就待将门关。走上前便把妈妈念:俺在他乡少人怜,错了路径无处眠。我的天咳,可怜人,倒着人可怜!

张官人哀求他借宿,那婆子不肯收留。官人只是苦苦的哀告他。

妈妈拿出好心也么田,在外的人儿难上难,放心宽,小生只求一夜眠。酒家何处有?囊中自有钱。要存身不过席一片,得避虎狼便是安,早行不敢更留连。我的天咳,慈念人,快把人慈念。

老婆子说:"俺家无有男子,本不当留客。看你这位书生,到也不差,待我私自留你在这门里头睡罢。我先说,可无有饭给你吃。"遂即拿了个草来,着他打一个铺。

进得门来把身也么安,便把行李卸下肩,靠墙边。婆婆一去不回还。自己打下铺,找块半头砖,嫌他湿就把衣裳垫,依墙根暂且把腿盘。烧心饥饿火生烟。我的天咳,断肝肠,倒饿的肝肠断!

官人正在这里坐着,心中觉着饥饿难当。忽然从里边出来了一个灯笼,引着一位女子。官人急忙起来,躲在黑影里仔细一观。

佳人容貌似天也么仙,二八佳人正少年。杏眼翻,软软腰肢似小蛮。漫漫长群拖,双钩小金莲。脚儿挪头上的银翘颤,一朵能行白牡丹,脸儿似淡云笼月般。我的天咳,见观音,今把观音见。

那女子启朱唇,放莺声,便问:"大门关了么?"婆子说:"关了。"又问:"这铺是谁打的?"老婆子唬的手足无措,又不敢相瞒,遂从实而禀。

妈妈开言叫大也么姑,有个行客在路途,一身孤,天晚无宿借敝庐。少席又无枕,给他个草儿铺。天明就要登程路。女子开言骂老奴,怎么私自留强徒?我的天咳,可恶极,本是极可恶!

　　官人听的美人恼了,着实慌恐。女子又问:"那人呢?"官人不得已,抖了抖衣衫,过来作一下揖。女子轻启檀口,微露银牙,问道:"客是何方人氏?"

官人从头说也么因:小生本是隶府人来探亲。自幼不曾出远门,走的差了路,晚来到贵村。求妈妈方把你门儿进。还望娘子发慈心,他日难忘我一宿的恩。我的天咳,投奔难,真是难投奔!

　　那女子说:"请里边安歇罢。"

挑灯引路在前也么边,行来直到客厅前,掀开帘,书画琴棋件件全。官人才坐下,就把酒菜端,一霎时便是现成饭。小生从无半面缘,今日相逢贵眼看。我的天咳,感念人,倒着人感念。

　　官人吃了饭,丫头老婆子来收拾家伙。官人便问:"方才那位娘子上姓高名?现今取扰了,异日登门叩谢。"

妈妈便说你听也么咱,对你说姓名也不差。是施家,太公太母葬黄沙,阖家无男子,只有姊妹仨,小妹妹两个还不大。大姑小字是舜华,方才见的就是他。我的天咳,出嫁无,可还无出嫁。

　　老婆子话罢去了。官人看了看,床头上一付锦被锦褥,又香又软,遂抽了一本闲书上床去,就把枕头拓伏着观看起来。

拿着本闲书上来也么床,灯下看了十数行。耳边厢,忽听一阵响叮当,像是帘钩动,有人走进房,移俏步轻把高低儿放。慌忙起来细端相,灯下看见俏红妆。我的天咳,降神仙,真是神仙降!

　　官人看了看是舜华,慌的放下书去换衣裳。小娘子不依他下床,便拉过把椅子来,坐在床前告诉他的孤苦。

就把官人叫一也么声,难得你贵脚到门庭。你是听,奴家对你诉衷情:上边无父母,下边无弟兄,这样人真正不成命!两个妹妹未长成,叫奴独自把门户撑。我的天咳,孤另人,真是人孤另!

舜华说罢,眼中落泪。官人说:"小娘子这样聪俊,人物标致,资质清奇,什么女婿找不出来,不强似你自己过么?"舜华听罢,便将衫袖擦擦眼里那泪,抿着樱桃口微微一笑。

佳人含笑在情也么间,似有句话儿到口边,又难言,一朵桃花上玉颜。忍了好几忍,方把心事传,未开口先把娇容变。官人风雅正少年,既到俺家定有缘。我的天咳,心愿随,好不随心愿!

官人听说待合他成亲,就作了难,暗道:"他如今厚待于我,待与我成亲,我就说有前妻,明日必定撵我;若不说,哄他又不是个人了。罢罢,宁可叫他撵了罢!"

小生初得见容也么颜,只当是个玉天仙。真是缘,分明织女降临凡。若把你来寻,除非画阁间。无有福难得见一面。但我取妻已多年,若是撒谎将你瞒,我的天咳,相见难,真是难相见。

舜华说:"这也是官人那至诚处。但只是官人料想还有几年的住头,就是家里有妇人也不妨的。"

你我原是结发也么缘,他在北来我在南,不相干,从来江多不碍船。一人在这里,一个在那边。两下里都把恩情恋,住上三载并三年,待要回还就回还。我的天咳,便从君,定要从君便。

说到这里,官人就允了。舜华起来要去,说:"明日我找个媒人来。"官人听说此话,一采手儿拉住他说:"娘子既不弃嫌,省了这番事罢。"

官人便说你听也么知,再找媒人费事极。不必提,谁是着急的好亲戚?既无有哥嫂,又无有兄弟,那别人与咱何关系?魂灵早已被卿迷,你既不嫌我就容易依。我的天咳,亲事成,咱就成亲事。

二人正说话间,丫头们送了酒菜来,官人留他同饮。舜华也就住下了。床上放下一张小金漆桌子,舜华不肯上床,就坐在椅子上陪着。丫头斟上酒,舜华分付他说:"唱一个小曲儿与官人听听。"丫头果然就唱。

【迭断桥】春日天长,春日天长,带病恹恹懒下床。奴这里正心焦,极唝那桃花放。燕子为谁忙？燕子为谁忙？莺声呖呖哭垂杨。人都说这是春，奴觉着合秋一样。

四季曲才唱了一个，舜华瞅了他一眼，吆喝道："好贱人！你怎么知道俺不长久，就唱这么个曲儿？"丫头慌极了，就流水改腔。

【跌落金钱】叫声哥哥口印腮，看见你影儿麻上来。哥哥呀，这一笔方勾了相思债。哥哥不知我心怀，你说我狠来我说你呆。哥哥呀，这霎怎不把奴怪。又叫一声俏乖乖，端相了模样看绣鞋，乖乖呀，那一点不叫人心爱！奴家昏迷眼难开，自家的身子作不下主来。冤家呀，舍上我济你杂摆划。

丫头唱完了，舜华红了红脸，微微一声笑。又吃了两盅，官人就不吃了。才收拾家伙睡了①。明日清晨早起来，便向官人嘱咐了几句言语。

【银纽丝】天喜相逢在一也么窝，夫妻恩爱似山河。我合哥，从此百年琴瑟和。家有几亩地，杂粮百石多，就住上几年也不错。咱俩无媒自撮合，怕是旁人耳目多。我的天咳，瞧破人，休叫人瞧破。

说罢，拿出来了五百钱说："拿去登山玩水，只是早去晚来。"张官人点头会意。也分教：登山玩水两千日，早去晚来四五秋。且听下回。

第四回　佳人出狱

不说张鸿渐在施舜华家成了夫妻，且说方娘子在监里，已过了

---

①　"才收拾家伙睡了"，《全集》作："老婆子收拾家伙，舜华起来就待回宅去。官人一把拉住说：'你待那里去？'舜华无言。二人手把手上床睡了。"

一个年头了。

【迭断桥】佳人在监,佳人在监,不觉光阴又一年。花炮闹喧喧,方知年头换。锣鼓喧天,锣鼓喧天,元宵佳节万人欢;谁知受罪人,喔哼到三更半!

小姐初到监里,觉着实在难受;住下来了,也就不以为然了。一个年头,一个年头,住成家了便不愁。那里边甚腥臊,住下来不觉臭。见儿泪流,见儿泪流,今年过了四五秋。可惜你未成人,跟着在监里受!

不说小姐在监伤感。却说那方二相公奋志读书,果然到了八月中秋,中了第五名举人。报子来监里报喜。小姐低头,小姐低头,喜到极处泪交流。只当是住到老,一般的待好勾。笑口难收,笑口难收,想这去处不久留,收拾起破行装,等着他二舅。

小姐赏了报子一千不提。且说老马听的方二相公中了,也就挣了一挣。但等着那方二相公拿个帖来,就做了情罢。老马也慌,老马也慌,低头反复自思量:若是他差人来,就把他妹妹放。眼儿日日张,眼儿日日张,全无一字到公堂。狠狠不做情,料想也无妨帐。

却说方二相公,寻思着老马定然将他妹妹送出来。谁想如石沉大海,杳无音信。叫我等着,叫我等着,等到今日就罢了。他送我妹妹来,应该拨上轿。金榜把名标,金榜把名标,足见当年不是叨。他若是送了来,暂且不计较。

谁想老马拉着硬弓,说道:"呵呵,是待等着我使轿去送么?用错了心了!"大发狂言,大发狂言,等我送到大门前。他纵然中了举,也管不着马知县。你到明年,你到明年,破上登科中状元,就做了大翰林,也无有敕封的剑①。

方二爷等了会子,见他总不送来,便说:"看这个意思里,等我央及他么? 就算等差了罢!"
用意忒差,用意忒差,还要等我去央他? 骂一声老贼头,他忒也自讨大! 咬碎铜牙,咬碎铜牙,合该俺俩是冤家。我破上不做官,要把他头割下!

方二爷也没受贺,就早早的上京去了。小姐等了二日,不见动静,也就参透了。
哥哥志气坚,哥哥志气坚,不肯屈意望周全。央及着出了牢,我可也不情愿。拿了县官,拿了县官,那才是我出头年。我立志不归家,要坐的牢底烂!

从此在监里,越发有了体面。不觉得悠悠忽忽又是一个年头,小相公已五岁了。
怀抱小哥哥,怀抱小哥哥,问声亲娘是怎么? 这是个啥去处,只顾在里边坐? 娘子泪如梭,娘子泪如梭,这也不是个安乐窝,原是你爹爹在家惹的祸。

小相公说:"爹爹呢?"娘子说:"孩子呀,你问您爹爹么!"
您爹爹外逃,你爹爹外逃,不知逃在那去了。近合远吉凶不能料。知县老杂毛,知县老杂毛,把咱娘俩送监牢。你如今未成人,几时能把冤仇报?"

小相公就哭了说:"娘呀! 咱几时就出去了?"
我的心肝,我的心肝,咱在监中已三年,已是全不想还捞着天日见。祷告苍天,祷告苍天,保佑你二舅做高官。要知道凶和吉,只在这二月看。

不说方娘子在监中盘算。且说方二爷到京里,白黑的想着报仇。

---

① "敕封的剑",《全集》作"上方剑"。

仔细思量，仔细思量，我就一朝到玉堂，能着他丢了官，难割他脖儿项。惟有严中堂，惟有严中堂，现今权势振朝纲，有心待报仇，只得把良心丧。

想到如今惟有阁老严嵩，还济得事，但只是怎么能结交他？苦志钻研，苦志钻研，先要结交那严世蕃。寻思了千样法，总无有一条善。想着老严，想着老严，门下官儿万万千，小小的方仲起，怎么能捞着见？

方二爷要钻研那严阁老，正无想出法来，也是天假其便，那严世蕃是严嵩的大儿，他就是第二个严阁老。忽然得了病，是痰火病，多少名医守着，再治不好。方二爷通医，听得此话，大喜说："有了！有时运来通医术，何必用力转他门。"
便去行医，便去行医，进身不用他人提。投了过官衔帖，说这病我能治。苦用心机，苦用心机，全凭医道作阶梯。合该我想报仇，一付药就得了济。

到门上投了帖，即时就有个相公来迎接进去。吃了茶，请进去看看脉。
讲说病源，讲说病源，酒因伤醉结住痰。可笑医不通，直把人参灌。写方在案前，写方在案前，大黄硝石共芩连。众医生瞧了一瞧，只唬的哆嗦战！

众人看了看，都走开，不与他担干系。方仲起早知其意，也破上做，送进方子去看了，遂出来着人问他说："你看的真么？"答应说："甚真。"又说："你担的么？"大声说："担的。"
把药煎熬，把药煎熬，用手搧火不惮劳。神天若有灵，就着我方儿效。贪物该抄，贪物该抄，合县如将水火遭。若还是药有灵，那贼头合该吊！

一行煎药，心里暗暗的祷告。将药煎中，送进去，方二爷恐怕不效。到了半夜里，不曾睡着。
把药味推敲，把药味推敲，怕有一点对不着。踌躇到三更天，何曾得睡一觉！忧虑到终宵，忧虑到终宵，忽然听人声脚步高。只当是凶信来，那心往口里跳。

半夜里有人来说："吃药后觉着极好。"方二爷闻之喜不自禁。第二日又一付药，那病就全好了。

仲起笑盈腮，仲起笑盈腮，不喜医名遍九垓。一来为仇报，二来为除害。公子起来，公子起来，自家女戏盛筵开；又是个新举人，异常的好相待。

严公子送了缎子十疋，银子二百两，方二爷分毫不受；又送古董，才收下几件。

仲起清廉，仲起清廉，彩缎金银一概捐；字画合鼎炉，只收下两三件。仲起开言，仲起开言，平生重义不爱钱。只求近身来，得见公子面。

公子大喜，着人把行李搬来，就在宅里居住，朝夕好在一处说话。

朝夕一堂中，朝夕一堂中，酒饭笙歌件件同。仲起甚聪明，极会相趋奉。满面春风，满面春风，态状实难见亲朋。说一句笑闹堂，却早把公子动。

方二爷从来极傲，只因待借人声势，不得不假意奉承，把个公子奉承的自在至极，因此合他时常的相见。一时不见，他就着人去找。

想着报仇，想着报仇，时时刻刻在心头，权且把良心丧，丢放在脑门后。妻妾虽羞，妻妾虽羞，又无把功名富贵求，只为同胞人，现在监中受。

方二爷每日合公子在一起，早晚闲谈，便说老马异常贪酷，并不提他妹妹坐监。

共酒同茶，共酒同茶，拿着恶疑当闲巴。虽然有报仇心，却说的真实话。公子咬牙，公子咬牙，这样赃官要他咋！只该割了头，拿着当街挂。

到了二月里,方二爷又中了进士,殿了二甲。公子益发的敬重他,许着给他个翰林。

仲起说不然,仲起说不然,告禀公子大人前:我从来最粗略,那翰林做不惯。许我做美官,许我做美官,公子恩义重如山。扶持我做刑厅,可必是心情愿。

这翰林是个美官,人人求之不得,难道说方二爷他就嘲么?殊不知这是他的乖处。

心中自参,心中自参,借他的声势杀贪官。虽然快人心,还觉着身流汗。若附权奸,若附权奸,翰院里做高官,当下虽峥嵘,难把乡邻见。

方二爷待下手报仇,还没瞅出老马窍来。一日,北直的按院来见公子,请他去陪着吃酒。

暗暗喜欢,暗暗喜欢,这里正好用机关。要照着老畜生,加上根狼牙箭。套套圈圈,套套圈圈,不好说卢龙知县官,慢慢的引将来,时时的瞧方便。

方二爷此时是关屋门烧火——有意存烟,时时的谈论到卢龙知县上。

处处留心,处处留心,要说乌雏的正子根。那按院不参想,远远的将他趁。谈论古今,谈论古今,只说那卢龙正县尊。事事的起上头,要引着按院问。

那按院不觉的问一声说:"贵县现任的知县姓什么?"方二爷还无答应出来,公子便说:"可是呢,也该问问,那奴才是该砍头的!"方二爷就不敢做声了。公子说:"方年兄,你可把马知县的恶迹,细说一遍给大巡听听。"方二爷说:"是。"

仲起一言无,仲起一言无,暗暗心头转辘轳。奉承了大半年,只用他这一句。仲起说话粗,仲起说话粗,不装老巴只装愚。乍看着像无心,其实是实落做。

按院说:"是,是。"不敢大问。少时饭罢,才去请教方二爷。

方二爷故推不知,按院再三的恳求。方二爷说:"老公祖请回,等治生问过公子,着人送去回话。"方告别去。

按院告辞,按院告辞,又别主人三个揖。向仲起告叮咛,千万的多留意。两下别离,两下别离,仲起来回便不提。只找出恶款来,再一审加仔细。

仲起把老马的款单,又改窜的极结实,封裹停当,又拿上了公子的帖子,一封着人送给了按院。

大事妥然,大事妥然,才得酣酣一夜眠。心中一事无,方把家乡盼。告辞严世蕃,告辞严世蕃,又要归家祭祖先。鞍马甚惶忙,要赶过新按院。

按下方二爷告别公子回家不提。却说老马听的方仲起做了二甲进士,也就不敢大撑棍了,吩咐人请出方娘子来,着官轿送他归家。小姐还不肯出来。

大骂贼砍脖,大骂贼砍脖,送我监中三年多。我只当砍头贼,要着我长长坐。今日如何,今日如何?请我出去待怎么?待要出监门,只等把贼头剁!

那衙役们原是有些怕方仲起的,又见老马慌了,越发害怕。大家都去监中跪央,小姐才出来,上轿回家去了。

来到家中,来到家中,墙歪屋塌满蒿蓬。惟有个瘦犬儿,见主人把尾巴摇动。屋里尘蒙,屋里蒙尘,屋后桃花一树红。满眼甚凄凉,到叫人心酸痛!

不说小姐还家,凄凉度日,且说方二爷知道老马送了妹妹来,冷笑了一声说:"晚了!"

大骂老贼头,大骂老贼头,体面丝毫不肯留!我说的那话儿,一般的照着做。晚了三秋,晚了三秋,早些如此不记仇。既是到如今,要想活不能勾。

来了家,老马就登门来道喜,送的极厚的礼。还要自己来贺,说定日子送匾。方二爷吩咐人出来说:"老爷睡着了,请回罢。"

新贵来家,新贵来家,知县登门不见他,人都说方仲起自在的威也大。老马怒发,老马怒发,方兴辖着我什么?索性子破上行,着他能把我咋!

老马回县,一声吩咐:"上那张逵家,给我拿他来!他若不出来,还带方氏来回话。"那些衙役都不敢做声;惟有一班少年衙役,耍弄时道,打伙子要去。

群役叫喳喳,群役叫喳喳,急忙去把美人拿。一霎时来到门,各人勾天那大。声声怒发,声声怒发:既把张逵藏在家,还着那方娘子,同俺去回话。

说了一声,小姐听见气的柳眉倒竖,杏眼圆睁。正待去合方二爷说,谁想他先知道了,立刻着家人来到。

衙役欺心,衙役欺心,该把狗腿打断筋!绳拴起来着实捶,多合少不要论。吩咐手下人,各人要带棍一根,千万的休叫他,摆了溜子阵。

却说那些衙役们,正在门前吵闹,只见来了十数个人,走的凶凶的。有一个识的方二爷的家人,看着不好,扯腿就待跑了。

扯腿飞颠,扯腿飞颠,赶上拿着一齐拴。照着腚和脸,打的稀糊烂!苦苦哀怜,苦苦哀怜,惊天动地叫皇天。他虽然叫达达,也只是听不见。

打了一阵,就不打了。小姐出来便问:"怎么不打呢?"再给我打起来,再给我打起来,着他捎给狗杀才。绳子高挂起,打个极自在!重重的揣,重重的揣,撕了帽子剥了鞋,拿起大鞋底,搧掉天灵盖!

小姐看着,又吩咐每人再打二百,才放下来,磕了顿头。小姐说:"饶了你的狗命!"各人都说:"不能走了!"小姐说:"哦,是还待等打么?"

小姐说一声,小姐说一声,大家不敢说是疼。拿起那将断的腿,顾不的的稀烂的腚。扯腿仍崩,扯腿仍崩,路上坐下方哇哼。都说是好狠娘,几乎送了命!

　　个个瘸呀点呀的,到了县里,见了老马,如此这般,诉了一遍。老马大怒,即时点了五十名人役,再去拿人。

你休怕他,你休怕他,带着器械到张家。就撞着方家人,也拿来回回话。定把方氏拿,定把方氏拿,捞他顿捞子也不差。破上这老性命,就合他对了吧!

　　老马在堂上正点着名,有人来报:"刑厅老爷到了!"老马挣了一挣,就迭不的点名了。

老马听了,老马听了,暂且从容把气消。全无有信息来,可巧的刑厅到?好不蹊跷,好不蹊跷,摘了帽子蒯蒯毛。这一来甚茬撞,像有些不大妙。

　　老马正待伺候迎接,刑厅已是进来了。老马慌极,跑下堂来迎接。上去正待行礼,刑厅摆了摆头,一个人拿上锁来,就在那脖子上丢了。即时锁了,即时锁了,魂灵气上九重霄①。不知啥来由,点信儿不知道。低头跪着,低头跪着,威势全无气也消。就无人问一声,方娘子还叫不叫?

　　刑厅锁了老马,即刻带着走了。后边留下人,又拿了十五名衙役。这是按院到后,就暗暗委来刑厅,谁待那里知道的呢?正是:去见桃园三结义,乌牛等候已多时。且听下回。

第五回　闻唱思家

　　按下老马被案院拿了不提。却说那张鸿渐在施舜华家,逐日

---

① "魂灵气上九重霄",《全集》作"满堂人役静悄悄"。

里登山玩水,饮酒歌舞,快乐的至极。

【玉娥郎】正月里,梅花娇,春风飘,又见春光上柳条。家家闹元宵,走冰又过桥,他乡人也跟着混一遭。

二月初二是花朝,冻初消,榆钱绽树梢,春风乌梦摇。不觉的三月清明又到了,杏卸放红桃,坟头把纸烧。可怜俺望家里万里遥!

　　三春已尽,夏又来了。

四月里,小麦黄,稻插秧,困人天气日初长;紫燕上雕梁,黄莺啭绿杨,这时节又不热来又不凉。五月五日是端阳,角黍香,艾虎挂门旁,菖蒲酒满觞。又早是六月入伏热难当,荷花满池塘,暖水戏鸳鸯。可怜俺抛妻舍子在他方!

　　三伏既尽,秋气忽生。

七月里,到秋间,听寒蝉,桐叶飘飘下井栏。十五是中元,家家祭祖先;他乡人舍坟墓,好心酸! 八月中秋白露寒,蛩声喧。人家妻子欢,月圆人也圆;那堪在,外乡人! 又来到了九月天,斯时列酒筵,菊花插鬓边;可怜俺远游人形影单!

　　九秋已毕,隆冬又到。

十月里,天气寒,觉衣单,鸿雁行行尽向南。正是雨涟涟,又是雪满天。北风起,凉呵手,冷难堪。十一月里难上难,河冰坚,日色冷惨惨,火炉来救寒。受冰霜又捱到了腊月天,岁尽已冬残,行人都回还;可怜俺见人家过新年!

　　张官人在外,水边破闷,山上消愁,光阴迅速,已过了五年。一日天气甚冷,归来的早些,到了归处,全然不见庄村了。

【房四娘】张官人,吓一惊,举目满眼尽蒿蓬。分明归家不是梦,分明归家不是梦,如何院落都成空? 如何院落都成空?

　　呀! 怎么没了房屋庄村? 想是一个梦不成? 待我坐下,定醒一回。

张官人,正徘徊,回头已见画堂开。身子已在房中坐,又见舜华笑进来。

回了回头,见那庄村舍宅,宛然如故。正自做怪,舜华便笑着进来了。

叫官人,你听言:奴家本是玉天仙①。劝君不必胡惊怪,奴与官人实有缘。

　　官人听他自言是仙,面色言词就沉了一沉。

施舜华,说无妨,咱俩夫妻正相当。若还害怕拱拱手,凭君去住有何妨。

　　官人笑道:"这是那里的话呢!我怎么舍得你就去了!"

我合你,已五年,夫妻恩爱重如山。人间那有这样俊,原来已就是天仙。

　　舜华笑了笑说:"你不疑忌么?"

张官人,笑吟吟,夫妻多年恩爱深。若还娘子不相信,天地神明鉴此心。

　　从此说开,也就罢了。一日张官人出去游玩,被一个初识面的朋友拉了酒馆里去吃酒。

两个人,进馆来,肴果香甜酒热筛。你一盏来我一盏,主人还说不开怀。

　　那朋友说:"咱俩这闷酒难吃。"分付酒家:"叫一个唱曲子的来。"

【银纽丝】一更里昏沉灯儿也么张,无情无绪卸残妆。好凄凉,半是思郎半恨郎。人家有夫妇,夜晚诉衷肠,恩情好难把睡功旷?惟奴独自守空房,懒抱熏炉去烧香。我的天咳,上牙床,懒把牙床上。二更里灯儿昏残也么惨,更鼓连声玉漏繁。好难堪,两下分离各一天。奴家也是孤,影儿也是单,对孤灯多亏了影作伴。斜倚枕头闷恹恹,手托香腮擎架难。我的天咳,换绣鞋,懒把绣鞋换。三更里吹灯上床也么眠,一床锦被半床闲。好可怜,细听谯楼半夜

---

　　① "奴家本是玉天仙",《全集》作"我原是个狐狸仙"。

天。身子只一捏,倒下小如拳,在牙床仅把个角儿占。翻来覆去睡不安,捱到一更似一年。我的天咳,乱神思,越觉着神思乱。
四更沉沉鼓儿也么敲,离情愁绪更无聊。好难熬,捣枕槌床睡不着。看看窗儿外,明月上柳梢,透窗纱将奴牙床照。万转千回泪暗抛,眼儿一夜不曾交。我的天咳,靠何人,却向何人靠?
五更里合眼到阳也么台,梦见行人半夜来。笑盈腮,进门也迭不的诉哀怀。教奴卸红妆,催奴换绣鞋,多情人把奴浑身爱。忽被鸡声惊散开,卧到天明头懒抬。我的天咳,害想思,越发把相思害。
天明了头沉身子也么酸,明窗红日上三竿。闷恹恹,手脚昏沉怕动弹。起又不能起,眠又不能眠,一夜儿滚的乌云乱。形容憔悴病越添,病卧空房谁见怜?我的天咳,埋怨谁,可将谁埋怨?

　　唱的甚是悲切,就合着他的心事了,遂满口称赞他唱的好。那人见夸奖他,就又唱了一个。
初交一更冷清也么清;二更里寂寞更伤情;好难听,谯楼却又打三更;四更盼五更,五更盼天明,有六更便送了残生命。一更一点数漏声,数尽更点梦不成。我的天咳,扎挣难,叫人难扎挣!

　　官人问:"这是个什么曲儿?"那人说:"这名为《银纽丝》。"官人赏了他一盅酒,说:"好极了!悲极了!"那人说:"小人还有个四季的《金纽丝》哩,再唱唱给爷们听罢。"
【金纽丝】春来到,花径生尘,风飘万点正愁人。家乡万里无音信,想你泪纷纷。你那里殷殷勤勤,杏花插乌云,却有谁看着俊?谁望着亲?
夏来到,荷叶如钱,一榻清风万树蝉。终朝只把家乡盼,想你好心酸。你那里愁病恹恹,弓鞋虽绣完,穿与何人看?谁把你来怜?
秋来到,落叶飕飕,萤火高飞直逼楼。此时难把孤单受,想你日日愁。你那里唧唧啾啾,万恨在心头,强把眉儿皱,泪珠儿交流。
冬来到,长夜如年,宝帐孤灯照影寒。床头强熬的更鼓断,想你泪潸潸。你那里孤孤单单,独抱绣衾眠,不知如何的盼,咋样的难?

　　唱完了,官人感动心怀,那酒也吃不下去了。遂别了朋友,回家来了。

【房四娘】别朋友,来到家,进的门来见舜华。舜华一见微微笑,微微笑,便叫丫环去煮茶,去煮茶。

少时茶到,又分付炖酒。
叫丫环,炖酒来,我与官人遣闷怀。今宵不着三杯酒,三杯酒,愁闷如何解得开,解得开!

少时酒到,舜华斟上一杯,递与官人。
把大杯,满满斟,微微带笑叫官人:吃着叫他唱一个,唱一个,情管投着你的心,你的心。

舜华说:"小鬼头唱一个与官人消酒。那日嗔你唱的那个四季《迭断桥》,今日可用着了。"丫头就唱:
春日天长,春日天长,带病恹恹懒下床。奴这里正心焦,极嗔那桃花放。燕子为谁忙,燕子为谁忙,莺声呖呖哭垂杨。人说道这是春,奴觉着合秋一样。
夏日荷花,夏日荷花,一团心绪乱如麻。闹吵吵聒煞人,只待把鸣蝉骂。热汗成注,热汗成注,忽然细雨打窗纱。才清凉越发愁,说不出是因着啥。
秋来睡不着,秋来睡不着,隔窗忽见月轮高。叫丫环关煞门,休着他把我照。将铁马儿摘了,将铁马儿摘了,央及砧声莫要敲。你时常里跺跺脚,休着那促织叫。
冬夜被难温,冬夜被难温,翻来覆去到夜深。见丫鬟睡叨叨,越叫人心里恨。一夜似一春,一夜似一春,谁给我劝劝打更人,也着他行点好,流水把更打尽。

唱完了,官人长叹了一口气,说:"娘子真是个神仙! 不然,怎么就知道我的心事,叫他唱这么个曲儿?"

【方四娘】张官人,叫一声,尊声娘子你是听:既然知道我心间事,心间事,何不打救苦苍生,苦苍生?

官人说:"娘子既是仙人,我的事情,你也知道的了。"

我逃走,在天涯,嫩子娇妻撇在家。仙人必定有神力,有神力,送我去看也不差,也不差。

　　娘子听说,便瞅了一眼,就恼了。

张官人,太无良,五年恩爱不寻常。守我还把别人想,别人想,灰奴一片好心肠,好心肠。

　　官人说:"娘子差矣!"

你合他,无重轻,我最恼的是薄情。今日对你把他想,把他想,他日对他想着卿,想着卿。

　　娘子说:"我不知是怎么就有点偏心病呢?"

你虽说,情义高,我的心眼太蹊跷。对人望你想着我,想着我,对我望你把别人忘了,人忘了。

　　官人说:"娘子这就差矣!"

我在外,续了亲,忘了结发百样恩。转眼无情真负义,真负义,娘子也不喜这样人,这样人。

　　官人说:"娘子有法送我回家看一看,可不极好么?"

娘子说:这不难,原来家乡在眼前。过来我就送你去,送你去,奉赠床头半夜眠,半夜眠。

　　就把官人拉着手,出的门来。

他两个,出了门,黑夜茫茫路难奔。娘子拉他一只手,一只手,脚不点地似腾云,似腾云。

　　不多一时,就到了。"我在这里等着你罢。"

张官人,说旧村,树木楼台件件真。走了几步抬头看,抬头看,认的自己旧家门,旧家门。

　　到了自己的门首,看了看,那墙倒了半截。

便飞身,跳过墙,眼看院落甚凄凉。又把一层矮墙跳,矮墙跳,忽然窗内透灯光,透灯光。

　　看见屋里点着灯,便说:"我娘子还没睡么?"

将两指,弹双扉,惊动娘子问是谁。悄悄答应说是我,说是我,娘子看见喜又悲,喜又悲。

娘子听过声音,疾忙开门,便一把拉住。

方娘子,甚凄惶,你从那里返故乡? 奴在家中把你盼,把你盼,为你眼枯又断肠,又断肠。

官人说:"亏了我遇着狐仙,今日才得来家看看。"

幸亏了,遇仙人,今日送我还家门。他在路上等着我,等着我,合你灯下略略亲,略略亲。

官人说:"近来那官司呢?"

方娘子,细细陈,两个斩绞十个军。只为官人拿不到,拿不到,奴在监中过四春,过四春!

官人听说他坐监,就落下泪来了,说:"我那娘子,你怎么出来的呢?"

方娘子,泪纷纷,老马奸贼不是人。亏他二舅中两榜,中两榜,才把奴家送回门,送回门。

官人听说甚喜,问:"那老马呢?"

他二舅,报了仇,老马拿去问砍头。共有衙役十五个,十五个,人人斩绞尽徒流,尽徒流。

官人满心欢喜。见小相公睡在床上。

张官人,细端详,不觉两眼泪汪汪。我去时他在怀中抱,怀中抱,今日长的这么长,这么长。

娘子说:"今年八岁了,读了三年书了。"

张官人,泪双双,全凭娘子放心上。我将来不知怎结果,怎结果,千万休要断书香,断书香。

房娘子把身子一歪,就倒在官人怀里去了。

倒在怀,泪眼红,你那里交欢夜夜同。想是仙人模样好,模样好,把奴全不放心中,放心中。

官人说:"我若不想你,怎么来呢?"

娘子说:你还乡,只为孩子不为他娘。官人休说违心话,违心话,见了仙人谁肯忘,谁肯忘?

　　官人说:"他虽俊,到底不是个人身。"
他到底,是个狐,不是从小妇合夫。原是他待我恩义好,恩义好,我不是忘恩负义徒,负义徒。

　　娘子说:"官人那官人,你细细的看看我是谁?"
张官人,看自家,怀里搂着是舜华。身子还在房中坐,房中坐,碗盏还盛旧酒茶,旧酒茶。

　　官人看了看,不是方娘子,就挣了说:"奇哉!这孩子也是假的不成么?"
看孩子,睡沉沉,还在床头没动身。伸手一摸仔细看,仔细看,原是一个竹夫人,竹夫人。

　　官人看了看,不是孩子,却是一个竹夫人,又挣起来了。舜华说:"不用挣了,我已知道你的心了。"
我当是,并头莲,谁想把奴另眼看。亏了临了那一句,那一句,恩义不忘罪可原,罪可原。

　　官人听说,就低下头了,也没敢做声。
小娘子,又嘲诮,你在他乡万里遥。至到如今还别样,还别样,是该撑着就开交,就开交。

　　张官人挣了一回,济着受了一肚子气。见舜华也不是十分恼怒,才自己笑了一笑,解衣上床,陪不是去了。正是:青天有眼豺狼死,平地无尘波浪生。不知后事如何,且听下回。

第六回　忿杀恶少

　　且说舜华把张官人半推半就,半笑半嗔,作弄了一夜,以后也没说什么。又待了几日,忽然说道:"罢呀!我想痴心恋人,终久无趣。我今夜可真个送你家去罢。"

【劈破玉】我合你做夫妻已四五年,你心里有个橛另把人拴,为什么还痴心把人留恋?你自有结发的恩合爱,这露水头子夫妻嗄相干?如今我就合你别了罢,省的你日后再把奴来闪。

遂即拿过那竹夫人来,丢在地下,笑了笑说:"我那没良心的官人,你是爱在前头呀,是爱在后头呢?"官人又当是戏耍他,便说:"我在后头搂着你罢。"

张官人才坐下就晕了一阵,叫声起忽的声好似腾云,只吓的闭着眼不敢再问。此时才觉腰儿细,怀里总像是没有人。就是那行床的时节,亲到极处,也不曾搂的这么紧。

只听的耳边风响,不多时,舜华说声住,就忽的声落下来。便说:"官人那官人,这可是你自家待回来,向后有好也不必想我,有好歹不必怨我,咱可就从此别了罢。"张官人睁开眼,已不见舜华那里去了。

张官人才待说几时相见,不知他从几时飞到半天,想又是眼障法把俺诓骗。独立明月下,定神仔细观,景色如故,树木依然:你看那庄东头那个湾,庄西头那个滩,庄北头那座山,庄南头那段田,庄前头那楼三间,这是谁家坟墓,那是谁家花园?楼阁不曾减少,房屋不曾添。看了看历历分明,真真的隔着家门不大远。

"呀!这真正是我那庄村了。且无论是真是假,我暂且进去,看看这是如何。"

进庄来直到大门以外,看了看一遭儿屋倒墙歪,合那舜华来时风景宛然在。跳过那破墙头去,直到了宅门外,又见那窗儿里的灯光,合那一夜半点不曾改。

"仔怕又是那个妮子弄法儿唠我。我且进去叫门再讲。"

轻敲绣门,里边就问:半夜儿漫过墙,你是何人?官人说是张逵,娘子不信。你站在乜月下,我认认模样真不真。那娘子按着窗棂,端相个尽心:身上道袍,头上方巾,面庞嘴口,眼角耳轮,添上几根胡须,带着一点风尘。上下看了一遍,真真是我那官人。乓的声放下那手里的绣鞋,只听的步步金莲走的紧。

娘子哭着,出来开了门,说:"你从那里来?"官人笑着说:"你还装不知道的么?"

张官人又当是舜华作戏,便说道:小娘子会弄张致,平白里哄杀人光使你的诡计。看了看小保儿还在那床头睡,比着那一夜并不差毫厘,笑着说:你又把竹夫人拿在这里,小娘子我从今后再不信你。

方娘子见他冷打漫吹,说的都是云里雾里的些话,就拭了拭那泪,把脸放将下来就恼了。

张鸿渐这几年你良心全坏。我为你人间罪尽数全揇,到如今那枕头上泪痕还在。五载别离一相会,一眼泪也流不下来。像奴家这样没心眼的痴心人,叫他死到监牢也应该!

官人见他恼了,才知道不是假的,便扑簌簌落下泪来,把舜华的缘故说了一遍。娘子才知道起根就里,也就全然不恼了。官人便问:"那官司怎么着来?"

这一案也经了三拷六问,县堂上出了票每日拿人。说起来真正是一言难尽,娘子屈着指说了五六分。问了几个斩罪,几个罚了充军;方仲起怎么样的赌气,马知县怎么送出监门;斩了一个老马,弄翻了衙役一群。一行行,一字字,从头说原音,合那一夜的话儿,半点不分。才知道仙家神灵见的准。

夫妇正然说话,忽听的窗外有人走的响,两个都挣了,只当是官家又来拿人。

这庄里有个无赖光棍,名叫李鸭子绰号破军。久瞧着方娘子风流聪俊,二十四岁常守寡,难道他全然不动心?墙又矮小,一直到了门。但只是这个主子利害,不可轻易近身;把县官骂了个闭气,衙役打了个断筋;又搭上那方仲起,忒也重尊,弄发了岂有饶人?重则掉了脑袋，轻则打的发昏！老子生儿一个，死了没人上坟。只因寻思到这里，狗心肠方才忍了好几忍。

也是他合该有事，这一夜李鸭子从东庄里吃了酒来家，远远望见一个人跳过那墙去，心里就寻思着这一定是方娘子的原人。说道："妙哉！我去踏那狗尾巴儿，有何不可？"

李鸭子跳过墙一直竟进，门外头只听了勾半个时辰，空说话听不出姓谁名甚。安心听出这个主，吆喝一声堵住门，一把儿捻住他那脖子，那时方娘子，我就不怕你不肯。

张官人看了看，是个小伙子，搐回头来，不敢做声。方娘子便问："什么人来俺家？"李鸭子说："是我。我是来捉奸的。"

叫一声方娘子不必弄像，我李鸭子原合你就是同庄，你合我犯相与全无妨帐。难道说人家合你有来往，就不许我汤一汤？你若是依我这件事儿，咱可就千万事儿都不讲。

李鸭子说出那无赖的话来，两口子在屋里几乎气杀！没奈何，只得实说了，说："我是张鸿渐来了家。"那行子听说此话，就越发歪起来了。

张鸿渐到如今歇着大案，就是他可也该拿去送官，我看他还有什么分辨？若是娘子依了我，万事皆休都不言；若不然，咱就叫起那邻右地方，齐来看一看，你两个在屋里做的什么茧？

张鸿渐在屋里气得暴跳。抬头看见那墙上挂着一口刀，便一伸手把刀抽出来，说："罢呀！我再犯了杀人的罪罢！"

扑冷声开了门往外就跳，照着那鸭子头就是一刀。那行子可也是出于不料，你看他马尾套蜻蜓，就把腔挣了。吊了一双鞋，光着脚舍了命的往外跑。

张鸿渐一刀没砍着他，他就跳过去。也是那行子天理不容，合该命尽，跳过墙去，叫已颠了，又是醉，又是慌，就绊了个跟头。官人跳过墙去，又是一刀，就呜呼了。

又是醉又是慌魂也不在，跳过墙一骨碌跌在当街。张官人只一刀就砍下一块；爬了爬还待走，又复一刀砍下来。他可才四爪子朝天，两脚儿蹬开；死了那股气，傻着脖子捱；划开他肚子，割了他脑袋。那一把无名孽火，这一时才略略的解一解。

张鸿渐杀了李鸭子回来，便说："那个行子被我杀了！我虽然犯了天那大的罪，我这心里那却极痛快。"娘子听说，吃了一惊，哭着说："你这是罪上加罪了！这却怎么着呢？
歇着案要拿你不能得勾，你如今又从新割了人头。这死罪真真是无法可救！颠险曾捱过，可也顾不得羞。我替你寻思了，三十六个计策，好法儿到底还是一个走。

方娘子说："他二舅自从拿了老马，报了仇，救回当日那些问罪的秀才们来，就选了他淮安府的刑厅；待了三年，就开了巡案御史，到了京里，伺候着点差。他又不去见那严阁老，又不去奉承那严东楼，被他怒恼，弄了个冠带闲位回家来了。他如今闭了门，养老清高，一星闲事不管，到养成了一个大体面的人；况且这县官，又是他的同年，合他相与的极好。只是他目下向南京看他房师去了，这可待怎么处呢？"
官人说我实心要自己投见，我撞祸怎教你吊去见官？我听说那一回还浑身是汗。你领着咱小保儿过，我的事你就不必挂牵。种匕几亩荒田，料想也不至饥寒。但望孩儿无病，只求娘子平安。况且他二舅体面全，些须小事不相干，济着我去撞。待几年，朝廷放大赦得回还；若不然，既杀人破上充军绞脖子，钻了顶是个砍头，娘子呀，还有甚么大凶险？

那天有三更了，娘子还拉着哭。官人摔开手，提着刀，竟自进城，投见那知县老程去了。
这几年张鸿渐游学远去，大案里牵连全然不知。昨夜才到家弄了一件奇事，从头说一遍，告诉老父师。我既然杀了人，不敢瞒情愿来受死。

老程因他自己投首，到底为他是方仲起的妹夫，又是钦案里的人,也不曾难为他,遂分付钉扭送监。第三日送府,府又解院。

张官人起了身解了部院,要打点那解子腰中无钱,方二爷差来人使了个虚体面。差人见他不能走,后头待使巴棍揎。不住的口里粘:你作弄一番又一番。既然有本领要告官,觉着不大好一溜烟。今日杀了人杂不颠?你一回一回作弄的那精儿,张相公,你翻来覆去作弄的是俺。

张鸿渐不能走路,又带着扭锁,那差人粘牙咬的,张官人极有气性,那里容的这个,也就恼了。

你不过待要钱不能得勾,弄臊子我就给您大兜,我不曾请您来陪我去受。我就犯了该死的罪,你两个可也还割不了我这头。任拘弄出什么像来,我可就是这么着走。

"我这腰里到有二两银子盘费,不您夺了去罢。您若是汤我一汤,咱还得另讲道理。那差人横眉竖眼的,却也是没敢打他。

那解子到晚来大弄歪腔,便说道张相公惯好颠枪,今夜晚断然是不敢松放。两个齐动手,把绳子拴在床。实说话得罪你些罢,张相公咱还须索是绑一绑。

把张鸿渐那两根腿绑成一块。张官人只是恨骂。

骂狠贼我合你无仇无怨,任拘杂我能受就是无钱,完了事我定然杀个稀糊烂!直挺挺的待了一夜,手脚无曾动弹。虽然是勉强着说话,张官人及至到了天明,就窝抠了眼。

明了天,放起来又走。自己寻思:夜晚甚是难受,再这么一夜,必定就死了!早知道这等,待来家做什么?忽然那心里又想起舜华来了。

那一天得罪他他着实不忿,想是他知道我大祸临身,故意的送我来解他那恨。不过是为着一句话,怎么就忘了旧日恩?叫一声我那舜华妻呀,你那心忒也的狠!

走了勾三十里,天就晌午了。又想着晚间的罪,是在难受,暗暗的把那舜华,来念了一回,怨了一回,又想了一回。

那舜华他合我异常的恩爱,我怎么蒙上心定要归家来?可着他赌着气把我来坑害。固然是他心肠狠,也是我自己命里该。到如今不得见我那人了,舜华呀舜华,叫我待从那里改!

　　正自悲叹,忽见前边从那里来了一个妇人,骑着一个骡子,又一个老婆子跟着。来到近前,揭开眼罩一看,说:"这不是二姑家里大哥么?你为啥来带着刑具?"张官人抬头一看,不是别人,原是满心里想的我那舜华来了,那泪就止不住的直流。

见舜华好一似大赦来到,叫一声我妹子两泪直浇,一句话就得了这个狠报。明知我来家必定死,竟送我来把命交。还望你想一想,那一年,二年,三年,四年,五年的亲情,妹子呀,咋就没有一点儿好?

　　舜华说:"依起你来,就该臕臕脸,竟过去,但只是我可不肯。"论起来我就该低头竟过,但只是亲戚们好处还多。小荒村不远,您去坐一坐。我替你把公差酬一酬,还凑上几两银子给哥哥。你平日总有些儿差池,断不肯像你那待的那我。

　　两个解子大大欢喜,便说:"这待上您亲戚家里去哩,带着扭锁也不大好看相。"便把扭锁开了。一行说着,转过山嘴,只见有一片楼台。进了庄,舜华下了骡子,就都请进去了。

一行人进了宅到了客位,看了看四下里楼阁成堆。才坐下端上了佳肴美味,喷香的糯米酒,大大的建磁杯。那衙役长的人那大小,那里捞着这个东西!端起来骨都都好似灌凉水。

　　自赶吃了饭,那衙役就像十月里的柿子,不用溇也就烘上来了。里头又差出人来说:"使人去凑兑银子的了。姑奶奶说天晚了,您就此宿了罢。"

家里有几两银子可还不勾,找个主又巢上十担黄豆,算了算好着他把银子折凑。张大叔的盘费是小事,还要把公差酬一酬。在这里待一宿,姑奶奶说来,咱家里有的是好黄酒。

　　那两个衙役,每日攘的都是那臭烧酒,那里捞着这样的酒吃,正没吃勾,听的这话,又不知还待给他多少银子,喜的他那腔里都是笑眼们，那里肯走。

进门来又着人把小菜端上，又是那开坛酒喷鼻清香，嘱付那张官人把公差去让。两个砍头鬼，死恋着迷魂汤，醉的像王八那家亲，也不说还该把官人绑一绑。

两个解子都醉了。他可极有主意，临睡时，觉着不好，把锁来一头子锁着官人，一头子锁着自家的胳膊，两个人把张鸿渐夹巴起来就睡了。

两解子放到头合泥块一样，臭杀人那一个唠了一床。张鸿渐睡不着滚下滚上，舜华既知道我受罪，或者也不肯叫我上杀场。正自家这里寻思，忽听的轻轻的那脚步儿响①。

那桌子上那盏灯也不曾吹灭，看了看，是舜华进来了，也没敢做声。舜华来到近前，指着那脖子上那锁，说开开，果然从脖子上吊下来了。

真神仙不费事将人打救，一只手轻轻的把官人抵搊。有一个人牵着骡在门前等候。娘子先上去官人在后头，这一时欢喜，才悄悄的叫一声：姐姐呀，我不想又得把你搂。

骑着骡子，如腾云驾雾一般，一阵走了。那解子睡醒了，觉着冰凉。睁开眼看了看，并无有庄村，只在那山坡里卧着，那张鸿渐也没了。

两个解子只吃的酩酊大醉，睡醒了冻的像两个乌龟，睁开眼看了看可在这山坡里睡。待说是个梦，怎么唠了一大堆。不见了床铺，不见了楼宅；也没了他哥哥，那去了他妹妹。既然是能变，必定会飞；既然颠了道，可也没处追。咱若还家，必定吃横亏，夹根夹，板子捶。咱也不就扔，不就崩，只得也就仍崩拿了腿。

两个解子颠了，全没音信。有分教：书斋冷落无音信，闺阁喧

---

① "忽听的轻轻的那脚步儿响"，《全集》作"忽然听的门儿轻轻的一声响"。

腾有是非。且听下回分解。

第七回　泼妇来骂

不说解子逃命而走，却说那舜华带着张鸿渐，一霎时到了一个所在，说："你下去罢。"张官人方下骡子，刚待去问他，看了看，他已是无了影了。

【平西歌】多情人送到我这荒郊路，回了回头那俏影儿全无，闪杀人那泪珠儿留不住。看了看那星光密密，树影全乌。又听的谯楼上鼓儿咚咚，已是三更有余。走了走高高下下，一片模糊。端相着那所庄村，从来无见，自小不熟，半夜里叫俺凄凄惶惶往那里去？

又坐了一回，天才明了，看见了一个庄村，走将进去。人家都还未开门，身子乏极了，就在这檐下歪一歪罢。
想念你模样儿俊，感念我那好心的人。不着你，披枷带锁何时尽？但只是你既疼我，就该在一处安身，是怎么半路丢下我，全无丝毫情，半点儿恩？也不知走了路程多少，乏困的我真难禁。不知是那省地面，那县里庄村。俺如今流落他乡，待将谁投奔？

想念了一回，才睡着了。也是一宿没睡，乏极了，直睡到大饭食以后，人家开了门。问了问，才知道是太原府地方，叫牛梦里。一夜走了一千半，醒了觉着舌涩口干，腹内饥，只想着酒合饭。看了看四面皆山，并无有卖饭的望布，卖酒的青帘。问着人离城还远，那满腹火灼，怕见动弹。俺如今举目无亲，谁见怜？

正愁着无卖饭的去处，忽然间那门里头出来了一位老者，便问："客是那里来的？"
老人家你放拐杖，坐听我诉说家乡：俺姓宫号子迁，有点名望。家住在大名府里张家庄。从十四入了泮，考过了两遭大场。实指望一举成名，谁料想运气不好，看不中我的文章。到贵省攀了攀那汾州的正堂，断不想到路上被贼盗，弄了个精光。俺这里腹中饿了，脚儿乏了，闷恹恹正愁着难把府城上。

却说这人姓徐，名兆刚，是个布衣财主，庄里的首家人，人皆称他徐员外。他有两个儿子，都是秀才，极重斯文，又见张鸿渐仪容非俗，心中大喜。

老员外听的说慌忙起敬，把鸿渐让进了他的门庭，一煞时东西酒果极丰盛。吃了饭，领到斋中见了他两位学生。正遇着六七人会课，做的是"必也正名"。员外说客肯赐教，求做一篇拟程。鸿渐说我荒疏久了，做出来见不得亲朋，若不弃嫌，焉敢违令！

员外吩咐人拿过文房四宝，搁在面前。无打草就完了一篇账，第二个题是"悠久无疆"，略费点心思就把笔来放。人完了一篇他才思量；人做了一块，他就成了两章。人见他做完了，都争着去端相，都说道这个文章甚强，咱该拜他的门墙。张官人就算是登坛拜了将。

员外大喜，就留下合公子读书。又从外边来两位学生，每年束修五十两。鸿渐也就在此处住下了。那时还是春天，想起家来，不觉的伤感。

春天到魂也不在，一树树榆钱乱开，桃李花好像笑我在千里外。常想着园里看花，我合他使着一个酒杯。你折那花枝儿，翘起脚儿腿了绣鞋。做了十年夫妻，同床了四载，可不知你想我的心肠，比着我想你的情怀那一样儿难捱！这也是没行好，前世里结下的孤单债。

夏里来热实难受，一点点汗珠儿直流，一霎时全湿的衣衫透。家里那亭上，树影儿还稠，想你拿梳儿在那里梳头。这一时往何处不热？到那里不愁？小保儿离了你那怀了，走走站站不得过自由。不知你淌泪来没有？到几时才得看见你那罗衫袖。

秋来才是活受罪,秋风儿飘飘,落叶儿成堆。到晚来就是铁打的心肠也叫你碎。那铁马儿只在心肝上,一阵一阵的催;砧声儿只在那心眼上,一下一下的捶。那孤雁儿哀哀切切,像那无奈何才远去,不得已复又飞回。又听的那雨点儿打的那芭蕉,乒呀乒呀,点点儿伤悲。我是这等,还不知你那里睡不睡。

冬里越把家乡盼,门外北风刮的我心酸。打窗纱又飞下鹅毛片。也是无心吃这酒,只觉筛来一霎寒。守着一炉火,只觉衣服单。我想你浑身细弱,点点金莲,就是俩人睡觉,还要往怀里钻;到如今那被窝里指头似的一个人儿,也拿不开那金莲。等到几时得到家园,见了我那人儿,我可问问你此时念不念?

不说张鸿渐在徐员外家设教,时时想家。且说那解子跑了,一年多那里方知道。

【倒扳桨】犯人解子一齐颠,一个音信没人传,官家知道有两个月,乡里知道够一年,够一年,造讹言,都说官人久回还。

却说李鸭子他娘,是个极泼的老婆,每日打这门前过,就骂几声,也无人理他。忽听的张遠来了家,就扎了扎腰,拿着一把菜刀,跑来门前大骂起来了。

骂只骂你不害羞,坐监坐了两三秋,作恶心肠还不改,将俺那儿来割了头。割了头,成了仇,定要骂的你汗珠流!

骂只骂你逞英豪,既要杀人不要逃。骂马的汉子那里去,好似做贼脱了牢。脱了牢,窝藏着,定要骂的你起了毛!

骂只骂你主意差,把个强人藏在家。你忙有儿望上进,弄的我无儿嘴孤答。嘴孤答,咱休夸,把头伸上一处咋。

骂只骂你不成才,俺儿收着你红绣鞋。忽然见你那汉子到,对着汉子去卖乖。去卖乖,咱休歪,定要骂的你出头来!

骂只骂你太昧心,俺那儿也曾合你亲。今日虽然变了脸,再生个儿来是我的孙。我的孙,心不昏,定要骂的你存不住身!

骂只骂你太无情,把我娇儿超了生。今日虽然骂几句。我那娇儿活不成。活不成,把气争,也叫你难听又难听!
骂只骂你太不贤,倚着恁哥是个官。任拘你势力怎么大,拼上一死不怕天。不怕天,啥相干,定要骂到你明年又明年!

方娘子见他无赖,把开关了。那旁人替他不平。有张鸿渐的个堂叔伯哥,名叫张春,打靛的扒子吊了柄——是个无把子的青头。见他骂的忒也不堪,便说:"我说你省着些罢。"那老婆说:"你撑什么棍?"张春大怒说:"我要打你劈脸带腮!"只打了一拳,打了个倒栽葱,拾起石头来好打!一行打着,也照样的数量。
打也打你不害羞,庄东头骂到庄西头。科子科子休弄鬼,定要把你狗筋抽。狗筋抽,我报仇,打你的屁滚又尿流!
打也打你逞英豪,人不打你是嫌你骚。骂了半日无人理,你就逞逞炸了毛。炸了毛,我就掏,定要打的你起了毛!
打也打你主意差,平白里骂人为甚么?浑身上下扯个净,拾起腿来拧个花。拧个花,归不的家,定要打的你高脚子爬!
打也打你不成才,一把贼毛半片鞋,你只说你骂手好,我的打手也不赖。也不赖,咱休揣,打的你不敢出头来!
打也打你没良心,劈着腿生出乜杂毛根儿。恶还不自己认,腆着狗脸来骂人。来骂人,莫心昏,定要打的你安不住身!
打也打你太欺心,轻视我家没有人。若不看着邻里面,还该披你双腔门。双腔门,杀你孙,给你断根又断根!
打也打你太不贤,打你也用不着做高官。那里值当的方仲起,我就合你缠一缠。缠一缠,济着揎,打到你明年又明年!

起初打着那老婆还骂,到后来就告起饶来了。众人见他打的不象样,才拉开他。那老婆光着腔,赤着脚,点呀点呀的家去了。
却说遇着张大青,一捶合他骂一声。出上揑了顿打,浑身转个精光精。精光精,把气争,倒弄的难听又难听!

这一日李老鸭子来到家,就去县里告上状。方娘子听说,自己到了家里,着他哥哥用了力,审问了个平旁。不争这回也有分教:

两家大祸笑里起,万里孤踪依旧逃。且听下回。

第八回　闺中教子

　　且不说张春将那老母鸭子打了一顿,仇恨越深,但说张鸿渐一去,有四五年,那保儿也长成了。他娘给他取个名字,叫张得聚。
【皂罗袍】自离怀不见父,好像是从小便孤。不知模样是何如?就是顶头子撞着也伴常去。原是娘子想丈夫,起个名儿叫张得聚。
　　且说张得聚生的伶俐,十来岁就成了文章,十四五就进了秀才。
从小儿就有个人样,十来岁会做文章。虽然伶俐也亏他娘,不肯娇惯学工旷。一点懒惰,打骂非常。门户撑持单把孩子望。
　　这方娘子总是守寡,供儿读书,也极费力。因他进了学,就没请师。
这娘子撑持门面,请老师着实为难。做了秀才略放宽,自己听着他把书念。催他早起,教他晚眠,轻轻的脚步儿时在学中看。
　　娘子自课考他小相公,虽然进了秀才,到底是个娃子脾气。他娘有千万事儿,怎么能长去看他?
又当里又要当外,没工夫常上书斋。十四犹然是婴孩,怎容一时无人戒?瞧娘有事,跑到当街,那有心寻思娘亲怪。
　　一日方娘子到了书房里,听了听他没念书,悄悄的又到了他那案头。
一本书搁在当面,读书人不见回还。只说他消闷暂时闲,等候多时全不见。娘子大怒,迈动金莲,探出身儿直望街上看。
　　娘子见他久不回来,便跑到大门,探头一看,见他正在庄东头踢毽子。回来找下条子,一看人,叫他来,骂道:"畜生!快跪下来!你做啥去?"

一恨你生来忤逆。你老子十载别离,生死存亡未可知。你只知街上闲游戏,逍遥自在,全不悲戚。骂声狗子你枉长十三四!

二恨你不听娘教。我为你尽夜苦熬,你到自在的痒难挠,吃饭也等着娘亲叫。长街打瓦,踢毽子罚毛。骂声狗子把我心使吊!

"快躺下,我打你!"小相公说:"娘,我不敢了!"娘子说:"你不躺下么!"

三恨你心儿全放。光玩耍懒进书房,离了师傅蜂无王,上山爬岭济着你撞。之乎丢去,者也全忘。骂一声狗子我合你清清账!

小相公见他娘越发恼了,才躺下了。打的他连声嗥叫,说:"娘,我再不敢了!"

四恨你不通人性。将书本丢在半空,说着只当耳旁风,每日光把鬼来弄。身材凛凛,一字不通。骂声狗子要你成何用!

小相公说:"我再不敢了!再敢打我一千!"

五恨你行持不顾。全不想做个丈夫。古人十二耀皇都,那也不过是人儿做;你今十四,志气全无!骂声狗子待成个甚么物!

娘子气极了,把小相公打了四十条子,小相公打了磨磨跪着,说:"娘,消消气罢!委实是儿的不是,再不敢了!"娘子放下条子,可念诵起来了。

一劝你温柔雅致。见了人高拱深揖,轻薄话儿口休习,出门休要争闲气。人人说好,个个欢喜。那时方随娘心意。

二劝你尊娘闺范。将书本细细钻研,休把耍玩放心间,一心专把文章念。一篇做出,层层密圈。他日何愁不到金銮殿?

小相公说:"娘说的是。"

三劝你风云在念。要平步直上青天。读书思量中状元,不好还是工夫欠。前拥后护,坐轿为官,那样峥嵘,也是个秀才变。

答应:"是,是。"

四劝你休学浮荡。马儿好不在鞍装。腹中无有好文章,三四等上不的秀才的帐。长袍细袖,件件在行,街头摇摆,也成个人模样。

又答应:"是。"

五劝你把父亲念。千里外何日回还?你能发志做高官,就是仇家也不敢怨。福来祸消,父子团圆。若能如此,才是男子汉。

小相公说:"为儿知道了,娘说的是。"娘子说:"罢了,你起去罢。把书本拿来这房中,我一间里刺绣,你一间里读书。"小相公说:"是。"

小孩儿少年侥幸,进了学似到天庭。东西尽去放风筝,哄着娘亲由他性。家有丈夫,把子教成;难道说无达,就把书本撕。

不一时,小相公取了书来。娘子说:"我儿,你听我道来。"

既读书登科有分,您二舅是个秀才人。绝顶的文章志不伸,方才怨的时合运。书本搁起,但说命贫,这个心肠,天生的不长进!

小相公说:"娘说的是。"果然到西里间,拂了拂桌子,高声朗诵。

方娘子手拿针线,寻思起两泪潸潸。娇儿一个最孤单,未从打他手先战。打他一下,心似刀剜。要他成人,须索把脸来变。

娘子放下针线,便说:"保儿,不知念了几遍了?你看我绣线添了三条。天色已晚,光阴好快呀。你给我点起灯来。"不一时灯到,娘子说:"我儿,你听我道来。"

你看这光阴似箭,转回头日落西山。错错眼睛又一年,光阴难以千金换。少不努力,老不堪怜,那时节懊悔,难把白头变。

"我儿,你坐下读书罢。"

我那儿书声响亮,听着他字字铿锵。纤手拈来绣线长,此时才把眉头放。日日如此,不负时光,今科不中,还有来科中。

娘子出房来,听了听,天交二鼓,便回房来,烧了一壶茶,一碗饽子送给他。

方娘子把针工暂罢,怕娇儿肚里饥乏,半斤炒饽子一碗茶,亲自送到灯儿下。但只读书,歇歇何差,早晚用心,也省的娘牵挂。

小相公吃了,又念书。

剔银灯花烛明照,看了看月上柳梢。绣线重添十五条,梅花已插的枝头闹。绣工已毕,书声尚高。叫声娇儿,不觉的微微笑。

娘子说;"我儿,你听听几更了?"相公说:"三更了。"娘子说:"我儿,不读罢。这里有一壶茶,你拿去吃了好睡觉。以后就把今夜做个样子。"小相公说:"是。"这回有分教:寒烛桃残开月殿,宫花种处见烟楼。且听下回。

第九回　再会重逃

按下娘子教书不提。却说张鸿渐在徐员外家读书,又是五年多。那十五年的夫妻,到别了十年有余;十五年父子,并不识面。如何不想!

【呀呀油】我那妻,我那妻,娶了四年就别离。又过了十一年,在灯下想念你。我的儿,我的儿,并不知模样瘦合肥。那一夜我到家,并无敢惊你睡。

忽然想起家来,白日还好过,夜里好难熬。

好长宵,好长宵,依在床头睡不着。想我儿长成了,叹我那妻年少。好难熬,好难熬,一身千里故乡遥。正夜儿不曾眠,千条路思量到。

想了想,五六年了,那官司或者也松撒了,我悄悄的到家里走走,有何不可?

怪想家,怪想家,终朝每日在天涯。忽动了故乡思,死活的放不下。去到家,去到家,认认我儿,看看他马。纵然难久留,也诉诉衷肠话。

"我那儿虽十四五了,也未必能供给他读书。连年积下了二百银子,捎了去,好着他费用。"

家里难,家里难,虽然尚有几亩田,妇人无持者,料想也不能便。买油称盐,买油称盐,纳草封粮都要钱。我那儿虽成人,未必能把书念。

昼夜的打算起身。徐员外听说,摆下酒菜,徒弟们三两都来送行。

泪双双,泪双双,东西相别返故乡。到家中二三年,还望把山西上。五载一趟,五载一趟,发愤才增门闾光。千嘱咐早早来,休辜负门人望。

徐员外给张鸿渐雇上了一个长骡,东西师徒俩洒泪而别。

路途间,路途间,快骡顿辔又加鞭。一心要奔家乡,屈指把路程盼。打了打尖,打了打尖,翻身上骡一溜烟。只到了日头西,走了勾一百半。

一日到了北直境界宿了,宿间听的邻房里唱曲,居然是故乡调,心中着实的感叹。听了听,唱的是【楚江秋】。

【楚江秋】一更里苦难言,日落怕孤单。他那里手托腮儿盼。拳着那金莲,斜倚牙床绣枕边。四更也未眠,五更也未眠。未眠呀,合那孤灯全作伴。

二更里苦难熬,明月上柳梢。他那里一定泪珠吊。听那更鼓儿连声敲,长夜还愁睡不着。上床也是焦,就枕也是焦。焦呀焦,还是那银灯照。

三更里鼓乱捶,想你泪双垂。他那里独展红罗被。此时孤孤单单,吹灭了灯儿更难为。翻来也是悲,复去也是悲。悲呀悲,一定不能睡。

四更里鼓冬冬,你在绣房中,困乏不觉枕边空。此时合眼泪朦胧,必然合我正相逢。梦里也是空,醒来也是空。空呀空,劳你那般勤梦。

五更里夜又残,枕上盹睡梦初还。绣房正把行人念。此时孤单单,临明偏觉绣衾寒。左思也是难,右思也是难。难呀难,早已听的鸡声乱。

张鸿渐隔的家越发近了,心里越发想家。听见那鸡叫,就起来行路。

【呀呀油】家近了,家近了,两程路儿更难熬。上骡又加鞭,恨不能一时到。好心焦,好心焦,一里如同万里遥。俨然在绣房前,已把那娇儿叫。

天忽然下起雨来了,冒雨走了一程,便说:"掌鞭的,我虽是大名人,我却不往大名;去那永平府,有个姐姐家,要去那里看看歇歇。"

往大名,往大名,却不上大名上永平。说大名雨水多,看路上忒也浓。上卢龙,上卢龙,有个姐姐住乡中。在那里歇雨两天,可教他把我送。

果然竟到了永平,上王家店中,隔家一程路了,心里胆虚,带上了一个眼罩遮了面。

近故园,近故园,马上踌躇左右难。怕遇着认识人,眼罩儿遮了面。闷恹恹,闷恹恹,每朝夹马又加鞭。望家乡越发近,程程的走的慢。

隔着那庄勾十来里路,便寻思有个叔伯哥张子明,在这邻庄居住,暂且在他家里住下,夜深再走不迟。

到邻村,到邻村,岔下路儿去投亲。十年多不来家,那大娘该问一问。等到黄昏,等到黄昏,更深夜静少行人。那时可回庄,慢慢把门进。

且是到那里打听打听,看那事体何如。不一时来到庄里。

竟登堂,竟登堂,顶头撞着他大娘。忽见侄儿到,好像是从天降。叫声大郎,叫声大大郎,你大兄弟返故乡。你疾忙快出来,去把门关上。

张子明怕有人来,把门关了。张鸿渐疾忙写了一个字回那徐员外,打发那掌鞭的走了。回来才问那事体。张子明一五一十说了一遍。

鸭子他妈,鸭子他妈,听的说你藏在家,拔着把切菜刀,上门去着实骂。张春发查,张春发查,撕了个罄净使石头砸。惹的仇越发深,对外人长发话。

"李家如今常察访你,你也该背着些。"打发他吃了饭,天就黑了。鸿渐说:"我去吧。"

送出门,送出门,送你不敢去叫人。不知道人心腹,恐怕他走了信。到家门,到家门,三朝两日快起身。那行子知觉了,是怕难言论。

张鸿渐背着行李,走了七八里才到家。看了看,墙甚高,不似前番那等破败。不免将门敲一敲,有觅汉金三,出来答应。

是何人,是何人,半夜三更来叫门? 伸出头细端相,仆合主不能认。官人进身,官人进身,背着行李往后奔。那觅汉不自然,还跟着只顾问。

金三跟着说:"你是谁呀,棱棱争争的只顾跑?"张官人也没理他。又把内宅门一敲,方娘子自己来问:"是谁?"官人说:"是我。"娘子听过声来,遂急开了门。

故意声高,故意声高,骂声奴才好蹊跷。差你来要盘缠,怎么不早些到? 好杂毛,好杂毛! 今日晚了有来朝。你看是多咱晚,还来家把门叫?

娘子怕人听见叫门,故意的扬回声儿,嘱付金三说:"这是您大叔回家来了,出去休说。"

嘱咐觅汉,嘱咐觅汉,转身又把内宅关。两口子进房来,恰似是梦里见。泪珠儿潸潸,泪珠儿潸潸,千辛万苦甚难言。又待了五年多,才合你见一面。

夫妻相抱,哭了一回,遂细说起那逃走的缘故。

自从解了,自从解了,登山涉水从头学。张官人说一句,方娘子泪珠吊。说到走逃,说到走逃,遇着员外把书教。听着得安身,娘子微微笑。

官人说毕,娘子才说他家里的光景何如。正说着,有个小媳妇子,放下桌子,酒饭齐到。官人说:"这是何人?"
娘子开言,娘子开言:保儿媳妇孟娟娟。因家里没有人,要他来同作伴。排行是第三,排行是第三,比着保儿大一年。今夏里过了门,不过有两月半。

官人听说儿子娶了媳妇,就落下泪来,说:"儿已成了人家,不知你怎么费心来!保儿呢?"娘子说:"他去考的了。"
槐花黄,槐花黄,他向京中进大场。自上年才进学,着他去瞎胡创。成了身量,成了身量,他二舅说他好文章。且着他学规矩,也不敢实指望。

官人听说儿去下场,便放下饭碗,那泪珠儿直流,说:"我已不想你就着孩儿继续咱的书香。可使碎了你的心了!"
我的贤妻,我的贤妻,一个寡妇守孤儿。只说还没上学,谁想把书香继。泪珠双垂,泪珠双垂,叫人心里好伤悲。我年年在他乡,可把你心使碎。

一行擦着泪,向搭里取出银子来,说:"我愁咱家里过不的,又愁保儿读不起书。"
娘子推托,娘子推托,家里庄田虽不多,减省着吃合穿,可到也不难过。我有一着,我有一着,想终来待如何?你经年在他乡,到底何时得安乐?

"你每日躲着,可不是个长法。既有这宗银子,极好,你就不要动身,就在这里头想出一条团圆路来。"官人说:"什么路?"
上北京,上北京,就把银子纳监生。若能中京举,可以扬名姓。此一行,此一行,三年望你就成名。你往前做将来,但听咱夫妇的命。

娘子着他留着银子纳监生,官人大喜,说:"我糊糊涂涂的,就没想到这里。娘子说的极是。"依旧将银子包起,听了听,已到了四更了,方才睡了。

话儿长,话儿长,好似织女会牛郎。泪滴了够一瓢,话说了够一棒。吹灭灯光,吹灭灯光,十二年未得成双。夜夜的守孤单,今夜里消消账。

按下鸿渐夫妇,且说李鸭子的丈人是赵二荒子,是人家的马夫,奉着他主人家的差,从河间府来,合张鸿渐宿一座店里。他认的官人,官人却不认的他。

运不高,运不高,一日夫妻万里遥,合冤家在一堆,自己还不知道。到明朝,到明朝,那个行子开了交,见了他主人家,就跑来把信报。

赵二荒子回了他主人家的话,就告假。到了第二日,就来报给老破军。却说李家虽有十来个人,可又不在一处。

老破军,老破军,飞往各处去齐人。怕张家族人多,一半个上不的阵。东跑西奔,东跑西奔,人还不齐日已昏。车马不动铃铛响,那有走不了的信?

李家齐人,张春已听的说了。他合张鸿渐是紧临墙,便竖上梯子跳过去,叫了一声说:"真果大弟来了么?"张鸿渐正吃着酒,听的说唬了一惊。

酒落台盘,酒落台盘,叫声大哥我回还。亏了兄弟情,过墙来见一面。跑到庭前,跑到庭前,说我这是头一天。我家里没有人,亏你把保儿看。

张春迭不的问候,便说:"李家齐人去拿你,快快走罢!"张官人这一惊不小!

娘子也慌,娘子也慌,银子给他填在囊。使用啥东西,都给他披把上。捆起行装,捆起行装,叫人送你过后墙。到路途雇上脚,你自己往前撞。

张春说:"不必叫别人。"隔墙叫过他大儿张成来,叫给他大叔背着行李,竖上梯子。看着他走了,又嘱咐方娘子:

将灯灭了,将灯灭了,婆媳同床这一宵。若有人爬墙来,将铜盆为信号。铜盆一敲,铜盆一敲,大家过院动枪刀。一个个绑起来,给他点不公道。

嘱咐已毕,又叫他觅汗王五合金三在一处,一个人一杆枪。盼咐他:

心要齐,心要齐,只在墙边不要离。若有人过墙来,一枪儿放倒地。我去墙西,我去墙西,对您叔们哥们知。大家齐上前,弄他个不精致。

张春嘱咐已毕,又跳过墙去,齐人去了。且说老破军纠合了十来个人,把张家宅子围了。

墙围了,墙围了,老破军把门敲。里边推睡浓,任他怎么叫。都心焦,都心焦,说这墙也不甚高。半夜三更天,怎么敢往里跳。

众人踌躇,不敢爬墙。赵二荒子说:"张鸿渐明明来了家,怕他甚么!待我先跳过去,捉住金三,开了门再讲。"两三个人撮上他去了。

上墙头,上墙头,揽住桑树向下溜。到了半中腰,一枪儿攮着肉。手脚难留,手脚难留,扑搭跌在梯下头。一绳子拴起来,挽了个四五扣。

墙外头听的里边嗥叫,知道是赵二荒子吃了亏。又撮上一个,被王五一石头侮下来,把头也跌破了。金三一声吆喝:"有了贼了!"

好张春,好张春,领着族人一大群,推打四不知,闹嚷嚷一声问:甚么人,甚么人,五更半夜乱纷纷?一个说破了头,一个说打一棍。

张家一大些人上前,要动刀枪,慌的李大说:"俺是那张鸿渐的保正,他们待拿张鸿渐,可以挡不的他。"张春听说此话,便说:"我替他叫门。"

叫金三,叫金三,里头休要把门关。他们不是贼,本是来拿张鸿渐。人够一千,人够一千,围了宅子也无处颠。您大叔既在家,到不如把他献。

金三开了门。张春说:"那保正呢?既说是该拿人,你就领着去拿。"李大见拴着赵二荒子,吃了一惊说:"怎么拴着俺的人?"张春说:"不翻人,你发查啥列?"
不必慌,不必慌,半夜三更爬过墙,必定是来做贼,别无有什么账。难辨善良,难辨善良,借着拿人来放光。等鸿渐果在家,再从容把他放。

众人到宅门,又叫媳妇出来。问:"是待做啥?"张春说:"待拿张鸿渐。"
李大无言,李大无言,开了门儿向里钻。李家张家人,一霎时满了院。娘子装憨,娘子装憨,外边何人闹喧喧?媳妇忙学说,待来拿张鸿渐。

方娘子听说拿人,忙叫孟三姐:"快起来,有人来拿您爹爹哩。"
李大思量,李大思量,媳妇婆婆在一床,就觉着这一来,像有些不光降。忽见灯光,忽见灯光,娘子说李大在何方?你若翻不出,咱可就算算账。

娘子点起灯来,说:"李大,你进来翻。我这房子可不是轻易进来的。拿着人,万事皆休;若拿不着人,你可休想出去了!"
李大骇然,李大骇然,不敢轻身进房前。娘子说你既来,不翻甚么算?侄儿张全,侄儿张全,拉他进来翻一翻。揭开那柜合箱,都着他看一看。

那张全也是一条壮汉,见他婶子吩咐,一把拉着李大,去点起灯来,箱里、柜里、床底下,都看了。
李大无言,李大无言,深深跪在地平川。娘子说拴起来,咱从容合他算。都待颠,都待颠,我能说咱各处翻。把李大拴起来,领着他翻个遍。

搜了一遍,回复娘子。娘子气的细腰斜战,粉面焦黄。
好贼奸,好贼奸!分明做贼爱银钱。见了大些人,就说张鸿渐。都要拴,都要拴,打他一顿再见官。休叫他一个逃,就完了这一案。

"拴起那别的来,哥们处治他。李大既到了我这房里,留着我合他算账。给我牵过他来!"果然把李大拴过。李大跪下,方娘子便骂起来了:

奴才你听,奴才你听:俺合你那小畜生,不但无冤仇,并不识名合姓。夜半三更,夜半三更,爬墙忽到我家中,若不是太欺心,怎么就送了命?

李大只跪着磕头。旁里有张家的两个侄子,一边一个,打了他顿夹耳。娘子说:"且莫要打他。"

你那达,你那达,听的你大叔来了家,要拿人还不妨,说了些欺心话。央及他,央及他,话儿把人活气杀!就是你达那老乌龟,心头火也按不下。

李大又磕头说:"再不敢了!饶了我罢!"那小伙子们劈脸带腮,又抟了他顿拳头。鼻子都破了。娘子说:"您且休打他。"

你那达,你那达,曾在俺家做客家。您卖了两间房,估够天那大。做贼发家,做贼发家,还来俺家把人拿。拿过把铁锤,将他乜腿砸下!

娘子说:"给我把他狗腿砸下来!"众人听说,找铁锤去了。李大又磕头,只叫饶命。娘子说:"我家虽无人,也还朝住你李大了。找不着锤,使石头罢。"

王八羔,王八羔,就使石头把腿敲。掐着脖子向下拉,打磨磨的苦哀告。死生嚎啕,死生嚎啕,娘子说道就罢了,论起你欺心来,就该把腿砸吊!

娘子说:"也罢,暂且从宽,砸下他一个脚指头罢。"说了一声,可擦将大拇指砸下。李大嗥叫。娘子分咐牵出去,众牵着骂出去了。

老匹夫,老匹夫!大胆竟敢来欺奴!该留下半截,方放我心头怒!
老囚徒,老囚徒!仅只一个指头无。虽然暂且疼,便宜他能走路。

却说李家人在墙外的,都跑了,只捉住了五六个。每人打了他二百。

把人拿,把人拿,外头跑了够俩仨。抓住了五六名,打了够二百下。大开发,大开发,还要拴去送官衙。保正也觉着嚣,说不出一点话。

别人都打了,惟有赵二荒子那胁义里扎了一枪,还血淋淋的,就没打他。众人说:"那保正呢?既说该翻,如今翻不出来,该怎么呢?"此时保正也是闭口无言。原成着,立了合状罢。

立合状,立合状,因着黑夜去爬墙。央烦做中人,若再有事俺的账。放他颠跄,放他颠跄,都愿李家没主张。呆着脖子跟了去,几乎把这残生丧。

大家做刚的,做柔的,把李家人都放了。一个个点呀点呀的去了不提。这一回也有分教:壑谷神龙能破壁,阶前小桂更生香。且听下回。

第十回　娇子秋捷

李家人个个少皮没肉,七劳五伤,各逃性命,不在话下。且说张鸿渐那一夜出了门,亏了他侄儿张成,背着行李,天明了走了七十余里。

【刮地风】黑夜茫茫前路迷,两人直向故城西。生平不解奔波苦,天明走了六七十,人那哎哟六七十。

张鸿渐乏极了,叔侄二人歇在店里。吃了些饭,适遇着山西的骡夫待回家,就雇顾上他一个长骡子。

雇上长骡要起行,店外洒泪别张成。前行料想无事故,到家说与你婶婶听。人那哎哟婶婶听。

叔叔临别,哭着又嘱咐了几句话。

我家是非一大些,一个孩子没有爷。得个着急人看望,多多拜上您爹爹,人那哎哟您爹爹。

　　看着张成走了,哭着才上了骡子。

上马回头泪双垂,在家三日又别离。老天造下逃亡命,未知逃亡到几时?人那哎哟到几时?

　　头一日走了八十,乏极了,找店宿了罢。

一宿奔波手足酸,途中盹睡在雕鞍。安排一宿酣酣睡,及到眠时又不眠,人那哎哟又不眠。

　　第二日午时,才到了王店,就想起那夜听唱来了。

朝朝日日思家乡,到了家乡起祸殃。当日凄凉不曾睡,不料此时更凄凉,人那哎哟更凄凉。

　　在骡上愁闷,便合那骡夫闲谈,说:"我来时宿在此处,夜间听的是唱五更曲儿,甚好。"脚夫说:"我也有个四季曲儿,唱给相公听听解闷罢。"

【虾蟆歌】一年的好景惟有是春天,离家人无有一时欢。冤家呀,你在那里孤,俺在这里单,好不叫人心酸!好不叫人痛酸!不知几时方得团圆?百花儿只在那枝头上,开开卸卸,开开卸卸,叫奴怎看?一年的光景夏日最天长,惟奴的香汗合泪都成双。冤家呀,你也不成对,俺也不成双,怎不叫人心伤,怎不叫人痛伤?翻来覆去辗转牙床,蚊子儿又在耳边厢,吱吱嘤嘤,吱吱嘤嘤,叫人难当。
一年的凄凉秋梦最难成,又见那梧桐飘飘千叶零。冤家呀,他也睡不安,奴也睡不浓,怎不叫人哀痛,怎不叫人伤情?思来想去皆是空,只是见那雁南行,那声儿哀哀切切,哀哀切切,叫难扎正!
一年的苦景冬月最可哀,只见那梅花独向雪中开。冤家呀,奴不能去,你又不能来,怎不叫人痛怀,怎不叫人伤怀?长夜不眠月儿渐歪,更点儿只在那谯楼上,叮叮当当,叮叮当当,叫奴怎么捱?

　　唱完了,张鸿渐说:"极好!这是甚么曲名?"脚夫说:"不知是啥名儿,这就合那'一更里寒蛩吱吱呀呀'是一样的腔调。"

【刮地风】忽闻游子唱歌声,哀切不堪愁里听。便在家乡犹下泪,何况身在客中行?人那哎哟客中行。

说不尽途中水旱,客里风霜,走了十来日,就到了牛梦里。系马门前到旧斋,东西相见笑颜开。问声此去来何早?不觉双双泪满腮,人那哎哟泪满腮。

却说东家、徒弟,都不料他就回来了,相见惊喜异常。员外忙问:"先生没到家么?来的怎么这样速呢?"相处久了,鸿渐也就不背他了。

员外开言问一声,鸿渐从实说分明。家中祸患从天降,座下门人尽不平,人那哎哟尽不平。

鸿渐说罢,大家嗟叹了一回。鸿渐又把待监生的意思,说了一遍。

忽听鸿渐说衷情,员外夸好不住声。若是自己无力量,老夫还助老先生,人那哎哟老先生。

按下员外不提。但说张得聚,他娘叫他去科举,原也不敢望他争,谁想高高的中了十四名举人。文老爷不坐轿,这不骑了那牛来了么?

【罗江怨】方娘子在房中,忽然闻报条红,当了一个南柯梦。我的儿小小顽童,怎么能折桂蟾宫?还疑错认报条红。他二舅说他文章通,只怕他还得三冬,今科不敢望他中。问了问府县皆同,这个信属确非空,娘子不觉心酸痛。

娘子闻报,忽然一阵心酸,不觉泪下来了。

一是为月患年灾,二是为苦教婴孩,三为鸿渐在天涯外。一霎时乱叫奶奶,一霎时乱叫太太,亲友塞门来相拜。赏报马又要钱财,送盘缠又要铺排,着他娘俩忙成块。若我儿平步天街,他爹爹万里归来,不枉他把老来卖。

待了会子,小举人来了家,给他娘磕头,便哭了,说:"为儿虽然侥幸了,恨不能见我爹爹,叫人未免的伤心!"太太说:"我儿呀!"

伤感的真正不差,你爹爹岁岁天涯,没老子长的这么大。我儿还该发愤,这举人撑不住仇家,仅好不敢前来骂。你若能插了宫花,你若能带上乌纱,那时才压的仇人下。你爹爹听的你发达,他自然打算还家,我儿不用心牵挂。

小举人说:"儿的意思要上山西。"太太说:"你且不必,一来没盘缠,二来你太年幼。等到明年你会试场后,中与不中,你可去看看的罢。"

你爹爹出了门,东家相爱又相亲,他又不是没投奔。他从来是个秀才,他还要愤志守身,未知将来的时合运。我的儿等到明春,去会试到在京门,从容将你爹爹问。他不似昔日无音,你得来进士出身,那时再寄平安信。

小举人说:"俺爹爹知道我的名字么?"太太说:"我也就忘了对他说。"小举人说:"俺爹爹就没说,他改了甚么名字么?"太太说:"我也没问他。"

小举人泪洒洒,这事儿太跷蹊,父子不知名合字。儿的名字父不知,父亲名字儿不知,中状元也难识谁及第。方太太懊悔无及,恨当初没说属实,如今也是没法治。你只管步上天梯,若中了亲到山西,到了那时再商议。

当下商议祭祖盟旗,贺客临门,日日的忙乱。

新举人去上坟,骑白马彩色新,比着从前越发俊。方太太是个佳人,三十岁还正青春,做个太太忒心嫩。乡党人个个来亲,终日家贺客盈门,比不得坐监时候没人问。都说他受尽艰辛,心儿里又有乾坤,将来定有夫人分。

那坐监时,人都说方娘子俊的是皮儿忒也嫩,没有厚福;到了此时,人都说方太太又齐整,又有福相。好不可笑!

【劈破玉】有人说方娘子生来福大,看模样不是个小家;有人说他的本领不在人以下。人人称讲,个个胡吧,却无说他教子读书的效验,天下没有俩。

张得聚十五登科,这都是方娘子教子读书的效验。正是:若无孟母三迁教,那得燕山五魁芳?且看下回。

第十一回　凶信讹传

却说小举人进京会试,太太嘱咐他:"中了便来信,去着太爷来家;不中,便亲自着问。"
【跌落金钱】嘱咐娇儿记在心,到京遇着太原人,我儿呀,你可把你爹爹问。若能中了休起身,细写府县合庄村,我儿呀,你就托人捎个信。不中不必回家门,山西去探你父亲,我儿呀,见面也着心不闷。你到场中好作文,不是望你辉乡邻,我儿呀,指望你把家声振。

小举人受了他母亲的嘱咐,不一日到了京里,逢人便问,始知山西大俭年,断了路行人。待了几天,没中了进士,来了家,回了太太的话。
为儿二月在场中,觉着文章也算通,母亲呀,不知怎么就没中!

太太说:"你怎么没上山西呢?"相公说:
山西谷价黄金同,白日断人路难行,母亲呀,没敢去向那里问。

太太说:"你没问问么?"相公说:
山西没多举人公,太原平阳两府空,人传说出门就得标枪送。

"你可怎么处呢?"相公说:
那里方才乱哄哄,打听听息俱从容,到明年,待我自己到牛梦。

从此每日打听山西的信。一日,相公上庆云看他老师,在府里遇着个落第的举人,是山西人,便问他山西乱信。那人说:
最乱太原与平阳,小弟来时雇镖枪,年兄呀,方才敢把京城上。贵庄呢?那人说太原城北是荒庄,落第不能返故乡,年兄呀,暂且在外闲游荡。有个徐员外认的么？员外姓徐号北岗，舍妹夫就是他令郎，年兄呀，他到壮实全无恙。他家有位先生么？有个先生他姓张，不知家住在何方，那先生去年遭贼将身丧。

王举人说："这个张先生，去年被贼害了。"小举人听说，扑簌簌吊下泪来。王举人惊问："他是年兄甚么亲戚？"小举人说："那就是家父。"王举人拱手出门，说："小弟失言了。我连年不在家，这是传言罢了。"小举人就哭起来了。

爹爹远游在太原，初上太原整二年，爹爹呀，怎么就遭着土贼乱？待上山西去问安，听的山西乱信传，爹爹呀，合该咱父子不相见！为儿侥幸作春元，一日不曾聚首欢，爹爹呀，谁思终身不见面！儿命生来最可怜，三岁即别大人前，爹爹呀，如今着我无的盼！

张举人哭的着实哀痛，家人们都劝他说："这信也未必真，天下姓张的很多，那见的就是太爷呢。"小举人擦了擦泪，就起了行。张爷上马泪如麻，反复思量难着杀，到家中怎么去回娘亲话？这个信儿老大差，是真是假不是他，实说了陡然到着娘亲怕。朝朝挂虑在天涯，听了这话愁更加，那一时愁着母亲值的大。叫声跟随众管家，太太知道要唬杀，对你说，到家昧起休提罢。

小举人嘱咐众管家到家休提。到了家，各人都昧起。太太端相着公子不大欢喜，便问："您老师待你不好么？"相公说：儿到门前即刻传，登堂相见甚欣然，母亲呀，送了几匹真贡缎。说你啥来呀？酒饭如同父子欢，世兄陪酒又化拳，母亲呀，嘱咐我得空长相见。你病了来么？庆云一往又一还，照常吃饭又平安，母亲呀，不必长将儿挂念。您怎么不大欢喜呢？一自归来下马前，入门说笑在娘前，母亲呀，并不觉着笑颜变。

小举人虽然在他娘近前，勉强说笑，到底那模样中带出那愁像了。太太多多的心疑，每日常察访，他也不肯说。待了够半年，不说那个多嘴的，传弄的太太知道了，太太一行哭着，叫相公来。叫声我儿太蹊跷，你爹即把凶信遭，我儿呀，怎么还着我不知道？公子便说娘听着：道路讹言对母学，母亲呀，着娘担心儿不孝。太太不住哭嚎啕，山西处处死亡逃，我儿呀，你爹定有个不祥兆。公子劝娘莫心焦，山西荒乱心难晓，母亲呀，会试时问个真实耗。

从此方太太泪眼不干，每日啼哭。孟娟娟在旁劝着，才些须吃点。

【哭皇天】唎溜子唎，唎溜子唎，看看来在新年头；新年头，好难受，我的哥哥呀！咳咳！我的皇天哥哥呀！

正月里过年时，千里存亡未可知。人家都把元宵闹，俺家闭户泪恓恓。咳！我的哥哥呀！咳咳！我的皇天哥哥呀！

二月里柳条青，芳草萌芽向日生。百草还有还魂日，行人何日返故程？咳！我的哥哥呀！咳咳！我的皇天哥哥呀！

三月里上坟茔，家家麦饭过清明。谁家寡妇坟头哭，惟有愁人不忍听？咳！我的哥哥呀！咳咳！我的皇天哥哥呀！

四月里日初长，小麦青青大麦黄。闭着绣房门内坐，不知燕子都成双。咳！我的哥哥呀！咳咳！我的皇天哥哥呀！

五月里端阳来，榴花如火向人开。空将艾虎门前挂，谁共菖蒲酒一杯？咳！我的哥哥呀！咳咳！我的皇天哥哥呀！

六月里放荷花，行人一去不归家。昔日花开同他看，今日花开不见他。咳！我的哥哥呀！咳咳！我的皇天哥哥呀！

七月里到秋天，牛郎织女会河边。人人都有悲愁恨，何况天涯人未还！咳！我的哥哥呀！咳咳！我的皇天哥哥呀！

八月里月正圆，过了十五少半边。奴家就似天边月，夜来孤影照床前。咳！我的哥哥呀！咳咳！我的皇天哥哥呀！

九月里树叶黄，人人沽酒过重阳。菊花开放人何在，又见南归雁一行。咳！我的哥哥呀！咳咳！我的皇天哥哥呀！

十月里更伤怀，家家祭扫哭哀哀。魂儿总隔天涯外，望想南柯梦里来。咳！我的哥哥呀！咳咳！我的皇天哥哥呀！

十一月正夜长，滴水成冰在他乡。又想又愁又是恨，又逢长夜苦难当。咳！我的哥哥呀！咳咳！我的皇天哥哥呀！
十二月办年忙，处处行人返故乡。但得他乡人儿在，虽然离别也无妨。咳！我的哥哥呀！咳咳！我的皇天哥哥呀！

方太太日日啼哭，儿合媳妇长守着劝解，再不能欢喜。公子叫了个先生来，唱给他娘听。那先生唱了一个少哭老笑"山坡羊"，是个小秃妮子，嫁了个瞎眼的老汉子。

【山坡羊】少哭乍离了爹娘，这心里像劈破了的青梅，酸酸的一片。老笑俺光棍打了十年，一般的抢牌模页，捞了一个八万。少哭一行扎着包头，那泪儿似断了线的珍珠，一个一个的乱滚。老笑坐着席上，那旧板子做了脚打罗儿，到这里才成了踢面。少哭坐着轿里好似软杠子举重，一行哭着呼扇。老笑骑着大马，小大姐笑吊了裤子，喜起来顾不的难看。少哭人都说他大风里刮了下颌去，一时难赶。老笑俺虽然穷极叫花子，叨瞎话，且捞一个黄边。少哭下轿一看，饨骨碌在井里，可是一个眼儿到底。老笑俺瞧了瞧，可是皮猴子吊在火里，一根毛也不见。少哭好不伤惨，任拘你怎么端相，如那木匠儿吊着墨斗，只是看了俺一眼。老笑你就怂也伤感，肉头儿撞着险道神，你也说不的长，我也道不的短。

唱完了，太太笑了一笑。小举人上庆云，得了二百银子，就买了两个丫环：一个叫玉兰，一个叫瑞香，都会歌舞。买了来解他娘的闷。

【跌落金钱】清晨对镜强梳妆，独坐悲啼泪两行。没心情，任拘是啥回头忘。公子孝顺非寻常，愁了父亲又疼娘，为娘亲寻思了勾千万样。买来玉兰合瑞香，歌舞便是遣愁肠，老太太方才略把愁眉放。娟娟茶酒奉高堂，锣鼓终日闹嚷嚷，日头西，直闹到东放亮。

有了这两个丫头，每日闹烘半宿。小举人见太太略略眉展，到了正月将尽，小相公上京应试去了。这一回也有分教：闺阁忽闻喜信报，芙蓉已破远山颦。且看下回。

第十二回　春闱认父

　　却说张得聚自从中了举,有了个号,叫张合庵。到了京里,已是临场的时候,疾忙打点进场。

【跌断桥】日头不大高,日头不大高,果饼丁锤都挎着,披毡衣又带上安军帽。一来十里遥,一来十里遥,下马门前闹吵吵,不多时就把名儿叫。

　　北直是一处,点了不多时就叫着张得聚,答应了一声就进去了。

进去大场门,进去大场门,堂前接卷乱纷纷,下堂来才把号来认。往里飞奔,往里飞奔,放下包袱扫扫尘,挂卷帘出去浑一浑。

　　到了外边,安心找个山西举人问个信,还没点山西,天就黑了。

急急跑回还,急急跑回还,掀起门板放下毡,准备着要把周公见。临墙那一间,临墙那一间,有个人儿在里边,伸出头就把年兄唤。

　　张合庵见那邻号有人,便问:"年兄是那一省?"那人说是山西的。

合庵才得问,合庵才得问,出号慌忙立起身,到近前又把府来问,回道是太原。听说太原人,听说太原人,合庵钦敬又钦尊,烦年兄寄一个平安信。

　　合庵说:"贵姓呢?"那人说:"姓宫。"合庵说:"认得徐北岗么?"那人说:"极熟了。"

北岗舍盟兄,北岗舍盟兄,相隔东西千里程,你如何知他名合姓?他家有个张先生么?说起这先生,说起这先生,上年掳去在贼营,可怜他丧了残生命。

　　合庵听说,就哭起来了,便说:"小弟不进场了!"那人惊问道:"怎么说?"

那就是家君,那就是家君,道路讹传命不存,那讹言竟成了真实信。

那人说：贵省呢？合庵说：小弟北直人，小弟北直人，家父投在北岗门，到而今三载无言信。

那人说："年兄差矣！那是河南人，于令尊何干？"合庵听说又大喜了。

带泪开笑颜，带泪开笑颜，胜如九锡下云天，这等说还有个佳音盼。

那人说：令尊老太公甚么名字？合庵说：永平府城南，永平府城南，家住乡村田舍间，父名遽字是张鸿渐。

那人大惊说："呀！这等说你是我家保儿了？"就大哭起来了。

到家那一年，到家那一年，你进大场尚未还，住一天又重遭难。我今在山西，我今在山西，改名宫升字子迁，秋京举中了国子监。

合庵抱着大哭，说："这是真爹爹了！"

自从儿中了，自从儿中了，要上山西走一遭，又听说那里有贼盗。凶信好蹊跷，凶信好蹊跷，母亲每日哭嚎啕，出了场先往家里报。

父子哭罢，又喜极了。太公说："我儿呀！"

拜谢天公，拜谢天公，着咱父子得相逢，若不然那里去问名合姓？坐号喜相逢，坐号喜相逢，新交好运喜重重，咱爷俩必然会中。

合庵才说怎么着处治李家。太公说："如今怎么样呢？"合庵说：

自从儿中了，自从儿中了，合庄贺喜闹吵吵，惟有李家没把喜来报。不是儿自高，不是儿自高，事情若集在今朝，那行子必不敢登门闹。

太公笑了笑，说："虽然么，咱爷俩有一个翰林才好。"公子也就笑了，说：

翰林虽是佳，翰林虽是佳，中个进士就不差，声势微仅是朝李大。从今不怕他，从今不怕他，石头生把指头砸，到如今料想还在梦里骂。

说了半夜。太公说："我儿，天交四鼓了，你去闭闭眼，明日好作文章。"

爷俩方欲眠，爷俩方欲眠，心里欢喜睡不酣，略合眼已是鸡声乱。

一声声哄传,一声声哄传,题纸下来闹喧喧,老太公急唤孩儿看。

太公说:"保儿,你出去看看,是题纸来了么?"

公子出来瞧,公子出来瞧,传说题目是大学,略等等果然题纸到。一霎时散了,一霎时散了,太公拿来仔细瞧,向孩儿细说其中的窍。

合庵极聪明,听的他父亲讲了一遍,说:"我晓的了。"便归了本号。

展卷挥毫,展卷挥毫,完了一篇日未高,忙拿着起身离了号。叫爹爹瞧,叫爹爹瞧,能济着中了就罢了①,中不的还得另改造。

公子做了一篇,就给他爹爹看。太爷笑着说:"我才做了半篇,待我看来。"

从头仔细观,从头仔细观,这也哄的瞎试官,运气低怕遇着明眼看。替你略钻研,替你略钻研,细细改改头一篇,后半截可到极好看。

"中不中全在头一篇,像这文章可以中到十余名上。那六篇等你完了看看罢。"

公子回来,公子回来,展开卷子细安排,没晌午已完了两三块。把筐篮解开,把筐篮解开,咬着果饼细安排,第五篇有了个架儿在。

公子问道:"爹爹做了几篇了?"太公说:"三篇了。你呢?"公子说:"四篇了。"

把墨儿研稠,把墨儿研稠,行行写去不抬头,第五篇又是一笔就脱稿。不再搜求,不再搜求,六作才完把笔收,伸伸腰再把七篇做。

"爹爹做了几篇了?"太爷说:"七篇将完。"公子便起来说:"第七个题我不懂的。"

孩儿且闲闲,孩儿且闲闲,我这七篇将做完,做完了给你看一看。这天还有天,这天还有天,少着一篇也不难,在旁里且略站一站。

不一时,太爷做完了,交与公子。公子看了一篇,说:"爹爹这文章定是会元。"

----

① "中",《全集》作"会"。

说好连连,说好连连,便使指头细细圈,念到底已是圈一遍。说我才是瞎胡编,这才知错将题来看。

太公说:"你取来我看看。"公子取来递给太公。

接来仔细看,接来仔细看,看来看去甚喜欢,字字行行往下念。你这第六篇,你这第六篇,略改几行便可观,差不多不甚是为患。

"做房考的有几个不瞎的? 只是好看便罢了。你这文章有指望,那一篇你若做不来着,待我替你做做罢。"公子说:"不用了,我看了爹爹的,心里就有了。"

回了号房,回了号房,顿饭时节便成章,这一篇更在前篇上。吟哦铿锵,吟哦铿锵,顺口读来字字强,文章好必定有标榜。

拿着出来说:"爹爹,我完了。"太公接来一看,说:"也亏你比着葫芦画上瓢来了。"

我儿听着,我儿听着:题目细写休错了,下画要把题纸照。号板要牢,号板要牢,常将卷子盖的交,剪烛头最怕灯花爆。

一更鼓儿敲,场里行人静悄悄,处处挂青帘,都把银灯照。卷子开了包,卷子开了包,磨墨声闻百步遥,人人都吟哦,好似曲蟮叫。

二更鼓儿轻,场里灯火一片明,处处哇哼哼,不知有了甚么病。号里少人行,号里少人行,虽是无声却有声,酷像一集人远隔十里听。

三更鼓儿挺,头觉昏沉渐渐乏,时听见问点话,声儿也不大。手儿紧紧抓,手儿仅仅抓,低头忽如身在家,好似坐房中,别屋里人说话。

四更鼓儿真,此时笔管重千斤,才写了四五篇,觉着手酸困。恨那打更人,恨那打更人,打的更点未必真,初交四鼓多,又早是五更尽。

公子完了,出号来问爹爹:"誊了几篇?"太公说:"六篇了。且去号里坐坐。"

五更鼓喧天,满面皆熏蜡烛烟,擦擦眼上眵,还觉着灯光暗。手腕疼又酸,手腕疼又酸,剩下十行越发难,只听的号里催,一声声快交卷。

天未明,太爷写完了,自己对了一遍。叫一声"保儿呀",公子忙然跑来,把卷子换过来,对了一遍。太公说:"呀!这头一篇题目不差了一个字么?"

忒也莽撞,忒也莽撞,我说从容莫要慌,若不是看出来,就完了今科的账。细细端详,细细端详,错了还添在一旁,大规矩不要错,就有些胡指望。

公子说:"这篇吊了一个字,第五篇错了一个。"公子对完,公子对完,收拾了丁捶并烛签。公子在外头,替太公拿笔砚。毡条布扁,毡条布扁,大带捆上开了言,说保儿莫粗心,你回去看上一看。

公子说:"没吊了啥,不用看。"太公说:"那雨伞呢?"公子说:"呀!搁在号房上忘了。"

伸手拿下来,伸手拿下来,又把行李另解开,包了个极结实,拴上了一条带。走上堂阶,走上堂阶,交了卷子领了牌,爷俩喜孜孜,跳出了场儿外。

爷俩出了场,太公着管家牵马,按着才见了小举人。喜地又欢天,喜地又欢天,说有个少爷在那边,却不知十四五,就成了小乡宦。俺家在太原,俺家在太原,叫了太爷勾一年,改了口叫少爷,难把嘴来变。

少爷的家人接着,问了问,才知道是太爷。公子出场门,公子出场门,分咐接场的众家人,大家笑嘻嘻,都把太爷认。议论纷纷,议论纷纷,谁知太爷正青春,怪不的咱太太,模样还娇嫩。

公子说:"爹爹的下处宽快么?"太爷说:"也是两间房。"少爷说:"都上孩儿那边去罢。"盼咐人去搬来行李,爷俩就同来了。

分咐张千,分咐张千,去把太爷行李搬,孩儿那下处,就在东王店。爷俩上雕鞍,爷俩上雕鞍,接场的家人头里颠,过巷又穿街,走了勾十里半。

到了门前,父子下马,看家的一个老家人是王孝,一眼看见太公,磕下头来,就吊下泪来说:"太爷你从那里来了?"
家人惊猜,家人惊猜,太爷忽从何处来?太奶奶每日愁,听的谣言心惊怪。小的无才,小的无才,奉了山西这一差,因小的还老成,跟少爷好出外。

太爷也落下泪来,说:"这几年没见你,你也老了。我是合你少爷在场里遇着的。"王孝又喜,说:"这等是太爷也中了?"
家人泪涟涟,家人泪涟涟,咱家大祸有十年。少爷中了举,恨不得老爷见。谁想你在外边,谁想你在外边,已向蟾宫折挂还,从此一家人,都得重相见。

"少爷速速写字,小的火速回家。"正说着,端了饭来。少爷说:"爹爹吃罢,孩儿写完了书字再吃不迟。"
磨墨挥毫,磨墨挥毫,大喜先报娘知道,孩儿在场中,合爹爹紧临号。桂榜也非遥,桂榜也非遥,爷子登科这一遭,等报子到门前,不久的爷儿俩也到。

公子写完,王孝立刻就走了。有分教:上苑花开春富贵,蕊宫香发月团圆。且看下回。

第十三回　宫花连报

不说张太老爷父子团圆,同居等候放榜。却说方太太在家,日日愁闷,亏了两个丫头,每日着他闹哄哄半日,夜间闹至三更,略能愁闷。

【劈破玉】方太太日日在深闺纳闷,那公子中不中不挂在心,指望他上山西打听个实信。酒合饭全然不想，无人时节泪纷纷。着两个丫头，一闹一个三更尽，方歇下还得骨轮一回，才打了一个盹。

这一日正在房中纳闷，丫头进来说："京里着王孝来了。"太太说："他回来有甚么事？"丫头说："不知道。"

【房四娘】方太太自惊讶，京里盘缠不缺乏，他不等着山西去，山西去，又待来家做什么，做什么？

太太吩咐："快着他进来。"不一时，王孝进来道："太太千万之喜！"

方太太又惊猜，如今天榜不曾开，你又无上山西去，山西去，问你喜从何处来，何处来？

王孝说："太爷现在京里，合少爷在一处哩。所以写了书字，先差小的前来报喜。"太太吩咐起来，上行李内取出那书来看。

【银纽丝】方太太将书仔细也么观，微绽樱桃开笑颜；孟娟娟，娘俩喜地又欢天。名字叫宫升，字是宫子迁，可那里去问张鸿渐？难得他乡性命全，不必宫花插帽檐，我的天哟，献猪羊，就把猪羊献。

叫人赏王孝缎一匹，银子一两，酒一大瓶。

冤家把我唬碎也么心，不料你依然性命存。有鬼神，指引您爷俩号紧邻，两人在一堆，场中论论文。我儿进士有十分。道路讹言认不真，骂那山西路行人，我的天哟，凶信传，怎么就传凶信！

且不说太太在家欢喜，但说太爷父子在京，已到了放榜之日，爷俩同去看榜。

【倒扳桨】二人骑马出大街，都看天门榜放开。父子到时榜初挂，人山人海闹垓垓，挤不开，多有挤吊了袜和鞋。

太爷说："咱着一个家人挤进去看看罢。"少爷说："李才他就识字，着他进去，看见名字就吆喝报了。"

李才挤进到榜棚，爷俩在外用心听，等的榜儿将放尽，不见李才报一声；报一声，心里惊，必定咱爷俩都没名。

太爷看榜将放尽，不见李才回报，便说："想是咱爷俩都没中。"少爷说："不然，这榜从后放的，你那文章还该在十五名以里。"说话之间，只听的吆喝一声，说："少爷中了！"

太爷听说笑哈哈，有这一个就不差。虽然我就落了第，也就可以归的家；归的家，抱娃娃，从此功名不求他。

不一时榜放完了，李才出来，少爷问道："你太老爷没中么？"李才说："没有见呢。"

虽然一个就喜欢，到底心里不自然。公子上马容颜恼，低头不语在雕鞍；在雕鞍，要回还，暗骂瞎眼考试官。

少爷暗暗的寻思说："我那文章还中了，怎么我爹爹那文章还中不了？岂不是瞎了眼么？"一行走着，又问李才说："你看真么？"李才说："真极了，前半截并没有姓张的。"少爷听说大怒，将李才打了几鞭子，勒回头自己去看。

【劈破玉】好公子拨马回亲自去看，那马夫头里跑一溜飞颠。到那里又见观榜的渐渐星散，公子夹夹马向里只一钻。到了棚前抬头看，先看了会元，次看亚元，又见那第三以下，第四宫升是太原。那公子飞马儿跑来，就站下，忙瞅了两三眼。

公子见太爷中了第四，飞马回来。太爷还在路旁勒马等候，方说："爹爹中了第四了！"太爷笑了笑，同回下处。

【呀呀油】喜重重，喜重重，公子写成书一封，说爹爹合孩儿都把进士中。父子相逢，父子相逢，又得一日科甲同，现如今门下人，都做着吉祥梦。

不说公子着人回家报喜，却说孟奶奶每日合方太太在家里商议。

叫声亲娘，叫声亲娘，今日咱家胜似常。俺爹爹就来家，料想也无妨账。婆婆感伤，婆婆感伤，但得两个中一双，你爹爹向家来，可也才来的壮。

婆媳在家里盼望，有人来报："少爷中了，有报马在门前。"

报到门前，报到门前，忽听一股闹喧喧，传进来到闺门，要铜钱一百串。太太喜欢,太太喜欢,带着泪痕开笑颜,不是喜富贵来,喜的是夫妻重相见。

太太说:"想是您爹爹没中;也就罢了,孩儿中了也好。"孩儿登科,孩儿登科,就是他不中待怎么?虽不能中一对,还强其没一个。儿子登科,儿子登科,就有仇家奈我何,得点个新翰林,方可稳稳坐。

丫环又来报:"京里差人下来了。"太太说:"叫他进来。"不一时,家人磕头道喜。
太爷中了,太爷中了,五魁以里把名标,怕报子不知名姓,着小的来家报。太太听了,太太听了,满斗焚香天地上烧,一行说完了意,不觉的连声笑。

婆媳二人欢喜的无魂颠倒,外人才知道,山西那宫升就是张鸿渐。闹嚷嚷,每日道喜比前更胜不提,且说父子二人前去殿试。
【皂罗袍】宫子迁将万言书上,会写字会做文章,御笔钦赐探花郎。忽然乌纱带头上,金鞍辉煌,玉佩叮当。此时才不负闺门望。

太爷殿了探花,少爷中了三甲进士,已无指望,亏了他少年齐整,圣上见喜,又给一个翰林。
张少爷少年英妙,十八岁绝好的丰标,齿白唇红模样娇,玉堂金马忽然到。翰林院里,荣贵逍遥,此时才不负娘亲教。

父子二人这一时心满意足,好不得意的紧!
张鸿渐紫袍金带,骑肥马直过御街,人人都说探花来,模样不像三十外。翰林公子身带牙牌,日日街头去把荣华卖。

不说二人在京中得意,打点告假还家,都说方太太虽然欢喜,还盼望那殿试的消息,便问道:"娟娟,怎么京里没个信了呢?"
【跌断桥】家门衰孤,家门衰孤,小小功名总是无,还得个小翰林,才压的那仇人住。人心无足,人心无足,得了陇来又望蜀,看看小保儿,担的个翰林做。

"俗语云:人心无足,已有了两个进士,我这心里又望一个翰林。"娘俩正在房中说笑,有人来报:"太爷中了探花!"娘们听了,一场好喜!

太太开笑颜,太太开笑颜,回头想想十年前,只待做奶奶,做太太不情愿。今日却不然,今日却不然,谁想劳力又爬山,这个探花郎,应该合保儿换。

  旁里妇人们都说:"太太虽然三十三岁,好像二十四五的一样。"

太太笑吓吓,太太笑吓吓,既在世间为一个人,不可不尝尝奶奶味儿。保儿两道眉,保儿两道眉,前生像有造化根,到了做翰林,这么才成对。

  正说着,有人来报:"少爷拉了翰林了!"你说这一喜,若是不会喜的,可就八十的老儿转磨磨——就晕杀了!

喜气扬扬,喜气扬扬,我说保儿不寻常,每日我看着他,就有个翰林样。满斗焚香,满斗焚香,拜了天地拜家堂,此时把仇人,不放在心坎上。

  此时烘动了各庄人等,都来叩头,连李老婆在家里也坐不住了,他来捣了顿头去了。

都来叩头,都来叩头,仇家不敢计前仇,也跟着别人来,好一似鸡嗲豆。闹闹稠稠,闹闹稠稠,叫他坐在门后头,出去逢人说,奶奶合我厚。

  此时,离不了京里有人来往,早已打听着他俩告了假,待要家来。家里有许多人伺候,庄里有多少人迎接!

【玉娥郎】大旗挑,长号播,人声喧,枪刀斧钺共钩镰;鼓吹天钻,锣鼓闹喧天,好一似排大驾,上太山。财主亲戚,衣帽新鲜,坐雕鞍;穷人借衣难,套上蓝布衫,找个毛驴骑着颠。接了有大半天,听的大锣传,这头行已合那执事连。

  接了半天,张老爷将来到。管家到近前禀报说:"乡亲们接老爷。"张老爷方下轿,都说几句好话,才又上轿。

【罗江怨】众乡亲摆到两边,那管家跪禀路间,老爷下轿来相见。小人们磕头问安,亲戚们叙叙寒暄,老爷笑问一遍。又上轿呼呼扇扇,那探马跑跑颠颠,五十里一派人声乱。不一时来到近前,三声大炮响连天,各庄人等齐来看。

方太太已着人探着,太老爷隔着二十里了。一霎又报:"隔着十里了。"一霎又报:"太爷就到了。"老太太合少奶奶都穿着大红等候,不一时爷俩进宅来了。

【耍孩儿】太老爷进了门,见太太泪纷纷,十余年夫妻才相认。外边待了十余载,寡妇孤儿过十春,几乎把你使尽!今日里孩儿富贵,我就该谢谢夫人。

太爷说:"今日我还该谢谢你。"方太太说:"这是那里话!"方太太泪涟涟,那几年把我心眼望穿,这几年把我这魂惊乱。但愿你残生有命,不敢望您做高官,谁想今日还见面。今一日明明相会,还像是梦里团圆。

夫妻哭罢,张少爷铺下毡,给太太叩头。

方太太叫一声,我的儿你是听,一时哭的心酸痛。你做了秀才还打瓦,打你的时节我心里疼,不想还有翰林命。还记的朝朝每日,陪着你坐到三更。

太老爷听说太太教子读书,又酸又痛,说:"这越发该谢谢夫人了!"

割慈爱教儿童,陪读书到三更,叫我心里多酸痛。我就在家长教子,就只不断将书考,那得像你把心用。我十年出亡在外,到情着做了太公。

不一时,方二爷前来道喜,二人作了揖。太老爷不觉的又落下泪来了。

【平西调】自离十年后,不肖人南北迁流,到如今侥幸才把功名就。我家里孤儿寡妇,谁敢出来伸头?百般仗赖你,刻骨也难酬。娘俩去坐监,好不可羞!亏着你昂昂志气,报复冤仇,不然受磨难到何时够!

方爷说:"这都是贤弟福分,贤甥的造化,带着我中了这个进士。"老太爷说:"那严阁老坏了,老兄还可以起用。"方爷说:"如今有个指望了。"

为妹妹将权臣俯就,到如今梦里还羞,倒是丢了官儿还好受。长恨那科道们,骨突着嘴儿,该把眼抠!我若还行去进京,定要撞到五凤楼。天下的大害,固然是州县不肖,也是那司院贪求。我定要上本章,除除民害,破破贼头,就是那流徒的秀才还可以救。

太老爷说:"吾兄果有些志向,小弟愿帮助。咱且吃酒罢。"分付看酒来。

【跌落金钱】亲戚隔断十余载,今日相逢笑颜开,老兄呀,把酒同欢共一快。快把美酒暖暖筛,美味佳肴端上来,老兄呀,登堂欢饮休见怪。二哥你贵庚几何?方爷说:我大妹妹三岁。高叫一声二兄台,得开怀处且开怀,老兄呀,人生几个三十外?莫学傻来莫弄乖,相逢只要饮三杯,老兄呀,明朝自有明朝在。

方爷说:"我从来不多饮,已是醉了,别了罢。"作别上马去了。太老爷说:"看来咱作一个全家之乐罢。"

十年夫妻得相逢,一家聚首喜重重,夫人呀,或者今朝不是梦。孩儿与我斟一盅,家人难得一樽同,我今要吃干咱那床头瓮!想我流落在西东,想你愁闷在房中,夫人呀,要吃杯酒何人共?十九方才认太公,对面还不识颜容,我儿呀,神鬼会把那人撮弄。

不一时掌上灯来。太太说:"叫丫头们来歌舞一霎。"玉兰端香都到。太爷说:"这是从何处得来的?"太太说:"说起来叫人伤感。"

想起当初凶信闻,房中日日泪纷纷,那时节,孩儿买来解我闷。房师送他二百银,倾囊买来两个人。多亏他,日日房中混。一混一个夜儿深,能学会飞燕舞轻尘,能歌十折《锦堂春》,愁时节,叫他略解心头闷。

老爷说:"你看他舞艺虽然不多,果然是好。再斟酒来。"
舞袖翩翩锦带垂,舞来真似燕子飞。你看他,轻盈人过霓裳队。两行银烛照深闺,妻子团圆共一堆,这时节,人间快乐真无对。一杯又一杯,喜气重重酒力微。不觉的,明月西转参星坠。痛饮何劳击板催?渐觉沉沉体不随,老爷说,今宵已定是酩酊醉。

太老爷大笑说:"好醉呀!"太太说:"玉兰合瑞香,快扶你太老爷房中来罢。"

【清江引】醉的东歪又西倒,妻子同欢笑。十年两次归,只睡了一夜觉,都不如今宵眠的好。

一夜晚景不题,且看下回。

第十四回　群仙庆寿

却说张太老爷做官三十年,做到吏部尚书。少爷做到侍读学士,这三十年里,太老爷生了二子,中了一个进士,一个举人。少老爷生了五子,中了两个进士,殿了一个翰林。别的都是好秀才。大重孙也进了学,到了十八岁,中了三元。这是后话不提。此一时,可谓富贵极了!

【耍孩儿】张太爷三十年,拖玉带上金銮,子孙又赴琼林宴。进士还生进士子,千秋万代做高官,天爷赐他生铁寿。年纪才六十三四,何愁不满屋貂蝉?

老太爷做到尚书,就告老还家。少老爷也告养亲。家里歌儿舞女,好不快活!忽然想起那不得意来,就想起那舜华来了。想当初遇艰难,结恩爱四五年,杀人又叫我脱了难。如今富贵三十载,一门老少俱完全,怎能得见他一面?要画他仙容妙影,挂在那金房珠龛。

是日三月三日,是太爷的寿诞,子孙们冠带满堂,都要拜寿,亲戚家人都来磕头。太老爷回到书房,待要歇息。

才进了内书房,摘乌纱脱衣裳,自己静掩青纱帐。忽听的掀帘挪悄走,扑鼻一阵兰麝香,进门乃是天仙降。看来是舜华来了,太老爷惊喜非常。

太老爷方才歇下,忽闻一阵异香,却是舜华进来了。太老爷喜极,慌忙起来,一把拉住,说道:"你可想杀我了!"舜华说道:

【桂枝香】久不相顾,知君思慕。今遇着寿诞良辰,我约下群仙赐顾。将客舍全铺,十二席围裙坐褥。我带来佳肴美味,甘脆香酥;一坛仙酒尽堪用,不必尘凡酒店沽。

舜华约下八仙,俱来上寿。太老爷惊喜非常,分付子孙洒扫焚香。舜华又嘱咐:

虔诚坐待,焚香斋戒。净洒扫紧闭厅门,却把那俗人靠外。我自有安排,一个客不容还在。随我来一双婢子,茶酒能筛。惟留夫妇子孙辈,共候群仙下界来。

太老爷吩咐家人去锁了大门。舜华才合大老爷去看,掀开帘子,已是铺设的齐整。才坐下,着一家人都来叩见。

太太进叩,多蒙搭救,自然该拜谢仙人;施舜华拉住袍袖。叫儿孙叩头,好端端敛容坐受。五年祖母,名分还留。每人奉赠一丸药,能开智慧更添寿。

一家人朝拜了,舜华每人给了他一丸丹药,说:"吃了可以开聪明、添寿数。"大家都拜谢着。忽报仙姑到了,进来合舜华为礼。

仙姑微笑,稽首称道:蒙妹妹叮咛嘱咐,已约下群仙俱到。八洞烦劳,我先来登堂相告。添福增寿,世世金貂。你为五载夫妇义,我为千载姊妹交。

大老爷要领着一家人朝上参见。仙估说:"仙家不行俗礼。"便让太老爷夫妇陪坐。少老爷合众少爷侍立两旁。忽然一朵彩云坠落,洞宾老祖到了。

拱手一笑,大家脱套,久不见何仙姑仙容,前日蒙折柬相招,说舜华相邀,不敢不登堂领教。主人意盛,道侣情高。我先拔剑为君寿,愿君寿数比蟠桃。

洞宾老祖也吩咐不必为礼,舜华谢了劳动。一霎时,张阁老、曹国舅、韩湘子三位老祖都到。

阁老、国舅、湘子随后,一齐来三位神仙,一个宽袍大袖,高高拱手。花篮儿不离左右,笛声隐隐,渔鼓悠悠。共祝尚书张吏部,同上三山十二楼。

在坐的都打了稽首。张阁老说:"我还该逐位奉谢。"都问:"怎么说?"阁老说:"这寿主是位宗弟。"吕祖说:"这老儿冒认华宗了。"大家都笑,钟离、采和都来了。

钟离赴宴,采和同伴,忽然闻瑞气千条,一霎时祥云满院。长须惹香烟,漫舞蕉扇,轻敲玉板,歌绕华筵。共饮杭州千寿酒,愿君寿权比南山。

不一时,铁拐老祖又到了。

李仙赴会,彩云轻坠,才见了海外三山,适来迟万望恕罪!急急追随,远迢迢葫芦在背。只恐怕群仙等候,只脚如飞。丢拐自作商羊舞,愿献福酒一大杯。

舜华问仙姑说:"想是客已全了?斟酒罢。"仙姑说:"还有福、寿二老,只怕待将来了,虚着两席罢。"斟酒罢,舜华一一亲递。

洞宾背剑,钟离摇扇,何仙姑笊篱在手,张阁老骑驴进院,湘子花篮,采和云阳玉板,长袖国舅,铁拐李仙,大家共酌一杯酒,共赠主人万万年。

共斟了一杯,与太老爷上寿,太老爷拜受了。才一巡,忽报福、寿二老都到了。但听的鹤鹿齐鸣,众神仙一齐接迎出来。

福星照耀,寿星同到,忽然间鹤鹿齐鸣,满院中祥云笼罩,并落九霄。众神承迎欢笑,寿山不险,福海无涛,华堂幸见两星会,清浅蓬莱第一遭。

就了坐。舜华参见了,太老爷领着儿孙拜见了。舜华先奉了酒,太老爷又逐位奉酒。

【香柳娘】进一杯坐前,进一杯坐前,梅鹿舞蹈,望上朝参,敢拜求群仙,增福增寿,家家平安。

张老爷又合奶奶敬酒。

敬拜祷筵前,敬拜祷筵前,仙人下顾,百喜重添,愿保佑椿萱,桑榆无恙,福寿绵绵。

以下又是众位少爷,逐位奉酒。

共稽诚坐前,共稽诚坐前,诚心一片,叩祝天仙,佑祖父百年,四体康壮,牙齿牢坚。

献酒已毕,福星老祖去袖中取出一个小瓶儿,勾核桃大小,分付童儿给公子、公孙各赐福酒一杯。都看器物甚小,未必能勾一盅儿;谁想只顾斟,只顾有。每人饮过一杯,不觉的非常的精神,都来叩头。

饮福酒香甜,饮福酒香甜,一杯入肚,直透元关,齐拜叩连连,仙官赐福,恩重如山。

众位老祖都待起身。太老爷多多拜谢,舜华也就告别。

【侥侥令】今生亲爱是旧缘,今朝一另何时见?要知道千里在眼前。

大老爷说:"既蒙仙子厚情,怎么就恝然离去?"

【收江南】有恩义不忘了琴瑟欢,又叫俺世世福寿得双全。不能长作鸳鸯伴,你也稍稍留连,教我心头略放宽。

舜华说:"官人从此福寿永远,想会也自然有日。"

【园林好】俺今日已证金丹,断不能久恋尘寰。但愿你跨黄鹤腰缠万贯,不必问再会到何年。

言罢,众位老祖都起来告别。

【沽美酒带太平令】罢好饮,谢芳筵,辞贤主,别众仙;照夕阳,人影乱,跨鹤凌云上九天,似风去雨还,如舞凤翔鸾。乱纷纷,酒阑人散;闹嚷嚷,星流雾漫;黄腾腾,异香一片,白茫茫,祥云数段。俺可飘然言旋,名山洞天。呀! 好像是赴瑶池一回佳宴。

众位老祖起在半空,一家人望空拜谢。

【清江引】荣华一路功名显,无有灾合难。八子上玉堂,七婿朝金殿,又是汾阳王再一转。

张老爷合奶奶又奉酒。

诗曰:蟒玉纷纷照玉堂,绣帘一簇麝兰香。

夫妇八十犹康健,牙笏脱来已满床。

(民国廿六年,岁次丁丑,端阳月念六日,
八世孙蒲英堂续抄。)

聊斋外编·蓬莱宴

第一回　神仙大会

【西江月】王母驾临蓬岛，满座都是神仙。不知世上几千年，东洋海干了一遍。只说天宫快乐，还有那美女思凡。多年扰攘在人间，蓬莱顶筵席未散。

　　常言道："河无头，海无边。"这海不但无边，且无底；有底无底，谁见来？这么一个大海，忽然一日干成了百十余顷地的一个盆底洼。

【耍孩儿】常言道海无边，有朝一日自家干，八千年才见干一遍。龙宫海藏漏着脊，老鸹落在兽头边，燕子头上去生蛋。人世间真有奇事，东洋海变做了桑田。

　　这一日，娘娘领着一群仙女，出离了月宫。西王母离月宫，驾祥云半悬空，飘飘一阵香风送。一派笙箫声细细，一群环佩响叮冬，仙女都驾着五彩凤。天门外霞光万道，天河上瑞气千层。

　　娘娘正行，忽然吩咐仙女吴采鸾说："你上西岳华山，取两支碧藕来的。"采鸾领令去了。这藕那里没有，怎么偏上华山取？原来是华山有正井莲花，花开十丈高，那藕像一只小船一般，这原是仙家的至宝。

华岳山上玉井莲，花开十丈藕如船，凡人难得见一面。彭祖吃了一片藕，整活人间八百年。人人都说不曾见，若捞着饱叨一顿，就成了大罗神仙。

却说那上八仙、中八仙、下八仙,合那三山五岳的散仙,都是知道王母下降,都到蓬莱,各显神通,把这山顶上造了七十里地的一座大殿,琉璃顶、水晶墙,一颗夜明珠大如柳斗,做了宝瓶,照耀的大海通明。

普天下众神仙,一齐到蓬莱山,接娘娘盖了座水晶殿。里边净有七十里,地下铺着白玉砖,四部州都从影里见。忽降下云一朵,众神仙望上朝参。

众神仙等候多时,忽听的仙乐缭绕,娘娘从半悬空中落下凤辇,众神仙一齐迎接娘娘进了宝殿,升了宝座。众神仙拜罢,分班站立。

西王母面向南,东西摆列众神仙,齐正正好似两行雁。五庄观里人参果,八卦炉中九转丹,各人有的各人献。众神仙齐祝万寿,西王母笑动容颜。

众神仙们见了娘娘,各人献宝。忽然一个梅花鹿,衔着一朵灵芝草跑来,撞倒了张阁老,挨倒了铁拐李,一直跑到面前。

王母娘娘坐高台,梅花鹿从何处来?铁拐李几乎把腰跌坏。口衔灵芝忙跑进,迎头双膝跪当阶,点头也把娘娘拜。众神仙骂声叶畜,把娘娘笑破香腮。

众神仙说:"这个叶畜从何而来?这样的无状!"娘娘笑了笑,收了他的灵芝草。众神仙待教诲,言还未尽,一个仙童跑过来,把角抓住,拉了下去,赐了顿脚,骂道:"你这畜生!主人家没到,你抢的什么哩!"

有仙童怒恨恨,骂一声贼遭瘟,那里数着你来亲近?回头不见那里去,跑来跌倒大些人,叶畜少不了这一顿!到家里合你算账,把畜生剥皮抽筋!

仙童打鹿,人才知道是老寿星骑的那鹿来了。不一时,寿星同福、禄二星都到,便问仙童打他怎的。仙童近前说了一遍。寿星笑着向众神仙谢罪说:"我路上遇着福、禄二老,下来说了几句话,他就偷走了。罢罢,这也是他的一点诚心。"

寿星到福禄同,进殿来俱打恭,殷勤宝物来相奉。盘中大枣如瓜大,梨似葫芦摘下棚,娘娘欢喜容颜动。正这里谦恭致敬,忽听的鹤唳空中。

　　三位老祖献了一盘枣,都大如瓜,一盘梨都大及葫芦,这都是仙家的宝物,吃一口长生不老。娘娘说:"大家来看看这海水清浅,记记各人年纪罢了,何劳厚赐?"正说着,半空中落下一对黄鹤,在娘娘座前双双飞舞。娘娘说:"老君来了。"

一双鹤落半天,忽飞去又飞还,舞的教人心花乱。娘娘早知其中意,老君下了离恨天,众神仙迎出蓬莱殿。空中现玲珑宝塔,有青牛降落尘寰。

　　众位听说老君将到,一齐接出来。不一时,半空中落下玲珑宝塔,老君骑着牛,来到殿前,鹤才不舞了。

李老君到殿前,下青牛正衣衫,娘娘坐上把身欠。分付今日免行礼,彼此相逢问问安,老君也把宝贝献。献了个黄金宝鼎,不用火自发香烟。

　　老君献了个黄金炉,大如柳斗,耀眼争光,安在娘娘面前。将玉盖揭开,一缕香烟冒将出来,像云像雾又像楼阁,那顶上献出一座黄金塔,塔上有舍利子放光,一霎时满殿皆香。

【黄莺儿】金炉发异香,起云彩结楼房,看起来百里一般样。黄金塔尽长,舍利子放光,人人都把眼睛晃。与娘娘广寒宫里,早晚照梳妆。

　　娘娘谢了,便说:"每次取扰众位,今次我做主人罢。"众人说:"难得娘娘到此,敢劳娘娘费事!"看了看,八百多席,已是安排齐整,众人才谢过了娘娘,按次序坐下了。

宾客密如麻,东俩俩西仨仨,八百席一霎安排下。玉桌椅雕画,锦裙褥绣花,娘娘真正人家大。朝廷家大开御宴,也没有这样奢华。

众位老祖坐定,有海屋老人来给娘娘磕头。娘娘便说:"你每日在海上住着,可记的这海干了几次了?"老人说:"每一次我便记一支筹。今日那筹已满屋,底下俱已朽烂,数不的了。"
老天日日周,海水干下一支筹,一筹就得八千寿。这日月如流,这光阴不留,娘娘容颜还依旧。一回头人间天上,不知几千秋。

　　老人下来,东海龙王又来磕头,献上丈二珊瑚九顶,玉树十株。娘娘下天宫,敬来到东海东,小神无物可相奉。大海里小龙,见娘娘玉容,浑身鳞甲皆生动。喜重重,八千余岁,又得相逢。

　　诗曰:八千有余年,沧海变桑田;
　　　　此日蓬莱顶,王母会群仙。

第二回　两地相思

　　且说娘娘在蓬莱合众仙饮酒不题,却说吴采鸾奉娘娘令旨,去取碧藕。一驾云头,就到了华山,看不尽的景致。
【银纽丝】华山的景致尽堪也么夸,左是玉女右莲花,高椽桠头隔着星辰勾一揸,摸着南天门,邻着玉皇家。在山头越发觉着天大,斧劈皴来石头佳,山根又像大披麻。我的天呀咳,描画难,真教人难描画。

　　采鸾按落云头,正看那山中的景致,转过山峰,顶头撞着一个书生,有十七八岁,模样标致,调度风流,看见采鸾,走走又看,这采鸾忽动凡心。
谁家的少年好不也么乖,几乎合奴撞满怀。不抬头,斜着俊眼看将来:上边看模样,下边看绣鞋,看着奴像是心里爱,回头走走又徘徊,颠倒神思脚步儿歪。我的天呀咳,害想思,他必把相思害。

采鸾说:"天上虽好,终无人间夫妇之乐。但得真么一个丈夫,跟他几年,也不枉在人间一次。"回头一看,那书生在那厢题诗来。采鸾说:"我隐了身形,看他写的什么言语。"到了近前,那书生已走了,特留下一个曲子在上边。

那里的神仙下九也么霄,俊脸好似芙芙苗。美娇娇,一片风流在眉梢。身子软窈窕,一捏杨柳腰,走将来看着他影儿也俏。蝴蝶儿舞来被风飘,花枝儿随着月影摇。我的天呀咳,引吊魂,真教人把魂引吊。

采鸾看罢,终是前世有缘,便把凡心打动。

从来心似玉无也么瑕,今日不知是怎么,难按捺,一霎心绪乱如麻。他若在人间,那里问奴家,问遑遑也是胡占卦。他若相思病转加,分明是奴害了他。我的天呀咳,牵挂人,好教人牵挂。

思虑了一回,又不知他姓甚名谁,何处人氏,也罢了。急忙去见西岳夫人,传了娘娘的令旨。夫人即刻遣天丁力士,抬着藕同上蓬莱山来了。

便把娘娘令旨也么传,相从即刻驾云端。闷恹恹,九天仙女也思凡。夫人头里走,采鸾在后边,上东来懒见娘娘面。身子虽是在云端,心儿却是在人间。我的天呀咳,乱心情,暗把心情乱。

采鸾从着夫人,顷刻到了蓬莱。夫人参见了娘娘,献了藕。适然麻姑也携了酒来,就在坐前分外添了两席。

【跌落金钱】夫人说我隔遥天,多时不曾见玉颜,娘娘呀,冬天寒节常常念。娘娘说我到人间,要把碧藕赐众仙,夫人呀,怎敢劳动来相见。麻姑说我听人言,娘娘已到蓬莱山,娘娘呀,一樽薄酒来相献。娘娘欢喜动容颜,又劳美酒助清欢,麻姑呀,相逢难得遂了平生愿。

众神仙在座饮酒,那水晶殿内外通明,看着那海水澄清,就像无壁墙一般。娘娘说:"这殿虽好,只少棵树阴笼遮罩,免了耀眼。"一言未尽,忽然有一株垂柳,高有万丈,大有百顷,一条条把殿遮蔽。

忽然殿后有垂杨,满殿全遮日色光;只见那长条垂下有千丈。嫩叶浓阴如线长,一时殿阁俱生凉,好似那月殿娑萝无两样。才弄清阴到宝窗,又逐日影下回廊,忽然间飞来好似从天降。娘娘欢喜说异常,此树移来自那方,你看他一丝丝叫人心欢畅。

娘娘说:"这是那一位仙卿的法力?从那里移来的?好齐正紧了!"钟离老祖欠身说道:"这是吕祖的弟子柳树精,自现真身,孝敬娘娘。"娘娘说:"好亏了他!可怎么不见洞宾呢?"钟离对他说:"他志愿大,要度脱世人,不知云游何方,特遣他的门人来接驾。"吕祖轩昂胆气粗,朝游北海暮苍梧,娘娘呀,他心里要人都把神仙做。找个升仙了道徒,游遍天下一个无,娘娘呀,就是四部州都是他常行的路。人人都把名利图,谁肯抛家泛五湖?娘娘呀,就是那柳树精入了神仙数。谁说天下不清孤?仙女也要想丈夫,吕君呀,何况那凡人受的神仙度。

且说众仙饮酒,那一班姮娥玉女,唱的唱,舞的舞,斟酒的,献菜的;独有采鸾,斜倚着白玉栏杆,手托香腮,全无情绪。无情无绪闷恹恹,手托香腮倚玉栏,书生呀,就是满殿喧哗也听不见。低垂红袖怜香肩,左金莲压着右金莲,老天呀,就是那同伴的来也懒把身欠。对镜时时照容颜,纵然俊美有谁怜?书生呀,天宫虽然好,只是心里淡;嫁个风流美少年,试试人间夫妇欢,老天呀,那时节才遂了奴心愿。

采鸾正坐,娘娘回头看见,早知其意,便叫一声采鸾。采鸾在那里出阳神,就没听见。又看着双成跑过去,说:"娘娘叫你。"采鸾慌忙跑来。娘娘笑说:"南康府是你的故乡?"采鸾说:"是。"娘娘说:"南康府有个进贤县,县里有座栖贤山,栖贤山里有个梅花村,村里有个秀才是叫文箫,他家里有一部书,孙勋的诗韵,你去借来给我看看。"采鸾领令去了。这文箫就是在华山那书生,那日见过了采鸾,到了家中无日不想。

俊杀人的俏乖乖,窈窕风流调度乖,乖乖呀,教人望着你那影儿也爱。那里的娘娘来散灾,步步丢下想思来,乖乖呀,这想思就是我先害。连日想来我好采,待要推开推不开,乖乖呀,见了他只是心里待。铺着长裙枕绣鞋,死在你面前也自在,乖乖呀,情愿吊死在罗裙带。

却说这文箫原是玉皇面前管书的仙童,因他到了广寒宫调戏采鸾,玉皇贬他下界,脱生了文箫,年方一十七岁,成了名士。这日,独自登华山,见了采鸾,这才是前生情人,怎么不爱?

【劈破玉】运气低,就合那冤家相见,魂灵儿飞上半天。恨不能把身子变上一变:爱你的头发,好变上个凤头簪;变一块螺黛,画你那春山;变一瓶胭脂,近你那唇尖;变一条银丝,穿你那耳边;变一个菱花,照你那娇颜;变一个荷叶,遮你那香肩;变一条绣带,缠你那腰间;变一幅罗裙,罩你那金莲;又情愿变上一双凌波,随着你那俏步儿转。

诗曰:月里姮娥下九天,人间应作画图传;
　　　莫言仓猝成佳偶,待害相思亦有缘。

第三回　喜成佳偶

且不说文相公日日想念,单表采鸾领了娘娘令旨,一路寻思,这借书原是男子做的,怎么教我去取?我可待怎么样的借法?一行寻思,已到了栖贤山。

【劈破玉】每日家不离娘娘左右,忽教俺向凡间露面出头,这意思好教人参想不透。人生面不熟,见人先害羞,平白里找着人家汉子,怎么好出口?

在云端一望,见村中出来了一个人,不觉按落云头,先问问那秀才那里居住，再想个法好找他。遂即蹇动金莲，迎着那人来了。仔细一认，呀！这不是他么？

迎上去合那人顶头相见，就是华山题诗的少年。又是怕又是羞浑身出汗，情人两相遇，低头无一言，气也不喘，进退两难。才知娘娘是个神仙，各人心里有事，他已参透机关。呀，待要不回去，只怕有罪愆；待要转回去，怎么着回还？路上别无一人，合他四眼相看，才知娘娘有意思，故意才把奴来遣。

两个撞在一处，也都挣了一挣。采鸾还不料就是文箫，把俊脸儿红了一红，便问："这庄里有个文箫么？"相公说："问他怎的？"采鸾说："问他借书。"相公说："就是小生。"采鸾越发挣了。相公说："呀，没哩这是一个梦么？"

好一似张君瑞正然害病，从天上吊下了一个莺莺，这时节任拘谁怎么不挣。看起来真像一个胡突好梦，梦胡突真难做成。这梦呢我好生再做做，休要即时就睡醒。

又想了想说："就是梦也好。"迭不的问他从那里来的，走近前扯住罗裙，双膝跪倒说："我一般的也梦见你了。"

自从在华山上相见以后，到家中害想思何曾抬头，你看看到而今恢恢憔瘦。只说天上姮娥女，今世相逢已甘休；谁承望神灵指引，劳我那冤家相投。终日家饭里思梦里想，堪堪沉重，没处央求，忽然从天降，谁肯便干休。不问你那乡那里，那管你公子王侯，顾不的斩绞，怕甚么徒流，头上放着刀剑，锅里烧着滚油，就是舍上这个性命，也着那魂灵儿跟着你走。

采鸾怕娘娘责他，挣脱了就待腾云；不知娘娘早已摘下了他的云头，怎么去得？无奈何拉起他来，跟他去了。到了书房，见他满屋异香，满架诗书，到也不俗，方才实说了。

【呀呀儿油】问奴家，问奴家，现在广寒王母家；因奴动了思凡心，摘了奴的祥云驾。哩么呀呀儿油，哩么呀呀儿油。既爱奴家，既爱奴家，就做夫妻也不差；已是惹的娘娘嗔，到了如今还说啥。哩么呀呀儿油。

相公大喜,领着到了后宅,又见房舍齐正,铺盖干净。便问:"你家怎么静悄悄的,全无一个人儿?"相公说:"只有一个书童,沽酒去了。"

听我言,听我言:小生有愿已在先,必得一个俊佳人,才足了我的平生愿。哩么呀儿油。美人难,美人难,今年十七尚孤单;若还不是命里该,怎么得见娘子的面?哩么呀儿油。

少时相公出去,拿进酒来,安排的肴馔,也是自己端来,合娘子吃酒。这是人间的酒,娘子怎么吃得下去?只吃了一口。些须吃了几个果子,那东西又嫌腥气。相公就笑了。

笑呵呵,笑呵呵,你是南海白鹦哥,正吃着紫竹花,喂着黄豆还不乐,哩么呀呀儿油。这却如何,这却如何?天上虫蚁喂不活,任拘甚么你都嫌,往后咱可怎么过?哩么呀呀儿油。

娘子笑说:"我就两天不吃,也不饥饿,以后只给我两碗大米饭便了。"天色已晚,二人就收拾睡了。

热闹呵,热闹呵,天上的仙童会姮娥;朝朝每每受孤单,今宵才知夫妇乐。哩么呀呀儿油。好快活,好快活,日出犹然恋被窝;早知人间这欢,要做神仙真是错。哩么呀呀儿油。

上无公婆,下无子女,直睡到日出三竿,娘子才起来梳头,不免也学着淘米做饭。相公老大的不忍。

穷难为,穷难为,娘子也曾在香闺;到了天宫这些年,也就忘了这穷忙的味。哩么呀呀儿油。把火吹,把火吹,一窨爆了一头灰,软窈窕的玉人儿,怎么能受的这样罪?哩么呀呀儿油。

相公说:"你嫁了这个穷秀才,着你受着这样的罪。"娘子说:"也罢。别人做的,我还吃不下去呢。"

无奈何,无奈何,既在人间要做活;原是我待找着忙,岂不知天上乐?哩么呀呀儿油。吃不多,吃不多,但得有米来下锅;不过使了一瓢水,我就忙忙也不错。哩么呀呀儿油。

娘子并不嫌穷,两个如鱼得水,一刻不离,和好度日。未知后来如何,且看下回。

诗曰:一在人间一上方,如何两美得成双?
　　　教他万里来相会,王母真成老在行。

第四回　仙女抄书

却说文箫得了采鸾,心满意足。只是一日两回做饭,心中甚是过意不去。待了几日,使了二十两银子,买了一个丫头,姓魏名叫小痴,便请娘子来看。

【呀呀儿油】你听知,你听知:皴了你的嫩手,沾了你的衣;虽然娘子不嫌穷,我怎么过意的去。哩么呀呀儿油。到城西,到城西,买了个丫头叫小痴,他方才十二三岁,也可些须把你来替。哩么呀呀儿油。

娘子相见,说:"极好!他倒有个仙意。你穷穷的那里的钱来?"相公说:"我卖了十来亩地。"娘子说:"你有多少地?"相公说:"不瞒娘子,我原有两顷多地,这几年卖了一顷多,昨日又卖了十来亩多,只剩了二三十亩地了。"娘子说:"这怎么了!"

我的郎,我的郎,家里无有十石粮;若还留着几亩地,也还好把胆来放。哩么呀呀儿油。细思量,细思量,一年年卖地不为常;有地你就尽着卖,没了地可该怎么待?哩么呀呀儿油。

"我是见你书舍齐正,衣裳摇摆,当是还有物叶,谁想这等,可该怎么过?"相公说:"不妨,我凭着满腹文章,一举成名,什么田宅没有。"

这何妨,这何妨,丈夫心胸在四方。那物叶合钱财,原不放在这心上。哩么呀呀儿油。不用商量,不用商量,凭着满腹好文章。呀,一举成名,直到玉堂,乌纱玉带,去佐君王;万金奉禄,百处田庄,一群骡马,千只牛羊;金银满库,米麦满仓,小厮无数,管家成行;府厅州县,看俺的鼻梁;两司合抚院,送礼百十筐,白的白,黄的黄,珠成串,缎成箱,无穷的东西往家抬,还得二人上上账。

娘子笑着说:"富贵遂人,也还在天。你那文章虽好,那富贵在那里?却还得寻件生意,暂且糊口。"相公说:"这可就难了。"莫贪图,莫贪图,我不是经商买卖徒。呀,书不会卖,我只会读。待做商行,谁走江湖?待开当铺,谁待他回赎?待开缎店,谁上杭苏?待开药铺,又少药厨;待攻炭井,鼻嘴黑乌;待开食店,越发村粗;况且本钱一个全无。惟想当日,文君当垆,你筛酒,我提壶,热也卖,冷也沽,生意必然大转钱,先问娘子做不做?

娘子笑了笑说:"这样胡诌!你知道如今兴那一部书值钱,咱抄书罢。"相公说:"你好愚!休说那大部书不能抄,就是孙勋的两部诗韵,如今极兴,一部卖到四五百钱,大小四五万字,谁能抄他?"你是天上仙,你是天上仙,莫把抄书当等闲。呀,笔要中使,墨要稠研,字要端正,纸笔全完,写的精致,方才值钱。专工一日,能写几篇?纵是快手,能写几千,四五万字,也得十天;压裁订辑,又费钻研;十余日才得抄完一部,手也使得酸。这些工夫抄出来,可问人家要多少钱?

娘子听说诗韵,唬了一惊,便说:"娘娘差我来借的就是这个书。分明这是娘娘给我的一条生路,还不抄他,等待何时?"我的心事娘娘知道,陡然叫我下九霄,呀,又明明的指我一条谋生的道。娘娘忒蹊跷,怎么就知我嫁文箫?明对我说他家也不是富豪,若是难过,便把书抄。娘娘呀,今日方才领你的教。

"官人,你取那书来。"相公即刻把书取到,放在娘子面前,笑着说:"这不是书?我看你怎么抄。"娘子说:"你不用管我。"娘子接过看了看,揭开本儿掀一掀。呀,铺下张纸,拿过笔合砚,拿出仙手,就把墨研,挽了挽长袖,咬了咬笔尖,低头就写,像那雨点一般,一盏茶没冷,字写了一千,天下人这样写法谁曾见?

娘子下笔好似雨打荷叶,风卷残云,一霎时写了一张,递与相公说:"你看看值不值得?"相公惊讶说:"怎么这样的快!"又看了看说:"怎么这样的精!"

相公接来才看罢,叫了声采鸾我的冤家,呀,你这字不在钟王下,细细端详,教人爱煞。就像我那娘子,又带上了一朵鲜花,怎割舍的卖了罢?那钱是甚么,只该写下两部,留着传家,裱将起来,当一部法帖,也是没有价。

相公一行赞美,娘子一霎写了一大罗,晌午多已是完了一部。娘子说:"不用订辑,搭起来送到书铺里去寄卖青钱六百。"相公说:"可以值两吊。"娘子说:"看贵了不发市,一吊罢了。"

夫妇方才定了价,找个包袱包把杀,娘子说我再嘱咐你一句话:拿到街上休说是奴家,那秀才口臭,看他再刮答,只说是你写的还不差;识货的甚少,不必忒也胡吧,再紧紧六七百钱卖了罢。

娘子说:"你只说你写的。"相公笑说:"是你写的才值钱,我写的值什么钱?况且我也写不出来。有了,我向后描你的字,替你代劳吧。"随即把书送到铺内,书铺嫌价钱多。相公说:"卖不了还给我。"

寄下就有人来看,程程的都喜欢,一霎时夺夺扯扯的嚷成片。总共一部,又极希罕,一个出八百,一个出一千,买到手里好似拾了一个金砖;买不着的还求借观,嘱咐那铺里,物色下几部我拿钱来换。

书铺里做了一吊二百钱卖了,还有大些人托他物色。第二日送了钱来,求他再写。从此丫头研墨,夫妇齐写,书去钱来,此一时大改变了。

惟有这宗生意旺,待了几日,那钱堆满床。呀,一个是仙女,一个是才郎,丫头研墨,急急忙忙,两个齐抄,快如风霜。那开元通宝,成堆成筐;锅有剩饭,家有余粮;旺活的鲜鱼来下酒,崭新的细缎做衣裳。这快活那王孙公子也跟不上,况那享用不比寻常。呀,清晨起来见了太阳,相公洗脸,娘子梳妆,扶头美酒,解醉香汤;三杯以后,说笑满堂,下棋赌胜,打马争强,看牌掷骰,抢快敖江,巴孤堆赶凤凰,耍笑诸般都在行;不知道纳草,不知道封粮,惟有烹鱼做饭,要指点那梅香。呀,早饭已罢,炉里添香,扫田刮地,净几明窗,拔笔铺纸,写书几张;日头才落,明灯高张,红炉煮酒,果碟儿成行,小盅漫饮,细说衷肠,金莲压腿,手搭肩膀,你一盏,我一觞,醉醺醺倒在牙床上。两人同盖红绫被,一觉睡到大天光。这样自在,比那神仙还强。呀,或是花前向暖,月下乘凉,细雨长下,雪片飞扬,烹茶用好水,煎来喷鼻香,你试试,我尝尝。闲暇无事,做诗几章。小痴不痴,伶俐异常,跟着娘子学舞霓裳,跟着相公学唱昆腔。朝朝寒食,夜夜重阳,比目的鱼儿成对,并头莲儿成双。各处蜡烛流成一块,一宿炭灰一大筐,这时节把那富贵神仙一切全忘。

那小痴异样的聪明,教给他歌舞,一学就会,玩的越发的兴致。玩了二年,娘子生了一个儿子,夫妇大喜。因着抄书,起了个名字,叫韵哥。

【迭断桥】仔细端相,仔细端相,耳大头圆好声嗓,雪白的玉人儿,有个富态像。好个儿郎,好个儿郎,模子极好杵头又强,脱下个坯来不和别人一样。

那孩子生的唇红齿白,夫妻爱如至宝。一日,相公感叹:"咱已有了儿子,虽然快活,可是日日凭着娘子抄书度日,这也不是长法。和你商量,和你商量,小生原无隔宿粮;自从娘子来,嘴儿才赶扯上。快活异常,快活异常,全凭娘子度日光;日日去抄书,将来是怎么样?"

娘子说:"依官人说,该怎么样?"相公说:"在我说,还去求功名,中了来就好了。"娘子说:"休说中与不中,在那里就是中了,那富贵也是草头之露,何必看在眼里?"

大场入帘,大场入帘,一字不通瞎试官;一半个识文章,也未必捞着看。就中状元,就中状元,上下都是好奸贪;你若做了官,才吃不的安稳饭。

"做官早起晚眠,要想今日饮酒赋诗,也不能的了。"相公听说,也就低头无言。或者从此安分守己,抄书到老罢。且看下回。

第五回　吕祖度脱

却说文相公待去求功名,被娘子说了几句,便把兴致消了,依旧抄书。待了二年,韵哥渐渐大了。娘子正坐抄书,韵哥跑来着他抱着,丫环哄着不去,只管哭。相公抱起来,还哭一个不了。
【迭断桥】叫声娇娇,叫声娇娇,提在怀中搂抱着;任拘怎么哄,只把娘亲叫。孩儿娇娇,孩儿娇娇,走来走去哭嚎啕;娘子无奈何,才放笔把儿抱。

娘子接过去,才住了声。相公长吁了一口气说:"这日子可怎么过!若是富贵人家,用不着抱孩子,也用不着抄书。"
做个丈夫,做个丈夫,凭着娘子去抄书;孩子叫呱呱,两头不能顾。你说如何,你说如何?从来还把四书读,我中了状元来,请你把奶奶做。

娘子笑了笑说:"你要求取功名,我也不留你。"相公打点了琴剑书箱,又摆上酒,夫妇畅饮相别。到了次日,领着书童,上长安去了。
撒手开交,撒手开交,志气腾腾冠九霄;挣个功名来,把娘子恩情报。少年英豪,少年英豪,埋着功名只用爬;今科状元郎,数着日子到。

到了京里,读了会子书,又极得意。进了场,看着状元无有不是姓文的,谁知不然。

试官迷糊,试官迷糊,银子成色认的熟;纵有好文章,也未必念开句。指望传胪,指望传胪,命乖才好不如无;盼的放了榜,还是一瓶醋。

相公落了第,恼极,寻思当初娘子说我不能中,我甚不服他,今日果然。这回去怎么见他?

说的不差,说的不差,那时坚执不听他;谁想到今日,由了他那话。恨死回家,恨死回家,回家还去抱娃娃;但只是进去门,见了他可说啥?

"没奈何只得回家。或者我那娘子也未必像苏秦的妻。只是不得不回去劳他抄书,做男子的岂不羞死了?"

男子不羞,男子不羞,全把吃穿借女流;他虽不做声,自家觉着面皮厚。把心再收,把心再收,还去抄书掉笔头;难得他不嫌,死活的合他受。

相公没精打采,离了长安。书童忽然笑了。相公说:"你笑的什么?"书童说:"我笑大叔这样恼,这几年大叔也算自在,就是没人叫爷爷,出上我向后叫爷爷奶奶,就中状元是待怎么?"

近来咱家,近来咱家,虽不富贵也荣华,又不接上司,省了胆惊怕。把门关煞,把门关煞,就叫爷爷也不差,中个状元来,也是这么大。

相公说:"这样可恨!你知道是什么!"书童又笑了。

朝里尽奸刁,朝里尽奸刁,人人诡诈苦难招,头上那乌纱,原是顶愁的帽。况且要早朝,况且要早朝,侧耳长听四鼓敲;那时节才知道,难睡自在觉。

主仆正议论,一个道士走来,看见相公,端相了端相,说:"相公必是落第的。"相公说:"怎么知道来?"道士笑说:"观看容颜便得知。"

正是少年,正是少年,有什么忧愁不自然?总被那镜里花晃煞男儿汉。人生天地间,人生天地间,自有长生快活仙;外来臭东西,那个何足念!

"我看尊范,功名无分,到是神仙可为。"相公说:"我就不能成名,可也不必求仙。"道士笑道:"怎么说呢?"相公说:"你有所不知。"

仙长听知,仙长听知,家有幼子与娇妻;忽然想起来,蒲团也坐不住。孤苦无依,孤苦无依,并无兄弟与亲戚;舍了他不回头,心里也过不去。

道士笑说:"你好愚呀!那都是水上泡、镜里影,恋他怎的?"相公也不做声了。

信口胡巴,信口胡巴,那神仙也是镜里花;拿画来充饥,热馍头反丢下。孩儿会爬,孩儿会爬,房中仙妇貌如花;怎么从这被窝里,把俺硬往山里拉?

道士见劝不醒他,便说:"那人限期将满,娘娘不久就来叫他,你不舍人,只怕人舍你,那时节你可休懊悔。"

仙女临凡,仙女临凡,他原合你有前缘;不久限期满,就合你姻缘断。谁敢迟延,谁敢迟延?娘娘的令旨下九天;你虽是恋人,人不把你恋。

道士拱了拱手,说:"请了。"扯开步竟往前走了。相公大惊,说:"呀!我的事他怎么已先知道?必是个大仙。"赶了几步说:"仙长且住,我还有个商量。"

我的来由,我的来由,你已从尾知道头;不但有心恋上人,还有一块连心肉孩。孩儿岁两周,孩儿岁两周,家里无人命即休;没了这条根,就绝了先人的后。

道士说:"这到不妨,那令郎已是有痴仙看着他,愁他怎的?"一手拉着相公,到了树下说:"请坐,我有一壶酒,借着合你说说话。"

手入道袍,手入道袍,拿出把壶来四指高;放在树阴中,又往里头捞。伸手一掏,伸手一掏,盅儿不知什么肴?两个小缸儿,都把人影照。

道士从袖里拿出一把小壶,勾四指高、牛眼大的两个盅儿,斟上一盅,递与相公。看着那酒就该尽了,他又自己斟上一盅陪着。偶携一樽,偶携一樽,薄酒不堪奉上人;些须吃一盅,解解心头闷。吃了又斟,吃了又斟,二人换杯又相巡;壶勾四指高,只顾吃不尽。

相公吃了一盅,异常的香美。那酒只顾吃只顾有。相公吃过三盅,忽觉着心中宽阔,把那功名妻子,一切看着就没什么要紧了。

壶中别有天,壶中别有天,酒到胸中眼界宽;富贵与功名,一切全冷淡。大悟恍然,大悟恍然,觉着自家便是仙,一心要出家,妻子全不恋。

相公恍然大悟,跳起来朝着道士磕了顿头,说:"师傅,我懂过来了。我忽然看着你极像吕祖呀。"道士就笑了。拍手笑哈哈,拍手笑哈哈,怎么就说我是他?吕祖是神仙,他可来做啥?到也不差,到也不差,就是纯阳待怎么?见了活神仙,也是这般大。

相公到底有仙根的,斩钢截铁,并不留恋,便说:"书童,你家去罢,我待出家哩。"

叫声书童,叫声书童,烦你寄信到家中,就说我今日醒了黄粱梦。好个小相公,好个小相公,做了神仙再相逢;今日是出家人,不劳还相送。

书童说:"大叔,从头里不待去,我还待自己跟了师父去,何况大叔肯去,我待家去怎的?"

从先听着,从先听着,大叔只顾絮叨叨;俺待自家去,怕师父不肯要。心里打挖挠,半路若把主人抛,又愁着谁给你被着这裤子套。

道士笑说:"好好!"相公也喜,三人徜徉去了不题。却说娘子在家里见相公久不回家,遇着那风花雪月,无一日不想。

【采茶儿】风儿难捱,风儿难捱,打户敲窗影入怀;铁马儿闹成堆,帘钩儿响成块。好似要人来,好像要人来,锦被蒙头眼不开;就是苦相思,也不教奴安稳害。

花似美人图,花似美人图,好时全在半开初;错过了好光阴,纷纷飞满路。我单你也孤,我单你也孤,奴看你来你看奴;花呀你若有神灵,对你把衷肠诉。

雪花飘飘,雪花飘飘,粉压垂杨玉铺桥;静悄悄无个人,怎么不思量到?长夜苦难熬,长夜苦难熬,鼓打三更眼未交;祝赞那屋里神,也着奴睡一觉。

月转柳稍,月转柳稍,又随花影上窗摇;渐渐上床来,想是怜奴少。夜色迢迢,夜色迢迢,可怜孤负好良宵;姮娥也孤单,合奴心相照。

雪月风花,雪月风花,件件凄凉愁闷煞;白日还好捱,黑夜难招架。心乱如麻,心乱如麻,想想奴家念念他;绣鞋儿显显灵,打一个团圆卦。

等了一年,越发无信。有人说,见他跟了个道士去出家的了。娘子说:"好哥呀!我没说中不的么?只是待去,不中正好,什么直钱的功名,就恼的出了家,我可待怎么着呢?"

【憨头郎】哩溜子唎,唎溜了哩,恼人就是春月里。春月里好可怜,才郎不中入了山,那纱帽不值榆钱重,我还没有正眼看。我的哥哥来,咳咳!我的皇天!

不觉的到夏天,愁人又见并头莲。我为你神仙都不做,怎么舍我去求仙?我的哥哥来,咳咳!我的皇天!

到秋来更凄凉,促织儿鸣时好悲伤。郎在家中全不觉,谁知秋天最凄凉。我的哥哥来,咳咳!我的皇天!

冬日冷冻夜最长,床头辗转苦难当。五岁的娇儿全不顾,那有这样恨心肠。我的哥哥来,咳咳!我的皇天!

娘子无情无绪,也不抄书了。亏了攒下了几吊钱,还过的。后来如何,且看下回。

第六回　桃仙献技

　　却说文相公出了家,娘子思念了一会子,也没得做的,终日得个空儿,与小痴下棋;雇了个妇人看那孩子。
【耍孩儿】小娘子没奈何,雇个人看韵哥,几亩薄田还好过。领着孩子去守寡,不觉已是二年多,也就忘了从前乐。只当时天生这等,撂下来也就快活。

　　娘子一日静坐,忽然想起说:"我不过动了凡心,娘娘罚我下来受罪,或者有满的日子,我何必这等的愁闷?"
终日家闷垓垓,忘了我从何处来,回头想想真奇怪。儿孙自有儿孙福,离别原是命里该,何必可把人愁坏?只宜蒲团打坐,把人事一切丢开。

　　娘子忽然大悟,叫小痴过来说:"你往后看望孩子,照管家事,一切托付与你。我从此要打坐,连每日饭也不吃了。"
受欢乐也受悲伤,我从此要清凉,一笔勾了以前账。小痴本是灵霄女,聪明伶俐敢承当,看着修仙不异样。就是那韵哥啕气,不教他锁碎亲娘。

　　按下吴采鸾从新打坐不题。却说王母在蓬莱山合众仙饮酒,才上了八碗菜,忽然见空中一条白露直插到坐前。娘娘说:"洞宾来了。"不一时,吕祖领着道童,脚踏宝剑,降落尘埃。——原来那虹就是那剑放光。
吕纯阳下九霄,风摆长发脑后飘。娘娘一见微微笑,便说洞宾免行礼,晚来该罚一大瓢,坐在近处好领教。老祖说娘娘赐酒,三两碗怎敢辞劳。

　　近着娘娘,老祖坐下。娘娘说:"你度的那文箫怎么不来?"老祖说:"他功行不曾满,只可惜辜负了娘娘撮合采鸾的美意。
天上人去脱生,劝着他全不听,只因酒色迷真性。赐了他三杯还魂酒,心里才有一窍明,这两天才把心来定。只可惜夫妻离别,辜负了娘娘的美情。"

娘娘笑说:"那妮子不安本分,教他受受折磨,也好度脱世人。多亏了洞宾的苦心。"

游三江遍五湖,度脱人间痴丈夫,就能教他回头悟。若还不受离别苦,成个个昏迷酒色徒,他就忘了云霄路。不亏你殷勤劝醒,着天上神仙全无。

吕祖抬头,看见柳条垂下,笑说:"小徒也知道孝敬娘娘。"娘娘说:"极亏他,我临行要漫赏他。"

水晶殿耀眼明,我嫌没个树头青,劳他现身把我敬。千枝万叶忙垂下,一片青阴罩满庭,真能助我游仙兴。我赐他仙酒仙药,也叫他延寿长生。

吕祖便问娘娘:"园里蟠桃开了花不曾?"娘娘说:"此时青桃未熟,如何又开花?"吕祖便叫桃仙:"你也来献献功,劳求娘娘挂号。"

叫道童你听言,今日娘娘在上边,你也把那功劳献。若是能着娘娘喜,挂一个号儿就成仙,有造化才得娘娘见。那道童磕头在地,听分咐异样的喜欢。

道童磕了个头跑出,见那殿前有块大石头,他就靠着那石头,变了一株绝大的桃树,见那花枝儿开的层层迭迭,好不齐整!

那道童是小妖,转身变作一株桃,妙处就把石头靠。千枝万叶齐开放,迭迭重重一丈高,朵朵都朝着娘娘笑。西王母欢喜下坐,伸玉手摩弄一遭。

娘娘看罢坐下,着实欢喜,说:"像蟠桃园那头一种八千年才开花一遭。洞宾你这个道童从何得来?"

头一种生在园,一开花八千年,我也不得常常见。你看此花开的好,就合蟠桃无二般,这神情岂是人能变?从那里得来此物,可也是天下奇观。

纯阳说:"不知那位仙兄赴了蟠桃会,把个桃核吊在终南山里,就生了一株树。到底是仙根,有此灵气,这几年成了道业了。"

他是个桃树精,他却道有仙风,并不肯把妖精弄。一百多年成道,终南山里得相逢,劳他殷勤把我送。我为他诚心至意,就收他做了道童。

"昨日送文箫到了终南山里,回来撞着他,他便认得我,苦苦的求我度脱他。因他求的至诚,便带他来了。"娘娘说:"我看着他就不寻常。"

我看他有仙根,一朵娇艳超出群,仙花自是有风韵。足见你慈心志愿大,桃柳俱是贵门人,这个功德真难尽。你合那观音菩萨,都合他世上有亲。

娘娘说:"蟠桃园里少着个看门的童子,这个童子你给我罢。"纯阳说:"极好!我正没处放他。实告娘娘,他原是个美人,我嫌跟着有些不雅致,就点化他做了个书童。"

原来是一佳人,闻名要访吕洞宾,时时刻刻逢人问。我嫌跟着不雅相,点儿化成个道童身,跟着娘娘不嫌俊。我正然踌躇不定,可那里安排这钗裙。

"我正有心着他跟荆人去,娘娘待要他,是他的造化。"娘娘笑说:"原来如此么。"吕祖说:"娘娘不信,看我叫他一声,不点化,未必成个道童。"

见了我泪如梭,在旁里又杜磨,哀怜真教人难过。着他去把道童变,变来变去像老婆,点儿化过了才不错。你看我叫他一声,可看他模样如何。

吕祖说:"桃仙过来。"只见那桃树晃了两晃,变了个童子,还梳着个牡丹头,满坐众仙大笑。吕祖说:"娘娘待要你,现原形罢。"才变成个美人,羞打打的过来给娘娘磕头。

叫桃仙造化强,带你来跟娘娘,忽然一步登天上。过年我赴蟠桃会,好桃先奉我吕纯阳,你可休把媒人忘。那桃仙掩口微笑,磕了头欢喜非常。

一行说话，十六大碗菜已上了十四碗。娘娘叫董双成说："吴采鸾今日回头，你上江西取他来的。"
那妮子乱心肠，一心里下天堂，禁不住他心里不能忘。离合悲欢都受尽，世间的滋味都尝尝，现如今又坐蒲团上。我还要代他回去，好教他写字焚香。

董双成得了令旨，即忙驾云上江西去了。不知后来如何，且看下回。

第七回　蓬莱宴罢

却说吴采鸾天天打坐，连饭也不吃。一日对小痴说："今日娘娘来叫我哩。"
【耍孩儿】吴采鸾打坐功，不吃饭里表空，觉着儿女全无用。娘娘罚我下天界，经些恼来受些穷，六七年好像个南柯梦。蒲团上端然正坐，这身子忽到天宫。

采鸾沐浴了，又从新梳了头，穿上那来时的旧衣，净坐室中，正然端坐。分付小痴："你替官人看着韵哥，我再待十年可来叫你。"叫小痴你听着，看望着小韵哥，闲来无妨打打坐。我今受了人间苦，才知天上甚快活，你可休把念头错。你到了功行成满，我自然将你度脱。

小痴听说，磕了个头说："你可休要忘了我。"正说着，只见外边一对燕子翩翩飞入室中，小痴扑了一把，吊在地下，却是一双绣鞋。采鸾说："这是董双成的。"即便穿上说："我去罢。"一阵清风，就到了天上。

董双成红绣鞋,变一对燕子来,穿上就到云霄外。韵哥玩耍还家转,不见亲娘泪满腮,一哭哭的人无奈。两个人千样哄法,说娘子去去就来。

且不说韵哥恸哭,阖家烦恼。再表采鸾见了双成,一把拉住,又是欢喜,又是羞愧。双成说:"恭喜了,又生下一个小神仙。"采鸾一声也不言语了。

吴采鸾到空中,就看见董双成,双成笑说好喜幸。采鸾听说红了脸,只是低头不作声,跟他去复娘娘的命。一霎时风云似箭,就听的箫管齐鸣。

远听着蓬莱殿上笙琴细乐,采鸾大惊说:"呀!我在人间六七年,怎么这里宴席未散?"

惊异煞吴采鸾,我在人间六七年,怎么宴席不曾散?回头真是一场梦,可笑离合与悲欢,劳劳攘攘真扯淡。忽然把云头落下,旧风景还在眼前。

双成进去禀说:"采鸾到了。"采鸾进去,跪下磕头。娘娘笑问:"你自在勾了么?"采鸾眼中落泪,只是磕头。娘娘又念诵他。

叫采鸾听我道来:你三年快乐四年悲哀,我这里只上了几碗菜。一霎就换了一个脸,你想从前呆不呆?梦儿醒自家也惊怪。还不如蟠桃遗种,他还要跳出尘埃。

太上老君合众神仙们都给他告免,娘娘才说:"起去罢。"吴采鸾归了仙班。娘娘要行,众神仙围绕起来说:"众人备了几席果碟儿,望娘娘再坐一坐,也好给娘娘跟随的酬劳。"

众神仙闹吵吵,把娘娘围一遭,都说难得娘娘到。仙女嫦娥忙半日,众人一点未酬劳,一杯酒略把高情报。若娘娘心嫌闷坐,雇只船海上飘摇。

娘娘违不过众人的好意,又坐下了。那仙女嫦娥也是三四个一席,坐下饮酒。

众神仙即回席,仙果肴甚正齐,酒杯碗盏皆精致。仙女嫦娥皆就坐,桃仙又是新相知,大家都把采鸾戏。猛抬头大殿一座,变成了万顷琉璃。

娘娘坐下,桌椅全没动,那墙也照旧,忽然见那水晶殿变成了一百多只大船,大家都在船上。只见海水汹涌,那船自己游动,蓬莱山着那水泡,只露出个山尖儿来。

那海水浪滔天,忽没了蓬莱山,也不知从何时变。大众都在船上坐,身子摇动不能安,没人撑自家离了岸。满船上雕栏玉柱,一支桅直插青天。

娘娘说:"又劳众位的法力。"看了看那柳树也没了,便问洞宾:"那柳树何在？我要赏他。"吕祖说:"方才差他去取文箫的了。趁着娘娘没去,着他夫妻一会,也知仙家有情。"

方才那柳树精,遣他去取文生,他的道业还不堪敬。趁着娘娘不曾去,着他夫妻一相逢,才知仙家有妙用。若还是离别到底,那神仙说好煞谁听？

娘娘说:"足见洞宾度世人的苦心。"便叫采鸾:"你去接你丈夫去。"采鸾听说,满面通红。吕祖说:"这到不妨,才完了一段姻缘。"

吴仙女听我言:我就是夫妇仙,我成仙才度那结发伴。你也曾受离别苦,夫妻修到再团圆,一心清白人人见。你虽然外边干净,那心肠难见青天。

吕祖一指说:"那船上合仙姑同席的便是贱荆,没里假的么？"遂把采鸾吹了一口仙气,把她的绣裙飘动,那采鸾不觉的起在空中。

吴采鸾甚害臊,娘娘叫他接文箫,一群仙女嗤嗤笑。吕祖吹了一口气,不觉已把绣裙飘。前行已见丈夫到,两口儿顶头相遇,都喜的心痒难挠。

半路里夫妻相遇,又惊又喜。文箫说:"呀！你已先来了。亏了纯阳度我,没曾回家;若回家着,岂不被你闪杀我也！"

文箫见吴采鸾,心里惊又喜欢,谁想你先到蓬莱殿。亏了纯阳度脱我,不曾回家去流连,流连闪的肝肠断。吴采鸾欲开笑口,不好说像痴一般。

采鸾看见书童跟在后边,又喜说:"你也来了么?"书童说:"是。"便在云端中就磕了个头,说:"亏了相公携带,得重见娘娘。"俺到了终南山,整待了三四年,虎豹神鬼时常见,就是那心肠全不动。忽然一日开了关,天宫金阙登时现。不亏了老祖度脱,怎能勾跳出尘凡?

夫妻不好交言,只怕那书童笑话。霎时到了蓬莱,娘娘的船游到山东里去了。四人就把云头按落船边,那柳树精也来禀了吕祖。奉师命取文箫,这一去万里遥,限的却是午时到。没有命令不敢进,还在船头伺候着,要禀着娘娘先知道。那老祖欠身说是,便吩咐即刻相招。

柳树精传出旨去,文箫才进来参见娘娘,又给吕祖磕头,才到别船上叩见老君合三位星君,依次与众仙相见。娘娘吩咐坐在吕祖旁边,好好听话。

先磕头拜娘娘,次谢了吕纯阳,后来才拜别船上。娘娘分付赐了坐,坐在师父吕祖旁。酒行以任船飘荡。眼前见瀛洲十岛,教人把名利全忘。

娘娘见书童站立,问道:"这是何人?"文箫禀道:"这是小仙的使者,出身微贱,不敢给娘娘磕头。"娘娘说:"仙家有什么贵贱,极好!我要赏那柳仙一席,教他同饭。"两个都磕头谢了。

主合主共一筵,仆合仆两相欢,一时都遂心中愿。各人饮酒谈心事,一行山北又山南,蓬莱处处都游遍。只见那海水潮沸,四下里一望无边。

把蓬莱山周游一遭,又来到旧处。娘娘离了座,辞别众仙。回头一看,那海水全消,殿也没了,现出一座蓬莱山,直插东海。把文箫唬一惊,那些东西那里盛,散了席一点没余剩。一座殿高有万丈,想那水晶是冻冻,一霎化的好干净;不惟说床帐桌椅,并不见酒盏壶瓶。

老君便说："文箫来的太早,我带他去离恨天修炼三年,好复他的本位。"

老君指定文相公:来的早了有三冬,做神仙还是黄粱梦。炼磨的工夫嫌他少,还得带到斗牛宫,修养到底方中用。三年后进于玉帝,还做那管书仙童。

又给吕祖磕了头,领着书童跟老君去了。娘娘待登玉辇,桃仙又过来给吕祖磕头。

桃仙女笑容开,磕了头把身抬,花枝招展重重拜。今生有幸得相遇,大发慈悲带我来,如今又得娘娘爱。师傅的恩情难报,磕万头也是应该。

说罢,跨上一只仙鹤,跟娘娘去了。以后三星也驾了祥云,同众仙才各归洞府。这是王母娘娘大宴蓬莱的故事。

恼一番笑一番,富几年贵几年,天上只吃一顿饭。但愿儿孙皆荣耀,白头夫妇共团圆,熬的那海水干一遍;不必说天宫快乐,就是那陆地神仙。

这神仙的事,人怎么知道来呢?因着采鸾忘不了韵哥,偷着下来了一次,又罚他三年,因此流传出来。后来和小痴一齐升仙,韵哥中了状元,都是后话。

吴采鸾上了天,忘不了儿女缘,一心偷着来家看。娘娘又罚三年整,才把仙家来踪迹传,这却入不的蓬莱宴。等老头有了兴致,再说那富贵神仙。

【清江引】洞宾拿着一壶酒,都叫人吃个够,虽不得做神仙,也着人延延寿,着天下人都活到九十九。

诗曰:沧海变桑略一番,蓬莱宴罢见奴鸳。
　　　夫妻俱得长生乐,又见娇儿中状元。

(民国二十六年,岁次丁丑,端阳月念六日,
　　　　　　　　八世孙蒲英棠续抄)

农　经

居家要务，外惟农而内惟蚕。昔韩氏有《农训》，其言井井，可使纨裤子弟、抱卷书生，人人皆知稼穑。余读而善之。中或言不尽道，或行于彼不能行于此，因妄为之增删；又博采古人之论蚕者，集为一书，附诸其后。虽不能化天下，庶几可贻子孙云尔。

　　　　　　　康熙四十四年，岁次乙酉，正月廿四日。柳泉氏志。
　　　　咸丰八年夏，六月廿四日一山氏钞于桐阴书屋之南窗下。

正月　枯焦在辰　天火在子　地火在戌

佃户宜早定，择其勤谨良心未尽丧者。大约春秋田三十亩，必用一人。宁使人欺地，勿使地欺人。

上　粪

粪必翻两三遍，则发透细润，然后用之。必要先上薄地，勿图近便。大约每亩十车为率。炕洞土、旧屋墙，最宜高粱黍稷。抓苗粪，尤胜于先撒后耕。

喂　牛

未上犋，先于三五日前，每牛料半升，草一束。草料皆要细。

客　户

岁与小猪一口，使养之。卖后止取本，一年积粪二十车。多者按车给价，少使卖猪赔补。

耕 时

《泛胜之书》云:"春候地气通。"椓橛尺二寸,埋尺露二寸;立春后土散没橛,陈根可拔。此时耕一而当四,草生乃耕一而当五。

二月　枯焦日　天火卯　地火午

耕 田

农家诀云:"春耕无晚,秋耕无早。"必熟土翻在下方佳。田多者亦惊蛰后方可耕。耕太早,则地寒不发苗;太晚,又恐天暖虫上苗难立。最宜斟酌早晚,更要深密得法,疏浅止坏一季。其或时值旱干,掀作垒块;又或才过大雨,揭成泥条,雨不能粉,锄不能破,致连三年五谷不生,吃亏甚大。

剿地边

田中有蔓棘茅芦,必发掘到根,使不再发。工人至晚,必将所治之草,令各携归,验其勤惰,亦可晒作柴薪。地边不剿,则草易荫入,难于行犁,而地力日减。

红 花

未出九种之。锄宜晒麦时,侵晨闲工及长工暇时为之。

豌 豆

种植一如豆法。种时与红花前后。

苜 蓿

野外有跷田,可种以饲畜。初生嫩苗亦可食。开花结种后,芟以喂马;冬积干者亦可喂牛驴。宜七八月种,一年三刈,留种者一刈。

坝　堰

山地得力在堰,缺处宜早修,水口宜急塞,或加填迭。一则不致冲决,二则雨水落淤,名为"天上粪"。若水大不可遏防者,则以石迭其水道,使勿刮地成渠;若高堰则用石和沙灰垒之,或用三合土如筑墙状,架板打之,务令坚久。

垦　荒

先纵火烧草,然后深耕,勿耙勿耪。塌许时,用镢打破垡块,再耕之。第一年先种芝麻,一则荒地易于辨苗,二则此物宜于新垦,两得之。

种稗　　稗,非秭乃穆

稗堪水旱,种无不熟,最易生,收最广。炊食亦不恶,又酿酒甚美。稗,音败,草似稻而实细,又细小也。《汉志·小说》谓之"稗说":街谈巷论,皆小说之类。又"稗官",师古曰:"小官也"。

三月　枯焦戌　天火午　地火申

种　棉

棉花地,宜耕二三遍。种不宜早,恐春冷伤苗;又不宜晚,恐秋霜伤桃。大约在清明、谷雨间,酌其冷暖,略早种之,苗虽不肥,而节密桃多;晚则苗虽盛而桃稀。锄必七遍,一则去草;二令浮土附根,则根深;三令土虚,则苗得随根远行。锄又宜在夏至前,一次密留以备伤损,二次犹稍密,三次乃定。苗须疏,不可无间。只一棵单留,必不可双。七八寸打去冲天心;待歧枝半尺以上,又遍打之。大约三伏各打一次,不宜雨暗,恐垄灌而多空条。最宜晴明,庶旺相而生旁枝;即未长大,亦当随时打去。谚云:"干锄棉花湿锄瓜,雾露天里锄芝麻。"物性各有所宜。地若主人出种,则佃户照数还花。

种帚

宜求佳种,秋后剔地撒之,来年自出。若春时早种,须细细耙搂一过方好。长成时,当遍掐其心,则苗多而齐。拔时宜少带嫩性,勿太老;太老则苗不柔。初时留宜稀。意中所欲去者,先掐苗作菜;掐两三次,始拔其根。有挨挤者并薅之。

种谷

谷生于寅,壮于丁,长于丙,老于戌,死于申,恶壬癸,忌乙丑,生长壮日吉。

种太早少籽粒;然夏初多虫难立苗,不如早种之稳。晚宜多下种,或用信,干宜复砘二次。菜少带,带多伤苗。柅谷宜早,穄谷宜晚。

锄麦

每日只与佃人谷一升,使锄麦。宜趁雨后半干时,勿太干,勿太湿,不惟有益于麦,而且使地不荒。又小雨可以深入。

黍稷

生于巳,壮于酉,长于戌,老于亥,死于丑,恶丙午,忌丑寅卯;稷忌未寅。

三、四、五月皆可种。然勿太早,谷雨后种之。刈宜早,稷过熟,遇风则落。麦楂中种者,收稍俭,不如植种者。种时砘二遍,出后再一遍。苗宜老剜。

芝麻

锄三遍。束宜小,大则难干。以五六束为一攒,打五遍乃净。五日一打。

二、三月为上时，四月上旬为中时，五月上旬为下时。耕过耙一遍，拌土撒之；撒完又耙一遍；若不稳贴，再耙一遍。其种小，耢易深，覆土厚，则难出。或去种金耩而拖之，宜截两脚种之。深则难出，浅又易干也。

高　粱

宜清明前种之，勿太晚。锄二遍时，每棵投炕土一碗，亩可二石。地中勿连年重种。前年有落种，则隔年复出；误留之，则未熟即落，熟时已空。

四月　枯焦未　天火酉　地火申

辘　场

四月有雨即辘，防无雨也。有则多辘益光。

豆　种

命佃人妇各携箕来，将豆种破碎兔丝拣箕净尽，收藏待用。其折耗之数，佃人认之。

剜　谷

留苗视地肥硗，要疏朗，不可太密，不可点罨。俗云："密处稀，稀处密，不稀不密留到底。"又云："稀谷大穗，来年好麦。"其收不少，而地力不竭，勿听佃人贪多也。剜苗必须四排，大约沃田留三四茎，薄田一二茎；沃田一尺一丛，薄田一箸一丛。然又当视谷类之善歧不善歧，以为疏密。虽云老剜少刨，亦宜略早。苗不剜不长，种晚者宜更速剜，但无令其压苗耳。

刨二遍

麦未开镰,务将二遍刨完,收之多寡,全在此遍,最要用心。诀云:"深锄过垄,前后留窝;只要如法,不要贪多。"但视田中土细无块,洼塌不平,则知锄者用心。不惟地松发苗,窝深存水,亦不易干;即至耕时,旱亦不至甚干,干亦无甚大块,其效多矣。锄半尺许,长则不能深。

去草

凡田荒锄草务尽,勿使遗草夹杂禾中,勿使锄出之草安坐土上,必要翻根向上,听其自死;不然,着湿复活,虽锄犹不锄也。甚有务马广田者,雨后拖泥带水,将草叶抿倒,谓之一遍,三日后盘结如故,不惟禾稼不实,即地亦难耕。锄豆犹可,谷则必至大坏。

雇工

世间有良心者少,雇人耕耘,须要自己过眼。有种奸类,饱餐饼饭,偃卧乘凉,半日方起,草草了事:耕则隔尺一犁,耘则隔尺一拉;禾根犹在地内,草根尚长土中。按日以数报主人。如遇此等,即当立刻逐去。又有耘田者,只用心于四围,以防主人垄头之望;数尺以里,则地皮未经锄角,谓之"四明锄"。此等岂不可诛!要皆主人不细细经眼之过,既立田便不得辞劳也。

五月　枯焦卯　天火子　地火酉

刈麦

无论镰钐,俱以楂矮为佳,无遗穗为上。每钐必用镰随之,以拾倒麦,兼拾落穗。

晒 麦

麦五亩止用一人。辰前场中无麦,可使坡中助割,或担粪入栏。待麦运上场,而后酌用人之多寡,渐次调去,不可坐待麦晒。

垛 麦

大约垛可得二十石,只用七八人;辰前扫场,只得一二人;余人且令他作。饭后挑晒,可用三四人。翻麦不许停手。直待日西上垛,方使全人俱来。垛宜压牢,以防风雨。

打 麦

约打麦二十石,止用七八人。除控牛马者,余令担粪,或锄红花,直待起掠,方令齐来。

晒 粒

晒麦用人相场,远近约五六石,可用一人运完。场中只留一二人,余令他作。麦干扬净,乘热入仓。仓底用粗糠尺许,不可铺草,草易蒸浥,不能久也。

镑麦楂

留麦楂,骑垄耩豆,可笼豆苗;且镑之,则人得拾去,留使自烂,亦可粪田。未雨速镑一遍,一则地不荒,二则未雨镑过者特深,萝白地少留。

晚穀　忌寅丙

先镑一遍极妙。若得雨早,即骑垄种之;断不可耕,耕则难立苗。麦地皆隔年不见粪,锄二遍时,须检苗粪方好①。

---

① "检",《全集》作"抓"。

种　豆

生于申，壮于子，长于壬，老于丑，死于寅，恶甲乙，忌丙丁卯午。

豆无太早，但得雨不妨且割且种，勿失时也。即雨不甚足，但接黄墚土即种之。但能出，即旱二十余日亦不妨。且种后但得小雨，则垄眼中便可接湿。种勿过稀，亦勿密。诀云："黑豆一二三，绿豆单打单。"此耧中约略之数也。种种宜稍深，深则耐旱。豆地宜夹麻子，麻能避虫，且后日刈豆留麻，主人自芟用之，亦小益也。

三遍谷

谷多锄，则粒成而秕少；故地少者锄至六七遍，广田者不能也。旧例每佃人借粮一斗，不责其息，则使锄四遍，否即三遍。亦要使遍遍如法。谷宜深锄，惟三遍勿深。盖至三遍，则谷已秀，其根四布，若深而伤之，旱则不能坠圈，谓之仰脖；雨过则冷淡成秕，谓之脱涝。锄过即雨，多成比病。惟当浅锄拥土护根，乃为得法。若未秀之前，即锄三遍，又嫌其不深矣。

锄　豆

第一遍要深，麦根去尽。又当早锄，晚则脚高。

治　茅

《齐民要术》曰：茅地宜纵牛羊践之，七月耕之则死。

麦后耕之最妙。是时天热，宜早晚趁凉，一日止耕一二亩，耿后可死十之七八，剩者劁之可尽。徧劁虽好，费工太多。又法：淫雨二三日，地透如泥，扯其本而拔之，歧根尽出，亦一道也。或言茅出头则锄之，如此七遍，则根自死。理所可信，但未一试之耳。

牧　牛

牛趁水草放之，半月啖盐一次。牛十头，用盐一斤碾细，清晨撒粗石上使舔。已前勿饮，午后方饮。贩牛者早投以盐，盐入腹渴甚，驱之，草沾冷露，便急食以救渴，故亦易饱，半月即肥。下料时，先以料水拌枯草与之，再拌少加料，将饱始加纯料，槽中无剩渣方好。

六月　枯焦子　天灭卯　地火戌

二遍豆

豆锄二遍，须令除草净尽，勿使复活。兔丝亦要勤拿，勿使蔓延盈亩。趁其少而治之，种亦易绝。先抽尽大蔓，其缠在枝上者，以指甲断之可绝。若待其如席如屋，则非拔豆不可矣，故贵细看而早治也。

绿　豆

种勿太早，早则不生荚。薄田可种。小豆略同。又勿太密，密则易坏。剜一遍最好。

荞　麦

荞麦价贱而荒地，非不得已勿种之。种陈，则出见日色而死，慎勿误用。其入怀而粘襟不落者新也。又勿籴外种，恐非宜。田多者，年年与菜子夹种，严寨也，以防作蹋，荞去而菜生。二月上粪，锄二遍。荞地而耕种之，则耐旱，不然亦必镑一遍。

积　粪

粪为第一要务。扫除家粪入栏外，宜镑草根连土輂运，或割杂草甃一层，用土压一层。若栏高无水，雨后掘沟导入，旱则汲水灌之，或有洼处积水，即掘高处坫平。伏内草易腐，宜乘时雇人为之，

牛　粪

猪栏积粪在秋夏,牛栏积粪在春冬;至夏则上山牧放,不在栏中矣。宜秋日多镑草根,堆积栏外,每以尺许甃牛卧立处,受其作蹋,承其溲溺,既透则掘坫栏中,又铺新者。一冬一春,得好粪无穷①,又使牛常卧干处,岂非两得。

造　粪

和稠泥为丸,升口大,烧锅时以二枚入灶腮中,待其红透,又易之,敲破未透者,复入烧之,此与炕土无异。至长烧之炕,炕面一年一换,换时将洞中土倒翻一过;不三年表里熏透,则全换之。用豆碾瓣堆地上,滚水拌匀令透,以苫覆之,发热每亩麦用芝麻炒黄拌土,碾令破,发热耩地亦佳。

早　稻

若下田不问秋夏,候水尽地白背,即速耕耙耢令熟。二三月种之,稻性弱,不能扇草。苗三寸速锄②,贵频。又宜冒雨薅之。科大如概者,五六月中霖雨时拔而栽之;七月太晚,不任栽矣。高田种者,不求地良,但须无草,亦秋耕;至春黄垹土纳种,不宜湿也。

七月　枯焦酉　天火午　地火亥

蜀秫苲③

蜀秫割倒,当先剗去根株,勿使芽生满地,不惟费人工,且竭地

---

① "无穷",《全集》作"若干"。
② "速",《全集》作"连"。
③ 苲:音乍。

力。剷法不必尽掘其根,只用板镢或利锄附土削去,芽不能复生,而根汁流出,亦能肥地。不然,亦当于芽时早耕,教人拾去根苎;塌一二日,再耕一遍方佳。不拾苎则耩时碍耧,不再耕则支翘害麦,麦不好皆坐此病。

割　谷

先择佳穗,另放作种,余者垛起。豆熟且先刈豆,打谷为缓。所收佳种,次年用清水淘种之,庶免乌穗桃谷之病。雪水尤佳。

麦　田

农事欲急,如地燥,但不至揭大块,便当速耕,雨晴难必,万勿痴待。早种者得雨即出,苗瘦者得雨即肥。隔秋分十数日,如不甚干,即种之;不然,愈待愈晚,愈晚愈干,悔何及矣。秋田宜趁湿乘暖及时耕种。及贪数百之钱,而舍己芸人者,以致地干天冷,误却终岁,甚可笑也。

八月　　枯焦午　　天火酉　　地火子

占　验

白露后,看三戌,宜三卯,小麦忌戌,大麦忌子。

种　麦

生于亥,壮于卯,长于辰,老于巳,死于午,恶戌,忌子丑。

秋分前后,以种和细粪耩之。或炒黑豆,或炒芝麻,勿捣太细,细则噎耧。麻油酱为上,大粪次之,炕土又次之。鸽粪、鸡粪宜发热晒干用之。临耩先耙一遍最妙。如地干,砘一遍最好验过。

煮 信

地多虫,宜将信捣细入谷,煮至裂,加信再煮,水尽晒干,临用时少调油,乃拌麦中。约信一斤,煮谷五升,耩十五亩。收晒宜谨,关系性命不小也。

麦 种

种先漂去秕者,秕则多变胡麦。使种多少,量地肥瘠,量时早晚。肥晚宜多,瘠早宜少,大约每亩自一市升四合至二升而止。多少贵匀,扶耧者勤摇勿间,匀则减一二合,亦不见少也。种要看守,以防盗窃。失麦事少,稀种事大。

九月

沤 麻

麻秸捆如碗粗,用瓜壶等叶裹,置清水中淹之。

收牛草

凡麦穰、豆角皮,皆可喂牛,宜密密苫盖,余皆打扫入栏,谷穰、豆秸不可抛撒。若值大雪连阴,皆可救牛之急①。豆秸剉碎给之。

出秋粪

凡出粪忌千斤煞,妨六畜,春巽、夏坤、秋干、冬艮是也。粪必倒翻三次方好。

收农器

东作之先,器宜早备;西战之后,最要紧藏。己所无者早治之,

---

① 《全集》无"救牛"二字。

有者补缀之,是为早备;事后验收,轻者悬之墙上,重者藏之室中,勿致损毁,勿使失落,是为紧藏。备之不早,则临期不免张惶;藏之不紧,则日久必然破坏。甚有急需此物,则多方置办;一朝不用,任其日晒雨淋。又或邻人借去,久假不归,七零八落,不可复寻;及农事再兴,重新治备。如此过度,安得不穷？又有农工既毕,用绳则解牛绲,用柴则拔犁箭,此更混账,不可以为人矣。

种　粪

薄田不能粪者,以蚕沙杂禾种种之,则禾不虫。又取马骨锉二石,以水三石煮之,三沸去滓;以汁浸附子五枚,三四日去附子,以汁和蚕沙、羊矢各半,搅如稠粥;先二十日用以溲种,如麦饭状。当晴燥时,溲之立干。薄摊频搅令易干,明日复溲;阴雨则勿溲。六七溲止,撤曝谨藏,勿令复湿。至种时,以余汁溲种之,则不患蝗虫。无马骨可用雪汁。雪汁,五谷之精也。使稼耐旱,出《氾胜之书》。

杂　占

种麻法：宁早勿晚,晚则不坚。先以子入雨水中,如炊两石米顷,出布席上,厚三四寸,数搅令均。得地气一宿,则芽易生。水若滂沛,十日亦不生;井水浸亦迟。待地白背种之。若截雨脚即种者,麻生瘦,不如白背种者肥。布叶而锄,勃如灰则刈,种忌干支土。

种　日

宜生长旺日,满平收日。小豆忌卯,稻麻忌辰,稷忌丙,黍忌丑,高粱忌寅,小麦忌戌,大麦忌子,大豆忌申。

占　种

师旷云："欲知五谷,先视五木。"其木盛者,来年宜多种,万不失一。禾生于枣,黍生于榆,大豆生于槐,小豆生于李,麻生于杨或荆,大麦生于杏,小麦生于桃,稻生于柳。

米 价

师旷云:"粟米以秋得本,贵在来夏;禾冬得生,贵在来秋。"此收谷远近之期也。早晚以其价差之。粟米春夏贵,去秋冬十七;到夏复贵,秋冬十九。是阳道之极也,急枭之勿留。

种谷法

凡五谷上旬种多收,中旬中收,下旬下收。将种前二十日取晒令燥,牵驴马就谷堆食数口,践过,无妨蝗诸虫之患。用雪水浸过耐旱。

占 种

冬至日平量五谷,囊盛埋阴地,待五十日取出量之,最多者岁所宜也。种黍稷以冻树日种之。十月以来,看何日凝霜封着木条,如某月三日冻树,还以明年月之三日种黍,余仿此。十月冻宜早黍,十一月冻宜中黍,十二月冻宜晚黍;皆冻则悉宜。

种多少按斛升

谷、黍、稷七升半,黄豆三升一二合,黑豆三升,晚则量加一二合。蜀黍一升,麦二升七八合,以至三升。虫食李,黍贵;食杏,麦贵。

御 灾

天灾流行,所时有也。力田而不逢年,岂曰无之?然旱涝之逢,天定可以胜人;而捍御之法,人定亦可胜天。因即凶年所经验者,记告后人。

飞 蝗

飞蝗大至，不可御止。幸其活动可驱，但从俗多以旗钲惊之，但使不得安享，不得遗种而已。正过时，可于田畔积草煴火以熏之。

打 蝻

新会蝻起之邑，官不督牌甲扑灭者，即加参罚最善。

蝻出蠢蠢，非若大蝗可以惊逐，必纠合邻村，掘壕数处，并力逐杀，务使尽绝。要知邻禾既尽，我亦不免，勿谓蝻不在我田亩，遂袖手傍观，窃幸旦夕之无事也。其或田主因苗已尽，不愿逐蝻者践踏其他，当禀邑令明文，必勿听其禁止。若求邑宰委官遣役督催打之，其人尤易集，蝻尤易平。

蚜 蚄

蚄初出小如蚕蚁，一见便宜打之。打蚁一合，即将米一斗，勤打三日可尽，勿以小而忽之也。至大时遍地蠕蠕，打稍懈则禾立尽，打太久则禾亦枯，难为力矣。又法：虫畏日，半伏土中，夜则俱出，宜雇多人乘夜打之。夜凉既不苦热，雇人亦省三餐，而虫又易尽。此甲申年验过之良方，慎勿听龙天门愈打愈盛之妖言以自误也。

豆 虫

虫大捉之可净，又可熬油。法以虫掐头，捏尽绿水，入釜少投水，烧火煠之，久则清油浮出。每虫一斤可得油四两。皮焦亦可食。甲申年此物害豆，捉者甚多，遂不为害。

蜚 虫

蜚之为害，《春秋》书之。今俗谓之臭虫。暵禾麦，惟不能伤豆。其嗼苗，自根而秸，吮其津液，则日槁。冬蛰土中，生又繁，最难治。惟青鱼头多积干为末，拌种种之；或有用柏油、用砒者。或以咸鱼水灌瓶中半瓶，向垄间虫盛处埋瓶，令口与地平，则虫闻其气赴集瓶中；将满倾出埋之，更换水埋瓶，可以渐尽。又有蜇地种芥种麻，则虫自无。又种麦，每亩用芥子末一小盅，拌种种之，则自死。

种麦旱

种麦时天旱，则以酸浆并蚕矢薄渍麦种，夜半渍向晨，速投之令与白露俱下。浆令耐旱，矢令耐寒。

谷久旱

谷在旱中秀，亦能圆胞成粒。倘有四五分熟，忽降大雨，雨止便宜速割，一二日割完。若稍迟则倒发，或变黄黑，一粒全无矣。万勿迟疑，戒之戒之。

蚕 经

择 种

择出,用蔓科条挂之。以茧就簇中择之,近上则丝薄,近下则子不出。蛾取同时者配之,以针联贯者,拥簇不风凉。自辰至亥乃拆之。其放子也,一夜而止,出乃齐。择时当相茧尾,尖者为雄,圆者为雌,相间留之,庶无纯雄纯雌之患。

浴 连

连必沃以丝场,则子不落。贯以桑皮,悬凉处,忌烟熏日灸之所;以子向外,勿使风动磨损。至冬至日、腊八日,或元旦五更浴之。先于除夕煎马齿苋水冷定用之,雪水尤佳。浴时勿令水极冻,浸二日出之。午挂庭前,以受寒气,或冒雨雪,始耐寒易养。瓮内收蚕连,须使玲珑,安十数日,候日高时一出。每阴雨恐伤湿润,略出一见日色,即收之。少游《蚕书》云:腊三八日浴三次,沃以牛溲,浴于川,勿伤其藉。除夜用五方草,同桃符木煎水放冷,元日五更浴之藏之。

辨 种

种将出,取在明亮处细看,中有色淡陷黡者,以针挑器中埋桑下。此是胎里病,一二眠,必然生病传染,不可留也。

种 变

桑叶生时,辰巳间于瓮内取出连纸,舒卷提掇。但要一日变三分,二日变七分,却用纸密糊了,还瓮收藏;至第三日午时,又出舒卷,须要变至十分。下蚁时,勿以鸡翎扫拂。惟在详审稀匀,不至推伤稠迭。候出齐,取叶纳怀中令暖,切极细摊纸上,将连合叶上,蚕自下。其久不下者,病蚕也,弃之。

初饲,采福得桑。

祷　神

卧种之日,割鸡设酒,以祷先蚕。写:"寓氏公主之神",祝曰:"维某年月日,割鸡设酒,以祷于先蚕之神前。曰:惟蚕之精,天驷有星。惟蚕之神,伊昔着名。气钟于此,孕卵而生。既桑而育,既眠而兴。神之福我,有箔皆盈。尚冀终惠,用彰厥灵。簇老献瑞,茧盈效成。敬获吉卜,愿契心盟,神宜享之,祈祀惟馨。"祷后勿动土,勿诛草,勿沃灰,勿室入外人。

忌　宜

忌:拂扫尘、煎肉、哭泣、孝、产、酒、醋、辛辣、麝香、血腥。浴蚕出蚕,宜收满二德日。庚戌为蚕姑死日,忌之。出蚕后,勿动土蚕室方。

蚕　室

蚕室宜静,宜暖,宜燥,宜明洁。窗宜新糊,易辨眠起也。西窗宜遮,夕晒尤忌。西南风伤蚕。泥室门,用福德土。

温　养

昼夜分四时:朝夕似春秋,午似夏,夜似冬。用火须斟酌多少,初生至二眠,要温暖。蚕娘着单衣,以为体测,以己身寒暖为火增减也。若天气清明,巳午间,开窗卷帘,暂通风日:南风则卷北窗,北风则卷南窗。大眠后,卷帘去窗纸。如天热,置瓮当门,时添新水，以生凉气。遇风雨夜凉，则掩窗闭户。勿太热，热则有焦娘；勿太寒，寒则白肚僵。三眠见有水肿病蚕，急拣出，或烘或晒，其病自愈。头眠五六日，最要紧，燥湿寒热，昼夜体认，看之得法，自然无病。

喂 叶

一日至五日，须刀细切，撒得匀。有瓜子大片，即盖数蚕，易致闷坏，受重病。重病者，一二眠即发；轻者三眠上簇始发，为害更大。蚁有堆挤者急拨之。头眠后食略喂青，饥则丝少；三眠前旺食，尤当频饲。异日茧少丝多，皆因旺食不缺也。

《蚕书》云：蚕生明日，或桑或柘，风戾掇之，寸二十分。昼夜五食，九日不食。一日一夜为初眠，又七日再眠如初。既食叶，寸十分，昼夜六食。又七日，三眠如再。又七日，若五日，不食旦日，谓之大眠，食半叶，昼夜八食。又三日，健食，乃食全叶，昼夜十食。不三日老矣。每蚁一两，约老一箔。

择 叶

叶勿湿，勿干，勿寒，勿沾水露。凡积叶苫席覆之，迨蒸热放摊之，湿随气化，叶亦不寒，可用也。沤臭风干慎勿用。食水叶，则放白水而死。两露中采来者，必风戾之；初采者，必散布之，出尽郁蒸之气，而后饲之。

抬 替

蚕失分则稠迭，失替则蒸湿，俱致病。且小而分抬，犹知爱护；大则堆积遥抛，损伤实甚。惟结网视席箔大小，先布网于上，然后撒叶。蚕闻叶香，皆穿网上食。候上齐，即共举网移置他席，遗者拾取。工省而不伤蚕，良法也。

量　力

自量力能一簿,止看一席;力有余,看之周到,则收成自好。贪心之病务多,照管不能精细,或托诸粗心懒惰之人,甚或桑叶间断,遂致蚕病茧薄,岂不可叹!

上　簇

自大眠后,十五六顿即老。见有老者,量数减食,候十蚕九老,方可上簇。簇簇以禾箕为之,疏之必洁。洁则不多牵丝,乃握而束之。厚藉以所束之草壳①,可御地湿,可承坠蚕,乃以握许登之,勿覆以纸。次日少以禾秆掺之,以属其缀之未成者。布蚕不可太厚,厚则转舒无地。两蚕并作一茧,是为双公,俗名呼雷。

择　茧

茧宜并手忙择②,凉处薄摊,蛾出自迟。勿经日,恐丝烂难抽;勿焚香,恐蛆穴难抽。若忙不暇缲,则略蒸之。或贮坛中勿留少隙,则蛾死。

报　词

龙精一气,功被多方。继当是岁,神降于桑。载生载育,来福来祥。锡我茧丝,用制衣裳。室家之庆,闾里之光。敬率长幼,诘旦升香。设肴于俎,奠醴于觞。工祝致告,神德弥彰。

勤　饲

蚕必日夜勤饲,顿数多者早老,少则迟老;早者丝多,迟者丝

---

① "壳",《全集》作"谷"。
② "并",《全集》作"两"。

少。二十五日老者,每薄得丝二十五两;二十八日老者,得丝二十两,若至月余老者,则十余两而已。故懒人不可养蚕。蚕病丝少,皆有所由,勿徒怨蚕也。

量叶法
蚕未出,先称连,若干数记之。待出齐拂下,再称空连,便知蚕数。大约三两蚁可布一薄,老可三十薄。

齐蚕法
大眠起齐,次日午后,天气晴暖,磨绿豆或熟黑豆末,将温水与切下桑叶拌匀,一箔用末十余两,却减叶三四分,隔一日又如此一顿。不惟省叶,亦解热毒,且得丝多。

代叶法
缺叶者,以甘草水洒叶,次糁米屑,候干饲之,可度一日夜。勿令人知。

接　桑
枝接、脱帽皆易活;即以好条埋罨中,如接葡萄法,亦活。

蚕老遇雨
值淫雨宜簇屋内,薄薪于箔上,散蚕讫,又以薪薄覆之。

又　法
以大蓬蒿散蚕令遍,悬之于梁栋,或垂绳钓弋,上下数重,所在可悬薪下微火以暖之,则作茧速。数候之,暖则去火。蓬蒿疏凉,则免蒸浥;蚕死辄坠,则免污茧,甚妙。

粪煞日①

正羊二犬三在辰,四月自古莫犯寅。五马六鼠七鸡上,八月瘟神在于申。九蛇十猪十一兔,十二牛头重千斤。死墓化着瘟神煞,死了自家叫家邻。得病之日曰吐血,三月十七见阎君。

---

① 该条《全集》附于《农经》之后。

蚕经补①

变 色

清明后,种初变肥满,再变尖圆,其中如春柳色;再变蚁,周盘其中,如远山色,此必收之种也。若顶平焦陷及苍黄赤色,便不可养。此不收种,宜弃之。

蚕子变色,惟在迟速由已。视叶之生,以定子之变。日须治之,三日,以色齐为准。所云舒卷提掇者,元左卷者右之,右卷者左之;先卷向外者却卷向里,向里卷者却卷向外;横者竖之,竖者横之。舒卷时连背向日,晒令身温。舒卷无度数,只要第三日变至十分,方收之。第三日出连必待午后,恐第一日先变者先生也。凡蚁生皆在巳午之前,午后便不生矣。

生 蚁

变灰色已全,以两连相合,铺于净箔上紧卷之。两头绳束,卓立于无烟净凉房内。第三日晚取出展箔,蚁不出为上;若有出者,扫去之。每三连虚卷为一卷,放在净暖室内。候东方既白,将连于院中箔上单铺;如有露,则于凉房内或棚厦中。待半顿饭时,移入蚕室,就地一箔上单铺。上间黑蚁齐生,并无先后。

下 蚁

蚕初生,切桑细如发,掺净纸上,却以连覆其上。蚁自下,勿以

---

① 《全集》作《蚕经续补》。

翎扫或敲击,蚕自不伤。蚕下亦勿令稠挤。每蚁三两,当布一箔,叶切讫,当用筛筛于纸上,既匀始合连于上。久之揭连,尚有不下者,病蚕也,弃之。

凉 暖

天气暄热,宜于开窗闭户之间,节其冷暖,使蚕始终不知寒热之苦,病自不生。寒加火,热开窗,俱不可骤:寒当渐次益火,热当渐次开窗。或正热猛着寒,尚未大病,俱禁口不食,即用鏊(镟)子盛无烟熟火,用杈托于箔下,往来逼去寒气,自愈。若值阴雨天寒,用去叶秆草一把,点火绕箔四面烘过,然后饲之。

饲 养

昼夜勤饲,则勤老而丝多。每饲后必绕箔寻视,有薄处再掺之。一眠至十五眠,方可住食;至十分起,方可投食。投食太晚,当住食时已有起者;太早,则投食时尚多眠者。无论至老不齐,且眠蚕被叶久盖,以渐不能退皮,大眠后必多游走。凡蚕欲大眠,若见黄光,便令抬解住食,直候起时慢饲之。又宜轻掺。若见白光,则是困饿,宜细饲之,猛则伤。若见青光,正是食力,急须勤动。蚁生色黑,三日变白,则食宜稍厚;又变青,宜益厚;复变白,则宜少减;变黄,则益减;纯黄,则住食:此一眠也。眠起自黄而白,白而青,青而复白,白而复黄:又一眠也。宜相色以为食之加减。几分黄则减几分叶,切极细掺之;若十分则急抬,乃住食。惟减眠蚕之叶,不致覆压;专饲未眠之蚕,使之速眠。此大要也。叶细则不压,频饲则不饥。

分 抬

抬须众手急抬,勿使堆积;又须轻掺,勿得高抛:此皆致病之由。蚕有白僵,是小时被阴气蒸损。天晴急用箕三四具,转蚕中庭,使日气煦。抬一箔,则复布一箔,得日气即解。

奥沙干松者,蚕无病;湿润成片者,有病,宜速抬。然遇阴雨风冷,则不敢抬,用茅草细切如豆瓣,一箔可用一斗,撒蚕上。又掺叶,移时蚕上食叶,茅能隔湿气,候晴再抬。无茅代以秆草。惟在频款稀匀,或有不齐,频饲以督其后者,而使之相及也。

饲 蚁

饲蚁宜切桑极细,筛上一时辰,饲三四顿,一日夜四十九顿或三十六顿,第二日三十顿,第三日二十余顿。叶稍加厚,宜暖宜暗;及眠起宜微明;向食宜明。

擘 黑

第三日巳午时,揭蚁带奥沙,款手擘如小棋子大,另置一箔,加叶饲之。每早晴可卷东窗,使受日暖;开背风窗,使透清气。蚕畏风,惟大眠喜凉,亦勿开迎风窗也。

头 眠

抬时薄带奥沙,分如大棋子,一复时可六顿,次日渐加叶。眠时宜暖,起齐宜微暖。正食而抬,名"抬饱食"。分如小钱大。

停 眠

停眠抬分如大钱,起齐头食宜薄,一复时四顿,次日渐加。可全开窗,惟迎风窗闭之。初黄宜暖,起齐宜温。抬停眠饱食蚕可掺,不须分揭,但不可高抛远掷耳。

大 眠

大眠起,宜频抬频饲。若西南风起,将门帘卷窗放下。此时勿抬蚕,宜隔一个指一个,取腊月所藏绿豆,水浸微生芽,晒干磨细面,第四顿拌叶饲之。如叶少,取秋后所收桑叶,可于此时捣(捯)

一遍，罗饲亦如豆法。大缺时，则莴苣亦可。

抬大眠，可析二钱大，一复时可三顿：一顿宜薄，二顿益薄，三顿如第一顿。三顿食不短，至老食慢。次日渐加叶。可全开窗。初黄宜温，起齐宜凉。正食时，饲后绕巡，但见有斑黎处，即掺叶以补之。① 腊月将白米蒸熟作粉，大眠后第七八顿，于巳午时，切叶摊箔上，新水洒拌极匀，少时罗粉又拌；每叶一筐，用水一升，粉半升，一筐可饲一箔。老蚕如老人，叶不切则食不净，宜细薄，宜频饲，不过十五六顿即老矣。

上 簇

值雨则坏茧，宜于屋内簇之。薄布薪于箔上，散蚕讫，薄以薪覆之，一槌可安十箔。此篇尤为易行，尤甚确实。择种浴连之法，前篇已载，故略。

种 桑

四五月间收黑鲁桑椹，淘净晒干，垦荒田杂黍种之。黍熟刈去。十月亦将桑摩地割之，晒干，趁风放火烧之。至春生一放，饲蚕三薄。种桑覆土勿厚，厚则难出。种黍所以蔽日，否则，于南西二面种麻，又否则搭凉棚。畦种便于浇。十月后割桑，而以乱草烧之。火勿太过，恐伤根。春每棵出三四芽，留一肥者，至秋可长五六尺。

地 桑

腊月埋桑条，候春分前后取出，拣有萌芽处，各盘七八寸或一尺，抠下水卧条栽之。覆土约厚三四指，以手按匀。东西种麻五六粒。五月后芽叶微高，旋添粪，或拣鲁桑。秋间埋头深栽，更疾得力。

---

① 原文无"即掺叶以补之"，据《全集》补。

布地桑法

于园内或耕或耡,令熟。方五尺,掘一坑,深二尺,下粪和土匀,下水调成稀泥,将畦内所种鲁桑,连根掘出,自根上留身六七寸,其余截去,将断处火鏊(镦)上烙过,坐于泥中,按至坑底,提三五次,令根不曲,拥土填与地平,次日筑实。上半坑摊熟土,轻筑令平满;附身土勿筑,用虚土封堆,周围似成环池,可以浇水。芽出四五指,每根止留一二条。浇耡如法,当年可长五尺余。次年附根割以饲蚕,割后数芽出,可留四五条,年年割之。根渐旺,留条渐多,五年后相交,则耡断,掘去添以粪土,浇过即复旺,次后压成栽子,又别栽立。

南方暖,十月埋栽;北方寒,宜秋栽,或云十月木迷,栽埋头桑最茂,一年长过元树。桑身至人高,割去梢横条自长。砍桑不宜当春,宜十二月或正月。

压 条

春气初透时,将地桑每一条折三寸屈倒,先兜一渠,卧条其中,用钩鐝子钉住,条长则用二三个悬空,不令着土。其后芽生如杌齿,约五寸留一芽,其余剥去饲蚕。至四五月,晴天巳午时,取干热土拥横条上,至晚浇其根科,当夜卧根生须。至十月或春分前后,将卧根根头截断,取出斫成一拐子样,每一拐为一栽。

栽 条

秋暮预掘区,借地气,经冬藏湿区,深二尺余,熟粪一二升和土纳之,北高南下,以留冬春雨雪。腊月拣长鲁桑二三枝,通连为一窠,快斧砍下,将楂头微烧,每四五条与秆草相间作一束,卧于向阳坑内,以厚土覆之。春分以后取出,却将厚区爬开,下水三四升,布粟二三十粒,将条盘曲,以草绳索系定卧栽区中,覆土三四指。或露条尖二三寸,覆土宜厚尺许,俱当坚筑,仍以虚土另封条尖后。芽生虚土,先于区南种麻,地宜湿,时时浇之。若全卧栽者,宜逐旋添土,芽条长高,砍去傍枝。三年可以成树,或就作地桑。

又法:埋头桑斫下桑梢,相连二三枝为一窠,栽如前法,或插萝卜内更妙。亦可掘区坚埋,如前法。

插　条

青眼动时,科条长一尺以上,截断两头烙过,每一坑内微斜插二三条,栽培如地桑法。待芽出,封堆虚土四五寸,每一根止一条,至秋可长数尺,次年割条桑饲蚕。若三伏日,浇到无不活者。如别处斫条,亦要腊月掘深穴藏之。

科　斫

剥桑以十二月为上,正月次之,二月为下。桑多者宜苦斫,少者省剥。秋斫宜苦而避日中,冬春省斫。春采者须长梯,还条复枝,务令净尽,宜旦暮,忌热时。梯不高则枝折,条不还则枝曲,采不净则鸭脚多,旦暮采则令润泽,避热时免条叶枯干也。秋多采则损条,但去其妨者而已。

斫　法

惟在不留中心之枝,容立人于其内,使树上易得其条,条上易得其桑。

秦中一法,名曰"剥桑"。腊月悉去其冗,所存之条甚疏;又于条根上仅留四眼,余尽去之,所留者明年即为柯。其眼中所发青条,可长数尺,其叶光泽,蚕老而采之。独留一向外之条,滋养及秋,长可寻丈,腊月复科之。久则柯留太烦,复从下斫去,周而复始。洛阳、河东,皆同此法,而山东、河朔向无行者。

桑自小即当割去梢,不留中心,条目向外。

条宜科去者有四等:向下垂者曰沥水条;向里生者曰刺身条;相并生者曰骈指条;稠密者曰冗杂条。腊月、正月之间科之,或待春间，取其皮之易脱。不如腊月斫者，于向阳坑内培之，至二月取出，皮自易剥。

接　树

劈接法　先附地平锯去身，于砧盘傍向下寸半皮肉上，用快刀子尖向左右斜批豁两道，至平面，下尖上阔，阔一指，中间批割断者剔去，割处如鸭嘴样。渠子两壁有斜面，无平底，其尖浅，向上渐深，至平面可深半指许，接头长五寸许，粗一指许，于根头寸半内量留一半，将外一半左右削两刀子，成荞麦棱样，令头尖。口内含养过暖，嵌于渠子内，极要紧密，须使老树肌肉与接头肌肉相对。如此接至数个，以新牛粪和土成泥，封其接头。周围又以桑皮缠缴牢固，又封泥桑皮，然后以湿土封堆，接头上可厚五寸许，棘针遮护。待芽出高一二尺，量留二三条。

压接法　就于横枝上截了，留尺许于接头上。眼外方半寸刀尖割断皮肉至骨款。揭下带眼皮肉一方，口含少时取出；即湿痕于横枝上，复含之。用刀子依湿痕四围刻断皮肉，揭去露骨，将所含之皮嵌上，其眼向上，勿令颠倒。上下用细薄桑皮缚了，勿令太紧，使生气不通；亦勿太松，使不相附着。用牛矢和泥，泥眼四旁。其眼压贴多少，量树大小。

搭接法　小芽条就畦内去地二寸许，向上削成马耳状；将一般粗细鲁桑接头，亦削成马耳状。两头相搭，细桑皮缠了，牛粪泥封，湿土拥培。俟芽出土，可留一上芽。至秋长一大人高，明年可移栽他处。

收干叶

秋深桑叶未黄，于将落时多收晒干，于无烟火处收顿，至腊月持磨成面，待蚕大眠设用之。腊治可消热毒，多收饲蚕最妙。下剩者可代牛料，牛食之更美。

收牛粪

自冬拾牛矢,暖时踏成垫子。于蚕生前七八日,蚕室内掘一坑,铺粪垫一层,加粗柴一层,层层铺满,煨火其上,烟出五六日。蚕生前一日少开门,烟尽即闭,勿令暖气出。其柴粪陷下已成熟火。蚕小喜暖,牛粪又最宜蚕。坑内至高二尺,使火气上腾尤妙。

蚕祟书

闺阁信巫,故为存厌禳之法,事亦无害于义,且祭余又可以致蚕公也。

黑死犯灶神,钱三陌,祀灶吉。

黄死犯宅神,钱三陌,焚未巽地。

老不作茧,犯屋内游神,钱三陌,焚戌地。

头大尾小,犯月煞神,钱三陌,焚干地。

不齐犯孝服,钱三陌,祭北斗;锁口死者同。

蚁伤,犯宅神,祭中宫;锁口不食同。

不出息,犯天尊相公,中宫两边祭之。

白头不作茧,犯家亲门神,屋后祭之。

诸无名病,屋西角祭之。

难退皮,香炉钱三陌,中宫祭之。

鼠蟆患,屋西头祭之。

上墙,犯天尊相公,宅中祭之。

七大八小,犯屋内游神,屋山头祭之。

白僵,犯后土夫人,宅中祭之。

水老子,犯井龙王,钱三陌,祭井边。

吐黄水,钱三陌,寅地祭之。

眠不齐,犯螣蛇祟煞,钱一陌,祭干上。

白头锁口,犯家亲,钱三陌,祭干上。

空耗,犯树神相公,祭中宫。

食漫眠不齐,犯前神,屋檐下祭之。
金色死,犯后土,宅中祭之。
红白死,钱一陌,祭干上。

安 蚕

用青石七片,生铁四两,杜仲、车辐各四两,红筋衣筋一双,灯七盏,白青绵各一两,蚕沙一斗二升,白马牙一块,房门埋之,蚕则大熟。

犯蚕室土

用天德方水土和泥,泥犯处。元旦五更,朝蚕室方,设蚕神位祀之。收蚕:三月三日天阴不雨蚕熟,或云宜雨。清明午前晴,宜早蚕;午后晴,宜晚蚕。

又法禳蚕室蚕宫

鼠土五升,收蚕人家,节箸双股,钉一个,蜜四两,酒三升,甘草三两,泥神位下。

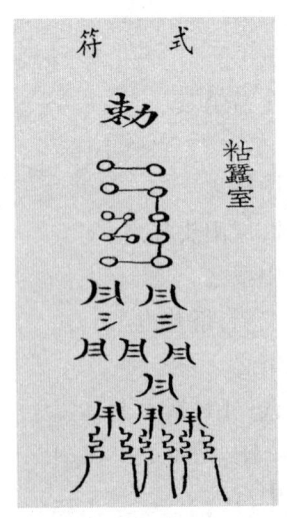

门户不顺，损小口田蚕六畜

朱书"岳微"二字粘之。

二月上壬日，取土泥屋四角，宜蚕。埋马牙齿于架下，大收。埋蚕沙于宅亥地，大富。得蚕丝以一斛二升甲子日镇宅，致财千万。亭部地中土，涂屋四角，鼠不食蚕；涂仓囷，鼠不食稻。以土塞穴，百日鼠绝。涂灶，无水火盗贼。亭部即年月执。

占　验

岁朝西北风叶贵，东北风叶贱。三月三日西北风，蚕不收；东北风收。此日蛙鸣，叶贱；早鸣，贵；晚鸣，贱；一日鸣亦贵。三月十六叶生日，属金，贵；土木，贱；水，不收。四月有壬子，蚕贵；无壬子，贱。正月初一无风，早蚕好；午无风，晚蚕好，阴寒中蚕不收，湿暖蚕熟。此月有甲子，蚕贵；无甲子，多寒。

附录

中国语文系专业介绍

中文系设汉语言文学专业,文学专门化,语言专门化。旨在广博的系统的基础知识之上,特别是根据语言文学本身的系统性与基础课程的广阔性,进行专业训练,来培养比较全面发展的人才。专业专门化的主要任务为培养学生具有语言学、汉语语法、中国现代文学、古典文学,及外国文学各方面的基础知识,和中国古典文学及现代文学中某些重要作家经典作品做深入的专门研究。这个专业的培养目标是:汉语言文学研究人才和高等学校及中等学校师资,而以汉语言文学研究人才为主要培养目标。

(一)专业及专门化规格:

通过四年汉语言文学专业及文学专门化,语言专门化学习,使学生了解并能初步运用马克思列宁主义观点、方法,具有系统的语言与文学的基本知识,并进一步取得一定的专门知识,从而具有一定的研究方向和研究能力,培养成为进行科学研究工作和高等学校及部分中等学校教学工作的专业人才。

(二)专业课程:

1. 教育学;2. 汉语及文学教学法;3. 教育实习。以上三门教育课在使学生掌握马克思列宁主义教育科学的基本原理。

4. 中国史:目的是在丰富学生的中国历史知识,培养他们运用历史唯物主义观点、方法去分析中国历史问题能力,帮助他们认识中国文学发展的历史背景,以便更好地学习"中国文学:史"。

5. 中国哲学史:在使学生了解中国哲学思潮的发展及其对当时现实生活的影响。

6. 语言学引论：使学生初步掌握马克思主义语言学的基本知识，引导学生学习语言的兴趣。

7. 古代汉语：通过古典作品的讲读，培养学生初步掌握古代汉语的能力。

8. 现代汉语：使学生对于现代汉语有科学的系统的知识。分两年讲授。

9. 汉语方言：使学生了解汉语方言概况，方言和标准语的关系，方言和语言发展的关系。

10. 汉语史：讲授汉语发展的历史，给学生一种系统的综合的知识。

11. 现代文选及习作：通过文选讲授培养提高学生写作能力。

12. 文艺学引论：使学生具有马克思列宁主义文学理论的基础知识，能了解毛泽东文艺思想，并获得学习文学的门径。

13. 人民口头创作：运用马克思列宁主义的观点，讲授人民口头创作的基本问题兼及优秀作品。

14. 中国文学史：以马克思列宁主义的观点、方法讲述中国文学发展的历史，使学生熟悉中国各期文学的重要作家及其代表作品，通过具体作品，了解中国文学发展的规律和优良传统以及思想上和艺术上的特点。

15. 外国文学：前两学期为世界文学，后两学期为俄罗斯文学和苏联文学。

（三）专门化课

1. 文学专门化：① 文艺学；② 中国文学批评史；③ 文学方面专题讲授包括：鲁迅研究、杜甫研究、诗经研究、楚辞研究、现代诗歌研究；④ 中国文学专题课堂讨论。

2. 语言专门化：① 普通语言学；② 汉藏系语言概要；③ 文字学；④ 语言方面专题讲授；⑤ 语言方面专题讨论。

（四）论文：

1. 学年论文：锻炼学生初步进行科学研究工作能力并为写毕

业论文打好基础。

2. 毕业论文：巩固和总结学已生学的知识并培养其独立工作能力。

（五）专门化课程的性质和任务：

我系专门化课程的设置，在中国现代文学方面，设鲁迅研究一课，因为三十几年来的中国文学与鲁迅先生的思想领导、创作实践和战斗作用是分不开的。同时鲁迅先生毕生以科学方法研究中国古典文学，介绍世界文学，并以现实主义方法创作现代文学，为学习与研究文学的人，树立了学习与研究的楷模，应做专门研究。此外设文艺学一课是为提高文艺理论的学习与马克思列宁主义哲学相结合，指导并解决文艺理论、创作、批评学习中的一些重要问题。

在中国古典文学方面，设诗经研究及楚辞研究，这是中国古代具有高度的人民性、现实性和艺术性的经典作品；应做较深入的学习和研究。设杜甫研究一课，因为杜甫是中国古代最伟大的古典现实主义诗人，集古典诗歌之大成，通过杜甫研究的学习，可以使学生对于杜诗及古典诗歌有一较全面的认识。

以上各课均已实行，其他各课及语言专门化拟自一九五六年开始。

（山东大学各系专业介绍，
刊载《新山大》报，1955年6月10日）

1955年沂水《人民口头创作实习资料汇编（原始材料）》编辑说明

我校中文系学生1955年在教师指导下到山东沂水进行人民

口头创作生产实习,搜集了很多民间作品。经初步整理,将这些作品分成歌谣、快板、谚语、谜语、歇后语、故事、曲艺七类。

这次整理,只是大略分了一下类,并对某些原作稍加修订,基本上还属于原始材料。其中某些看来似乎属于文人或工作队的作品,因需要进一步查考确定,故未加注明。为了保存搜集作品的全貌,将残缺者及不够健康者,亦附于各类之后。

此资料因系原始材料,只能作为内部参考。

1956 年 8 月

1956 年淄博《人民口头创作实习资料汇编（原始材料)》前记

一九五六年七月,我队全体同学在关德栋教授率领下,去山东省淄博市,煤产丰富的洪山,进行人民口头创作生产实习。全队分成六小组,分别在洪山镇、罗村镇、昆仑镇、寨里乡、大弯桥、蒲家庄等处进行搜集。其中,蒲家庄为清朝着名文学家蒲松龄先生故居。

由于当地人民政府和青年团组织的热情支持和帮助,使我们很快的深入到民间。和农民生活在一起的日子虽不长,但却使我们受到一次深刻、实际的教育。在烈日照耀下,有的同学主动地卷起裤脚,脱去衬衫,和农民兄弟并肩下坡劳动,有的同学为帮助农村办民校和开展扫盲工作经常都要熬到深夜才能休息。相互的关怀和爱护,把我们和农民兄弟的心紧密的连在一起了,一些老大爷,老大娘都像疼爱他们的亲儿女一样疼爱我们,主动地给我们讲故事,说笑话。年轻人则完全把我们看成是他们中的一伙,处处帮助我们,临别时,依依不舍,有的竟垂下泪来。这样,仅仅半月的时间,在资料的搜集上,取得了相当大的收获。按搜集到的作品内容,大致可分四大类:一、故事类;二、民歌民谣类;三、谜语谚语、歇后语类;四、曲艺类。此外附录蒲松龄所作部分俗曲及杂着。

为保留作品原来面目,在整理中,均未加大的修改,故所编资料全为原始材料性质,仅供内部参考。

1956 年度山东大学中文系人民口头创作生产实习队
1956.12

1956 年度中文系人民口头创作生产实习队队员名单

队长(指导教师):关德栋教授

队员:王绍汉　滕家凡　李鸿明　李欣复　唐功武　阎兴广
　　　顾延峨　刘聿鑫　刘家麟　刘光裕　解作万　胡甲昌
　　　徐国栋　吴庆华　郑庆笃　陈毛美　黄履普　庄克华
　　　袁震宇　杜中保　刘景麟　王照杰　林进材　罗国强
　　　龚克昌　梁一儒　孟繁海　李庆义　夏志英　丁志坤
　　　孙庭华　张　杰　罗　青

工作人员:胡连英同志

编辑名单

民间故事组：袁震宇　庄克华　黄履普　罗　青
民歌民谣组：王绍汉　滕家凡
谚语谜语歇后语组：梁一儒　刘聿鑫
曲艺组：罗　青

赵景深致关德栋信札三封

一

德栋兄：

　　为了避免过重，我就在教学大纲后附写信给您。

　　沂蒙山的总结和材料编好了么？人民口头创作概论的讲义着手编写了么？

　　你对于我的概论有什么意见，望不客气地指教。我想，不够的地方和错误一定是很多的。你带有旧的习惯（毋道人之短）和自私（恕我说得重一些，想激起你对于我的批评），怕多占你的时间，所以不向我提意见。你知道，我徒负民间文学权威（可笑，肉麻！）的虚名，倘不给学生一些较好的东西，是不应该的。倘给了他们错误的东西，我尤其不安心。

　　"生产实习"，我还不知该怎样搞法。为了偷懒和节约，也许替人民评弹工作团"整旧"，想整出一些"段头"来。但这样，恐怕不是苏浙人，就有一些困难了。我也许要与作协连［联］系一下。

真是新鲜事情!

敬礼

弟,赵景深。
一九五五·一〇·二五

附:"中国人民口头创作"教学大纲

(一)目的

目的在运用马克思列宁主义的观点,讲授中国人民口头创作的基本问题,兼及优秀作品,使学生具有这方面的重要知识。

(二)教材

这是中文系四年级的课程,每周二小时,一学期教完。以十八周计,共计三十六小时,悉为讲授。文选用油印,理论用口授。

(三)教学内容

主要内容分两部分:一、人民口头创作的概念、特征、内容、艺术性、种类及其与古典文学、现代文学的关系等问题;二、优秀的人民口头创作(以现代流传的作品为主,包括神话、故事、传说、童话、歌谣、谚语等)。曲艺及地方戏中确实属于人民口头创作范围的作品如民间小戏也酌量选用。章节如下:

第一章 概 念

一、价值和意义

1. 人民的有价值的文化创造
2. 过去人民斗争教育的武器
3. 对今天新社会的积极作用
4. 中国人民口头创作的丰富及其世界意义

二、学习的主要目的

1. 加强对祖国文化的热爱和尊敬
2. 丰富我们道德的、文艺的修养

3. 了解历史与人民的希望和期待
4. 理解人民口头创作与作家文学的关系

第二章 特 征

一、人民性

二、集体性

1. 集体创作
2. 反映共同的思想愿望
3. 人民共有的精神财富

三、口头性和变动性

1. 在人民群众中流行
2. 经常不断的变化

第三章 内 容

一、中国旧社会里的人民口头创作

1. 表现人民的阶级关系
2. 表现人民反压迫的思想和行动
3. 表现人民反侵略的思想和行动
4. 表现人民的人道主义和乐观主义

二、新中国人民口头创作内容的发展

1. 对党和领袖的热爱
2. 表现新社会的优良品质
3. 歌颂幸福的生活

第四章 艺术性

一、描写方面的艺术性

1. 形象
2. 典型

二、表达方面的艺术性

1. 明确
2. 朴素

3. 简约

三、固定手法和对比

1. 固定的体例和套语

2. 重复的表现法

3. 对照的表现法

第五章 种 类

一、关于人民口头创作的分类问题

二、散文故事

1. 神话

2. 传说

3. 故事——童话、寓言、笑话等

三、歌谣和谚语

1. 歌谣

2. 谚语

四、曲艺和民间小戏

1. 曲艺——快板、弹词、大鼓、相声等

2. 民间小说

第六章 方 法

一、中国人民口头创作过去研究的成绩、缺点和错误

二、搜集、记录、整理中国人民口头创作的方法

（四）教学方法

1. 讲授——是本课程主要的部分。有时利用挂图作形象化的教学，有时开欣赏会，放送唱片。

2. 考试——本课程成绩考核方法为"考查"，在平时举行，按照高教部所颁布的"高等学校课程考试与考查规程"办理。

（五）主要参考书目

一、民间文艺新论集（钟敬文编，中外出版社，1950）

二、口头文学——宗重大的民族文学遗产（钟敬文着，北京师

范大学出版部,1951)

　　三、苏联口头文学概论(苏联克拉耶夫斯基着,连树声译,东方书店1954)

　　四、苏联人民创作引论(苏联阿丝塔霍娃等着,连树声译,东方书店1954)

　　五、少数民族文艺论集(张寿康编,建业书局,1951)

　　六、怎样写通俗文艺(赵景深编,北新书局,1952)

　　七、论歌谣的手法及其体例(天鹰着,文化生活出版社,1954)

　　八、歌谣中的醒觉意识(钟敬文着,北京师范大学出版部,1952)

　　　　　一九五五年九月在文学教研组通过

二

德栋兄:

　　来信收到。我就是胆子小,没有自信,不敢写,你还说要向我请教,我真惭愧极了。上次我的信用的是"激将法",不料你不上钩,实在没有办法,我要您指正的是你所看到的我的"人民口头创作概论",即同学们笔记的油印讲义,不是教学大纲。

　　我寄给你教学大纲,没有说清楚,真糊涂。那大纲是四年级用的,二小时,乃"专题讲授"。至于一年级的仍为三小时,并以散文故事为第六章,以下乃:第七章歌谣与谚语,第八章曲艺与民间小戏,第九章影响(即口头创作与文人作品的关系),第十章方法。您主张第七、八章都分为两章,我上次已去信给你同意,就照这样写好了。

沂蒙山区搜集的成绩斐然，我向您祝贺，（上文当代询问）当等待着看你的大作。民间文学也有信给我，我也想写一点教学问题。例如：苏联的教学大纲近于"口头创作史"，我们的则为"概论"，究竟应该是"史"还是"概论"呢？即按时代讲还是分头讲呢？其次，曲艺和民间小戏的创作更能结合现实，在今天的中国用处似更大，但又脱离了"人民口头创作"范围，其他课程又不讲这个。讲"怎样写通俗文艺"这问题究竟是否综合大学中文系的目的呢？当然不是。综合大学造就研究人才，不造就创作人才，但同学对这方面却劲头很大。我现在只好硬着心肠不去管它了。我只能说已有的成绩是如何写的，却不教导学生们怎样去写，仔细写来，也不大能分割。必须自己会写才能了解别人怎样写。——再想一想，难道学中国文学史，也要学会写诗、词、文、赋吗？大约只须稍懂作法就行了。你看，我的头脑转了多少圈子，此可谓"混乱不清"也。

您搞的［得］太杂的确不好。我看就搞口头创作和宋元明清文学这两行吧。历史和梵文都可以暂时收起了。历史只能把重点放在宋元明清文学史和口头创作史，梵文也只能注意于梵文的口头创作。

我的计划又有更改，想在寒假让同学实习沪剧和淮剧。

我的口头创作选民间故事选得太少，谜语、歇后语没有选，都是缺点。工人作品的确应该注意。

文化交流，倘确为事实，无可怀疑，自然可谈，并须注意，要说明我国即使受印度等国的影响，却已经中国化了，这一点很要紧。与"外借学派"的分别，想即在此。中国有它自己的民族形式，殖根甚深。

我的大纲是根据东北人民大学汪馥泉寄给我的一份北京师大钟敬文的讲授大纲拟定的。与他的差不多。关于您提出的问题答复如下：

（一）第一章第二节第四项谈影响很简略。可另列第十一章评谈。教文学史的先生们也希望我详谈。

（二）"拥护新社会新制度"可以另加一节。例如,拥护婚姻法的民歌就很多。

（三）艺术性的"富于想象"是否放在"形象"里来讲呢？既提"想象",拟亦可提到"情感"了。

（四）您提的五点,我就只这一点不同意。去年,我写"概论",面41诗歌类中有儿歌、民歌、谜语、小调、快板。但分类叙述时,又将小调、快板属于曲艺。我自相矛盾。我认为小调、快板应属于曲艺。因为这两种过去是艺人或文人的作品,很少流行性。我曾在解放后亲听大鼓书场中相声艺人唱快板,也有以快板单立一档的。小调则在"群芳会唱"（解放前大世界）中唱。又,你的大纲照高名凯译苏联大纲,作"板话",错了。请看我的概论P77。"李有才板话"意为"叙述李有才唱快板的故事"。倘将这"板话"中的快板抽出来,只能称为快板。板话是有板有话,快板是有板无话。茅盾也说错了。郭沫若说得对。

（五）我同意"搜集记录"和"整理"分为两项来谈。

我的"种类"一章,先介绍英、法分类,后又介绍叶、杨分类,与苏联四家不相称,可只谈苏联,再谈我们自己,英、法、叶、杨都不必谈了。

弟 赵景深

三

德栋兄：

我的信刚发出,就接到您从山大寄来的信,真是太巧了。您代沅君的中国文学史宋元明清部分吧？我也讲这课明清部分,下学期教。您准备替《山大学报》写什么文章呢？

沂蒙山区民间文学总结等如有油印,望寄弟一份。弟今天编写"人民口头论创作选"目录,发现我所选的,个人的即非口头创作的部分太多,真正的人民口头创作特别是民间故事选得太少。农谚、歇后语和谜语根本不曾选入。

您主张改为五章,我同意。"谜语"可附入"歌谣"中。"歇后语"和"农谚"可附入"谚语"中。

普及与提高问题、方言问题插在别章内提,很好。

本学期,我概论也不印了。望您陆续写好即寄我,我当拜读。倘有意见,当即奉告。敬礼

弟 赵景深
一九五五·一一·九

我和农民建立了友情

郭同文

来到农村

去年暑假,我们中文系同学,到沂蒙山区搜集人民口头创作。当我走进村庄的时候,心里热乎乎的,有说不出的高兴。我迈着轻巧的步伐,边走边想,我怎样和农民打成一片呢?我怎样领导同学和农民结合呢?(因我当时担任团支部委员兼马荒乡组长的工作)但当我一和农民接触的时候,这一系列的问题立刻解决了。我们和他们亲切地交谈,帮他们干活,青年农民和我们一起打扑克、打篮球、说笑话、开玩笑,立刻变得像一家人一样。老大娘对待我

们比孩子还亲,年轻农民和我们一起像兄弟姊妹一样。

"为了亲人"

天气,突然热起来了。把牛大娘热得头晕了,把大娘的女儿牛大姐热得晕倒了。我看到这种情形,心里像针扎似的,就和自己的妈妈、姐姐生病一样,立刻和孙柏林、汪玉芝同学一起,拿药给她们吃,烧水给她们喝,当我把一碗碗的开水送到大娘和大姐床头的时候,她们的眼圈立刻变红了。大娘感动的说:"同志!怎样报答你好。""大娘,没什么,咱是一家人。"

亲人水

这天,我们到外村去访问,回来的时候,天气非常热,我们身上像被雨淋湿了一样,汗从头上流到腿下,当我们到家的时候,口渴极了,舌头好像不会动弹似的。这时,我感到分外疲倦,因为我代表小组同学参加了乡干部会议,后半夜才睡觉。因此现在躺在床上迷迷糊糊地要睡了。牛大娘和大姐偷偷地给我们把水烧好了。牛大姐端着一碗水,走到我跟前。"娘!郭同志睡了。"我在朦胧中听到了熟悉的声音。"叫起他来吧,不喝水要出毛病的。"大娘温厚的声音像一股洪流,涌进了我的心,我立刻睁大了眼睛,双手接过水。

这天,我们和乡亲们告别了。年轻的农民们一定要给我们背着行李,一直送我们到县城招待所。分别的时候,全村老年人、青壮年和孩子们都来和我们告别。大娘握着我的手,眼泪扑簌簌地落下来了,半天从牙缝里挤出一句话来:"同志,什么时候再见面。"这时,大姐用手遮住脸,大家眼圈都红了。我的泪花早已滚到两颊上了。咬了咬嘴唇说道:"再见吧,乡亲们!"……

(刊载《新山大报》1956年2月9日)

在蒲松龄的故居
孙庭华

今年的夏天我们下乡实习,有机会到聊斋志异的作者蒲松龄的故乡去了一次。——蒲松龄的字是留仙,一字剑臣,柳泉是他的别号。他是山东省淄川县蒲家庄(现山东淄博市洪山区蒲家庄)人。

在蒲家庄的东头,有一片松柏林,蒲先生的墓地便在这里。墓前有一座碑亭,是1954年10月立,政府拨款建筑的,里面竖立着一座石碑,这座碑将近三百年了,碑上的字迹多半看不清楚,石碑的正面刻着张元撰的"柳泉蒲先生墓表"把蒲先生全部著作的书目都刻上了。

蒲先生的墓旁,还有两个大墓,一个是蒲先生的父亲蒲敏吾先生的;另一个是蒲先生孙子蒲东谷先生的。蒲东谷这名字,在淄川也挺有名。他也是一个文学家,著有《东谷文集》六卷。据说蒲先生的《聊斋志异》写成后,因家庭贫穷,没有立即出版,后来经过东谷先生整理,才把它出版了。人们为了纪念他,就把他的墓和蒲先生的墓靠在一起。

蒲家庄东门外,原是一条交通要道,在路的左边有一座庙,庙旁有个小茶亭。据说,在早每年的正月里,这里经常唱戏,非常热闹。到了夏季,东门外柳树成荫,潺潺的泉水清澈可爱,乘凉的人络绎不绝,蒲先生也经常在这里出现,他很喜欢这里的柳和泉,于是便用"柳泉"作了自己的别号。

蒲先生的故居是在1954年10月里修建的,有一座用转建筑的大门,墨黑的油漆大门顶上,悬挂着中央送来的"蒲松龄先生故居"的金字巨匾。进了大门是个小过道,再往右一转,便是一处整齐清洁的正方形的小院落。红艳的石榴花、翠绿的刺松、碧绿的黄杨,再加上那芬芳扑鼻的夜合花,使得整个院落格外幽静。现在北屋,据说是原来藏书的书房。一进屋,正当中悬挂着题为"聊斋"的匾额,它是路大荒先生的手笔。右间陈列着三座石碑,其中:"新建龙王庙碑"和"关帝庙碑"的碑文都是蒲先生的亲笔。

我们还瞻仰了蒲先生的遗像。这幅绢像是他在74岁时,一位很有名的画家给他画的,蒲先生坐在扶手椅上,看来非常逼真,像上并有蒲先生的题字。这幅绢像已经近三百年了,保存得仍然很完整,是件很宝贵的文物。

(刊载《青岛日报》副刊,1956年11月2日)

在蒲松龄故乡搞社会实习
——谨以此文悼念关德栋先生

孙庭华

笔者书橱里,有两大卷发黄陈旧的《人民口头创作实习资料汇编》,是母校中文系1956年列印而成的原始资料。50年来,我始终将它视为至宝珍藏至今,每每看到它时,睹物思人,思事思旧,总是不禁引起我50年前在敬爱的关德栋先生指导下在蒲松龄故乡搞社会实习的追忆憧憬。如今追忆起来,仍历历在目,难以忘却。

那是20世纪的1953年—1956年,我就读于美丽的海滨城市青岛山东大学中文系。50年代的山大,著名学者华岗同志任校长。著名诗人高兰先生任中文系主任。高兰主任不仅关注中文系教学品质,而且经常召开学术讨论会,还多次组织师生下厂、下乡搞社会实习活动。

1956年7月,我读大四时,有幸参加了系里组织的人民口头创作课程生产实习队。著名俗文学、敦煌学、满学家,教我们人民口头创作课的关德栋教授任队长(指导老师)。敬爱的关老师走出幽静书斋,不顾炎炎酷暑,率领我们风尘仆仆地来到了淄博市,煤产丰富的洪山区,进行为期半月的人民口头创作生产实习。全队由4个年级学生组成,共有队员33人,分成4个小组,分别在洪山镇、寨里乡和蒲家庄等6处,进行材料搜集。关老师指导我们第6小组,(共有7人,张杰同学为组长)进驻清朝著名文学家蒲松龄的故乡——蒲家庄。

　　进村后,由于村干部鼎力相助,我们很快深入民间,和农民兄弟成为知心朋友。白天,头顶烈日,我们卷起裤脚,脱去衬衫和他们并肩下地劳动,真正体验到"谁知盘中餐,粒粒皆辛苦"的劳动艰辛。田头休息,他们主动地给我们说笑话、猜谜语、讲故事。这时,我们也像当年聊斋先生搜集故事边听边记。晚上,在住处,点上蜡烛,埋头整理当天搜集到的资料,直到深夜才能上床睡觉。

　　蒲松龄是我国17世纪有世界影响的著名短篇小说作家,其文情并茂的《聊斋志异》,早已脍炙人口,蜚声中外。现在它已有25种外译本。昔日的蒲家庄,人们将蒲松龄视为列祖列宗,奉若神明,世传称为"聊斋先生"。他秉性刚直,蔑视权贵,同情平民,一生拮据失志的他,深得黎民百姓的同情和爱戴,因而,长期以来,在当地流传着许多关于他的故事。

　　进村不久,我们寻找民间蒲氏著作的消息不胫而走。一天,令人兴奋的事情发生了,那是早饭后,村长陪同一位慈眉善目、两鬓苍苍的老人来找我们,说明来意后,他小心翼翼地解开一个黄布包,拿出数本深蓝书皮的线装书微笑问:"你们看这书中不中?"张杰连忙接过书来翻阅,原来竟是蒲松龄著作手抄本,全组如获至宝。顿时兴奋不已,异口同声说:"中!中!谢谢!谢谢!"。据村长介绍,老人名叫蒲英棠,年逾八旬,系聊斋先生八世孙。这些线装书,均出自他手,他于民国二十八年(1939年),用蝇头小楷抄写而成,为当时流传民间颇为珍贵的手抄本。征得老人同意暂借给我们用来手抄。关老师闻讯,从洪山镇小组赶来,对全组说:"材料异常珍贵。机会难得,全文照抄,一页也不能漏掉!"于是同学们开始了紧张地抄书工作。为了加快抄书进度,每晚不得不挑灯夜战到夜阑时分。由于全组齐心协力,昼夜奋战,我们终于如期抄完了聊斋外编。计有:《行云曲正德嫖院》《禳妒咒曲》《魔南曲下部富贵神仙曲》《学究自嘲》《蓬莱宴》和《农经》,全部的手抄本。这些抄本为研究蒲松龄提供了殷实资料。

在蒲家庄,为了帮助农民兄弟提高觉悟和扫除文盲,我们还办了夜校。克服诸多困难,自己编写、刻板,油印了《识字课本》,年轻人人手一册。夜校设在我们住处的大院里,靠墙处摆放一张方桌为讲桌,在其上有一盏照明马灯,桌后椅子上横摆着一块大黑板,上书:"我们是蒲家庄人"七个粉笔大字,这便是夜校"教室"。入夜,皎洁的月光洒满大地,饭后的农民兄弟姐妹,兴致勃勃地带着马扎纷至沓来上课。原本寂静无声的大院。顿时热闹起来。不久,院内传出了"青年团是我们党的助手。青年团的奋斗目标是社会主义"的讲课声。这是张杰给团员、青年讲团课。曾经当过教师的他,讲课声音洪亮,内容讲得通俗易懂,深受大家欢迎。次日晚上,大院又传出了:"我—们—是—蒲—家—庄—人"的领读声。这是罗青在教农民兄弟识字,小罗教学格外耐心,博得大家好评。放学了,院内又热闹了一阵之后又恢复了原来的寂静。乡村夜里漆黑漆黑,在静谧的夜里,村里的人们都进入了梦乡,只有我们住处还亮着灯光,它一直到深夜才能熄灭。

7月26日那天,骄阳似火。村长陪同我们参观了蒲松龄故居,并在"聊斋"门前,请蒲英棠等4位老人,为我们演奏聊斋俗曲,我和李庆义记录了俗曲乐谱。从故居出来,我们又去村东瞻仰了聊斋先生的墓地。10月,校刊《新山大》刊出了我们在蒲松龄故居——"聊斋"门前的照片。

光阴似箭,为期半月的社会实习在关老师的指导下,很快圆满结束了。实习队硕果累累,将搜集到的民间故事、歌谣、谜语、谚语、曲艺以及蒲松龄俗曲及杂著等全部资料,均收入《资料汇编》。它是研究民间文学重要参考资料之一。我们这次实习,成为新中国首次有计划地搜集整理民间文学作品田野作业活动的组成部分,当时受到上级相关部门的重视。

在我们实习的那些日子里,记得时年三十多岁的关老师,身着白短衫灰布裤,脚穿便鞋,头戴大草帽,手提黑布包。他这身装束,根本不像学者、教授、颇像县府机关干部。关老师毫无学者、教授架子,他跟我们打成一片。由于他始终和队员同吃、同住、同劳动、同工作,这样一下子拉近了我们师生之间的距离。他那不怕苦累、认真负责的工作态度;他那和蔼可亲、平易近人的生活作风;他那无微不至关心学生的高尚品质;他那对学术孜孜不倦的执著精神,都深深地印在大家的脑海里。关老师认为:一个从事民间文学、通俗文学的研究者,只有在田野作业与室内研究两个方面都下大力气,才能真正有作为获得有意义的成果。他对我们说:作为一名中文系的学生,只有在课堂学习与社会学习两个方面都下大力气,才能有所作为,成为国家栋梁之材。他的亲切教诲,他的感人形象,永远铭刻在我的记忆里。

通过实习,我对蒲松龄及其著作,有了较浓厚的兴趣,成为蒲氏著作的爱好者。9月开学不久,我将《访蒲松龄先生故居》习作,投给《柔佛巴鲁大》,不久就登出来了。青岛日报社一位元记者见到此文,便来校找我"约稿",于是我给该报寄去了《在蒲松龄的故居》稿子。1956年11月2日《青岛日报》副刊版刊发了我的这篇习作,在文后配上罗青摄的"蒲松龄墓前碑亭"照片,为拙文增色不小。

星移斗转,岁月如梭。时间一晃半个世纪过去了,我已到了古稀之年。50年间,这两卷《资料汇编》随我"南征北战"(南至桂林,北至北京),我都不忍心弃之,特别是经历了10年浩劫岁月,它已成为珍贵的纪念物了。随着悠悠岁月地流逝,它虽然早已发黄变旧,然而记忆永远不会褪色。在星月天,夜阑人静的时候,每每看到它时,我仿佛又回到了50年前绿树红楼蓝天碧海母校故苑(今海洋大学校舍);我仿佛又回到了50年前坐在文史馆课堂里和同学一起聆听华岗校长、高兰主任、冯沅君、高亨等众多恩师教诲的风华正茂的学生时代;我仿佛又回到了50年前曾在这里度过日日夜夜的聊斋先生故乡——蒲家庄;我仿佛又看到了浮现于眼前品德高洁、诲人不倦、和蔼可亲的关德栋老师。

(原文刊载《山东大学报》,2009年3月25日)

关先生教学的回忆片段
——悼念关德栋先生
郭延礼

我国著名的俗文学专家、山东大学教授、博士生导师关德栋先生不幸与世长辞。关先生的去世是我国俗文学研究界、教育界的重大损失。作为关先生的学生,对于先生的仙逝我异常悲痛。先生那平易近人、可亲可敬的形象仍时常出现在我的脑海中。

我认识关先生,是在学生时代。1955年我考入山东大学中文系,此时正值山东大学第二个黄金时代,在中文系的教师队伍中,著名的学者很多,可谓名士荟萃,关先生就是其中之一,而且是当时中文系最年轻的教授,先生时年35岁。关先生晋升教授大约在五十年代初,刚过而立之年,三十多岁的教授,在今天的高校并不罕见,但在20世纪五十年代,却可称凤毛麟角。

刚步入大学课堂,关先生就给我们1955级上课,讲授"人民口头创作"。所谓"人民口头创作"也就是今天高校所开设的"民间文学"。当时我是班里的学习委员,它的主要职责就是沟通教与学的资讯,及时向任课教师感应学生的意见。正因为这种关系,我和关先生接触较多。当时学生听课很认真,那是授课又没有现成的教材或讲义,全凭课堂记笔记。关先生讲课比较洒脱。由于关先生所讲授内容已熟烂心中,先生讲课不是一字一字地念讲稿,而是像平常谈话一样与学生进行交流,加之他渊博的知识,纯熟的北京话,讲起课来内容充实、新鲜,表达生动,语言动听悦耳。他还插入民间文学中一些富有情趣的歌谣、传说,乃至奇闻、轶事,这对于刚刚步入大学、求知欲很强的青年学子来说,听起来很有趣,像听故事一样。五十分钟很快过去了,下课钟声响了,往往是讲者觉得言犹未尽,听者感到兴趣无穷。所以同学都喜欢"人民口头创作"这门课。

关先生讲授的"人民口头创作"这门课,有两个重要特点,一是关先生重视"人民口头创作"的文学性;二是重视田野调查。

我国俗文学(包括民间文学)的研究,大体分两大派:一派比较重视俗文学/民间文学的史料性,把俗文学/民间文学作为学术研究的民俗资料来看待,这一派可以顾颉刚、容肇祖为代表;另一派在重视其史料性的同时,主要是关注俗文学/民间文学的文学性,这一派可以郑振铎、刘复、赵景深、阿英为代表,关先生属于后一派。因此,关先生讲授的"人民口头创作"很重视民间文学的艺术性。也许这更加符合中文系学生的需求,对于提高学生对民间文学的鉴赏和审美能力非常必要,也有助于培养学生正确的民间文学观。

与关先生重视民间文学文学性有关,他特别强调民间文学感情的真挚性这一点。他认为民间文学之所以可贵,就在于它的感情的真挚。这一点恰与明代著名的文学家冯梦龙的山歌"情真说"相吻合。冯梦龙在他所编《山歌》序中,指出民歌的生命在于情真,所谓"但有假诗文,无假山歌,则以山歌不与诗文争名,故不屑假"(《序山歌》)。关先生在讲授"人民口头创作"时,他特别强调民间文学作品感情的纯真和执着。他举了历代民歌的例子说明民歌/民间文学的这一特点。稍后,关先生在为冯梦龙编的《挂枝儿》《山歌》两书所写的《序》中均重申了这一点。他说"冯梦龙曾根据搜集、整理、研究民间文学、通俗文学的感受,归结当代民间歌曲的优点在于:抒写的'是真境',所以它们'自有真趣',是'天地间自然之文'。因此在《序山歌》里,首先认为'山歌'是'民间性情之响','但有假诗文,无假山歌'。又从创作态度和动机方面进行分析说:'以"山歌"不与诗文争名,故不屑假。'这正是针对着当时文人诗歌创作当中的缺点来论证,是具有现实意义和进步作用的。"[1]关先生强调民歌/民间文学最大的特点是感情的纯真、执着,应当说与冯梦龙的"情真"说是一脉相承的。

  关先生讲授"人民口头创作"一课,他非常重视课外实践,用今天术语说,也就是重视"野外作业"或田野调查。我们1955级曾在关先生的率领和指导下到淄川实习。为什么选择淄川作为田野调查的基地呢?主要原因有二:一淄川是煤矿区(有著名的洪山煤矿),可以搜集过去少为人注意的反映矿工生活的歌谣、故事;另一个原因是,淄川是清代著名文学家蒲松龄的家乡,可以去那里搜集有关蒲松龄及《聊斋志异》的资料,以及蒲松龄的俚曲、民间传说、淄川流行的地方戏等。

  临出发前关先生向参加实习的同学讲了搜集整理民间文学应

---

[1] 《山歌·序》,《明清民歌时调集》上册,第254—255页,上海古籍出版社,1986年版。

注意的问题,我记得印象比较深的有两点。第一,搜集民间文学,首先要尊重被搜集者,要抱着一种虚心向他们学习的态度。他说,这次下乡搜集的对象主要是当地的年长的劳动人民(包括工人和农民),我们要把他们当老师,要有一种尊敬老师和甘当小学生的精神。第二,要忠实记录,这是搜集民间文学一条重要的原则。在记录歌谣、民间故事时,一定要注意保存原作的本来面目,不能根据自己的爱好和想法随便更改增删,加工润色,即使作品中的糟粕也要忠实记录,并做必要的说明。民间文学从搜集整理到进行学术研究都必须建立在绝对的第一手资料的基础上,倘记录不忠实就失去它的价值和意义。

这次田野调查,收获很大,不仅收集了一些歌谣、故事,同时培养了同学学习民间文学的兴趣,提高了对民间文学重要性的认识;更重要的是,认识到田野调查是研究工作者一项极为重要的基础工作。从事民俗/民间文学研究,田野调查是不可缺少的一项活动。

坚持田野调查,是关先生一贯的做法。比我们高一级的中文系1954级,在上"人民口头创作"课时,也曾在关先生的率领下到沂蒙山区进行调查。这两次调查,先后编印了《人民口头创作实习资料汇编》"沂水卷""淄博和洪山卷"三大册(实际是沂水一册、淄博三册)。这是新中国成立后高校中文系较早进行民间文学田野调查活动的一个组成部分,具有重要的意义。可惜的是,此后由于政治运动的冲击,这种民间文学田野调查活动未能再进行下去。

关先生视野广阔,十分注意吸收国外的学术营养。众所周知,关先生在学术研究上涉足的领域很多,除俗文学、民间文学、明清文学史外,如敦煌学、满学,他都做出了很大成绩,对于这些学科的建设都有相当的贡献,这已是有口皆碑,不必我多置一言。我觉得,这里有一点需要特别提及的,是关先生对于外国语言的学习,他特别注意在学术研究上了解国外的动向,吸取外国先进的营养。

我认为,关先生在有些学术领域之外所以做出如此的成就,这与他精通若干种外文、重视学术交流是分不开的。据我所知,关先生不仅通英文、俄文、德文、日文,而且还精通梵文、满文。他除赴美国宾夕法尼亚大学、德国柏林图书馆、科隆大学讲学外,还和世界上许多国家的学者有书信来往和学术交流,这一点对推进关先生学术研究的深化有重要关系。关先生自己就说:"搞学术研究应当有一个开阔的视野。过去我们往往习惯于从单一的角度考虑问题,比如搞俗文学的,就只搞自己的这一摊,不去想想国外对我们俗文学的研究状况如何,俗文学与其他学科之间有什么联系,思路比较窄。在美国考查期间,我发现美国人很重视东、西方文化的比较研究,在研究方法和教学方法上也有很多值得我们借鉴的地方。美国学者认为研究俗文学要有多学科的知识,俗文学还应该与语言、音乐等学科结合起来研究,既考虑纵向联系,也考虑横向联系。这就关系到学者的知识结构问题。在教学上他们着重学生智能培养,学生的知识结构是跨越多种学科的。我们现在的教育在这方面做得很不够。"他进而提出:"俗文学研究不能停留在概念之争上,应该和整个民族文化联系起来,脱离了民族传统文化就无法全面理解俗文学。在研究方法上也应有所突破,学会从多角度、多层次考虑问题。"①

说到这里,又勾起我一点回忆:关先生还曾为我们年级开过"梵文"一课。说起"梵文"大家都视为"天书",其实它是印度古代的书面语,印度的古代文献资料(包括佛经)都是用梵文书写的,不懂梵文,要想研究古代印度文化是十分困难的,先生为我们年级开设"梵文"大约就是此考虑。但由于当时我班同学对梵文缺乏认识,加之梵文亦难学,我记得选修梵文课的学生多数未能坚持,

---

① 转引自叶涛《关德栋教授与俗文学、敦煌学和满学研究》,《民俗学研究》2001年第4期,第74页。

现在回想起来深感我侪学子的见短识浅,辜负了先生的一片苦心。就目前的国内学界来说,对梵文不仅精通者绝少,就是粗识者也不多。关先生当时在山大中文系开设"梵文"课程,实在是用心良苦啊! 而今先生已去,山大的"梵文"也就成为"广陵散"了。

(本文作者:山东大学文学与新闻传播学院教授、博士生导师)

后　记

这本《20世纪50年代山东大学民间文学采风资料汇编》的原型是油印的三册《人民口头创作实习资料汇编》，编成于1956年，至今已经有六十余年历史了！

1954年，关德栋教授（1920—2005）在山东大学中文系开设"人民口头创作"课程，并且围绕这门课程，分别于1955年和1956年带领学生前往山东省沂水县和淄博市进行民间文学采风。这两次采风以科学的民间文学田野作业方法为指导，搜集到大量珍贵的民间文学资料，编印为三册《人民口头创作实习资料汇编》。由于当时的条件所限，这套《资料汇编》一直未能正式出版，只是油印了少量以寄赠同行学者。随着时间的流逝，除了少数民间文学专业研究者外，学术界对这两次民间文学采风活动比较陌生，这三本油印的材料也藏在闺中无人识。

为了使这些先驱者的功绩不被历史的风尘所埋没，也为后来的研究者留下一份坚实可靠的资料，我们对这三册已经发黄的材料进行了整理。《资料汇编》是原始资料的记录，保持了20世纪50年代沂水和淄博地区民间文学的原貌。因为是现场记录，受采风时间所限，又有方言的隔阂，因此，原稿中误记之处颇多。我们在整理过程中，尽量对错别字等明显的错误进行了改正，对于原稿中漫漶不清之处，皆作存疑处理。因为整理者的水平有限，错讹之处在所难免，请读者诸君批评指正！

感谢山东大学儒学高等研究院的青眼，将《资料汇编》列入"文史哲书系"出版。在此过程中，儒学高等研究院执行院长王学典教授，时任副院长、现任文学院院长杜泽逊教授，山东大学民俗学研究所所长张士闪教授对书稿的出版提供了大力的支持。儒学高等研究院的科研秘书张扬老师也对《资料汇编》的整理工作多次督促并提供帮助。郭同文、郭延礼、孙庭华等诸位先生对两次民间文学调查的深情回忆，为我们还原那段被尘封已久的学术史提供了极大的便利。对各位先生的支持和帮助，我们在此深表谢意！

  遥想六十余年前，师则雄姿英发，生则翩翩红颜，而今对此旧稿，怎能不生出"树犹如此，人何以堪"之感？2020年是关德栋教授的百年诞辰，谨以此书向关德栋教授和所有为中国民间文学事业做出突出贡献的前辈学人致敬！

关家铮 车振华

2019年10月

已出书目

第一辑
目录版本校勘学论集
秦制研究
魏晋南北朝文体学
李焘学行诗文辑考
杜诗释地
关中方言古词论稿

第二辑
两汉文献与两汉文学
秦汉人物散论
秦汉之际的政治思想与皇权主义
文心雕龙学分类索引
宋代文献学研究
清代《仪礼》文献研究

第三辑
四库存目标注(全八册)

第四辑
山左戏曲集成(全三册)

第五辑
郑氏诗谱订考
文心雕龙校注通译
唐诗与民俗关系研究
东夷文化通考
泰山香社研究

第六辑
日名制·昭穆制·姓氏制度研究
易经古歌考释（修订本）
儒学视野中的《文心雕龙》
唐代文学隅论
清代《文选》学研究
微湖山堂丛稿
经史避名汇考

第七辑
古书新辨
温柔敦厚与中国诗学
诗圣杜甫研究
宋辽夏金经济史研究（增订本）
探寻儒学与科学关系演变的历史轨迹会通与嬗变
被结构的时间：农事节律与传统中国乡村
民众年度时间生活
里仁居语言跬步集

第八辑
中国语言学论文选

20世纪50年代山东大学民间文学采风资料汇编
先秦人物与思想散论
《论语》辨疑研究
百年"龙学"探究
晚明士人与商业出版
衣食行:《醒世姻缘传》中的明代物质生活
清代杜诗学文献考(增订本)